Isingsee
Eiswüste
Drachenhorst
vakur
Dunkelwälder
Meerenge von Lyras
athmarin
Titanengebirge
Krallenfestung
Nangarsümpfe
Schwarzes Gebirge
alahadin
Der leere Raum

Menduria
Das Gefüge der Zeiten

1. Auflage 2016

ISBN 978-3-7641-7055-4

Umschlaggestaltung: formlabor, Hamburg
unter der Verwendung von Fotos von shutterstock.com /
© Ola-la; © Morphart Creation; © Alabama Dream; © Arefyeva Victoria;
© Symonenko Viktoriia; © Mur34; © lynea; © Tom and Kwikki;
© RYGER; © Artspace; © Solveig; © geraria; © pavila
Landkarte: Katharina Rittig

Druck und Bindung: Imprint, Ljubljana
Gedruckt auf Papier aus geprüfter nachhaltiger Forstwirtschaft.

www.ueberreuter.de

Ela Mang

Menduria

Das Gefüge der Zeiten

ueberreuter

Unsere Sehnsüchte sind unsere Möglichkeiten.

Robert Browning

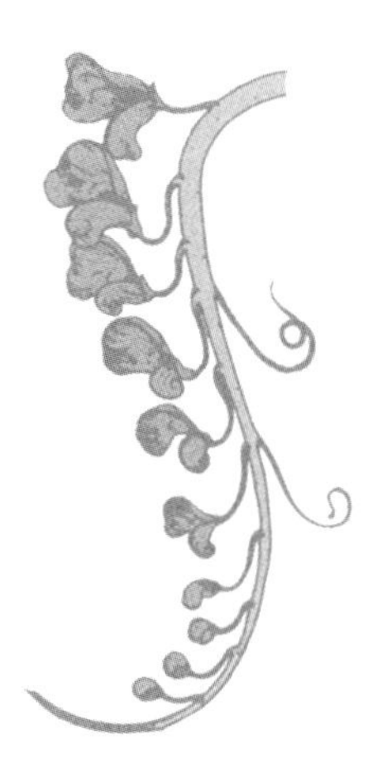

Prolog

Fluchend lief Aljandir zwischen hoch aufragenden Fichtenstämmen hindurch. Rotes Mondlicht drang durch die dichten Baumwipfel und spendete spärliches Licht. Wie ein Hase auf der Flucht kam er sich vor. Er war auf der Flucht. Dabei hätte er nichts lieber getan, als sich diesem verhassten Feind zu stellen. Doch die Last, die er trug, machte es ihm unmöglich. Er musste die östliche Höhlenstadt erreichen, so schnell es ging. Im Laufen wandte er sich um.

»Verdammt, Solvay, wo bleibst du?«

»Bin hinter dir!«, rief der Dunkelelf und schloss zu ihm auf.

»Vénar?« Aljandir presste die Frage zwischen zwei Atemzügen hervor.

»Hat es nicht geschafft.« Solvay schüttelte bedauernd den Kopf.

Verflucht!

Surrend flog ein Pfeil zwischen den beiden Dunkelelfen hindurch und bohrte sich tief in einen Fichtenstamm. Unfassbar! Sie waren in ihrem eigenen Territorium auf der Flucht, nachdem sie in einen Hinterhalt geraten waren. Waren ihre Sinne derart getrübt gewesen, dass sie die Gefahr nicht hatten kommen sehen? Nein, berichtigte sich Aljandir, sie hatten die Gefahr gespürt, aber leider viel zu spät. Keine Kreatur war so schwierig zu erspüren wie ein Nachtmahr. Es war, als würden sie ihre körperliche Existenz ablegen, wenn sie auf der Jagd waren. Wie aus dem Nichts waren sie aufgetaucht. Hochgewachsene Gestalten, schwarz gekleidet wie eine sternenlose Nacht. Nur ihre Augen glommen in der Dunkelheit, rot wie glühende Kohle. Zusammen mit ihrer dunklen Haut und dem weißen Haar, in das sie Fingerknochen eingeflochten hatten, sahen sie tatsächlich aus wie ein zu Fleisch gewordener Albtraum.

Aljandir erinnerte sich noch gut an seine erste Begegnung mit einem Nachtmahr. Die hätte ihn beinahe das Leben gekostet. Eine hübsche Narbe, die sich vom Rippenbogen aus seine linke Seite abwärts bis zur Hüfte zog, erinnerte ihn daran. Es fiel ihm nicht leicht, sich das einzugestehen, aber die Nachtmahre waren ihnen ebenbürtig, wenn nicht gar überlegen. Was die Dunkelelfen durch Wendigkeit und Ausdauer an Vorteilen zu bieten hatten, machten die Nachtmahre durch überlegene Körpergröße und damit verbundene Kraft wieder wett. Das hatte sich erst heute wieder bewiesen. Es hätte gar nicht zu diesem Zusammenstoß kommen dürfen. Niemand hatte gewusst, dass sich die sechs Dunkelelfen gemeinsam mit ihrem Clanführer heute Nacht auf den Weg machen würden. Finrod hatte sich mit einer Abordnung der Lichtelfen aus Terzina treffen wollen. Der Andavyan Drogonn hatte dieses Treffen arrangiert. Doch sie waren nicht einmal über den zweiten Bergkamm gekommen. Jetzt waren vier ihrer Begleiter tot und Finrod – was mit ihm war, konnte Aljandir nicht genau sagen. Er trug den Clanführer auf den Schultern und rannte, nicht nur um sein eigenes Leben. Dabei konnte er spüren, wie Blut seinen Rücken hinunterlief und seine erdbraune Jacke durchtränkte. Aber nur ein kleiner Teil davon war sein eigenes. Finrod hatte eine schwere Bauchverletzung bei diesem Kampf davongetragen. Er musste den Clanführer so schnell wie möglich zu Yatlyn bringen. Nur die Heilerin konnte jetzt noch helfen. Was würde sie sagen, wenn sie sah, was geschehen war? Wieder fluchte Aljandir, diesmal still, um Luft zu sparen. Heiliger Schöpferfluch, es hatte Finrod erwischt! Das war doch einfach nicht zu fassen! Der Clanführer war der beste Schwertkämpfer diesseits des Titanengebirges. Seine Kampftechnik war in Menduria legendär. Für Aljandir war Finrod mehr als ein Clanführer. Er war sein Lehrer und Mentor, denn Finrod war es gewesen, der aus einem jungen, wilden und ungestümen Burschen einen Kämpfer mit Disziplin gemacht hatte. Ganz so jung war er nun nicht mehr. Und die Disziplinlosigkeit hatte ihm Finrod auch nur im Kampf austreiben können. Der Clanführer hatte ihn geformt und zu dem gemacht, was er heute war, der zweitbeste Kämpfer mit den Elfenschwertern. Aljandir fühlte sich ausgepumpt, er atmete stoßweise. Aber er durfte jetzt nicht nachlassen. Solvay formte die Hände zu einem Trichter und stieß einen kreischenden Vogellaut aus. Er rief die Grenzwächter der Attanarjäger. Sie mussten es nur noch über diese eine Anhöhe schaffen, dann sollte Hilfe in Reichweite sein. Wieder surrte ein Pfeil durch die Nacht. Diesmal so knapp an Aljandirs Wange vorbei, dass er den Luftzug spüren konnte.

»Du läufst weiter, und ich halte sie auf!«, rief Solvay und zog seine Schwerter. Auch er bekam kaum noch Luft. Sie waren beide gute Waldläufer, aber sie hatten sich bereits die zweite steile Hügelkette hinaufgearbeitet und sich davor einen erbitterten Kampf mit den Nachtmahren geliefert. Aljandir nickte, die dunklen Augen fest zusammengekniffen. Er kämpfte verbissen gegen die körperliche Erschöpfung an.

Solvay fiel zurück. Da surrten weitere Pfeile zwischen den Bäumen hindurch. Dunkelelfenpfeile! Die Jäger der Attanar hatten den Ruf gehört und zielten nun auf ihre Verfolger. Solvay schloss wieder zu Aljandir auf. Sie liefen durch die Reihen der eigenen Grenzwächter auf die Senke zu, in der sich der Eingang zu den östlichen Höhlen befand. Das metallische Aufeinandertreffen von Schwertern war alles, was die beiden noch hörten, als sich weitere Dunkelelfen den Nachtmahren stellten. Sie waren in Sicherheit.

»Holt mir Yatlyn, schnell!«, keuchte Aljandir, als er an zwei Dunkelelfen vorbeirannte, die den Eingang zur Höhlenstadt bewachten. »Sagt ihr, Finrod ist verletzt.«

Augenblicklich rannte einer der beiden los, um die Heilerin zu holen.

Erst als er die große Höhlenkammer des Clanführers erreicht hatte, verlangsamte Aljandir sein Tempo. Vor der riesigen Lagerstatt, die einen guten Teil des Raumes einnahm, ging er in die Hocke und ließ den Clanführer vorsichtig von seinen Schultern in die Kissen sinken. Finrod stöhnte schmerzvoll auf, als Solvay ihm unter die Achseln griff, um ihn weiter aufs Bett zu ziehen. Aljandir kniete immer noch nach Luft ringend vor dem Bett, als die Heilerin hereinstürzte.

Ihr Gesicht war aschfahl. Sie trat zum Bett, öffnete die blutdurchtränkte Tunika des Clanführers und zog scharf die Luft ein.

Dieser Laut ließ Aljandir hochschrecken.

»Wie schlimm ist es?«

Yatlyn schüttelte langsam den Kopf. Entsetzen lag in ihren grünen weit aufgerissenen Augen. Yatlyn war keine junge Elfe mehr. Erste weiße Strähnen mischten sich in das kastanienbraune Haar, das ihr zu einem dicken Zopf geflochten bis zu den Hüften reichte. Sie hatte in ihrem Leben schon viele Verletzungen gesehen. Mit ziemlicher Sicherheit konnte sie sagen, welche tödlich waren und wo noch Hoffnung bestand. Ihrem Gefährten war nicht mehr zu helfen.

»Ich kann seine Schmerzen lindern, das ist alles«, flüsterte sie gepresst.

Aljandir nickte, unfähig, die schreckliche Tatsache zu akzeptieren. Wie betäubt sah er zu, wie Yatlyn ein Fläschchen mit zähflüssigem schwarzem Inhalt entkorkte. Vorsichtig träufelte sie die Flüssigkeit in den halb geöffneten Mund des Clanführers.

Finrod kam zu sich und spuckte angewidert. »Willst du mich vergiften?«, brachte er würgend hervor.

Yatlyns Stimme war ein sanfter Tadel. »Du führst dich auf wie ein Drachenjunges, Finrod.«

»Vielleicht sollten wir es mit Zwergenmet versuchen, das würde dem Clanführer bestimmt eher zusagen«, schlug Aljandir vor. Er versuchte die Betroffenheit aus seiner Stimme zu bannen und heiter zu wirken. Alles andere würde Finrod beleidigen.

»Siehst du, der Junge hat Charakter.« Finrods Lachen ging in einem schmerzhaften Hustenkrampf unter. Es schien endlos zu dauern, bis er abebbte und Finrod sich zu entspannen begann. Das Schmerzmittel zeigte endlich Wirkung.

Mühsam stemmte sich Aljandir hoch. Seine Muskeln brannten immer noch wie Feuer. »Wir lassen dich jetzt mit Yatlyn alleine«, sagte er und gab Solvay einen Wink.

Doch Finrod wollte ihn nicht gehen lassen. Er hielt ihn am Arm fest, sein Griff immer noch kraftvoll. »Zum Ausruhen bleibt noch genügend Zeit. Ich habe mit dir zu sprechen, Aljandir, jetzt.«

Solvay verstand das als Aufforderung zu gehen und wollte den Raum verlassen. Doch Finrod hielt auch ihn zurück. »Du bleibst auch hier. Ich brauche Zeugen.«

Solvay blieb. Und während Yatlyn neben Finrod auf dem Bett kniete und seine Hand hielt, stand Aljandir vor dem Clanführer und sah sich dessen durchdringendem Blick ausgesetzt. Finrod kam ohne Umschweife zur Sache. »Ich möchte, dass du den Clan führst, wenn ich meinen Weg zu den Vorangegangenen antrete.«

Aljandir fuhr entsetzt zurück. »Oh nein! Dafür bin ich eindeutig der Falsche.« Er hätte dem Clanführer tausend Gründe dafür aufzählen können. Und es wären alles Gründe gewesen, die Finrod sowieso kannte.

»Ich weiß, wie du darüber denkst, Aljandir«, sagte Finrod ungerührt. »Und würde ich das jetzt mit dir diskutieren, wären wir in zwei Blutmondzyklen immer noch nicht fertig. Aber so viel Zeit habe ich nicht mehr. Also machen wir es kurz: Du wirst mein Nachfolger. Das ist mein Wille, und du wirst dich fügen.«

In Aljandirs Stimme lag ein Flehen: »Bitte, Finrod, tu das nicht! Du kennst mich doch.« Er hatte nicht vor, klein beizugeben. »Wieso wählst du nicht Solvay? Er wäre der Richtige. Er ist verantwortungsvoll, und er denkt nach, bevor er handelt. Ich dagegen, na, du weißt doch, wie ich bin. Das kannst du doch dem Clan nicht antun. Das kannst du mir nicht antun«, setzte er verzweifelt nach.

Ein schwaches Lächeln zeigte sich auf dem Gesicht des Clanführers: »Du bist genauso, wie ich damals war, als ich die schwarzen Elfenschwerter von meinem Vorgänger übernahm. Mit dem einzigen Unterschied, dass ich damals älter war. Glaub mir, Aljandir. Du bist genau der Richtige. Ob du willst oder nicht. Du wirst es tun. Du kennst den Elfencodex. Halte dich daran.«

»Verfluchter Elfencodex«, murmelte Aljandir und presste seine Lippen aufeinander, bis sie nur noch schmale Striche waren. Finrod hatte ihn in die Ecke gedrängt. Der Elfencodex regelte das Zusammenleben des Clans. Es waren nicht viele Regeln, aber die wenigen mussten beachtet werden. Demnach hatte der Clanführer das Recht, seinen Nachfolger zu bestimmen, wenn er noch dazu in der Lage war. Würde er sich nicht daran halten, riskierte er die Verbannung aus dem Clan. Aljandir überlegte kurz. Nur Solvay und Yatlyn waren anwesend. Vielleicht könnte er …?

Ein Blick in das Gesicht des Clanführers genügte, um zu wissen, dass Finrod seine Gedanken durchschaut hatte. Ein überlegenes Lächeln erschien auf dem gequälten Gesicht des Clanführers. »Du denkst, du könntest Solvay dazu überreden, den Clan an deiner Stelle zu führen. Er wäre dir Freund genug, das unter Umständen zu tun. Yatlyn zu überreden, sich über meine Wünsche hinwegzusetzen und zu schweigen, würde dir nicht leicht gelingen. Aber ich traue dir absolut zu, einen Weg zu finden. Und trotzdem würde dir all das nichts nützen, denn ich habe Drogonn über meine Wünsche informiert und das schon vor einiger Zeit. Du weißt, der letzte Kriegsherr der Andavyan würde dich notfalls ins Drachenfeuer prügeln, wenn es sein müsste. Also trag es wie ein Mann und nimm die Aufgabe an, die ich dir übergebe. Führe die Dunkelelfen, so gut du kannst.«

Aljandir spürte, wie ihm die Luft aus den Lungen entwich und nicht wieder hineinströmen wollte. Dieses alte Schlitzohr hatte an alles gedacht. Mit einem resignierenden Seufzen ließ er sich auf das Bett neben dem Sterbenden sinken. »Du hast gewonnen, Finrod. Ich mache es.«

»Nein, Aljandir, heute Nacht hat keiner von uns gewonnen. Der Sieg dieser Nacht geht an die Nachtmahre. Sorge dafür, dass es nicht wieder passiert. Schütze unser Volk vor dieser Pest. Suche die Zwerge auf und die Lichtelfen. Schließe ein Bündnis mit ihnen und vertraue dich den Drachen an. Nur so werden die Dunkelelfen eine Chance haben, diese Bedrohung zu überstehen.« Finrods Worte wurden immer leiser, seine Atemzüge immer flacher.

Aljandir vermochte nicht zu sagen, wann das Herz des Clanführers aufgehört hatte zu schlagen. Er hatte die ganze Nacht dort gesessen und gemeinsam mit Yatlyn die Totenwache für ihn gehalten, während sich immer mehr Dunkelelfen in der östlichen Höhlenstadt eingefunden hatten, um ihrem Clanführer die letzte Ehre zu erweisen. Bereits um Mitternacht waren die Signalfeuer auf den freien Hügelkuppen entzündet worden. Bis in die letzten Winkel der Dunkelwälder drang die Kunde, dass der Clanführer tot war. Der Schein des Feuers drang weit hinauf bis ins Titanengebirge, wo die Drachen wohnten. Tek-Dragon, Fürst aller Drachen, machte sich, kaum dass er die Feuer gesehen hatte, auf den Weg nach Kathmarin, um Drogonn davon zu berichten. Er kehrte noch vor dem Morgengrauen mit ihm zurück.

Als schließlich die Sonne über dem Titanengebirge aufging und ihre wärmenden Strahlen über die Bergspitzen streiften, erhoben sich drei Drachen, um zu den Dunkelelfen zu fliegen. Tek-Dragon mit Drogonn auf dem Rücken, Set-Dragon und Anta-Dragona, die Drachenmagierin. Ihre scharlachroten Schuppen loderten wie das Feuer, das sie einst gespien hatte, als sie noch jung gewesen war. Das Feuer, das sie jetzt spie, war magisches Drachenfeuer, heiß wie die Glut eines Vulkans und kalt wie das ewige Eis der Nordmeere. Es hatte die Farbe eines Nordlichtes, das in einer eisig kalten Winternacht über die nördlichsten Gebiete der Schöpferwelt dahinzog. In diesem Feuer würde der neue Clanführer der Dunkelelfen geboren werden.

Aljandir saß alleine in einem der tiefen Becken der Dampfgrotte, die sich unter dem Berg der Osthöhlen befand, sog die feuchte Luft ein und versuchte, sich zu entspannen. Er schaffte es nicht. In nur einer Nacht war seine ganze Welt aus den Fugen geraten. Hätte er gewusst, dass er Finrod nicht retten konnte, und was der Clanführer von ihm verlangen würde, er wäre geblieben und hätte sich den Nachtmahren gestellt. Das wäre viel einfacher gewesen, als die Aufgabe zu übernehmen, die nun vor ihm lag, und die viel zu groß für ihn zu sein schien. Aber noch viel schlimmer wog, dass er seinen Lehrer, seinen Freund und sein großes Vorbild verloren hatte. Das war so unfair! Wer würde ihm jetzt den Weg weisen? Wer würde ihm den Kopf zurechtrücken, wenn er wieder über die Stränge schlug? An wem sollte er sich orientieren? Er hatte den Kopf weit in den Nacken gelegt und versuchte mit geschlossenen Augen sowohl den Krampf in seinem Kopf, als auch den in seinem Magen zu lösen.

»Es ist so weit. Die Drachen sind da.«

Aljandir öffnete die Augen und sah Solvay, der neben dem Wasserbecken in die Hocke gegangen war.

»Ich will nicht«, brummte er.

Solvay setzte ein süffisantes Lächeln auf. »Sieh es mal so, mein Freund, deine Chancen bei den Elfenfrauen werden dadurch sprunghaft ansteigen.«

Für einen Moment war ein schalkhaftes Aufblitzen in Aljandirs tiefbraunen Augen zu sehen. »Wieso denkst du, dass ich da eine Steigerung nötig hätte?«

Solvay lachte. »Mach schon, beweg deinen Hintern aus dem Wasser. Drogonn wartet nicht gerne.«

Aljandir stieg lustlos aus dem Wasser und fing die Kleidungsstücke auf, die Solvay ihm entgegenwarf. Und während Aljandir in Hose und Stiefel stieg, öffnete Solvay ein in Wildleder eingeschlagenes Bündel und reichte es seinem Freund. Aljandir warf sich die Tunika über die Schulter und griff nach dem Bündel. Er wusste, was sich darin befand. Indis und Rumil, Feuer und Eis, die beiden schwarzen Elfenschwerter des Clanführers. Er hielt sie in die Höhe und betrachtete die Elfenrunen, die die Klingen hinabliefen. Sie würden heute im Drachenfeuer um einen Namen erweitert werden. Um seinen Namen.

Solvay schien seine Gedanken erraten zu haben. »Welchen Namen wirst du wählen?«

Aljandir blickte für einen Moment von den Klingen auf. »Kein neuer Name.«

Wieder lachte Solvay. »›Kein neuer Name‹ klingt nicht gut. Und er wird auch für deinen Rücken ein bisschen zu lang sein.«

Die Dunkelelfenlegende. Daran hatte Aljandir noch gar nicht gedacht. Während den anderen Dunkelelfen ihre Elfenlegende mit dem Drachenstein in den Rücken gebrannt wurde, erledigte das beim Clanführer die Drachenmagierin mit ihrem magischen Drachenfeuer. Es hieß, dass diese Prozedur ungleich schmerzhafter sein sollte. Er hatte gehört, dass Finrod danach tagelang nicht ansprechbar gewesen war.

Solvay wurde ernst. »Anta-Dragona wird dich fragen, welchen Namen du gewählt hast. Ich an deiner Stelle würde mir ihr gegenüber keine dummen Sprüche erlauben.«

Aljandir fixierte Solvay mit ernster Miene. »Und ich an deiner Stelle würde mich während der Zeremonie nicht in meiner Nähe aufhalten. Sonst komm ich wirklich noch auf die Idee und werfe dich an meiner statt ins Drachenfeuer.«

Solvay seufzte. »Mann, du führst dich auf, als würdest du zu deiner Hinrichtung gehen.«

»Ja, so fühl ich mich auch«, erwiderte Aljandir gequält. Und das hatte rein gar nichts mit der schmerzhaften Prozedur zu tun, die ihn gleich erwarten würde. Es war die Verantwortung, die er fürchtete, und die Möglichkeit, zu versagen. Die schätzte er nämlich überaus hoch ein.

Solvay nahm ihn freundschaftlich in den Schwitzkasten und strubbelte sein ohnehin schon zerzaustes und immer noch nasses Haar. »Wird schon schiefgehen, Clanführer. Und wenn du Hilfe brauchst bei der Vorauswahl der Elfenfrauen, sag einfach Bescheid. Ich bin für dich da.«

Aljandir lachte. »Ja, vielen Dank auch. Und jetzt hau ab, und sag denen da draußen, dass ich gleich komme.«

Wie machte Solvay das bloß? Er schaffte es, ihn in den schlimmsten Situationen aufzuheitern.

Nur Augenblicke später stand Aljandir vor dem versammelten Clan der Dunkelelfen. Drei Drachen waren auf der großen Lichtung unweit des Höhlenzuganges gelandet. Dort, wo alle Zeremonien und Feste der Dunkelelfen gefeiert wurden. In der Mitte der von gigantischen Schwarzfichten begrenzten Lichtung hatte man Finrod aufgebahrt. Es war nun seine Aufgabe, die Drachen um seine Feuerbestattung zu bitten. Finrods Asche würde so zu einem Teil der Dunkelwälder werden, mit denen er sich zeit seines Lebens verbunden gefühlt hatte. Seine Seele aber würde sich den Vorangegangenen anschließen, all den Dunkelelfen, die auf eine Wiedergeburt warteten.

Zu beiden Seiten des Toten hatten der Drachenfürst und Set-Dragon Aufstellung genommen. In ihrer Mitte, am anderen Ende der Lichtung, thronte die Drachenmagierin und neben ihr stand Drogonn.

Ein Zischen lag in der Luft, als die beiden mächtigen Drachen einatmeten und dann mit einem ohrenbetäubenden Gebrüll gleichzeitig Feuer spien. Als das Feuer verlosch, war weder von Finrod noch von der Bahre etwas übrig geblieben. Die auf der Lichtung versammelten Dunkelelfen verharrten in feierlichem Schweigen. Auch Aljandir schwieg. Heiliger Schöpferfluch, er wünschte sich, überall anders zu sein, nur nicht hier. Doch jetzt gab es kein Zurück mehr. Er spürte die Blicke hunderter Augenpaare auf sich ruhen und wusste, nicht alle waren ihm wohlgesonnen. Wie viele mochten wohl an Finrods Wahl zweifeln, ihn selbst eingeschlossen.

Aljandir straffte die Schultern und schritt zwischen den beiden Drachen hindurch auf die Drachenmagierin zu. Die Waldlichtung war so voll mit Leben, wie er es noch nie gesehen hatte, und trotzdem fühlte er sich so einsam wie nie zuvor. Aus dem Augenwinkel konnte er sehen, dass die Zwerge eine

Abordnung geschickt hatten, so wie es sich für Nachbarn gehörte, und sogar ein paar Lichtelfen waren gekommen. Hochgewachsen wie sie waren, überragten sie selbst die größten der Dunkelelfen um einen halben Kopf. Ihr helles Haar stach aus der Menge, ihr Gesichtsausdruck wirkte auf Aljandir hochmütig. Großartig, wenn er sich jetzt einen Fehltritt erlaubte, würde das bald ganz Menduria wissen. Der Weg über die Lichtung schien endlos zu sein, aber irgendwann stand er schließlich doch vor der Drachenmagierin. Prüfend ruhte Drogonns Blick auf ihm. Doch es war Anta-Dragonas Blick, der ihn in die Knie zwang. Er legte die Schwerter vor ihr ins Gras und zog seine Tunika über den Kopf, um ihr freie Sicht auf seinen Rücken zu gewähren. Mit gesenktem Kopf wartete er auf das, was kommen würde.

»Aljandir von den Dunkelelfen, Finrod hat dich zu seinem Nachfolger bestimmt«, hob die Drachenmagierin an. Ihre Stimme hatte einen überraschend wohltuenden Klang, gar nicht so, wie man sie von einem Drachen erwartet hätte. »Die Tradition verlangt, dass du uns jetzt den Namen nennst, den du gewählt hast.«

Aljandir wollte ihr gerade antworten, doch zu seiner und der Überraschung aller Anwesenden fiel ihm Anta-Dragona ins Wort. »Aber die Drachen bitten dich um die Gunst, einen Namen für dich wählen zu dürfen.«

Aljandir blickte irritiert auf. Was sollte denn das? Davon hatte er noch nie gehört. Aber den Drachen konnte man schlecht etwas abschlagen. ›Was soll's‹, dachte er. ›Ein Name ist so gut wie der andere.‹ Er räusperte sich und versuchte seiner Stimme einen kräftigen Klang zu verleihen. »Wenn die Drachen das wünschen, soll es mir recht sein.«

Anta-Dragona nickte wohlwollend. »So soll dein Name von nun an Darian lauten.«

Aljandir verzog das Gesicht. »Das ist nicht euer Ernst!«

Ein Raunen ging durch die Menge. Volltreffer. Er hatte der Drachenmagierin widersprochen.

Anta-Dragona zog eines ihrer Augenlider hoch, ohne auch nur ein Wort zu sagen.

Aber nun, da er schon einmal widersprochen hatte, musste Aljandir es auch zu Ende bringen.

»Was soll denn dieser Name bedeuten? Er klingt ja nicht einmal so, als ob er aus Menduria stammt.«

Ein Blick auf Drogonn sagte ihm, dass er jetzt wirklich besser den Mund halten sollte. Aljandir konnte den Gedanken förmlich sehen, der über dem Kopf des Andavyan schwebte: »Was in aller Welt hat sich Finrod bloß dabei gedacht, diesen rotzfrechen Lümmel zu seinem Nachfolger zu ernennen?«

Die Stimme der Drachenmagierin dagegen zeigte keinerlei Verärgerung, als sie antwortete: »Du hast vollkommen recht. Er stammt aus der Schöpferwelt und bedeutet: Der das Gute festhält. Er passt zu der Aufgabe, die das Schicksal für dich vorgesehen hat. Es steht dir natürlich frei, dies abzulehnen.«

Ablehnen, von wegen! Vermutlich würde sie ihn zum Frühstück verspeisen, wenn er es ablehnte. Großartig, er würde mit einem Namen aus der Schöpferwelt gebrandmarkt sein. Und das geschah ausgerechnet ihm, der er sowieso nicht viel für die Schöpfer übrig hatte. Aljandir wog kurz seine Chancen ab und kam schließlich zu dem Schluss, dass es sowieso nicht mehr viel schlimmer kommen konnte, daher sagte er zähneknirschend: »Es wird mir eine Ehre sein, den Namen zu tragen, der mir von den Drachen gegeben wurde.«

Drogonns Blick wurde versöhnlich und die Drachenmagierin nickte zufrieden. Aljandir senkte erneut den Kopf.

Er konnte hören, wie Anta-Dragona zischend Luft holte. Im nächsten Augenblick traf ihn das magische Drachenfeuer. Gleißend hell grub sich der Name ihres neuen Trägers in die schwarzen Elfenschwerter, die er zum Schutz des Clans von nun an führen sollte. Indis und Rumil, Feuer und Eis, und genauso fühlte sich der Schmerz an, der sein Rückgrat hinabjagte, als sich die Elfenrunen tief in seine Haut brannten. Darian, Behüter des Guten, Clanführer der Dunkelelfen, Rune für verflucht schmerzhafte Rune. Das war oberflächlicher Schmerz, den alleine hätte er ertragen. Aber das magische Drachenfeuer tat mehr. Es brannte ihm seine Bestimmung ins Herz. Das Wesen der Drachen würde ab jetzt einen kleinen Teil seines Selbst ausmachen. Urtümlich und wild, gefährlich und trotzdem erhaben und gut. Es würde ihn zum tatsächlichen Führer des Clans machen, so, wie es auch bei Finrod gewesen war.

Darian versuchte, Haltung zu wahren, den Schmerz zu ertragen, solange es ging. Und dann, als er dachte, es nicht mehr länger aushalten zu können, umfing ihn süße befreiende Dunkelheit und erlöste ihn für kurze Zeit vom Schmerz der Verwandlung.

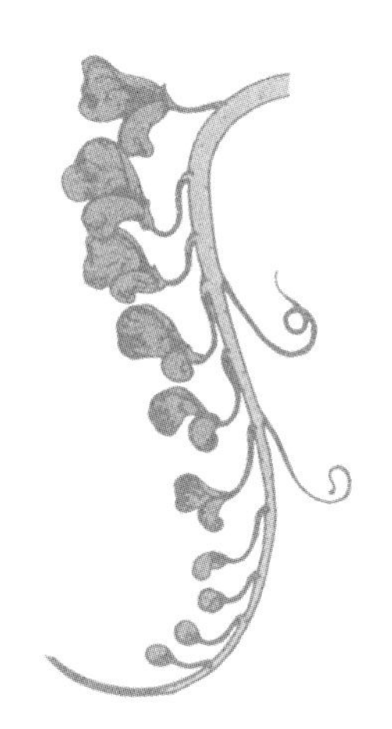

Promenadenweg Nr. 18

Sie hatte nicht damit gerechnet, dass sie in der Universitätsbibliothek so lange brauchen würde. Dabei hätte sie es eigentlich wissen müssen. Freitagnachmittag wollte dort jeder noch schnell seine Bücher fürs Wochenende ausleihen. Das war auch am letzten Freitag des Sommersemesters nicht anders. So dauerte es zuerst eine halbe Ewigkeit, bis ihr das bestellte Buch aus dem Archiv geholt wurde, und nun stand sie in einer Schlange vor dem Kopiergerät. Lina hielt den alten Lederfolianten in der Hand und wurde unfreiwillig Zeuge des Gespräches, das Elena mit ihrem Freund führte. Die beiden sprachen über ihren bevorstehenden Mallorca-Urlaub. Elena, die sie aus den Vorlesungen von Professor Kasper kannte, stand direkt vor ihr an ihren Freund geschmiegt, und schwärmte von romantischen Mondscheinspaziergängen am Strand.

Lina senkte ihren Blick mit einem Schmunzeln und tat so, als würde sie sich in den alten Lederfolianten in ihrer Hand vertiefen. Elenas Freund sah nicht gerade so aus, als hätte er viel für Romantik übrig. Seine Interessen galten eher den Cocktailbars und dem Nachtleben von El Arenal.

Lina versuchte ihre Ohren zu versperren und konzentrierte

sich nun tatsächlich auf das Buch in ihrer Hand. Der unverkennbare Geruch des alten Schweinsledereinbandes stieg ihr in die Nase und schickte ihre Gedanken auf eine Reise in die Vergangenheit, zu einem anderen Buch, das ungleich älter war. Doch nicht das Buch der Gezeiten lag in ihrer Hand, sondern die Snorra-Edda. War es tatsächlich beinahe drei Jahre her, dass sie das Gezeitenbuch in Menduria zuletzt in Händen gehalten hatte? Um genau zu sein, waren es zwei Jahre, acht Monate und sechs Tage. Eine quälend lange Ewigkeit für Linas Begriffe. So vieles war seither geschehen, nur nicht das, was sie sich erhofft hatte. Sie hatte keinen Weg nach Menduria und somit zurück zu Darian gefunden. Lina merkte gar nicht, wie sich ihre Finger bei diesem Gedanken schmerzhaft in das alte Leder gruben.

Da drehte sich Elena zu ihr um und forderte ihre Aufmerksamkeit. »Wohin fährst du denn diesmal in den Urlaub, Lina?«

»Urlaub?« Es dauerte einen Moment, bis Lina die Frage verstand. »Oh, ich fahre nicht weg.«

»Tatsächlich? Wie langweilig«, meinte Elenas Freund.

»Finde ich gar nicht«, entgegnete Lina reserviert. »Ich hab genug zu tun.« Tatsächlich hatte sie daran gedacht ein paar Tage nach England zu fahren. Benjamin würde diesen Sommer in London ein Praktikum machen. Aber sie wusste jetzt schon, dass sie es nicht tun würde. Viel zu groß war ihre Angst, dass sich ausgerechnet während ihrer Abwesenheit ein Tor nach Menduria öffnen würde, und sie es verpassen könnte.

»Du bist dran.« Elena war mit dem Kopieren ihrer Seiten fertig.

Lina schenkte ihr ein Lächeln. »Danke, und schönen Urlaub euch beiden.«

»Den haben wir bestimmt«, sagte Elena augenzwinkernd. »Ich sehe dich dann im Herbst bei den Vorlesungen wieder.«

»Sicher doch«, murmelte Lina und legte die Edda aufgeschlagen auf die Glasfläche des Kopiergerätes.

Die U-Bahn war brechend voll, und die Straßenbahn hatte wie immer Verspätung. Der Heimweg dauerte also wieder einmal ewig. Ein Blick auf ihre Armbanduhr sagte Lina, dass sie spät dran war, sogar verdammt spät. Aus dem gemütlichen Vollbad würde wohl nichts werden. Die Zeit reichte gerade noch für eine schnelle Dusche. Sie hatte Frau Steinmann versprochen, pünktlich um sieben Uhr zu kommen. Also band sie sich das honigblonde Haar zu einem Zopf und verzichtete darauf, es zu waschen. Nur halbherzig abgetrocknet schlüpfte sie in eine bequeme Jogginghose und eine Fleecejacke und machte sich auf den Weg. Auf der gegenüberliegenden Straßenseite lag ihr Ziel, kaum einen Steinwurf entfernt vom Haus, in dem die Wittmars wohnten. Promenadenweg Nummer 18, das Haus, das noch bis vor Kurzem Oma Steinmann gehört hatte. Wie schon unzählige Male zuvor drückte Lina die Klinke des schmiedeeisernen Gartentores. Immer noch erwartete sie, Otto hinter der Tür aufgeregt kläffen zu hören. Bei diesem Gedanken wanderte ihr Blick automatisch zu den vier Steinen unter dem Apfelbaum, die zu einer kleinen Pyramide aufgehäuft waren.

»Hallo, Otto, schön dich zu sehen«, murmelte sie mit einem wehmütigen Lächeln.

Anfang des letzten Winters war der Hund so krank geworden, dass er eingeschläfert werden musste. Weil Oma Steinmann den Hund unbedingt in ihrer Nähe haben wollte, hatte Benjamin Lina geholfen, die gefrorene Erde aufzuhacken und sie hatten den Hund an einem kalten Dezembernachmittag unter dem damals kahlen Apfelbaum begraben. Keine drei Wochen später war Oma Steinmann gestorben. Beide waren sie alt gewesen, Oma Steinmann und Otto. Und der Arzt hatte gesagt, dass sie im Schlaf gestorben war, doch das war kein Trost für Lina gewesen. Sie hatte den Menschen verloren, der ihr wie kein anderer in den letzten beiden Jahren zugehört hatte, bei dem sie sich ausgeweint und dem sie ihre Sorgen und Ängste anvertraut hatte, und ihre Sehnsüchte. Lina wollte nicht ungerecht sein. Auch Benjamin hatte ihr zugehört, am Anfang zumindest. Er war außer ihr der Einzige, der selbst in Menduria gewesen war. Ihr Bruder wusste, dass Lina in die Zeitlinie eingegriffen hatte, als sie im Gezeitenbuch gelesen hatte. Dass sie ihren Vater vor dem Schicksal bewahrt hatte, das ihn auf der Dämonenklippe erwartet hätte. Durch Linas Eingreifen war Xedoc Ariana niemals begegnet und hatte dem Fürsten der Calahadin niemals einen Grund geliefert, David zu entführen. All das wusste Benjamin genauso, wie Lina es wusste. Doch je mehr Zeit verging, umso schwerer schien es ihrem Bruder zu fallen, die Ereignisse so zu sehen, wie sie tatsächlich gewesen waren. Benjamin hatte sein Abitur mit viel Bauchweh geschafft. In sein Informatikstudium allerdings steckte er Energien, die Lina ihm nicht zugetraut hatte. Und wenn er dann einmal Zeit fand, dann verbrachte er diese mit seiner Freundin Debby, einer hyperaktiven Sportstudentin, die ihn ordentlich auf Trab hielt. So hatte Lina aufgehört, mit ihrem Bruder über ihre Probleme zu sprechen. Sie hatte ja Oma Steinmann, die ihr zuhörte. Oma Steinmann hatte sie in stundenlangen Gesprächen und durch geduldiges Zuhören durch ihre schlimmste Zeit nach ihrer Rückkehr aus Menduria gebracht. Oma Steinmann hatte Lina das geglaubt, was sich ihre Mutter strikt geweigert hatte zu glauben. Nämlich, dass die Geschichte, die sie geschrieben hatte, wahr war. Irgendwie konnte Lina ihre Mutter sogar verstehen. Lina dagegen glaubte mit einer Sicherheit, die an verbissene Sturheit grenzte, dass sie es irgendwann schaffen würde, ein Tor nach Menduria zu öffnen. Dieser Glaube war das Einzige, was sie aufrecht hielt. Aus diesem Grund hatte sie sich auch entschieden, alte Geschichte und Literatur zu studieren. Darian hatte ihr erzählt, dass die Tore zwischen den Welten in der Vergangenheit offen gewesen waren. Wenn es irgendwo einen Hinweis darauf geben würde, dann in alten Schriften. Auch dabei hatte Oma Steinmann sie unterstützt. Doch dann war die alte Dame gestorben und hatte in Linas Herz eine riesige Lücke gerissen. Eigentlich hatte sie das Haus im Promenadenweg Nummer 18 nie wieder betreten wollen. Doch dann waren dort Oma Steinmanns Enkelsohn mit seiner Frau und seiner Tochter Julia eingezogen. Das war vor fünf Monaten gewesen. Lina hatte Umzugswagen vorfahren sehen, Handwerker waren ein- und ausgegangen und irgendwann war dann die ganze Familie Wittmar zu Kaffee und Kuchen eingeladen worden. Da ihr Vater damals für einen Fotoauftrag unterwegs gewesen und Benjamin übers Wochenende mit Debby beim Skifahren war, hatte ihre Mutter darauf bestanden, dass zumindest Lina mitkam. »Denk daran, wie nett uns Oma Steinmann damals willkommen geheißen hat«, hatte ihre Mutter vorwurfsvoll gesagt, als sie in das wenig begeisterte Gesicht ihrer Tochter geblickt hatte. »Das sind wir dem Andenken der alten Dame schuldig.«

»Du hast ja recht«, hatte Lina seufzend geantwortet. »Aber alles an dem Haus erinnert mich an Oma Steinmann.«

»Ich versteh dich, Lina. Aber du wirst sehen, es wird sicher nicht so schlimm.«

Ihre Mutter hatte recht behalten. Es war ein netter Nachmittag geworden. Bei Kaffee und Kuchen hatte sich herausgestellt, dass die jungen Steinmanns sogar ausgesprochen liebenswert waren. Die fünfjährige Julia hatte Lina sofort in Beschlag genommen und ihr stolz ihr neues Zimmer gezeigt. Das Haus war vollkommen renoviert worden und erstrahlte in neuem Glanz. Und am Ende dieses Nachmittags hatte Lina einen Nebenjob gehabt. Jeden Freitag kam sie seither herüber, um auf Julia aufzupassen.

Lina hob das Kinderfahrrad hoch, das vor der Eingangstür lag. Kaum hatte sie die Klingel gedrückt, erschien Johanna Steinmann.

»Hallo Lina, schön, dass du da bist.«

»Hallo Johanna.« Lina deutete mit einer fragenden Geste auf das Fahrrad. »Gar keine Stützen mehr?«

Ein gequältes Lächeln erschien auf Johannas Gesicht. »Nein, seit gestern nicht mehr. Simon und ich machen seither nichts anderes, als hinter Julia herzulaufen. Mir bleibt jedes Mal fast das Herz stehen, wenn sie fährt.«

»Bist du so weit, Schatz?« Simon Steinmann war neben seiner Frau aufgetaucht und nahm sie liebevoll in den Arm. Dann bemerkte er Lina. »Ah, du bist schon da.«

»Hallo, Simon«, grüßte Lina, die in die Hocke gegangen war, um sich die Schuhbänder aufzuschnüren. Doch Simon hielt sie davon ab. »Am besten, du behältst die Schuhe gleich an. Julia spricht schon den ganzen Nachmittag davon, dir ihre Fahrradkünste zu zeigen.« Dabei zeigte sich ein verschmitztes Lächeln auf seinem Gesicht. »Ich hoffe, du bist schnell zu Fuß.«

Lina hatte sich kaum erhoben, als Julia sich an ihrem Vater vorbeidrängte. Mit einem Jauchzen stürzte sie sich in Linas Arme.

»Hallo Lina! Hast du schon gesehen? Die Stützen sind weg.«

Linas Lächeln wurde breiter. »Dann möchte ich aber unbedingt sehen, wie du ohne sie fährst.«

Das ließ Julia sich nicht zweimal sagen. Jauchzend lief sie noch einmal ins Haus, um ihren Fahrradhelm zu holen.

Auch Johanna und Simon machten sich auf den Weg.

»Wir sind so gegen elf Uhr wieder da«, sagte Johanna.

»Ist gut, und viel Spaß euch beiden.« Lina winkte den beiden noch nach und schob das Fahrrad dann langsam vor sich her. Am Gartentor wartete sie und sah zu, wie Julia aus dem Haus gestürmt kam. Und während sie beobachtete, wie das Auto der Steinmanns um die Ecke verschwand, bestieg Julia mit hochkonzentrierter Miene ihr Fahrrad.

»Du kannst loslassen«, sagte sie vorwurfsvoll, weil Lina sie immer noch am Sitz festhielt.

Die nächsten fünfzehn Minuten verbrachte Lina damit, hinter Julia herzulaufen und jedes Mal einzugreifen, wenn das kleine Mädchen ins Schlingern kam. Langsam ging ihr die Puste aus. Schließlich meinte sie keuchend: »Ich glaube, wir gehen jetzt besser rein.«

Julia zog eine enttäuschte Schnute. »Nur noch ein Mal, Lina, bitte!«

Lina seufzte. Die Kleine wusste genau, wie sie sie um den Finger wickeln konnte. »Also gut, ein Mal noch. Aber dann ist Schluss.« Ihr tat vom Laufen in dieser gebückten Haltung schon der Rücken weh.

Sie streckte ihr Kreuz mit hoch erhobenen Händen durch, als Julia ohne Vorwarnung in die Pedale trat und Lina davonfuhr. Der Weg war leicht abschüssig und so bekam Julia viel zu viel Schwung. Lina begann zu laufen. »Nicht so schnell, Julia!«

»Siehst du? Ich kann's!« Julia drehte sich zu ihr um und verriss dabei den Lenker. Noch ehe Lina sie erreichen konnte, stürzte die Kleine der Länge nach auf das harte Pflaster und wurde unter ihrem Fahrrad begraben.

Lina zog scharf die Luft ein, während der Schreck ihr in die Glieder fuhr. Mit ein paar schnellen Schritten hatte sie Julia erreicht, hob das Fahrrad zur Seite und half ihr aufzustehen. Nach einer kurzen Schrecksekunde begann Julia herzzerreißend zu weinen. »Das brennt so!«

Lina hätte sich ohrfeigen können. Wieso hatte sie sich bloß zu diesem letzten Versuch überreden lassen? Julias Nase und ihre Handflächen waren aufgeschürft und ihre Hose war am linken Knie zerrissen. Sonst schien ihr zum Glück nichts zu fehlen.

»Das haben wir gleich, kleine Maus.« Lina versuchte aufmunternd zu klingen, als sie Julia hochhob und mit ihr in

Richtung Haus lief. Das Fahrrad schleppte sie mit der anderen Hand bis zum Gartentor mit, wo sie es unachtsam ins Gras fallen ließ. Mit schnellen Schritten ging sie die Treppe hoch, die zur Eingangstür führten, durchquerte den Flur und machte erst im Badezimmer halt, wo sie Julia auf dem Rand der Badewanne absetzte. Mit einem kalten Lappen begann sie die Wunden zu reinigen. »Tut es noch sehr weh?«

Julia nickte schniefend. In ihrem Gesicht hatten sich die Tränen mit dem Staub der Straße und dem Blut aus ihrer Schürfwunde vermischt.

Ganz vorsichtig nahm Lina das Kinn des kleinen Mädchens zwischen Daumen und Zeigefinger und begann ihr das Gesicht zu waschen. Sie erinnerte sich, dass Darian ihr Gesicht einmal auf ähnliche Art gesäubert hatte, bevor sie in die Noriatwüste aufgebrochen waren. Vermutlich hatte sie damals ähnlich ausgesehen wie Julia jetzt. Lina verspürte ein schmerzhaftes Ziehen in der Magengegend, so wie sie es immer verspürte, wenn sie an Darian dachte. Sie schloss für einen Moment die Augen und da war sein Bild wieder. Nicht mehr so klar, wie es noch knapp nach ihrer Rückkehr in diese Welt gewesen war, aber deutlich genug. Darian. Seine dunklen Augen, sein dunkles wild zerzaustes Haar, sein umwerfendes Lächeln. Lina seufzte und versuchte das Bild zu verdrängen, indem sie die Augen wieder öffnete. Julias Gesicht war immer noch zerschürft. Sie wünschte, sie könnte das ungeschehen machen. Und mit einem Mal spürte sie Wärme in sich aufsteigen. Lina wusste, was das zu bedeuten hatte. Erst zweimal war es ihr gelungen, die Heilkräfte der Andavyan zu beschwören, seit sie aus Menduria zurückgekehrt war. Beide Male hatte sie Benjamin von einem seiner fürchterlichen Migräneanfälle befreit.

»Kannst du ein Geheimnis bewahren?« Linas fragender Blick erregte sofort die Aufmerksamkeit des kleinen Mädchens. Sie wischte sich die Tränen aus dem Gesicht und nickte heftig.

»Gut, dann schließ die Augen. Du darfst sie erst wieder aufmachen, wenn ich es dir sage, versprochen?«

Geräuschvoll zog Julia die Nase hoch und schloss die Augen. »Versprochen.«

»Kennst du einen Zauberspruch?«, erkundigte sich Lina.

»Ja.«

»Gut, dann musst du ihn jetzt so lange wiederholen, bis ich dir sage, du darfst die Augen wieder öffnen.«

Julia nickte eifrig. Nun schloss auch Lina die Augen, legte ihre Hände an Julias Wangen und ließ die heilende Magie fließen. Es brannte kurz in ihren Handflächen, dann war der Schmerz vorbei. Die gleiche Prozedur wiederholte sie danach bei Julias Händen. Alleine durch ihre Vorstellungskraft ließ sie die abgeschürfte Haut des Mädchens wieder heilen.

»So, jetzt darfst du die Augen wieder öffnen«, sagte Lina schließlich.

Julia blickte fasziniert auf ihre Hände und griff sich an die Nase. »Wie hast du das gemacht?«

»Das war ich nicht. Du hast doch den Zauberspruch aufgesagt, nicht wahr?« Lina lächelte verschmitzt und fügte dann in verschwörerischem Tonfall hinzu: »Aber das sollte unser Geheimnis bleiben.«

»Versprochen.« Julia sprang auf und lief ins Kinderzimmer, nur um im nächsten Moment mit einem Spielekarton unter dem Arm wieder im Wohnzimmer aufzutauchen.

»Schon wieder dieses Hasenspiel?«, erkundigte sich Lina gequält. »Du weißt doch, dass ich dabei immer verliere.«

Julia gluckste vergnügt und begann, die Hasen auf dem Spielfeld zu verteilen. Vier Runden Hasenjagd musste Lina über sich ergehen lassen, ehe sie Julia endlich dazu überreden konnte, ins Bett zu gehen. Trotzdem dauerte es noch eine gute halbe Stunde, in der Lina einige Kobold- und Feengeschichten zum Besten gab, bis Julia endlich eingeschlafen war.

Erst dann fand sie die Ruhe, über die Geschehnisse des heutigen Tages nachzudenken. Wieso war ihr ausgerechnet heute der Zugriff auf ihre Heilkräfte gelungen, während sie so viele Male, in denen sie es versucht hatte, gescheitert war? Sie dachte immer noch darüber nach, als Julias Eltern nach Hause kamen.

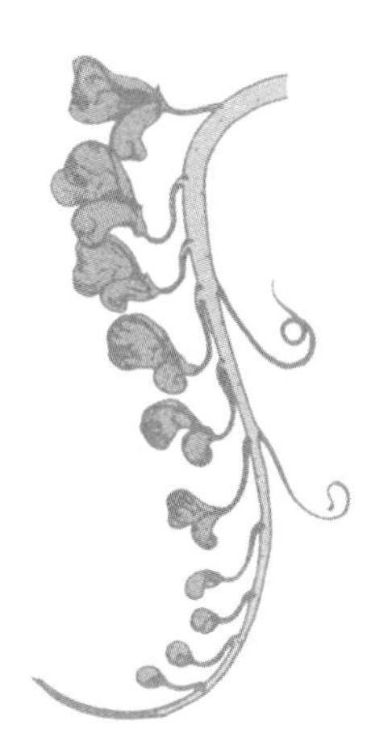

Abschiedsfeier

Schwungvoll lief Benjamin die Treppe noch einmal hoch, immer zwei Stufen auf einmal nehmend. Er klopfte an die Zimmertür seiner Schwester und trat ein, noch ehe sie ihn hereingebeten hatte.

»Bist du sicher, dass du nicht doch mitkommen willst?«

Lina setzte ein müdes Lächeln auf. »Nein, danke. Ich hab noch was zu tun.«

Benjamin verzog das Gesicht. »Komm schon, Lina, das ist doch bloß eine Ausrede. Es ist Samstagabend. Deine nächste Vorlesung ist im Herbst und es ist meine Abschiedsparty. Debby würde sich auch freuen, wenn du mitkommst.«

Lina konnte sich ein boshaftes Grinsen nicht verkneifen. »Das ist eine Lüge, und das weißt du genau.«

Benjamin erwiderte ihr Grinsen schuldbewusst. Es stimmte, dass Debby und Lina nicht gerade das wärmste Verhältnis zueinander hatten. Seine Schwester wusste nichts mit seiner Freundin anzufangen. Und Debby erging es mit Lina genauso. Die beiden waren einfach zu verschieden. »Du übertreibst«, meinte er daher in dem Versuch, diplomatisch zu sein. »Außerdem werden noch jede Menge andere Leute dort sein.«

»Ach ja, wer denn?«, hakte Lina nach.

»Patrick und Tobias, aus meinem Softwarekurs«, begann Benjamin aufzuzählen. »Kennst du Tobias? Der wird dir bestimmt gefallen.«

»Nein, danke, kein Interesse.«

»Ach ja, Debby hat auch ein paar Freunde eingeladen.« Und weil Lina die Hände bereits wieder zu einer abwehrenden Geste gehoben hatte, sagte Benjamin schnell: »Komm schon, Kleine. Tu es mir zuliebe. Es ist mein letzter Abend in der Stadt. Wenn du nicht doch nach London kommst, sehen wir uns erst in zwei Monaten wieder.«

Lina gab sich seufzend geschlagen. »Du hast ja recht, Ben. Und außerdem brauchst du sowieso jemanden, der dich nach Hause fährt.«

Lina erhob sich und schlüpfte in abgetragene Jeans und einen weiten Pulli. Mit ein paar geschickten Handgriffen hatte sie ihr Haar im Nacken zu einem Knoten gebunden und war bereit zu gehen. Verstohlen betrachtete Benjamin sie und konnte nicht umhin, stolz auf sie zu sein. Seine Schwester war eine unglaublich hübsche junge Frau geworden. Wenn sie einen Raum betrat, könnte sie ebenso gut einen Leinensack tragen und trotzdem würden sich alle nach ihr umdrehen. Ihre Schönheit war vollkommen natürlich und bedurfte keiner stundenlangen Vorbereitung. Schmunzelnd musste Benjamin daran denken, wie ihm oft neidische Blicke zugeworfen wurden, wenn er mit Lina unterwegs war. Nichts deutete darauf hin, dass sie Zwillinge waren.

Zufrieden stellte Benjamin fest, dass Lina auch endlich wieder zugenommen hatte. Das war eine Zeit lang ganz anders gewesen. Nachdem sie aus Menduria zurückgekehrt war, hatte sie weder essen noch schlafen können. All ihre Gedanken hatten sich um Darian gedreht. Benjamin hatte zugehört, wenn Lina reden wollte. Aber mehr hatte er auch nicht für sie tun können. Für ihn war Menduria eher ein böser Albtraum, der den Familienfrieden der Wittmars bedrohte. Für Lina war es das Ziel ihrer Träume. Mittlerweile sprach sie kaum noch darüber. Doch Benjamin kannte seine Schwester gut genug, um zu wissen, dass sie diesen Traum nicht aufgegeben hatte. Lina würde niemals aufgeben.

»Können wir jetzt gehen? Oder willst du zu deiner eigenen Abschiedsparty zu spät kommen?«, erkundigte sich Lina und riss Benjamin damit aus seinen Gedanken.

Lina hatte es sich auf dem Rücksitz des kleinen VW Polo gemütlich gemacht, den sie sich mit Benjamin teilte. Sie hielt den Kopf an die Nackenstütze der Rückbank gelehnt und den Blick gerade nach vorne gerichtet. Benjamins Fahrstil war keine Wohltat für ihren Magen, aber sie ließ ihn trotzdem ans Steuer. Nach Hause würde sowieso sie fahren müssen. Und zwei Gassen weiter stieg Debby zu ihnen ins Auto. Benjamin wurde von seiner Freundin mit einem dicken Kuss begrüßt. Lina dagegen erntete ein überraschtes: »Oh, du kommst auch mit?«

»Hallo Debby«, sagte Lina und fügte dann in Gedanken hinzu: ›Ich freu mich auch, dich zu sehen.‹

Die Freundin ihres Bruders war ein Paradebeispiel für körperliche Disziplin. Ihre Hüften zierte kein Gramm Fett. Sie war durchtrainiert und immer darauf bedacht, perfekt auszusehen. Sie hatte einen fast knabenhaften Körperbau. Da blieb es nicht aus, dass Lina schon mal den einen oder anderen Rat von ihr zum Thema Ernährung oder Styling bekam. Lina ließ es über sich ergehen und dachte sich ihren Teil. Auch heute sah Debby wieder wie aus dem Ei gepellt aus. Sie trug hautenge schwarze Jeans, ein knappes Satinjäckchen und Stöckelschuhe, bei denen sich Lina fragte, wie man damit bloß gehen konnte. Es war unübersehbar. Lina und Debby trennten Welten.

Das kleine Bierlokal in der Innenstadt war krachvoll, laut und stickig. Und wie Lina befürchtet hatte, drehten sich die Gesprächsthemen von Benjamins Freundeskreis nicht gerade um Themen, bei denen sie mitreden konnte oder wollte. Weder die neueste Spionagesoftware, von der Tobias zu ihrer Linken in den höchsten Tönen sprach, noch die letzten Dopingtests der Radprofis, die Debby mit Andreas, einem solariumgebräunten Studienkollegen zu ihrer Rechten diskutierte, interessierten Lina sonderlich. Bier floss in Strömen und ließ die Runde immer heiterer werden. Nur Debby trank Wein. Und sie vertrug das Zeug überhaupt nicht. Ihr Gekicher wurde immer schriller. Schon nach kurzer Zeit, saß sie auf Benjamins Schoß und versuchte, zu seiner zweiten Haut zu werden. Andreas wandte sich nun Lina zu, um ihr zu erklären, was der Unterschied zwischen A- und B-Probe bei den Dopingtests sei. Dabei war ihm ziemlich egal, dass Lina sichtlich nicht an diesem Thema interessiert war. Nach einer weiteren Viertelstunde hatte Lina genug. Das hier war nicht ihre Welt. Sie nahm ihre Jacke von der Stuhllehne und stand auf. »Ich geh ein bisschen frische Luft schnappen«, sagte sie zu Benjamin.

»Soll ich mitkommen?«

»Bleib nur. Ich komm schon zurecht.« Linas wissendes Lächeln sprach Bände. Selbst wenn Benjamins Absichten ehrenhaft waren, hätte er sich aus Debbys Würgegriff der Liebe nicht befreien können.

Mit einiger Mühe hatte sich Lina bereits den Weg durchs halbe Lokal gekämpft, als sie plötzlich angesprochen wurde. »Du musst Benjamins Schwester sein.«

Lina sah überrascht hoch. Sie hatte den Blick starr auf den Boden gerichtet, um niemandem auf die Füße zu treten. Jetzt sah sie sich einem jungen Mann gegenüber. Dunkelblondes Haar umrahmte ein volles Gesicht mit ausgeprägten Kieferknochen. Aus graublauen Augen sah er Lina freundlich an.

»Ja, ich bin Lina«, sagte sie abwartend. »Woher weißt du das?«

»Oh, ich hab dich von Benjamins Tisch aufstehen sehen und nach seiner Beschreibung hab ich es mir gedacht.«

»Aha.« Lina startete den Versuch, sich an ihm vorbeizuschieben. »Na, dann weißt du ja, wo alle sind.«

»Gehst du schon?«, erkundigte sich ihr Gegenüber.

»Nein, ich muss nur ein bisschen Luft schnappen.« Lina wollte jetzt nur noch hier raus.

»Darf ich dich begleiten?« Und dann noch ehe sie antworten konnte, sagte er: »Oh, wie unhöflich von mir. Ich hab mich ja gar nicht bei dir vorgestellt. Ich bin Leon.«

»Freut mich, Leon«, sagte Lina und ergriff kurz die Hand, die er ihr entgegenstreckte. Doch sie blieb ihm die Antwort schuldig. Leon hatte das anscheinend als ein ›Ja‹ aufgefasst, denn er schob sich in Richtung Ausgang und erleichterte Lina damit das Weiterkommen.

In der kühlen Nachtluft angekommen, holte sie erst einmal tief Luft und zog sich die Jacke an. Sie hasste stickige Lokale.

»Warst du nicht gerade auf dem Weg zu Benjamin und seinen Freunden?« Sie wäre lieber alleine gewesen, wollte aber nicht unhöflich sein.

»Weißt du, eigentlich mag ich diese Art von Lokalen nicht besonders. Ich wollte mich nur von deinem Bruder verabschieden. Sonst wäre ich gar nicht gekommen.«

Lina war überrascht. »Du bist nicht aus Benjamins Jahrgang, oder?«

Leon lachte. »Nein, ich hab ihn durch Debby kennengelernt. Er hat mir das Leben gerettet, als er meinen Computer vor einem Totalabsturz bewahrt hat.«

»Oh, verstehe, du studierst also auch Sportwissenschaften?«

»Schuldig im Sinne der Anklage«, sagte Leon mit einem entwaffnenden Lächeln, während er sie eingehend von der Seite betrachtete. Schließlich fragte er: »Und du bist sicher, dass ihr Zwillinge seid, du und Benjamin?«

»Ziemlich sicher sogar.« Ein kurzes Lächeln huschte über Linas Lippen. Das hier war das erfrischendste Gespräch, das sie an diesem Abend geführt hatte.

»Entschuldige, das war eine blöde Frage. Aber ihr seid so unterschiedlich.«

Sehr scharfsinnig.

»Studierst du auch?«, erkundigte sich Leon und hob damit das Gespräch auf eine vernünftige Ebene.

»Ja, Literatur und alte Geschichte«, sagte Lina.

»Aha, und wieso gerade das?«

Er tat zumindest so, als würde es ihn interessieren. Das musste Lina ihm zugutehalten.

»Ich lese gerne«, hätte sie antworten können. Aber so einfach würde sie es ihm nicht machen. Deshalb sagte sie: »Mich interessiert der literarische Einfluss auf die Geschichte in Bezug auf mythologische Wesen.«

Spätestens jetzt würde er das Handtuch werfen.

»Welche Art von Mythologie?«, fragte Leon stattdessen.

»Hauptsächlich die Keltische und Altnordische«, gab Lina zurück.

»Verstehe. Du willst herausfinden, ob es für Elfen, Zwerge oder zum Beispiel Thors Hammer einen geschichtlichen Beweis gibt.«

Lina war sprachlos. Vermutlich sah sie ihn auch genauso an. Denn er begann plötzlich zu lachen. »Weißt du, nicht alle Sportstudenten haben einen so begrenzten Horizont wie deine zukünftige Schwägerin.«

Jetzt war es Lina, die lachte. »Oh, bitte nicht! Wenn Debby bei uns einzieht, ziehe ich aus.«

»Kann ich gut verstehen«, sagte Leon schmunzelnd.

Eine ganze Weile standen sie schweigend nebeneinander,

bis Leon schließlich vorschlug: »Vielleicht sollten wir doch wieder reingehen. Nicht dass Benjamin dich noch als vermisst meldet.«

Lina fröstelte sowieso schon, also nickte sie zustimmend und folgte ihm zurück ins Lokal.

Sie hatten Benjamins Tisch noch nicht erreicht, als sie Debby bereits durchs halbe Lokal rufen hörte: »Seht nur, da kommen Lina und Leon. Die beiden würden doch ein süßes Pärchen abgeben, findet ihr nicht?«

Lina schüttelte nur den Kopf. Irgendjemand sollte Debby den Wein wegnehmen.

Aber die Jungs am Tisch begannen anzüglich zu grinsen und Debby recht zu geben.

»Hey, hört auf mit dem Unsinn. Ihr sprecht hier von meiner Schwester!« Benjamins Stimme war seine Empörung anzuhören.

Doch niemand schien ihn sonderlich ernst zu nehmen. »Wieso, verprügelst du uns sonst, großer Bruder?« Bernd, der Benjamin gegenübersaß, tat sich beim Sprechen schon ziemlich schwer.

»Das brauch ich gar nicht«, erwiderte Benjamin in einem Tonfall, der schon bei Weitem nicht mehr so ausgelassen klang wie noch Augenblicke zuvor. »Das schafft sie schon alleine.«

Nun war Bernd nicht mehr zu bremsen. »Was macht sie denn dann mit mir? Legt sie mich übers Knie und versohlt mir den Hintern?«

Zustimmendes Gelächter der anderen war sein Lohn.

Benjamin dagegen war das Lachen vergangen. »Nein«, sagte er todernst. »Sie zieht dir ein Breitschwert über den Schädel und verpasst dir damit eine neue Frisur.«

»Ein Schwert?«, prustete Bernd, und hielt sich dabei am Tisch fest, um nicht vor Lachen umzukippen. Er nahm Benjamins Aussage nicht ernst.

Lina legte Benjamin die Hand auf die Schulter und hinderte ihn damit am Aufstehen. Sie kannte ihren Bruder. Bernd hatte eben eine Grenze überschritten. »Lass gut sein, das ist es nicht wert.«

Benjamin gab nach, sagte aber zu Debby: »Ich glaube, es reicht jetzt. Wir gehen.«

Debby zog eine Schnute. »Schon?«

»Ich warte draußen«, meinte Lina und wandte sich zum Gehen. Leon stand hinter ihr und hatte die ganze Szene schweigend beobachtet.

»Schwertkampf?«, erkundigte er sich mit leicht geneigtem Kopf.

Lina nickte nur. Sie hatte keine Lust, sich noch weitere dumme Sprüche anzuhören.

»Das ist ungewöhnlich, aber interessant.«

»Ist es.« Sie schenkte ihm ein angedeutetes Lächeln und verließ das Lokal.

Nicht lange danach tauchte Benjamin auf. Debby, die schlimmer schwankte als ein Baum im Sturmwind, hatte sich bei ihm untergehakt. An seiner anderen Seite ging Leon. Er hatte die Hände in den Hosentaschen vergraben und unterhielt sich in leisem Plauderton mit Benjamin. Als sie das Auto erreichten, verfrachtete Benjamin Debby auf den Rücksitz und kletterte selbst hinein.

Lina umrundete das Auto und wollte die Fahrertür öffnen. Doch noch ehe sie dort ankam, hatte Leon die Tür bereits für sie geöffnet. Er streckte ihr die Hand entgegen. »Es hat mich gefreut, Lina.«

Lina drückte seine Hand. »Mich auch. Gute Nacht, Leon.« Es war ehrlich gemeint, denn er hatte ihren Abend gerettet.

Als Lina das Auto auf die Straße lenkte, und in den Rückspiegel sah, bemerkte sie, dass Leon immer noch dort stand und ihnen nachblickte. Debby hatte in der Zwischenzeit auf der Rückbank in Benjamins Armen zu schnarchen begonnen.

»Was?«, blaffte Benjamin, der Linas Grinsen bemerkte.

Lina konnte im Rückspiegel sehen, wie seine Mundwinkel zuckten. Sie setzte eine Unschuldsmiene auf. »Gar nichts. Ich bewundere nur ihre Grazie.«

Kaum hatte das Auto angehalten, erwachte Debby. Sie schien ihren Rausch überwunden zu haben, nicht aber ihre Anhänglichkeit. An Benjamin gekuschelt, ließ sie sich von ihm ins Haus tragen. Lina ging voraus und schloss die Tür auf. Der Mond beleuchtete das alte efeubewachsene Haus und ließ es noch mystischer erscheinen als bei Tag. Die Türmchen und Erker verliehen ihm ein beinahe magisches Aussehen. Mondlicht brach sich in den Buntglasfenstern. Lina blickte kurz hinauf zu dem weißen Erdtrabanten. Er war allcinc. Kein Blutmond begleitete ihn. Sie seufzte. Was hatte sie auch erwartet?

Als sie endlich die Treppe des obersten Stockwerkes erreicht hatten, war Benjamin ziemlich außer Atem, während Debby sich zärtlich an seinen Hals schmiegte.

»Tut mir leid wegen der Sache im Lokal«, sagte er, den Blick fest auf Lina gerichtet.

»Lass gut sein.« Sie hatte Benjamins Kumpels bereits vergessen.

»Geht's dir gut?« Benjamin blickte Lina eindringlich an, während er mit dem Ellenbogen seine Zimmertür öffnete.

Lina nickte. »Klar doch.«

Debby raunte ihrem Bruder irgendetwas ins Ohr, das ihm die Röte ins Gesicht trieb. Er schien sich nicht sicher zu sein, ob Lina es gehört hatte. Also sagte er ein wenig verlegen: »Was werd ich bloß zwei Monate ohne sie tun?«

Lina setzte ein mildes Lächeln auf. »Gute Nacht, Benjamin.« In ihrem Zimmer lehnte sie sich an die Tür und murmelte: »Was denkst du, wie sich erst über zwei Jahre anfühlen.«

Tagsüber schaffte sie es mittlerweile, diese Gedanken zu verdrängen, indem sie sich selbst keine Zeit zum Nachdenken ließ. Aber sobald sie ihr Zimmer betrat, funktionierte das nicht mehr. Dort drohten die Einsamkeit und die Leere, die sie empfand, sie zu erdrücken.

Wie schlimm würde es wohl ab morgen werden? Benjamin würde sein zweimonatiges Fachpraktikum in England antreten und ihre Eltern würden noch gut einen Monat in Amerika bleiben. Ihre Mutter war dort auf einer Lesereise unterwegs und ihr Vater begleitete sie. Es waren Sommerferien an der Uni und Lina hätte sie begleiten können. Aber das wollte sie nicht.

»Ich mache mir Sorgen um dich«, hatte ihre Mutter zum Abschied gesagt. »Möchtest du mir nicht sagen, was dich bedrückt?«

›Das wollte ich doch, aber du hast mir nicht geglaubt.‹ Lina hatte die Worte nicht laut ausgesprochen. »Es ist alles in Ordnung, Mama«, hatte sie stattdessen versichert.

Ihre Mutter hatte ihr das jedoch nicht abgenommen. »Wenn ich zurückkomme, reden wir, einverstanden?«

»Einverstanden.«

Lina seufzte und holte das Buch unter ihrem Bett hervor. Es war nicht das Gezeitenbuch, sondern das Buch ihrer Mutter. Aber es war ihre einzige Verbindung zu Darian, die sie zurzeit hatte. Zwischen den Seiten dieses Buches fand sie ihn jedes Mal wieder. Und für sie war er im Unterschied zu allen anderen Lesern so real, wie es nur irgend ging. Sie war zu müde, um heute noch darin zu lesen. Es war auch schon lange nicht mehr notwendig. Sie kannte die Geschichte ja. Sie hatte sie selbst erlebt. Es war ihr nur wichtig, das Buch zu spüren. Es unter das Kopfkissen zu schieben, reichte ihr vollkommen aus, um sich dessen bewusst zu sein. Und so wie jeden Abend galten ihre letzten Gedanken Darian, bevor sie in die Traumwelt davonglitt.

Lina schreckte aus dem Schlaf hoch. Das Telefon läutete. Verschlafen blickte Lina auf die Uhr. Gleich neun! Der Schock ließ sie augenblicklich vollkommen wach werden. Sie sprang aus dem Bett und rannte in Benjamins Zimmer. Auf das Klopfen verzichtete sie. »Wach auf, Benjamin, du verpasst sonst noch …« Oh, Debby war ja auch noch da. »… deinen Flug.«

Lina konnte nicht erkennen, wo in dem Knäuel im Bett ihres Bruders Benjamin begann und Debby endete. Sie wollte das auch gar nicht so genau wissen. Tatsache aber war, dass er zu spät kommen würde, wenn er jetzt nicht bald aufstand. Für einen kurzen Moment war sie versucht, die beiden ganz einfach weiterschlafen zu lassen und selbst wieder ins Bett zu gehen, verwarf den Gedanken aber gleich wieder.

»Benjamin, Debby, aufwachen!«, rief sie energisch.

Ein unwirsches Brummen war aus den Tiefen der Decken zu vernehmen.

»Lina, es ist doch erst …«

»… neun Uhr.«

Benjamin saß plötzlich kerzengerade im Bett. Ein verlegenes Schmunzeln spielte um seine Lippen, als sich auch Debby aus den Decken erhob.

›Toll sieht sie aus nach einer durchzechten Nacht.‹ Lina konnte sich ein schadenfrohes Grinsen nicht verkneifen, als ihr Blick auf die Knitterfalten in Debbys sonst so makellos geschminktem Gesicht fiel. »Ich mach Kaffee«, sagte sie und verließ das Zimmer.

Das Telefon klingelte immer noch, oder vielleicht auch schon wieder. Irgendjemand sehr Hartnäckiges war da dran. Lina hob den Hörer ab.

»Wittmar?«

»Hallo Lina. Bist du das?«

Lina erkannte die Stimme nicht. »Ja. Wer spricht?«

»Oh, hier ist Leon. Du erinnerst dich?«

Lina erinnerte sich. Aber was wollte er? Dann fiel es ihr ein. »Ah, du willst bestimmt Benjamin sprechen.«

»Nein, eigentlich wollte ich dich sprechen.«

Jetzt war Lina wirklich überrascht. »Ähm, o.k.«

»Ich wollte dich fragen, was du heute machst«, sagte Leon.

»Ich bring Benjamin zum Flughafen und dann geh ich zum Training.«

»Schwertkampf?«

»Ja.«

»Darf ich dich vielleicht begleiten?« In seiner Stimme klang kein bisschen Unsicherheit mit.

»Wieso?« Was für eine blöde Frage. Aber seine Antwort war nicht schlecht gewählt: »Weil es mich interessiert. Ich meine, aus studientechnischen Gründen.«

»Aha.« Eine Pause entstand, während Lina überlegte. Benjamin würde fort sein, und sie wollte auf keinen Fall Debby für den Rest des Tages am Hals haben.

»Lina, bist du noch da?«

»Ja, entschuldige. Wieso nicht?«, sagte sie schließlich. »Du kannst bestimmt eine Schnupperstunde nehmen.«

»Schön, wann soll ich dich abholen?«

»Um drei Uhr.«

»Ist gut«, sagte Leon vergnügt. »Ach ja, und wünsch doch bitte deinem Bruder eine schöne Reise von mir.«

»Mach ich, bis dann.« Lina legte den Hörer auf. Als sie sich umdrehte, stand Benjamin lässig an den Türrahmen der Küche gelehnt und beobachtete sie.

»Wer war das?«, erkundigte er sich.

Sie versuchte so beiläufig wie möglich zu klingen. »Leon.«

»Leon?« Benjamins Gesicht hatte einen Ausdruck angenommen, der Lina überhaupt nicht gefiel. »Was wollte er?«

»Dir eine schöne Reise wünschen«, sagte Lina ausweichend.

»Und sonst nichts?« Jetzt grinste Benjamin offen und unverschämt.

»Das geht dich gar nichts an«, gab sie zurück und reichte ihrem Bruder eine Tasse Kaffee.

Benjamin nahm das dampfende Getränk dankend entgegen und strubbelte Lina durchs Haar, so wie er es immer machte, wenn er sie necken wollte. »Lass gut sein.« Dann wurde sein Blick vollkommen ernst. »Nur dass du es weißt: Leon ist schwer in Ordnung.«

Lina nickte. »Wenn du das sagst.«

Die Szene, die Debby am Flughafen machte, konnte Lina einfach nicht fassen. Debby heulte wie ein Schlosshund, als sie sich von Benjamin verabschiedete.

Ihr Bruder wirkte ziemlich hilflos, als er sie zu beruhigen versuchte. »Komm schon, Schatz, London ist doch gleich um die Ecke. Wenn du Lust hast, setzt du dich in den Flieger und kommst mich besuchen. Und ich bin ja in zwei Monaten wieder da.«

»Zwei Monate sind so lang!« Schniefen, Geheul und noch mehr Geschniefe waren die Folge.

Benjamin hielt Debby im Arm und warf seiner Schwester einen verzweifelten Blick zu.

Lina wusste, sie sollte das nicht tun, aber sie konnte sich ein verstohlenes Lächeln nicht verbeißen. Aber vielleicht litt Debby ja tatsächlich? Geduldig wartete Lina, bis Debby sich wieder beruhigt und sich von ihrem Bruder gelöst hatte. Erst als sie auf der Toilette verschwand, um ihr Make-up in Ordnung zu bringen, hatte Lina Gelegenheit sich alleine von Benjamin zu verabschieden.

Er schloss sie in die Arme.

»Wenn du etwas brauchst, rufst du mich einfach an, hörst du? Ich nehm den nächsten Flieger und komm zurück.«

»Das hast du Debby aber nicht versprochen«, sagte Lina und versuchte dabei so ungezwungen wie möglich zu wirken.

»Ich meine es ernst.« Benjamins Blick wurde eindringlich.

Lina wusste die Sorge ihres Bruders zu schätzen. »Wenn ich dich brauche, werde ich dich rufen. Ich verspreche es.«

Als die Autotür hinter Debby ins Schloss fiel, seufzte Lina erleichtert. Sie selbst hatte es nicht besonders eilig, nach Hause zu kommen. Bis Leon sie abholen würde, blieb noch jede Menge Zeit. Ihr Parkplatz vor dem Haus war noch immer frei. Lina schloss das Auto ab, und ging ins Haus. Das alte Haus war ihr Zuhause, seit sie aus England weggezogen waren. Ihr Vater war mit dem Umzug hierher einverstanden gewesen und hatte seither viele Fotoaufträge im Osten Europas. David Wittmar, einer der bestgebuchten Landschaftsfotografen. Lina hatte andere Erinnerungen an ihn. Schlimme Erinnerungen, in denen er jahrelang verschollen gewesen war, so, wie es im Buch ihrer Mutter beschrieben wurde. Kein Wunder, dass ihre Mutter das nicht glauben wollte. Denn es würde auch bedeuten, dass sie in ihrem früheren Leben eine Andavyan gewesen war. Manchmal ist Unwissenheit ein Segen, fand Lina. Sie würde nicht wieder versuchen, ihre Mutter von der Wahrheit zu überzeugen.

Aber in den endlosen Stunden, in denen sie über all das nachgedacht hatte, war ihr klar geworden, warum sie selbst sich in dieser Welt aus Technik und Fortschritt niemals so richtig zu Hause gefühlt hatte. Sie war eine halbe Andavyan. Wahrscheinlich zu einem viel größeren Teil, als sie das wahrhaben wollte.

Lina betrat die Bibliothek ihrer Mutter, die im Keller des Hauses lag. Wie oft hatte sie sich unbemerkt hierher geschlichen, um das deckenhohe Gemälde zu betrachten. Es zeigte den Beginn einer steinernen Wendeltreppe, die sich hinter einem roten Samtvorhang in die Höhe wand. Es war der Weg gewesen, den sie mit Benjamin gegangen war. Der Weg zu einer unglaublichen Prüfung, zu Gefahren und Erfahrungen, die sie geprägt hatten, sie verwandelt hatten. Es war der Weg nach Menduria gewesen, der Weg zu Darian. Lina wollte diesen Weg wieder gehen, mehr als alles andere. Doch er blieb ihr versperrt. Das Bild war nichts weiter als ein Bild, Leinwand und Öl. Eine Zeit lang hatte sie gedacht, sie könnte dieses magische Tor öffnen, alleine durch die Kraft ihrer Gedanken. Sie hatte versucht, dem Bild ihren Willen aufzuzwingen. Sie hatte gefleht, gebettelt, ja, sie hatte sogar gedroht. Das war wohl ihr absoluter Tiefpunkt gewesen. Sie hatte vor einem Bild gestanden und hatte ihm mit einem Messer in ihrer Hand gedroht. Mittlerweile war es nur noch ein sehnsuchtsvoller Blick, den sie dem Bild zuwarf. Aber die alles entscheidende Frage blieb: Wieso war ihr dieser Weg versperrt? Was war geschehen, nachdem sie durch das große Tor von Arvakur und durch die Zeit gezogen worden war? Möglicherweise existierte dieses Tor gar nicht mehr. Der weitaus erschreckendere Gedanke aber war, dass vielleicht Menduria nicht mehr existierte. Schon wieder dachte sie im Kreis. Es waren Gedanken, die sie bereits tausendmal gedacht hatte. Immer erfolglos. Sie zwang sich, aus dieser Gedankenspirale auszubrechen, am besten durch ein paar Übungen vor ihrer heutigen Schwertkampfstunde. Mit raschen Schritten verließ sie die Bibliothek und ging die Treppe hinauf in ihr Zimmer. Dort angekommen, schob sie ihren bequemen Lehnsessel aus dem Weg, zog ihre fingerlosen Lederhandschuhe an und holte ihr Kurzschwert unter dem Bett hervor. Irgendwie hatte sie die Angewohnheit, alles, was ihr wichtig war, unter ihrem Bett zu verstauen. Lina trainierte mit einem keltischen Kurzschwert, einer ungeschliffenen Übungswaffe, die sie im Internet erworben hatte. Scharfe Waffen waren im Schwertkampfkurs verboten. Sie umfasste den mit rotem Leder umwickelten Griff und zog das Schwert aus der Lederscheide. Obwohl es nicht lang war, fühlte es sich schwer in ihrer Hand an. Lina ging in die Grundstellung, einem leichten Ausfallschritt, und begann mit sachten Kreisbewegungen, ihr Handgelenk zu lockern. Sie machte einen Schritt vorwärts und stieß die Waffe gerade nach vorne. Schritt zurück.

Irgendwie funktionierte das heute nicht so richtig. Ihre Gedanken schweiften ständig ab. Sie musste daran denken, wie Darian die beiden schwarzen Elfenschwerter geführt hatte. Seine Bewegungen, fließend und elegant, wie die Stromschnellen eines Flusses, die um einen Felsen tanzten und trotzdem so kraftvoll. Sie sank auf den Boden und stützte ihre beiden Hände auf ihrer Übungswaffe ab. Sie brauchte nur die Augen zu schließen und konnte ihn sehen. Eine Symbiose aus Muskel und Stahl. Wie er das Kinn zornig vorstreckte, seine dunklen Augen gefährlich aufblitzten. Sie erinnerte sich, wie er auf dem Rücken eines Pegasus mehrere Hundert Meter über dem Boden gegen zwei Harpyien mit nur einem seiner Schwerter gekämpft hatte. Da war kein Platz für Fehler oder tapsige Schritte gewesen. Was er wohl dazu sagen würde, wenn er sie bei diesem Herumgefuchtel sehen könnte?

Es läutete an der Tür und Lina kehrte aus ihren Tagträumen in die Wirklichkeit zurück. Ein Blick auf die Uhr und sie erschrak. Schon drei Uhr! Hatte sie so lange in ihrem Zimmer gesessen?

Lina öffnete das Fester und blickte zum Gartentor hinunter. Leon stand vor dem Tor.

»Ich komm gleich runter!«, rief sie.

Er lächelte zu ihr hoch. »Ist gut, ich warte.«

Schnell streifte sie ihre Handschuhe ab, warf sie samt ein paar Turnschuhen und ihrer Sporthose in eine Tasche und legte das Kurzschwert obendrauf. Als sie die Haustür abschloss, war sie vollkommen außer Atem.

Sie trat zu Leon auf die Straße. »Hallo«, grüßte sie ein bisschen verlegen.

Leon erwiderte den Gruß und nahm ihr wie selbstverständlich die Sporttasche aus der Hand. »Sollen wir mit meinem Auto fahren?«

»Das wäre toll.« Sie hatte sowieso keine Lust, selbst zu fahren.

Leon ging zu seinem Auto und hielt ihr die Tür auf, bevor er selbst einstieg. Lina war beeindruckt.

Während der Fahrt unterhielten sie sich über ziemlich belanglose Dinge. Leon erkundigte sich nach Benjamin und ob am Flughafen alles in Ordnung gewesen war. Und Lina erzählte ihm von Debbys oscarreifem Heulauftritt und von ihrem gestrigen Schnarchkonzert im Auto.

»Mit anderen Worten, du bist Debbys größter Fan«, meinte Leon lachend.

»Könnte man so sagen.« Lina lachte ebenfalls.

Da Lina nicht selbst fahren musste, hatte sie Gelegenheit, Leon zu beobachten. Von der Seite wirkte sein Gesicht schlanker. Er hatte ein angenehmes volltönendes Lachen. Lina fühlte sich wohl in seiner Gegenwart.

Bald hatten sie das Trainingscenter erreicht. Es war eine alte Fabrikhalle am Stadtrand, die man zu einem riesigen Sportkomplex umgebaut hatte.

»Ich erkundige mich mal, wie es mit dem Probetraining für dich aussieht«, sagte Lina, als sie gemeinsam den Bereich betraten, in dem die Schwertkampfkurse stattfanden.

Doch Leon wehrte ab. »Wenn du nichts dagegen hast, würde ich heute lieber nur zusehen.«

Lina hatte nichts dagegen. Es gab oft Zuschauer. Das war nichts Ungewöhnliches.

Leon hatte es sich bereits auf einer der Bänke gemütlich gemacht, als Lina aus der Umkleidekabine kam und sich kurz zu ihm setzte. Sie war nicht die einzige Frau in dieser Gruppe. Lisbeth, eine hagere, groß gewachsene Frau Mitte zwanzig ging gerade an ihnen vorbei. Sie nickte Lina mit einem verbissenen Gesichtsausdruck zu. Aber Lisbeth war ganz in Ordnung, fand Lina. Viel schlimmer fand sie einige der männlichen Kurskollegen. Vor allem Kevin machte ihr das Leben schwer. Entweder wollte er sich mit ihr verabreden oder er hielt ihr Vorträge, dass Frauen und Schwerter nicht zusammenpassten. Lina wusste nicht, was schlimmer war.

In diesem Moment stolzierte er an ihr vorbei. »Oh, du hast deinen Freund mitgebracht?« Dabei betonte er das Wort Freund, als wäre es etwas Anstößiges.

Lina wollte etwas erwidern, aber Leon kam ihr zuvor: »Ist das ein Problem für dich?« Seine Gesichtszüge hatten jegliche Gutmütigkeit verloren.

Kevin maß Leon, der selbst im Sitzen ziemlich kräftig wirkte, und sagte dann abwehrend: »Nein, nein, kein Problem.«

Lina schenkte Leon ein dankbares Lächeln und ging zu Lisbeth, die üblicherweise ihre Trainingspartnerin war. Neben ihr wirkte Lina wie ein kleines Kind. Lisbeth überragte sie um mehr als einen Kopf.

»Sieht nett aus«, sagte Lisbeth, wobei ihr Gesicht so etwas wie ein vorsichtiges Lächeln zeigte.

»Ja, ich denke, das ist er auch«, gab Lina ausweichend zurück.

Während der Trainingsstunde zeigte sich ganz deutlich, dass nicht die Schwerter, sondern Lina das Objekt von Leons Studien war. Er ließ sie nicht aus den Augen und das machte sie nervös. Sie vergaß ihre Deckung und Lisbeth traf ihr Handgelenk. Natürlich war auch Lisbeths Waffe nicht scharf. Trotzdem tat der Treffer höllisch weh. Lina fiel das Kurzschwert aus der Hand.

»Entschuldige.« Lisbeth trat einen Schritt zurück.

Mit einer abwehrenden Handbewegung hob Lina die Waffe wieder auf. Sie konnte Leons erschrockenen Blick sehen.

»War mein Fehler. Ich hab nicht aufgepasst«, sagte Lina. Aber für den Rest der Stunde versuchte sie sich zu konzentrieren.

»Das war echt ein Erlebnis«, sagte Leon, als sie später in einer kleinen Pizzeria beim Essen saßen. Leon hatte darauf bestanden, Lina einzuladen. Sie hatte das eigentlich gar nicht gewollt, sich aber dann doch überreden lassen.

»Ja, vor allem Lisbeths Treffer.« Lina ärgerte sich immer noch über ihre eigene Unachtsamkeit. So etwas war ihr schon lange nicht mehr passiert.

Leon griff ganz beiläufig über den Tisch und zog Linas getroffene Schwerthand zu sich. Dann drehte er ihre Hand mit der Innenseite ins Licht und begutachtete den Bluterguss. Als er Linas alarmierten Blick auffing, sagte er beruhigend: »Keine Angst, ich bin fast ausgebildeter Sportmediziner.«

Lina war nicht beruhigt. Sie spürte ein Prickeln auf der Haut, dort wo Leon sie festhielt.

Leon setzte plötzlich ein todernstes Gesicht auf. »Die gute Nachricht ist, Sie werden die Hand nicht verlieren, Madame. Die schlechte, Sie dürfen ab jetzt nur noch Küchenmesser damit schwingen. Sollten Sie eine zweite Meinung einholen wollen, fragen Sie bitte *nicht* diesen Kevin.« Seine Augen funkelten schalkhaft, während er Lina ansah und immer noch versuchte, sein ernstes Gesicht zu bewahren.

Lina warf den Kopf in den Nacken und lachte, heiter und unbeschwert. Auch Leon lächelte nun und gab ihre Hand wieder frei. Er empfahl Lina eine Sportsalbe, und versicherte ihr, dass der Fleck in weniger als einer Woche wieder verschwunden sein würde. Lina wusste das. Es war nicht die erste Verletzung dieser Art, die sie sich seit der Wahl ihrer ungewöhnlichen Freizeitbeschäftigung zugezogen hatte.

Leon erzählte ihr von seinen Erfahrungen mit Sportverletzungen und über sein Studium. Und er wollte alles über Linas Studium wissen. Er stellte Fragen, die zeigten, dass er sich für das interessierte, was sie erzählte. Es war angenehm, sich mit ihm zu unterhalten. Leon war wirklich sympathisch. Und genau das war es, was Lina mehr und mehr Unbehagen bereitete.

Auf dem Heimweg war sie sehr still. Und als Leon sie zur Tür brachte, wollte sie am liebsten so schnell wie möglich flüchten. Lina stand auf der obersten Stufe vor der Eingangstür und hielt sich an ihrer halb geöffneten Sporttasche fest. Es war bereits dunkel und der Mond warf sanfte Schatten auf ihr Gesicht. Sie wollte dem entkommen, was gleich unweigerlich passieren würde. Nur wie?

»Also, danke für den netten Abend, Leon«, sagte sie und versuchte, dabei so unverbindlich wie möglich zu klingen.

»Ich danke dir. Es war sehr schön.« Er sah Lina fest in die Augen. Sie senkte den Blick. Sie würde nicht entkommen.

Leon versuchte sie zu küssen, und Lina wich zurück.

»Es tut mir leid, ich kann nicht«, sagte sie leise.

Er war enttäuscht, vielleicht sogar ein bisschen verletzt. Das konnte sie in seinen Augen sehen. Verdammt, das hatte sie nicht gewollt! Sie hatte sich so nach einem Kuss gesehnt, oder einer zärtlichen Berührung. Aber es waren Darians Küsse und Darians Zärtlichkeiten, nach denen sie sich sehnte.

»Wieso nicht?«, fragte Leon ernst.

Lina hätte ihm sagen können, dass sie einen Freund hatte. Das wäre das Einfachste gewesen. Aber sie hatte keinen Freund. Alles, was sie hatte, war die Erinnerung an einen Dunkelelfen, der ihr Herz tief berührt hatte, der sie bereits mit seinem ersten Kuss an sich gebunden hatte und den sie einfach nicht vergessen konnte.

»Weil mein Herz jemand anderem gehört«, sagte sie daher leise. Das mochte kitschig klingen, war aber die volle Wahrheit. Und Leon hatte die Wahrheit verdient, keine billigen Ausreden.

»Das ist in Ordnung«, sagte Leon. »Er muss ein sehr glücklicher Mann sein.«

Lina schluckte schwer. Etwas Schlimmeres hätte er nicht sagen können.

»Gute Nacht, Lina. Vielleicht sehen wir uns ja trotzdem einmal wieder.« Leon drehte sich auf dem Absatz um und ging.

»Gute Nacht, Leon.«

Mit zittrigen Fingern schloss Lina die Eingangstür auf, trat schnell ins Haus und zog sie hinter sich wieder zu. Sie wollte nicht sehen, wie Leon davonging. Kraftlos ließ sie die Tasche fallen und lehnte sich mit geschlossenen Augen im Dunkeln gegen die Eingangstür.

»So, so, du hast dein Herz also bereits vergeben?«, erklang plötzlich eine kräftige Stimme im Dunkeln.

Linas Hand fuhr reflexartig in die Tasche. Sie zog ihr Schwert.

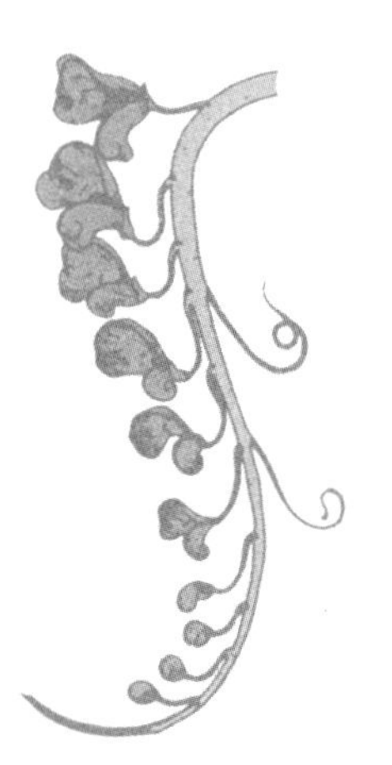

Schatten der Vergangenheit

Ihr Herz raste. Sie spähte in die Dunkelheit des Vorraums und versuchte, etwas zu erkennen. Spärliches Licht fiel auf eine Gestalt, die am anderen Ende des Raumes stand, reglos.

»Darian?« Ihre Stimme klang kläglich und verräterisch hoffnungsvoll.

»Nein.«

Mit zittriger Hand ertastete sie den Lichtschalter und drückte ihn.

»Drogonn?!« Ihre Lunge versagte ihr den Dienst.

Der Andavyan nickte langsam.

Vor Aufregung begannen nun auch noch ihre Knie zu zittern. Das Schwert immer noch in der Hand, ging sie langsam auf ihn zu.

Er stand reglos und abwartend vor ihr.

Mit ausgestrecktem Zeigefinger berührte sie ihn an der Brust und blickte ihn aus riesigen Augen fassungslos an.

Drogonn begann dröhnend zu lachen. »Was hast du erwartet? Dass ich mich in Luft auflöse?«

Lina kam sich dumm vor. Deshalb stellte sie die erste Frage, die ihr in den Sinn kam: »Wieso erst jetzt?«

»Vielleicht solltest du dich erst einmal setzen«, schlug Drogonn vor. »Du siehst blass aus.«

Setzen? Ja, das war eine gute Idee. Sie wich rücklings in die Küche zurück, ohne Drogonn aus den Augen zu lassen. Ja, sie traute sich noch nicht einmal zu blinzeln, weil sie fürchtete, er könnte einfach wieder verschwinden.

Schließlich saß sie ihm am Küchentisch gegenüber und beobachtete ihn. Dieser kräftig gebaute Mann mit dem langen, hellbraunen, leicht angegrauten Haar, gekleidet in seinem Drachenschuppenharnisch wirkte hier so unwirklich wie Schnee in der Wüste. Und doch war er Lina so willkommen wie kein anderer Gast aus dieser Welt.

»Wo ist Lupinia?«, fragte Lina vorsichtig. Sie hatte sich oft ausgemalt, wie es sein müsste, wenn sie jemand aus Menduria holen kommen würde. Sie hatte immer gehofft, es würde Darian sein. Und wenn nicht, dann hätte sie mit der weißen Magierin gerechnet. Manchmal hatte sie sogar gefürchtet, Xedoc höchstpersönlich würde sie holen kommen. Aber nie und nimmer hätte sie mit Drogonn gerechnet.

»Sie ist fort«, sagte Drogonn und riss Lina damit aus ihren Überlegungen.

»Was meinst du mit fort? Was ist nach der Schlacht um Kathmarin passiert?« Lina drückte sich vor der wichtigsten Frage, vor deren Antwort sie plötzlich so unglaublich große Angst hatte. »Was ist mit Darian?« Sie musste Gewissheit haben, aber sie wusste nicht, ob sie die Antwort verkraften könnte. Das Letzte, was Lina damals im Tor von Arvakur von Darian gesehen hatte, war, wie er sein Schwert auf Drogonn niedersausen ließ, ehe sich Lugathus auf ihn gestürzt hatte. Jetzt war Drogonn gekommen, nicht Darian. Es musste also etwas Schreckliches passiert sein.

»Ich weiß nicht mehr über diese Ereignisse, als das, was uns die weiße Magierin aus den Erinnerungen deines Gedächtnisses gezeigt hat, damals, als du vor die magische Triade getreten bist«, begann Drogonn. »Ich habe auch nicht die Macht, dich dort wieder hinzuschicken. Ich bin gekommen, weil es der letzte Wunsch der Obersten Hüterin war.«

»Ariana schickt dich?« Lina spürte, wie ihr das Atmen schwerfiel. Ihre Mutter, oder besser gesagt, die Frau, die einmal ihre Mutter werden würde, schickte ihn, um sie zu holen.

»Das bedeutet, sie hat das Gezeitenbuch bereits gelesen?«, vermutete Lina. Ein nervöses Ziehen hatte von ihrem Magen Besitz ergriffen und breitete sich weiter in ihrem Körper aus.

Drogonn nickte.

»Wie lange ist das her?«

»Siebzig Blutmondjahre.«

Das musste bedeuten, dass dieser Drogonn aus einer sehr weit zurückliegenden Vergangenheit zu ihr gekommen war. Aber wie? Und warum? Sie beschloss, genau diese Fragen zu stellen und Drogonn antwortete ihr.

»Wir Andavyan können die Tore zu eurer Welt öffnen und schließen, aber auf die Zeit können wir keinen Einfluss nehmen. Es gibt nur ein Wesen in Menduria, das dazu fähig ist: Anta-Dragona, die Drachenmagierin. Und selbst sie ist dabei auf die Gestirne angewiesen. Erst jetzt standen sie richtig. Und das Fenster wird sich bald wieder schließen. Ich habe nicht mehr viel Zeit.« Um dieser Aussage Nachdruck zu verleihen, erhob sich Drogonn. »Ich kann dich nicht zwingen mitzukommen, Lina. Ich kann dich nur bitten, es zu tun. Ariana sagte mir, es sei für deine Zukunft von größter Bedeutung und vor allem für die Zukunft Mendurias überlebenswichtig. Außerdem sei es eine gute Gelegenheit für dich, mehr über Menduria zu erfahren und diese Welt kennenzulernen. Mehr hat sie mir leider auch nicht verraten. Sie sagte mir aber auch, dass du selbst entscheiden solltest, ob du das willst.«

Auch Lina erhob sich. »Natürlich komme ich mit.« Das bedurfte keiner Überlegung. Der letzte Kriegsherr der Andavyan war gekommen, geschickt von Ariana. Auch ihr vertraute sie. Es war ihre Chance, nach Menduria zurückzukehren, eine Chance, auf die sie seit beinahe drei Jahren gewartet hatte. Lina nahm ihr Kurzschwert, das sie vor sich auf dem Tisch liegen hatte. Vermutlich würde sie es brauchen.

Als Drogonn es bemerkte, warf er ihr einen Blick zu, der irgendwo zwischen Mitleid und Belustigung lag. »Lina, wenn du ein Schwert brauchst, wirst du eines bekommen. Aber diesen Trollzahnstocher lässt du bitte hier.«

Mit einem verlegenen Lächeln legte Lina das Schwert wieder auf den Küchentisch zurück.

Drogonn hatte bereits die ersten Stufen zum Keller betreten, als Lina etwas einfiel.

»Warte, ich muss nur noch schnell etwas erledigen.« Sie zog ihr Handy aus der Tasche.

Unruhig trat Drogonn von einem Fuß auf den anderen. Lina begann, eine Nachricht an Benjamin zu tippen: »Lieber Benjamin, ich habe einen Weg gefunden, nach Menduria zurückzukehren. Macht euch bitte keine Sorgen. Alles Liebe, Lina.« Ihre Finger flogen nur so über die Tasten des Mobiltelefons. Die letzte Taste drückte sie schnell und entschlossen: Senden. Danach legte sie das Telefon neben ihr Keltenschwert auf den Küchentisch. Dort, wo sie hinging, würde sie es nicht brauchen.

»Was hast du gemacht?«, erkundigte sich Drogonn, als sie gemeinsam die Kellertreppe hinuntergingen.

»Eine Nachricht geschickt.«

»Damit?«

Lina nickte.

»Sehr interessant«, meinte Drogonn nachdenklich.

Sie erreichten die Bibliothek im Keller und traten vor das Bild der Treppe, zu der sie nun freien Zugang hatten. Was

Lina so verzweifelt versucht hatte, war mit einem Mal geschehen. Das magische Tor hatte sich geöffnet. Unbändige Freude durchflutete ihren Körper und ließ einen einzigen Gedanken in ihrem Kopf immer wieder von Neuem entstehen: ›Ich kehre zurück, endlich.‹

Die Stufen emporzusteigen war keine Schwierigkeit für Lina, nicht dieses Mal. Und je höher sie kamen, umso schneller setzte sie einen Fuß vor den anderen. Weder das Schwindelgefühl, das sich unweigerlich auf der engen Wendeltreppe einstellte noch die Dunkelheit konnten sie aufhalten. Und obwohl ihre Oberschenkel nur noch brennendes Feuer zu sein schienen, beschleunigte sie ihre Schritte noch ein kleines bisschen mehr. Erst als sie das Portal, das in den Wächterturm führte, durchschritten hatte, blieb sie stehen und erlaubte ihrer Lunge, die Luft Jandamers gierig einzusaugen. Sie war nach Menduria zurückgekehrt, und nichts und niemand konnte sie jetzt wieder zurückschicken.

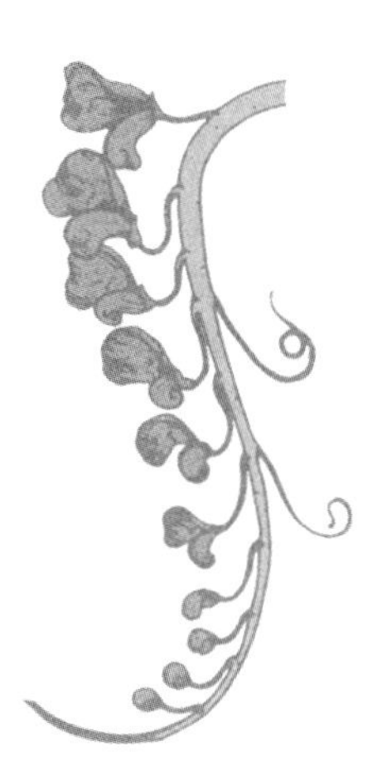

Heimkehr

Kann es sein, dass du es eilig hast?« Drogonn schritt sehr viel später durch das Portal als Lina.

»Ich habe lange darauf gewartet«, sagte Lina, ohne den Versuch zu unternehmen, ihre Freude zu verbergen. Sie hatte bereits den Weg eingeschlagen, der ihrer Meinung nach zur Kuppelhalle führte, als Drogonn sie zurückhielt.

»Warte, Lina.« Seine Stimme klang ernst. »Bevor du auch nur einen Fuß in diese Welt setzt, müssen wir eine Sache klären. Es ist eine Bedingung, die die Drachenmagierin an deinen Aufenthalt stellt.«

Ganz egal, was sie verlangte, Lina würde es akzeptieren. Sie nickte, noch bevor Drogonn ausgesprochen hatte.

»Außer Anta-Dragona und mir weiß hier niemand, aus welcher Zeit du kommst, und das muss so bleiben. Sprich über deine Welt, wenn du willst, aber sprich nicht darüber, was hier in der Zukunft passieren wird. Mit niemandem außer mit mir und Anta-Dragona, falls sie dich empfängt.«

Lina hatte verstanden. Der Preis des Schweigens schien ihr nicht zu hoch zu sein. Sie stand im Wächterturm Jandamers, dort, wo das Gezeitenbuch aufbewahrt wurde. Das Buch, mit dem alles begonnen hatte. »Ist es hier?«, erkundigte sie sich.

»Ist was hier?«

»Das Gezeitenbuch.«

Drogonn nickte.

»Darf ich es sehen?«

Drogonn sah keinen Grund, ihr diese Bitte abzuschlagen. »Ich bringe dich hin.«

So folgte Lina ihm vorbei an unzähligen Portalen. Und wie schon bei ihrem ersten Besuch war Lina vollkommen fasziniert von den Szenen, die sich dahinter abspielten. Es waren die Gedanken von Menschen, Hunderte Male gedacht und in Büchern ihrer Welt niedergeschrieben, die hinter diesen Toren lebendig wurden. Die Gedankenströme Jandamers blieben für Lina nach wie vor ein rätselhaftes Wunder. Schließlich stand sie wieder vor dem Steinsockel im Kuppelsaal. Vor ihr lag das Gezeitenbuch. Die Siegel des Buches waren verschlossen, so wie sie es vermutet hatte. Und trotzdem hatte sie gehofft, dass ihr das Buch Einsicht gewähren würde. Sie hätte darin lesen können, was nach der Schlacht von Kathmarin geschehen würde, was mit Darian geschehen würde. Das Gezeitenbuch musste es wissen. Lina hielt eine Hand über das Buch. Ja, sie konnte die Macht spüren, die darin enthalten war. Mit geschlossenen Augen versuchte sie, Kontakt zu dem Buch aufzunehmen und bat im Stillen: »Sag mir, was geschehen wird.«

Das Buch schwieg. Aber es war ihr, als ob sie die Stimme Arianas in der Stille dieses Augenblicks vernehmen könnte. »Hab Geduld, Lina. Alles zu seiner Zeit.«

Drogonn beobachtete sie. Selbst mit geschlossenen Augen konnte sie seinen Blick auf sich ruhen spüren.

»Können wir?«, fragte er nach einer Weile vorsichtig.

Lina öffnete die Augen und löste sich aus dem Bann des Buches. »Ja, ich bin so weit.«

»Gut.« Mit einer einladenden Geste gab Drogonn ihr das Zeichen, ihm zu folgen. Der Gang, den sie entlanggingen, führte in einem leichten, aber stetigen Gefälle in die Tiefe. Lina hatte nicht die geringste Ahnung, an wie vielen Portalen sie mittlerweile vorbeigekommen waren, als Drogonn schließlich vor einem anhielt, das sich in nichts von den anderen zu unterscheiden schien und doch nicht in einen der Gedankenströme Jandamers führte.

»Dies ist der Zugang zu einem verborgenen Pfad, der aus der Eldorin in den Wächterturm führt«, erklärte Drogonn.

Lina nahm es zur Kenntnis. »Ist Serendra hier?«, erkundigte sich Lina, weil sie immer noch versuchte, sich ein Bild von der Zeitspanne zu machen, die sie durchschritten hatte, ohne auch nur das Geringste davon zu merken. Doch wenn sie sich die Szenen hinter den Portalen ansah, mussten die Schöpfer selbst noch irgendwo im Mittelalter feststecken. Die Bilder sprachen dafür.

»Wer ist Serendra?«

Lina schüttelte nur den Kopf. »Nicht so wichtig.«

Sie befand sich also in einer Zeit, in der Serendra noch nicht Oberste Hüterin war. Ob die Lichtelfe überhaupt schon existierte? Dieser Gedanke fühlte sich merkwürdig an. Sie war immer noch mit ihren Überlegungen beschäftigt, als sie hinter Drogonn das Portal durchquerte und sich auf einem Waldweg wiederfand. Zwei Pferde grasten am Wegesrand, ohne dort angebunden zu sein.

»Du kannst doch reiten?« Für einen Moment zeigte Drogonns Blick Unsicherheit. »Wenn nicht, kannst du auch bei mir aufsteigen.«

»Nein, ich glaube, das schaffe ich.« Lina klang überaus zuversichtlich. Sie hatte als Kind in England reiten gelernt. Es war zwar ewig her, dass sie auf dem Rücken eines Pferdes gesessen hatte, aber das verlernte man nicht. Und außerdem war sie bereits auf einem Drachen geritten. Da würde sie doch mit einem Pferd zurechtkommen.

Aber schon als sie neben das Tier trat, das Drogonn für sie vorgesehen hatte, musste sie sich eingestehen, dass sie sich doch nicht ganz so sicher war, wie sie sich fühlte. Die kastanienbraune Stute mit der schwarzen, seidenglatten Mähne war riesig. Lina würde es nicht einmal alleine in den Sattel schaffen. Das war zum Glück auch gar nicht nötig. Ohne ein Wort zu verlieren, half Drogonn ihr hoch. Und nur Augenblicke später ritten sie los.

Zu beiden Seiten des Pfades konnte Lina die magischen Barrieren erkennen, die die Gedankenströme voneinander und von diesem Weg trennten. Selbst über ihr pulsierte die magische Kraft und schloss sie ein, sodass sie keinen Himmel erkennen konnte. Sie waren bereits eine ganze Weile unterwegs, als der magische Korridor vor ihnen endete. Kaum hatten sie Jandamer verlassen, schloss sich die Barriere hinter ihnen wieder und verbarg ihn vollständig. Sie standen am Rande einer Waldlichtung und Lina sog genussvoll die würzig frische Waldluft in ihre Lungen.

»Wo sind wir hier?« Ihre Stimme klang etwas zittrig. Sie war nicht fähig, ihre Ergriffenheit zu verbergen.

»In den Wäldern Eldorins, westlich von Kathmarin«, erklärte Drogonn. »Wenn wir uns ranhalten, können wir die Stadt noch vor Einbruch der Dunkelheit erreichen.«

Kathmarin. Die alte Hauptstadt, die den Zugang ins Titanengebirge und zur Hochebene von Arvakur bewachte. Als sie die Stadt das letzte Mal gesehen hatte, war sie nur noch Schutt und Asche gewesen. Lina versuchte, diese Gedanken zu verscheuchen. Es gab nichts, was sie daran im Moment hätte ändern können, und auch keine Möglichkeit herauszufinden, was nach ihrem Verschwinden geschehen war. Drogonn hatte ihr das deutlich zu verstehen gegeben. Eine Antwort darauf, was mit Darian geschehen war, würde sie in dieser Zeit vermutlich nicht finden. Aber sie würde trotzdem danach suchen.

Lina ließ ihren Blick zwischen den hohen weiß gefleckten Stämmen der Birken und über den mit niedrigen Sträuchern bewachsenen Waldboden schweifen. Die Bäume standen in vollem, saftig grünem Laub. Blauer Himmel schimmerte durch das Blätterdach und ließ Sonnenstrahlen hindurch, die wie kleine Treppen in den Himmel wirkten. Die Luft war warm, roch nach frischem Grün und war erfüllt von Vogelgezwitscher. Und genau in diesem Moment wurde Lina bewusst, dass sie nach Hause gekommen war. Es gab solche Wälder auch in der Welt, in der sie geboren worden war, der Welt der Schöpfer. Die gleichen Bäume, Sträucher, Vögel und Sonnenstrahlen. Und doch war dies hier anders. Die Bäume waren ein bisschen grüner, die Sträucher eine Nuance dunkler, die Sonne schien ein wenig heller und die Vögel zwitscherten um einen Hauch herzergreifender. Es war die Magie, die diese Welt so einzigartig machte, so unbeschreiblich und wunderbar. Vielleicht war es die Magie, die das Gezeitenbuch auf sie übertragen hatte, die Andavyanmagie Arianas, dass sie sich dieser Welt so verbunden fühlte, dass sie die Magie Mendurias plötzlich so deutlich fühlen konnte.

Der Waldboden wurde sumpfiger und die Buchen wichen Erlen, die den kleinen Bach säumten, der neben dem Weg dahinplätscherte. Schließlich erreichten sie den Waldrand und die Ebene der Eldorin lag vor ihnen. Von hier aus hatte man einen freien Blick auf das Bergmassiv, das diese weite Ebene im Nordosten begrenzte, das Titanengebirge. Nun trieb Drogonn seine weiße Stute zu einem schnellen Galopp an. Lina brauchte ihr Pferd gar nicht erst anzutreiben. Die Stute schien darauf gewartet zu haben, endlich losgaloppieren zu dürfen. Die dunkle Mähne des Tieres wehte im Rhythmus des Hufschlags und Lina genoss den Ritt in vollen Zügen. Schon von Weitem konnte sie die Stadtmauern Kathmarins sehen. Ihr wurde bewusst, dass sie genau über die Ebene ritt, auf der in der Zukunft Tausende sterben würden. Zentauren, Zwerge, Elfen, Trolle. Oder würde diese Schlacht erst gar nicht stattfinden? Hatte es genügt, die Triade vor der drohenden Gefahr, die Xedoc einmal darstellen würde, zu warnen? Sie nahm sich vor, darüber mit Drogonn zu sprechen, sobald sie Kathmarin erreichten.

Als sie sich der Stadt näherten, konnte Lina sehen, dass überall rege Bautätigkeit herrschte. Zwerge arbeiteten mit Hammer und Meißel an riesigen Steinquadern, die von Trollen herbeigeschafft wurden. Hochgewachsene Lichtelfen kommandierten einen Trupp Kobolde herum, die sich damit abmühten, ein mit Eisen verstärktes Tor in der Angel auszurichten.

Überall, wo sie vorbeikamen, wurde Drogonn erkannt und freundlich gegrüßt. Darian hatte diese Stadt einmal einen Schmelztiegel der Völker genannt. Und genau das war sie. Sobald sie das Trolltor passiert hatten, ging es nur noch im Schritttempo voran. Diese Stadt war ein riesiger, voll Leben pulsierender Rummel. Lina sah eine Gruppe Zentauren aus einer Kneipe torkeln, die mehr einem Pferdestall ähnelte, sah Zwerge ihre kunstvoll getemperten Schwerter und Äxte lauthals feilbieten, während auf der anderen Seite eine Gruppe Lichtelfen gemessenen Schrittes und mit wallenden Gewändern vorbeieilte und dem Geschrei der Zwerge keinerlei Beachtung schenkte. Lina wünschte inständig, dass dieser Stadt das Schicksal erspart bleiben würde, das sie miterlebt hatte. Dies hier schien eine friedliche Zeit zu sein. Wieso nur hatte Ariana sie in dieser Zeit holen lassen? Es sei für sie selbst sehr wichtig und für das Überleben Mendurias. Das waren Drogonns Worte gewesen. Was hatte Ariana damit gemeint? Und wieso hatte sie es nicht einmal Drogonn verraten?

Ihr Weg führte stetig bergauf, bis sie endlich das Gassengewirr hinter sich ließen und sich der Hohen Festung Kathmarins näherten. Lina blickte hoch und entdeckte den Balkon, auf dem sie mit Darian gestanden hatte, am Tag der Schlacht. Wieso nur hatte Ariana sie in diese Zeit geschickt, in der diese Ereignisse noch in weiter Ferne lagen? Was sollte sie hier? Alleine kam sie mit ihren Überlegungen nicht weiter. Vielleicht konnte Drogonn ihr helfen.

»Ariana wollte, dass ich mehr über Menduria erfahre«, sagte sie unvermittelt.

Drogonn nickte. »Das war der Wunsch, den Ariana geäußert hat.«

»Hat sie gesagt, was genau ich hier lernen soll?«

»Nein, das hat sie mir leider nicht verraten. Sie sagte, du sollst einfach deinem Herzen folgen. Es würde dich leiten. Aber wenn du mich fragst, ist Kathmarin ein wunderbarer Ort, um mehr über diese Welt herauszufinden, oder Terzina. Die Hauptstadt der Lichtelfen liegt im Westen der Eldorin und ist …«

Lina hörte nur noch mit einem Ohr zu. Wenn sie auf ihr Herz hörte, dann gab es nur einen Ort in Menduria, wo es sie hinzog.

»Gut, wenn es mir freisteht, dann möchte ich zu Darian.« Es war ein Schuss ins Blaue. Sie wusste nicht einmal, ob sie sich in einer Zeit befand, in der er überhaupt schon lebte.

»Du meinst den Clanführer der Dunkelelfen?« Drogonn wirkte irritiert.

»Ja.« Lina fiel ein Stein vom Herzen und gleichzeitig war sie bestürzt. Sie hatte nicht gewusst, dass er so alt war.

Jetzt sah sie sich dem eindringlichen Blick Drogonns ausgesetzt. »Du willst tatsächlich in die Dunkelwälder? Bist du sicher?«

»Ja.« Die Antwort kam mit Überzeugung und ließ keinerlei Zweifel offen.

Und trotzdem widersprach Drogonn. »Das halte ich für keine besonders gute Idee. Das Gebiet der Dunkelelfen ist zurzeit nicht sehr sicher. Sie haben große Probleme mit den Nachtmahren, die über das Nordmeer in ihr Gebiet vordringen.«

Wer oder was auch immer die Nachtmahre waren, es würde sie von ihrem Entschluss nicht abhalten. »Ich bestehe darauf«, sagte Lina mit einem Anflug von Schärfe in der Stimme, den sie nicht beabsichtigt hatte.

Drogonn zog eine Braue hoch, und sagte mit einem milden Lächeln: »Wenn du darauf bestehst. Aber das Leben hier in Kathmarin wäre viel komfortabler für dich. Und die Lichtelfen würden es als große Ehre ansehen, ihr Wissen mit dir teilen zu dürfen.«

»Das ist nett, aber ich brauche keinen Komfort und ich habe meine Gründe.«

Drogonn gab sich geschlagen. Und Ariana hatte ihm eindeutig zu verstehen gegeben, dass Lina selbst entscheiden sollte, wo und wie sie die Zeit in Menduria verbringen würde. Zugegeben, ein bisschen hatte es Drogonn schon gekränkt, von der Obersten Hüterin Jandamers nicht eingeweiht worden zu sein. Aber sie hatte das Vertrauen des Gezeitenbuches, ebenso wie Lina es hatte. Es musste also gute Gründe für ihre Entscheidung geben. Aber ausgerechnet die Dunkelelfen?! Lina hatte keine Ahnung, worauf sie sich da einließ. Ja, er war sich nicht einmal sicher, ob sich Darian darauf einlassen würde! Drogonn würde seinen Einfluss geltend machen müssen. Bei den Schöpfern, hatte dieser Bursche einen Dickkopf!

Drogonn erinnerte sich noch so lebhaft an Darians Ernennung zum Clanführer der Dunkelelfen, als wäre es erst gestern gewesen. Er hatte tatsächlich an Finrods Verstand gezweifelt, diesen jungen Grünschnabel zu seinem Nachfolger zu ernennen. Seit die Dunkelelfen von den Schöpfern in dieser Welt erschaffen wurden, hatte Drogonn jeden Clanführer ins Drachenfeuer gehen sehen. Aber noch keiner hatte es gewagt, der Drachenmagierin zu widersprechen. Er war damals nicht ganz sicher gewesen, ob er Darian eine verpassen oder in schallendes Gelächter ausbrechen sollte. Aber dann hatte der Bursche im Drachenfeuer mehr Haltung gezeigt als jeder andere zuvor. Nicht ein Ton war über seine Lippen gekommen. Nicht einmal Finrod hatte das geschafft. Es war immer Drogonn gewesen, der den Clanführer nach der Prozedur im Drachenfeuer zurück in die Höhlen gebracht hatte. Das war bei Darian nicht anders gewesen. Finrod hatte man eine Woche lang aufpäppeln müssen, ehe er ein vernünftiges Wort über die Lippen gebracht hatte. Darian hatte ihm schon auf dem Weg in die Höhlen so haarsträubende Frivolitäten an den Kopf geworfen, dass er heute noch nicht ohne ein Schmunzeln daran denken konnte. Drei Tage hatte er gebraucht, dann hatte er sich, immer noch mehr tot als lebendig, wieder von seinem Lager erhoben. Ja, Finrod hatte die richtige Wahl getroffen. Darian hatte ihnen allen gezeigt, dass er es verstand, die Dunkelelfen zu führen. Er hatte eine Allianz mit den Zwergen geschlossen, das Vertrauen der Drachen gewonnen, und das war weiß Gott keine Selbstverständlichkeit. Der Clan stand hinter ihm. Nur mit den Lichtelfen hatte er so seine Probleme. Es verging nicht ein Treffen, bei dem Darian nicht irgendwie mit Fürst Haldrin aneinandergeriet. Sie waren einfach zu unterschiedlich, die kultivierten Lichtelfen und die erdverbundenen Dunkelelfen. Darian war der beste Beweis dafür. Drogonn mochte diesen Kerl. Aber ihm war nicht wohl dabei, Lina ausgerechnet bei den Dunkelelfen zu wissen. Drogonn seufzte. »Also gut, Lina. Wann möchtest du aufbrechen?«

»So bald wie möglich.«

Drogonn nickte. »Ich reise morgen zu den Drachen ins Titanengebirge. Ich kann dich bis dorthin mitnehmen. Soviel ich weiß, ist zurzeit eine Abordnung der Lichtelfen bei ihnen. Sie werden dir bestimmt einen Führer zur Seite stellen, der dich ins Gebiet der Dunkelelfen bringt. Aber mach dich auf einiges gefasst. Es ist nicht immer leicht, mit ihnen auszukommen. Und du wirst mir hier und jetzt versprechen, dass du mich benachrichtigst, wenn dir das Leben dort nicht zusagt oder du aus irgendeinem Grund dort weg möchtest.«

»Versprochen. Auch wenn ich nicht glaube, dass es nötig sein wird.«

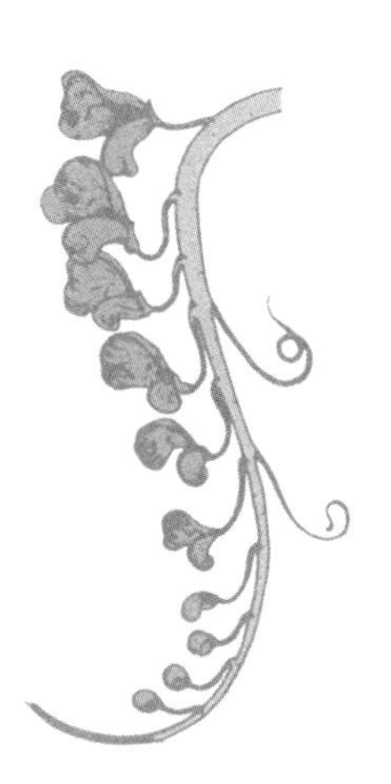

Unter dem Berg

Aswan hatte sich in ihre engsten Wildlederhosen geworfen. Ihr ebenfalls eng anliegendes Oberteil zeigte weit mehr Haut, als es verhüllte. Die Oberarme der Dunkelelfe waren mit blauen Symbolen bemalt, kunstvoll ineinander verschlungene Zeichen, mit schwarzer Farbe umrandet. Sie war eine Jägerin und hatte jedes Recht, diese Symbole zu tragen. Ihr nachtschwarzes Haar trug sie zur Hälfte in einem kunstvollen Knoten hochgesteckt, während der Rest ihren Nacken entlanglief und in einem Zopf über ihre Schulter bis weit über ihre Brust fiel. Die Dunkelelfenlegende auf ihrem Rücken, die bis zur Mitte des Schulterblattes sichtbar war, zeigte, wer sie war: Aswan von den Dunkelelfen, Erste Jägerin der Attanar. Die Legende war nicht vollständig. Dort fehlte noch ein wichtiger Zusatz, nämlich: Gefährtin von Darian, Clanführer der Dunkelelfen. Das war es, was sie wollte. Daran arbeitete sie verbissen und mit allen Mitteln. Es war der Platz, der ihr zustand. Sie hatte sich durch extremen Mut und Tapferkeit bis an die Spitze der Attanar, den Jägern der Dunkelelfen, hochgearbeitet. Pfeile, die ihren Bogen verließen, verfehlten niemals ihr Ziel. Auch Darian war einst ein Attanar gewesen. Er war ein guter Fährtenleser, aber mit dem Bogen hatte er es nur zur Mittelmäßigkeit geschafft. Aswan hatte ihm damals noch keine Beachtung geschenkt. Aber dann hatte Finrod ihn unter seine Fittiche genommen und sein Talent im Umgang mit den Elfenschwertern erkannt. Der Clanführer hatte ihn trainiert und war so hart mit ihm umgegangen wie mit keinem sonst. Es war ein Kräftemessen gewesen, das seinesgleichen gesucht hatte, wenn Finrod Darian herausforderte. Die Präsenz der beiden war auf dem Übungsplatz weithin spürbar gewesen. Aswan hatte das oft von den obersten Baumwipfeln aus beobachtet. Die ungestüme wilde Kraft, mit der Darian auf den erfahrenen Kämpfer losgegangen war, hatte etwas Erregendes gehabt. Trotzdem war Darian immer unterlegen. Aber es war nur noch Finrod, dem er sich geschlagen geben musste. Nur noch dem Clanführer. Und da hatte sie erkannt, dass Darian selbst den Clan einmal führen würde. Und das wollte sie auch.

Jetzt führte sie zumindest die kleine Gruppe Dunkelelfen, die durch das Tunnelsystem in die tiefen Regionen unter dem Titanengebirge auf dem Weg ins Reich der Zwerge waren. Darsheim war ihr Ziel, die größte Stadt unter dem Berg. Ein Bernstein lag in ihrer Hand und strahlte warmes Sonnenlicht ab, das er den Tag über gespeichert hatte. Schatten fielen auf ihre Haut und ließen den Betrachter glauben, dass sich die blaue Körperbemalung bewegte. Aswans Gang war in den Hüften wiegend, wobei sie mit einer katzenhaften Geschmeidigkeit einen Fuß vor den anderen setzte. Sie war sich ihrer Anmut bewusst. Der Clanführer konnte es praktisch nicht übersehen.

Darian ging neben Solvay direkt hinter ihr. Noch zwei Dunkelelfen begleiteten sie. Yatlyn, die Heilerin, und Elladon aus dem Rat der Ältesten. Sie waren zur alljährlichen Schöpfungsfeier der Zwergenführerin geladen. Gwindra, die Führerin der Zwergenclans, feierte den Tag ihrer Schöpfung ganz nach Art der Zwerge, feuchtfröhlich und laut. Es würde ein dreitägiges Gelage werden, das sogar bei den Zentauren legendär war. Gwindra hatte Abordnungen aller Völker zu sich in die Tiefen ihres unterirdischen Reiches geladen. Sogar Drogonn hatte sein Kommen angekündigt. Darian wäre lieber durch die Wälder gestreift, so wie er das immer tat, wenn die Gedanken seinen Kopf zu sprengen drohten und er versuchte, mit sich selbst ins Reine zu kommen. Er musste sich darüber klar werden, was es zu bedeuten hatte, dass die Nachtmahre jetzt wieder über das Nordmeer drängten, nachdem sie so viele Mondjahre nicht mehr angegriffen hatten. Aber das ging nicht. Es war eine der lästigen Pflichten des Clanführers, die er nicht auf Solvays Schultern abladen konnte. Nicht zum ersten Mal fragte er sich, was er ohne seinen Freund in all der Zeit getan hätte, die er die Dunkelelfen nun schon führte. Und das, obwohl Solvay eine wirklich harte Zeit hinter sich hatte. Darian hatte Solvay kurz nach seiner Ernennung zum Clanführer zu seinem Stellvertreter gemacht. Es war eine gute Wahl gewesen. Solvay hatte ihm immer mit gutem Rat zur Seite gestanden. Und dann eines Tages hatte Solvay seinen Rat gesucht. Inwé war der Grund dafür gewesen. Die Elfe hatte seinem Freund, so wie es der Elfencodex verlangte, zu verstehen gegeben, dass sie an ihm interessiert war. Nun war es an Solvay, ihr zu zeigen, dass auch er sie mochte. Inwé war weder eine Attanar noch gehörte sie der Kriegerkaste an. Sie war eine gewöhnliche Dunkelelfe aus den Südhöhlen. Sie gehörte zu den Dunkelelfen, die sich dem Geheimnis der schwarzen Stoffherstellung gewidmet hatten. Dort hatte Solvay sie kennengelernt, als er seine Lieblingstunika zum Ausbessern gebracht hatte. Darian hatte das Leuchten in den Augen seines Freundes gesehen, als er von ihr gesprochen hatte. Und dann hatte Solvay ihn gefragt, ob er die

Elfe zu seiner Gefährtin machen sollte. Ausgerechnet ihn hatte er gefragt. »Kannst du dir vorstellen, jeden Morgen neben ihr aufzuwachen?«, hatte Darian ihn gefragt.

Solvay hatte genickt.

»Kannst du dir vorstellen, wie es wäre, wenn sie nicht jeden Morgen neben dir aufwacht?«

»Das möchte ich mir nicht vorstellen«, hatte Solvay darauf erwidert.

»Was überlegst du dann noch?« Darian hatte gegrinst, nicht ganz ohne auf sich selbst stolz zu sein. Es war wohl das Tiefgründigste, was er bis dahin zum Thema Beziehungen von sich gegeben hatte.

Beim Aufgang des nächsten vollen Blutmondes waren Solvay und Inwé durch den Elfenschwur verbunden worden. Yatlyn hatte die Zeremonie des Einbrennens mit dem Drachenstein vorgenommen und Darian war Zeuge gewesen. Er hatte sich für seinen Freund gefreut und gleichzeitig hatte er ihn ein bisschen beneidet. Doch ihr Glück war nicht von langer Dauer gewesen. Nur ein paar Mondzyklen später war Inwé bei einem Überfall der Nachtmahre auf die Südhöhlen getötet worden. Es war vollkommen unerwartet geschehen. Sie hatten immer gedacht, dass die Südhöhlen sicher seien. Niemand hatte damit gerechnet, dass es die Nachtmahre wagen würden, so tief in das Gebiet der Dunkelelfen einzudringen. Es war das erste Mal gewesen, dass Darian alle Krieger seines Volkes zu den Waffen gerufen und zu sich in die östlichen Höhlen befohlen hatte. Er hatte sogar die Drachen zu Hilfe gerufen. Und die Himmelgiganten waren seinem Hilferuf gefolgt. Damals war Darian mit dem Drachenfürsten geflogen. Solvay an seiner Seite hatten sie ein Massaker unter den Nachtmahren angerichtet und Rache genommen. Sie hatten den Feind zurück ins Nordmeer getrieben. Es war an diesem Tag gewesen, als Darian die Bestie in sich zum ersten Mal toben gespürt hatte, Drachenblut floss in seinen Adern, Drachenodem hatte seinen ganzen Körper erfüllt. Am Ende dieses Tages hatte es keinen Dunkelelfen mehr gegeben, der an seiner Führung gezweifelt hätte. Diese Schlacht hatte ihnen den Respekt der Drachen eingebracht, aber sie hatte Inwé nicht wieder lebendig gemacht und auch die vielen anderen Dunkelelfen nicht, die gestorben waren.

Darian hatte viele Nächte an Solvays Seite verbracht. Nächte, die angefüllt waren mit Wutausbrüchen, tiefgründigen Gesprächen, Zwergenmet, Tränen seines Freundes und noch mehr Zwergenmet. Die Tage waren nicht leichter gewesen. Es waren Tage und Nächte, die sie in noch engerer Freundschaft verbunden hatten. Und langsam hatte Solvay sein Gleichgewicht wiedergefunden, aber er hatte keine neue Gefährtin mehr gewählt.

Es war Solvay gewesen, der die Vorarbeit für das Bündnis zwischen den Dunkelelfen und den Zwergen geleistet hatte. Solvay war es auch, der sich regelmäßig mit den Lichtelfen traf und die Wogen glättete, die Darian regelmäßig hochschlagen ließ.

Darian versuchte, seine Gedanken wieder auf das zu richten, was vor ihnen lag, und beschloss, das Beste aus dieser Feier zu machen. Wenn er ehrlich war, genoss er die Streitgespräche sogar, die er auch dieses Mal zweifelsohne mit Gwindra führen würde. Zumeist gegen Ende des zweiten Tages wurden die Gespräche mit Gwindra richtig interessant. Darian mochte den beißenden Humor der Zwergenführerin.

Sein Blick fiel auf Aswan, die vor ihm ging. Der Bogen, den sie quer über den Rücken trug, schwang im Rhythmus ihrer Schritte mit. Als hätte sie seinen Blick gespürt, drehte sie sich zu ihm um, wobei ihr schwarzes Haar in einer fließenden Bewegung über die Schulter nach hinten schwang. »Wir sind bald da, Clanführer«, sagte sie mit einem Augenaufschlag, der keinen Zweifel offen ließ.

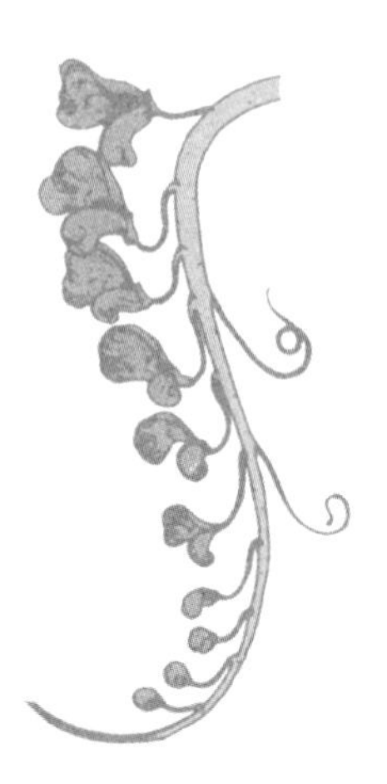

Déjà-vu

Lina seufzte glücklich. Drogonn hatte sie gerade verlassen, nachdem er sie in Arianas ehemaligen Gemächern in der hohen Festung einquartiert hatte. Es sei in Arianas Sinn, dass sie sich hier wie zu Hause fühlen sollte. Sie könne darüber verfügen, und solle sich auch keinen Zwang antun, Arianas Kleidung zu nehmen, wenn sie das gerne wolle. Drogonn hatte ja keine Ahnung, was es für Lina bedeutete, wieder hier zu sein. Sie hatte in diesen Gemächern, die ihr die weiße Magierin schon einmal überlassen hatte, eine Nacht mit Darian verbracht. Es war eine Nacht der Trauer für Lina gewesen, in der sie Trost in seinen Armen gefunden hatte. Lina sehnte sich so sehr danach, in seine Arme zurückzukehren. Aber selbst wenn sie jetzt tatsächlich bald zu den Dunkelelfen gehen würde, selbst wenn sie Darian dort wiedersehen würde, musste sie sich doch darüber im Klaren sein, dass sie nicht den Darian treffen würde, den sie kannte. Wie würde sich das anfühlen? Sie würde es wohl herausfinden, schon sehr bald.

Zwei Koboldfrauen hatten den Raum betreten und machten sich geschäftig daran, auf einem Tisch Unmengen an Speisen aufzutürmen, mit denen man bestimmt eine halbe Zwergenkompanie satt bekommen hätte. Das unterwürfige Verhalten der Kobolde war Lina unangenehm, aber sie wusste, dass sich nichts daran ändern ließ. Es entging ihr auch nicht, dass die beiden miteinander tuschelten und ihre Nasen immer wieder prüfend in ihre Richtung hielten. Hatte sie denn tatsächlich einen derart fremdartigen Geruch, dass sie, egal wo sie in Menduria hinkam, daran erkannt wurde?

Die kleinere der beiden Koboldfrauen trat zu Lina auf den Balkon. Sie blickte schüchtern zu ihr hoch. »Das Essen ist aufgetragen, ehrenwerte Schöpferin.«

»Vielen Dank. Und seid doch so freundlich und nennt mich nicht ›ehrenwerte Schöpferin‹. Mein Name ist Lina.« Ein aufmunterndes Augenzwinkern begleitete diese Bitte.

Die Koboldfrau nickte so heftig mit dem Kopf, dass ihre langen, spitzen Ohren wackelten. »Wie du wünschst.«

Auch die zweite Koboldfrau hatte sich mittlerweile zu ihnen gesellt. Ihre Stimme klang hell und piepsig, als sie vorsichtig feststellte: »Du siehst der ehrenwerten Ariana sehr ähnlich.«

Lina zögerte. Wie ließ sich das am besten erklären? »Wir sind verwandt«, sagte sie schließlich.

»Oh, dann sei doppelt willkommen!« Das strahlende Gesicht der Koboldfrau sagte Lina, dass Ariana sehr beliebt bei den Kobolden gewesen sein musste. Die weiße Magierin hatte ihr einst erzählt, dass die Kobolde diese Räume hüteten wie einen Schatz. Und tatsächlich sah hier alles so aus, wie Lina es in Erinnerung hatte. Nur die Ranken des Blauregens, die ein Laubendach über dem Bett bildeten, waren noch nicht so stark. Erst die Zeit würde sie zu mächtigen Stämmen machen.

»Möchtest du baden?«, erkundigte sich die größere der Koboldfrauen und riss Lina damit aus ihren Gedanken.

»Baden? Oh ja, das wäre schön.«

Augenblicklich stoben die beiden auseinander. Während die eine ins Nebenzimmer lief, um das große Steinbecken mit

Wasser zu füllen, verschwand die andere in der Kleiderkammer, um frische Wäsche für Lina zu holen und sie auf dem Bett auszubreiten.

Lina entließ die Koboldfrauen schließlich dankend, schob sich ein paar Bissen kaltes Hähnchen und ein paar Trauben in den Mund, bevor sie dann ins Bad ging, wo sie nur wenig später im herrlich duftenden warmen Wasser versank.

Die Anspannung wich von ihr. Das Wasser tat ihren verkrampften Muskeln gut. Sie war das Reiten nicht mehr gewohnt und hatte schließlich den halben Tag im Sattel verbracht. In Gedanken ließ sie den Tag noch einmal Revue passieren, der ihrer Zukunft eine vollkommen neue Wende gegeben hatte. Und dann musste sie plötzlich an ihren Bruder denken. Sie hatte ein schlechtes Gewissen, weil sie ihm nicht mehr als eine SMS geschickt hatte. Aber für mehr war keine Zeit geblieben. Drogonn wäre ohne sie zurückgekehrt. Irgendwann würde sie es Benjamin und ihren Eltern erklären, ganz bestimmt.

Das Wasser entspannte nicht nur ihre Muskeln, sondern verschlimmerte auch ihre Müdigkeit. Ihr wurde bewusst, dass sie seit fast zwei Tagen nicht mehr geschlafen hatte. Mit einem Stoßseufzer erhob sie sich aus der Wanne, trocknete sich ab und stieg in das Nachthemd aus silbergrauer Seide, das ihr die Koboldfrau hergerichtet hatte. Die Luft war immer noch sehr warm und der leichte Stoff lag angenehm kühl auf ihrer Haut. Lina versank in den wunderbar weichen Kissen der riesigen Schlafstatt. In dieser Nacht träumte sie so deutlich von Darian, wie sie es schon lange nicht mehr getan hatte.

Ein Rauschen war in der Luft, und dann verfinsterte sich die aufgehende Morgensonne. Lina öffnete blinzelnd die Augen und fand sich unter einem Himmel aus blauen Blütentrauben wieder, deren Duft sie einhüllte wie ein Mantel. Wo war sie? Immer noch schlaftrunken setzte sie sich auf und stützte sich dabei auf ihren Händen ab, während sie sich im Raum umblickte. Die Erkenntnis kam auf einen Schlag. Kathmarin. Menduria. Lina schwang die Füße aus dem Bett und erstarrte, als ihr Blick die Balkontür streifte. Ein riesiger, kantiger, graugeschuppter Schädel füllte den Türrahmen beinahe zur Gänze aus. Sie sah sich einem durchdringenden Blick aus gelben Augen mit einer Pupille, die in schwarze unendliche Tiefen abzufallen schien, ausgesetzt.

»Guten Morgen, Schöpferin«, tönte es brodelnd aus der Drachenkehle.

»Tek-Dragon?« Lina konnte ihr Erstaunen nicht verbergen.

Der Drachenfürst nickte. »Genau der bin ich.«

Irgendwie wirkte der Anblick dieses Schädels ohne den Rest des Drachen seltsam, ja beinahe komisch. Vorsichtig näherte sich Lina dem Himmelsgiganten. »Was machst du hier?«

»Ich habe gehört, du fliegst heute mit uns.«

War tatsächlich der Drachenfürst persönlich gekommen, um sie abzuholen? Ein strahlendes Lächeln ging in Linas Gesicht auf. »Toll, ich bin bereit.«

Ein schalkhaftes Aufblitzen war für einen Moment in den gelben Augen zu sehen, als Tek-Dragon sagte: »Vielleicht solltest du dir aber vorher etwas anderes anziehen. Die Aufmerksamkeit der halben Stadt wäre uns gewiss, wenn du in diesem Aufzug bleibst.«

»Oh«, Lina blickte an sich hinab, und musste lachen, »du hast recht. Das wäre höchst unpassend.«

Mit wehenden Haaren lief sie bereits in Richtung Kleiderkammer. »Gib mir einen Augenblick, dann bin ich bereit.«

»Von mir aus auch zwei. Wir haben Zeit«, konnte Lina den Drachenfürsten noch hören, ehe sie in der Kleiderkammer schlitternd zum Stehen kam. Er hatte vielleicht Zeit, sie nicht. Sie wollte so schnell wie möglich aufbrechen. Sie raffte ein paar

Kleidungsstücke zusammen, griff nach einem Umhang und einem Paar Wildlederstiefel und hastete aus der Kammer. Tek-Dragon wartete immer noch geduldig. Er schien es tatsächlich nicht eilig zu haben. »Nur noch einen kleinen Moment«, rief Lina erneut über die Schulter, ehe sie im Bad verschwand. Als sie dann tatsächlich kurze Zeit später wieder auf einem Bein hüpfend erschien, weil sie das andere noch in den Stiefel zwängte, war die silbergraue Übertunika noch nicht ganz geschlossen, Gürtel und Umhang hingen noch über ihrer Schulter und ein Hosenbein war ziemlich verdreht. Trotzdem schaffte sie es, alles in Ordnung zu bringen und sich nebenbei noch ein Stück Brot vom Tisch zu angeln, ehe sie vor Tek-Dragon zum Stehen kam. »So, jetzt können wir los«, sagte sie atemlos und blickte den Drachenfürsten erwartungsvoll an.

Das war sie also, die junge Schöpferin, von der Drogonn ihm erzählt hatte. Der Andavyankriegsherr hatte ihm von Linas Erscheinen bei der Ernennungsfeier der Hüter berichtet. Sie hatte Menduria mit ihrem Eingreifen damals einen großen Dienst erwiesen. Tek-Dragon war verwundert gewesen, als er von Arianas letztem Wunsch an Drogonn gehört hatte. Er sollte das Mädchen in diese Zeit holen. Er selbst hatte keinen Sinn darin gesehen, das zu tun. Aber als Drogonn Anta-Dragona um Hilfe gebeten hatte, war die Drachenmagierin dazu bereit gewesen. Anta-Dragona gebot über die Magie der Drachen, hatte Einblick in Zukunft und die bereits in Vergessenheit geratene Vergangenheit. Wenn sie Drogonns Ansuchen unterstützte, musste es einen Grund dafür geben. Wie auch immer, unter einer so besonderen Schöpferin hatte er sich etwas anderes vorgestellt. Lina war quirlig wie ein Kobold, hatte den Humor einer Zwergin und die Statur einer Andavyan. Einer ganz besonderen Andavyan. Ariana nämlich, der verschwundenen

Obersten Hüterin. Das hatte Drogonn vergessen zu erwähnen. Sie hatte nicht viel Ähnlichkeit mit den Schöpfern, die früher nach Menduria gekommen waren. Tek-Dragon selbst hatte, als sie in diese Welt gekommen waren, die Schöpferwelt besucht. Es waren primitive Wesen, die seinesgleichen jagten und als Trophäen betrachteten. Deshalb hatte er den Drachen strikt untersagt, die Schöpferwelt je wieder zu betreten. Ob sich die Schöpfer seither weiterentwickelt hatten? Lina jedenfalls glich in ihrer Art mehr einem Drachenjungen. Tek-Dragon stellte fest, dass er sie mochte. So schnell hatte er selten ein Urteil gefällt.

Der Drachenfürst zog seinen mächtigen Schädel zurück und gab den Weg auf den Balkon frei. »Gut, Lina, dann steig auf und lass uns ein bisschen Spaß haben.« Einen seiner großen ledrigen Flügel hatte er so vom Körper abgespreizt, dass sie darüber hinweg auf seinen Rücken klettern konnte.

»Ich nehme an, du bist noch nie mit einem Drachen geflogen.« Es klang wie eine Feststellung.

Lina lächelte vielsagend. »Doch.«

Der Drachenfürst blickte sie überrascht an. »Tatsächlich? Mit wem?«

»Mit ihm«, sagte Lina und deutete auf den schnittigen Grünschuppendrachen, der gerade mit Drogonn auf seinem Rücken vom oberen Balkon abgehoben hatte. »Mit Set-Dragon.«

»Nun ja, Anta-Dragona hat mich schon darauf vorbereitet, dass du einige Überraschungen für uns bereithalten würdest.« Und dann fügte der Drachenfürst so laut, dass Set-Dragon es hören musste, hinzu: »Sei froh, dass du mit mir fliegst. Mit ihm macht es bei Weitem nicht so viel Spaß. Er fliegt wie ein Lämmchen.«

Set-Dragon ließ ein verächtliches Schnauben vernehmen, bei dem eine kleine Rauchwolke aus seinem Maul aufstieg.

Lina hätte dem Geplänkel der Drachen bestimmt noch mehr Beachtung geschenkt, wenn sie nicht krampfhaft versucht hätte, die richtige Sitzposition zu finden. Was sie Tek-Dragon nämlich verschwiegen hatte, war, dass sie noch nie alleine auf dem Rücken eines Drachen gesessen hatte. Darian hatte damals hinter ihr gesessen. Seine schützenden Arme hatten ihr Halt gegeben, und ein Gefühl von Sicherheit. Wie er es ihr gezeigt hatte, rutschte sie nun bis zum Ansatz der grauen Flügel zurück und klemmte ihre Unterschenkel darunter. Der Hals des Drachen war breiter als ein Pferderücken, sodass ihre Beine genau unter die Flügel passten. Sie griff tief in die weichen Drachenschuppen im Nacken und verstärkte ihren Griff noch ein bisschen. Und da ließ sich Tek-Dragon auch schon mit abgespreizten Flügeln rückwärts vom Balkon fallen. Lina hatte das Gefühl, ihren Magen irgendwo auf dem Balkon vergessen zu haben. Aber als der Drachenfürst dann eine Halbdrehung vollführte, gestreckt in die Luft stieg und schnell an Höhe gewann, war der erste Anflug von Panik vorbei. Das nervöse Zittern, das von ihrem Körper Besitz ergriffen hatte, verwandelte sich in ein euphorisches Prickeln. Die Geschwindigkeit drückte sie weiter nach hinten und gab ihren Füßen noch mehr Halt. Lina begann, den Flug zu genießen.

»Wer fliegt hier wie ein Lämmchen?«, neckte Set-Dragon.

Nun war es der Drachenfürst der ein belustigtes Schnauben vernehmen ließ.

Kathmarin verschwand schnell aus ihrem Blickfeld, und machte einer zerklüfteten Gebirgslandschaft Platz, die irgendwann in die Hochebene von Arvakur überging. Das große Tor, Gegenstück des Megalithensteinkreises von Stonehenge, lag vor ihr. Erste Sonnenstrahlen hatten die Steine erreicht, und tauchten den inneren Kreis in warmes Licht. Lina schloss die

Augen und schickte ihre Gedanken auf die Reise. Darians letzter Kuss. Seine Worte, die er in einer ihr fremden Sprache zu ihr gesprochen hatte. Worte, die für die Ewigkeit gedacht waren. Alle Gefühle, die sie dabei empfunden hatte, stürmten auf einmal wieder auf sie ein. Liebe, Glück, Geborgenheit und Leidenschaft. Nur ein Wimpernschlag in der Ewigkeit war es gewesen, aber die Magie dieses Augenblicks währte bis heute. Auch die Angst war plötzlich wieder präsent, so unvorstellbar große Angst, ihn für immer verloren zu haben. Lina kämpfte gegen die Flut der Gefühle, die beim Anblick des großen Tores in ihr aufgewühlt wurden wie die sturmgepeitschte See. Sie durfte das nicht zulassen, durfte sich in diesen Gefühlen nicht verlieren. Sie atmete tief ein und ließ die Luft dann ganz langsam durch ihre halb geöffneten Lippen ausströmen.

Der Drache unter ihr vermochte die Gefühle nur zu erahnen, die seine Reiterin zu übermannen drohten. Es war nur ein Bruchteil dessen, was sie spürte, aber es war genug, um zu wissen, dass hier einmal etwas sehr Entscheidendes geschehen würde. Tek-Dragon fragte nicht. Er hatte gelernt, dass es nicht immer klug war, alles zu wissen. Aber er erhöhte die Geschwindigkeit, um diesen Ort so schnell wie möglich hinter sich zu bringen. Es schien zu helfen, denn kaum hatten sie die Hochebene von Arvakur hinter sich gelassen, konnte er spüren, wie der Schenkeldruck seiner Reiterin sich entspannte. Unter ihnen flog nun die karge Gebirgslandschaft nur so dahin. Zerklüftete Felsen wechselten mit tiefer gelegenen Hochalmwiesen. Nur noch vereinzelt kauerten die Bäume des Hochgebirges in geschützten Felsnischen. Es war ein vertrauter Anblick für den Drachenfürsten, und doch weidete er sich jedes Mal daran. Und dann flogen sie in eine weite Schlucht und stießen von dort wie ein Pfeil in den Himmel, um den Drachenhorst des Titanengebirges zu erreichen, den Ort, der den Drachen heilig war und den nur wenige Sterbliche je zu sehen bekamen.

Sie hatten in kürzester Zeit eine Strecke zurückgelegt, für die man zu Fuß mehr als fünf Tage und eine wirklich gute körperliche Kondition benötigte.

»Geht es dir gut?«, erkundigte sich der Drachenfürst, als er sanft auf einem granitgrauen Geröllfeld landete.

Lina löste ihre Füße und rutschte über den Flügel des mächtigen Drachen, um ein bisschen wackelig auf dem Boden zu landen.

»Ja, ich danke dir, Tek-Dragon.« Sie zog den Wollumhang enger und verschränkte die Arme. Neugierig blickte sich Lina um und lief dann ein paar Schritte, um sich die Füße zu vertreten.

Als Set-Dragon gelandet war und Drogonn dem Mädchen folgen wollte, hielt der Drachenfürst ihn mit einem fragenden Blick zurück.

»Weißt du, was in Arvakur geschehen wird?« Sofort schalt er sich einen Narren, nun doch gefragt zu haben.

Drogonn schüttelte ernst den Kopf. »Nein, aber Ariana hat wegen dieser Ereignisse auf ihr Leben als Andavyan verzichtet, um als Schöpferin wiedergeboren zu werden. Und sie hat ihre Tochter zu uns geschickt. Sie wusste, dass Linas Leben nicht einfach werden würde. Was auch immer ihre Aufgabe hier sein wird, wird Einfluss auf die Zukunft haben.«

»Sieht Anta-Dragona, was es sein wird?«

Der Andavyan schüttelte bedauernd den Kopf. »Sie sagt, der Gezeitenstrom sei noch zu vage, zu viele Stränge sind noch nicht zusammengefügt.«

»Nun, die Zeit wird es zeigen«, sagte Tek-Dragon.

Drogonn nickte nachdenklich. »Ja, so ist es. So war es schon immer.« Schließlich bat er den Drachenfürsten: »Kannst du

mir einen der Lichtelfenkundschafter schicken? Lina möchte zu den Dunkelelfen, und ich muss zu Gwindras Schöpfungsfeier, sonst hätte ich sie selbst hingebracht.«

»Sie will zu den Dunkelelfen?« Tek-Dragons Stimme klang halb entsetzt, halb belustigt. »Da wird sie aber viel Spaß haben.«

»Das fürchte ich auch«, meinte Drogonn. »Aber sie hat darauf bestanden.«

»Wir werden ein Auge auf die Sache haben«, sagte Tek-Dragon ernst. »Es ist kein ungefährliches Gebiet, in das sie möchte.«

Drogonn nickte. Es war eines der Probleme, die er auf der Schöpfungsfeier mit Gwindra und Darian besprechen würde, falls die beiden dazu überhaupt noch in der Lage waren. Immerhin würde er erst am Abend des zweiten Festtages dort eintreffen.

Es dauerte nicht lange, bis Tek-Dragon einen Kundschafter der Lichtelfen aufgetrieben hatte. Lythien, eine erfahrene Fährtenleserin, hatte sich bereit erklärt, Lina bis an die Grenzen der Dunkelwälder zu führen. Von dort aus würde Lina auf sich alleine gestellt sein, denn die Lichtelfe würde ohne Einladung keinen Fuß in das Gebiet der Dunkelelfen setzen.

Lina war marschbereit und wollte sich noch schnell von Drogonn verabschieden. Doch der Andavyan zog sie kurz beiseite, um alleine mit ihr zu sprechen.

»Ich habe hier etwas für dich«, sagte er und reichte Lina ein in Leinen eingeschlagenes Bündel.

Linas Blick zeigte überraschte Neugier. »Was ist das?«

»Sieh selbst nach«, forderte Drogonn sie auf.

Mit geschickten Fingern öffnete sie die Schnüre und beförderte ein Kurzschwert zutage, das in einem grau gefärbten ledernen Schwertgurt steckte. Der Schwertgurt war mit verschlungenen Ornamenten verziert, die in das Leder geprägt waren. Es waren die gleichen Ornamente, die sich auch auf Linas Kleidung befanden. Vorsichtig schloss sie ihre Finger um den Griff. ›Wie für meine Hand gemacht‹, dachte sie und zog die Klinge aus der Scheide. Es war eine wunderschöne Waffe, die angenehm in ihrer Hand lag. Schwer genug, um sie gut zu spüren, aber trotzdem nicht so schwer, dass sie damit Kraft vergeudet hätte.

Drogonn beobachtete sie neugierig. »Es ist Arianas Schwert. Sie wollte, dass du es bekommst. Das ist etwas anderes als dieser Trollzahnstocher, den du in der Schöpferwelt dein Eigen genannt hast.«

Plötzlich musste Lina lachen. Ein befreiendes Lachen, das von einer bevorstehenden Herausforderung kündete. »Ja, das ist etwas ganz anderes. Jetzt muss ich nur noch lernen, damit umzugehen.«

»Dazu ist kein Ort besser geeignet als der, an den du willst. Die Dunkelelfen haben die besten Schwertkämpfer.« Drogonn beugte sich zu ihr und sagte in verschwörerischem Flüsterton: »Sie sind um einiges besser als die Lichtelfen, aber sag ihnen das ja nicht, sonst sind sie überhaupt nicht mehr zu genießen.«

Wieder lachte Lina.

Doch dann wurde Drogonn plötzlich sehr ernst. »Wenn ich dir noch einen Rat geben darf – du solltest zusehen, dass Solvay dich unterrichtet. Halte dich bloß nicht an Darian. Der hat keine Geduld.«

Lina würde es sich merken.

Nur Augenblicke später brach sie an der Seite der Lichtelfenkundschafterin auf, um die Nordseite des Titanengebirges wieder hinabzusteigen.

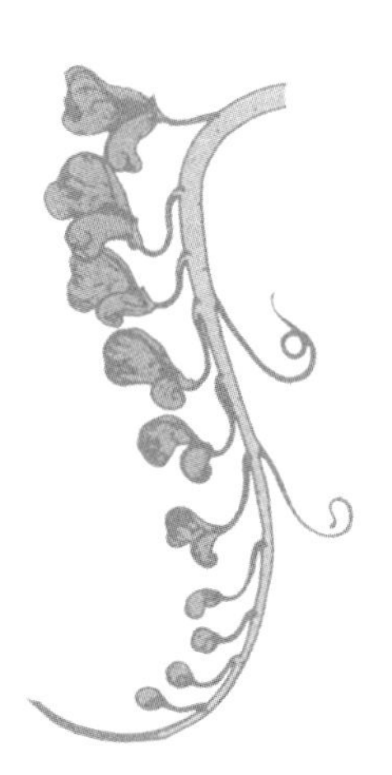

Dunkle Wälder

Lythien erwies sich als angenehme Reisebegleiterin. Sie erinnerte Lina ein bisschen an Serendra. Lina erfuhr von Lythien in zwei Tagen mehr über das Leben der Lichtelfen, als sie je in Büchern hätte lesen können. Die Elfe erzählte ihr von Kunst und Musik ihres Volkes und davon, dass sie nach Vollkommenheit strebten. Lythien selbst verkörperte diese Anmut mit jedem Schritt, den sie tat, sodass sich Lina plump im Vergleich zu ihr vorkam.

Auch Lythien stellte Linas Entscheidung, zu den Dunkelelfen zu gehen, infrage, allerdings ohne dabei herablassend zu wirken. Sie konnte es nur nicht verstehen.

»Du hättest in der Eldorin bleiben können. In Kathmarin findest du so gut wie alles, was Menduria zu dem macht, was es ist. Und in Terzina werden die kultiviertesten und schönsten Feste gefeiert, die es in der Eldorin gibt.«

»Terzina?« Lina glaubte sich zu erinnern, dass sie davon schon gehört hatte. Deshalb bat sie die Elfe: »Erzähl mir davon.«

»Terzina ist die Hauptstadt der Lichtelfen. Von dort aus herrscht das Fürstenpaar über die Lichtelfen Eldorins. Wenn es dir bei den Dunkelelfen nicht gefällt, komm doch einfach dorthin. Es wird dem Fürstenpaar bestimmt eine Freude sein, eine Schöpferin zu beherbergen.«

Aus Lythiens Mund klang es wie eine Tatsache, dass Lina nicht lange bei den Dunkelelfen bleiben würde. »Sind sie denn tatsächlich so fürchterlich, die Dunkelelfen?«, erkundigte sie sich daher.

Lythien hob schulterzuckend die langen schlanken Hände. »Fürchterlich würde ich sie nicht nennen. Sie sind anders, irgendwie primitiv. Ihre Feste sind lauter und weniger – wie soll ich sagen – erhaben. Sie sind unbeherrschter und sie wohnen in Höhlen. Kann man sich das vorstellen? Aber ich denke nicht, dass sie bösartig sind.«

›Wenigstens nicht bösartig‹, dachte Lina erleichtert. Das war doch ein Anfang.

Nach zwei Tagen harten Abstiegs erreichten sie schließlich die Waldgrenze der Dunkelwälder. Bereits tags zuvor hatten sie das kahle Hochgebirge verlassen und waren an einzelnen Latschen und Fichtengruppen vorbeigekommen. Der Blick von dort oben auf die Dunkelwälder war atemberaubend gewesen. Lina erinnerte sich an das Bild, das sich von diesen Wäldern in ihr Gedächtnis eingegraben hatte. Darian hatte es ihr auf einer Seelenreise gezeigt. Je weiter sie ins Tal kamen, umso dichter wurde der Wald. Lina verspürte ein Kribbeln im Bauch, das von nervöser Vorahnung kündete und es ihr beinahe unmöglich machte, sich auf den Abstieg zu konzentrieren. Seit geraumer Zeit folgten sie nun schon einem plätschernden, klaren Gebirgsbach. Als der Bach schließlich eine Lichtung durchfloss, nur um in einem dichten Nadelwald zu verschwinden, blieb Lythien schließlich stehen und spähte angestrengt in das Meer aus Baumstämmen. Nebel war bereits eingefallen. Der Tag ging zur Neige und eine frische Kühle senkte sich auf die Lichtung. Lina fröstelte.

»Mein Weg endet hier«, sagte die Lichtelfe und umschloss dabei Linas Hände. »Bist du sicher, dass du das wirklich tun möchtest?«

Obwohl sich das mulmige Gefühl in ihrem Bauch nun nicht mehr verleugnen ließ, war Lina wild entschlossen. Sie spürte es so deutlich, wie nie zuvor. Das war der Weg, den das Schicksal für sie vorgesehen hatte. Oder zumindest der Weg, den sie selbst für sich vorgesehen hatte. »Ja, ich bin sicher.«

Die Lichtelfe nickte und rief mit kräftiger Stimme: »Hier ist Lythien von den Lichtelfen. Ich bitte die Grenzwächter der Dunkelelfen, sich zu zeigen.«

Lina blickte sich unsicher um.

»Sie werden gleich kommen. Sie haben uns schon vor einer ganzen Weile ausgemacht.«

Lina ärgerte sich über sich selbst. Sie hatte nicht bemerkt, dass sie beobachtet wurden.

Wie um Lythiens Worte zu bestätigen, schälten sich plötzlich zwei Gestalten aus dem Nebel. Ein Mann und eine Frau. Beide kamen sie mit geschmeidigen Schritten auf Lina und Lythien zu. Die Frau blieb in einigem Abstand zurück, einen gespannten Bogen in der Hand. Der Bogen des Elfenmannes hing noch über seiner Schulter. Dafür hatte er ein Schwert gezogen. Beide trugen sie braune Wildlederstiefel und waren in dunklen Erdfarben gekleidet. Der Elfenmann kam näher und blickte sie konzentriert aus grünen Augen an.

»Lythien von den Lichtelfen, was willst du?« Es klang nicht unhöflich.

»Drogonn schickt mich, ich möchte mit Darian sprechen«, antwortete Lina an Lythiens Stelle.

»Und du bist wer?«, erkundigte sich der Elfenmann.

»Lina aus der Welt der Schöpfer.«

Der Dunkelelf musterte sie mit interessiertem Blick. Kaum wahrnehmbar, aber für Lina doch nicht zu übersehen, sog er die Luft durch die Nase. Vermutlich versuchte er Linas Duft einzuordnen. Schließlich stieß er einen kreischenden Vogellaut aus, und wie aus dem Nichts tauchten drei weitere Dunkelelfen auf. Lina verabschiedete sich von Lythien und betrat im Gefolge der drei Grenzwächter das Reich der Dunkelelfen.

Der Abstieg nach Darsheim war nicht zu unterschätzen. Steile endlos scheinende Treppen führten aus dem Drachenhorst ungesichert in die Tiefe und waren eine Herausforderung an Kondition und Schwindelfreiheit desjenigen, der sich in dieses Reich vorwagte. Drogonn würde diese Treppe ganz bestimmt nicht wieder hinaufsteigen. Nicht nach einer Feier bei den Zwergen. Er würde den Verbindungstunnel zwischen dem Reich der Zwerge und dem der Dunkelelfen nehmen. Was er mit Gwindra zu besprechen hatte, würde ohnehin ein paar Tage in Anspruch nehmen. Und auf dem Rückweg konnte er Lina gleich wieder mitnehmen. Bis dahin hatte sie bestimmt eingesehen, dass sie einen Fehler gemacht hatte. Die Zeit würde in dieser Sache für ihn arbeiten. Und danach würde er sie zu den Lichtelfen bringen. Je tiefer ihn sein Weg in den Berg führte, umso lauter wurde es. Das Fest war in vollem Gange. Warum die jungen Völker Mendurias auch immer so überschwänglich und ausschweifend feiern mussten?

›Heuchler‹, schalt ihn seine innere Stimme. ›Du findest das doch auch ganz nett.‹ Drogonn musste unfreiwillig grinsen. Kaum hatte er die erste der riesigen unterirdischen Hallen Darsheims betreten, wurde ihm auch schon von einem Zentauren ein Trinkhorn gereicht. Der Pferdemann hielt sich nur noch schwankend auf den Beinen. Er nickte dem Zentauren dankend zu, als sich seine Aufmerksamkeit auf eine Dunkelelfe mit blau verschmierten Armen richtete. Drogonn wusste, wer sie war. Aswan war dabei, einen stämmigen Zentaurenkrieger mit wüster Körperbemalung unter den Tisch zu trinken. Ein paar Zwergenfrauen feuerten sie dabei kräftig an. Drogonn blickte in die Augen der Elfe und sah den verräterischen bläulichen Glanz, der sich um ihre Pupillen gelegt hatte. Sie wusste also um die Wirkung der Blutmondwurzel, mit der man dem Rauschzustand des Zwergenmets entgegenwirken konnte. Drogonn würde sich hüten, sie darauf anzusprechen. Er benutzte die Essenz selbst.

Nach drei weiteren Hallen, die er durchquerte, erreichte er schließlich Gwindras Halle, wo er ihr zu ihrem Schöpfungstag gratulierte. Drogonn war nicht so unhöflich, die Zwergenführerin zu fragen, der wievielte es war. Dazu war sie noch viel zu jung. Diese Frage würde sich in frühestens vierhundert Mondjahren schicken. Gwindra reichte ihm zur Begrüßung einen frischen Humpen Zwergenmet und führte ihn in eine Kammer, die etwas abseits der großen Halle lag. Es war ihr privates Refugium. Dorthin eingeladen zu werden, war nur Gwindras engsten Freunden vergönnt.

»Seht mal, Männer, wen ich euch mitgebracht habe!«, rief die Zwergenführerin mit tiefer Stimme.

Drogonn warf einen Blick in die illustre Runde und konnte einfach nicht anders. Seine Gesichtszüge entgleisten zu einer schadenfrohen Grimasse. Gut, dass er erst jetzt kommen konnte. Der Raum glich einem Schlachtfeld. Auf einer der Steinbänke, die an der Wand entlangführten, saß Leasar, der Botschafter der Lichtelfen, allerdings in verkehrter Haltung. Seine Beine lehnten hoch erhoben an der Wand, während sein Rücken auf der Sitzbank ausgestreckt war. Neben ihm kauerte Solvay mit auf den Knien abgestützten Händen und hielt eine gelallte Abhandlung, die irgendetwas mit einem komplizierten Tanzschritt der Lichtelfen und dem Temperament der Dunkelelfen zu tun hatte. ›Die beiden sind ein löbliches Beispiel für die Verständigung zwischen ihren Völkern‹, dachte Drogonn schmunzelnd.

Das Bild, das sich ihm zu seiner Linken bot, war allerdings noch schlimmer. Predock, Stammesführer der Zentauren aus der Steppe von Zardun, lag auf der Seite, während irgendwo zwischen seinen Hufen verheddert Darian kauerte. Der Clanführer der Dunkelelfen hielt eine Amphore umklammert und versuchte mit angestrengter Miene, einem derben Witz zu folgen, den der Pferdemann lallend erzählte. Als Darian Drogonn entdeckte, ließ er die Amphore für einen Augenblick los, um dem Neuankömmling die Hand für einen Gruß entgegenzustrecken. Diese unüberlegte Bewegung wurde ihm schließlich zum Verhängnis. Der Pferdemann, der gerade als Einziger über seinen Witz lachte, holte mit dem Huf aus und traf Darian am Hinterkopf. Das war das Ende dieser Feier für den Clanführer der Dunkelelfen. Er kippte vornüber und rührte sich nicht mehr.

»Oh, as dud mir aberrrr leiheiheiiid«, kam ein lallendes Wiehern über Predocks Lippen, als er sah, was er angerichtet hatte.

»Solvay, ich glaube, ihr solltet euren Clanführer jetzt nach Hause bringen«, schlug Drogonn breit grinsend vor.

Solvay kratzte sich am Hinterkopf und erhob sich. »Ja, das denke ich auch.«

»Wir sollten dieses Gespräch ein andermal fortsetzen«, schlug Leasar vor, wobei seine langen Beine von der Wand rutschten und dort einschlugen, wo Solvay eben noch gesessen hatte.

»Unbedingt«, versicherte Solvay, trat mit noch erstaunlich sicheren Schritten zwischen die Hufe des Zentauren und zog Darian dort heraus. Dann fasste er nach dem Arm seines Freundes, zog ihn sich auf die Schulter und kam in einer eleganten Bewegung hoch. Erst da bemerkte Drogonn, dass Solvay überhaupt nicht so betrunken war, wie es den Anschein hatte.

»Du bist der geborene Diplomat«, murmelte Drogonn, als Solvay mit seiner Last auf den Schultern an ihm vorbeiging.

»Ich weiß, aber sag es nicht weiter«, raunte Solvay augenzwinkernd. »Bist du so nett und schickst mir den Rest unserer Abordnung«, bat er den Andavyan. Dann wandte er sich an Gwindra. »Die Dunkelelfen bedanken sich im Namen ihres Clanführers für die Einladung zu diesem rauschenden Fest.«

Gwindra begann schallend zu lachen. »Richte dem Clanführer der Dunkelelfen bitte meinen aufrichtigen Dank aus.«

Solvay nickte ernst und machte sich auf den Heimweg. Er hatte die Gänge, die von den Zwergen bewacht wurden, noch nicht verlassen, als der Rest der Abordnung zu ihm aufschloss. »Ich fürchte, wir werden morgen deine Hilfe brauchen, Yatlyn«, sagte Solvay, als er die Heilerin sah.

»Das kannst du vergessen«, erwiderte die Elfe spitz. »Er soll es wie ein Mann tragen.«

»Die Frage ist nur, ob wir damit leben wollen«, erwiderte Solvay und löste damit heiteres Gelächter aus, das weithin durch die Gänge hallte.

Solvay war heilfroh, als sie endlich den Teil der unterirdischen Gänge erreicht hatten, der zu ihrem eigenen Territorium gehörte. Mit einem erleichterten Schnaufen beförderte er Darian nur Augenblicke später in die Kissen seines Bettes.

»Lebst du noch, Mann?«, erkundigte er sich, bekam aber nichts als ein unverständliches Brummen zur Antwort.

Plötzlich tauchte Aswan neben ihm auf. Dafür, dass sie angeblich drei Zentauren unter den Tisch getrunken hatte, wirkte die Elfe erstaunlich fit. Wie machte sie das bloß?

»Ich werde mich um ihn kümmern«, sagte sie mit samtweicher Stimme.

Solvay nickte und verließ den Raum, um selbst schlafen zu gehen.

Er war gerade eingeschlafen, als er von einem Grenzwächter der Attanar geweckt wurde. »Entschuldige, Solvay, aber du solltest kommen. Da will jemand zu Darian.«

»Jetzt?«, murmelte Solvay ungehalten. »Hat das nicht bis morgen Zeit?«

»Tja, genau darüber sind wir uns nicht ganz im Klaren.«

Solvay erhob sich seufzend wieder aus dem Bett, schlüpfte in seine Kleidung und folgte dem Jäger der Attanar. Wehe, wenn das nicht wichtig war.

Er betrat eine der größeren Gemeinschaftshöhlen und sah sich einer zierlichen jungen Frau gegenüber, deren dunkelblondes Haar weit über die Schultern fiel. Sie war in der Tracht der Andavyan gekleidet, aber er bezweifelte, dass sie eine war. Und für eine Lichtelfe war sie zu klein. Ein fremdartiger Duft haftete ihr an. Er schickte die Grenzwächter fort und setzte sich auf einen Felsvorsprung ihr gegenüber. Sie ließ ihn nicht aus den Augen.

»Ich bin Solvay und mit wem habe ich das Vergnügen?«, erkundigte er sich, um einen freundlichen Tonfall bemüht.

»Ich bin Lina und ich möchte den Clanführer der Dunkelelfen sprechen.«

»Du willst Darian sprechen?«, fragte Solvay nach, immer noch nicht sicher, was er mit ihr anfangen sollte. Er würde Darian jetzt bestimmt nicht wecken, nur weil eine Fremde das von ihm verlangte.

»Verzeih meine Unwissenheit, Lina, aber aus welchem Volk stammst du?«

»Oh, ich stamme nicht aus dieser Welt. Ich komme aus der Schöpferwelt«, sagte sie und strich sich dabei in einer Verlegenheitsgeste eine Haarsträhne hinters Ohr.

Hätte Solvay nicht bereits gesessen, jetzt hätte er sich setzen müssen. War ihm der Zwergenmet doch zu Kopf gestiegen?

»Lass mich das klarstellen. Du bist eine …«

»… Schöpferin.«

»Na, das ist ja mal was Neues.« Solvay machte sich gar nicht erst die Mühe, seine Verwunderung zu verbergen. Vor ihm stand eine junge Frau aus dem Volk, das seines erschaffen hatte. Er konnte sich nicht entsinnen, wann das letzte Mal ein Schöpfer diese Welt besucht hatte. Er würde Darian doch wecken müssen. Das war eindeutig eine Sache, die der Clanführer selbst regeln musste.

»Dann komm mal mit, Lina aus der Schöpferwelt«, sagte Solvay und erhob sich.

Bis jetzt hatte Lina nicht den Eindruck, dass die Dunkelelfen unfreundlich waren. Die Grenzwächter hatten sie durch die Wälder eskortiert. Sie hatten ihr Tempo an ihres angepasst, ohne ungeduldig zu werden, obwohl sie lange unterwegs waren. Der Mond stand bereits hoch am Himmel und warf fahles rotes Licht auf den Waldboden, als sie endlich eine Senke erreicht hatten. Dort hatten sie einen Tunnel betreten, der in ein System aus größeren und kleineren Höhlen mündete. ›Sie leben in Höhlen‹, hatte Lythien gesagt. Das stimmte, aber es waren keine primitiven Höhlen, so viel konnte Lina auch bei Nacht erkennen.

Schließlich stand sie Solvay gegenüber. Es war Lina bewusst, dass ihn die Grenzwächter geweckt haben mussten. Trotzdem war er nicht ungehalten. Nun folgte sie ihm durch einen langen Gang. Lina spürte, wie sie mit jedem Schritt nervöser wurde. Würde er sie jetzt tatsächlich zu Darian führen? Und wie würde er auf sie reagieren? Sie konnte das Blut in ihren Ohren rauschen hören, getrieben von ihrem rasenden Pulsschlag. Ihre Hände begannen zu schwitzen und plötzlich hatte sie Angst vor dem, was sie erwarten würde. Doch es war zu spät, um umzukehren. Solvay war vor einem Zugang stehen geblieben, der mit schwerem Stoff verhängt war. Er schob den Stoff zur Seite und bedeutete ihr, ihm zu folgen. Lina straffte sich und trat ein. Im Inneren herrschte angenehmes Dämmerlicht. Den größten Teil des Raumes nahm ein Bett ein, das aus dem Felsen gehauen war. Felle, Decken und Kissen ließen die Schlafstatt gemütlich erscheinen. Eine schlanke groß gewachsene Frau erhob sich, als sie bemerkte, dass jemand den Raum betreten hatte. Schwarzes Haar fiel ihr bis fast zur Hüfte, als sie in einer fließenden Bewegung aufstand. Sie war beinahe unbekleidet.

»Aswan, du bist noch hier?«

»Solvay.« Sie nickte ihm kurz zu, ging aber nicht auf seine Frage ein. Ihre Schritte waren geschmeidig, ihre Körperhaltung stolz. Während sie sich einen Umhang überwarf, ließ sie Lina nicht aus den Augen. Entsetzt starrte Lina zurück, nicht fähig, die Szene zu realisieren, die sich vor ihren Augen abspielte. Erst als die Elfe den Raum verlassen hatte, brach der Bann und ihre Aufmerksamkeit kehrte zum Bett zurück. Zwischen den Kissen konnte sie einen auf dem Bauch schlafenden Mann erkennen. Nur mit Hose und Stiefeln bekleidet, hatte er den Kopf tief in den Kissen vergraben. Er hatte nicht bemerkt, dass jemand den Raum betreten hatte. Lina konnte schwarze Elfenrunen erkennen, die sich sein Rückgrat bis zur Hälfte des Rückens hinabzogen. Sie erkannte ihn an seinem dunklen zerzausten Haar. Darian. Ein nervöses Ziehen breitete sich von ihrem Magen ausgehend im ganzen Körper aus und explodierte in ihren Handflächen.

Solvay war ans Bett getreten und stupste mit seinem Knie Darians Fußsohle.

»Wach auf, Clanführer«, sagte er leise, aber doch eindringlich.

Ein unwilliges Brummen kam aus den Tiefen der Kissen.

»Darian, hörst du mich?«

 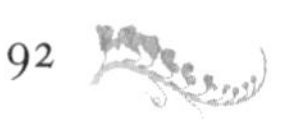

Wieder Brummen, das mit viel gutem Willen für ein ›Ja‹ durchging.

»Hier möchte dich jemand sprechen«, setzte Solvay zu einem neuerlichen Versuch an.

»Soll morgen wiederkommen.«

Lina spürte einen Schauer über ihren Rücken jagen. Darians tiefe melodische Stimme erklang, die sie so schmerzlich vermisst hatte, auch wenn sie sich etwas ungehalten anhörte.

Solvay schien die Situation sehr unangenehm zu sein. »Ein Zentaurenhuf hat ihn am Kopf erwischt. Aber das haben wir gleich«, flüsterte er entschuldigend. Als er sich wieder an Darian wandte, schien er mit seiner Geduld am Ende zu sein. »Darian, verdammt, komm hoch! Hier ist eine Schöpferin, die dich sprechen will.«

Mühsam stemmte sich Darian hoch. »Willst du mich verarschen?« Dann fiel sein Blick auf Lina. Er schien Schwierigkeiten zu haben, sie klar zu erkennen. Lina taumelte einen Schritt zurück. Darian hatte sich aufgesetzt und hielt den Kopf zwischen den Händen. »Mir platzt gleich der Schädel. Könntet ihr bitte verschwinden, und wir klären das morgen?« Ohne eine Antwort abzuwarten, sank er wieder zurück in die Kissen.

»Natürlich«, stammelte Lina.

Solvay gab ihr einen Wink und Lina folgte ihm nach draußen.

»Entschuldige bitte. Normalerweise ist er nicht so unhöflich. Aber wir sind erst vor Kurzem von einer zweitägigen Feier bei den Zwergen heimgekommen. Das ist immer etwas … anstrengend. Wenn es für dich in Ordnung ist, geleite ich dich einstweilen in ein Gästequartier, wo du die Nacht verbringen kannst. Ich bin sicher, dass Darian gleich morgen früh für dich zu sprechen ist.«

»Ja, vielen Dank.«

Erst als Solvay sie verlassen hatte, ließ sich Lina kraftlos auf einem der beiden Betten nieder, die links und rechts des Eingangs in diesem Gästequartier an der Wand standen. Auch hier spendeten Bernsteineinschlüsse sanftes Licht. Der Raum war klein, aber das Bett war weich und gemütlich. Lina rutschte an die Wand zurück, zog die Knie ganz eng an den Körper und stützte ihr Kinn auf ihnen ab. In ihrem Kopf überschlugen sich die Gedanken. Sie hatte Darian wiedergesehen. Wohl tausendmal hatte sie sich ausgemalt, wie das sein würde. Sie hatte erwartet, dass er sie in die Arme nehmen und sie küssen würde, zärtlich und leidenschaftlich, wie nur er das konnte. Ihre romantischen Vorstellungen waren grenzenlos gewesen. Aber mit so einem kalten, ja abweisenden Empfang hatte sie nicht gerechnet. Lina war zutiefst enttäuscht.

Er sah fast genauso aus, wie sie ihn in Erinnerung hatte. Nur sein Haar war länger, und seine Haut nicht so blass. Die Elfenfrau kam ihr in den Sinn. Und sofort jagte dieses schmerzhafte Ziehen der Eifersucht wieder durch ihren Körper. Aber was hatte sie denn erwartet? Gegen alle Vernunft hatte sie gehofft, dass er sie wiedererkennen, dass er die Verbindung spüren würde, die zwischen ihnen bestand, auch wenn sie sich erst in seiner Zukunft zum ersten Mal begegnen sollten. Lina seufzte. Er war nicht ihr Darian. Und er hatte einen gewissen Ruf, das hatte sie schon bei ihrem ersten Besuch in Menduria mitbekommen. Ihr wurde klar, dass es viel schwieriger werden würde, hierzubleiben, als sie gedacht hatte. War es überhaupt sinnvoll zu bleiben? Oder sollte sie gleich morgen früh nach Kathmarin zurückkehren? Ärgerlich schüttelte sie ihre Zweifel ab. Sie würde bleiben und die Gelegenheit nutzen, so viel wie möglich über diese Welt und die Dunkelelfen zu lernen. Und vielleicht würde sie dadurch sogar einen Weg finden, zu ihrem Darian zurückzukehren, in die Zeit, in die sie gehörte. Dieser Vorsatz begleitete sie in ihre Träume.

Als sie aufwachte, sickerten durch die Decke der Kammer Sonnenstrahlen, die im Raum zu tanzen schienen. Es dauerte eine Weile, bis sie sich zurechtfand. Schließlich stand sie auf, griff nach dem Schwertgurt, den sie in der Nacht zuvor abgelegt hatte, und wollte die Höhlenkammer verlassen. Sie hatte den Ausgang noch nicht erreicht, als der Vorhang zur Seite geschoben wurde und Darian plötzlich vor ihr auftauchte. Wie angewurzelt blieb Lina stehen. Ihr Herzschlag setzte für einen Moment aus. Ganz langsam, ohne ihn aus den Augen zu lassen, wich sie wieder in den Raum zurück und setzte sich aufs Bett. Er stand einfach nur da und beobachtete sie schweigend.

»Du trägst ein Andavyanschwert«, stellte er schließlich fest und deutete dabei auf den Schwertgurt, den Lina immer noch in der Hand hielt. »Darf ich?« Er streckte ihr die Hand entgegen und Lina reichte ihm das Schwert.

Ihr gegenüber ließ er sich auf dem anderen Bett nieder, rutschte in die Ecke, um seinen Rücken an der Wand abzustützen und zog ein Bein an den Körper. Er wirkte so überlegen, und Lina kam sich so verunsichert vor in seiner Gegenwart.

Darian zog die Klinge und betrachtete sie fasziniert. »Das ist eine wirklich gute Waffe«, stellte er fest. Er kannte nur ein einziges Schwert dieser Art. Es war größer, breiter und wurde von Drogonn geführt. Dieser Schwertgriff hier, ja das ganze Kurzschwert war für die schmale Hand einer Frau gemacht. Keines der Andavyanschwerter stammte aus dieser Welt. Darian hatte gehört, dass sie die Andavyan aus ihrer alten Welt mitgebracht hatten, als sie nach Menduria gekommen waren. Vorsichtig ließ er die Klinge wieder in die Schwertscheide gleiten und reichte sie der jungen Frau, die ihm gegenübersaß. Sie sah eingeschüchtert aus. Solvay hatte ihn, kaum dass die erste Morgendämmerung über den Dunkelwäldern hereingebrochen war, äußerst brutal geweckt. Sein Freund hatte ihm einfach einen Krug Wasser über den Kopf gekippt und ihn dann in die Dampfgrotte gescheucht. Jeder andere wäre dafür in den nächsten Tagen mit einer gebrochenen Nase herumgelaufen. Solvay hatte ihm erzählt, was sich in der Nacht abgespielt hatte, und hatte ihm Vorwürfe gemacht, weil er sich einer Schöpferin gegenüber so unmöglich benommen hatte. Er hatte sich nicht einmal daran erinnern können, aber nicht wirklich Reue gezeigt. Was musste sie auch mitten in der Nacht hier auftauchen? Nun saß er ihr gegenüber und sein Schädel hämmerte so furchtbar, dass er Schwierigkeiten hatte, auch nur einen klaren Gedanken zu fassen. Sein Magen schlug Salto und ihm war speiübel. Er fühlte sich, als hätte ihn ein Pferd getreten.

Lina war ihr Name, hatte Solvay gesagt. Sie war klein und zierlich. Große Augen in der Farbe dunklen Bernsteins waren auf ihn gerichtet. Sie trug ein Andavyanschwert und auch ihre Kleidung war die einer Andavyan. Aber sie konnte keine Andavyan sein. Nur noch Drogonn war übrig geblieben und Galan, die Seherin. Aber die hatte sich, soviel er gehört hatte, diesem Lichtelf Xedoc angeschlossen und sollte sich irgendwo in der Calahadin herumtreiben. Auch die weiße Magierin, Drogonns Gefährtin, war verschwunden. Er hatte von einer Andavyan gehört, die ebenfalls sehr zierlich gewesen war. Die Zwerge sprachen oft von ihr und immer mit Hochachtung. Aber Ariana, wie die Andavyan genannt wurde, war älter gewesen. Und Lina hatte Solvay erzählt, dass sie eine Schöpferin sei. Aber auch Schöpfer besuchten Menduria nicht mehr, seit die Andavyan die meisten Tore versiegelt hatten, nach dem Schöpferfluch. Gut so. Er sollte das jetzt klären. »Solvay hat gesagt, du willst mich sprechen. Also, was willst du?«

»Ich möchte hierbleiben und von euch lernen«, sagte sie vorsichtig.

Darian blieb für einen Moment die Luft weg. »Du willst

von uns lernen? Ist das einer von Drogonns schlechten Scherzen?«

Sie schüttelte nur schweigend den Kopf.

»Du bist eine Schöpferin, stimmt das?«

Nicken.

»Ja und was willst du dann bitte schön von uns lernen? Ich meine, du stammst aus dem Volk der allmächtigen Schöpfer, den erhabenen, die uns geschaffen haben.« Er gab sich redlich Mühe, seiner Stimme eine kräftige Portion Sarkasmus zu verleihen. Sie sollte ruhig wissen, was er von den Schöpfern hielt.

»Weißt du, so toll sind wir gar nicht«, sagte sie und lächelte zaghaft.

Darian stutzte. Hatte sie eben einen Scherz gemacht?

»Will Drogonn, dass du das machst?«, hakte er nach.

»Nein, ich will das.« Das klang schon etwas selbstsicherer.

»Warum?« Darian verstand das nicht.

Ihre Miene wurde verschlossen. »Ich habe meine Gründe.«

Wunderbar! Sie hatte ihre Gründe. Er sollte sie auf der Stelle fortschicken. Aber sie war eine Schöpferin. War es klug, ihr diese Bitte abzuschlagen? Und irgendwie wurde er den Verdacht nicht los, dass doch Drogonn hinter dieser verrückten Idee stand. Verdammt, wenn sein Kopf doch nicht so furchtbar hämmern würde! Er war nicht fähig, einen klaren Gedanken zu fassen. Mit beiden Händen an den Schläfen, versuchte er den Schmerz wegzumassieren.

Sie sah ihn mit leicht zur Seite geneigtem Kopf an. »Zu viel Zwergenmet?«, fragte sie. Es klang ein wenig schalkhaft.

»Scheint so«, sagte er gequält und zum ersten Mal huschte ein schwaches Lächeln über seine Lippen.

»Weißt du, ich könnte euch auch von Nutzen sein.«

»Wie willst du das denn machen?« Darian konnte sich nicht vorstellen, welchen Nutzen sie für die Dunkelelfen haben könnte.

»Ich könnte dich von deinen Schmerzen befreien. Darf ich bleiben, wenn ich es dir beweise?«

Sie schlug also einen Handel vor? Darian überlegte kurz. Wenn Drogonn sie geschickt hatte, würde er sich gegen diese verrückte Idee sowieso nicht leicht zur Wehr setzen können. Und selbst Yatlyn konnte diese rasenden Kopfschmerzen nur lindern, aber ihn nicht davon befreien, und die Hexe weigerte sich. Ganz zu schweigen von dieser verdammten Übelkeit. Also, was hatte er schon zu verlieren?

Er nickte. »Wenn du das tatsächlich kannst, darfst du bleiben.«

Lina erhob sich und kniete sich neben ihn aufs Bett. Darian wandte ihr den Kopf zu.

»Darf ich?«, fragte sie, nun wieder ziemlich befangen. Als er nickte, legte sie ihre Fingerspitzen vorsichtig an seine Schläfen und schloss die Augen. Darian konnte ihre langen dunkelblonden Wimpern sehen, bekam ihren Duft in die Nase, der sie eindeutig als Schöpferin identifizierte. Plötzlich spürte er ihre Präsenz in seinem Kopf, angenehme Wärme, die sich von dort ausbreitete, wo sie ihre Finger auf seine Haut gelegt hatte. Und mit einem Mal waren seine Kopfschmerzen wie weggeblasen, samt der Übelkeit, die seinen Magen gepeinigt hatte. Sie öffnete die Augen wieder und sah ihn forschend an.

»Besser?«

Darian nickte überrascht und sie löste ihre Finger von seinen Schläfen.

»Wie hast du das gemacht?«, erkundigte er sich ehrlich interessiert. So etwas hatte er noch nie erlebt.

»Heilende Hände«, sagte sie, während sie sich wieder auf das andere Bett zurückzog. »Also, darf ich bleiben und werde unterrichtet?«

»Warte hier.« Darian erhob sich und verließ die Kammer.

Während Lina wartete, versuchte sie, sich zu beruhigen. Sie war sich nicht sicher gewesen, ob diese Heilung überhaupt funktionieren würde. In ihrer Welt war ihr das nur dreimal gelungen, obwohl sie es unzählige Male versucht hatte. Lina hatte sein Zögern bemerkt. Er war knapp davor gewesen, sie im hohen Bogen hinauszuwerfen. Dass er einen fürchterlichen Kater gehabt hatte, war nicht zu übersehen gewesen. ›Zentaurenhuf, von wegen‹, dachte Lina schmunzelnd. Sie hatte die Heilkräfte als letzten Ausweg gesehen, als Verhandlungsmöglichkeit. Und dann hatte sie ihn berührt. Es hatte sie große Überwindung gekostet, ihre Finger von seinen Schläfen zu lösen. Ihr Verstand sagte ihr, dass er nicht der Darian war, der ihr sein Herz geschenkt hatte. Sein Benehmen sagte dasselbe, aber ihr Herz sagte etwas anderes. Dieses Durcheinander an Gefühlen durfte sie nicht zulassen, sonst würde sie hier durchdrehen.

Darian selbst half ihr mit seinem Verhalten dabei … Als er zurückkam, hatte er die Elfe mitgebracht, die Lina gestern Nacht schon bei ihm gesehen hatte. Wieder versetzte ihr Anblick Lina einen Stich.

»Das ist Aswan, Erste Jägerin der Attanar«, erklärte er ihr. Auf seinen Lippen lag ein überlegenes Lächeln. Lina glaubte, so etwas wie Schadenfreude aus seinen Worten herauszuhören.

»Wir haben uns gestern Nacht bereits gesehen«, erklang die rauchige Stimme der Elfe, begleitet von einem vielsagenden Lächeln.

»Oh«, meinte Darian schulterzuckend. »Du möchtest etwas über die Dunkelelfen lernen? Bitte schön! Aswan wird dich lehren, was die Attanar sind und wie sie jagen.« Alleine wie er das Wort »lehren« betonte, klang unheilschwanger. »Du kannst bleiben, aber unter einer Bedingung: Du befolgst den Codex der Dunkelelfen. Aswan wird es dir erklären. Tust du es nicht, bringe ich dich persönlich zu Drogonn zurück. Sind wir uns da einig?«

»Ja, das sind wir.« Lina versuchte, ihre Stimme sicher klingen zu lassen. Sie war zwar ganz und gar nicht begeistert, gerade Aswan unterstellt worden zu sein, aber es war ein Anfang. Immerhin, er hatte sie nicht fortgeschickt.

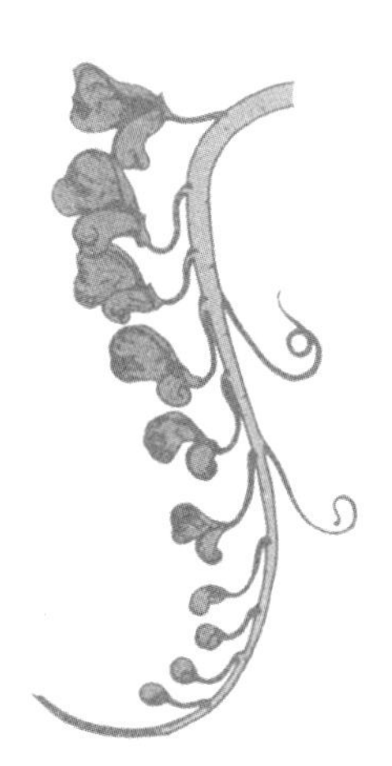

Harte Zeiten

Als Darian die Kammer verließ, war er äußerst zufrieden mit sich selbst. Dank der Schöpferin fühlte er sich plötzlich ausgezeichnet. Das war ein wirklich nützlicher Trick, den sie da auf Lager hatte. Alleine deswegen schon sollten sie sie behalten. Irgendwann würde sie ihm verraten müssen, wie sie das gemacht hatte. Als sie zu der Zwergenfeier aufgebrochen waren, war er darauf vorbereitet gewesen, danach tagelang keinen Bissen hinunterzubringen und ebenso lang irgendwo im Dunkeln abzutauchen, nur um seine Kopfschmerzen auszukurieren. Er konnte sich nicht daran erinnern, jemals so übel abgestürzt zu sein. Ihm fehlten die Erinnerungen von beinahe zwei Tagen.

»Ich schwör dir, Gwindra hat irgendetwas in den Zwergenmet gemischt«, behauptete er, als er kurze Zeit später neben Solvay auf einer Lichtung an einen breiten Fichtenstamm gelehnt Süßkuchen verspeiste.

»Ja, das glaub ich auch«, gab Solvay breit grinsend zurück. »Und ganz sicher hat sie das nur bei dir getan.«

»Sie ist hinterhältig«, sagte Darian und bot seinem Freund auch ein Stück seines Frühstücks an.

Solvay lehnte dankend ab. »Bloß nicht. Mein Magen würde das jetzt nicht vertragen.«

»Dann nicht.« Darian aß mit kräftigem Appetit weiter, wobei er sich Solvays fragendem Blick durchaus bewusst war. »Was ist?«, erkundigte er sich schließlich.

»Wieso bist du so gut gelaunt? Ich meine, ich habe selten eine schlimmere Zwergenmetleiche als dich gesehen. Du müsstest dich fühlen, als ob dich ein Drache ausgekotzt hätte.«

Darians Grinsen wurde immer breiter, als er sagte: »Sie war das.«

»Wer? Die Schöpferin?«

Darian nickte.

»Wie hat sie das gemacht?«

»Keine Ahnung. Wahrscheinlich irgend so ein Schöpfer-Hokuspokus, aber es ist praktisch. Wir sollten sie behalten.«

»Darian!« Solvays Empörung war nicht gespielt. »Sie ist doch kein Kobold, den man sich einfach so halten kann!«

»Na ja, sehr viel größer ist sie aber nicht«, sagte er und fand Solvays Ärger zum Totlachen. Er wusste, dass sein Freund ganz und gar nicht glücklich war, wenn er über die Schöpfer lästerte. Wovor hatte er Angst? Dass sie ihm einen Blitz schicken würden, in dem er verglühte?

»Darian, bitte, nimmst du eigentlich auch irgendwann mal etwas ernst?«

»Nur wenn es unbedingt sein muss. So wie es sich für einen guten Clanführer eben gehört.«

Solvay schien Darians Heiterkeit an diesem Morgen absolut unangebracht zu finden. Trotzdem versuchte er, aus Darian ein paar vernünftige Antworten herauszuquetschen. »Was wollte sie von dir?«

Darian blickte hoch und sein Gesicht wurde ernst. »Das wirst du nicht für möglich halten: Sie will bei uns bleiben, um zu lernen, hat sie gesagt.«

»Was denn lernen? Sie ist eine Schöpferin«, sagte Solvay verstört. Für ihn waren die Schöpfer heilig. Sie schufen ganze Völker.

»Na ja, es wird wohl kaum die Kochkunst der Dunkelelfen sein, auf die sie scharf ist«, sagte Darian leichthin. »Sie sieht nicht gerade wie eine durchtrainierte Kämpferin aus. Ich denke mal, sie will unsere Kampfkunst erlernen. Wozu, hat sie nicht verraten und ehrlich gesagt ist es mir auch egal. Ich hab sie Aswan unterstellt. Die soll sie sich vornehmen. Ich bin sicher, dass ihr die Lust am Dunkelelfen spielen dann bald vergehen wird.«

»Du hast sie Aswan unterstellt?« Solvay war entsetzt. »Du weißt, wie hart sie mit ihren Schülern umgeht.«

Darian nickte. Genau das war seine Absicht gewesen. Er hatte der Elfe sogar gesagt, sie solle den Willen der Schöpferin brechen. Aber das verriet er Solvay nicht. Stattdessen sagte er: »Ich bin sicher, du wirst deine schützende Hand über sie halten. Und du wirst herausfinden, wie gut sie mit dem Schwert kämpft. Ich meine, sie trägt ein Andavyanschwert. Hast du das gesehen?«

Solvay hatte es gesehen und er hatte noch mehr gesehen. Diese junge Frau hatte einen starken Willen. Wenn sie den Aswan entgegenstellte, würde sie durch die Hölle gehen. Er würde tatsächlich ein Auge auf die Sache haben müssen. Dabei konnte er Darian sogar irgendwie verstehen. Die Nachtmahre fielen in ihr Territorium ein. Es waren unsichere Zeiten. Und auf eine Schöpferin aufzupassen, war wirklich nicht das, was sie jetzt gebrauchen konnten. Aber sah Darian denn nicht, wie viel sie von ihr lernen konnten? Solvay sah es als eine einmalige Chance, etwas über das Volk der Schöpfer herauszufinden. Er würde sich diese Chance nicht entgehen lassen.

Aswan schritt vor der Schöpferin mit eleganter Überlegenheit her. Darian hatte sie angewiesen, sie bei sich unterzubringen. Das passte Aswan zwar nicht, aber sie würde ihm diesen Wunsch erfüllen. So konnte sie sie wenigstens im Auge behalten. Aswan hatte die Blicke gesehen, mit denen sie Darian bedacht hatte. Sie waren deutlich genug gewesen, um ihr inneres Alarmsystem zu aktivieren. Lina hatte Interesse an Darian, so viel stand fest. Es würde Aswan eine Freude sein, ihren Willen zu brechen. Das konnte ja nicht allzu schwer sein. Dass sie eine Schöpferin war, spielte für Aswan dabei keine Rolle. Sie dachte ähnlich über die Schöpfer wie Darian. Aber das Beste daran war, dass sie Lina den Elfencodex erklären sollte. Es würde ihr eine Freude sein. Aswan lächelte. In nicht einmal einer Woche würde sie von sich behaupten können, den Willen einer Schöpferin bezwungen zu haben, einfach großartig!

Ihre Kammer lag in den nördlichen Höhlen, den kleinsten der vier Höhlenstädte. Als Erste Jägerin der Attanar hatte sie auch das Vorrecht einer größeren Höhlenkammer. Es gab zwar zwischen den einzelnen Höhlenstädten Verbindungstunnel, aber Aswan nahm den Weg durch den Wald. Sie wollte Linas Kondition auf die Probe stellen. Die Attanar konnten sich sogar in den Baumwipfeln bewegen. Davon war diese Schöpferin weit entfernt. Es würde noch leichter sein, als sie gedacht hatte. Schon auf halber Strecke konnte sie am heftigen Schnaufen der Kleinen erkennen, wie anstrengend dieser Marsch für sie war, der sie quer über den oftmals felsigen Waldboden der nördlichen Dunkelwälder führte. Für Aswan selbst glich er eher einem gemütlichen Morgenspaziergang.

Vollkommen außer Atem kam Lina hinter Aswan in den Höhlen an. Aber sie war nicht zurückgeblieben. Nun stand sie in Aswans geräumiger Höhlenkammer, die weit größer war als

Darians Kammer. Auch hier waren Bernsteine in den Fels eingeschlossen, die jetzt bei Tag nicht leuchteten. Aswans Kammer hatte eine Öffnung ins Freie, durch die Tageslicht einfiel. Auch hier dominierte ein breites Bett das Gesamtbild. Die Dunkelelfen schienen großen Wert auf Schlafkomfort zu legen. Im hinteren Teil der Kammer war eine Nische, in der auf einem natürlichen Steinvorsprung ebenfalls Kissen und Decken lagen. »Dort kannst du schlafen«, sagte Aswan und deutete in die Nische.

Lina nickte und brachte ihren Wollmantel und den Schwertgurt dorthin.

»Das Schwert kannst du gleich dort lassen. Wenn du mit mir unterwegs bist, brauchst du es nicht«, sagte Aswan, während sie ihr langes Haar zu einem Knoten band.

›Sie bewegt sich wie eine Katze‹, dachte Lina nicht ohne einen Anflug von Neid. Ob sie das auch lernen konnte?

»So, und als Nächstes ziehst du diese Kleider aus.«

Lina hatte gerade das Schwert und ihre wenigen Habseligkeiten in der Nische abgelegt. Beunruhigt blickt sie Aswan an. »Wieso? Was ist mit dieser Kleidung nicht in Ordnung?«

Aswan bedachte sie mit einem mitleidigen Blick. »Schätzchen, wir sind Dunkelelfen. Und die Attanar sind vor allem Jäger. Wir verschmelzen mit dem Wald. Was denkst du, wie lange es für einen Feind oder auch die Beute dauern würde, bis sie dich in dieser Kleidung ausgemacht hätten. Damit gefährdest du nicht nur dich, sondern auch deine Begleiter. Also ausziehen, aber flott! Und keine Angst, ich jage dich nicht nackt durch den Wald. Da würdest du nämlich genauso auffallen.«

Das war für Lina einleuchtend. Aber das hätte die Elfe auch freundlicher formulieren können. Lina legte ihre Kleidung ab. Und es behagte ihr gar nicht, so vollkommen unbekleidet vor der Elfe zu stehen und ihren neugierigen Blicken ausgesetzt zu sein. Was Aswan dann mit ihr tat, ähnelte sehr einer Fleischbeschau auf einem Viehmarkt. Sie hob Linas Arme, prüfte ihre Bauchmuskeln, drehte sie an den Schultern herum und kniff ihr in die Oberschenkel. Der verächtliche Gesichtsausdruck, den sie dabei aufgesetzt hatte, war für Lina nicht zu übersehen. Als sie fertig war, griff sie nach Hose, Hemd und einem Paar Stiefeln, und reichte Lina die Kleidungsstücke, die alle in dunklen Erdfarben gehalten waren. »Wir werden später in den Südhöhlen vorbeischauen, um dir eigene Kleidung zu besorgen, bis dahin kannst du meine anziehen.«

Das würde nötig sein, denn die Hose war Lina zu lang, da die Elfe einen Kopf größer war als sie selbst, die Stiefel waren gut zwei Schuhnummern zu groß. Dafür war ihr das Hemd um die Brust zu eng.

»Als Erstes werden wir an deinem Muskelaufbau arbeiten müssen«, sagte Aswan, nachdem Lina sich angezogen hatte. »Mit der Armmuskulatur wirst du keinen Bogen spannen können. Ich werde dich genauso behandeln, wie jede andere Dunkelelfe unter meinem Kommando auch. Bilde dir bloß nicht ein, dass ich eine Ausnahme mache, nur weil du eine Schöpferin bist! Meine Schüler werden von mir an die Grenzen ihrer körperlichen Kräfte getrieben. Nur so werden sie abgehärtet und gestählt und zu guten Jägern – oder sie geben auf. Bei dir denke ich, wird Letzteres der Fall sein.«

›Großer Gott, ich bin im Ausbildungslager einer Dunkelelfenschinderin gelandet!‹, dachte Lina. Benjamins Freundin Debby hätte ihre Freude an dieser Szene.

Und so begann die härteste Zeit, die Lina je durchlebt hatte. Aswan ließ keine Schikane aus. Sie jagte Lina unerbittlich im Laufschritt durch den Wald, bis sie vor Seitenstechen keinen weiteren Schritt mehr tun konnte. Sie ließ sie nur mit einem Lederriemen als Hilfsmittel Baumstämme hochklettern. Verlangte von ihr, sich an einem Ast hochzuziehen und mit den Beinen voran hochzuschwingen. Obwohl Lina ihr Bestes versuchte, bis ihre Muskeln brannten, ihre Arme schwer wie Blei und ihre Hände mit Schwielen übersät waren, schaffte sie es nicht. Aswan überschüttete sie abwechselnd mit spöttischen Blicken und beißenden Bemerkungen. Es war eine seelische und körperliche Qual gleichermaßen. Nach drei Tagen war ihr Körper voller blauer Flecken und es gab keinen Muskel, der nicht schmerzte. Ja, sie spürte sogar Muskeln, von denen sie noch nicht einmal gewusst hatte, dass sie sie besaß. Jeder Schritt wurde zur Qual. Die einzige Erholung, die ihr Aswan gönnte, war die Zeit, die sie in den Dampfgrotten verbrachten. Es waren natürliche Steinbecken, die von unterirdischen heißen Quellen gespeist wurden. Es roch dort unglaublich gut und die dicken Dampfschwaden, die aus dem mineralhaltigen Wasser aufstiegen, hüllten die Grotte in einen warmen Nebel. Dieser Ort wurde schnell zu Linas Lieblingsplatz. Denn dort war sie so gut wie niemals mit Aswan alleine. Und dort benahm sich Aswan ihr gegenüber umgänglicher. In den Dampfgrotten sah Lina auch, dass nicht nur Darian diese Elfenrunen auf dem Rücken trug. Alle Dunkelelfen trugen sie. Während die Zeichen bei manchen Elfen allerdings nur bis zur Hälfte des Rückens reichten, verliefen sie bei anderen bis fast zum Steißbein. Frauen und Männer waren im Durchschnitt gleich groß, und von drahtiger durchtrainierter Statur. Die Dunkelelfen waren ein offenes durchweg geselliges Volk. Lina fand heraus, dass die Dampfgrotten so etwas wie ein gesellschaftlicher Treffpunkt waren. Es hatte sich schnell herumgesprochen, wer sie war. Und nachdem Lina zuerst zwar neugierig, aber aus der Distanz beobachtet wurde, dauerte es dann doch nicht lange, bis auch sie in die Gespräche mit einbezogen wurde. Bald verging kein Besuch, bei dem Lina in dem Becken, dem sie ihren schmerzenden Körper übergab, alleine gewesen wäre. Auch

Lina nutzte diese Begegnungen, um so viel wie möglich über das Volk zu erfahren, bei dem sie nun seit beinahe zwei Wochen lebte.

Lina hatte sich gerade mit einem erleichterten Stoßseufzer ins Wasser gesetzt und war bis zur Nasenspitze untergetaucht, als ein Pärchen Händchen haltend in ihre Richtung geschlendert kam.

»Dürfen wir uns zu dir setzen?«, erkundigte sich die Elfenfrau mit einem offenen Lächeln.

Sie war bestimmt eine der kleinsten und zartesten Elfenfrauen, die Lina bis jetzt gesehen hatte, und trotzdem war sie einen halben Kopf größer als Lina.

»Ja, gerne.« Lina setzte sich wieder auf und machte den beiden auf der natürlichen Steinbank im Wasser Platz.

Kaum hatten es sich die beiden bequem gemacht, fragte die Elfe im Flüsterton: »Wie geht es dir mit Aswan?«

»Na ja, bis jetzt lebe ich noch«, erwiderte Lina mit gequälter Miene. »Aber ohne die Besuche hier in der Dampfgrotte sähe das vielleicht anders aus.« Sie hatte festgestellt, dass ihr Körper nach einem Besuch in den Becken bei Weitem weniger schmerzte als zuvor.

»Das liegt an den heilenden Mineralstoffen, die sich hier im Wasser lösen«, erklärte der Elfenmann. Sein Lächeln wurde breiter, als er hinzufügte: »Dagegen kann nicht einmal Aswan etwas unternehmen.«

Lina hatte bereits herausgefunden, dass die Erste Jägerin der Attanar nicht besonders beliebt war, aber respektiert, wenn nicht gar gefürchtet wurde.

Im Laufe des Gespräches erfuhr Lina, dass die beiden Isnar und Andor hießen. Sie gingen sehr liebevoll miteinander um und waren Lina von Anfang an sympathisch. Und so beschloss sie, die beiden nach der Bedeutung der Schriftzeichen auf den Rücken der Dunkelelfen zu fragen. Isnar nahm Andor bei den

Schultern und drehte ihn kurzerhand im Wasser so um, dass Lina seine Zeichen gut sehen konnte.

»Man nennt diese Runen ›Dunkelelfenlegende‹«, erklärte sie. »Geschrieben in der alten Schrift, die noch aus dem ersten Zeitalter stammt, verrät sie, wer wir sind.« Mit ihren schlanken Fingern zeichnete die Elfe die Runen nach, die ganz oben im Nacken waagerecht verliefen. »Hier steht sein Name, Andor.« Dann fuhr sie mit ausgestrecktem Zeigefinger ein Stück weiter bis ungefähr zur Mitte des Schulterblattes. »Dieser Teil sagt, was der Name bedeutet, nämlich: Er, der die Herausforderung schätzt.« Wieder ein Stück abwärts. »Das sagt, wer er ist. In seinem Fall, dass er zur Kriegerkaste der Schwertkämpfer gehört.« Sie hatte kurz in der Mitte seines Rückgrats innegehalten. »Und jetzt wird es interessant.« Lächelnd drückte sie ihm einen flüchtigen Kuss auf die Schulter. Ihr Zeigefinger war längst im Wasser verschwunden. »Hier steht, wessen Gefährte er ist. Da steht mein Name. Das ist der Elfenschwur.« Sie ließ seine Schultern los und als er sich wieder umdrehte, küsste sie ihn auf die Wange. Andor zog sie lachend in seine Arme und sagte zu Lina: »Wenn du ihren Namen einmal in deinem Rücken eingebrannt hast, wirst du sie nicht wieder los.«

Isnar nahm es mit Humor und sagte in verschwörerischem Tonfall zu Lina: »Das gilt übrigens für beide Seiten.«

Lina konnte sich ein heiteres Lachen nicht verkneifen. Mit ihrer erfrischenden Art hatten die beiden ihren bis jetzt eher tristen Tag gerettet. Nicht zum ersten Mal, seit sie begonnen hatte, sich mit den beiden zu unterhalten, dachte Lina, dass Andor ihr irgendwie bekannt vorkam. Sie hatte den Boten, der Darian damals in der Koboldoase Sindwa aufgesucht hatte, nur von Weitem gesehen. Aber sie war sich ziemlich sicher, dass es Andor gewesen war.

»Gibt es so etwas wie unsere Dunkelelfenlegende auch in

der Schöpferwelt?«, erkundigte sich Isnar und riss Lina damit aus ihren Überlegungen.

Lina wollte gerade antworten, als Aswan zu ihr herüberkam und sie aus dem Becken scheuchte. Lina stöhnte leise. Sie hatte doch eben erst begonnen, sich zu entspannen. Doch sie gehorchte, ohne sich ihren Widerwillen anmerken zu lassen.

Je mehr die anderen Elfen mit ihr sprachen, desto unleidlicher wurde Aswan. Und außer ihr Befehle zu erteilen, sprach sie so wenig wie möglich mit Lina. Außerdem hielt sie Lina von den anderen Attanarjägern fern.

Nur am ersten Abend hatte sich Aswan die Zeit genommen, ihr den Codex der Dunkelelfen zu erklären. Es waren im Grunde genommen einfache, aber sinnvolle Regeln, die das Zusammenleben der Elfen regelten. Eine der Regeln hatte sie ihr allerdings ausführlicher erklärt als die anderen. Es ging um die Partnerwahl. Und obwohl Lina ihr versichert hatte, dass sie nicht vorhatte, hier auf Partnersuche zu gehen, hatte Aswan darauf bestanden. »Hör trotzdem zu. Wenn du dich daran nicht hältst, musst du gehen. Das hat Darian gesagt. Ich weiß ja nicht, wie das bei euch Schöpfern so läuft. Aber bei den Dunkelelfen ist es Sache der Männer, den Frauen ihr Interesse zu bekunden. Bekunde also niemals dein Interesse an einem Elfenmann, wenn er dich nicht vorher eindeutig dazu aufgefordert hat, egal wie ernst deine Absichten sind.«

Das hätte Lina zwar bei einem so offenen Volk wie den Dunkelelfen nicht erwartet, aber es spielte sowieso keine Rolle für sie. Ihr Herz war bereits gebunden an einen Dunkelelfen, der in einer anderen Zeit lebte. In einer Zeit, in der es diese seltsame Regel wohl nicht mehr gab. Sie war es nämlich gewesen, die Darian geküsst hatte, damals in der Oase Sindwa. Aber darüber würde sie mit Aswan bestimmt nicht sprechen. Der Darian dieser Zeit jedenfalls schien Aswan zu gehören, das hatte die Elfe bereits anklingen lassen. Er musste sein Interesse an ihr also bereits bekundet haben. Anders war ihre Begegnung in der Nacht von Linas Ankunft nicht zu erklären. So konnte Lina sich auch ausmalen, wohin Aswan jeden Abend verschwand, um erst mitten in der Nacht zurückzukehren.

Es war die Zeit, in der Lina mit ihren Gedanken alleine war. Und obwohl sie sich bemühte, schaffte sie es nicht, die Gedanken an Aswan und Darian zu verdrängen. Vielleicht musste Darian genau diese Erfahrungen mit Aswan jetzt machen, um irgendwann zu ihrem Darian zu werden. Sie war in seine Vergangenheit eingedrungen, ungefragt. Sie hatte kein Recht, sein Verhalten infrage zu stellen. Und trotzdem schmerzte sie das Wissen, dass es Aswan war, der sein Herz gehörte, zutiefst. In diesen einsamen Stunden, in denen der Blutmond noch jung am Himmel stand, war sie dem Aufgeben am nächsten. Wieso nur tat sie sich diese Folter an? Wieso ließ sie sich von Awan so quälen, während Darian sie schlichtweg ignorierte. Ihr Verstand sagte ihr, dass es klüger war, dem ein Ende zu setzen und zu gehen, aber ihr Herz hielt sie zurück. So rang sie jede Nacht mit sich, nur um jeden Morgen wieder dazustehen und sich Aswans Foltermarathon zu unterwerfen. Auch an diesem Morgen kämpfte Lina mit dem Ast, an dem sie unter Aswans mitleidlosem Blick hochschwingen sollte, als ein Waldläufer sie aufspürte. Lina solle zu den Osthöhlen kommen, alleine, und sie solle ihr Schwert mitnehmen, lautete die Botschaft. Drogonn sei da und wolle mit ihr sprechen.

Das ließ Lina sich nicht zweimal sagen. Alles war besser, als hier an diesem vermaledeiten Ast herumzuhängen und diesen verdammten Aufschwung doch nicht zu schaffen. Ihre Bauchmuskeln brannten wie Feuer. Bereits in der Schule, in einem Leben, das ihr unendlich weit zurückzuliegen schien, hatte sie den sogenannten *Felgeaufschwung* nie geschafft. Wozu sollte das auch gut sein? Aswan hatte sie jetzt über zwei Wochen mit Laufen, Baumklettern und weiß der Kuckuck was noch gequält, hatte ihr aber nicht gezeigt, wie man eine Spur im Wald erkennt oder einen Pfeil abschießt. Als Lina sie einmal darauf angesprochen hatte, hatte die Elfe sie nur mit einem kühlen Blick gemessen und ihr erklärt, dass sie noch nicht in der Lage wäre, einen Elfenbogen zu spannen.

Als sie vor der östlichen Höhlenstadt ankam, war Drogonn tatsächlich dort. Er war in ein Gespräch mit Darian und Solvay vertieft. Lina hatte Darian seit dem Gespräch an jenem Morgen nicht mehr getroffen. Und sie konnte ihn auch nicht ansehen, ohne sofort gegen eine Flut aufsteigender Gefühle anzukämpfen. Also schlug sie die Augen nieder und wandte sich direkt an Drogonn.

»Ah, Lina, schön, dich unversehrt zu sehen.« Ein seltsamer Blick streifte Darian, ehe sich Drogonn in aufmunterndem Tonfall wieder an Lina wandte. »Ich möchte dich kurz sprechen.«

Lina nickte und folgte ihm, wobei sie Solvays Gruß im Vorbeigehen mit einem freundlichen Lächeln erwiderte.

Darian blickte den beiden nach, als sie sich entfernten. Außer Hörweite blieb Drogonn stehen und redete auf Lina ein. Er wirkte riesig, ja fast gigantisch im Vergleich zu ihr. Und trotzdem blickte sie ihm offen und furchtlos entgegen. Sie schien von ihm nicht im Geringsten eingeschüchtert zu sein. Nur ihm, Darian, konnte sie nicht in die Augen schauen. Selbst Solvay hatte sie ein offenes Lächeln geschenkt. Darian wunderte sich, sie überhaupt in einem Stück wiederzusehen. Entweder war Aswan nicht ganz bei der Sache oder er hatte die Schöpferin unterschätzt. Vermutlich eher das Zweite, denn er hatte sehr wohl die Schürfwunden und blauen Flecken an ihren Armen bemerkt, die auch Drogonn nicht entgangen waren. Darian konnte sich denken, was Drogonn ihr sagte. Er hatte angekündigt, sie wieder mitnehmen zu wollen. Dann war es wohl doch nicht Drogonn gewesen, der hinter ihrem Wunsch steckte. Sie sollte mit ihm zurückkehren in die Zivilisation, wie Drogonn es genannt hatte. Darian wusste, dass Drogonn es nicht böse meinte. Trotzdem hatte es ihn empört. Die Dunkelelfen waren doch keine Wilden!

Er sah Lina den Kopf schütteln und abwehrend mit den Händen gestikulieren. Wieso das eine Genugtuung für ihn war, konnte er sich selbst nicht erklären. Sie zog das Leben bei den Wilden anscheinend dem bei Hofe der Lichtelfen von Terzina vor. Schön, sie hatte Charakter. Dabei hätte er sich doch wünschen müssen, dass sie verschwand. Drogonn hatte unmissverständlich klargemacht, dass ihr nichts zustoßen durfte. Und die letzte Woche hatte Darian deutlich gezeigt, wie gefährlich es in den Dunkelwäldern geworden war.

Lina schien sich durchgesetzt zu haben, denn sie kam mit Drogonn zurück.

»Und, habt ihr alles geklärt?«, fragte Darian und grinste Drogonn süffisant an.

»Ja, sie bleibt hier.« Drogonn übersah Darians Genugtuung geflissentlich.

»Was für ein Ehre für uns«, meinte Darian.

›Beißender Spott‹, dachte Lina. Er hatte ihn also immer schon so offen zur Schau getragen.

Darian blickte Lina nun direkt an, als er sagte: »Nun, dann wird unser Klingenmeister hier dich einmal im Umgang mit dem Schwert prüfen.« Dabei klopfte er Solvay freundschaftlich auf die Schulter, sie dagegen ließ er nicht aus den Augen.

Es fiel ihr unendlich schwer, seinem Blick standzuhalten. Aber sie schaffte es irgendwie. Mit leicht zur Seite geneigtem Kopf sagte sie: »Ich glaube, das ist auch besser so. Ich habe mir nämlich sagen lassen, dass Solvay der bessere Lehrer von euch beiden sein soll.«

Darian war für einen Moment sprachlos, während Solvay neben ihm in schallendes Gelächter ausbrach. Sie hatte ihn gerade mit seinen eigenen Waffen geschlagen.

»Können wir?« Solvay nickte Lina aufmunternd zu.

Lina verabschiedete sich von Drogonn und folgte Solvay dann zum Übungsplatz, der sich auf einer etwas abgelegenen Lichtung unweit des Höhlenzugangs befand.

Auch Drogonn verabschiedete sich schließlich, aber nicht ohne Darian noch eine Warnung zukommen zu lassen. »Seid vorsichtig, ich habe Gerüchte gehört, dass die Nachtmahre einen neuen Führer haben und das soll ein wirklich hinterhältiger Kerl sein.«

Darian nickte. »Ich weiß, sein Name ist Blarn.«

»Hast du auch gehört, dass er einen Preis auf deinen Kopf ausgesetzt hat?«

Auch das hatte Darian gehört. Es war hilfreich, wenn man unter den Kobolden Verbündete hatte. Eines der größten Probleme, mit denen er sich im Moment herumschlug, war nämlich, dass es den Dunkelelfen nicht möglich war, sich unbemerkt den Nachtmahren zu nähern. Sie hatten schon einige Attanarkundschafter bei dem Versuch verloren, das Lager der Nachtmahre auszuspionieren. Einzig die Kobolde konnten sich im Lager der Nachtmahre ungehindert bewegen, da sie dort zu Sklavenarbeit gezwungen wurden. Gelang einem Kobold die Flucht, so brachte er oft wertvolle Informationen mit, für die Darian sich immer großzügig erkenntlich zeigte. Er gewährte dem kleinwüchsigen Volk Schutz in den Dunkelwäldern. Und nicht wenige Kobolde standen auch in den Diensten der Dunkelelfen. So sorgte eine ganze Heerschar von

Kobolden für Ordnung in den Höhlen. Sie kochten, wuschen Wäsche und putzten. Nicht, weil sie dazu von den Dunkelelfen gezwungen wurden, sondern weil sie es für ihre Bestimmung hielten. So unverständlich das für Darian auch war, es machte die Kobolde glücklich, sich um sämtliche Angelegenheiten des Haushaltes zu kümmern. Je mehr sie zu tun hatten, umso besser waren sie gelaunt. Die Tatsache, dass der Clanführer der Dunkelelfen Schutz gewährte, hatte sich bei den geknechteten Kobolden, die in den Fängen der Nachtmahre lebten, herumgesprochen. Und so war Darian immer der Erste, den ein geflohener Kobold aufsuchte. Auf diesem Weg hatte er auch erfahren, dass eine ziemlich große Kampfeinheit der Nachtmahre über die Meerenge von Lyras übergesetzt und an der Küste gelandet war. Sie hatten ein Lager errichtet, genau dort, wo sie dieses verfluchte Weißhaarpack das letzte Mal vernichtend geschlagen und ins Meer zurückgedrängt hatten. Der Preis damals war hoch gewesen. Aber Darian hatte daraus gelernt. Er würde sie nie wieder auf offenem Gelände stellen. Dieses Heer aber war mehr als doppelt so groß als beim letzten Mal. Warum nur drängten die Nachtmahre plötzlich wieder so massiv nach Süden? Konnte das Gerücht stimmen, dass sie in der Eiswüste keine Nahrung mehr fanden? Seit sie von den Dunkelelfen am Beginn des zweiten Zeitalters in die Eiswüste gedrängt worden waren, hatte es solche Gerüchte noch nie gegeben. Er seufzte und beschloss, sich etwas Erfreulicherem zu widmen. Leichtfüßig lief er über den nadelbedeckten Waldboden und näherte sich vorsichtig dem Übungsplatz, auf dem Solvay mit Lina trainierte. Er war neugierig, wie gut sie mit dem Schwert umgehen konnte. Der Übungsplatz war schon vor langer Zeit freigeholzt worden. Rundum wuchsen junge Fichten, in deren Schatten Darian sich nun hielt. Solvay hatte ihn trotzdem sofort bemerkt. Es war nur ein flüchtiger Blick gewesen, mit dem Solvay ihn bedacht hatte. ›Ich weiß, dass du da bist‹, hatte dieser Blick bedeutet. Darian hatte nichts anderes erwartet.

Lina hatte ihm das Halbprofil zugewandt und versuchte, Solvays Ausführungen mit ernster Miene zu folgen. Und was Darian dann zu sehen bekam, konnte er einfach nicht fassen. Was sie da trieb, war Schwertstümperei der übelsten Art! Heiliger Schöpferfluch, und das mit einem Andavyanschwert! Darians Gesichtszüge entgleisten vollkommen, bis er sich einfach nicht mehr beherrschen konnte und loslachte.

Solvay ließ sein Schwert sinken und blickte ihn scharf an. »Können wir den Grund für deine Heiterkeit erfahren, Clanführer?«

Solvay war sauer. So viel war sicher. Denn nur dann nannte er ihn Clanführer. Er konnte sich trotzdem nicht beherrschen. Mit in den Nacken geworfenem Kopf lachte er hemmungslos.

Lina sah sich um und erhaschte gerade noch einen Blick auf Darian, der sich kopfschüttelnd und lachend umdrehte und in den Tiefen des Waldes verschwand. Entmutigt ließ sie das Schwert sinken. Darian hatte also gesehen, was sie hier trieb. Am liebsten wäre sie vor Scham im Boden versunken.

»Mach dir nichts draus«, sagte Solvay aufmunternd. »Er kann einfach nichts ernst nehmen. So ist Darian eben.«

Ja, so war Darian. Das hatte sie damals schon bei ihrer allerersten Begegnung auf der Dämonenklippe feststellen müssen. Nur half ihr das in ihrer jetzigen Situation auch nicht weiter. Wenigstens zeigte Solvay Geduld mit ihr. Sie mochte seine ruhige Art, mit der er ihr die Schritte erklärte, die sie sicher auf den Waldboden auftreten ließen. Geduldig zeigte er ihr, wie man das Gleichgewicht in der Mitte des Körpers hielt und wie man die Handgelenke lockerte, die Klinge in runderen Bewegungen führte. »Siehst du, das muss aus dem Handgelenk kommen. Du führst kein Breitschwert oder eine Axt. Hier ist Präzision gefragt, nicht rohe Gewalt.«

Von diesem Tag an trainierte Solvay sie fast täglich, oft mehrere Stunden. Und er bestand darauf, dass sie alleine trainierten. Lina war ihm dafür sehr dankbar. Er verspottete sie niemals, so wie Darian es getan hatte, oder sprang so brutal mit ihr um, wie Aswan das nach wie vor tat.

Erkenntnis

In den folgenden Tagen begann Aswan Lina im Spurenlesen zu unterweisen. Sie erklärte ihr, wie man anhand von Form und Tiefe eines Abdruckes und der Höhe der abgeknickten Äste feststellen konnte, welche Beute man verfolgte. Die Elfe scheute sich auch nicht davor, ihre Finger in Tierkot zu versenken, um daraus das Alter der Spur abzulesen. Manchmal genügte es Aswan sogar, die Hand auf den Waldboden zu legen, um festzustellen, wie weit ihre Beute entfernt war.

»Wie funktioniert das?«, fragte Lina ehrlich fasziniert.

Sie erntete eine für Aswan typisch zynische Antwort: »Das ist Dunkelelfenmagie. Wir leben nicht nur hier in diesen Wäldern, wir sind ein Teil davon. Deshalb spüren wir die Magie der Bäume, der Sträucher, des Bodens, ja der ganzen Umgebung. Der Wald spricht zu uns. Das ist etwas, das eine Schöpferin niemals verstehen wird, und auch nicht lernen kann.«

»Mag sein, dass ich es niemals lernen kann, aber verstehen kann ich es sehr wohl!« Lina bebte vor Zorn und nahm sich vor, Aswan nichts mehr zu fragen. Als sie weitergingen, hielt Lina so viel Abstand wie irgend möglich zu ihrem persönlichen Elfenalbtraum.

Doch sie versuchte, sich nun selbst auf den Wald zu konzentrieren, versuchte das zu erspüren, wovon Aswan gesprochen hatte. Nach einer Weile lichtete sich das zuvor noch sehr dichte Waldgebiet und Lina konnte erkennen, dass sie sich dem Waldrand näherten. Lina konnte das Meer rauschen hören. Der Duft salziger Meeresluft stieg ihr in die Nase und vermischte sich mit würziger Waldluft. In dem Versuch einen Blick aufs Meer zu erhaschen, spähte sie angestrengt in nordöstliche Richtung. Da entdeckte sie etwas, dass sie dann doch veranlasste, die Elfe anzusprechen.

»Was ist, hast du eine Hasenspur entdeckt?«, erkundigte sich Aswan in ihrer typisch herablassenden Art.

Lina ging nicht darauf ein. Stattdessen deutete sie auf einen Baumstamm, der tiefe Kerben aufwies. Harz sickerte in dicken blutroten Tropfen aus dem Stamm. »Mag sein, dass ich es nicht spüren kann, so wie du das bestimmt kannst«, sagte Lina ruhig, »aber alleine der Anblick tut mir in der Seele weh. Das sieht aus, als würde der Baum bluten.«

Aswans Reaktion überraschte Lina dann doch sehr. Zum ersten Mal war so etwas wie Mitgefühl in der Stimme der Elfe zu hören. Aswans Hand zitterte, als sie den an mehreren Stellen geschändeten Baumstamm berührte. »Der Baum ist schwer verletzt. Es sieht so aus, als ob die Klinge, die das getan hat, mit Gift getränkt gewesen wäre. Der Baum wird sterben. Und vermutlich wird das Gift über die Wurzeln in den Boden sickern, sodass die anderen Bäume auch sterben werden.« Ganz vorsichtig schabte Aswan mit einem Messer einen Teil des blutroten Harzes aus der Kerbe und roch daran. »Diese Kerben wurden vor höchstens einem Tag geschlagen. Wir werden den Waldhütern Bescheid geben, vielleicht können sie den Baum noch retten.«

»Wer tut denn so etwas?« Lina konnte den Sinn dahinter nicht verstehen.

»Nachtmahre. Es ist Teil ihrer Kriegsführung. Es ist weitaus einfacher, einen Baum zu verletzen, als einen Dunkelelfen. Und wie ich dir bereits gesagt habe, sind wir Teil dieser Wälder. Wenn sie unseren Lebensraum zerstören, schaden sie damit auch uns.« Aswan seufzte und blickte sich suchend um. »Ich fürchte, das hier wird nicht der einzige Stamm gewesen sein, der so zugerichtet wurde.«

Leider sollte die Elfe recht behalten. Auf ihrem Heimweg, der sie entlang des Waldrandes in einem großen Bogen zurück zu den Nordhöhlen brachte, entdeckten sie noch weitere Bäume. Alle waren sie auf die gleiche Art verletzt worden. Aswan blieb stehen, ließ einen krächzenden Schrei vernehmen, und wartete danach mit in den Nacken gelegten Kopf, während sie die Baumkronen absuchte. Nur einen Augenblick später konnte Lina Bewegung in den Baumwipfeln über sich wahrnehmen. Eine Elfe sprang von einem Baum zum nächsten, leichtfüßig, als wäre sie ein Eichhörnchen. Es raschelte, aber niemals knackte ein Ast oder knickte gar ab. Lina konnte diese Fähigkeit nur bewundern. Die Elfe schien Aswan entdeckt zu haben, denn sie winkte kurz und schwang sich dann an den Ästen einer Buche abwärts, bis sie vor der Jägerin zum Stehen kam.

»Du hast gerufen, Aswan?« Die Elfe nickte auch Lina kurz zu.

»Sind in den letzten Tagen Nachtmahre hier in diesem Gebiet gesichtet worden?«

Die Elfe schüttelte den Kopf. »Nein, hier nicht. Aber in den westlichen Ausläufern der Wälder.«

»Sie müssen aber hier gewesen sein.« Aswan deutete auf einen der verletzten Baumstämme. »So etwas machen nur Nachtmahre.«

Die Elfe wurde bleich, als sie die tiefen Kerben im Stamm einer mächtigen Buche sah. Die Blätter des Baumes hatten bereits zu welken begonnen. »Ja, das waren bestimmt Nachtmahre. So sind sie auch beim letzten Mal vorgegangen.«

Aswan sprach mehr zu sich selbst, als sie sagte: »Mir ist rätselhaft, wie sie unbemerkt hier in diesen Teil der Wälder gelangen konnten. Wir benötigen mehr Grenzwächter!« Dann straffte sie ihre Schultern und sagte in gewohntem Befehlston: »Schick einen Boten zu den Waldhütern, und sag ihnen Bescheid. Und dann mach dich auf zu den Osthöhlen und bitte Darian herzukommen. Ich möchte, dass er sich das ansieht.«

Die Elfe nickte und machte sich auf den Weg. Erst als sie im dichten Gewirr der Baumstämme nicht mehr auszumachen war, wandte sich Aswan an Lina. »Findest du alleine den Weg zurück?«

»Natürlich.« Lina war zwar bei Weitem nicht so sicher, wie sie klang, aber ihr Orientierungssinn war immer schon recht gut gewesen. So schwer konnte es also nicht sein, die Nordhöhlen zu finden.

»Gut, dann ist dein Training für heute beendet. Mach dich auf den Weg. Ich werde hier auf Darian warten, und möchte mich noch ein bisschen umsehen.«

Es war erst knapp nach Mittag. Und so nutzte Lina die einmalige Gelegenheit, Aswans Fängen zu entkommen. Sie hatte allerdings keine große Lust, in die Nordhöhlen zurückzukehren. Dort wartete nichts als eine viel zu kleine Schlafnische auf sie. So folgte sie dem Geruch nach Meeresluft. Ohne Aswan im Nacken machte es gleich doppelt so viel Spaß, durch den Wald zu streifen. Und dann, nachdem sie die letzten Bäume hinter sich gelassen hatte, eröffnete sich ihr ein atemberaubender Blick hinaus aufs tiefblaue Meer. Nur noch ein paar Brombeersträucher trennten sie von einer mit Gras bewachsenen Klippe, die hoch über dem Meer aufragte. Als Lina versuchte, sich dort durchzuquetschen, blieb sie mit dem Arm in den Dornen hängen und zerkratzte sich den Handrücken. Mittlerweile nahm sie Abschürfungen und Blessuren mit weit mehr Gelassenheit hin. Ohne auf das brennende Gefühl auf ihrem Handrücken zu achten, erleichterte sie den Brombeerstrauch um ein paar Früchte und schob sie gedankenverloren in den Mund. Sie überquerte den Grüngürtel, bis sie schließlich am Rand der Klippe stand. Erst als sie sich umblickte, wurde ihr klar, dass sie dieses Bild schon einmal gesehen hatte. Auf dieser oder einer der anderen Klippen, die sich hier in einem weiten Halbkreis über dem Meer erhoben, musste sie damals mit Darian gestanden haben, als er ihr die Dunkelwälder gezeigt hatte. Lina schloss die Augen und versuchte, dieses Bild in ihren Gedanken wieder lebendig werden zu lassen. Sein Blick aus dunklen Augen, sehnsuchtsvoll auf die Wälder gerichtet. Nur ein Teil von ihnen stand damals hier. Seelenreise hatte er es genannt. Auch das war Dunkelelfenmagie gewesen. Lina ließ sich seufzend ins Gras am Rande der Klippe sinken. Ja, sie waren magische Wesen, die Dunkelelfen. Aswan hatte recht. Sie hatten Fähigkeiten, die Lina niemals lernen würde. Allein wie sie sich in den Bäumen bewegten, wie sie mit dem Wald kommunizierten. Lina kam sich im Vergleich zu ihnen unzulänglich vor, unvollkommen und tollpatschig. Wie in aller Welt hatte Darian sich damals nur in sie verlieben können? Ihre Gedanken wanderten zurück in die Zeit, als sie zum ersten Mal in Menduria gewesen war. Diese wenigen Tage, die voller Gefahr gewesen waren, aber auch voll Glück. Immer verschwommener wurden die Bilder. Lina registrierte unterbewusst, dass sie dabei war einzuschlafen. Sie sollte das nicht. Aber es war zu verlockend und sie war so erschöpft. Sie hatte sich zur Seite gedreht und ihre schmerzenden Glieder in eine bequeme Position gebracht. Sonnenstrahlen wärmten ihr Gesicht und eine angenehme salzige Brise spielte mit ihrem Haar. Nur einen Moment noch, dann würde sie die Augen wieder öffnen und sich auf den Weg machen. Der Augenblick verstrich. Lina schlief bis zum späten Nachmittag.

Erst als die Brise kühl wurde, und die Sonne schon viel zu tief stand, um noch zu wärmen, wachte sie auf. Immer noch benommen, rieb sie sich den Schlaf aus den Augen. Hatte das gutgetan! Aswan würde einen Tobsuchtsanfall bekommen, wenn sie sie hier sehen könnte. Alleine dieser Gedanke kostete sie ein Lächeln. Nun sollte sie aber zusehen, dass sie sich auf den Heimweg machte. Die Sonne war schon hinter den westlichen Klippen verschwunden und tauchte die Wälder in weiches rötliches Licht. Lina erhob sich und wandte sich dem Waldrand zu. Und da sah sie den Dunkelelf, der sich aus dem Schatten des Waldes löste und auf sie zukam.

Darian konnte seine Wut nur mit größter Mühe im Zaum halten. Diese verfluchten Bastarde. Sie hatten versucht, das Nervensystem des Waldes zu vergiften. In seinen Augen war das die Tat von Feiglingen, die sich nicht offen zum Kampf stellten. Er musste diese Wut loswerden, ehe er Kontakt zu den Bäumen aufnahm. Normalerweise halfen ihm die Wälder dabei, sein manchmal überschäumendes Temperament zu kühlen. Aber wenn der Wald geschwächt war, durfte er ihn damit nicht auch noch belasten. Darian atmete langsam und tief, und versuchte, sich auf die Geräusche des Waldes zu konzentrieren. Vögel, die in den Ästen saßen und zwitscherten, ein Specht, der irgendwo in nördlicher Richtung gegen einen Stamm hämmerte, das Summen eines Bienenstockes. Er fühlte den Wind auf seiner Haut, der hier in der Nähe des Meeres bereits salzig schmeckte. Langsam verflog die Wut. Noch ein paar Atemzüge lang stand er mit geschlossenen Augen da, ehe er in die Hocke ging und seine Hand behutsam auf die Wurzeln des verletzten Baumes legte. Er konnte den Kampf beinahe körperlich spüren, den der Waldgigant gegen das Gift führte. Aber die Wurzeln waren zum Glück noch nicht geschädigt. Sie hatten es rechtzeitig entdeckt. Der Wald würde heilen. Dazu mussten die Waldhüter die verletzten Kerben reinigen und versiegeln. Diese Aufgabe würde die Waldhüter allerdings einige Tage lang beschäftigen.

Darian öffnete die Augen und erhob sich wieder. »Das hast du gut gemacht, Aswan.« Er war froh, dass die Jägerin bei all ihrer Härte dem Wald gegenüber so viel Umsicht zeigte.

»Vielen Dank.«

»Wo hast du die Schöpferin gelassen?«, erkundigte er sich beiläufig.

»Zurück zu den Höhlen geschickt.« Aswans Gesichtsausdruck machte deutlich, dass sie froh war, Lina zurzeit nicht am Hals zu haben.

Er verabschiedete sich und machte sich alleine auf den Rückweg. Er brauchte Zeit zum Nachdenken. Was in Danaàns Namen hatte es zu bedeuten, dass Nachtmahre ausgerechnet hier im nördlichsten Teil der Dunkelwälder die Bäume schädigten? Ihr Hauptaugenmerk lag doch auf dem äußersten Westen, wie seine Späher berichteten.

Darian wollte gerade den Weg zu den Eingängen der Nordhöhlen einschlagen, als ihm eine Spur auffiel, die zu den Klippen führte. Jemand war hier vom Weg abgebogen und hatte sich durch die Büsche geschlagen. Die Fußabdrücke waren in der feuchten Erde deutlich zu erkennen. Kein Dunkelelf würde solche Abdrücke hinterlassen. Er folgte der Spur, bis er die Waldgrenze erreichte. Blutspuren hafteten an den Dornen der Brombeersträucher. Darian roch prüfend daran. Der Geruch war so fremdartig, und doch irgendwie interessant, dass kein Zweifel mehr bestand. Lina war nicht zu den Höhlen zurückgekehrt, wie Aswan angenommen hatte. ›Seltsam, dass sie genau diese Stelle aufgesucht hat‹, dachte Darian. Auch ihn zog es oft hierher an die Klippen, von wo aus man eine einmalige Aussicht aufs Meer und die Dunkelwälder hatte.

Sein Blick wanderte suchend über die zum Teil doch recht steil abfallende Küste. Die Bäume warfen bereits lange Schatten. Es würde bald dämmern.

Unweit des Abgrundes entdeckte er sie. Sie stand gerade vom Boden auf. ›Alleine und vollkommen unbewaffnet.‹ Darian wusste nicht, ob er ärgerlich oder amüsiert über diese Tatsache sein sollte. Mit ein paar schnellen Schritten durchquerte er die Brombeersträucher und ging ihr entgegen. Sie wirkte erschrocken, als sie ihn sah, irgendwie schuldbewusst. Er blickte sie an und wusste, warum sie so reagierte. »Du hast doch nicht etwa hier geschlafen?«

Verlegen senkte sie den Blick. »Wie kommst du denn darauf?«

Darian wollte nicht, aber er musste trotzdem schmunzeln. »Die Abdrücke in deinem Gesicht verraten es.«

»Oh.«

Es war ihr sichtlich unangenehm, dass er sie dabei ertappt hatte.

»Ihr geht wohl nicht oft jagen, ihr Schöpfer?« Keinem Jäger der Dunkelelfen wäre es passiert, dass er hier ungeschützt eingeschlafen wäre.

Ein schalkhaftes Lächeln huschte für einen Moment über ihr Gesicht, als sie sagte: »Wir jagen höchstens im Supermarkt.«

»Was meinst du damit?«

Ihr Gesichtsausdruck wurde wieder ernst. »Ist nicht so wichtig. Nur eine weitere Schwäche der nichtsnutzigen Schöpfer.« Die Ironie in ihrer Stimme war nicht zu überhören.

Sie wusste also von seiner Einstellung den Schöpfern gegenüber.

Darian wollte sie nicht rügen, aber er musste ihr das trotzdem sagen. »Weißt du, zu anderen Zeiten könntest du hier den ganzen Tag gefahrlos verschlafen. Denn eigentlich sollte dieses Gebiet sicher sein. Aber nach dem, was mir Aswan gezeigt hat, müssen die Nachtmahre hier gewesen sein. Sei also bitte so nett und halte dich hier nicht alleine und unbewaffnet auf.«

»Ich werde es mir merken.« Ihr Blick war unergründlich und ausnahmsweise sah sie ihm direkt in die Augen. Die untergehende Sonne spiegelte sich in ihren bernsteinfarbenen Augen, die sich in diesem Licht am Rand olivgrün färbten. Extrem ausdrucksstarke Augen waren das, die das gesamte zart geschnittene Gesicht dominierten. Eine goldblonde Locke war ihr ins Gesicht gefallen. Darian hatte noch nie zuvor solche Locken gesehen. Die Dunkelelfen hatten von Natur aus eher glattes Haar, das sich in einem Farbspektrum von Nachtschwarz über rötlich bis hin zu brünett bewegte. Blondes Haar hatten in Menduria nur die Lichtelfen.

Diese Schöpferin war eine sehr hübsche Frau. Das war unbestreitbar. Und in den wenigen Momenten, in denen sie lachte, wirkte sie beinahe übernatürlich schön. Jetzt aber wirkte sie verschlossen und unnahbar. Schließlich senkte sie den Blick. »Ich muss zurück zu den Nordhöhlen, ehe es dunkel wird. Nicht, dass Aswan mich noch suchen muss, weil ich den Weg nicht finde.« Damit wandte sie sich zum Gehen.

»Warte«, sagte Darian. »Ich bringe dich zurück. Aber wir nehmen nicht den Weg durch den Wald.«

Wortlos lief Lina hinter Darian her. Er hatte einen schmalen Pfad am Rande der Klippen eingeschlagen. Sosehr sie sich seine Nähe auch gewünscht hatte, wäre sie diesmal doch gerne alleine durch den Wald gegangen. Nein, sie wäre geflohen. Er hatte sie auf eine Art angesehen, wie das der Darian immer getan hatte, der er einmal werden würde. Lina hatte der Atem gestockt. Sie hatte sich hinter eine Maske aus Schweigen geflüchtet und versucht, sich vor diesen Gefühlen zu verschließen. Jedes Fünkchen Hoffnung würde ihr nur wehtun und sie in ein noch tieferes Gefühlschaos stürzen. Sie musste in Zukunft seine Nähe meiden, wenn sie hier nicht schlimme Probleme bekommen wollte.

»Wie geht es dir mit Aswan?«, erkundigte sich Darian.

»Wir kommen zurecht.« Mehr würde sie dazu nicht sagen.

»So, so.« Er warf ihr einen prüfenden Blick über die Schulter hinweg zu.

Lina erwiderte ihn, so zuversichtlich wie möglich. Sie würde sich ganz bestimmt nicht bei ihm über Aswan beschweren. Dabei konnte sie sich nur ein blaues Auge holen. Und außerdem verbot ihr das ihr Stolz.

Wieder in Schweigen versunken, folgte sie ihm weiter auf dem Pfad, der hier in eine Senke führte, und scheinbar im Nichts endete. Unter ihnen donnerte das Meer tosend an die Klippen. Lina hatte sich darauf konzentriert, nicht zurückzufallen und um Himmels willen nicht zu stolpern. Wenn Aswans hartes Training ein Gutes hatte, dann, dass Lina mittlerweile viel sicherer über unwegsames Gelände laufen konnte.

Vor dem Abgrund blieb Darian unvermittelt stehen und drehte sich zu ihr um. »Gib mir deine Hand«, bat er.

Lina zögerte.

Er streckte ihr auffordernd seine Hand entgegen. »Keine Angst, ich werf dich da nicht hinunter.«

Das kostete Lina ein heiteres Lachen. »Nein, so etwas würdest du doch ganz bestimmt nicht machen!« Als sie seinen irritierten Gesichtsausdruck sah, schlug sie sich die Hand vors Gesicht und sagte prustend: »Entschuldige.«

»Sag mal, was hat Drogonn dir bloß über mich erzählt?«

»Gar nichts.« Lina versuchte das Grinsen aus ihrem Gesicht zu wischen, was ihr nicht ganz gelang. Dabei musste sie daran denken, wie wenig erheiternd sie es damals gefunden hatte, als er sie in der Krallenfestung tatsächlich in einen pechschwarzen Abgrund geschubst hatte. Sie ergriff seine Hand, die sich so angenehm warm anfühlte, und wünschte sich sofort, sie hätte es nicht getan. Das Prickeln in ihrer Handfläche machte sie nervös. Doch kaum hatten sie die Senke verlassen und waren auf den schmalen Steinsims getreten, der hier in die Klippe führte, war sie froh über den Halt, den er ihr gab. Ein falscher Schritt würde hier an der Steilwand den sicheren Tod bedeuten. Sie war erleichtert, als sie nach ein paar Schritten eine Felsspalte erreichten, die sich als versteckter Zugang zu einer Höhle entpuppte.

Erst als sie ein paar Schritte zwischen sich und den Abgrund gebracht hatten, ließ Darian ihre Hand wieder los.

Mit todernster Miene blickte er sie eindringlich an. »Du bist doch keine Spionin der Nachtmahre, oder?«

»Was? Nein, natürlich nicht!« Lina war empört. Wie konnte er sie nur so etwas fragen?

Darians unnachahmlich schelmisches Grinsen erschien plötzlich auf seinem Gesicht und sagte Lina, dass er sie wieder einmal auf den Arm genommen hatte. »Na, dann ist's ja gut.«

Lina seufzte. Würde sie es denn nie lernen?

»Dies ist einer der geheimen Zugänge, die direkt ins Höhlensystem der Dunkelelfen führen. Von hier aus erreichen wir die Nordhöhlen viel schneller. Niemand kennt diese Zugänge, außer den Dunkelelfen und den Zwergen«, erklärte er.

Lina wusste mittlerweile, dass es auch zwischen den vier Höhlenstädten der Dunkelelfen Verbindungstunnel gab. Sie konnte sich ausmalen, wie gefährlich es für die Bewohner der Höhlen werden könnte, wenn Nachtmahre von diesen Tunneln wüssten. »Verstehe. Ich verspreche, dass ich nicht zu den Nachtmahren laufen werde, um ihnen von diesem Eingang zu erzählen.«

»Das beruhigt mich«, meinte Darian, während er aus einem Beutel einen Bernstein hervorholte, der augenblicklich zu leuchten begann. Der Tunnel wurde breiter und machte es Lina möglich, neben ihm zu gehen. Der Bernstein leuchtete den Weg gut aus. Darian erzählte ihr, dass diese Tunnel ursprünglich von den Zwergen in den Fels gehauen worden waren und dass es weiter im Westen noch mehrere dieser Tunnel gab, die früher den am Meer lebenden Dunkelelfen als schnelle Verbindung zu den Haupthöhlen gedient hatten.

Lina hätte ihm stundenlang zuhören können, einfach nur um seine Stimme zu hören. Doch dann klang er plötzlich so, als würde er aus weiter Ferne zu ihr sprechen. Dabei ging er immer noch neben ihr. Ein Gefühl beklemmender Angst stieg in ihr auf. Eines, das sie kannte, aber schon lange nicht mehr erlebt hatte.

Der Tunnel wurde schmaler und niedriger. »Aswan?« Lina konnte die Elfe sehen, die aus dem Tunnel direkt auf sie zukam. Sie wurde verfolgt von Kreaturen, die weißes langes Haar hatten. Rote Augen glühten in der Dunkelheit. Ein bösartiges Lächeln entblößte weiße, spitze Zähne. Lina kam es vor, als blickte sie in das Antlitz des Teufels. Und da knickten ihr die Beine weg und sie brach taumelnd zusammen. Immer noch wie gebannt blickte sie mit schreckgeweiteten Augen in den Tunnel vor ihr. »Nachtmahre!«, keuchte sie. Aswan hatte sie ihr beschrieben. Es konnten nur Nachtmahre sein.

Darian ließ den Bernstein fallen und zog sofort beide Schwerter. Seine Augenbrauen hatten sich in höchster Konzentration zusammengezogen, als er versuchte, die Gefahr, die vor ihnen liegen musste, zu erkennen. Wie viele Nachtmahre waren es? Und wieso, verflucht noch mal, konnte er sie nicht spüren, wenn Lina sie bereits sehen konnte?

Bange Augenblicke des Wartens vergingen, in denen kein Angriff erfolgte. Er konnte Lina, die zusammengekauert hinter ihm auf dem Boden saß, schwer atmen hören. Sie musste panische Angst haben. Ihr Atem und sein Blut, das er in seinen Ohren rauschen hörte, waren die einzigen Geräusche im Tunnel.

»Sie sind nicht hier«, flüsterte Lina schließlich.

Darian blickte sie verunsichert an. Hatte sie sich einen Scherz mit ihm erlaubt? Ein erneuter Blick in ihr Gesicht, und er verwarf den Gedanken wieder. Angstschweiß stand ihr auf der Stirn und ihre Pupillen waren geweitet. Mühsam versuchte sie, wieder auf die Beine zu kommen. Darian warf noch einen letzten Blick in den Tunnel vor ihnen, ehe er die Schwerter wieder in den Rückengurten verschwinden ließ. Der Bernstein lag zu ihren Füßen und beleuchtete ihr Gesicht. Selbst in dem angenehm gelblichen Licht, das der Kristall verbreitete, sah sie kreidebleich aus. Darian griff ihr unter die Arme, zog sie hoch und lehnte sie gegen die Wand, damit sie sich abstützen konnte. »Was war das eben?« Es klang viel schroffer, als er beabsichtigt hatte.

Lina hielt sich mit geschlossenen Augen eine Hand vor den Mund. »Ich glaube, es war eine Vision.«

Vision? Darian glaubte seinen Ohren nicht zu trauen. Sprach sie von der Sehergabe? Gab es überhaupt Seher bei den Schöpfern? Er atmete einmal tief durch, ehe er vorsichtig fragte: »Was hast du genau gesehen?«

»Aswan, die von Nachtmahren in einem Tunnel verfolgt wird.« Lina sprach sehr leise. Sie konnte sich gut vorstellen, wie diese Nachricht auf Darian wirken musste. Aswan, die ihre Nächte bei ihm verbrachte. Seine besorgte Miene sprach Bände.

»Sind deine Visionen bis jetzt immer eingetreten?«.

»Ja.«

»Ich verstehe. Nun, wir werden diese zu verhindern wissen.« Damit setzte er sich wieder in Bewegung.

»Es tut mir leid«, murmelte Lina.

Mit zur Seite geneigtem Kopf blickte Darian sie an. »Das muss es nicht. So wissen wir wenigstens Bescheid.«

Lina nickte, sagte aber nichts mehr. Wenn man bedachte, dass Aswan vielleicht schon bald seine Gefährtin sein würde, fand Lina seine Reaktion reichlich kühl. Aber das ging sie nichts an. Vielleicht war es ja genau das Verhalten, das Aswan von ihm erwartete. Sie würde es ihm überlassen, ihr von dieser Vision zu erzählen. Lina fand es erschreckend genug, dass sie nach so langer Zeit, in der sie keine Visionen mehr gehabt hatte, nun doch wieder von den Schreckensbildern der Zukunft heimgesucht wurde. Sie war immer noch tief in Gedanken, als sie die Nordhöhlen erreichten.

»Findest du dich von hier aus zurecht?«, erkundigte sich Darian, als sie die ersten Quartiere der Attanar passierten.

»Selbstverständlich.«

»Gut. Und Lina, tust du mir einen Gefallen?«

»Sicher.«

»Sprich vorerst mit niemandem über diese Vision.«

»Natürlich nicht.« Mit gemischten Gefühlen verabschiedete sich Lina und machte sich auf den Weg in Aswans Quartier. Die Elfe war nicht hier. Das war gut so. Lina verzog sich in ihre Nische und rollte sich zusammen. Sie wollte nur noch ihre Ruhe.

In den nächsten Tagen war Aswan vollauf damit beschäftigt, die Waldhüter zu kontrollieren, die die verletzten Bäume versorgten. Lina, die nicht von der Seite der Jägerin weichen durfte, kam sich ziemlich nutzlos vor. Auch Solvay hatte nur wenig Zeit für die Schwertkampfübungen, die Linas Tage sonst immer erhellt hatten. Er war mit einigen Schwertkämpfern in den Tunneln unterwegs, um sie zu kontrollieren. Wo Darian war, wusste Lina nicht. Ihn hatte sie seit dem Vorfall im Tunnel nicht mehr gesehen.

Und dann hatte es zu regnen begonnen. Eigentlich mochte Lina warmen Sommerregen. Aber das hier glich eher einer kalten Sintflut, die tagelang nicht aufhören wollte. Ein Gewitter jagte das andere. Blitze zuckten über den bleigrauen Himmel, gefolgt von ohrenbetäubendem Donnergrollen. Lina hatte Aswan gefragt, ob Gewitter in Menduria immer so laut seien. »Nein, nur hier. Das ist die Nähe zum Meer. Fürchtest du dich etwa?«, fügte Aswan herablassend hinzu.

Lina hatte nur verärgert den Kopf geschüttelt. Was hatte sie Aswan bloß getan, dass die Elfe sie so behandelte? Dabei machte sie doch gute Fortschritte. Sie war jetzt imstande, sich auf einem Ast hochzuziehen. Das mit dem Aufschwung funktionierte allerdings immer noch nicht. Aber dafür war sie beim Laufen durch den Wald bedeutend besser geworden. Mittlerweile kostete es Aswan viel mehr Mühe, sie aus der Puste zu bringen. Lina registrierte das mit Genugtuung. Aber die Elfe wurde nicht müde, sich neue Schikanen auszudenken. Und Lina reagierte mit trotzigem Stolz. Sie nahm sich fest vor, sich von Aswan nicht unterkriegen zu lassen.

Sie war nun bereits einen vollen Mondumlauf des kleinen Blutmondbegleiters hier. Der kleine weiße Mond, der gerade mal ein Viertel der Größe des Blutmondes hatte, sah dem Mond ihrer Welt zum Verwechseln ähnlich. Lina schätzte, dass seit ihrer Ankunft hier dreißig Tage vergangen waren. Genau konnte sie es gar nicht sagen. Denn sie hatte irgendwann aufgehört zu zählen.

›Wie viele Tage wohl zu Hause in der Zwischenzeit vergangen sind?‹, überlegte sie trübsinnig. Das Wetter drückte ihr aufs Gemüt. Sie hatte sich gerade in ihrer Schlafnische zusammengekauert, als Aswan erschien.

»Komm mit«, sagte die Elfe und warf Lina einen Umhang zu.

Sie wollte bei dem Wetter raus? Ja, das war typisch für die Jägerin. Eigentlich hatten sie im Wald bei diesem Regen nichts zu suchen. Nur die Grenzwächter hielten dann an den Außengrenzen des Dunkelelfengebietes Wache. In solchen Regenphasen spielte sich das Leben, das sonst vor allem im Freien stattfand, in den Höhlen ab. Reger Verkehr herrschte dann in den Verbindungstunneln zwischen den Felsenstädten. Lina hatte zum ersten Mal Barden und Lautenspieler aus den Westhöhlen getroffen, und sie hatte gemeinsam mit Isnar die Südhöhlen der Handwerker und Waffenschmiede besucht. Auch aus den weiter abgelegenen kleineren Höhlen, zu denen es keine Verbindung im Tunnelsystem gab, waren Dunkelelfen gekommen, um sich in den größeren Höhlen auf einen Plausch zu treffen, Würfelspiele zu spielen oder um gemeinsam ein paar Krüge Zwergenmet oder Drachenblutwein zu leeren. Und sie verbrachten viel Zeit in den Dampfgrotten. Lina wäre jetzt gerne im Wasser eines der Becken versunken. Immerhin musste sie feststellen, dass Aswans hartes Training langsam Früchte zu tragen begann. Linas Haut war straffer geworden und an den Oberarmen, die immer aus Pudding bestanden hatten, bildeten sich leichte Ansätze von Muskeln. Debby wäre entzückt gewesen.

Es half nichts, an die Dampfgrotten zu denken. Aswan wollte hinaus ins Unwetter, also würden sie hinaus ins Unwetter gehen. Lina straffte sich, zog die Kapuze ihres Umhangs ins Gesicht und trat hinter Aswan ins Freie. »Wohin gehen wir?«

»Drachenklamm«, gab Aswan kurz angebunden zurück.

Eine Schlucht bei diesem Regen? Das würde bestimmt interessant werden.

Ehe es sich Lina versah, fand sie sich in einem Albtraum aus Felsen über ihr und reißenden Wassermassen unter ihr wieder. Aswan überquerte leichtfüßig einen Baumstamm, der quer über die Felsschlucht führte. Lina folgte ihr. Zwar nicht ganz so sicher wie die Elfe, schaffte sie es aber doch über den tosenden Bach, der unter ihr gefährlich brodelte. Die Schlucht hinauf mussten sie noch drei weitere Baumstämme überqueren. Und jeden einzelnen meisterte Lina mehr oder weniger sicher. Langsam begann ihr diese Klettertour sogar ein bisschen Spaß zu machen. Noch nie zuvor in ihrem Leben war sie so an die Grenzen ihrer Leistungsfähigkeit gebracht worden. Ob es das war, was Debby ihr oft als das Hochgefühl des Sports beschrieben hatte?

»Was machen wir hier?« Lina war am höchsten Punkt der Felsenge angekommen und beobachtete Aswan, die hoch konzentriert in die Schlucht hinunterblickte. Sie war ehrlich überrascht, als sie eine vernünftige Antwort bekam.

»Ich wollte mir ansehen, ob die Schlucht frei ist, und das sieht man von hier oben am besten.«

Lina folgte ihrem Blick und stellte fest, dass die Elfe recht hatte. Von dem Felsen, auf dem sie standen, konnte man weit in die Schlucht hinuntersehen.

»Manchmal verkeilen sich Äste oder Treibgut in der Felsspalte. Wenn sich das Wasser dann aufstaut, kann das gefährlich für die südlichen Höhlen werden. Einmal wurden sie schon bei einem Dammbruch überflutet.«

Lina verstand. Aswan hatte sie also heute nicht nur aus reiner Schikane hierhergeschleift. Vielleicht bezweckte sie ja auch mit den anderen Übungen etwas Ähnliches und Lina konnte einfach nur mit ihrer Art nicht umgehen?

»Gut, lass uns gehen«, sagte Aswan schließlich, nachdem sie einen prüfenden Blick zum Himmel geworfen hatte.

Der Regen hatte etwas nachgelassen, als sie die Klamm erreicht hatten. Nun begann sich der Himmel aber wieder zu verfinstern. Erste Blitze tanzten zwischen den tiefgrauen Wolkentürmen.

Sie hatten erst die Hälfte des Abstiegs hinter sich gebracht, als sich das Gewitter direkt über ihnen entlud. Ein Blitz jagte den anderen. Das Donnergrollen hallte als beängstigendes Echo durch die Schlucht und alleine dieser Ton, ähnlich dem wütenden Brüllen eines Drachen, berechtigte die Schlucht, den Namen ›Drachenklamm‹ zu tragen. Noch zwei weitere Baumstämme waren zu überqueren und Lina war bereits am Ende ihrer Kräfte. Ihre Knie zitterten, jeder Schritt war eine Überwindung. Aswan hatte es vor ihr bereits ans entwurzelte Ende der Fichte geschafft, als ein Blitz in unmittelbarer Nähe in einen der gigantischen Baumriesen einschlug. Lina zuckte erschrocken zusammen und konnte mit letzter Kraft das Gleichgewicht halten. Wie angewurzelt blieb sie stehen, gebannt von dem Naturschauspiel, das sich ihr bot. Langsam und unheilvoll knackend neigte sich der abgespaltene brennende Teil des Baumes in ihre Richtung und fiel.

»Lauf!«, schrie Aswan.

Ein Ruck ging durch Linas Körper als sie sich in Bewegung setzte. Nach zwei Schritten verlor sie aber doch den Halt und stürzte mit einem entsetzten Aufschrei in die tosenden Fluten.

Fluchend begann Aswan zu laufen. Es hatte keinen Sinn, der Kleinen hinterherzuspringen. Sie musste versuchen, sie zu erreichen, bevor der Gebirgsbach ein Stück weiter unten in einem Wasserfall wirklich tief in die Schlucht stürzte. Ihr war nach wie vor klar, dass diese Schöpferin an Darian interessiert war. Den Beweis hatte Lina ihr gebracht, als sie einmal im Schlaf seinen Namen gemurmelt hatte. Aber das war kein Grund sie umzubringen. Damit würde sie gegen den Elfencodex verstoßen, dem sich Lina unterworfen hatte. Sie war Aswan, die Erste Jägerin der Attanar. Diese Kleine stellte für sie keine Gefahr dar. Und sie hatte nicht vor, eine Schülerin zu verlieren. Die Jägerin sprang mit sicheren Schritten von Fels zu Fels. Gleich nach dem Sturz hatte sie Lina noch gegen die tosenden Wassermassen ankämpfen sehen. Doch als sie sie das nächste Mal auftauchen sah, war sie zu einem wehrlosen Spielball der Strömung geworden. Wieder fluchte Aswan und steigerte das Tempo noch einmal. Dann hatte sie die Kante erreicht, über die der Wasserfall in die Tiefe stürzte. Und während über ihr das Gewitter tobte, sprang die Jägerin ins Wasser und zog die Bewusstlose ans schlammige Ufer. Lina rührte sich nicht. Blut sickerte aus einer Platzwunde am Kopf in das mit Schlamm verschmierte Haar. Aswan zog Lina über ihr Knie und drückte kräftig gegen ihren Rücken. Lina begann hustend, Wasser zu spucken.

›Gut‹, dachte Aswan und sah sich die Platzwunde am Kopf genauer an. Sie war nicht tief, blutete aber stark. Aswan drückte Linas Umhang darauf und wartete, bis die Wunde zu bluten aufhörte. Lina war nur kurz zu sich gekommen, ehe sie wieder bewusstlos wurde.

Mit Schwung beförderte Aswan sich ihre Schülerin über die Schulter und machte sich auf den Weg zu den Osthöhlen.

Darian hatte den halben Tag damit zugebracht, sich beim Würfeln von Elladon besiegen zu lassen. Der alte Dunkelelf war ihm vom Rat der Ältesten der Liebste. Elladon hatte ihn vom ersten Tag an als Clanführer akzeptiert. Nicht so wie die anderen, die in ihm nur die falsche Wahl Finrods gesehen hatten. Darian wollte Elladons Meinung zu den neuesten Gerüchten über die Nachtmahre hören. Aber irgendwann hatte er es nicht mehr in den Höhlen ausgehalten. Dieses Wetter machte ihn nervös. Er war am liebsten draußen und streifte durch die Wälder. Deshalb hatte er seinen Umhang geholt und saß nun in der Nähe des Höhleneingangs mit geschlossenen Augen, den Rücken an einen Felsen gelehnt im Regen und tat nichts anderes, als den Geräuschen des Waldes zu lauschen. Der fallende Regen wirkte beruhigend auf die innere Unruhe, die ihn bereits seit Tagen nicht mehr loslassen wollte. Er spürte die Tropfen, die sich in seinem zerzausten Haar sammelten und dann seine Wangen hinunterliefen, um sich in der Vertiefung über seinem Schlüsselbein zu sammeln.

Und dann hörte er etwas, das nicht natürlichen Ursprungs war. Zuerst kaum wahrnehmbar, aber dann ganz deutlich. Schritte. Er öffnete die Augen und sah Aswan durch den Regen auf die Höhlen zuschreiten. Sie war schlammverschmiert und hatte sich etwas über die Schulter geworfen. Nein, jemanden! Darian erkannte den zierlichen Körper sofort. Er konnte nicht genau sagen, warum, aber irgendwie verursachte dieser Anblick ein schmerzhaftes Ziehen in seinem Magen. In einer fließenden Bewegung kam er hoch und vertrat Aswan den Weg. »Ich hab gesagt, du sollst ihren Willen brechen, nicht dass du sie umbringen sollst!« Prüfend griff er nach Linas Hand, die über Aswans Rücken hinabbaumelte. Sie war eiskalt, aber es war noch Leben in ihr.

Aswan blickte ihn herausfordernd an. »Ich kann ihr jeden einzelnen Knochen brechen, wenn du willst, aber ihr Wille ist nicht zu brechen. Ich hab noch nie ein so stures Miststück erlebt.«

»Mäßige dich!«, sagte Darian mit einer Schärfe in der Stimme, die Aswan überraschte. »Du sprichst von einer Schöpferin.« Schließlich sagte er seufzend: »Bring sie zu Yatlyn. Die soll sich um sie kümmern. Und Aswan, so etwas kommt nicht wieder vor, verstanden?«

Als Lina aufwachte, lag sie in einer Kammer, die sie nicht kannte. Auch Aswan war nicht da. Eine Elfe mit kastanienbraunem Haar, das an der linken Scheitelhälfte eine dicke weiße Strähne zierte, stand vor ihr und blickte sie aus olivgrünen Augen an.

»Ah, du bist wach. Wie fühlst du dich?«

»Gut, denke ich«, erwiderte Lina und setzte sich auf. Keine gute Idee. Schmerz hämmerte plötzlich in ihrem Kopf.

»Was ist passiert? Wo bin ich?« Lina konnte sich nur vage an die letzten Momente vor ihrem Sturz erinnern.

»Aswan hat dich aus dem Wasser gezogen und zu mir gebracht. Ich bin Yatlyn, die Heilerin. Und du wirst dieses Bett erst verlassen, wenn es dir wieder besser geht.«

Lina nickte dankbar. Selbst diese kleine Kopfbewegung schmerzte höllisch.

Die Elfe lächelte wissend. »Fühlt sich beinahe an, als hätte ein Zentaurenhuf dich am Kopf erwischt. Das kommt von der Kopfwunde. Ich musste sie nähen. Aber keine Angst, es wird bald vorbei sein. Hier trink das, danach wird es dir bestimmt besser gehen.«

Lina nahm den Becher entgegen, den ihr die Elfe reichte, und trank. Das Zeug schmeckte abscheulich. Aber Lina ließ sich das nicht anmerken. Sie trank den schwarzen zähflüssigen Inhalt in einem Zug aus.

Die Heilerin begann zu lachen. Es war ein melodisches angenehmes Lachen. »Du bist tatsächlich so, wie alle sagen.«

Lina blickte sie fragend an. »Was sagen sie denn?«

»Sie sagen, du seist duldsam. Jeder Einzelne aus meinem Volk hätte bei diesem Gemisch spuckend das Gesicht verzogen, aber du murrst nicht einmal.«

Lina lächelte schwach und sank in die Kissen zurück. Der Trank zeigte schnell Wirkung und ließ sie bald einschlafen.

Als sie das nächste Mal erwachte, fühlte sie sich tatsächlich besser. Selbst als sie aufstand, um sich anzuziehen, spürte sie nur noch ein leichtes Ziehen, dort wo die Naht die Platzwunde zusammenhielt.

Yatlyn war mit einem leckeren Frühstück erschienen, das aus süßem Honigkuchen bestand und einem heißen Getränk, das Lina entfernt an Kaffee erinnerte. Von Yatlyn erfuhr Lina schließlich, dass sie zwei Tage durchgeschlafen hatte.

»Wenn du morgen wiederkommst, entferne ich dir die Nähte«, sagte Yatlyn.

Lina nickte dankbar.

Und dann sagte die Elfe plötzlich ganz beiläufig zwischen zwei Bissen: »Eine Selbstheilung ist dir nicht möglich, hab ich recht?«

Lina blickte sie überrascht an.

Wieder lachte Yatlyn ihr warmes Lachen, wobei sich kleine Fältchen um ihre Augen bildeten. »Und nun fragst du dich bestimmt, woher ich das weiß?«

Sie war wohl immer noch so leicht zu durchschauen.

»Ich kannte Ariana«, sagte Yatlyn. »Und du siehst ihr nicht nur unglaublich ähnlich, du hast auch ihre Kräfte. Das kann ich spüren. Außerdem hast du unseren Clanführer von seinem Zwergenmetkater befreit, in einer Geschwindigkeit, die keines meiner Heilmittel vermag.« Sie beugte sich zu Lina und sagte in verschwörerischem Tonfall: »Von mir hätte er keine Hilfe bekommen. Das weiß er. Ich finde, dass sie ruhig leiden sollen, wenn sie schon saufen wie die Zentauren.«

Lina schmunzelte schulterzuckend: »Ich hab einen Handel mit ihm geschlossen. Das war der Preis dafür.«

»Na, ich hoffe, er hat seinen Teil des Handels auch zu deiner Zufriedenheit erfüllt.«

Darüber war sich Lina noch nicht so ganz im Klaren und sie wollte darüber auch nicht nachdenken. Es war Zeit, wieder zu Aswan zurückzukehren.

»Lass dich von ihr nicht zu sehr schikanieren und wenn du

Lust hast, kannst du jederzeit wieder bei mir vorbeischauen«, sagte Yatlyn.

»Das mach ich ganz bestimmt.« Dieser Einladung würde sie gerne Folge leisten.

Auf dem Weg aus der Höhlenstadt begegnete sie Solvay. Er schien gute Laune zu haben, denn ein Lächeln lag auf seinem Gesicht, das noch breiter wurde, als er sie sah. »Fühlst du dich gut genug für eine weitere Trainingsstunde, oder sollen wir deinem Kopf noch etwas Ruhe gönnen?«

»Training klingt gut.« Lina hatte zwei ganze Tage geschlafen. Das war Ruhe genug.

Das Training tat ihr tatsächlich gut. In der ersten Pause hatte Solvay eine gute Neuigkeit für sie. Aswan hatte einen wichtigen Auftrag, der sie für Tage an die Nordgrenze der Dunkelwälder führen würde. Lina konnte ihr Glück kaum fassen! Und dann, als sie das Training wieder aufgenommen hatten, erschien Darian plötzlich auf dem Übungsplatz. Sein Gesichtsausdruck war ernst, als er auf Solvay zukam.

»Leasar ist gekommen. Er möchte mit dir sprechen«, sagte er.

Solvay nahm diese Aussage mit einem milden Lächeln zur Kenntnis. »Du meinst, der Lichtelfenbotschafter ist gekommen, um mit dir zu sprechen und du hast ihn an mich verwiesen.«

Darian verzog das Gesicht. »So in etwa.«

»Feigling«, sagte Solvay scherzhaft und ließ sein Schwert wieder im Schwertgurt verschwinden.

»Bin ich überhaupt nicht«, verteidigte sich Darian in gespielter Empörung. »Ich werde mich in der Zwischenzeit unserer gefürchteten Schwertkämpferin hier stellen. Das heißt, wenn sie sich dazu herablässt, von mir unterrichtet zu werden.«

Solvay wollte Darian eins überziehen, aber er duckte sich in einer eleganten Bewegung unter dem Schlag hinweg. Lina begann zu lachen.

Die beiden Elfenmänner blickten sie überrascht an.

»Aber nur wenn du nicht wieder lachst«, sagte sie schließlich.

»Ich verspreche es.« Darians Miene wirkte ernst. Nur ein schalkhaftes Aufblitzen konnte er nicht aus seinen Augen verbannen.

Lina seufzte. Er würde wieder lachen. Darauf konnte sie ihr letztes Hemd verwetten.

Als Solvay den Platz verlassen hatte, zog Darian eines der beiden Elfenschwerter aus dem Rückengurt und stellte sich ihr gegenüber auf. Seine Grundstellung war anders als Solvays. Während Solvay in gegrätschter Haltung stand, die Beine aber nur leicht versetzt hatte, stand Darian einen Fuß nach vorne, die Hüften zur Seite gedreht, den anderen Fuß weit nach hinten und tief in den Knien. Lina versuchte, sich zu konzentrieren, und begann eine Schlagkombination, die Solvay ihr gezeigt hatte. Darian wehrte ab.

»Gut. Noch einmal.« Er blickte sie konzentriert an.

Lina versuchte es erneut. Ein bisschen verbissener diesmal und mit ein bis zwei Schritten vorwärts, die er ihr gestattete.

Sie hatte Fortschritte gemacht. Das musste Darian zugeben. Solvay war ein wirklich guter Lehrer. Mit ein paar Mondjahren Übung konnte eine wirklich gute Kämpferin aus ihr werden. Sie hatte das Herz dazu. Er sah ein Funkeln in ihren Augen und noch etwas anderes. Etwas, das er nicht deuten konnte. Und dann konnte er sehen, wie sich ihr Verstand verabschiedete und das Gefühl die Oberhand gewann. Sie begann kopflos draufloszudreschen. Er wich spielerisch zurück, um zu sehen, wie lange es dauerte, bis sie ihren Verstand wieder gebrauchte. Er wartete vergeblich. Darian machte einen Ausfallschritt und griff unter ihrem Angriff hindurch, um ihre Schwerthand abzufangen. Seine Hand hielt die ihre fest, so wie seine Augen ihren Blick festhielten.

»Das darfst du niemals zulassen«, sagte er ernst und beobachtete, wie sie stoßweise atmete. »Gefühle, egal welcher Art, haben in einem Kampf nichts verloren. Wenn du das zulässt, hast du schon verloren. Verstehst du das?«

Lina sagte immer noch nichts, stand einfach nur da und blickte ihn an. Er war nicht sicher, ob sie ihn verstanden hatte. Deshalb ließ er sein Schwert fallen und zog seine Tunika hoch, um ihr einen Blick auf die Narbe zu gewähren, die sich seine gesamte linke Seite hinabzog. »Siehst du, das passiert, wenn man seine Gefühle nicht im Griff hat.«

Ihr entfuhr ein gedämpftes Aufkeuchen. Darian ließ sie nicht aus den Augen. Es war ihm, als würde er sie in diesem Moment zum ersten Mal richtig wahrnehmen, als Frau und nicht nur als die Schöpferin, die ihm lästig war. Und es war genau in diesem Moment, als er sich das erste Mal fragte, wie es sich wohl anfühlen musste, sie in den Arm zu nehmen und zu küssen.

Linas Reaktion hatte rein gar nichts mit dem Entsetzen über die längst verheilte Verletzung zu tun. Sie hatte diese Narbe schon einmal erfühlt. Es war auch nicht die nackte Haut, die sie so reagieren ließ, obwohl sie zugeben musste, dass sie alte Erinnerungen weckte. Es war die plötzliche Nähe, die er zuließ. Der Einblick in seine Gefühlswelt, den er ihr gewährt hatte. Er hatte eben einen Fehler eingestanden, den er begangen hatte. Die zerstörerische Wirkung seines Handelns hätte nicht schlimmer sein können. Linas Vorsätze, sich von ihm fernzuhalten, zerbröselten vor ihren Augen zu Staub. Er sprach von Gefühlen, die in einem Kampf nichts verloren hatten. Doch der Kampf, den sie gerade mit sich selbst ausfocht, hatte ausschließlich damit zu tun. Sie kämpfte mit sich, ob sie dem Verlangen, ihn endlich wieder zu küssen nachgeben oder ob sie einfach schreiend vom Platz laufen und ihr Heil in der Flucht suchen sollte. Davonlaufen ging nicht. Er hielt immer noch ihren Arm fest. Und die andere Variante kam auch nicht infrage. Dazu fiel ihr nämlich nur ein Wort ein: Elfencodex. Er würde sie fortschicken, wenn sie gegen diese Regeln verstieß.

Darian ließ die Tunika sinken, gab ihre Schwerthand wieder frei und hob sein Schwert vom Boden auf. »Versuchen wir es noch einmal.«

Lina sammelte sich und begann erneut. Diesmal stoppte er sie schon nach den ersten Schlagkombinationen und verstaute sein Schwert wieder auf dem Rücken.

»Das war nicht falsch, und ich weiß, dass Solvay es auch so macht. Aber sieh mal, Schwertkampf ist ein bisschen wie tanzen.« Er trat hinter sie, griff nach ihren Handgelenken und zog sie näher an sich heran. »Lass die Arme locker und versuch diesen Bewegungen zu folgen.«

Mit sanftem Druck schob er sie vorwärts. Zuerst den linken Fuß, dann den Rechten, während er ihre Schwerthand führte und die andere in einer gedrehten Gegenbewegung zur Abwehr hochhob. Dann die Schwerthand wieder in einer fließenden Bewegung nach oben, während er sie in einer Gegendrehung sanft in die Hocke zwang, nur um sie gleich wieder hochzuziehen und die Bewegung mit der freien Hand zu vollenden. »Siehst du, ganz einfach.«

Diese unerwartete Nähe zu Darian ließ Lina schlagartig jegliche Körperkontrolle verlieren. Sie war wie Wachs in seinen Armen. Sie spürte seinen Atem ihre Wange entlangstreichen, spürte seine Wärme. Hitze schoss ihr ins Gesicht und ließ ihren restlichen Körper in Flammen aufgehen. Das hier hatte rein gar nichts mehr mit Kampfübung zu tun. Nicht für Lina. Es hatte nur noch mit Gefühl zu tun – mit purem unstillbarem Verlangen nach ihm. Sie konnte ein leichtes Zittern nicht unterdrücken, nur schwach zwar, aber spürbar.

Darian schien es zu bemerken, denn er ließ sie los. »Ich glaube, das ist genug für heute«, sagte er schließlich. Nur um dann mit einem überaus charmanten Lächeln hinzuzufügen: »Siehst du, ich habe nicht gelacht.«

Lina erwiderte sein Lächeln und versuchte verzweifelt, sich ihre Befangenheit nicht anmerken zu lassen. »Und ich hätte drauf wetten können.«

Plötzlich stellte Darian eine Frage, die Lina überhaupt nicht erwartet hätte. »Sag mal, sind alle Schöpfer so wie du?«

Lina sah ihn überrascht an. »Ich weiß nicht. Die meisten anderen Schöpfer halten mich für ein bisschen seltsam.«

Jetzt lachte Darian doch, allerdings nicht über sie. »Das ist ja nicht unbedingt das schlechteste Zeichen. Was denkst du, wie viele Dunkelelfen mich für seltsam halten.«

Es war dieses offene Lachen, das Lina so an ihm liebte, mit dem er sich schon vor langer Zeit in ihr Herz geschlichen hatte. Mit einem Mal wurde ihr klar: es war vollkommen egal, in welcher Zeit sie sich befand. Der Darian von gestern, von heute oder morgen. Er war Darian und sie liebte ihn, mehr denn je. Jetzt steckte sie wirklich in Schwierigkeiten!

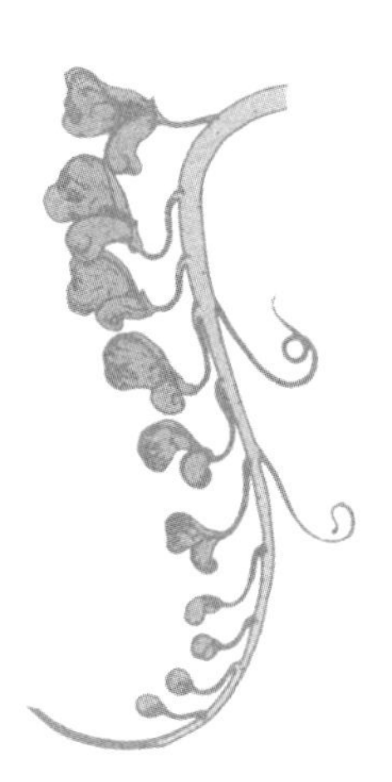

Heilende Hände

Als Aswan nach knapp einer Woche zurückkam, ließ sie Lina zum ersten Mal einen Bogen spannen. Doch da Lina den für sie viel zu großen Bogen nicht spannen konnte, wählte Aswan einen, der aus weicherem Holz war. Lina versuchte es erneut. Diesmal schaffte sie es. Anschließend verbrachte sie den ganzen Nachmittag damit, auf eine Scheibe im Wald zu zielen. Lina gab ihr Bestes. Am Anfang traf der eine oder andere Pfeil die Zielscheibe. Aber je länger sie übte, desto ungenauer und kraftloser wurden ihre Schüsse. Aswan bedachte sie mit mitleidvollen Blicken und Kopfschütteln.

»Weißt du was? Es genügt für heute«, sagte Aswan, als es bereits zu dämmern begann. »Geh und ruh dich aus. Solltest du etwas von mir brauchen, findest du mich bei Darian.«

›Als ob ich das nicht wüsste!‹, dachte Lina. Aswan und sie würden wohl niemals Freunde werden. Und wenn Lina ehrlich zu sich selbst war, so wollte sie das auch gar nicht. Dazu stand viel zu viel zwischen ihnen. Darian stand zwischen ihnen. Linas Körper schmerzte genug, und ihr Herz obendrein.

Sie brachte die Bögen zurück und fiel, kaum dass sie sich in ihrer Nische zusammengerollt hatte, in einen erschöpften tiefen Schlaf. Sie hörte nicht mehr, wann Aswan zurückkam.

Auch der nächste Tag verging mit Schießübungen und als es dunkel wurde, rechnete Lina fest damit, wieder ein paar Stunden ihre Ruhe zu haben. Doch diesmal verließ die Erste Jägerin die Nordhöhlen nicht bei Anbruch der Dunkelheit. Kaum war der Blutmond durch die Wolken gebrochen, forderte sie Lina auf, sich anzukleiden und Proviant einzupacken.

»Wieso?«, wollte Lina wissen.

»Wir gehen auf die Jagd. Nun darfst du tatsächlich Dunkelelfe spielen.«

›Wenn ich spielen will, hole ich mir ein paar Würfel‹, hätte Lina ihr beinahe gesagt. Aber die Aussicht, von Aswan endlich auf eine Jagd mitgenommen zu werden, ließ sie davon Abstand nehmen, die Elfe zu provozieren. Stattdessen fragte sie: »Was jagen wir?«

»Einen Schwarzbären. Das blöde Vieh hat sich aus dem Hochgebirge in die Südwälder verirrt und dort schon eine abgelegene Höhlensiedlung der Kobolde angegriffen. Einen Schwarzbären zu jagen, ist eine echte Herausforderung. Das ist ein ebenbürtiger Gegner.« Aswans fast schwarze Augen hatten einen ganz eigenen Glanz angenommen. Ihre rauchige Stimme klang schwärmerisch.

›Das muss wohl das Jagdfieber sein‹, vermutete Lina. Eine solche Begeisterung hatte sie bei Aswan noch nie erlebt. Erst jetzt schien sich die Jägerin wieder Linas Gegenwart bewusst zu werden. Denn sie straffte ihre Schultern und fuhr in beiläufigem Tonfall fort: »Die meisten Attanarjäger sind bereits aufgebrochen. Wir müssen uns beeilen. Ach ja, und diesmal nimmst du dein Schwert besser mit. Ich habe mir sagen lassen, dass du damit besser zurechtkommst als mit dem Bogen.«

Lina hatte ihr Haar, so wie es ihr die Elfe gezeigt hatte, mit feuchtem Schlamm eingerieben. Auch ihre Arme und ihr Gesicht hatte sie mit dem Schlamm abgedunkelt. Vorfreude hatte nun auch von ihr Besitz ergriffen. »Du bleibst dicht bei mir und tust, was ich sage. Ich möchte nicht wieder ein solches Debakel erleben, wie in der Drachenklamm.«

Lina ging nicht darauf ein. Schließlich machten sie sich auf, um mit den Schatten der Nacht zu verschmelzen. Sosehr Lina Aswan bis jetzt auch verflucht hatte, musste sie doch zugeben, dass das harte Training sich gelohnt hatte. Linas Sehkraft hatte sich in der Nacht zwar nicht verbessert, aber ihre Sinne waren weitaus schärfer geworden, ihr Tritt auf dem dunklen Waldboden sicherer. Sie war sich ihres eigenen Körpers und seiner Grenzen viel mehr bewusst. Es war ein erhebendes Gefühl.

Darian fuhr aus dem Schlaf hoch und wusste noch im selben Augenblick, dass etwas Schlimmes passiert war. Er konnte die Hornsignale hören, die nur im Falle eines Angriffs durch den Wald hallten. Er sprang in Hose und Stiefel, schlüpfte in seine Tunika und riss im Hinauslaufen die Schwertgurte an sich. Er war nicht der Einzige, der so schnell reagiert hatte. Ein gutes Dutzend seiner Krieger war in den Gängen zum Höhleneingang unterwegs. Darian streifte sich die Schwertgurte über und rief den Wachtposten am Höhleneingang zu: »Wo?«

»Die Nordhöhlen.«

»Solvay?«

»Schon unterwegs.«

»Sichert die Verbindungsgänge zu den anderen Höhlen«, gab er den letzten Befehl, ehe er mit der Nacht verschmolz.

Ha, diese verfluchten Knochenbeißer hatten sich die falschen Höhlen ausgesucht. Sie griffen die Höhlen der Attanar an. Seine Jäger konnten sich verteidigen. Doch dann schoss ihm ein Gedanke durch den Kopf, der ihn wirklich ängstigte. Die kleine Schöpferin war dort. Und sie konnte sich ganz bestimmt nicht gegen diese Ungeheuer verteidigen. Verdammt, er hatte gewusst, dass es keine gute Idee war, Lina hierzubehalten. Was, wenn ihr etwas zustieß? Darian lief schneller. Mit wie vielen dieser rotäugigen Bestien würde er rechnen müssen? Es konnten nicht allzu viele sein. Einen großen Trupp hätten die Grenzwächter ausgemacht, noch ehe er sich den Höhlen nähern konnte. Und wenn sie die Grenzwächter ausgeschaltet hatten? Nein, das war unmöglich. Und trotzdem lief er schneller. Nichts war unmöglich, wenn es um Nachtmahre ging.

Endlich hatte er die Höhlen erreicht und wurde Zeuge eines Albtraums. Solvay musste nur ganz knapp vor ihm angekommen sein. Er stand alleine, umzingelt von vier Nachtmahren. Wo zur Hölle waren die Attanar? Er wusste gut ein Dutzend seiner Schwertkämpfer knapp hinter sich. Darian griff mit überkreuzten Händen nach den Elfenschwertern. Wie Feuer und Eis lagen die schwarzen Klingen in seinen Händen. Mit dem Schwung, den er vom Laufen mitgenommen hatte, riss er den ihm nächststehenden Nachtmahr zu Boden, versenkte sein Schwert in dessen Brust, rollte sich ab und kam wieder hoch, um sich dem nächsten zu stellen. Sie mussten nur durchhalten, bis die anderen Dunkelelfen sie erreichten. Aber Solvay hielt nicht durch. Aus dem Augenwinkel sah Darian, wie sein Freund von einem Schwerthieb getroffen zu Boden ging.

»Solvay! Nein!« Alle guten Vorsätze, Gefühle aus einem Kampf zu nehmen, waren vergessen. Unbändige Wut führte seine Klingen, als er sich nun alleine drei Nachtmahren gegenübersah und sich verbissen in die Richtung durchkämpfte, in der Solvay lag. Darian war der verdammt beste Schwertkämpfer, den die Dunkelelfen hatten, das wusste er. Aber gegen drei Nachtmahre hatte er nicht die geringste Chance. Sie waren ebenbürtig, sogar im Kampf Mann gegen Mann. Und er hatte seine Kontrolle verloren. Es konnte sich nur noch um Augenblicke handeln, bis auch er getroffen würde. Doch dann waren plötzlich die anderen Dunkelelfen da. Genau in dem Moment, als aus dem Zugang der Höhlenstadt weitere Nachtmahre hervorbrachen.

Geführt wurden sie von einem Hünen, dessen schwarze Kapuze in den Nacken gerutscht war. Darian sah breite Wangenknochen, über die sich die dunkle Haut spannte, weiße zusammengezogene Augenbrauen über stechend roten Augen. Das war Blarn. Er hatte das Gehabe eines Führers und genau so gab er auch den Befehl zum Rückzug, als er sah, dass immer mehr Dunkelelfenkrieger aus den Wäldern auftauchten.

»Sie ist nicht hier!«, brüllte der Nachtmahr. »Wir ziehen uns zurück.«

Und beinahe so als würden sie sich in Luft auflösen, verschwanden die Nachtmahre. Es war beängstigend, mit welcher Geschwindigkeit sie das taten, selbst für das geschulte Auge der Dunkelelfen nicht wirklich nachvollziehbar.

Darian stürzte auf Solvay zu, während er den anderen den Befehl gab, die Höhlen zu durchsuchen.

»Solvay, verdammt, komm hoch!«

Sein Freund lag zusammengekrümmt auf der Seite. Darian drehte ihn auf den Rücken, was Solvay mit einem gequälten Stöhnen quittierte. Er lebte noch, zum Glück. Aber er hatte die Arme um seine Mitte geschlungen und als Darian vorsichtig die Hände wegzog, um sich die Verletzung anzusehen, stöhnte er erneut auf. Darian blickte auf die tiefe Bauchwunde, und dann in die Augen seines Freundes. Sie wussten beide, was das zu bedeuten hatte.

»Keine Angst, Mann, das wird schon wieder«, sagte Darian entgegen besseren Wissens, als er sich Solvay auf die Schulter lud.

Einer seiner Krieger kam aus den Tunneln zurück. »Die Jäger waren nicht da. Wir haben nur zwei gefallene Attanar und ein paar tote Kobolde gefunden.« Es war Andor, der zu ihm sprach und er klang erleichtert.

»Aswan?«, fragte Darian knapp.

»Mit den anderen in den Wäldern, um einen Schwarzbären zu jagen.«

›Gut‹, dachte Darian. ›Dann ist Lina bei ihr und in Sicherheit.‹

»Lauf voraus und hol mir Yatlyn, schnell!« Auch Darian lief los, Solvay auf den Schultern. Die Erinnerung an eine Nacht wie diese, als er Finrod nach Hause gebracht hatte, stand ihm in entsetzlicher Klarheit wieder vor Augen. War es sein Schicksal, alle, die ihm etwas bedeuteten, tödlich getroffen auf seinen Schultern zurückzubringen? Darian schluckte schwer. Er würde nicht zulassen, dass Solvay starb. Er wusste selbst, wie lächerlich das war. Weder Trotz noch eiserner Wille konnten daran etwas ändern. Diesmal würde Yatlyn helfen müssen, sonst … Er wollte nicht daran denken.

Der Weg zwischen den beiden Höhlenstädten hatte für ihn noch nie so lange gedauert. Als er die Osthöhlen endlich erreicht hatte, stand die Heilerin bereits am Eingang und erwartete ihn. Er ließ Solvay vorsichtig von seinen Schultern gleiten, wo viele helfende Hände sofort zur Stelle waren.

»Kannst du ihn retten?« Darian wappnete sich innerlich gegen das gefürchtete ›Nein‹, das unweigerlich kommen musste.

»Ich nicht, aber vielleicht kann es Lina«, sagte Yatlyn.

Darian sah sie verständnislos an.

»Hol … mir … Lina … her …!« Yatlyns Tonfall ließ keine Diskussion zu.

Lina holen. Aber sie war irgendwo mit Aswan in den Wäldern. Und trotzdem würde er sie auftreiben, irgendwie.

»Gebt Hornsignal, dass die Attanar zu den Osthöhlen kommen sollen«, befahl er.

»Bring sie in Solvays Kammer, wenn du sie gefunden hast.

Und, Darian, beeil dich!«, rief Yatlyn über ihre Schulter, als sie sah, dass Darian bereits wieder in die Dunkelheit hinausrannte.

Er musste das Toben der Gefühle in seinem Inneren in den Griff bekommen, und das sehr schnell. Sonst würde er nicht fähig sein, sie im Wald aufzuspüren.

Lina hörte das erste Hornsignal durch den Wald schallen und sah an Aswans Reaktion sofort, dass etwas nicht stimmte. Die Attanarjägerin hielt in der Bewegung inne.

»Was bedeutet das?«

»Wir werden angegriffen.« Aswan machte kehrt und begann den Weg wieder zurückzulaufen. Weitere Attanar schälten sich neben ihnen aus der Dunkelheit. Sie waren schon eine ganze Weile gelaufen, als ein neuerliches Hornsignal ertönte. Es war eine Abfolge aus Tönen, die neue Befehle enthalten mussten. Sowohl Aswan als auch die anderen Attanar änderten auf der Stelle die Richtung und Lina tat das Gleiche.

›Ein Angriff‹, dachte Lina bange. Dass es Nachtmahre waren, die sie angriffen, war für Lina keine Frage. Seit Tagen waren die weißhaarigen Ungeheuer das Gesprächsthema in den Dampfgrotten. Lina hatte aufmerksam zugehört, wenn die Dunkelelfen davon erzählten, die bereits gegen Nachtmahre gekämpft hatten. Voll Abscheu hatten die Krieger und Kriegerinnen von ihnen gesprochen. Lina hatte Geschichten gehört, die sie entsetzten. Sie passten zu den Kreaturen, die sie in ihrer letzten Vision gesehen hatte. Ob es dieser Angriff war, den sie gesehen hatte? Aswan war hier bei ihr im Wald, nicht in einem Tunnel. Aber das konnte sich im Laufe der nächsten Zeit noch ändern. Lina hatte ein äußerst mulmiges Gefühl im Bauch. Trotzdem würde sie an der Seite der Elfe bleiben. Sie versuchte sich zu orientieren. Wenn sie sich nicht ganz täuschte, waren sie nun zur östlichen Höhlenstadt unterwegs.

Der Schrei eines Vogels hallte durch die Nacht, die vom Rascheln der Blätter erfüllt war. Lina wusste, es waren Dunkelelfenjäger, die in den Baumwipfeln ihrem Weg folgten. Aswan legte die Hände an die Lippen und antwortete, ebenfalls mit einem krächzenden Schrei, der einer Vogelkehle hätte entstammen können.

Und dann schälte sich plötzlich eine Gestalt aus der Dunkelheit und kam auf sie zugerannt. Es war Darian und er sah erschreckend gehetzt aus.

»Die Attanar zu den Nordhöhlen, Lina kommt mit mir«, stieß er hervor, griff nach ihrem Handgelenk, und lief zurück in die Richtung, aus der er gekommen war.

Sie versuchte, mit Darian Schritt zu halten, was nicht ganz einfach war. Er legte ein höllisches Tempo vor.

»Was ist passiert?«, fragte sie zwischen zwei Atemzügen.

»Solvay.«

Mehr brauchte er nicht zu sagen. Lina konnte sich den Rest zusammenreimen. Sie sah Blut an Darians Armen. Lina holte die letzten Reserven aus sich heraus und beschleunigte ihr Tempo noch ein bisschen.

Vollkommen außer Atem erreichten sie Solvays Quartier. Mit in die Seiten gepressten Händen stand sie vornübergebeugt und versuchte sich einen Überblick zu verschaffen. Solvay lag auf der Seite, die Beine angewinkelt, und hatte ihnen den Rücken zugewandt. Yatlyn hatte ihm die Tunika ausgezogen und versorgte eine Schnittwunde, die sich über seinen Rücken zog. Sie kreuzte die Elfenlegende und Lina stellte überrascht fest, dass Solvay eine Gefährtin haben musste, denn die Legende zog sich bis zum Hosenbund.

›Das ist nicht so schlimm‹, dachte sie erleichtert. Von hier aus sah es aus wie eine oberflächliche Fleischwunde. Das sollte sie hinbekommen. Yatlyn presste ein Stück Stoff auf den Schnitt und drehte Solvay vorsichtig auf den Rücken. Er stöhnte, als Yatlyn seine Beine streckte und Lina den Blick auf eine Bauchwunde freigab.

Lina sog scharf die Luft ein. Damit hatte sie nicht gerechnet. Eine tiefe Wunde klaffte in Solvays Unterbauch und durchtränkte seine Hosen mit Blut.

»Kriegst du das hin?«, fragte Yatlyn vorsichtig.

Lina wusste es nicht. Plötzlich spürte sie eine Hand in ihrer. Sie wandte den Blick und sah Darian, der neben dem Bett kniete. »Hilf ihm, bitte!«

Lina sah das Flehen in seinen Augen und glaubte, ihr Herz würde zerreißen.

»Ich werde es versuchen«, sagte sie leise.

Darian nickte und ließ ihre Hand los.

Ihre Hände zitterten, als sie auf das Bett stieg und sich neben Solvay auf die Knie sinken ließ. Sie sah Schweißperlen auf seinem Gesicht. Sein Blick war glasig, als er zwischen zwei gekeuchten Atemzügen hervorpresste: »Ich fürchte, du wirst dir einen neuen Schwertkampftrainer suchen müssen.«

Lina lachte gequält. »Ich bin zufrieden mit meinem. Und jetzt versuch dich zu entspannen.«

Das war etwas, das die weiße Magierin immer zu ihr gesagt hatte. Lina wünschte inständig, Lupinia wäre hier. Sie hätte ihren Rat jetzt gut gebrauchen können. Was sie da heilen sollte, war kein verkaterter Kopf. Sie legte ihre Hände auf Solvays Bauch, zu beiden Seiten der Stichwunde. Blut sickerte hervor und lief an ihren Händen entlang. Lina schloss die Augen und versuchte, die Kraft zu aktivieren, die ihr durch das Gezeitenbuch verliehen worden war. Arianas heilende Kraft. Sie war überrascht, wie einfach es ging. Augenblicklich fühlte sie wohlige Wärme in sich aufsteigen und den Wunsch zu heilen, der ihr Herz überflutete und einen Ausgang suchte. Lina atmete tief ein und ließ die Kraft durch ihre Handflächen fließen. Augenblicklich hatte sie eine Verbindung zu Solvay.

Darian beobachtete Lina, wie sie sich neben seinen Freund kniete, ihre Hände auf seinen Bauch legte und die Augen schloss. All seine Hoffnungen ruhten nun auf ihr. Sie musste eine mit Sicherheit tödliche Bauchwunde heilen. Wie sollte das funktionieren? Aber irgendetwas bewirkte sie. Er konnte es an Solvays überraschtem Gesichtsausdruck sehen, ehe auch er die Augen schloss. Darian wandte sich ab und sank in die Hocke. Den Rücken an das Steinpodest gelehnt, begann er im Stillen immer wieder einen Satz vor sich hinzusagen: »Sie muss es schaffen.« Er flehte die Blutmondgöttin Danaàn an, Lina zu unterstützen. Er rief die Geister der Vorangegangenen um Hilfe, bat die Schöpfer und sogar die Götter der Schöpfer um Beistand. Darian flehte jeden an, der ihm einfiel. Er wollte und konnte nach Finrod jetzt nicht auch noch Solvay verlieren. Er war sein Bruder im Kampf, sein Freund, sein Seelenverwandter. Er war sein Halt gewesen, nachdem Finrod gestorben war. »Bitte, lass sie erfolgreich sein!« Im Rhythmus dieser stillen Worte begann er, mit dem Oberkörper vor und zurück zu wippen, ganz leicht nur, während er die Worte wiederholte, wie ein Mantra.

Er hatte keine Ahnung, wie lange er so dagesessen hatte, als er schließlich Linas matte Stimme wie durch dicken Nebel in sein Bewusstsein dringen hörte: »Darian. Es geht ihm gut.«

Er blickte auf, kam auf die Knie und sah etwas, das er nicht glauben konnte. Solvay schlief. Die Atemzüge seines Freundes waren ruhig und gleichmäßig. Die Bauchwunde hatte sich geschlossen. Nur eine Narbe war dort zu sehen, wo das Schwert tief hineingefahren war. Und während Yatlyn das eingetrocknete Blut wegwusch, sank Lina neben Solvay zur Seite und blickte aus müden Augen zu ihm hoch.

»Wie ist das möglich?«

»Ich sagte doch, heilende Hände.« Mit einem schwachen

Lächeln auf den Lippen sank ihr Kopf zur Seite und sie schlief ein.

Darian ließ Lina nicht aus den Augen, während er Yatlyn fragte: »Was ist mit ihr?«

»Sie ist geschwächt«, sagte Yatlyn und griff dabei über Solvay hinweg, um Linas Hand prüfend zu drücken. »Die Heilerin teilt den Schmerz und ihre Kraft mit demjenigen, dem sie hilft. Sie ist keine ausgebildete Heilerin. Deshalb kostet es sie so viel Kraft. Aber sei beruhigt. Es geht ihnen beiden gut.«

Darian hätte tausend Fragen gehabt. Aber die konnten alle warten. Denn Yatlyn bat ihn: »Kannst du Lina in meine Kammer bringen?«

Er nickte wortlos, hob Lina vorsichtig hoch, wobei er ihren Kopf an seiner Schulter bettete. Sie sah aus wie ein Waldkobold. Ihr Gesicht, ihr Haar und ihre Arme waren mit verkrustetem Schlamm bedeckt. An ihren Händen hatte sich der Schlamm mit Solvays Blut vermischt. Darian verließ mit Lina auf dem Arm Solvays Kammer und machte sich auf den Weg in Yatlyns Reich. Die Tunnelgänge waren wie ausgestorben. Seit dem Angriff musste viel Zeit vergangen sein. Als er eine der Gemeinschaftshöhlen durchquerte, konnte er durch die Felsspalten erstes Tageslicht sickern sehen. Sein Blick fiel auf Lina, die ruhig atmend in seinen Armen schlief. Er hatte sie so sehr unterschätzt. Was sie heute Nacht getan hatte, war das größte Wunder, das er je erlebt hatte. Sie hatte ihm Solvay wiedergegeben. Yatlyn hatte recht. Sie war etwas Besonderes. Er sah auf sie hinab und sein Blick wurde zärtlich. Sie war seine kleine Magierin. So würde er sie von nun an nennen. Und er war der größte Idiot, den es im gesamten Elfenreich gab. Er hatte die Sache mit den heilenden Händen als einen Trick der Schöpfer abgetan, hatte sie herablassend behandelt, verspottet und nicht ernst genommen. Ja, er hatte sie sogar loswerden wollen. Und sie hatte das alles mit Großmut über sich ergehen lassen. Sie war einfach da gewesen, als sie ihre Hilfe gebraucht hatten, und sie hatte geholfen. Heiliger Schöpferfluch, was wäre geschehen, wenn er sie tatsächlich vertrieben hätte?

Mittlerweile hatte er Yatlyns Kammer erreicht. Die Bernsteine spendeten sanftes Licht und warfen Schatten auf die Krüge, Töpfe und Flaschen, die die Heilerin der Dunkelelfen an den Wänden in Holzregalen ordentlich aufgestellt hatte. Kräuter hingen von der Höhlendecke und verströmten einen angenehmen Duft. Yatlyn war eine gute Heilerin, aber in seinen Armen schlief eine wahre Magierin, die nur durch die Kraft, die ihr innewohnte, heilte. Wieder wurde Darian von einer Welle der Dankbarkeit überflutet. Aber da war noch mehr – Zuneigung. Aus einem Impuls heraus, den er nicht erklären konnte, drückte er Lina noch ein kleines bisschen fester an sich, bevor er sie vorsichtig auf das Bett der Heilerin legte und eine der Felldecken über sie breitete. Er strich ihr eine verkrustete Haarsträhne aus dem Gesicht. Dann beugte er sich über sie und küsste ganz vorsichtig ihre schlammverschmierte Stirn, bevor er die Kammer wieder verließ.

Er hatte eben gegen den Elfencodex verstoßen, das wusste er. Aber es war nur ein ganz kleiner Verstoß gewesen. Niemand würde davon erfahren und er würde damit leben können.

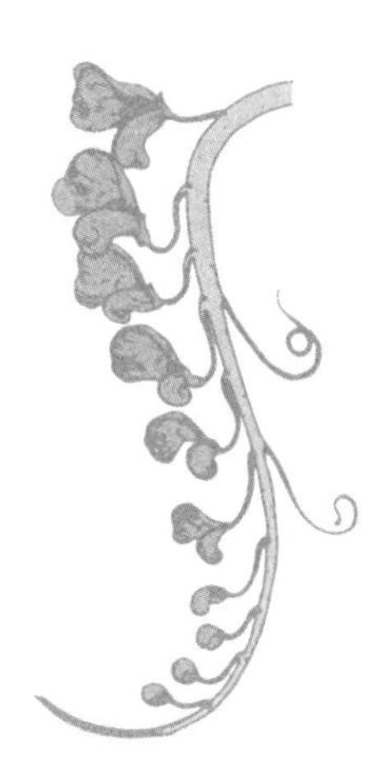

Zwergenmet

Sein Weg führte Darian zuerst in die Dampfgrotten, wo er sich das Blut und den Schmutz unter dem Wasserfall vom Körper wusch. Erst danach, im heißen Wasser, fand er die Ruhe, um über den Angriff der letzten Nacht nachzudenken. Er konnte Blarn genau vor sich sehen, wenn er die Augen schloss. Die Nachtmahre waren, wie er vermutet hatte, nicht viele gewesen. Ein Stoßtrupp, der schnell zuschlagen und genauso schnell wieder verschwinden konnte.

Es ärgerte Darian, dass er nicht damit gerechnet hatte. Solvay hatte ihm nach seinem Gespräch mit dem Botschafter der Lichtelfen erzählt, dass es einen Angriff der Nachtmahre auf eine Siedlung der Lichtelfen in der Nähe von Terzina gegeben hatte. Seine Kundschafter hatten ihm berichtet, dass all die Aktivitäten der Nachtmahre in diese Richtung ausgelegt waren. Außer dem Versuch, die Bäume zu vergiften, hatte es innerhalb ihrer Grenzen keinen Hinweis auf diese Kreaturen gegeben. Verdammt, er hätte trotzdem damit rechnen müssen! Wo hatte er bloß in letzter Zeit seine Gedanken gehabt? Was ihn aber noch stutziger machte, war die Tatsache, dass die Nachtmahre die Nordhöhlen angegriffen hatten. Hatten sie gewusst, dass es die Höhlenstadt der Attanar war? Das ergab doch keinen Sinn. Es war eine Sache, die Südhöhlen anzugreifen. Dort lebten die Handwerker der Dunkelelfen und die Barden. Es war die größte Höhlenstadt mit ihren Schreinerwerkstätten, den Töpfereien, den Weber- und Färberhöhlen und den Schneidereien. Auch der Rat der Ältesten hatte dort seinen Sitz. Diese Höhlen anzugreifen, wäre Erfolg versprechend gewesen, wie sie aus leidvoller Erfahrung wussten. Ja, selbst die weit kleinere Höhlenstadt im Westen, wo die Waffenschmiede und ein großer Teil der Kobolde lebten, war ein besseres Ziel! Deshalb hatte Darian auch genau dort immer gut zwei Dutzend Schwertkämpfer postieren lassen. Aber die Nordhöhlen? Das war genauso verrückt, wie die Osthöhlen anzugreifen, in der die Kriegerkaste wohnte. Es sei denn, man hatte es auf etwas Bestimmtes abgesehen. Oder jemanden.

»Sie ist nicht hier«, hatte Blarn gerufen, bevor er den Rückzug befohlen hatte. Wen hatte er mit ›Sie‹ gemeint? Ein äußerst ungutes Gefühl beschlich Darian. Konnten sie es auf Lina abgesehen haben? Noch bis gestern wäre ihm das niemals in den Sinn gekommen. Aber nach dem, was er heute erlebt hatte, hielt er das absolut für möglich. Jemanden mit ihren Kräften konnten die Nachtmahre bestimmt gut gebrauchen. Aber woher wussten diese Bastarde, wo sie die kleine Magierin finden konnten? Spielte ihnen jemand Informationen zu? Diese Aussicht gefiel Darian gar nicht. Er würde die Höhleneingänge von nun an besser sichern lassen. Und er würde Lina in den Osthöhlen einquartieren.

Erste Sonnenstrahlen fielen durch die Felsspalten, als Darian aus dem Wasser stieg, sich anzog und sich auf den Weg zu Solvay machte.

Yatlyn war bereits gegangen und Solvay schlief. Er würde es seinem Freund gleichtun. Mit einem Seufzen ließ er sich mit dem Bauch voran auf das breite Bett fallen, schnappte sich ein

Kissen und vergrub den Kopf darin. Er musste daran denken, wie oft er hier geschlafen hatte, als Solvay um Inwé getrauert hatte.

Wieder einmal wusste Lina nicht genau, wo sie war, als sie aufwachte. Sie streckte sich genüsslich, drehte sich zur Seite und erstarrte. Darian saß neben dem Bett und beobachtete sie. Wie lange er wohl schon da saß? Lina durchlief ein wohliger Schauer. Es war ein Moment, der zur Ewigkeit zu werden schien.

»Wie fühlst du dich?«

»Gut.« Und im Stillen fügte sie hinzu: ›Wie könnte es auch anders sein? Du bist hier.‹

»Wer bist du wirklich?«, fragte er schließlich vorsichtig.

»Das habe ich dir doch schon gesagt. Ich bin Lina aus der Schöpferwelt.«

»Das ist aber nicht alles.« Sein Blick war unnachgiebig. Sie würde um eine Erklärung nicht herumkommen.

»Nein, ist es nicht«, gab sie zu.

Darian zog die Beine an, die er bis jetzt bequem von sich gestreckt hatte, und stützte sich in einer herausfordernden Geste mit einer Hand auf dem Oberschenkel ab. »Beantworte mir bitte nur eine Frage: Die Heilkraft, die du gestern eingesetzt hast, ist Andavyankraft, nicht wahr?«

Lina überlegte einen Moment. Sie musste an das Versprechen denken, dass sie Drogonn gegeben hatte. »Ich werde diese Kraft in den Dienst der Dunkelelfen stellen, solange ich hier bin. Sie ist ein Geschenk, das ich erhalten habe. Aber das ist alles, was ich dazu sagen werde. Kannst du damit leben?«

Darian nickte. »Das muss ich wohl.« Ein hinreißendes Lächeln erschien plötzlich auf seinen Lippen. »Gut, kleine Magierin, fühlst du dich stark genug für einen Besuch bei den Zwergen?«

»Den Zwergen?« Lina setzte sich ruckartig auf.

»Den Zwergen«, bestätigte Darian. »Gwindra, die Clanführerin der Zwerge, hat uns eingeladen. Sie wünscht dich kennenzulernen. Zumindest war das der Wortlaut, den der Bote gebraucht hatte. In Wahrheit hat sie wohl eher etwas gesagt wie: ›Sag dem Obermacker der Dunkelelfen, er soll seinen Arsch hierher bewegen und die Schöpferin mitbringen.‹« Darian schmunzelte immer noch. »Du musst wissen, sie hat eine etwas rüde Art sich auszudrücken.«

Lina konnte sich das Lachen nicht verkneifen. Ja, das war Darian, wie sie ihn kannte. Allein der spitzbübische Gesichtsausdruck reichte aus, um ihr Herz zu erwärmen. »Ich freu mich schon drauf, sie kennenzulernen«, sagte sie schließlich.

Darian erhob sich in dem Moment, als Yatlyn den Raum betrat. Die Heilerin warf ihm einen tadelnden Blick zu. »Du schleppst sie zu den Zwergen?«

Darian hob eine Augenbraue und blickte die Elfe nur stumm an. Und Lina bemerkte, wie er sie damit in ihre Schranken wies.

»Gib uns einen Augenblick Zeit, sie wird gleich fertig sein«, sagte Yatlyn schließlich in weit versöhnlicherem Tonfall.

»Gut, ich warte draußen.«

Kaum hatte er die Kammer verlassen, kletterte Lina aus dem Bett und schlüpfte in die frische Kleidung, die ihr Yatlyn mitgebracht hatte. Sie war sich des durchdringenden Blickes der Heilerin überaus bewusst.

»Fühlst du dich wirklich gut?«

»Ja«, sagte Lina schmunzelnd. Yatlyns Gesten erinnerten sie ein wenig an Oma Steinmann. »Es ist nur ein bisschen Schlaf nötig, danach geht es mir immer besser.«

Die Heilerin schien ihr zu glauben, denn sie widmete sich bereits dem Regal und holte aus einem der dort stehenden Töpfe ein kleines Fläschchen, das sie darin versteckt hatte. Sie goss den zähflüssigen Inhalt in einen Becher und reichte ihn Lina.

»Was ist das?«

»Das ist das Geheimnis, wie man Zwergenmet besiegt«, flüsterte Yatlyn mit einem Verschwörerlächeln.

»Und das funktioniert?« Lina war skeptisch.

»Todsicher«, bestätigte die Heilerin. »Trink das, und du wirst keine Auswirkungen dieses teuflischen Zwergengesöffs spüren. Aber das muss unser kleines Geheimnis bleiben. Der Clanführer kennt es nicht und auch sonst niemand. Aswan scheint irgendwie Wind davon bekommen und eine Quelle dafür aufgetrieben zu haben. Ich vermute, bei den Kobolden. Aber es ist kein reiner Blutmondwurzelsaft, den sie verwendet. Dann kann man es an den Augen sehen. Sie bekommen dann einen leicht bläulichen Schimmer.«

Lina schnupperte an der Flüssigkeit und fuhr entsetzt zurück. »Schmeckt das so, wie es riecht?«

»Tut es. Aber du solltest es riskieren. Den Zwergenmet abzulehnen, wäre eine Beleidigung für die Zwerge. Das darfst du auf keinen Fall tun. Und er schmeckt ja auch wirklich nicht schlecht. Außer natürlich, du legst es drauf an, dass dich der Clanführer nach Hause tragen muss. Wobei eher zu befürchten steht, dass du ihn heimtragen musst.«

Darian willenlos heimzuschleppen, war schon eine verlockende Aussicht. Lina fragte sich ernsthaft, ob sie langsam verrückt wurde. Was für Gedanken gingen ihr bloß in letzter Zeit durch den Kopf?

Mit Todesverachtung kippte sie den Blutmondwurzeltrank in einem Zug hinunter.

Sie hatten gerade den Ausgang der Höhlenstadt erreicht, als ihnen Solvay entgegenkam. Als er Lina entdeckte, kam er auf sie zugeeilt, umfasste ihre Hände und drückte sie an sein Herz. »Meine Lebensretterin. Ich danke dir!«

Lina lächelte ein wenig verlegen und sagte schließlich in äußerst schalkhaftem Tonfall: »Gern geschehen. Weißt du, ich wollte nicht auf meinen Schwertkampftrainer verzichten.«

»Wie selbstsüchtig von dir.« Solvay begann zu lachen.

»Ich weiß«, sagte Lina und stimmte mit ein.

Darian konnte nicht zum ersten Mal beobachten, wie viel offener Lina sich in Solvays Gegenwart gab. Wieso war das so? Schließlich fragte er: »Kommst du mit nach Darsheim? Gwindra hat uns zu sich zitiert.«

Solvay schüttelte den Kopf. »Als ob du dich irgendwo hinzitieren lassen würdest! Aber nein, danke. Ich bin eben erst von den Toten auferstanden. Da habe ich nicht vor, Zwergenmetselbstmord zu begehen.« Und dann wandte er sich an Lina. »Sei vorsichtig mit dem Zeug. Unser Chef hier kann dir ein Lied davon singen.«

Darian verdrehte in gespieltem Ärger die Augen. »Das wird heute bestimmt nicht passieren. Und wenn doch, habe ich ja die kleine Magierin hier dabei. Ihre heilenden Hände werden das bestimmt wieder in Ordnung bringen.«

»Das werden sie bestimmt nicht!«, sagte Lina, die jetzt die Hände in die Hüften gestemmt hatte und sich Mühe gab, energisch zu schauen. Diesmal schaffte sie es sogar, Darian direkt anzusehen. Vermutlich lag es an Solvay, der als Sicherheitspuffer zwischen ihnen stand.

»Nicht?«, fragte Darian und tat entsetzt.

»Nein, ganz bestimmt nicht.«

»Ich fürchte, Yatlyn ist kein guter Umgang für dich«, meinte Darian. Doch dann wandte er sich an Solvay und sowohl sein Gesichtsausdruck als auch sein Tonfall wurden schlagartig ernst. »Sorge bitte dafür, dass alle Zugänge gesichert sind, und lass die Wachen verdoppeln. Ich glaube nicht, dass das gestern der letzte Angriff gewesen ist.«

Solvay nickte. »Welchen Weg werdet ihr nehmen?«

»Wir werden über die Südhöhlen ins Tunnelsystem einsteigen.«

Rotes Mondlicht sickerte durch die Baumkronen und spendete genug Licht, um den Weg vor sich zu sehen. Seit sie die Höhlen verlassen hatten, liefen sie schweigend nebeneinander her. Lina beobachtete ihn verstohlen von der Seite. Seine Gesichtszüge hatten einen grüblerischen Ausdruck angenommen. Worüber er wohl nachdachte? Plötzlich blieb er stehen und blickte sie an, sehr eindringlich. »Du weißt, dass es Nachtmahre waren, die uns gestern angegriffen haben?«

»Ja.« Lina wusste das.

»Es war reines Glück, dass die Attanar gestern auf der Jagd waren, sonst hätten wir weit mehr Verluste zu beklagen.«

Auch das wusste Lina mittlerweile. Yatlyn hatte es ihr erzählt. Wieder nickte sie.

»Gut, dann hör mir jetzt genau zu.« Sie hatte ihn selten so ernst erlebt. Sogar in der Dunkelheit des Waldes konnte sie ein zorniges Funkeln in seinen Augen sehen. »Solltest du jemals in die Situation kommen, einem dieser Bastarde bei Nacht zu begegnen, stell dich tot. Versuch, irgendwo Deckung zu finden und rühr dich nicht. Am besten wäre es, irgendwo in den Baumwipfeln zu verschwinden. Sie sind Kreaturen der Dunkelheit. Ihre Sinne sind bei Nacht extrem geschärft. Versuch auf keinen Fall zu flüchten. Ohne dich beleidigen zu wollen, Lina, das würdest du nicht schaffen. Selbst ein Attanar hätte es dann sehr schwer, unbeschadet zu entkommen. Warte, bis es hell wird. Sie sind dann immer noch sehr gefährlich, aber ihre Sinne sind getrübt. So hättest du wenigstens eine Chance.«

Lina hoffte inständig, dass sie niemals in eine solche Situation kommen würde, aber sie würde sich seine Worte gut merken. Er schien sich Sorgen um sie zu machen und er hatte sie vorhin »Kleine Magierin« genannt. Hoffnung begann in ihr aufzukeimen. Trügerische Hoffnung, die sie besser zur Seite schieben sollte.

Sie hatten die Südhöhlen bereits erreicht und liefen mittlerweile einen Tunnel entlang. Darian hielt wieder einen mit Sonnenlicht aufgeladenen Bernstein in der Hand.

Sein angespannter Gesichtsausdruck wich einem aufmunternden Lächeln. »Hast du schon einmal Zwerge gesehen?«, fragte er.

Lina hatte welche gesehen. In der Krallenfestung der Calahadin. Aber das konnte sie ihm nicht sagen. Deshalb sagte sie ausweichend: »Bei uns in der Schöpferwelt gibt es welche.«

»Und wie sind die?« Sein Blick zeigte offene Neugier.

»Die rennen immer zu siebt durch den Wald und singen Heiho«, sagte Lina und konnte nicht verhindern, dass ihre Gesichtszüge zu einer komischen Grimasse entgleisten.

»Heiho?« Er war stehen geblieben und blickte sie ungläubig an. »Du verarschst mich!«

Jetzt konnte sie ein Glucksen nicht mehr unterdrücken. »Nein, gar nicht. Das singen die tatsächlich.«

Darian sah sie auf eine Art an, die ihr die Knie weich werden ließ. Sein Grinsen wurde so anzüglich, dass Lina ihm keinen Moment länger in die Augen sehen konnte. »Wenn sie in der richtigen Stimmung sind, singen die Zwerge Mendurias dir von Sachen vor, die du dir gar nicht vorstellen kannst, geschweige denn willst.«

Das hatte sie jetzt nicht erwartet. ›Mistkerl‹, dachte Lina und sah zu, dass sie aus seinem Blickfeld kam. ›Unmöglicher, unwiderstehlicher Mistkerl.‹

Darian schmunzelte immer noch, als er zu ihr aufschloss. Lina fühlte sich an alte Zeiten erinnert, als sie mit ihm durch das Felslabyrinth nahe der Dämonenklippe unterwegs gewesen war. Nur dass sie hier nicht von Guhlen verfolgt wurden. Mittlerweile hatte sie das Gefühl für Zeit verloren. Die Tunnelwände waren grob aus dem grauen Granitgestein gehauen, der an manchen Stellen von dunklen Adern durchzogen wurde. Darian erklärte ihr, dass diese Tunnel Niemandsland zwischen dem Reich der Zwerge und den Höhlen der Dunkelelfen waren.

»Die Zwerge glauben, dass hier die Geister ihrer gefallenen Krieger hausen. Viele behaupten, hier ihren Vorfahren begegnet zu sein«, sagte er. »Aber ich glaube eher, dass das Zwergenmet-Halluzinationen sind.«

»Und ich glaube, dass du ein fürchterliches Lästermaul bist, Elfenführer«, erklang es plötzlich dröhnend aus dem Tunnel vor ihnen.

»Gornik!?«, rief Darian.

»Eben dieser.«

Lina erkannte eine kleine gedrungene Gestalt, die sich vor ihnen aus der Dunkelheit des Ganges schälte.

Darian beugte sich zu ihr, ohne den Zwerg dabei aus den Augen zu lassen und raunte ihr in einer Lautstärke, die der Zwerg nicht überhören konnte, zu: »Erschreck dich nicht, er ist hässlich wie ein Zentaurenhintern.«

Lina biss sich auf die Zunge, um nicht laut loszulachen. Wer konnte schon sagen, wie der Zwerg das auffassen würde?

Gornik näherte sich, eine Streitaxt in der Hand, mit breitbeinigem Gang, der durch die kurzen gekrümmten Beine noch seltsamer wirkte. Als er Darian erreicht hatte, ließ er die Axt sinken und fasste ihn zum Gruß am Unterarm.

»Apropos Zentauren, ich habe Gerüchte gehört, dass dich bei deinem letzten Besuch in Darsheim ein Zentaurenhuf ins Land der Träume befördert haben soll.«

Darian zog eine Augenbraue hoch. »Gerüchte. Nichts weiter.«

Jetzt lachte Gornik dröhnend. »Ja, so wie die Geisterkrieger in den Tunneln.«

Gornick wandte sich an Lina. Der Zwerg reichte ihr gerade mal bis zur Brust. Er war von breiter Statur und wirkte trotz seiner geringen Körpergröße massig. Er schien gerne zu lachen. Zumindest ließen die Lachfalten, die sich um seine Augen tief in die Haut eingegraben hatten, darauf schließen. Gornik steckte die Axt in seinen Gürtel, nahm Linas Hand und presste sie an seine Lippen. Sein Bart kitzelte.

»Wie kann ein so wunderschönes Geschöpf wie du sich bloß mit einem Rüpel wie ihm herumtreiben?« Dabei deutete er beiläufig auf Darian.

Linas Lächeln wurde immer breiter. »Reiner Zufall«, sagte sie und schenkte Darian dabei ein Lächeln, das Gletscher zum Schmelzen gebracht hätte.

»Ja, ja, das Leben steckt voller Zufälle«, meinte Gornik poetisch.

»Und das von jemandem, der die Zwergensaga von hinten nach vorne rülpsen kann«, murmelte Darian und zwinkerte Lina dabei verschwörerisch zu.

Gornik ließ Linas Hand los und wandte sich zum Gehen.

»Ihr wurdet angegriffen?«, erkundigte sich Gornik bei Darian.

»Ja.«

»Hattet ihr große Verluste?«

»Zwei Attanar und etliche Kobolde«, gab Darian zurück.

»Zu viele.« Gornik schnalzte missbilligend mit der Zunge.

»Da stimme ich dir absolut zu«, sagte Darian und Lina konnte hören, dass es ihm nicht gleichgültig war. »Aber ich fürchte, es wird nicht dabei bleiben.«

»Das fürchte ich auch«, sagte Gornik. »Wir haben einen

Kobold, mehr tot als lebendig, aufgesammelt, der aus dem Lager der Nachtmahre entflohen war. Das ist der Grund, warum Gwindra dich sehen will.«

»Großartig.« Darian schnaubte. »Ich hätte wissen müssen, dass dies mehr als nur eine Höflichkeitseinladung unter Nachbarn ist.«

Lina hatte nur noch mit einem Ohr zugehört. Sie hatten die Hallen Darsheims erreicht. Hier waren die Wände nicht mehr roh behauen, sondern spiegelglatt. Dazwischen zogen sich in Stein gehauene Verzierungen bis an die Höhlendecke, die oben rippenbogenartig zusammenlief. Im Unterschied zu den Höhlenstädten der Dunkelelfen waren die Hallen der Zwerge mit Edelsteinadern durchzogen, die ein buntes Farbenspiel an die Wände zauberten. Lina blickte sich immer noch fasziniert um, als Gornik ihr lautstark verkündete, dass sie Gwindras private Halle erreicht hatten. Darian straffte die Schultern und trat vor ihr ein. Konnte es tatsächlich sein, dass es jemanden gab, vor dem er Respekt hatte? Lina fand diesen Gedanken faszinierend. Auch sie trat in die Halle und erlebte die vielleicht größte Überraschung, die Menduria bis jetzt für sie bereithielt. In ihrer Vorstellung war die Zwergenführerin ein Gornik mit Brüsten gewesen. Sogar einen Bart hatte ihre Fantasie der Zwergin angedichtet. Genügend Bücher ihrer Welt sprachen davon. Aber diese Frau war das komplette Gegenteil ihrer Vorstellung. Über ihre kräftige, muskulöse Statur spannte sich rosige Haut. Sie trug ein moosgrünes Kleid, das mit Goldfäden durchwirkt war und von einem ebenfalls goldenen Gürtel gehalten wurde. Goldreifen zierten ihre Oberarme und im vollen, langen roten Haar hatte sie ebenfalls einen goldenen Stirnreif, der ähnliche Muster aufwies wie die Wände in den Hallen. Ihre Augenbrauen waren hoch geschwungen, ihre Augen kobaltblau. Diese Frau hatte eine Präsenz, die den ganzen Raum füllte. Sie erhob sich und trat auf Darian zu. Bereits bei den ersten Worten, die sie sprach, fiel Lina der Kontrast zwischen ihrem jugendlichen Aussehen und der tiefen Stimme auf.

Sie wandte sich zuerst an Darian und reichte ihm die Hand. Dabei konnte Lina sehen, dass sie an jedem Finger einen goldenen Ring trug. »Ah, mein dunkler Elfenprinz ist gekommen«, sagte sie neckisch. »Was macht der Kopf?«

Darian verzog das Gesicht zu einer hilflosen Geste. »Gwindra.«

›Darian in Nöten‹, dachte Lina und konnte sich der diebischen Freude nicht erwehren, die sie überkam. In dieser Frau schien er seinen Lehrmeister in Sachen Sarkasmus gefunden zu haben. Lina mochte sie auf Anhieb.

»Und du musst Lina sein«, stellte die Zwergenführerin fest. »Dein magischer Ruf ist dir bereits vorausgeeilt.«

›Das ging aber schnell‹, dachte Lina, während Gwindra sie zu einer bequemen Steinbank führte. Kissen in allen möglichen Farben und Größen sorgten für bequemen Sitzkomfort.

»Ihr seid bestimmt hungrig.« Gwindra gab einem schmächtigen Zwerg ein Zeichen. Nur Augenblicke später bog sich der niedrige Tisch mit gebratenem kaltem Wildschwein, Geflügelkeulen und seltsam aussehenden Knödeln sowie einem riesigen Krug.

»Du musst das probieren, Lina«, sagte Darian. »Es gibt in Menduria niemanden, der besser kocht als die Zwerge.«

Es war ein ehrliches Kompliment und Gwindra quittierte es mit einem wohlwollenden Lächeln.

Lina war hungrig und so ließ sie sich nicht zweimal bitten. Es schmeckte ausgezeichnet.

»Nun, Darian, Gornik hat dir bestimmt schon von unserem Fund erzählt«, sagte die Zwergenführerin schließlich.

Darian nickte. »Wo habt ihr ihn gefunden?«

»Unweit des Zugangs auf dem Walkürenplateau. Er sagt, ein Trupp Nachtmahre wäre dort gewesen, denen er zu dienen hatte. Sie haben ihn für tot gehalten und dort liegen gelassen.«

»Auf dem Walkürenplateau!« Darian war entsetzt. »Was machen Nachtmahre so hoch oben im Titanengebirge?«

Auch Gwindra sprach jetzt sehr ernst. »Ich dachte mir schon, dass dich das interessiert. Ich frage mich nur, wie sie dort hinaufgekommen sind, ohne von euren Grenzwächtern entdeckt zu werden.«

»Das ist tatsächlich eine gute Frage«, musste Darian zugeben. Ein wirklich beängstigender Gedanke beschlich ihn, als er an Linas Vision dachte. »Ist es möglich, dass sie die Tunnel benutzen?«

Gwindra hielt das absolut für möglich. Wenn das allerdings so war, dann hatten sie ein viel größeres Problem, als sie bis jetzt gedacht hatten. Denn von den Tunneln aus, vor allem den alten, die bis an die Klippen der Küste führten, konnte man sich unter dem Berg sehr schnell fortbewegen.

»Ich werde die Eingänge verstärkt bewachen lassen«, sagte Darian schließlich und nahm einen Schluck Zwergenmet.

Auch Lina trank und musste feststellen, dass dieser Zwergenmet noch viel besser schmeckte als der, den sie damals in der Calahadin getrunken hatte. Gwindra registrierte ihren Appetit mit Wohlwollen. Doch dann wandte sie sich wieder an Darian. »Wenn du nichts dagegen hast, würde ich gerne kurz mit Lina unter vier Augen sprechen, bevor die Führer der Unterclans kommen. Gornik wird sich um dich kümmern.«

Und so warf sie Darian freundlich, aber bestimmt, einfach aus ihrer privaten Halle.

Als er gegangen war, widmete Gwindra Lina ihre volle Aufmerksamkeit. »Ich kenne deine Beweggründe nicht. Und ich wusste nicht, wie viel Darian darüber weiß, aber du solltest gewarnt sein. Der Kobold sagte, dass die Nachtmahre mit zwei

Aufträgen hierhergeschickt wurden. Einen davon kennt er leider nicht. Aber der zweite lautete, eine Schöpferin einzufangen und in die Calahadin zu bringen. Kannst du damit etwas anfangen?«

Lina schluckte schwer. Xedoc wusste also, dass sie hier war. Sie konnte sich noch gut an das hasserfüllte Gesicht des Lichtelfen erinnern, als sie seine Ernennung zum Hüter verhindert hatte.

Gwindra musterte Lina eine Weile lang eingehend. Dann sagte sie schließlich: »Ich habe sie gekannt. Ariana, meine ich.«

Lina blickte die Zwergenführerin überrascht an. »Das hättest du nicht gedacht, wie?«

»Nein«, gab Lina ehrlich zu. Die Zwergin sah noch relativ jung aus und Ariana musste Menduria vor langer Zeit verlassen haben.

Gwindra seufzte. »Das haben Darian und ich gemeinsam, weißt du? Wir sehen beide jünger aus, als wir sind.«

»Das ist doch gar nicht schlecht«, meinte Lina. »Du hast keine Ahnung, was manche Frauen in meiner Welt anstellen, nur um jünger auszusehen.«

»Dann sind das bestimmt keine Zwerginnen. In meinem Volk gilt es als Makel, wenn man jung ist. Na ja, wie auch immer. Ariana war eine Freundin der Zwerge. Und ich erkenne viel von ihr in dir wieder. Also sei vorsichtig, es braut sich etwas zusammen. Das war es, was ich dir sagen wollte.«

Lina hätte gerne noch ein bisschen mehr über Ariana erfahren, aber da polterte bereits ein gutes Dutzend Zwerge in Gwindras Halle. Und dann begann, wovor Lina gewarnt worden war. Sie nannten es Kriegsrat. Lina hätte es eher ein sinnloses Besäufnis genannt. Zu ihrer großen Überraschung kam dabei aber ein Bündnis heraus, das den Dunkelelfen im Falle eines Angriffes die Unterstützung der Zwerge zusicherte. Die Dunkelelfen würden dafür alle Zugänge ins Tunnelsystem sichern. Zwischen Zwergenmet und noch mehr Zwergenmet lieferten sich Darian und Gwindra Wortgefechte, bei denen Lina regelrecht die Spucke wegblieb. Sie war heilfroh, dass Yatlyn ihr den Blutmondsaft aufgedrängt hatte. Je länger dieser Kriegsrat dauerte, umso derber wurden die Scherze und Lina musste verwundert feststellen, dass sie das überhaupt nicht störte. Aus dem Mund eines Zwerges klang der anzüglichste Scherz immer noch lustig. Irgendwann erhob sich Darian schließlich und verkündete, dass es Zeit wäre zu gehen.

»Oh, du gibst dich schon geschlagen, mein dunkler Elfenprinz?«, erkundigte sich Gwindra mit geheuchelter Enttäuschung.

»Für heute«, erwiderte Darian mit schwerer Zunge. »Aber wir setzen diese Unterhaltung bei der Feier zur Blutmondwende fort, zu der euch die Dunkelelfen wie immer erwarten.«

»Wir werden da sein«, versicherte Gwindra und wandte sich dann an Lina. »Kommt ihr zurecht oder soll ich euch Gornik mitschicken?«

Lina warf Darian einen fragenden Blick zu. Oje, er sah tatsächlich ziemlich angeschlagen aus.

»Wir kommen zurecht«, versicherte er an ihrer Stelle.

So begleitete Gornik sie nur noch bis zu den Tunneln. Von dort aus waren Lina und Darian auf sich allein gestellt. Es war Lina, die dieses Mal den Licht spendenden Bernstein hielt und die Führung übernahm, während Darian ihr folgte. Aber schon auf halber Strecke bekam er massive Koordinationsschwierigkeiten. Sie kamen kaum noch voran. Lina drückte ihm den Bernstein in die Hand, fasste sein rechtes Handgelenk und zog seinen Arm über ihre Schulter. Mit ihrer Linken griff sie an seine Taille, um ihn zu stützen. So machten sie sich weiter auf den Weg.

Und Lina litt Höllenqualen. Sie war ihm so nahe, sein Duft, der auf sie so anziehend wirkte, stieg ihr in die Nase. Darian hatte seinen Kopf an ihre Schulter gelehnt und murmelte unverständliche Worte in einem Elfendialekt, bis er schließlich endgültig das Gleichgewicht verlor. Lina strauchelte und wurde von ihm gegen die Tunnelwand gedrückt. Augenblicklich schoss Hitze durch ihren Körper. Ihre Knie begannen zu zittern. Erinnerungen an seine Zärtlichkeiten standen ihr wieder vor Augen. Darian senkte den Kopf und blickte sie unter schweren Lidern an.

›Küss mich!‹, flehte Lina still.

Er tat es nicht, dieser Mistkerl. Stattdessen vergrub er sein Gesicht an ihrem Hals und sog geräuschvoll den Duft ihres Haars ein. »Mmh, süß, wie Honig«, murmelte er.

›Verdammter Elfencodex!‹, dachte Lina. Sie war sich nicht ganz sicher, wie betrunken er tatsächlich war. Sie hätte die Situation schamlos ausgenutzt, wenn sie sich sicher gewesen wäre, dass er es morgen nicht mehr wissen würde. Aber das konnte sie eben nicht. Lange Augenblicke vergingen, in denen sie so dastanden und Lina mit ihrer Selbstbeherrschung kämpfte. Darian schien eingeschlafen zu sein. Das durfte doch nicht wahr sein! Schließlich griff Lina nach seinen Schultern und versuchte ihn aufzurichten.

»Darian, wir müssen weiter«, sagte sie eindringlich. »Hörst du mich?«

Ein verträumtes »Hmmm« war die Antwort. Dann richtete er sich aber doch auf und sie konnten ihren Weg fortsetzen. Lina stützte ihn den ganzen Weg zu den östlichen Höhlen. Wenigstens konnte er ihr den Weg noch zeigen. Da tauchte plötzlich Solvay vor ihnen auf. Als er Linas Lage erkannte, griff er ihr unter die Arme und nahm ihr Darian ab. »Bitte nicht schon wieder«, stöhnte er. »Hast du ihn den ganzen Weg hierher geschleppt?«

Lina nickte.

Solvay fluchte. »Bei Danaàn, was für eine Schande!«

»War nicht so schlimm«, gab Lina gebrochen zurück. Sie hatte nicht einmal mehr ihre Stimme im Griff.

»Ich bringe unseren Helden hier ins Bett«, sagte Solvay, während er mit Blicken versuchte, sich für Darian zu entschuldigen. »Yatlyn hat gesagt, du sollst heute bei ihr übernachten. Es ist schon zu spät, um die Nordhöhlen aufzusuchen.«

Lina nickte und machte sich auf den Weg zu Yatlyn. Schlafen würde sie heute bestimmt nicht mehr.

Erst als sie um die Ecke verschwunden war, widmete sich Solvay seinem Freund.

»So, und nun zu dir, du größte Schande aller Dunkelelfen, du …« Solvay stutzte und beobachtete Darian mit durchdringendem Blick. Und da ging ihm ein Licht auf. »Du hinterhältige Ratte! Du bist gar nicht so besoffen, wie es den Anschein hat!«

Ein verräterisches Grinsen erschien auf Darians Gesicht und verriet Solvay, dass er recht mit seiner Vermutung gehabt hatte. Er boxte Darian grob in die Seite und ließ ihn los.

»Du hast versucht, dich am Elfencodex vorbeizumogeln, hab ich recht?« Solvay wusste nicht, ob er empört oder belustigt sein sollte. Trotzdem sprach Neugier aus seinem Blick, als er fragte: »Und hat es geklappt?«

»Nein, sie ist nicht drauf eingestiegen«, sagte Darian, dem seine Enttäuschung anzusehen war.

»Geschieht dir recht«, schnaubte Solvay ungerührt und ließ Darian alleine.

›Ja, geschieht mir wirklich recht‹, dachte Darian bitter. Dieser Schuss war ordentlich nach hinten losgegangen. Alles, was er damit erreicht hatte, war, nur noch mehr Verlangen nach ihr zu verspüren. Er ließ sich aufs Bett fallen und schloss die Augen. Aber weder Schlaf noch Ruhe sollten ihm vergönnt sein. Seine Gedanken wanderten zurück in die Tunnel des Niemandslandes. Solvay hatte ihm vorgeworfen, er hätte versucht, sich am Elfencodex vorbeizuschummeln. Sein Freund hatte ja keine Ahnung! Darian war kurz davor gewesen, den Elfencodex zu sprengen. Für einen Moment war er versucht gewesen, Lina zu küssen. Nur ein kleiner Wink von ihr hätte genügt. Und dann wäre es bestimmt nicht bei einem Kuss geblieben. Darian fluchte. Er konnte diesen Gefühlswirrwarr, in den er da sehenden Auges hineinschlitterte, gerade jetzt nicht gebrauchen.

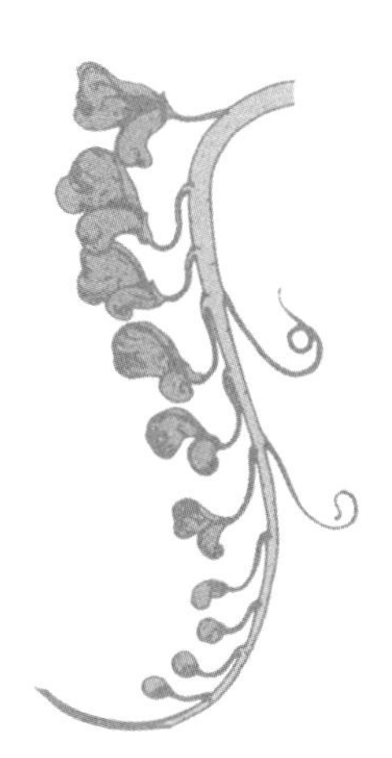

Perfekte Jägerin

Vollkommen zerschlagen erschien Lina am nächsten Morgen in den Gemeinschaftshöhlen, wo sie zu allem Unglück Aswan in die Arme lief. Das hatte ihr gerade noch gefehlt. Sie hatte die Attanarjägerin seit dem Überfall auf die Nordhöhlen nicht mehr gesehen und hätte auch gut darauf verzichten können. Aber das schien Aswan anders zu sehen.

»Nur weil du jetzt so etwas wie eine Berühmtheit bist, heißt das noch lange nicht, dass deine Ausbildung beendet ist.«

›Ja, du hast mir auch gefehlt‹, dachte Lina. Aber aus irgendeinem seltsamen Grund machte es ihr weniger aus, von Aswan herumkommandiert zu werden. Sie fühlte sich ihr nicht mehr ganz so unterlegen. Irgendetwas im Verhalten der Attanarjägerin hatte sich geändert. Lina spürte es, ohne es definieren zu können.

»Du wolltest doch auf die Jagd gehen, nicht wahr?«

Lina nickte, worauf ihr Aswan kurzum einen Bogen in die Hand drückte.

»Gut, dann lass uns gehen. Die nächsten fünf Tage wirst du dazu Gelegenheit genug bekommen.«

»Wieso das denn?«

Aswan sah sie mitleidig an. Dann sagte sie in ihrem gewohnt herablassenden Tonfall: »Du kannst es nicht wissen, du bist ja keine Dunkelelfe. In fünf Tagen ist Blutmondwende. Das ist das wichtigste Fest des Jahres. Der gesamte Clan wird hierherkommen, um das zu feiern. Und die Attanar schaffen das Fleisch dafür herbei. Aber nur die Attanarjäger, die auch tatsächlich ein Wild erlegt haben, nehmen daran teil. Das ist Tradition. Also versuch dein Glück.«

Aswans Stimme triefte vor Schadenfreude. Sie schien überzeugt davon, dass Lina versagen würde. Doch Lina nahm sich fest vor, ihr Bestes zu geben.

Sie hatten den Höhleneingang bereits erreicht, als Aswan zurückgerufen wurde. Es war Darian. Lina war in einigem Abstand stehen geblieben und beobachtete, wie er mit Aswan sprach. Ob er seinen gestrigen Absturz gut überwunden hatte? Er sah bei Weitem nicht so mitgenommen aus wie an dem Tag, als sie ihn von seinen Kopfschmerzen befreit hatte. Aswan nickte ein letztes Mal und kam dann zu Lina zurück.

»Was wollte er?«, erkundigte sie sich. Aber noch ehe sie sie ausgesprochen hatte, bereute Lina diese Frage auch schon. Das ging sie doch nichts an.

»Das war privat«, sagte Aswan mit einem versonnenen Lächeln.

Die Ohrfeige für Lina hätte nicht größer sein können. Aber das hatte sie sich selbst zuzuschreiben. Sie wollte sich gerade zum Gehen wenden, als Darian nach ihr rief. »Kann ich dich kurz sprechen, kleine Magierin?«

Mit jedem Schritt, dem sie sich ihm näherte, beschleunigte sich ihr Herzschlag. Erst als sie bei ihm angelangt war, blickte sie ihm in die Augen. Sie hätte es besser bleiben lassen. Es war elektrisierend.

»Sollte ich mich gestern ungebührlich verhalten haben, möchte ich mich dafür entschuldigen. Ich kann mich nicht mehr an alles erinnern.« Darian wirkte schuldbewusst.

»Du hast dir nichts zuschulden kommen lassen.«

»Nicht?«, fragte er mit hochgezogener Augenbraue.

»Nein, absolut nicht«, versicherte sie.

Sie sah sich einem durchdringenden Blick ausgesetzt. »Dann ist es ja gut.«

Lina wollte sich bereits wieder zum Gehen wenden, als er sie erneut zurückhielt. »Ich möchte, dass du ein Quartier hier in den Osthöhlen beziehst. Ich habe nichts dagegen, wenn du mit den Attanar auf die Jagd gehst. Aber die Nächte verbringst du bitte in den Osthöhlen. Das habe ich Aswan eben mitgeteilt.«

»Wieso das?« Sie hatte wirklich nichts dagegen, ganz im Gegenteil. Erwartungsvoll blickte sie Darian an.

»Weil die Nordhöhlen nach dem Angriff der Nachtmahre nicht mehr sicher sind und sich außer den Attanar dort niemand mehr aufhalten sollte.«

Natürlich. Warum auch sonst? Lina nickte.

»Sieh zu, dass du vor Einbruch der Dunkelheit hier bist. Yatlyn wird dir eine Kammer zuweisen, wenn du heute Abend kommst.« Damit machte er kehrt und ließ Lina stehen.

»Was wollte er?«, erkundigte sich Aswan, als Lina wieder zu ihr aufschloss.

Lina grinste in sich hinein. »Das war privat.«

Der Tag sollte alles andere als einfach für Lina werden. An der Seite der Ersten Jägerin in den Wäldern zu jagen, war so anstrengend, dass sie, als die Sonne endlich unterging, vollkommen zerschlagen war. Eigentlich wollte sie nur noch ins Bett. Es würde ein Bett in den Osthöhlen sein, in einer Kammer, die sie nicht mit Aswan teilen musste. Die Jägerin ließ es sich aber nicht nehmen, sie zu den Osthöhlen zu begleiten, nachdem Lina ihre wenigen Habseligkeiten aus Aswans Höhlenkammer geholt hatte.

»Darian erwartet mich«, meinte sie wie beiläufig. »Da kann ich dich auch gleich begleiten. Und nimm es nicht so schwer, dass du heute nichts getroffen hast. Wir haben ja noch ein paar Tage.«

Lina hoffte inständig, dass diese Elfenkuh in dem geheuchelten Mitgefühl ausrutschen und auf ihren durchtrainierten Arsch fallen würde. Ohne ein weiteres Wort mit ihr zu wechseln, machte sie sich auf den Weg zu Yatlyn, auf deren Gesellschaft sie sich schon den ganzen Tag freute.

Die Heilerin erwartete sie mit einem aufmunternden Lächeln und einem Krug Drachenblut, ein Getränk, das Lina mittlerweile sehr zu schätzen gelernt hatte. Er schmeckte nach Johannisbeeren und Holunder und hatte tatsächlich die beinahe schwarze Farbe des Blutes, das durch die Adern der Himmelsgiganten floss. Nur ein paar Schlucke genügten, um Linas Lebensgeister wiederzubeleben.

Nun saß sie Yatlyn in einem bequemen Lehnstuhl gegenüber, schob sich die letzten Reste einer Kräuterpastete in den Mund und lauschte den Erzählungen über die bevorstehende Blutmondwende, während der beruhigende Duft der Trockenkräuter in ihre Nase stieg. In dieser Umgebung verflüchtigte sich der Ärger des Tages und Lina wünschte inständig, sie könnte ihre Zeit mit Yatlyn verbringen, anstatt mit Aswan.

Sie war schon sehr gespannt auf das Fest der Blutmondwende. Sie hoffte inständig, dass sie es schaffte, daran teilnehmen zu dürfen. Es wurde zu Ehren der alten Blutmondgöttin Danaàn gefeiert, die ihr schützendes rotes Licht für ein weiteres Jahr auf die Dunkelelfen scheinen lassen sollte. Lina hatte schon bemerkt, dass die Blutmondwende zurzeit das wichtigste Gesprächsthema war, egal wo man hinhörte. Alle fieberten dem Fest entgegen. Liebend gerne hätte Lina der Elfe noch länger gelauscht, aber sie schaffte es einfach nicht mehr, die Augen offen zu halten. Die Anstrengungen des Tages forderten irgendwann doch ihren Tribut und so brachte Yatlyn sie schließlich zu ihrer eigenen Höhlenkammer. Sie war nicht besonders groß, aber für Lina mehr als ausreichend. Dort hatte sie ihr eigenes Bett und musste nicht mehr in einer Felsnische schlafen. Eine dicke Matratze aus gepressten Moosflechten, Unmengen von Kissen und Decken und der Duft nach wohlriechenden Kräutern erwarteten sie. Lina ließ sich mit einem erleichterten Stoßseufzer in die Kissen sinken und schlief beinahe auf der Stelle ein. Es war die erste Nacht, seit sie zu den Dunkelelfen gekommen war, in der Lina wirklich durchschlief. Und so fühlte sie sich am nächsten Tag, als könnte sie Bäume ausreißen. Mit neuem Mut kehrte sie an Aswans Seite zurück in die Wälder, um ihr Glück zu versuchen. Leider konnte ihre Treffsicherheit bei Weitem nicht mit ihren guten Vorsätzen mithalten. Während Aswan einen Rothirsch und zwei Wildschweine an nur einem Tag erlegte, konnte Lina nicht einmal den altersschwachen Waldhasen mit ihrer Bogenkunst gefährlich werden. Langsam sank ihr der Mut. Dabei hätte sie es Aswan so gerne gezeigt. Irgendeines der vielen Waldtiere musste sich doch ihrer erbarmen. Selbst wenn es sich totlachte.

Und dann half ihr der Zufall doch noch, einen Treffer zu landen, und jede Menge Glück, diesen Zwischenfall zu überleben. Aswan hatte sich ein gutes Stück von ihr entfernt auf die Fährte eines weiteren Rothirsches gemacht. Lina folgte einer anderen Spur.

›Waldhase, genau mein Kaliber‹, dachte sie und versuchte, es von der heiteren Seite zu nehmen.

Hier in den westlichen Dunkelwäldern standen die Bäume viel dichter zusammen. Dickicht und Unterholz machten das Weiterkommen schwer. Mit halb gespanntem Bogen und einem Pfeil auf der Sehne versuchte sie so leise wie möglich aufzutreten. Da ließ sie ein Knacken im Unterholz aufhorchen. Augenblicklich blieb Lina stehen und versuchte, mit all ihren Sinnen in den Wald zu lauschen. Ein Rascheln aus derselben Richtung sagte ihr, dass sie sich nicht geirrt hatte. Das Knacken wurde lauter und dann verwandelte sich ihre angespannte Miene in blankes Entsetzen, als sie sah, wie eine riesige Bestie aus dem Unterholz hervorbrach. Stachelige Borsten, eine schwarze Schnauze und gefährlich spitze Hauer. Sie hatte ein Monster von einem Wildschwein aufgescheucht. Verdammt, war das Vieh schnell! Lina riss den Bogen hoch und zielte. Der Pfeil flog von der Sehne und fiel auf halber Strecke in den Waldboden. Sie hatte ihn viel zu wenig gespannt. Das Vieh kam immer noch auf sie zugestürmt.

Lina ergriff die Flucht. So schnell sie konnte, rannte sie durch den Wald, während die Grunzgeräusche hinter ihr immer näher kamen. Äste schlugen ihr auf Gesicht und Arme und schürften sie auf. All das Wissen, das ihr Aswan eingetrichtert hatte, war wie weggeblasen. Ihr Verstand wurde nur noch von panischer Furcht regiert. Das lief hier vollkommen falsch! Sie sollte die Jägerin sein, nicht die Gejagte. Mit fahrigen Bewegungen griff sie über ihre Schulter und fingerte einen neuen Pfeil aus dem Köcher, um ihn auf die Bogensehne zu legen. Sie spannte den Bogen, so weit sie konnte, und drehte sich um. Das Wildschwein kam rasend schnell auf sie zugerannt. Lina wich noch einen Schritt zurück, stolperte dabei aber und stürzte rücklings auf den Waldboden. Der Pfeil schoss kerzengerade in die Luft davon. In ihrer Panik hatte sie den Bogen fallen gelassen und robbte auf Händen und Füßen rückwärts, wobei sie die schreckgeweiteten Augen nicht von dem Wildschwein lösen konnte. Das Vieh hatte sie beinahe erreicht, wild grunzend und geifernd. Sie würde sterben! In einer letzten schützenden Geste schloss sie die Augen und schlug die Hände vors Gesicht.

Das Nächste, was sie hörte, war ein herzzerreißendes Quieken. Irgendetwas landete auf ihrem Fuß und dann herrschte Stille. Am ganzen Körper zitternd öffnete sie vorsichtig die Augen. Vor ihr lag die tote Bestie, die direkt auf ihren Beinen zusammengebrochen war. Ein Pfeil hatte senkrecht ihr Genick durchbohrt. Der Pfeil, den sie nach oben geschossen hatte, musste die Richtung gewechselt haben und wieder nach unten gesaust sein. Flach atmend starrte Lina einen Moment lang auf das groteske Bild, das sich ihr bot, während die Erkenntnis langsam in ihr Bewusstsein sickerte. Mit einem Mal brach sie in hysterisches Gelächter aus. Lina lachte immer noch, als zwei Attanarjäger sie fanden. Nicht mehr hysterisch, sondern einfach nur, weil sie sich freute, noch am Leben zu sein. Sie hatte eine Monsterwildsau erlegt. Aswan würde vor Ärger aus der Haut fahren.

Auch Yatlyn lachte vergnügt, als sie die Geschichte, die sich in Windeseile in den Höhlen verbreitet hatte, am Abend von Lina aus erster Hand erfuhr. Der Schalk sprach aus Yatlyns Augen, als sie sagte: »Aswan ist bestimmt sehr stolz auf dich.«

Lina grinste. »Und wie.« Sie hatte die Attanarjägerin selten so übellaunig erlebt wie nach Linas Jagderfolg an diesem Nachmittag.

Yatlyn hatte ihre Schürfwunden mit einer Tinktur betupft, die Entzündungen verhindern sollte. Aber gegen die verkrampften Muskeln und vor allem die schmerzenden Füße, die Lina plagten, half die Tinktur nicht. Aswan hatte ihr zwar neue Stiefel besorgt, aber die waren jetzt zu klein. Wund gescheuerte Druckstellen hatten nicht lange auf sich warten lassen.

Es war schon spät, als Lina Yatlyn schließlich verließ. Trotzdem beschloss sie, noch in die Dampfgrotte zu gehen. Dieser

Tag war so verrückt gewesen, dass sie jetzt einfach noch nicht schlafen konnte.

Die feucht dampfenden Nebelschwaden wurden von den Bernsteinen erhellt und bildeten faszinierende Lichtreflexe. Lina war alleine und das war ihr ganz recht so. Heute stand ihr nicht mehr der Sinn nach Unterhaltung. Sie legte ihre Kleidung am Eingang ab und verzog sich dann in eines der hintersten Becken. Es war nicht besonders groß, aber die Wirkung der heilenden Mineralstoffe war hier besonders intensiv. Das Becken lag ganz nahe am Wasserfall, dessen Kaskaden so beruhigend plätscherten. Sie hielt den Atem an und trat unter das kalte Wasser, nur um dann schleunigst im heißen Wasser zu verschwinden. Beinahe augenblicklich setzte die schmerzlindernde Wirkung ein. Einfach göttlich! Sie rutschte auf der natürlichen Sitzbank so weit zurück, dass sie den Kopf am Beckenrand abstützen konnte, schob sich das mitgebrachte Tuch bequem in den Nacken und versank fast bis zur Nasenspitze im Wasser. Nur ihre Füße ragten am anderen Ende des Beckens bis zu den Knöcheln heraus. Mit geschlossenen Augen versuchte sie, den Tag Revue passieren zu lassen. Sie hatte also doch noch etwas erlegt. Aber das hätte auch ganz anders ausgehen können. Hatte sie vielleicht Glück gehabt! Ihre Gedanken zauberten ihr ein versonnenes Lächeln auf die Lippen.

Sie wusste nicht, wie lange sie schon so dagelegen hatte, als sie plötzlich eine sanfte Wellenbewegung im Wasser spürte. Lina öffnete die Augen und erschrak. Ihr gegenüber saß Darian, hatte ein Knie angewinkelt, und die Arme darum geschlungen. Mit leicht zur Seite geneigtem Kopf beobachtete er sie.

»Hab ich dich erschreckt?«

»Ja«, gab Lina ehrlich zu.

»Entschuldige. Ich hätte nicht gedacht, dass es etwas geben könnte, dass unsere beste Jägerin erschreckt.« Ein verschmitztes Lächeln hatte sich auf seinem Gesicht ausgebreitet.

›Du hast ja keine Ahnung‹, dachte Lina. Ihm hier gegenüberzusitzen hatte sie sich so oft gewünscht. Und jetzt, da es tatsächlich und so unerwartet passiert war, erschreckte es sie zutiefst.

»Du hast also eine Wildsau mit dem Bogen erlegt. Ich bin beeindruckt!« Das klang ehrlich und fühlte sich für Lina unglaublich gut an.

Trotzdem sagte sie abwehrend: »So würde ich das nicht nennen.«

»Nein? Wie würdest du es dann nennen?«

Lina setzte eine ernste Miene auf. »Die Wildsau wollte Selbstmord begehen und hat sich in meinen Pfeil gestürzt. Der Pfeil hatte keine Chance.«

Darian warf den Kopf in den Nacken und begann schallend zu lachen. »Das ist eine interessante Definition. Weißt du, was ich in meinem ersten Jahr bei den Attanar vor der Blutmondwende erlegt habe? Da kommst du nie drauf.«

»Weiß nicht, einen Bären vielleicht?«, vermutete sie.

»Heiliger Schöpferfluch, nein!« Er schenkte ihr ein Verschwörergrinsen und dämpfte seine Stimme zu einem Flüstern. »Einen jungen Specht, der aus dem Nest gefallen war. Aber den hab ich nicht angeschleppt. Dreimal darfst du raten, wo ich bei dieser Blutmondwende war.«

Lina sah ihn fasziniert an. Das war der Darian, den sie so sehr liebte. Er saß keine Armlänge von ihr entfernt im Wasser, zum Greifen nahe. Lina verspürte den Drang, sich einfach an ihn zu schmiegen und zu sehen, was geschehen würde.

Elfencodex! Warnte ihre innere Stimme sie. Nein, das ging nicht.

Dafür tat Lina etwas anderes. Sie zog die Füße ins Wasser zurück und setzte sich auf. Mit durchgestrecktem Rücken aufrecht gegen den Stein gelehnt, legte sie ihre Ellenbogen auf dem Beckenrand ab. Und endlich konnte sie eine Reaktion sehen.

Ein Aufblitzen war für einen Moment in seinen dunklen Augen zu sehen gewesen, kaum merklich, aber es war da. Kein Verstoß gegen den Elfencodex. Nur eine bequemere Sitzhaltung.

Darian hatte versucht, so unbeeindruckt wie möglich zu wirken. Heiliger Schöpferfluch, hatte sie überhaupt eine Ahnung, was sie anrichtete, wenn sie so etwas machte? ›Starr sie bloß nicht an‹, sagte er sich verzweifelt. Ihr in die Augen zu schauen, machte die Sache nicht einfacher. Er konnte kaum noch atmen, so sehr brannte plötzlich das Verlangen sie zu berühren in ihm. Aber er musste sich dringend ablenken. Da fiel ihm wieder ein, was er eigentlich tun wollte, als er hier ins Wasser gestiegen war. Linas Füße. Ihre Fußsohlen hatten übel ausgesehen. Darian griff ins Wasser, erwischte sie am Knöchel und zog ihren Fuß an die Oberfläche. Mit der zweiten Hand strich er vorsichtig ihren Fußballen entlang. Er konnte spüren, wie sie sich verkrampfte. Kein Verstoß gegen den Elfencodex, sagte er sich. Nur die Sorge um ihre von Druckstellen übersäten Füße.

»Tut das weh?«, fragte er.

Sie schüttelte den Kopf. »Kitzelt«, presste sie hervor.

»Du solltest dir dringend neue Schuhe besorgen. Sonst kannst du bald nicht mehr ordentlich auftreten.«

Noch einmal strich er vorsichtig über ihren Fuß. Diesmal am Rist entlang. Sie reagierte einfach nicht auf ihn. Dabei hätte er schwören können, dass er in ihren Augen für einen Moment etwas hatte aufblitzen sehen. Doch dann hatte sich ihre Miene verschlossen. Und da beschloss er, zum letzten Mittel zu greifen, das ihm jetzt noch blieb. Provokation. Das war doch zum aus der Haut fahren! Er konnte so ziemlich jede Elfenfrau haben, wenn er nur wollte. Aber die Frau, die es ihm wirklich angetan hatte, zeigte ihm nach wie vor die kalte Schulter. Er hatte noch nie auf den Trick der Provokation zurückgreifen müssen.

Lina kämpfte gegen den Impuls, ihm ihren Fuß zu entwinden. Ihre Fußsohlen waren so furchtbar empfindlich und er strich ihr vorsichtig, ja beinahe zärtlich, über den Fußballen. War das eine Annäherung? Sie durfte den Fuß jetzt nicht zurückziehen, koste es, was es wolle. Sie erinnerte sich daran, wie er ihr schon einmal die wunden Füße versorgt hatte, damals in der Oase Sindwa. Lina konnte die Hitze spüren, die in ihr aufstieg, ausgelöst durch seine Berührung. Sie fragte sich, was er als Nächstes tun würde. So etwas wie gespannte Erwartung baute sich in ihr auf. Und dann tat er etwas, womit sie überhaupt nicht gerechnet hatte. Mit einem kräftigen Ruck zog er unvermittelt an ihrem Fuß. Sie verlor den Halt auf dem Steinsitz und tauchte mit dem Kopf unter Wasser. Prustend kam sie hoch und starrte ihn aus großen Augen an. Was zur Hölle sollte das denn werden? Er hatte ihren Fuß wieder losgelassen, sagte kein Wort und grinste nur. Das war doch nicht zu fassen! Es erinnerte sie schmerzhaft an den Darian, der sie in eine Felsspalte geschubst hatte. Es war so demütigend, so verletzend. Wortlos stieg sie vor ihm aus dem Wasser und ging.

»Wo willst du hin?«

Ohne sich auch nur umzublicken, rief sie über die Schulter. »Ich geh mir andere Schuhe besorgen.« Sie konnte nur hoffen, dass sie ihre erstickte Stimme nicht verraten hatte. Die Tränen der Enttäuschung konnte er von hinten zum Glück nicht sehen, dafür hatte sie gesorgt. Mistkerl!

Darian blickte ihr nach und wusste nicht, was er davon halten sollte. Eine Elfenfrau hätte ihm jetzt entweder eine gescheuert oder sie wäre über ihn hergefallen. In beiden Fällen hätte er gewusst, woran er war. Lina hatte nichts von beidem getan. Er hatte Unverständnis und Enttäuschung in ihren wunderschönen Augen gesehen. Schöpfer! Wie sollte man aus denen schlau werden? Und dann war sie vor ihm aus dem Wasser gestiegen. Bei allen Waldgeistern, war sie schön! Darian verkrallte die Hände in der Sitzbank und wartete, bis Lina gegangen war. Erst dann stieg auch er aus dem Wasser und steuerte zielgerade auf den Wasserfall zu. Er brauchte ganz dringend eine kalte Dusche.

Lina hatte sich in dieser Nacht regelrecht in den Schlaf geheult. Was war sie doch für eine Idiotin! Was auch immer sie in der Dampfgrotte in seinen Blick hineininterpretiert hatte, war ein Irrtum gewesen. Aber irgendwie geschah ihr das ja vollkommen recht. Sie hatte versucht, Aswan den Mann auszuspannen. Auch wenn die Elfe seinen Namen noch nicht in ihrer Legende verewigt hatte, so musste er doch Interesse an ihr gezeigt haben, wenn sie so oft bei ihm war. Lina hatte das Gefühl, auf eine Wand zuzurasen und sie konnte einfach nicht bremsen.

Lange hatte sie bestimmt noch nicht geschlafen, als sie sanft, aber bestimmt wach gerüttelt wurde. Im ersten Moment hatte sie Schwierigkeiten zu erkennen, wo sie war, und wer sie wach rüttelte. Ihre Augen brannten und waren immer noch verschwollen. Schließlich erkannte sie Solvay, der vor ihr stand. Er war schon wieder blutverschmiert. Lina war augenblicklich hellwach. »Bist du verletzt?«

»Nein, ich nicht. Aber wir brauchen trotzdem deine Hilfe.«

Alles, was ihr durch den Kopf ging, war: ›Bitte, bloß nicht Darian!‹

Das Hornsignal, das schon die ganze Zeit über erklungen war, drang jetzt an ihr Ohr.

»Was ist passiert?«

»Nachtmahre. Sie haben erneut angegriffen, in den Nordtunneln. Yatlyn hat mich gebeten, dich zu holen.«

Lina nickte, warf sich einen Umhang über die Tunika und

zog sich die immer noch viel zu engen Stiefel an. Dann folgte sie Solvay durch die Höhlengänge.

»Wie schlimm ist es?«, erkundigte sie sich.

»Das wissen wir noch nicht«, sagte Solvay und übergab Lina an Yatlyn, die den Gemeinschaftsraum kurzerhand in eine Sanitätsstation umfunktioniert hatte. Gut ein Dutzend Verletzte lagen hier, um die sich Yatlyn gemeinsam mit zwei weiteren Elfen kümmerte.

Linas Blick schweifte über die Gesichter der Verwundeten. Sie kannte einige der Männer und Frauen, die hier lagen. Viele Attanarjäger waren unter ihnen, mit denen sie bereits an Aswans Seite durch die Wälder gestreift war. Lina würde helfen, so gut sie konnte. Doch zuvor musste sie Gewissheit haben, was mit dem einen Dunkelelfen war, um den sie sich am meisten sorgte.

»Wo ist Darian?« Lina war es gleichgültig, wie sich diese Frage für Solvay anhören musste.

»In den Nordtunneln«, sagte er. »Und ich sollte zusehen, dass ich dort auch wieder hinkomme.«

Yatlyn rief sie zu sich. Sie schien um das Leben eines schwer verwundeten Attanar zu kämpfen. Und während Solvay die große Höhle verließ, machte sich Lina ans Werk.

Es war viel leichter dieses Mal. Mit gebündelter Kraft konzentrierte Lina ihre volle Aufmerksamkeit auf die verletzten Körperstellen. Den Schmerz, den sie in so mancher Seele fühlte, ließ sie unberührt. So war es ihr möglich, sehr viel öfter zu heilen. Sie hatte instinktiv begriffen, dass sie sich so auch besser vor der Müdigkeit schützen konnte. Und Yatlyn ließ sie nur die Verletzungen heilen, die sie ohne ihre Hilfe nicht in den Griff bekommen hätte. Oberflächliche Schnittwunden, Prellungen und dergleichen behandelte sie selbst. So schafften sie es in dieser Nacht gemeinsam, die Verluste der Dunkelelfen gering zu halten.

Danaàns Kuss

Die nächsten Tage vergingen ohne weitere Angriffe der Nachtmahre. Lina verbrachte nun die meiste Zeit in Yatlyns Gesellschaft und half bei der Nachversorgung der Verletzten. In diesen Tagen lernte sie von Yatlyn unglaublich viel über Tinkturen, Salben und heilende Verbände. Und Lina fand mehr Erfüllung in dieser Arbeit, als sie es je mit einem Bogen oder einem Schwert in der Hand gefühlt hatte. Ganz tief in ihrem Inneren spürte sie, dass es Yatlyn war, von der sie lernen sollte, nicht von der Attanarjägerin. Lina war weder eine Jägerin noch eine Schwertkämpferin. Keines von beidem entsprach ihrer Natur, so viel wusste sie nun. Aber zu sehen, wie Verletzte oder Kranke durch ihre Hilfe wieder gesund wurden, erfüllte sie mit Stolz und Freude.

Egal wo sie hinsah, wurde ihr nun Dankbarkeit und Respekt entgegengebracht, anstatt netter Duldung, wie das bisher der Fall gewesen war. Die Dunkelelfen nannten sie nur noch ›die kleine Magierin‹. Lina akzeptierte diesen Beinamen mit Stolz. Sie war froh, endlich einen nützlichen Beitrag für dieses Volk leisten zu können, das ihr immer mehr ans Herz wuchs. Je länger sie nun schon hier lebte, umso weniger konnte sie die Vorbehalte der Lichtelfen verstehen. Die Dunkelelfen waren offen, herzlich und temperamentvoll. Und sie standen füreinander ein. Das waren Attribute, die Lina als gesellschaftlich sehr hoch einschätzte. Zum ersten Mal, seit sie hierhergekommen war, fühlte sie sich zugehörig. Das war ein wundervolles Gefühl.

Sie war auf dem Weg zu Yatlyn, als sie Isnar begegnete, die sie freudestrahlend in die Arme schloss. Andor war unter den Schwerverletzten des letzten Nachtmahrangriffes gewesen. »Wie kann ich dir je dafür danken?«

Lina lächelte verlegen. »Das brauchst du nicht. Ich hab das gerne getan.«

»Trotzdem. Ich lasse mir etwas einfallen.« Ein vielsagender Blick begleitete Isnars Worte.

Und noch ehe Lina etwas erwidern konnte, war die Elfe bereits im nächsten Gang verschwunden. Ein Schmunzeln lag immer noch auf Linas Lippen, als sie in Yatlyns Kammer trat.

»Ich sehe, du bist gut gelaunt«, bemerkte die Heilerin beiläufig.

»Ja.« Lina blickte Yatlyn abwartend an. Irgendetwas hatte die Elfe zu sagen, das konnte sie spüren.

»Möchtest du weiterhin an der Jagd teilnehmen oder ist dir ein Wildschwein genug?«

Schalk sprach aus Linas Worten, als sie sagte: »Eines reicht vollkommen. Ich fürchte, noch so eine Begegnung überlebe ich nicht.«

»Gut, dann hast du bestimmt nichts dagegen, wenn du von nun an mit mir gemeinsam arbeitest. Ich habe das mit Darian bereits besprochen. Er hat nichts dagegen.«

Linas Augen weiteten sich. »Heißt das … ich bin Aswan los?«

Yatlyn nickte. »Das heißt es.«

Eine schönere Nachricht hätte ihr die Heilerin nicht überbringen können. Es bedeutete keine Schinderei mehr, keine

Beleidigungen und Erniedrigungen einstecken zu müssen. Mit einem Mal hatte Lina das Gefühl, eine schwere Last sei von ihr genommen. Das Glück, das sie in diesem Moment empfand, musste ihr ins Gesicht geschrieben stehen, denn Yatlyn meinte: »Das bedeutet aber, dass du in den nächsten Tagen nicht sehr viel Schlaf bekommen wirst. Zumindest nicht nachts, falls du mich begleitest.«

Lina konnte auf Schlaf verzichten. »Ich bin zu jeder Schandtat bereit, was haben wir vor?«

Yatlyn neigte den Kopf zur Seite und sagte mit einem schelmischen Lächeln: »Wir bemalen unseren ganzen Körper mit Farbe und laufen durch den Wald.«

Lina wusste nicht, ob sie lachen oder entsetzt sein sollte. Das konnte nicht Yatlyns Ernst sein. Die Elfe schien ihre Worte aber durchaus ernst zu meinen. »Genau das werde ich in den nächsten drei Nächten tun. Es ist ein altes magisches Ritual, dem sich die Heilerin der Dunkelelfen unterziehen muss, um sich der Unterstützung der Blutmondgöttin zu versichern. Nur so werden die gesammelten Heilkräuter ihre volle Kraft entfalten. Es ist die sogenannte Dreinacht. Auch du bist eine Heilerin, Lina. Insofern bist du berechtigt, mit mir an diesem Ritual teilzunehmen. Es steht dir natürlich frei, es abzulehnen.«

»Natürlich begleite ich dich.« Empörung klang in Linas Stimme mit.

Während Lina sich die kommenden drei Nächte bereits in den buntesten Farben ausmalte, wurde das Lächeln der Elfe wehmütig. Ihre Gedanken schienen weit in der Vergangenheit zu verweilen, was ihre Worte schließlich bestätigten. »Ich habe dieses Ritual einmal gemeinsam mit Ariana vollzogen. Das war zu einer Zeit, als ich noch sehr jung war. In keinem anderen Jahr waren die Heilkräfte der Pflanzen so stark wie damals.«

Und dann erklärte Yatlyn ihr ausführlich, was sie erwartete.

Seufzend wälzte sich Lina im Bett von einer Seite zur anderen. Sie sollte schlafen, zumindest ein bisschen. Aber das funktionierte nicht. Draußen war es noch nicht dunkel und sie war viel zu aufgeregt. Sobald der Blutmond aufging, würde das Ritual beginnen. Würde sie alles richtig machen? Nein, an Schlaf war nicht zu denken. Und trotzdem wurde sie irgendwann ins Reich der Träume gezogen. Aber dort erwartete sie keine Erholung, sondern eine weitere Vision. Lina war sich bewusst, dass sie schlief. Sie müsste nur aufwachen, und alles würde gut sein. Aber das ging nicht. Ein eisenharter Griff um ihren Oberarm schnürte ihr das Blut ab. Rot glühende Augen unter weißen Augenbrauen starrten auf sie herab. ›Nachtmahr‹, schoss es ihr durch den Kopf. Der Hüne schob sie vor sich her durch einen Gang – einen Gang, den Lina kannte. Schwarze Mauern aus Lavagestein. Ihr Herz begann zu rasen. Sie war in der Krallenfestung. Vor ihr öffnete sich die Fürstenhalle. Mit aller Gewalt versuchte sie, sich dem Griff des Nachtmahrs zu entwinden. Selbst in ihrer Vision war sie sich der Schrecken bewusst, die mit der Fürstenhalle verbunden waren. Ein leises Klappern drang an ihr Ohr. Der Nachtmahr musste es verursachen. Ihre Aufmerksamkeit richtete sich auf sein Haar. Lina erkannte Knochen, die in sein weißes Haar eingeflochten waren und bei jedem Schritt aneinanderschlugen. Daher kam das Geräusch.

»Da bin ich, Xedoc. Ich habe, was du wolltest.«

Nur mit Mühe konnte Lina den Blick von dem Weißhaarigen lösen. Vor ihr ragte jetzt der schwarze Thron auf. Von dem Lavabecken strahlte rotes Licht ab und zeichnete groteske Schatten auf das Gesicht eines blonden Mannes, der sie aus kalten eisblauen Augen ansah. Xedoc.

»So sieht man sich wieder.«

Lina schrie.

Es dauerte lange, bis sie sich aus den Fängen dieses Traumes befreien konnte. Schweißgebadet und mit rasendem Herzen saß sie nun aufrecht in ihrem Bett, überglücklich, noch in den Dunkelwäldern zu sein. Mit schrecklicher Deutlichkeit wurde ihr jedoch klar, dass sie eine Vision ihrer eigenen Zukunft gesehen hatte. Würde der Fürst der Calahadin sie tatsächlich wieder in seine Fänge bekommen? Die Bernsteine begannen bereits ihr sanftes Licht zu verströmen. Es dämmerte und Lina war froh, dass sie in den nächsten Stunden nicht alleine sein musste. Sie zog sich rasch an und machte sich auf den Weg zu Yatlyn. Kurz hatte sie überlegt, der Heilerin von ihrer Vision zu erzählen, den Gedanken aber wieder verworfen. Sie hatte Drogonn versprochen, nicht über Ereignisse zu sprechen, die erst noch geschehen würden. Wie sollte sie Yatlyn erklären, dass Xedoc es auf sie abgesehen hatte, ohne Wissen aus der Zukunft preiszugeben?

Sie hatte die Kammer der Heilerin noch nicht betreten, als sie Stimmen von dort vernahm. Yatlyn lieferte sich anscheinend ein heftiges Wortgefecht mit jemandem. Vorsichtshalber verlangsamte Lina ihr Tempo.

»Das kannst du nicht machen. Das gestatte ich nicht!« So außer sich hatte Lina die Elfe noch nie gehört.

»Ich kann und ich werde, verlass dich drauf!«

Für einen Moment stockte Lina der Atem. Es war Darian, mit dem sich Yatlyn stritt. Seine Stimme klang ruhig, und trotzdem war der gefährliche Unterton nicht zu überhören. Lina hatte Darian seit dem Zwischenfall in den Dampfgrotten nicht mehr gesehen. Für einen Moment überlegte sie, einfach kehrtzumachen. Doch ihre innere Stimme hielt sie davon ab. ›Sei kein Feigling‹, schalt sie sich selbst. So straffte sie die Schultern und trat ein.

»Entweder du akzeptierst den Schutz oder ich untersage euch, in die Wälder zu gehen«, sagte Darian, der mit dem Rücken zum Eingang stand.

Lina sah zornesrote Flecken im Gesicht der Heilerin. »Das wagst du nicht, Clanführer!«

»Wollen wir wetten?«

Yatlyn musste wohl erkannt haben, dass sie sich hier nicht durchsetzen würde. Sie seufzte tief und richtete ihren Blick dann auf Lina, wobei ein kurzes Lächeln über ihr Gesicht huschte. Nun wandte auch Darian sich zu ihr um. Wie immer, wenn sie sein Blick traf, bekam Lina weiche Knie. Sie bemerkte eine böse Schramme an seiner linken Schläfe, die ihn noch verwegener aussehen ließ. Ob er sich die in den Tunneln zugezogen hatte?

»Kleine Magierin.« Ein kaum merkliches Nicken begleitete seinen Gruß, wobei er sie mit einem unergründlichen Blick bedachte. Schließlich wandte er sich wieder an Yatlyn.

»Solvay begleitet euch. Das ist mein letztes Wort.«

Um der Endgültigkeit seiner Worte Nachdruck zu verleihen, verließ er grußlos die Kammer. Doch Lina stand immer noch im Eingang und so musste er sich an ihr vorbeischieben. Dabei streifte seine Hand für einen Moment die ihre. Lina durchzuckte ein prickelnder Schauer. Wie gebannt blickte sie ihn an, als er kurz stehen blieb und sagte: »Sei vorsichtig da draußen, hörst du?«

Sie musste nicht nachfragen. Yatlyn erzählte ihr auch so, was sie so erzürnte. Darian hatte ihnen untersagt, ohne Schutz in die Wälder zu gehen. Er hatte Yatlyns Argument nicht gelten lassen, dass sie in der Dreinacht unter dem Schutz der Mondgöttin stehen würden. Yatlyn kochte immer noch vor Wut. »Wenn es um die Nachtmahre geht, führt er sich auf wie ein verängstigter Waldhase.«

Ob es die Tatsache war, dass Yatlyn Darian offensichtliche Feigheit vorwarf, oder ihre letzte Vision, die ihr die Anwesenheit der Nachtmahre in erschreckenden Bildern vor Augen geführt hatte, konnte Lina nicht sagen. Jedenfalls entgegnete sie viel schärfer als gewollt: »Ich finde es nicht verkehrt, in diesen Zeiten vorsichtig zu sein.«

Yatlyn stutzte und blickte Lina an, so als würde sie sie zum ersten Mal wahrnehmen. »Du hast ja recht. Es ist nur …« Wieder seufzte sie tief. »Ich hatte diese Diskussionen auch schon mit Finrod. Und selbst der hat immer klein beigegeben. Aber Darian ist so furchtbar stur. Er würde es glatt fertigbringen und uns tatsächlich hier festhalten. Und dabei gilt seine größte Sorge ganz bestimmt nicht mir.« Ein verschmitztes Lächeln begleitete die Worte der Heilerin.

Lina ging nicht darauf ein. »Was ist denn so schlimm daran, wenn sie uns begleiten?«

»Es ist Sache der Heiler, die Magie der Dreinacht heraufzubeschwören. Dabei haben Krieger und Jäger nichts verloren.«

Trotzdem fügte sich Yatlyn in ihr Schicksal. Und so folgte ihr Lina nur Augenblicke später aus der Höhlenstadt hinaus in den nächtlichen Wald. Stille hüllte sie bereits nach kurzer Zeit ein und schien nach ihren Magennerven zu greifen. Der Blutmond war noch nicht aufgegangen und doch konnte Lina eine ganz besondere Präsenz im Wald spüren. Magie lag in der Luft. Yatlyn schritt vor ihr mit bloßen Füßen über den Waldboden. In der Gegenwart der Heilerin fühlte sich Lina dem Wald viel mehr verbunden, ihre Schritte waren selbstsicherer und sie empfand prickelnde Vorfreude auf die Aufgabe, der sie sich stellen würde.

Sie waren noch nicht sehr lange durch den Wald gelaufen, als sich vor ihnen eine Senke öffnete, die Lina noch nie aufgefallen war. Das war seltsam, denn die Vegetation war dort so ganz anders, als im Rest der Dunkelwälder. Der Ort war in dichte Dunstschwaden gehüllt. Obwohl es nun vollkommen dunkel war, konnte Lina erkennen, dass am Eingang zur Senke drei Dunkelelfen standen.

Yatlyn steuerte direkt auf die Krieger zu. Solvay war unter ihnen. Mit gesenkter Stimme sagte er: »Wir werden Abstand halten. Aber ich bitte dich, die Anweisungen des Clanführers zu befolgen. Versuch nicht, uns abzuschütteln.«

Yatlyn wiegte lächelnd den Kopf. »Denkt Darian, ich würde das tun?«

Solvay erwiderte ihr Lächeln. »Ja, das denkt er.«

»Nun, er kennt mich anscheinend sehr gut. Ich habe tatsächlich daran gedacht. Aber ich kann dich beruhigen, Solvay. Ich werde mich fügen, dieses Mal.«

Solvay nickte und trat zur Seite, um den Weg freizugeben. »Möge Danaàn ihre roten Strahlen schützend auf die Heiler der Dunkelelfen werfen, bis die Dreinacht zu Ende ist.« Und etwas leiser fügte er hinzu: »Bei den Schöpfern, wir werden die volle Heilkraft der Kräuter gerade im kommenden Jahr dringend brauchen.«

Als Lina an ihm vorbeiging, hellte sich sein Gesicht auf und er schenkte ihr ein aufmunterndes Lächeln. Warum nur konnte Darian nicht so offen mit ihr umgehen. Lina schob diese Gedanken beiseite und folgte Yatlyn in den warmen Sprühnebel. Sie fand sich an einem Ort wieder, der einen solchen Zauber auf sie ausübte, dass sie die Magie förmlich greifen konnte. Hier, inmitten der Dunkelwälder mit ihrem würzigen Waldduft, fand sie sich in einem tropisch anmutenden Paradies wieder. Der Duft von weiß blühendem Jasmin hing schwer in der feuchtwarmen Luft. Saftige Farne säumten den Weg, der sie tiefer in die Senke hineinführte, während zu beiden Seiten die Felswände immer höher aufragten. Blumen hatten sich in den Spalten und Ritzen eingenistet, in Formen und Farben, wie Lina sie in ihrer Welt noch nie gesehen hatte. Schließlich blieb Yatlyn vor einer Felswand stehen, die ihnen den Weg versperrte. Ein Wasserfall, dessen Kaskaden leuchteten, zog Linas Blick wie magisch an. Erst bei näherem Hinschauen erkannte sie, dass es nicht das Wasser selbst war, das leuchtete, sondern Bernstein- und Saphireinschlüsse in der Felswand, die ihr gespeichertes Sonnenlicht abgaben und so ein Farbenspiel ins Wasser zauberten. Lina war hingerissen.

»Dies hier ist die Magiasenke. Wir müssen uns hier im Wasserfall einer Reinigung unterziehen, bevor wir das Dreinachtritual beginnen«, erklärte Yatlyn, die bereits ihre Kleider abgelegt hatte und unter den Wasserfall trat.

Lina tat es ihr gleich und konnte bald feststellen, wie angenehm warm das Wasser war und ähnlich duftete wie in den Dampfgrotten. Sie vermutete, dass auch hier heilende Mineralstoffe wirkten, denn die Dusche unter dem Wasserfall hatte eine belebende Wirkung. All ihre Sinne waren auf einmal geschärft, während ihre ganze Haut prickelte. Sie wäre noch länger unter den bunten Kaskaden stehen geblieben, wenn Yatlyn ihr nicht bedeutet hätte, ihr zu folgen. Zwischen Wasserfall und Fels wartend, beobachtete sie, wie die Elfe eine Hand an die Felswand legte und eine Beschwörungsformel in der alten Elfensprache murmelte. Und plötzlich gab die Wand aus massivem Granit unter Yatlyns Händen nach, einen Spalt breit nur, durch den sie hindurchschlüpften.

Durch einen Tunnel erreichten sie eine kleine Grotte. Das rote Licht des Blutmondes, das durch eine Öffnung in der Höhlendecke einfiel, erhellte ein Wasserbecken im Zentrum der Grotte. Lina fühlte sich plötzlich beobachtet.

»Kannst du es spüren?« Yatlyn bedeutete ihr, an den Rand des Wasserbeckens zu treten. »Das ist die Präsenz von Danaàn, der alten Blutmondgöttin.«

Lina nickte. Hier wirkte Magie, uralte starke Magie, die nicht in Worte zu fassen war.

»Tu einfach, was ich tue, und hab keine Angst«, sagte Yatlyn und reichte Lina einen Umhang. Weicher weißer Stoff schmiegte sich an Linas Haut und fühlte sich angenehm warm an. So wie die Elfe auch, schloss Lina den Umhang vor der Brust und streckte die Arme durch die seitlichen Öffnungen.

Dann ergriff sie die Hand der Heilerin und stieg ins Wasser. Gemeinsam tauchten sie in dem Becken unter. Als sie wieder auftauchte, lag ein blassroter fluoreszierender Schimmer auf ihrer Haut, während sich der Umhang tiefrot gefärbt und ihr Haar die Farbe von Kupfer angenommen hatte. Auch Yatlyn, die ihr im warmen Wasser gegenüberstand, hatte diese Wandlung vollzogen. Doch das Haar der Heilerin zeigte nun eine fast schwarzrote Färbung. Nur die sonst weiße Strähne leuchtete feuerrot. Lina wusste nicht, wie Danaàn tatsächlich aussah. Aber in ihrer Vorstellung kam Yatlyn ihr nun sehr nahe.

Yatlyn nickte ihr aufmunternd zu. »Und jetzt trink ein paar Schlucke dieses Wassers. Es wird dir helfen, zu sehen, was du sehen sollst.«

Lina trank und die Verwandlung setzte augenblicklich ein. Sie hatte sich nur einmal in ihrem Leben so gefühlt. Das war, als Darian sie auf die Seelenreise mitgenommen hatte. Auch damals hatte sie sich ihres eigenen Körpers entrückt gefühlt. Sie war zwar noch sie selbst, aber trotzdem fühlte sie sich leicht und schwerelos. Ihre Sinne waren aufs Äußerste geschärft. Sie fühlte die Wassertropfen auf ihrer Haut, die liebkosend an den feinen Härchen ihrer Unterarme entlangliefen. Sie sah bis in die tiefsten Winkel der Grotte, selbst dorthin, wo das fahle Licht des Blutmondes nicht mehr hingelangte. Sie hörte das Trippeln von Insektenfüßen irgendwo in den Felsspalten. Sie nahm den süßen Geruch des Wassers wahr. Der Duft der Wälder drang überdeutlich in ihre Nase. Jede einzelne Pflanze des Waldes konnte sie mit einem Mal an ihrem Geruch erkennen, selbst ohne sie zu sehen. Sogar Yatlyns eigenen Duft konnte sie erkennen, der sonst für sie unter den vielen Gerüchen der Kräuter nicht wahrnehmbar war.

»Jede Dunkelelfe trinkt in der Dreinacht von diesem Wasser, noch ehe ihr erstes Schöpfungsjahr vorüber ist. Nur so bleibt unser Geruchssinn geschärft, und unsere Reaktionsfähigkeit gesteigert. Es ist Danaàns Kuss für ihre Kinder. Du bist leider schon zu alt, um diese Fähigkeiten für immer zu behalten, Lina. Aber für die nächsten drei Nächte wirst du eine von uns sein. Du wirst hören, sehen, denken und fühlen wie eine Dunkelelfe. Das ist mein Geschenk an dich.«

Zutiefst gerührt ergriff Lina die Hände der Heilerin, nicht fähig, die Tränen zurückzuhalten, die ihr über die rot gefärbten Wangen liefen. »Ich danke dir.«

»Und jetzt lass uns das tun, weshalb wir gekommen sind.« Yatlyn durchtränkte zwei weiße Tücher und reichte Lina eines davon. »Darin sammeln wir die wertvolle Blutmondwurz, die nur in diesen drei Nächten blüht«, erklärte sie.

»Aber wie erkenne ich sie?« Lina hatte diese Pflanze noch nie zuvor gesehen. Selbst der alte Foliant, der in Yatlyns Kammer stand und in dem sämtliche Kräuter und Heilpflanzen der Dunkelwälder abgebildet waren, enthielt keine Zeichnung der Blutmondwurz.

Ein wissendes Lächeln umspielte nun die Lippen der Heilerin. »Du wirst sie erkennen, wenn du sie siehst, glaub mir.«

Sie verließen die Magiasenke auf demselben Weg, auf dem sie gekommen waren. Doch als sie am Zugang zur Senke ankamen, waren die Krieger der Dunkelelfen verschwunden. Weder Solvay, noch seine Begleiter waren zu sehen und doch wusste Lina mit Sicherheit, dass sie da waren. Es war ein faszinierendes und zugleich beängstigendes Gefühl. Sie konnte nicht nur die Präsenz der Elfenkrieger, sondern auch die jedes einzelnen Waldbewohners spüren. Ihre Schritte waren nun so federnd und leicht, wie sie es bei Aswan immer bewundert hatte. Sie hinterließ keine Abdrücke im Waldboden. Auch wenn Lina die Umgebung, in der sie nun schon seit Monaten lebte, immer gemocht und geschätzt hatte, hatte sie sich doch noch nie so verbunden mit dem Wald gefühlt. Sie war tatsächlich eine Dunkelelfe, wenn auch nur für drei Nächte. Nicht lange, nachdem sie mit ihrer Suche begonnen hatten, trennte sich Yatlyn von ihr. Ganz selbstverständlich griffen Linas Finger nun nach den richtigen Heilkräutern, trennten sie mit einem kleinen Messer vom Stiel und legten sie behutsam in das zu einem Beutel verknotete Tuch. Gedankenverloren war sie über einen Hügelkamm getreten und ließ ihren Blick über den Waldboden schweifen. Und da sah sie sich plötzlich einem Meer von dermaßen eigenartig geformten Luftwurzelpflanzen gegenüber, dass es sich nur um die Blutmondwurz handeln konnte. Die Blüten waren rot-orange gesprenkelt und an den Rändern mit Stacheln bewehrt. Irgendwie erinnerten sie Lina an fleischfressende Pflanzen.

»Du hast sie gefunden.« Yatlyn war neben Lina getreten und nickte zufrieden. »Es ist ein riesiges Feld, dieses Jahr. Scheint, als würde Danaàn wissen, dass wir es dringend benötigen.«

»Ist die Heilkraft dieser Pflanze denn tatsächlich so enorm?«

Yatlyn nickte. »Sieh dir nur ihre Aura an. Daran erkennst du es. Aus dieser Pflanze gewinne ich die Grundessenz für alle Heilsalben und Tinkturen. Aber wenn sie falsch dosiert wird, ist sie absolut tödlich. Eines Tages werde ich dir den Prozess der Destillation zeigen.«

Der Blutmond stand bereits tief am Horizont, als Yatlyn und Lina die Ernte für die erste Nacht beendeten.

So wie die erste Nacht, verbrachten die beiden Heilerinnen auch die nächsten beiden Nächte im Wald, während sie tagsüber in die Grotte zurückkehrten, um die Pflanzen zu trocknen und ein bisschen zu schlafen. Und als der Blutmond am dritten Tag am Horizont versank und die Dreinacht damit beendete, war der Vorrat an Heilkräutern wieder aufgefüllt, der in der Grotte aufbewahrt wurde. Als Yatlyn die Grotte beim Morgengrauen mit einem magischen Spruch verschloss, schien sie sehr zufrieden. Solvay hatte Wort gehalten, und war ihnen niemals zu nahe gekommen. Trotzdem hatten die beiden Frauen seine

Anwesenheit immer gespürt. Zumindest für Lina war das ein beruhigendes Gefühl gewesen. Nun schienen er und seine Begleiter sich zu entfernen, denn Lina spürte ihre Anwesenheit verblassen, während sie ein letztes Mal unter dem Wasserfall stand. Mit einem Mal ließ sich die rote Farbe abwaschen, die ihr während der letzten Nächte angehaftet hatte. Und im gleichen Maße, wie die Farbe verblasste, kehrten auch ihre Sinne in den Normalzustand zurück. Es fühlte sich nach Verlust an. Alles, was jetzt noch an die Magie der Dreinacht erinnerte, war ein leichter Kupferstich, der in ihrem Haar haften geblieben war.

»Nun werden wir ein wenig schlafen und uns dann für die Blutmondwende zurechtmachen. Ich bin schon gespannt, was du zu Isnars Überraschung sagen wirst.« Yatlyn hatte sich bei ihr untergehakt und zwinkerte vielsagend.

»Überraschung?« Linas Aufmerksamkeit war sofort geweckt. Doch Yatlyn weigerte sich, mehr zu sagen. »Also gut, dann erzähl mir doch einfach, wie so ein Blutmondwendefest vonstattengeht«, bat Lina, die vor Müdigkeit bereits Mühe hatte, einen Schritt vor den anderen zu setzen. Zum Glück hatten sie den Eingang zur östlichen Höhlenstadt fast erreicht.

»Das mache ich heute Nachmittag. Jetzt gehen wir erst einmal schlafen, damit wir heute Abend ausgeruht sind.« Yatlyn gähnte. Wenn selbst die Elfenheilerin müde war, brauchte Lina sich ihrer Erschöpfung nicht zu schämen.

Erholsam war ihr Schlaf gewesen, tief und traumlos. Lina rekelte sich im Bett und lauschte. Stimmengewirr war in den Gängen zu hören. Es musste später Nachmittag sein. Also beschloss Lina bei Yatlyn vorbeizuschauen, so wie sie es für diesen Nachmittag vereinbart hatten.

»Was ziehst du denn heute an?«, erkundigte sich die Elfe, als sie mit Lina gemeinsam ein Nachmittagsfrühstück einnahm. Irgendetwas an Yatlyns Blick sagte Lina, dass die Elfe auf etwas Bestimmtes hinauswollte.

»Anziehen, wieso? Ich hab doch etwas an.«

»Nein, nein! So kannst du doch nicht zur Blutmondwende erscheinen.« Yatlyn tat entsetzt. »Das ist nicht nur unser wichtigstes Fest, sondern auch unser buntestes. Die Weber aus den Südhöhlen arbeiten schon seit Wochen an den Stoffen für dieses Fest und die Näher haben auch schon seit Langem alle Hände voll zu tun.«

»Oh.« Lina hatte keine Ahnung gehabt. »Vielleicht könnte ich dann meine Andavyankleidung tragen. Die ist grau.«

Wieder wehrte Yatlyn ab. »Unmöglich. Wir Frauen tragen in dieser Nacht alle Kleider.«

»Was?! Ich soll ein Kleid anziehen?!« Lina war entsetzt. Sie hasste Kleider. Das letzte Mal hatte sie eins getragen, als sie noch in England gelebt hatten und an Weihnachten zu den Eltern ihres Vaters gefahren waren. Da war sie acht Jahre alt gewesen.

Yatlyn sah ihr entsetztes Gesicht und sagte schmunzelnd: »Lina, du schluckst die schlimmste Medizin, ohne auch nur das Gesicht zu verziehen. Aber wenn du ein Kleid tragen sollst, machst du ein Gesicht, als würdest du zu deiner Hinrichtung gehen?« Und dann fügte sie in einem leisen Verschwörerton hinzu: »Aber keine Angst. Isnar wird dir da bestimmt weiterhelfen.«

Ein Kleid war also die Überraschung, die sich Isnar ausgedacht hatte. Lina sah sich schon in einem rosa Tüllkleid mit Rüschen stecken. »Großartig, und dazu zieh ich dann meine Stiefel an. Das sieht bestimmt sehr elegant aus.«

Yatlyn warf den Kopf in den Nacken und begann zu lachen. Sie schien sich über Linas offensichtliche Qual sehr zu amüsieren. »Nein, du ziehst gar keine Schuhe an. Niemand trägt Schuhe unter dem Blutmond. Nicht einmal die Gäste. Stell dir vor, das ist wahrscheinlich der einzige Tag des Jahres, an dem sich die Zwerge ihre Füße waschen.«

Nun war es Lina, die lachte. Und während des restlichen Essens musste ihr Yatlyn genau berichten, was bei dem Fest geschah. So erfuhr sie, dass es auf dem großen Versammlungsplatz stattfinden würde. Dreizehn Zyklen würde der Mond durchlaufen bis zum nächsten Fest. Yatlyn erzählte von den Tänzen, die von den Lichtelfen als frivol angesehen wurden. Einige wurden nur von den Frauen getanzt, zu Ehren von Danaàn, der Blutmondgöttin.

»Gibt es auch einen Tanz nur für Männer?«, erkundigte sich Lina.

»Nein. Aber sie tanzen trotzdem alle gerne. Nur Darian nicht. Der drückt sich immer.«

»Er tanzt nicht gerne?« Das überraschte Lina und gleichzeitig enttäuschte es sie. Nach der Schwertkampfübung, die er mit dem Tanzen verglichen hatte, hätte sie das nicht vermutet.

»Früher schon«, erklärte Yatlyn. »Aber seit er Clanführer geworden ist, nicht mehr. Das liegt wohl am Wendetanz. Aber genau davor kann er sich nicht drücken.«

»Was ist der Wendetanz?«

»Das ist der wichtigste Tanz. Es ist ein Ritualtanz«, erklärte Yatlyn. »Er wird nur von einer Frau und einem Mann getanzt und zwar genau, wenn der Blutmond senkrecht über dem Platz steht. Der Mann, seit jeher der Clanführer, verkörpert dabei Menduria, während die Frau für den Blutmond steht. Deshalb kann er sich nicht drücken. Seit vielen Jahren schon ist Aswan die Frau, die den Blutmond verkörpert.« Und mit einem eher verkniffenen Gesicht fügte die Heilerin hinzu: »Ich vermute, das hat mit zu dem schlechten Ruf dieses Festes bei den Lichtelfen beigetragen.«

»Wieso das denn?« Lina konnte sich nicht vorstellen, dass Aswan eine schlechte Tänzerin war, so wie sie sich durch den Wald bewegte.

»Wart's nur ab. Du wirst schon sehen«, meinte Yatlyn.

Lina wollte nicht an Aswan denken. Aber Darian tanzen zu sehen war eine Vorstellung, die ihr die Vorfreude auf dieses Fest noch versüßte. Seit der kurzen Begegnung in Yatlyns Kammer hatte sie ihn nicht mehr gesehen. Und Lina musste feststellen, dass ihn nicht zu sehen noch schlimmer war, als sich Gemeinheiten von ihm antun zu lassen.

Sie seufzte leise und verscheuchte die Gedanken an ihn, um sich wieder auf Yatlyns Erzählungen zu konzentrieren. Mittlerweile zog verführerischer Bratenduft vom Versammlungsplatz in die Höhlen. Das erlegte Wild der Attanarjäger wurde am Rande des Platzes an großen Spießen von den Kobolden gebraten. Lina fragte sich, ob auch ihr Wildschwein da draußen brutzelte. Dem anschwellenden Lärmpegel nach zu schließen, waren die meisten Elfen aus den anderen Höhlen bereits eingetroffen.

Lina verließ Yatlyn, um ein bisschen Luft zu schnappen. Wie gebannt sah sie zu, wie die Sonne hinter dem Titanengebirge versank und den Wald in mystisches Licht tauchte. In der Dämmerung wurden die ersten Feuer am Rande des Platzes entzündet.

»Ah, hier bist du, kleine Magierin. Ich hab dich schon gesucht.« Es war Isnar. Mit einem Lächeln, das ihre ganze Vorfreude widerspiegelte, sagte sie: »Du musst jetzt mitkommen. Ich habe etwas für dich.«

Yatlyn hatte sie ja gewarnt. Also folgte Lina der Elfe und nahm sich vor, was immer auf sie wartete, mit Freude anzunehmen. Selbst wenn es eine Katastrophe aus rosa Tüll war.

Was Lina dann allerdings zu sehen bekam, verschlug ihr den Atem. Sie liebte dieses Kleid und würde es nie wieder ausziehen.

Unter dem Blutmond

Seit Tagen hatte Darian schlechte Laune und konnte sich selbst nicht so genau erklären, warum. Dabei hätte er doch froh sein müssen, dass es keine weiteren Angriffe der Nachtmahre gegeben hatte. Solvay hatte ihm berichtet, dass die Suche der beiden Heilerinnen erfolgreich gewesen war. Darian hatte das nur mit einem mürrischen Nicken zur Kenntnis genommen. Zumindest war es das, was Solvay sehen sollte. Wieso bloß richtete sich sein vollkommen unbegründeter Zorn gegen seinen Freund. Er selbst hatte Solvay doch damit beauftragt, die beiden zu schützen. Darian fragte sich, ob er diesen Befehl auch gegeben hätte, wenn Yatlyn alleine in die Dreinacht gezogen wäre. Vermutlich nicht. Er traute der Heilerin ohne Weiteres zu, sich zu verteidigen oder den Nachtmahren durch Täuschung zu entkommen. Lina war der Grund für diesen Befehl gewesen. Und sie war auch der Grund gewesen, weswegen er sich in den letzten Tagen überhaupt nicht auf seine Arbeit hatte konzentrieren können. Sie hatten die unterirdischen Verbindungen zwischen den Höhlenstädten und die Zugänge versperrt. Darian hätte nur darauf achten müssen, dass seine Befehle ordnungsgemäß ausgeführt wurden, aber stattdessen hatte er mitgeholfen, die Steine herbeizuschaffen und sich abgeplagt wie die anderen Dunkelelfen auch. Er hatte gehofft, dass ihn die Arbeit so sehr beschäftigen würde, dass er aufhören konnte, an sie zu denken. Aber das Gegenteil war der Fall gewesen. Immer wieder waren seine Gedanken zu ihr zurückgekehrt. Er musste daran denken, wie sie plötzlich hinter ihm in Yatlyns Kammer aufgetaucht war. Ohne ein Wort zu sagen, hatte sie dagestanden und ihn angesehen. Es war ein Blick gewesen, der ihm durch und durch gegangen war. Und dann hatte er sich an ihr vorbeigeschoben, seine Hand hatte die ihre gestreift. Eine unbeabsichtigte Berührung nur, und er war in Flammen aufgegangen. Ihr Duft war ihm in die Nase gestiegen und hatte seine Sinne benebelt. Er war heilfroh gewesen, dass er die Kammer verlassen konnte. Es war beinahe einer Flucht gleichgekommen. Noch nie zuvor hatte ihn cinc Frau so sehr aus dem Gleichgewicht gebracht. Noch nie zuvor hatte er sich nach einer Frau so sehr gesehnt. Und nun ertappte er sich immer öfter dabei, dass er nach ihrem Duft suchte. Darian hatte während der letzten Nächte wach in seinem Bett gelegen und sich überlegt, wo in den Dunkelwäldern sie sich jetzt wohl aufhielt. Er, nicht Solvay hätte dort draußen sein sollen, um für ihren Schutz zu sorgen. Aber das konnte er nicht. Das hätte Yatlyn als noch größere Beleidigung aufgefasst. Und trotzdem beneidete er Solvay. Seinen Freund, den die kleine Magierin so offen anblickte, mit dem sie so herzlich lachen konnte. Wieso nur konnte sie das bei ihm nicht?

»Jetzt komm schon, Darian«, drängelte Solvay, der gerade bei ihm in der Höhlenkammer erschienen war. »Die Abordnung der Lichtelfen ist bereits hier. Und wenn ich den Lärm da draußen richtig deute, sind auch die Zwerge eben gekommen.«

Solvay war stehen geblieben und musterte Darian, der sich lustlos einen Ledergürtel um die Hüften schlang. Er trug mittelbraune Hosen und eine weinrote Langarmtunika, die am

Kragen und an den Ärmeln mit alten Elfenrunen verziert war.

»Mann, kannst du nicht irgendwas mit deinen Haaren machen?«

»Wieso? Was passt dir denn da nicht?« Darian war müde und eigentlich hatte er überhaupt keine Lust auf dieses Fest. Sie waren erst am späten Nachmittag aus den Nordhöhlen gekommen und auch in der Dampfgrotte war Entspannung nicht möglich gewesen. Der halbe Clan hatte sich dort getroffen, und ständig hatte ihn jemand angesprochen. Sie waren alle so gut gelaunt gewesen und er hatte doch nur für ein paar Augenblicke seine Ruhe gewollt. Nun nervte ihn Solvay auch noch mit solchen Kleinigkeiten. »Ich bin doch keine Frau. Die putzen sich heute raus.«

»Darian, du siehst aus wie ein Bergtroll nach dem Aufstehen. Hier, bind dir diese Katastrophe wenigstens zusammen.« Solvay zog eine Lederschnur aus der Tasche. »Tu's für mich«, bat er und setzte dabei einen Blick auf wie ein Wolfshundwelpe.

Jetzt musste Darian doch lachen. »Von mir aus, gib her das Ding.«

»Braver Clanführer«, lobte Solvay.

Darian verzog das Gesicht zu einer Grimasse. »Aber dafür gibst du einen aus.«

»Von mir aus auch zwei.«

Und dann ließ sich Darian doch noch von der allgemeinen heiteren Stimmung anstecken. In Solvays Begleitung hatte er den Festplatz betreten und nach dem dritten Becher Drachenblut war seine schlechte Laune fortgespült.

»Ah, mein dunkler Elfenprinz. Vielen Dank für die Einladung.« Gwindra hatte sich einen Weg durch die Menge gebahnt und war vor ihm stehen geblieben.

Darian verbeugte sich übertrieben tief vor ihr, wobei sein Blick auf die festen, nackten Füße der Zwergin fiel. »Gwindra.

Es freut mich, dass die Zwerge gekommen sind. Nette Zehenringe, übrigens«, raunte er ihr ins Ohr, als er an ihr vorbeiging, um die nächsten Gäste zu begrüßen.

»Danke, mein Prinz«, erwiderte die Zwergin geschmeichelt.

Da tauchte Leasar vor ihnen auf. Der Botschafter der Lichtelfen war ganz in blassblau gekleidet. Das lange blonde Haar trug er offen, nur zu beiden Seiten des spitzen Gesichts liefen zwei geflochtene Strähnen herab. »Der gehört dir, Solvay«, sagte Darian mit einem verstohlenen Augenzwinkern. »Und frag ihn, wie es sich so ganz ohne Schuhe anfühlt.«

Solvay warf ihm einen strafenden Blick zu. »Böser Clanführer«, murmelte er, gerade so laut, dass Darian es hören konnte.

»Ich tue mein Bestes.« Vielleicht würde der Abend ja doch noch heiter werden.

Es dauerte eine ganze Weile, bis Darian und Solvay die offizielle Begrüßungsrunde erledigt hatten und sich im Zentrum der Festwiese wiedertrafen. Dort waren Unmengen von weichen Kissen auf den Moosflechten ausgebreitet worden. Darian ließ sich seufzend neben Solvay nieder und nahm den Becher Drachenblut entgegen, den ihm sein Freund reichte. Es war bereits dunkel geworden und die Feuer loderten hoch auf.

Von den Elfenfrauen waren erst wenige gekommen. Aber allesamt sahen sie umwerfend aus. Es war ein ungewohnter Anblick, sie in Kleidern zu sehen. Schließlich wurde die Festwiese immer voller. Die Barden und Musiker der Dunkelelfen waren bereits da und stimmten die ersten leisen Trommelklänge an. Darian wollte gerade einen Schluck aus seinem Becher nehmen, als er von Solvay angestoßen wurde. »Sieh mal, da ist Aswan.«

Darian folgte seinem Blick und keuchte gequält auf.

»Geht das, was sie da trägt, eigentlich noch als Kleid durch?«, erkundigte sich Solvay mit Unschuldsmiene.

»Bei einer Koboldfrau möglicherweise.«

Die Attanarjägerin trug einen golddurchwirkten Lendenschurz, der durch einen Ring auf dem Bauch mit einem eng anliegenden Oberteil aus dem gleichen Stoff verbunden war. Um ihre Oberarme waren goldene Armreifen geschlungen. Bis auf drei dicke Haarsträhnen, die offen bis auf ihre Hüften fielen, hatte sie ihr Haar um den Kopf zu einem Spitz hochgedreht, der von einem Reifen, ebenfalls aus Gold, gehalten wurde.

»Könntest du mich bitte vor dem Wendetanz k.o. schlagen?«, bat Darian flehend.

Solvay grinste hinterlistig. »Vergiss es. Das will ich mir auf keinen Fall entgehen lassen.«

»Verräter.« Darian dachte gequält an den Affenzirkus, den Aswan wieder aus dem Wendetanz machen würde.

Plötzlich hörte er Solvay neben sich flüstern: »Sieh sie dir an.«

Er folgte dem Blick seines Freundes und glaubte seinen Augen nicht zu trauen. Lina kam an Yatlyns Seite über den Platz auf sie zugeschlendert. Sie sah aus wie eine Waldfee aus den Eldorinwäldern. Ihr Kleid hatte die Farbe von jungem Moos und schimmerte im Feuerschein. Der Rock fiel kaskadenartig und in ungleichen Längen von den Hüften bis zur Hälfte der Waden. Zwei zarte Stoffbahnen liefen hoch über die Brust, dann über ihre Schultern und gekreuzt den Rücken wieder hinab, während die Taille im gleichen Stoff eng geschnürt war. Ihr Haar war hochgesteckt und wurde von einem aus Lavendel geflochtenen Reifen gehalten, der hier und da eine Strähne durchrutschen ließ. Ein kupferfarbener Schimmer überdeckte ihr natürliches Goldblond. Ihre nackten Füße traten sicher und anmutig auf und ließen den Rock im Rhythmus ihrer Schritte mitschwingen. Ein unbefangenes Lächeln lag auf ihren Lippen, während sie mit Yatlyn sprach. Darian verschlug es den

Atem. Er hatte alles rundherum vergessen, sah nur noch sie. Und dann stand sie vor ihm und er hoffte inständig, dass ihm die Stimme nicht versagen würde.

Lina hatte ihn nicht gleich gesehen. Sie war so gefesselt von den vielen Farben, den Klängen und Gerüchen. Erst als Yatlyn sie auf die beiden Männer aufmerksam gemacht hatte, war ihr Blick auf Darian und Solvay gefallen. Solvay lächelte ihr offen entgegen. Er trug eine dunkelorange Tunika und braune Hosen. Auch Darian sah sie aus seinen dunklen Augen an, in denen sich der Feuerschein spiegelte. Sein Blick war unergründlich. Er hatte sein Haar zusammengebunden und saß in entspannter Haltung, ein Bein angewinkelt, während er das andere untergehakt hatte. Sein Anblick genügte, und Linas Magennerven begannen zu tanzen.

»Kleine Magierin«, sagte er. Der Hauch eines Lächelns umspielte seine Lippen.

»Clanführer«, erwiderte Lina.

Auch Yatlyn grüßte die beiden Elfenmänner.

»Wollt ihr euch nicht zu uns setzen«, erkundigte sich Solvay mit einer einladenden Geste.

Beide Frauen nickten und wollten der Einladung gerade Folge leisten, als plötzlich ein Schatten den Blutmond für einen Augenblick verdunkelte, und der Drachenfürst in der Mitte des Festplatzes landete. Er ließ Drogonn absteigen und erhob sich gleich wieder in die Lüfte.

»Bleibt er nicht?«, erkundigte sich Solvay, als Drogonn sich zu ihnen gesellt hatte.

»Nein, er lässt sich entschuldigen. Das Drachenjunge wird in den nächsten Tagen schlüpfen und die Drachen sind deshalb alle sehr nervös.«

Lina konnte sich erinnern, was ihr Darian damals über Drachenjunge erzählt hatte. Drachen waren die einzigen Wesen Mendurias, die nicht vom Schöpferfluch betroffen waren. Aber Nachwuchs gab es bei den Drachen nur alle paar Hundert Jahre. Sie wollte sich bei Drogonn näher nach dem Drachenjungen erkundigen, als Isnar neben ihr erschien. »Du musst mitkommen, Lina. Es geht los.«

Und noch ehe sie wusste, wie ihr geschah, stand sie in der Mitte des Festplatzes und sollte am Eröffnungstanz teilnehmen, der nur den Frauen vorbehalten war.

»Aber ich kenne doch die Schritte gar nicht«, warf Lina nervös ein.

»Das macht nichts.« Isnar stemmte die Hände in die Hüften und gab Lina ein Zeichen, es ihr gleichzutun. Schon begannen die Trommeln zu schlagen, der Klang der Lauten setzte ein und Hunderte Hände klatschten im gleichen Takt, als sich die Dunkelelfen von ihren Plätzen erhoben, um den tanzenden Frauen den Rhythmus vorzugeben. Die Blutmondwende hatte begonnen. Ganz automatisch setzten sich ihre Füße auf den weichen Moosflechten in Bewegung und ihre anfängliche Befangenheit war bald verflogen. Mit in die Hüften gestemmten Händen und in den Himmel gerichtetem Blick folgte sie dem Rhythmus. Sie hätte nicht gedacht, dass es so viel Spaß machen würde. Doch selbst als dieser Tanz vorüber war, hatte sie keine Chance, die Tanzfläche zu verlassen. Ständig wurde sie von einer Hand zur nächsten gereicht, wechselten ihre Tanzpartner, wurde sie in einen neuen Kreis aus Tanzenden gezogen. Lina hatte jedes Gefühl für Zeit verloren. Irgendwann, als sie einfach keine Luft mehr bekam, erkämpfte sie sich dann doch einen Weg an den Rand und fand sich plötzlich Darian gegenüber.

»Du scheinst Spaß zu haben.«

Lina nickte atemlos. Mit einer einladenden Geste reichte er ihr den Becher, den er in der Hand hatte. »Bist du durstig?«

»Ja.« Lina nahm den Becher dankend entgegen. Ein Blick sagte ihr, dass es Drachenblut war. »Gar kein Zwergenmet diesmal?«, erkundigte sie sich mit einem neckischen Lächeln.

Darian erwiderte es. »Nein, der ist heute verboten.«

»Na, dann kann ja nicht viel schiefgehen«, meinte Lina und leerte den Becher in einem Zug.

»Da wäre ich mir nicht so sicher«, meinte Darian, der sie die ganze Zeit über nicht aus den Augen ließ. »Er ist stärker als der Drachenblutwein, den es das übrige Jahr gibt.«

Es dauerte nicht lange, bis Lina ein neuer Becher in die Hand gedrückt wurde. Isnar hatte ihn ihr gereicht, als sie sich zu ihnen gesellt hatte. Ihre Augen funkelten, als sie Lina bei den Schultern nahm, das Wort aber an Darian richtete. »Sie ist meine Heldin. Sie hat meinen Gefährten gerettet. Ich weiß nicht, wic ich ihr danken soll!«

»Du hast dich doch schon bedankt«, wehrte Lina verlegen ab, nachdem sie auch den zweiten Becher Drachenblut geleert hatte. »Sie hat mir dieses Kleid geschenkt«, erklärte sie Darian.

»Sie sieht so hübsch darin aus, nicht wahr?«, schwärmte Isnar.

»Sie sieht umwerfend darin aus«, verbesserte Darian.

Er schien noch etwas sagen zu wollen, aber in diesem Moment erschien Yatlyn neben ihm. »Sieh zum Blutmond, Clanführer. Es wird Zeit.«

Darian legte den Kopf in den Nacken und blickte hoch. Er nickte seufzend. Der Blutmond stand fast senkrecht über dem Platz. Es würde nicht mehr lange dauern und die letzte Zykluswende dieses Jahres wäre vollzogen.

»Der Wendetanz«, sagte Isnar schwärmerisch.

Darians Lächeln wirkte jetzt mehr als gequält.

»Weißt du, unser Clanführer tanzt nicht so gerne«, gluckste Isnar.

»Das ist schade, ich hatte gehofft, er tanzt mit mir«, sagte

Lina und biss sich gleich darauf auf die Lippen. Der Wein hatte ihre Zunge gelöst. Das war gar nicht gut.

Darian zog eine Augenbraue hoch und sah sie forschend an. »So, hattest du das?«

Lina spürte, wie sie unter seinem Blick bis zu den Haarwurzeln errötete. Warum konnte sie auch ihre vorlaute Klappe nicht halten?

Die Musik verklang und die Tänzer machten die Fläche frei. Die Luft knisterte vor gespannter Vorfreude.

Solvay trat neben Darian. »Bereit?«, fragte er.

»Nein, aber was soll's?«, murmelte Darian.

Isnar beugte sich zu Lina und flüsterte: »Jetzt übergeben sie ihm gleich das Pergament mit dem Namen.«

Lina blickte sie fragend an. Sie verstand nicht, was Isnar meinte.

»Na, unsere Wahl«, sagte die Elfe kichernd. »Der Clan wählt ihm immer die Tanzpartnerin für dieses Ritual aus.«

Aswan bahnte sich einen Weg durch die Menge und steuerte auf Darian zu. Lina hatte sie den ganzen Abend nicht gesehen. Sie hatte Mühe zu glauben, was sie sah. War das ernsthaft ein Kleid, was sie da trug?

Dann wurde es vollkommen still auf dem Platz. Nur noch das Knistern der Feuer war zu hören. Eine junge Elfe kam mit einer kleinen Rolle Pergament in der Hand quer über den Platz geschritten.

Darians Miene war wie versteinert. Er wappnete sich für das, was er gleich über sich ergehen lassen müsste. Aswan würde diese Gelegenheit nutzen, um ihr Interesse an ihm gleich in aller Öffentlichkeit kundzutun, so wie sie das bei den letzten Malen auch immer schon getan hatte. Darian fand das vollkommen unangebracht, konnte aber nichts dagegen tun. Als

Finrod Clanführer gewesen war, war dieses Ritual noch schön gewesen. Denn es war immer Yatlyn gewesen, die es mit ihm getanzt hatte, seine Gefährtin. Da hatte es Symbolkraft.

Die Elfe hatte ihn erreicht. Sie übergab ihm das Pergament und sagte mit fester weit tragender Stimme: »Wir bitten dich unsere Wahl für den Wendetanz anzunehmen, auf dass uns Danaàn auch im nächsten Jahr wohlgesonnen sei.«

Darian nahm die Rolle wortlos entgegen, öffnete sie mit ernster Miene und las. Für einen Augenblick weiteten sich seine Augen. Er begann zu schmunzeln.

»Hast du das gewusst, Solvay?«, flüsterte er.

Solvay nickte vielsagend.

Darian trat auf Lina zu und hielt ihr die geöffnete Hand entgegen.

Ihr Blick zeigte Verwirrung und Unverständnis.

»Du wolltest doch tanzen, nicht wahr?«

Sie verstand immer noch nicht.

»Auf diesem Pergament steht dein Name.« Er hielt ihr das Blatt entgegen. »Du musst sie beeindruckt haben«, sagte Darian, ohne den Blick von ihr zu wenden. Er konnte spüren, wie sie ihre Hand in seine legte.

»Was muss ich tun?«, fragte sie unsicher, während er sie auf die Tanzfläche führte.

»Das ist ganz einfach. Ich bin Menduria und du bist die Mondgöttin. Den Rest wird dir der Rhythmus der Musik zeigen. Du darfst nur meine Hand nicht loslassen.« Es war ein Tanz, der keine Schrittfolge kannte, sondern vom Gefühl der Tänzer geleitet wurde. Darian war gespannt, wie Lina ihn tanzen würde.

Sie hatten die Mitte der Tanzfläche erreicht und Darian ließ sich vor ihr auf ein Knie sinken, während er beide Arme über den Kopf hob und die Handflächen dem Himmel entgegenstreckte. Er war Menduria.

Musik erklang, zuerst ganz sanft, nur eine Laute. Lina legte ihre Hände in seine. »Und jetzt?«, fragte sie zaghaft.

»Schließ die Augen und du wirst es spüren«, sagte er.

Kaum hatte Lina die Augen geschlossen, war die Befangenheit, die Hunderte auf sie gerichtete Blicke ausgelöst hatten, wie weggeblasen. Da war der Rhythmus, der wie die kühle Nachtluft in ihre Lungen strömte und sich in ihrem ganzen Körper ausbreitete. Wie von alleine bewegten sich ihre Füße auf dem weichen Moos. Sie war die Mondgöttin und sie umkreiste Menduria. Ihre Handflächen lagen auf seinen einmal mehr, einmal weniger. Aber sie verlor die Verbindung niemals ganz. Und in dieser Verbindung konnte sie die Verbindung zwischen der Erde unter ihren Füßen und dem Mond spüren. Seinen Einfluss, den er auf die Geschöpfe dieser Welt nahm. Lina öffnete die Augen für einen Moment und blickte zum Himmel. Der Blutmond stand genau über ihr. Sie tanzte unter dem Blutmond, als wäre es immer schon ihre Bestimmung gewesen, das zu tun. Und sie zog ihre Kreise um Darian, einmal näher, einmal weiter entfernt, aber immer in Verbindung mit ihm.

Darian hatte den Kopf in den Nacken gelegt und beobachtete sie. Er konnte die Energie des Blutmondes spüren. Sie schien durch ihre Handflächen in ihn zu strömen und durch ihn hindurch in die Erde unter seinen nackten Füßen. Schicksalsmond.

Er versuchte, ihr mit Blicken zu folgen, bis sie in seinem Rücken verschwunden war, nur um sie auf der anderen Seite wieder in Empfang zu nehmen. Sie tanzte selbstvergessen und befreit von jeglichem Zwang. In diesem Augenblick war sie Danaàn. Sie war die Mondgöttin. Sie war seine Göttin. Sie war alles, was er wollte. Das wurde ihm in genau diesem Moment schmerzlich bewusst. Aber was wollte sie?

Die Musik verklang und Lina kam vor ihm zum Stehen. Sie öffnete die Augen und blickte ihn an, aus Bernsteinaugen, in denen er sich verlieren wollte. Ein seliges Lächeln lag auf ihren Lippen. Und dann war der Zauber des Augenblicks vorbei. Sie waren nicht mehr alleine auf der Tanzfläche. Lina wurde an den Händen genommen und fortgerissen. Darian blieb mit einem Gefühl der Leere zurück, die ihn zutiefst erschreckte.

Und während er auf die Füße kam, sah er Solvay neben sich auftauchen. »Hast du was dagegen, wenn ich sie um den nächsten Tanz bitte?«

Darian schüttelte benommen den Kopf. Er konnte immer noch nicht ganz erklären, was eben passiert war. Er trat an den Rand der Tanzfläche und versuchte sich darüber klar zu werden. Solvay hatte Lina inzwischen erreicht. Als sie ihn sah, ging ein offenes Lachen in ihrem Gesicht auf. Darian hätte sich gewünscht, dass sie ihn einmal so ansehen würde. Aber das tat sie nur bei Solvay. Er sah, wie sie seinem Freund die Hände reichte und im Rhythmus der Trommeln aufzugehen schien. Dieser Tanz war wie ein infernales Feuerwerk, getragen von der Geschwindigkeit, die in der Drehung der Körper lag. Linas Rock flatterte um ihre Beine und gab den Blick bis weit über die Knie frei. Dicke Strähnen ihres kupfergoldenen Haares hatten sich gelöst und wirkten wie loderndes Feuer, das sie umgab. Solvay hatte seine Hände an ihre Hüften gelegt und hielt sie fest. Lina hatte das Gesicht mit geschlossenen Augen dem Himmel entgegengereckt und lachte befreit. Jede ihrer Bewegungen war Öl, in das Feuer gegossen, das in Darian brannte und ihn zu verschlingen drohte. Und da kam ihm ein beängstigender Gedanke. Was, wenn es Solvay war, dem Linas Interesse galt? Wenn die Gefühle, die er in ihr wahrgenommen hatte, Solvay galten? Sein Freund hatte es verdient, wieder glücklich zu sein, nach der harten Zeit, die er nach Inwés Tod durchgemacht hatte. Aber doch bitte nicht mit seiner kleinen Magierin! In Darian stieg ein Gefühl hoch, das er bis dahin noch nicht gekannt hatte und das er gar nicht mochte. Eifersucht. Der Rhythmus wurde noch schneller, ihre Bewegungen folgten. Darian sah in ihr nun keine Waldfee mehr, sondern nur noch eine ihn verzehrende Versuchung. Und dann verklang die Musik und Lina schenkte Solvay ein glückliches Lachen, und einen Blick aus funkelnden Augen. Und Darians Herz ging in Flammen auf. Fluchtartig verließ er die Blutmondfeier.

Lina hatte nur einen kurzen Blick auf Darian erhaschen können, ehe er sich abgewandt hatte. Er hatte ausgesehen, als würde er jeden Moment einen Angriff erwarten. Lina kannte diese Haltung bei ihm, wenn er dastand, mit leicht angewinkelten Armen, die Hände zu Fäusten geballt, das Kinn trotzig nach vorne gestreckt, Feuer, das in seinen Augen loderte. Und dann war er gegangen. Lina sah, wie Aswan zu ihm trat und auf ihn einredete. Darian nickte und schob die Jägerin vor sich durch die Menge zum Rand des Festplatzes. Andere Tänzer verdeckten ihr die Sicht und dann waren die beiden ganz aus ihrem Blickfeld verschwunden. Der kurze Moment, in dem sie während des Tanzes vollkommen losgelöst und befreit von ihren Ängsten gewesen war, war verflogen. Sie landete hart auf dem Boden der Realität.

Lina hatte so sehr gehofft, dass Darian wieder auftauchen würde, aber das tat er nicht. Sie konnte sich auch gut vorstellen, warum. Niedergeschlagen verließ auch sie bald das Fest. Doch in die Höhlen zurückkehren konnte sie nicht, noch nicht. Die Dampfgrotte kam ihr in den Sinn. Aber auch die mied sie, seit dem Zwischenfall mit Darian. Sie wollte einen Ort aufsuchen, der nicht angefüllt mit Erinnerungen an ihn war. Die Magiasenke und der Wasserfall, hinter dem die Grotte lag, fielen ihr ein. Dort hatte sie sich wohl gefühlt. Dort wollte sie hin.

Vorsichtig tasteten ihre nackten Füße über den Waldboden, der hier mit Fichtennadeln übersät war. Der Blutmond schien hell genug durch die Wipfel, um ihr den Weg zu beleuchten. Es war, als ob Danaàn sie heimholen würde. Schon am Eingang der Senke umfing Lina der Duft der üppigen Vegetation. Sie hatte nicht vor, die Grotte zu betreten, die hinter dem Wasserfall lag. Vermutlich wäre sie auch gar nicht in der Lage gewesen, den Zugang zu öffnen. Zwischen Farnen und Moos legte sie ihr Kleid ab und trat unter den Wasserfall. Doch wenn sie gedacht hatte, den Gedanken an Darian hier entfliehen zu können, hatte sie sich geirrt. Mit geschlossenen Augen und in den Nacken gelegtem Kopf stand sie im Wasserstrahl, während ihre Sinne auf eine Reise in ihre Vergangenheit gingen. In den Steinkreis von Arvakur, in eine Zeit, als Darian ihr gehört hatte. Und plötzlich war es, als wäre er bei ihr. Sie konnte seinen Kuss auf ihren Lippen spüren, und mit einem sehnsuchtsvollen Seufzen ergab sie sich ihren Erinnerungen.

Darian hatte versucht zu schlafen. Aber das funktionierte in dieser Nacht noch viel weniger als sonst. Er hatte das Gefühl zu ersticken, wenn er auch nur einen Augenblick länger in den Höhlen blieb. Vielleicht schaffte er es in der kühlen Nachtluft seine Gedanken zu ordnen. Und tatsächlich, wie immer, wenn ihn diese innere Unruhe erfasste, verschaffte der Wald ihm Linderung. Er war schon eine ganze Weile durchs Unterholz gestreift, als er Schritte hörte. Ganz leise und vorsichtig gesetzt, aber das Knacken von Ästen war trotzdem unverkennbar. Reflexartig ging er in Deckung und spähte in die Dunkelheit. Und da sah er sie. Die kleine Magierin lief ganz alleine durch den nächtlichen Wald. Hatte er sich nicht deutlich genug ausgedrückt? Hatte sie denn aus den Angriffen der Nachtmahre nichts gelernt? Sein erster Impuls war gewesen, sie aufzuhalten und zurückzuschicken. Aber dann war er doch neugierig geworden und war ihr gefolgt. Der Wald sollte heute Nacht sicher sein. Zu viele Attanar waren unterwegs, also sprach nichts dagegen, Lina gewähren zu lassen. Und schon bald war Darian klar geworden, wo sie hinwollte. Die Magiasenke, die sie während der Dreinacht gemeinsam mit Yatlyn aufgesucht hatte, war so sehr von Magie erfüllt, wie Lina selbst es zu sein schien. Die meisten Bewohner der Dunkelwälder mieden diesen Ort, nicht so die kleine Magierin.

Und so wurde Darian aus der Ferne Zeuge der Verwandlung, die mit ihr vorging, als sie in den Wasserstrahl trat. In der Dampfgrotte hatte er nur einen kurzen Blick auf sie erhaschen können, bevor der Dampf sie eingehüllt hatte. Die weichen Rundungen ihres Körpers waren so anders als die der durchtrainierten Elfenfrauen. Er streichelte ihre Haut alleine mit seinen Blicken. Hier unter dem Wasserfall kehrte die weiche offene Verletzlichkeit zurück, die Darian sonst nur in ganz seltenen Momenten bei ihr sah, immer dann, wenn sie sich unbeobachtet fühlte. Sie war nun ganz sie selbst, ihren Kopf mit geschlossenen Augen dem Wasser entgegengestreckt, ihr Gesichtsausdruck sehnsuchtsvoll. Sie dachte an einen Mann. Davon war Darian überzeugt. War es ein Schöpfer oder tatsächlich Solvay? Dieser Gedanke wollte ihn nicht mehr loslassen. Darian beneidete ihn, wer immer er war. Ja, er beneidete selbst das Wasser, das über ihren Körper floss. Tiefer konnte er nun wohl nicht mehr sinken. Er war eifersüchtig auf einen Wasserfall! Vollkommen verrückt, aber er konnte es nicht ändern. Eine schmerzliche Sehnsucht nach ihr durchzuckte seinen Körper und jagte wie ein Blitz bis in seine gestreckten Fingerspitzen. Seine Hände schlossen sich zu Fäusten. Und dann, als der Drang, einfach zu ihr zu gehen und sie in den Arm zu nehmen, zu küssen und nicht wieder loszulassen, zu groß wurde, tat er das Einzige, was er tun konnte. Er floh in die Nacht hinaus. Dreimal verfluchter Elfencodex! Wenn sie ihn wollte, musste sie zu ihm kommen. Und so wie die Dinge lagen, würde genau das nicht passieren. Darian jagte durch den nächtlichen Wald, als ob er um sein Leben rennen würde. Er wurde erst langsamer, als er nicht mehr weiterkonnte, und der Drang nach Luft in seiner Lunge die Sehnsucht nach ihr überstieg. Kraftlos sank er auf der schwarzen mit Tannennadeln bedeckten Erde des Waldbodens in die Knie. Er war verloren. Die kleine Magierin hatte ihn zu Fall gebracht.

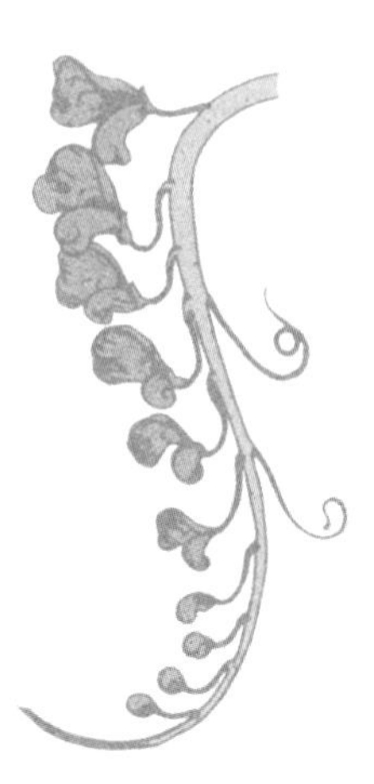

Die Nacht des Drachen

»Willst du ewig schlafen? Oder hast du gestern zu viel Drachenblut getrunken?« Ein Funkeln lag in Aswans Augen.

»Lass mich in Ruhe«, murmelte Lina benommen. Natürlich hatte sie zu viel Drachenblut getrunken. Die Dusche im Wasserfall letzte Nacht hatte die Wirkung dieses Getränks erst richtig zur Geltung gebracht. Sie war bereits mit rasenden Kopfschmerzen schlafen gegangen. Jetzt hatte sich ihr Magen auch noch gegen sie verschworen. Die beiden fochten darum, wer sie mehr quälen durfte. So fühlte sich das also an. Kein Wunder, dass Darian grantig gewesen war, als sie ihn damals geweckt hatten.

Und nun stand auch noch ihr persönlicher Elfenalbtraum in ihrer Kammer und blickte spöttisch auf sie herab. Fragte denn hier niemand, ob er hereinkommen durfte, bevor er es tat?

Die Elfe ließ sich nicht verscheuchen. »Steh auf, und zieh dich an. Ich brauche deine Hilfe.«

Lina glaubte ihren Ohren nicht zu trauen. Aswan brauchte ihre Hilfe. Da fror doch eher die Hölle zu! Sie blickte unter schweren Lidern auf und begegnete dem ernsten Blick der Elfe. Sie schien es tatsächlich so zu meinen. Lina hob den Kopf erneut. Alles drehte sich und ihr Magen schlug Purzelbäume. »Was brauchst du? Soll ich wieder ein Wildschwein erlegen?«

Aswan starrte sie einen Moment sprachlos an. Der Ärger über Linas Respektlosigkeit war ihr deutlich anzusehen.

»Du solltest die Finger vom Drachenblut lassen«, meinte die Elfe patzig.

Lina wollte etwas erwidern, aber Aswan schnitt ihr das Wort ab: »Wir müssen in die Südwälder«, sagte sie, ihr Tonfall eindringlich und besorgt. »Es kann sein, dass dort jemand deine Hilfe braucht.«

Lina gab ihre rebellische Haltung auf. Aswan schien tatsächlich besorgt zu sein.

»Ist gut, ich komm gleich«, sagte Lina. »Ich ziehe mich nur schnell an. Du kannst solange draußen warten.«

Aswan zog eine Augenbraue hoch, tat aber, was sie verlangte. Lina registrierte diesen kleinen Sieg mit Genugtuung.

Nur Augenblicke später marschierte sie hinter Aswan durch den Wald. Stunde um Stunde, ohne ein Wort zu sagen, in stiller Rebellion gegen die Elfe, gegen ihre Kopfschmerzen und ihren üblen Magen. Je länger sie unterwegs waren, umso schrecklicher fühlte sie sich. Und zu dieser schlechten körperlichen Verfassung kamen auch noch ihre Seelenqualen, die sich wie eine eiserne Klammer um ihr Herz zusammengezogen hatten. Lina spürte dieses verräterische Ziehen in den Nervenenden ihrer Handflächen, das die nahenden Tränen ankündigte. Wut stieg in ihr auf. Wut auf sich selbst, weil sie sich heute so wenig unter Kontrolle hatte. Verdammtes Drachenblutgesöff! Sie würde Aswan den Triumph ihrer Tränen bestimmt nicht gönnen. Lina blinzelte das verräterische Nass weg und bemühte sich, an etwas anderes zu denken. Sie suchte Halt bei dem einzigen Menschen, der sie immer verstanden hatte, ihr immer zur Seite gestanden hatte, bei ihrem Bruder Benjamin. Sie seufzte tief und schuldbewusst. Für dieses Debakel, in dem sie jetzt steckte, hatte sie ihre Familie verlassen. Bestimmt machten sie sich große Sorgen. Lina versuchte, die Verbindung, die zwischen ihr und ihrem Bruder bestand, zu erspüren. Sorgen und Angst waren starke Gefühle, und sie war sicher, dass sie es gespürt hätte, wenn Benjamin unter diesen Gefühlen leiden würde. Aber da war nichts. Nur ein warmes Gefühl der Vertrautheit, wenn sie an ihn dachte. Und da beschloss sie, dass es Zeit war heimzukehren. Es war genug. Sie hatte alles versucht, um Darians Herz zu gewinnen. Sie hatte sich dem Elfencodex unterworfen, hatte gelernt und hatte geholfen, wo sie konnte. Aber es war nicht genug gewesen. Er wollte sie nicht. Und sie hatte einen Punkt erreicht, an dem sie sich nicht noch mehr verletzen lassen würde. Sie würde zu Drogonn gehen und ihn bitten, sie wieder nach Hause zu schicken. Und vielleicht würde sie in ihrer Zeit eine Möglichkeit finden, um zu ihrem Darian zurückzukehren. Zu dem Darian, der ihre Liebe erwiderte. Wenn nicht, würde sie zumindest einen Weg finden, um damit zu leben. Als sie diesen Entschluss erst einmal gefasst hatte, begann es ihr besser zu gehen. Gegen Mittag hörten schließlich die Kopfschmerzen auf, und nachdem sie sich gezwungen hatte, ein bisschen was zu essen, beruhigte sich auch ihr rebellischer Magen.

Am frühen Nachmittag zog sich der Himmel zu und es begann zu nieseln. Dichter Nebel fiel ein und bald konnte Lina keine zehn Schritte weit sehen. Aswan schien das Wetter nicht zu stören, ganz im Gegenteil.

Sie hatten die Waldgrenze schon vor einiger Zeit passiert, als Lina schließlich das Schweigen brach, das sie bis dahin eisern gehalten hatte. »Wie weit ist es noch?« Es war nur eine sachliche Frage, keine Unterhaltung, denn die würde sie mit Aswan nicht führen.

»Wir sind bald da«, gab die Elfe Auskunft. »Sie wohnen in einer Karsthöhle oberhalb des Waldgürtels.«

Lina nickte. Es war ihr unmöglich, die Umgebung in diesem Nebel zu erkennen, der immer dichter wurde, je höher sie kamen. Alles, was sie wahrnahm, war die Veränderung des Bodens. Der erdige Waldboden war karstigem, zerklüftetem Fels gewichen. Und tatsächlich verlangsamte die Attanarjägerin kurze Zeit später das straffe Tempo, das sie bis jetzt gehalten hatte. Lina starrte angestrengt in den Nebel, aus dem sich beim Näherkommen langsam der Eingang einer Felshöhle schälte. Aber kaum hatten sie die Felshöhle erreicht, schlug ihnen ein übelkeitserregender Gestank entgegen, der Linas sowieso noch empfindlichen Magen erneut rebellieren ließ. Es roch nach Verwesung. Aswans Blick bestätigte ihr Gefühl. Hier musste etwas wirklich Schlimmes passiert sein. Auf das, was Lina dann allerdings sah, hätte sie nichts jemals vorbereiten können. In einem kleinen Höhlenraum lagen die Bewohner dieser Karsthöhle oder zumindest das, was von ihnen noch übrig war. Mit vor Entsetzen geweiteten Augen schlug Lina die Hände vor den Mund. »Welche Bestien tun denn so etwas?«

»Nachtmahre.« Selbst Aswans Stimme war nur noch ein Flüstern.

»Bist du sicher? Es sieht aus, als wäre ein wildes Tier über sie hergefallen.« Lina konnte nicht glauben, dass es denkende, fühlende Wesen gab, die so etwas tun konnten.

»Ich bin sicher«, sagte Aswan. »Siehst du, die Finger fehlen. Die Nachtmahre flechten sich die Fingerknochen ihrer Opfer ins Haar.«

»Sie tun was?« Lina war bleich um die Nase geworden.

»Warte draußen. Dies ist eine Sache der Dunkelelfen«, sagte Aswan und deutete auf den Höhenausgang. »Ich werde sie dem Feuer übergeben.«

Lina nickte verständnisvoll. Yatlyn hatte ihr von der Feuerbestattung erzählt.

»Es tut mir leid«, sagte Lina und machte sich auf den Weg zum Ausgang.

»Ja, mir auch.« Aswan klang seltsam, irgendwie endgültig.

Lina wartete lange vor dem Ausgang. Die frische Nebelluft hatte ihre Übelkeit vertrieben. Die Bilder aber, die sich vermutlich unauslöschlich in ihr Gedächtnis eingebrannt hatten, waren geblieben. Qualmender Rauch zog aus der Höhle und vermischte sich mit dem Nebel. Wo blieb die Elfe nur? Schließlich beschloss Lina, nach ihr zu sehen. Sie presste sich den Umhang vor die Nase und bahnte sich einen Weg durch die Rauchschwaden. Im Inneren der Höhle brannte ein Scheiterhaufen, dessen Feuer bis zur Decke schlug und den Hauptteil der Rauchschwaden durch einen Spalt in der Höhlendecke entweichen ließ. Eigentlich hatte Lina erwartet, die Elfe neben dem Feuer sitzen zu sehen, so wie es die Tradition der Dunkelelfen war. Aber Aswan war nicht hier. Sie war verschwunden. Konnte ihr etwas zugestoßen sein? Nein, es war Aswan, die Erste Jägerin der Attanar, die Elfe, die niemals Unsicherheit zeigte, die unbesiegbar schien. Es musste eine andere Erklärung geben. Lina blickte sich um und entdeckte einen zweiten Ausgang.

Während die Zeit verging, sah Lina zu, wie die Flammen des Scheiterhaufens immer kleiner wurden und schließlich nur noch zaghaft brannten. Je länger sie wartete, umso fester wurde ihre Überzeugung, dass Aswan sie hier absichtlich zurückgelassen hatte. Ob das die Rache dafür war, dass Lina den Wendetanz getanzt hatte? Irgendwann sickerte die Gewissheit in ihr Bewusstein, Aswan würde nicht zurückkehren. Aber auch Lina konnte an diesem Ort nicht länger bleiben, wo Schrecken und Tod herrschten. Sie würde versuchen, die Waldgrenze zu erreichen. Viel weiter würde sie vor Einbruch der Nacht nicht mehr kommen. Das letzte Tageslicht, das nur noch spärlich durch den Nebel gedrungen war, wich einer bleiernen Dunkelheit, die sich nicht nur auf die Umgebung senkte, sondern auch auf Linas Gemüt. Sie kämpfte die Panik nieder, die in ihr aufzusteigen begann. Aswan war zwar ein Miststück, aber sie war eine gute Ausbilderin gewesen. ›Konzentrier dich!‹, befahl sie sich selbst. Himmelsrichtungen waren auch ohne den Blick auf die Sterne oder die Sonne zu bestimmen. Die Natur, dem täglichen Rhythmus von Tag und Nacht ausgesetzt, zeigte dies deutlich. Lina ging in die Hocke und betastete einen Gesteinsbrocken, der von Moos überwachsen war. Die Seite, die am meisten bewachsen war, zeigte ihr, wo die Sonne am wenigsten hinkam. Norden. Gut, so schwer war das doch nicht. Das Hochlandgras, das in eine bestimmte Richtung geneigt war, zeigte ihr an, in welche Richtung der Wind wehte. Auch das hatte ihr Aswan beigebracht. Die Winde hier kamen meist über das Titanengebirge und bliesen in nordwestlicher Richtung. Je mehr Lina sich konzentrierte, umso besser ging es ihr. Diese blöde Elfenkuh würde schon sehen, dass sie den Weg auch alleine wiederfand. Sie würde ihre Sachen packen und verschwinden. Wut trieb sie nun an, ließ sie vorwärts stürmen. Sie achtete kaum noch auf die Umgebung, während ihre Gedanken ihr weit vorauseilten. Und so sah sie auch die Gefahr nicht kommen. Wie aus dem Nichts griff plötzlich eine Hand nach ihr und packte sie. Eine eisenharte Umklammerung. Rote Augen, wie glühende Kohlen, stierten aus einem dunklen Gesicht auf sie herab, das von weißem Haar umrandet war und in dem kleine Knöchelchen eingeflochten waren. Lina schrie.

Darian schloss für einen Moment die Augen. Er versuchte zu begreifen, was er eben gehört hatte.

»Du willst uns erzählen, du hast die kleine Magierin verloren?« Solvays Stimme klang schneidend.

Aswan nickte beschämt. »Dieser verfluchte Nebel«, murmelte sie mit gesenktem Blick.

»Wie lange ist das her?«, fragte Darian. Er sprach langsam und um Fassung ringend.

»Es passierte zu Beginn der Dämmerung.«

»Wo genau ist das passiert?«

Aswan beschrieb ihm die Stelle.

»Hast du die Nachtmahre gesehen?«, forderte Darian zu wissen.

»Nein. Ich habe nur den Schrei gehört.«

»Hol mir die Attanar her«, presste er mühsam hervor.

»Wie viele?«

»Alle.«

Aswan blickte ihn entsetzt an. »Aber die Nordhöhlen. Sie werden dann ungeschützt sein.«

»Ich schicke Schwertkämpfer dorthin. Und jetzt beeil dich!« Seine Stimme verriet, dass er knapp davor war, die Beherrschung zu verlieren.

Ohne ein weiteres Widerwort führte Aswan seine Anweisungen aus.

Darian fühlte sich wie betäubt, das Atmen fiel ihm schwer. So, als ob er meilenweit gelaufen wäre. Was sollte er denken, was tun? Er konnte Solvays Blick auf sich gerichtet spüren. In einem verzweifelten Versuch, seine wahren Gefühle vor seinem Freund zu verbergen, sagte er schließlich halblaut: »Ich habe Drogonn zugesagt, dass ich für ihren Schutz sorge. Das wird mich meinen Kopf kosten.«

»Deinen Kopf hast du doch sowieso schon verloren, und dein Herz gleich dazu«, erwiderte Solvay ruhig.

Darian sah ihn an, als würde er ihn alleine mit Blicken an die Felswand nageln wollen. In einer anklagenden Geste hob er mit gestrecktem Zeigefinger die Hand. »Du …« Den Rest schluckte er hinunter. Es brachte nichts, ausgerechnet jetzt mit Solvay Streit zu suchen. Aber im Stillen dachte er: ›Das musst ausgerechnet du sagen.‹

Solvay setzte ein versöhnliches Lächeln auf und legte Darian eine Hand auf die Schulter. »Wir finden sie, ganz bestimmt.«

»Ich finde sie«, verbesserte Darian. »Ich habe ihren Schutz zugesagt. Ich werde mit den Attanar gehen. Du bleibst hier und sorgst für den Schutz der Höhlen.«

Solvay nickte. »Wie du wünschst, Clanführer.«

Erst als er außer Sichtweite war, ließ sich Darian kraftlos gegen die Wand sinken, nicht länger fähig, Haltung zu bewahren. Er spürte eine Angst in sich aufsteigen, die nagend und allumfassend war. Darian wusste genau, wie die Nachtmahre mit ihren Opfern verfuhren. Ihnen im Kampf zu begegnen war schlimm genug, aber wehrlose Opfer wie Lina bekamen ihre ganze Grausamkeit zu spüren. Aswan hatte beschrieben, was mit den Dunkelelfen in der Karsthöhle geschehen war. Und Darian hatte noch dic Schreckensbilder vor Augen, die er damals in den Südhöhlen zu Gesicht bekommen hatte. Diese Bastarde hatten schon die ganze Zeit über nach ihr gesucht. Das wusste er, seit sie einen weiteren Kobold aus ihrem Heerlager gefunden hatten. Lina musste also irgendeinen Wert für die Nachtmahre haben. Eine Tatsache, die ihr vielleicht das Leben retten könnte. Zumindest versuchte er, sich das einzureden. Aber sie hatten sie hier gesucht, bei den Attanar. Der Trupp, dem sie oberhalb der Südwälder in die Hände gefallen war, wusste vielleicht gar nicht, wer sie war. Es war ihm nicht möglich, diesen Gedanken weiterzuverfolgen. Solvay hatte recht. Er hatte sein Herz an sie verloren. Er würde sie finden. Egal, wie lange er suchen musste. Aber er hatte wahnsinnige Angst vor dem, was er finden würde.

Jetzt wünschte er inständig, dass er sie damals fortgeschickt hätte, zurück zu Drogonn. Damals, an diesem Tag auf dem Übungsplatz, hatte dieses Debakel seinen Anfang genommen. Aber damals hätte er sie noch fortschicken können. Er hätte sich das ganze Gefühlschaos erspart, in das er weiter und weiter hineingeschlittert war, sehend, aber es nicht aufhaltend, bis es zu spät gewesen war. Und sie wäre in Sicherheit gewesen.

Er liebte sie, bedingungslos. Das noch länger zu leugnen, wäre zwecklos. Und dabei spielte es keine Rolle, ob sie seine Gefühle erwiderte. Darian würde alles in seiner Macht Stehende tun, um ihr zu helfen. Er stand auf, schnallte sich die Schwertgurte um und machte sich auf den Weg zu Yatlyn.

Die Heilerin kam ihm bereits auf halbem Wege entgegen. Die Nachricht hatte sich verbreitet wie ein Lauffeuer.

»Stimmt das? Lina ist den Nachtmahren in die Hände gefallen?«

Darian nickte. Und ehe Yatlyn etwas erwidern konnte, sagte er: »Ich möchte, dass du die Vorangegangenen um Hilfe bittest.«

Yatlyn stutzte. »Bist du sicher?«

Wieder nickte Darian. Er war sich absolut sicher.

»Du weißt, dass es seinen Preis hat, die Vorangegangenen um Hilfe zu bitten.«

»Ich weiß. Und ich bin bereit, ihn zu bezahlen. Wenn Lina noch lebt, sind sie die Einzigen, die ihr in dieser Nacht da draußen beistehen können. Bitte, Yatlyn, tu es für mich!«

Der Blick der Heilerin wurde weich. »Ich werde sie rufen und um Hilfe bitten. Und du wirst Lina heil zurückbringen, hörst du? Auch wenn sie eine Schöpferin ist, sie gehört zu uns.«

Darian nickte. »Ja, sie gehört zu uns.«

›Sie gehört zu mir.‹ Aber das sprach er nicht laut aus.

Solvay stand am Eingang der Höhle und beobachtete, wie Darian an der Spitze der Attanarjäger in den Nebelschwaden mit der Umgebung verschmolz. Auch er hoffte inständig, dass sein Freund die kleine Magierin wiederfinden würde. Und er betete zu den Schöpfern, dass Darian nicht das vorfinden würde, was er damals in den Südhöhlen vorgefunden hatte.

Als nichts mehr darauf hindeutete, dass ein riesiger Suchtrupp von Jägern in den Wald aufgebrochen war, stand Solvay immer noch dort und starrte in die graue Masse, die dichter und dichter wurde. Er war nicht der Einzige. Sein Blick fiel auf Aswan, die in einiger Entfernung stand. Sie hatte sich dem Suchtrupp anschließen wollen, aber Darian wollte sie nicht dabeihaben. Es war nur ein ganz kurzer Moment, in dem sich die Elfe unbeobachtet gefühlt hatte. Ein kaum wahrnehmbares Lächeln war über ihre Lippen gehuscht, nur ein Zucken, aber Solvay hatte es gesehen. Er trat auf die Erste Jägerin zu und sagte in einem Tonfall, der kälter war als die Gletscher der Eiswüste: »Bete zu den Schöpfern, dass er sie lebend wiederfindet und dass er niemals herausfindet, was du getan hast.«

»Das werde ich«, sagte Aswan, ebenso kalt, ehe sie leichtfüßig im Wald verschwand.

Esra-Dragona weinte bitterlich. Ihre Tränen verwandelten sich, kaum dass sie den Boden berührt hatten, in magische Drachensteine in der Farbe ihres Schuppenkleides. Esra-Dragona weinte um das Drachenjunge, das niemals schlüpfen würde. Es war aus dem Nest im Drachenhorst geraubt und somit der lebenswichtigen Wärme entrissen worden. Die Eindringlinge hatten auch die Drachenamazone getötet, die in dieser Nacht das Ei gewärmt hatte. Es war ein Rätsel, wie sie diesen geheiligten Ort unentdeckt betreten konnten. Zwei, vielleicht drei Tage hätte das Junge noch gebraucht, um zu schlüpfen. Ein Ereignis, dem die Drachen viele Hundert Blutmondjahre entgegengefiebert hatten. Und nun war alles verloren. Tek-Dragon hatte sämtliche Drachen zusammengerufen und sich auf die Suche gemacht. Selbst die Drachenamazonen, die den

Drachenhorst nur selten verließen, hatten sich an der Suche beteiligt. Vergebens. Der Nebel hatte ihnen die Sicht genommen und die Räuber in seinen wabernden Schutz gezogen. Als die Nacht hereingebrochen war, hatten sie die Suche aufgeben müssen. Anta-Dragona, die Drachenmagierin, hatte versucht, die Zukunft des Jungen zu sehen. Doch die Zeichen waren undurchdringlich wie der Nebel. Die Verzweiflung war übermächtig, die sich in Esra-Dragonas Herz zu fressen begann. Das Junge würde eine Nacht in der Kälte des Titanengebirges nicht überleben. Das war auch Tek-Dragon bewusst, und trotzdem würde er am nächsten Morgen wieder aufbrechen, um nach seinem Jungen weiterzusuchen. Für diese Nacht blieb ihm nur, seiner Gefährtin Trost zu spenden. Es war eine der schwärzesten Nächte, die das Titanengebirge und die Dunkelwälder je erlebt hatten.

Lina hatte niemanden, der ihr Trost spenden konnte. Im ersten Moment hatte sie geglaubt, alleine der Anblick des Nachtmahrs würde sie auf der Stelle töten. Der weißhaarige Krieger hatte die Zähne gefletscht und Lina einen Blick auf seine spitzen Zähne gewährt. Und Lina hatte an ihre Vision gedacht, in der sie einem Nachtmahr hilflos ausgeliefert war und in die Krallenfestung gebracht wurde. Diese Vision hatte also begonnen, sich zu erfüllen. Der Nachtmahr schnupperte an ihr. Dann zog er an ihren Händen, die Lina instinktiv zu Fäusten geballt hatte. Aber der Dämon der Nacht öffnete sie mit Leichtigkeit.

»Schöne Finger«, raunte er. Zu Linas Entsetzen versuchte er, ihre Finger zwischen seine gefletschten Zähne zu zwingen. Sie wehrte sich, so gut es ging, ohne Erfolg. Ekel und Angst übermannten sie, als sie seine spitzen Zähne an ihren Fingerknöcheln spürte.

»Lass das, Ktor! Blarn will sie unversehrt«, schnarrte eine Stimme.

Missmutig zog der Nachtmahr Linas Finger wieder aus seinem Mund. »Nur ein oder zwei«, sagte er fast flehend. »Sieh dir an, wie zart sie sind.«

»Nein!« Eine Frau schälte sich aus dem Nebel. Groß, muskulös und Respekt einflößend.

»Du bist die Schöpferin«, stellte sie fest. »Du kommst mit. Du machst keine Schwierigkeiten und ich verspreche dir, es wird dir nichts geschehen.«

Zwar immer noch verängstigt, aber doch mit einer gehörigen Portion Rebellion in den Augen blickte Lina sie schweigend an.

»Wenn du Dummheiten machst, gestatte ich Ktor doch noch, dir cin paar Finger abzubeißen, verstanden?«

Ktor schien plötzlich wieder Hoffnung zu schöpfen. »Einen als Vorschuss vielleicht, Ifar? Den Kleinen. Den braucht sie doch bestimmt nicht.«

Die Nachtmahrfrau lachte schallend. Es klang, als ob jemand mit dem Fingernagel über Metall kratzen würde. Lina erschauderte.

»Schluss jetzt, Ktor! Wir müssen gehen.« Sie wandte sich an Lina. »Ach ja, das hier nehme ich.« Mit einem Griff löste sie Linas Schwertgurt von ihren Hüften und nahm das Andavyanschwert an sich. Nur Augenblicke später trat Lina einen Weg an, der sie am Ende in Xedocs Festung und somit in den sicheren Tod führen würde. Aber noch war es nicht so weit. Noch bestand Hoffnung für sie. Lina versuchte sich zu orientieren. Sie liefen bereits eine ganze Weile in westliche Richtung, immer noch oberhalb des Waldgürtels. Keine Bäume weit und breit in Sicht. So viel also zu Darians Rat, Schutz in den Baumkronen zu suchen. Lina wollte nicht, aber sie musste trotzdem an ihn denken. Er hatte sie damals so eindringlich vor den

Nachtmahren gewarnt. Es schien ihm wichtig gewesen zu sein. Lina seufzte tief. Sie wünschte so sehr, er wäre jetzt hier bei ihr. Schon bei ihrem ersten Besuch in Menduria hatte sie ziemlich in der Klemme gesteckt. Aber da war Darian immer bei ihr gewesen und hatte sie beschützt. Sie vermisste ihren Darian so schmerzlich, dass es ihr die Luft zum Atmen raubte. Immer deutlicher stand ihr Entschluss nun fest. Sie würde in ihre Zeit zurückkehren und einen Weg zu ihrem Darian suchen, sollte sie das hier überleben.

Nach einem Marsch, der endlos zu sein schien, und sie schließlich doch wieder ins Waldgebiet führte, erreichten sie das Lager der Nachtmahre.

»Sieh, was ich für dich habe, Blarn«, sagte Ifar und blieb vor einem Hünen stehen.

Blarn. Lina hatte den Namen schon gehört. Wenn sie den Gerüchten Glauben schenken durfte, war er der Anführer der Nachtmahre.

Blarn drehte sich zu ihr um und Lina erstarrte. Das war die Kreatur aus ihrer Vision.

Ein gieriger Blick traf sie. »Das nenn ich aber mal einen lohnenden Fund.« Blarn überragte die anderen um gut einen Kopf. Breite Wangenknochen dominierten sein Gesicht, die Kapuze des Umhangs hatte er zurückgeschlagen, und gab so den Blick auf das weiße Haar und die unzähligen darin eingeflochtenen Knöchelchen frei.

»Dann werden wir dich doch gleich zu unserem anderen Beutestück bringen.« Er packte Lina grob am Arm. »Du wirst in der Calahadin sehnsüchtig erwartet. Du und dieses Ding hier. Und damit wir uns verstehen, mein Auftrag lautet, dich dort hinzubringen, tot oder lebendig. Xedoc hätte dich lieber lebend, damit er den Rest selbst erledigen kann, aber das soll nicht heißen, dass er dich auch unversehrt bekommt. Also, versuch zu fliehen, oder mach Ärger und ich beiße dir jeden

Finger einzeln ab, bevor ich dir die Kehle aufschlitze, verstanden?«

Widerstrebend nickte Lina. Sie glaubte ihm jedes Wort.

Mit Schwung wurde sie in die Vertiefung eines Felsvorsprungs gestoßen, den die Nachtmahre als Deckung gewählt hatten. Sie landete neben einem verängstigten Geschöpf, das über einem Stück Felsen kauerte.

Xedoc erwartete einen Kobold? Warum er sie wollte, war ihr vollkommen klar. Er sann auf Rache für die Schmach, die sie ihm beigebracht hatte. Aber was wollte er von einem Kobold?

Der kleine Mann mit den riesigen Ohren schien noch viel verängstigter als sie selbst. Er zitterte am ganzen Leib.

Wenn es jemanden gab, der noch mehr Angst hatte als sie, dann konnte ihre Lage nicht ganz so schlimm sein, wie sie sich anfühlte. Lina wusste nicht, warum, aber dieser Gedanke machte ihr Mut, und den wollte sie dem Kobold zusprechen. Aber kaum hatte sie sich ihm zugewandt, begann er mit zittriger Stimme zu wimmern: »Nicht verfluchen, Schöpferin, bitte, ich kann nichts dafür!«

Mit einem Mal wurde ihr bewusst, dass sie es war, vor der er sich so ängstigte.

»Du brauchst dich doch vor mir nicht zu fürchten.« Sie verlieh ihrer Stimme einen weichen, beruhigenden Klang.

Die kleinen gelben Augen des Kobolds waren unnatürlich geweitet. Er schien nicht sicher, ob er ihren Worten trauen konnte.

Sie musste sein Vertrauen gewinnen. Mit einem aufmunternden Lächeln streckte sie ihm die Hand entgegen. »Ich bin Lina.«

Der Kobold drückte sich erschrocken noch weiter an den rundlichen Felsen und hob die Hände zur Abwehr.

Linas Lächeln wurde noch breiter, aber sie zog ihre Hand nicht zurück. »Da, wo ich herkomme, begrüßen wir einander so. Man schüttelt sich die Hand und verrät seinem Gegenüber seinen Namen. Ich bin Lina«, wiederholte sie mit engelsgleicher Stimme.

Der Kobold betrachtete die Hand misstrauisch. Dann entschloss er sich aber doch, sie zumindest kurz zu drücken. Es war nur der Hauch einer Berührung, ehe er seine tellergroße Hand schnell wieder zurückzog. »Ich heiße Arkvir.«

Arkvir? Irgendwo hatte sie den Namen schon einmal gehört. Aber sie konnte sich nicht entsinnen, in welchem Zusammenhang das gewesen war.

»Freut mich, Arkvir. Verrätst du mir, warum du hier bist?«

Diese Bitte löste einen neuerlichen Zitteranfall aus.

»Ich hab es nicht geschafft, es zu wärmen. Bitte verfluch mich nicht!«

»Arkvir, zum einen kann ich dich gar nicht verfluchen. Selbst wenn ich dir die Krätze an den Hintern wünschen würde, würde da nichts passieren. Glaub mir. Und zum anderen wüsste ich gar nicht, warum ich das tun sollte.« Der Kobold kratzte sich geräuschvoll hinter seinem übergroßen Ohr. »Das heißt, die Krätze an meinem Hintern ist nicht von den Schöpfern?«

»Eher nicht«, meinte Lina ernsthaft. »Das kommt vermutlich von zu wenig waschen.« Sie schlug die Hände vors Gesicht. Was war denn das für ein Schwachsinn, den sie da von sich gab? Ihre Nerven schienen jetzt wirklich mit ihr durchzugehen. Doch dann fiel ihr wieder ein, was der Kobold gesagt hatte.

»Sag mal, Arkvir, was konntest du nicht wärmen?«

»Das Drachenei«, flüsterte der Kobold bedeutungsschwanger.

»Drachenei?« Soviel sie wusste, gab es nur ein Drachenei und das lag sicher im Drachenhorst. »Was will Xedoc mit einem Drachenei?«

»Das Blut von dem da drinnen macht unsterblich«, erklärte Arkvir und deutete auf den Felsen, auf dem er kauerte.

Lina überlegte. ›Wenn jemand hinter der Unsterblichkeit her war, dann war das vermutlich Galan.‹ Dafür hatte sie, wie es schien, nun bereits zum zweiten Mal Verrat begangen. Die Seherin war wohl wie beim letzten Mal gemeinsam mit Xedoc in die Calahadin aufgebrochen.

»Es stirbt«, sagte der Kobold mit so mitleidvoller Stimme, dass Lina ein schmerzhafter Stich in den Magen fuhr.

»Darf ich mir das ansehen?«, erkundigte sie sich vorsichtig.

Arkvir rutschte zur Seite. Erst da sah Lina, dass der Felsen, auf dem der Kobold die ganze Zeit gesessen hatte, ein Ei war. Weiße Adern zogen sich über die Schale, die von smaragdgrünen Farbeinschlüssen übersät war. Mit verschränkten Beinen setzte sie sich aufrecht an die Felswand und hievte das Ei auf ihren Schoß. Dann legte sie ihre gespreizten Hände zu beiden Seiten auf das Ei und konnte es sofort spüren. Es war Leben darin, junges Leben und doch unendlich alt. Und sie empfing eine Gefühlsmischung aus Angst, Hilflosigkeit und der stummen Bitte nach liebevoller Wärme. Sie schloss die Augen und mobilisierte ihre Kräfte. Ihre Wange an die Schale gepresst, begann sie dem Geschöpf das zu geben, was es so dringend brauchte: Geborgenheit. Das Drachenjunge reagierte, nahm dankbar an, was ihm geboten wurde und seine Angst linderte. Es dauerte nicht lange und Lina konnte spüren, dass es eingeschlafen war. »Schlaf süß, kleiner Drache«, flüsterte sie. Es war die berührendste Hilfe, die sie jemals geleistet hatte. Stunde um Stunde saß sie so da und spendete Wärme, während die Nacht still dahinzog. Im Lager der Nachtmahre war Ruhe eingekehrt. Bis auf zwei Wächter schliefen die Dämonen der Nacht.

»Sie hassen Nebel. Da sind ihre Sinne getrübt«, raunte Arkvir, der die Nachtmahre nicht einen Augenblick aus den Augen gelassen hatte.

Lina blickte hoch. Darian hatte gesagt, dass sie bei Nacht auf keinen Fall versuchen sollte, vor einem Nachtmahr zu fliehen. Wenn überhaupt, würde ihr das bei Tag gelingen. Aber von Nebel hatte er nichts gesagt. Das Problem war nur, dass sie selbst in diesem Nebel die Hand kaum vor Augen sah. Trotzdem, Lina beschloss, es zu riskieren.

»Arkvir, glaubst du, du könntest die Wachen irgendwie ablenken?«

»Ich denke schon. Was hast du vor?«

»Ich werde versuchen, den Kleinen hier nach Hause zu bringen.« Was sie sagte, klang wahnwitzig, selbst in ihren eigenen Ohren. Sie fühlte sich in die Zeit zurückversetzt, als sie geglaubt hatte, allein kraft ihres Willens Menduria retten zu können. So naiv war sie heute nicht mehr. Aber sie wusste, dass dieses kleine Geschöpf sterben würde, wenn sie es nicht zurückbrachte. Sie musste es wenigstens versuchen. Und dieser Nebel war vielleicht ihre letzte Chance. Wenn sie hierblieb, würde Xedoc ihr einen qualvollen Tod bereiten. Dass sie von ihm keine Gnade zu erwarten hatte, war ihr klar.

»Wie schnell bist du, Arkvir?«

»So schnell, wie du mich brauchst.« Die Antwort kam wie aus der Pistole geschossen. Hätte Lina sich nicht so auf ihr Vorhaben konzentriert, so hätte sie gemerkt, dass der Koboldmann ihr nur erzählte, was sie hören wollte. Seine Augen sprachen von einer letzten heroischen Aufgabe, die er für eine Schöpferin erfüllen wollte.

»Siehst du den Wächter, der dort so nah am Feuer sitzt?« Lina deutete auf einen der Wachtposten, der auf einem Felsvorsprung saß und sich gefährlich weit übers Feuer lehnte.

Arkvir sah ihn und verstand. »Ich springe ihm ins Kreuz. Wenn er vornüber ins Feuer kippt, sorgt das für die nötige Ablenkung, die du brauchst, um zu verschwinden.«

Das war auch Linas Gedanke gewesen. Vermutlich würde es nicht klappen, aber etwas Besseres fiel ihr nicht ein.

Arkvir dagegen schien dieser Plan zu gefallen. »Mach dich

bereit, Schöpferin, und sag den Drachen, dass Arkvir von den Kobolden dabei geholfen hat, ihr Junges zu retten. Versprichst du das?«

»Das sagst du ihnen selbst. Such dir einen Eingang ins Reich der Zwerge. Sie werden dir helfen. Und sag Gwindra, dass ich dich schicke.«

Arkvir nickte. »Aber wenn ich es nicht schaffe, machst du das für mich, ja?«

Lina nickte. »Versprochen.«

Sie schärfte ihre Sinne, so wie es ihr die Attanarjägerin beigebracht hatte. Erstes Vogelgezwitscher war bereits zu hören. Die Nacht würde bald dem anbrechenden Tag weichen und dann, so hoffte Lina, waren die Sinne der Nachtmahre doppelt getrübt. Sie drückte das Drachenei an ihre Brust und machte sich bereit.

»Viel Glück euch beiden!« Arkvir sprang auf und rannte los. Wie gebannt beobachtete Lina den Sprint des kleinen Mannes. Mit einer Wucht, die sie ihm niemals zugetraut hätte, sprang er den Nachtmahr von hinten an und beförderte ihn tatsächlich ins Feuer. Das knochendurchwirkte Haar des Wächters ging augenblicklich in Flammen auf. Aber Arkvir war ebenfalls ins Feuer gesprungen. Auch die Kleidung des Kobolds brannte sofort lichterloh.

»Arkvir, nein!« Was zur Hölle tat er da?

Vor Wut und Schmerz brüllend lief Arkvir als lebende Fackel durch das Lager der Nachtmahre und setzte jeden in Brand, der sich ihm in den Weg stellte.

»Brennen sollt ihr, für alle Kobolde, die ihr geknechtet habt, brennt, ihr Dämonen!« Ein letztes Mal wandte sich Arkvir zu ihr um: »Lauf, Schöpferin!«

Vor Angst und Grauen am ganzen Körper zitternd, lief Lina los, hinaus in den Nebel. Die Schreckensbilder aber hatten sich bereits tief in ihr Gedächtnis gebrannt.

Darian hatte ein Tempo vorgelegt wie damals, als er mit Finrod auf dem Rücken durch den Wald gelaufen war. Nur lag die Last, die er trug, diesmal nicht auf seinem Rücken. Er hatte die Stelle, die Aswan beschrieben hatte, weit rascher erreicht, als Aswan für den Rückweg von dort gebraucht hatte. Trotzdem war viel zu viel Zeit vergangen. Die Attanar waren sofort in alle Richtungen ausgeschwärmt. Sie sahen es als eine persönliche Niederlage an, dass ihre Erste Jägerin die kleine Magierin verloren hatte. So etwas hätte Aswan selbst im Nebel nicht passieren dürfen. Nur Augenblicke, nachdem sie das Gebiet erreicht hatten, war der Ruf des Nachtfalken durch den Wald geschallt und hatte Darian gesagt, dass sie die Stelle gefunden hatten, an dem die Nachtmahre Lina überwältigt hatten. Sie lag nur knapp oberhalb des Waldgürtels. Er hatte sich gewappnet, um auf das vorbereitet zu sein, was ihn erwarten würde. Aber Linas Leiche war hier nicht zu finden. Es schien auch kein richtiger Kampf stattgefunden zu haben. ›Wie auch?‹, dachte Darian bitter, während er mit der Handfläche über die Stelle auf dem Waldboden fuhr, die ihre Abdrücke zeigte. Eine kurze Schleifspur. Sie hatte sich gewehrt, während sie jemand mit eiserner Kraft näher gezogen hatte. Die anderen Spuren waren tiefer im Boden, und ihre führten genau darauf zu. Darian wurde speiübel. Aber es war kein Blut zu sehen. Noch eine Spur war hier, nicht so tief. Zwei Nachtmahre also. Und dann führten die Spuren hinaus ins felszerklüftete Hochgelände. Drei Spuren. Lina war auf ihren eigenen Füßen gegangen. Ein schwacher Seufzer der Erleichterung kam ihm über die Lippen. Sie waren im offenen Gelände unterwegs und es war nicht mehr lange bis zur Morgendämmerung. Wenn sie noch lebte, hatten ihr die Vorangegangenen vielleicht helfen können. Bereits knapp nachdem sie aufgebrochen waren, hatte Darian die Präsenz der Seelengeister seiner Vorfahren gespürt. Sie waren Yatlyns Ruf also gefolgt. Doch außerhalb der Dunkelwälder hatten sie keine Macht. Er ließ die Attanarjäger hier und setzte sie auf Linas Fährte, während er selbst sich auf den Rückweg machte. Er musste weitere Hilfe herbeiholen, Hilfe aus der Luft.

Vollkommen außer Atem kam er im Morgengrauen in den Osthöhlen an, wo ihn Solvay und Yatlyn bereits erwarteten. »Wir brauchen die Drachen, Yatlyn! Bitte ruf sie für mich.«

Die Heilerin nickte und machte sich auf den Weg, um den Drachenstein zu benutzen, mit dem sie die Himmelsgiganten herbeirufen konnte.

Erst ein Mal hatte Darian die Drachen gerufen. Auch damals waren es Nachtmahre gewesen, die das erforderlich gemacht hatten.

»Wo bleiben diese lahmen Eidechsen denn so lange?« Geduld war noch nie Darians Stärke gewesen. Er trat gegen einen Baumstrunk und erreichte damit nichts weiter als einen schmerzenden Fuß. Gut so. So spürte er wenigstens irgendetwas, denn die Angst schien ihn im Laufe der Nacht betäubt zu haben. Dann endlich nach einer gefühlten Ewigkeit war plötzlich ein Rauschen über dem Versammlungsplatz in der Luft zu hören, und zwei Drachen schälten sich aus dem Nebel. Set-Dragon, der schneidige Grünschuppen, landete an der Seite eines kleineren Drachen, dessen Schuppen ockerfarben waren. Es war Lan-Dragon, ein noch junger Drache, wie Darian wusste.

»Das ist alles? Wo ist der Rest von euch?« Darian klang gereizt. Er wusste, dass er sich vollkommen im Ton vergriff, konnte sich aber nicht beherrschen.

»Unter diesen Umständen ist das mehr, als du erwarten kannst, Clanführer«, gab Set-Dragon ruhig zurück.

»Welche Umstände?«

»Das Drachenei wurde geraubt. Tek-Dragon hat uns alle mit der Suche beauftragt. Es ist sein mir unerklärlicher Respekt dir gegenüber, dass er überhaupt zwei von uns abstellt für … was auch immer du brauchst.«

Darians Augen weiteten sich, als er die Tragweite dessen begriff, was Set-Dragon gesagt hatte. »Waren es Nachtmahre?«

»Das vermuten wir. Und wofür brauchst du unsere Hilfe?«, erkundigte sich Set-Dragon.

»Nun, wir haben ein ähnliches Problem. Sie haben Lina in ihre Gewalt gebracht«, sagte Darian.

Set-Dragon nickte. »Ich verstehe. Dann sollten wir sofort mit der Suche beginnen.«

Kurze Zeit später stiegen die beiden Drachen in die Luft, jeder von ihnen einen Reiter auf dem Rücken. Und während Darian die Suche gemeinsam mit Set-Dragon wieder aufnahm, versuchten Lan-Dragon und Solvay ihr Glück ein Stück weiter westlich.

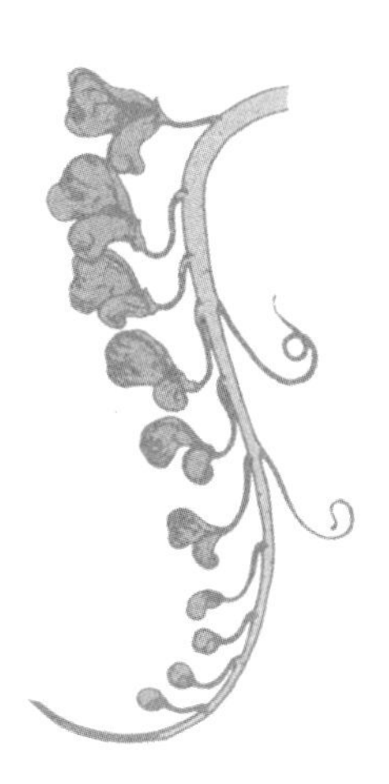

Drachenreigen

Nichts war geblieben von dem Versuch, Herr der Lage zu bleiben. Schiere Panik regierte ihren Verstand und ließ sie einfach nur einen Fuß vor den anderen setzen. Im Nebel hinter ihr hörte sie geschnarrte Befehle. Die Nachtmahre hatten also bereits die Verfolgung aufgenommen. Lina beschleunigte ihre Schritte. Gehetzt schaute sie sich nach allen Seiten um. Ein seltsames Gefühl beschlich sie. Plötzlich spürte sie ganz deutlich, dass sie nicht mehr alleine war. Da war etwas, ganz nah, schattenhaft und substanzlos. Konnten sich Nachtmahre etwa in körperlose Wesen verwandeln? Die Traumjäger, die Xedoc einst gehorchen würden, waren dazu auch in der Lage gewesen. Kalte Angst jagte Linas Rückgrat hinab. Mit einem Mal teilte sich der Nebel vor ihr. Ein Strudel bildete sich, wie bei einem Schwimmer im Wasser, der vor ihr die Nebelwand öffnete und hinter ihr wieder schloss. Und da begriff Lina, dass, wer immer diese Wesen auch waren, sie ihr wohlgesonnen sein mussten, denn sie leiteten sie durch den Nebel. Die Stimmen der Nachtmahre hinter ihr wurden dumpfer und seltener. Sie schienen zurückzufallen. Lina beschloss, für den Moment nicht weiter über die Motive der Geistwesen nachzudenken, sondern die Hilfe anzunehmen. Der Drachenhorst lag im Gebirge, so viel wusste sie, also lief sie instinktiv bergauf und erreichte schließlich die Waldgrenze. Aber kaum hatte sie den Waldrand erreicht, verdichtete sich der Nebel wieder. Die Geisterwesen blieben innerhalb des Waldes zurück. Lina wurde langsamer und blieb schließlich ganz stehen. Die Versuchung, zurück in den Wald zu laufen, war groß. Aber das Drachenei war dort nicht sicher. Sie zögerte immer noch, als sich am Waldrand ein Strudel aus waberndem Nebel bildete und ihre Aufmerksamkeit auf sich zog. Lina glaubte ihren Augen nicht zu trauen. Aus dem Nebel formte sich die Gestalt eines Elfenmannes. Reglos stand er da und blickte Lina an. Vorsichtig trat sie ein paar Schritte näher.

»Wer bist du?«

Es war mehr ein Flüstern, das von den Bäumen herangetragen wurde, als die Stimme eines Mannes. »Finrod.«

Lina schluckte. »Finrod … Clanführer der Dunkelelfen?«

Der Geisterelf nickte. »Das war ich einst.«

»Wie kann ich euch danken?« Linas Stimme klang unsicher.

»Erlöse uns!« Die beiden Worte kamen als vielfaches Echo aus dem Nebel.

»Wie?«

Lina bekam keine Antwort. Einen kurzen Moment blickte sie der Geisterelf noch an, ehe er sich abwandte, und seine Gestalt wieder im Nebel zerfließen ließ. »Viel Glück, Lina von den Schöpfern.« Die Stimme verklang und sie war wieder alleine. Wie versteinert stand sie da und starrte in den Nebel. Wieso hatten ihr die Geisterwesen geholfen und wie sollte sie sie bloß erlösen? Lina war vollkommen verwirrt. Je länger sie in den Nebel starrte, umso mehr schlug er ihr aufs Gemüt. Schließlich riss sie sich selbst aus ihrer Erstarrung, atmete tief durch und setzte sich wieder in Bewegung. Wenn sie hier weiter herumstand, würde sie den Vorsprung verspielen, den die

Geisterelfen ihr verschafft hatten. Es begann bereits zu dämmern, und so machte sich Lina auf den Weg ins Gebirge.

Aber schon bald war klar, dass sie es nicht schaffen würde. Die Nachtmahre waren äußerst gute und schnelle Jäger. Alles, was sie je über Nachtmahre gehört hatte, ging ihr jetzt durch den Kopf. Mittlerweile war sie gar nicht mehr davon überzeugt, dass ihre Flucht eine gute Idee gewesen war. Hatte sie Darian denn nicht richtig zugehört? Sie hatte jetzt eine ganze Horde dieser Bestien im Nacken und die Verantwortung für ein zusätzliches Leben. Das Junge in dem Ei schrie förmlich nach Wärme und Zuneigung. Die konnte Lina ihm aber nur geben, wenn sie stehen blieb, und sich auf ihre Kräfte konzentrierte. Im Laufen ging das nicht. Und so hatte sie den Vorsprung, den ihr die Geisterelfen verschafft hatten, tatsächlich bald verspielt. Ganz abgesehen davon, dass sie schon längst nicht mehr wusste, wo sie hinlief. Zerklüftete Felsen, Abhänge und unerwartet auftauchende Schluchten wurden zu unüberwindlichen Hindernissen. Lina stolperte immer öfter, weil der Schlafmangel seinen Tribut forderte. Die schrecklichen Bilder der letzten Nacht jagten durch ihren Kopf und zerrten zusätzlich an ihren Nerven. Erschöpfung machte sich in ihrem Körper breit. Auch wenn es nur Wärme und Zuneigung war, die sie dem Kleinen gab. Es war Kraft, die sie nicht mehr hatte. Lina war verzweifelt. Und nun begann sich auch noch der Nebel zu lichten. Sie verlor ihren letzten Schutz. Unbarmherzig zerriss die Sonne den Nebelschleier und gab die Sicht auf eine Steilwand frei, auf die Lina soeben hangaufwärts über eine Hochwiese zulief. Ein gehetzter Blick über die Schulter sagte ihr, dass ihr die Nachtmahre bereits im Nacken saßen. Blarn führte sie an. Der Stahl ihrer gezückten Klingen blitzte in der Sonne. Einige von ihnen hatten angesengtes Haar und verbrannte Kleidung. Sie würde teuer für diesen Fluchtversuch bezahlen. Die Steilwand vor ihr ragte unüberwindlich in den

Himmel. So unüberwindlich wie die Aufgabe, die sie sich gesetzt hatte.

»Es tut mir leid, kleiner Drache!«, schickte sie ihre Gedanken mit einem letzten kräftigen Wärmestoß ins Innere des Eis, als sie resignierend stehen blieb. »Ich fürchte, diesen Kampf verlieren wir beide.«

Was machte Davonlaufen jetzt noch für einen Sinn?

Da zerriss das Brüllen eines Drachen die Luft. Ein ockerfarbener Drache war über dem Bergkamm erschienen und flog auf sie zu. Er war kleiner als die Drachen, die sie kannte, und trotzdem trug er einen Reiter. Lina erkannte ihn. Solvay. Der Drache schoss in einem beängstigenden Sturzflug auf sie zu. Ihre letzten Kräfte mobilisierend setzte sich Lina wieder in Bewegung. Weitere Drachen tauchten auf. Der kleine Drache musste sie gerufen haben. Aber sie waren noch weiter entfernt. Lina glaubte, die Geste des Drachen zu verstehen, der mit ausgestreckten Krallen auf sie zukam. Er wollte das Ei. Ein Blick über ihre Schulter genügte, um zu sehen, wie nah die Nachtmahre bereits waren. Sie würde es nicht mehr schaffen, aber sie würde wenigstens das Ei retten können. »Viel Glück, Kleiner«, flüsterte sie, drückte einen flüchtigen Kuss auf die Schale und schleuderte es mit letzter Kraft in die Höhe. Sie konnte Solvays Entsetzensschrei hören, als sie vor den scharfen Krallen in Deckung ging, die sich um das Drachenei schlossen. Nur knapp vor ihr stieg der Drache wieder in die Höhe. Als Lina ihm nachblickte, erkannte sie über der Spitze der Steilwand Tek-Dragon und Drogonn. Der Drachenfürst befahl den kleinen Drachen brüllend an seine Seite.

»Sie haben Lina gefunden«, grollte Set-Dragon in den Wind.

Kaum waren sie über den Bergkamm hinweggeflogen, konnte Darian sie sehen. Sein Herzschlag setzte für einen Moment aus. Auf der Hochebene unter ihnen rannte seine kleine Magierin um ihr Leben. Sie hielt das Drachenei fest umklammert und hatte eine Horde Nachtmahre im Nacken. Heiliger Schöpferfluch, das würde knapp werden! Sie lief auf dem Walkürenplateau direkt auf die Schlucht zu, die vor der Steilwand Hunderte Meter in die Tiefe stürzte. Lan-Dragon flog im Sturzflug auf sie zu. Die beiden würden Lina rechtzeitig erreichen. Set-Dragon setzte sich hinter die Nachtmahre.

»Lass uns ein Grillfest veranstalten«, ließ sich der Grünschuppen vernehmen und vollführte eine elegante Halbdrehung, durch die sie in eine Kurve flogen. Darian folgte den Bewegungen des Drachen und lehnte sich in die Kurve, wobei er den Körper weit zur Seite neigte, um Lina nicht aus den Augen zu verlieren. Lan-Dragon hatte sie fast erreicht. Da warf sie das Drachenei in die Luft und ging reflexartig vor den Drachenkrallen in Deckung. Verflucht!

Lan-Dragon hielt das Drachenei in den Krallen und stieg hoch. Der junge Drache würde das Ei übergeben müssen, bevor er erneut versuchen konnte, Lina zu greifen. Bis dahin hätten die Nachtmahre sie längst erwischt. Darian sah nur eine Chance, sie noch rechtzeitig zu erreichen, aber das war Wahnsinn. Er hatte keine Ahnung, ob Set-Dragon dazu überhaupt bereit war. »Vergiss die Grillparty. Schaffst du den Drachenreigen?«

»Schaffen schon. Aber danach geht es abwärts. Wenn du danebengreifst, sind wir alle tot!«

Darian wusste, was der Grünschuppen meinte. Der Drache konnte nicht an der Steilwand hochsteigen, sondern musste nach der Wende in die Schlucht hinabstürzen. Und es war eine der engsten Schluchten im Titanengebirge. Diesen Wahnsinn hatte noch niemand zuvor versucht. Schaffte er es nicht rechtzeitig, Lina auf den Rücken des Drachen zu ziehen, würde das Manöver an der Felswand enden. Aber sie mussten es probieren. »Wer will schon ewig leben?«, rief er.

»Gut. Dann lass uns mit den Winden tanzen.« Im nächsten Moment ließ er sein ohrenbetäubendes Drachengebrüll erklingen, um Lina auf sie aufmerksam zu machen. Mit ein paar kräftigen Flügelschlägen beschleunigte er das Tempo noch, das er später verlieren würde. Einmal auf dem Rücken, konnte er nur noch gleiten.

Darian machte sich bereit. Er klemmte die Unterschenkel noch weiter unter die Drachenflügel und spürte, wie sein Magen einen Salto schlug, als der Drache eine Drehbewegung machte, und schließlich kopfüber knapp oberhalb des Walkürenplateaus auf die Schlucht zuflog. Lina hatte sich umgedreht und starrte wie gebannt auf den Drachen, der auf sie zugerast kam, während die Nachtmahre auseinanderstoben. Darian streckte die Arme nach ihr aus. Hoffentlich verstand sie, was er von ihr wollte.

Sie verstand, zum Glück.

Zuerst noch zögerlich, dann aber vollkommen durchgestreckt stand sie mit leicht gespreizten Beinen und hocherhobenen Armen da. Sie hatten Lina erreicht. Darian griff zu und sie erwiderte den Griff. Die Wucht war enorm und dehnte seinen Rücken weit nach hinten, als er sie vom Boden hochriss. Aber er hatte sie nur an einem Arm erwischt. Er griff nach und Lina selbst erwischte seine freie Hand. Schon ging der Drache erneut in die Drehung. Lina wurde durch die Fliehkraft zur Seite geschleudert und mit den Beinen voran in Richtung Himmel gezogen, nur um dann wieder auf den Drachen zuzustürzen. Darian griff nach ihrem Gürtel, um sie zu sich auf den Rücken des Drachen zu ziehen. Sie landete mit dem Gesicht gegen die Flugrichtung direkt vor ihm. Das war schlecht. Sie würde keinen richtigen Halt finden. Darian spürte, wie Set-Dragon bereits in die nächste Drehbewegung überging, in der er sich senkrecht in die Schlucht schrauben würde. »Halt dich an mir fest und lass auf keinen Fall los!«, rief er Lina zu, die mit schreckgeweiteten Augen vor ihm saß. Sie schien noch gar nicht zu realisieren, was mit ihr geschah. Aber sie reagierte sofort, rutschte noch näher an ihn heran, verschränkte ihre Beine hinter seinem Rücken und griff unter seinen Armen hindurch, um sich an seinen Schultern festzuhalten.

»Abwärts«, verkündete Set-Dragon.

Darian griff in die weichen Drachenschuppen an Set-Dragons Hals und presste Lina mit aller Kraft an den langen schuppigen Hals des Drachen. Set-Dragon musste am Boden der Schlucht unter der großen Zwergenbrücke hindurch, um dann wieder hochsteigen zu können. Die Fliehkraft würde mörderisch werden. Darian war sich nicht einmal sicher, ob er sie beide halten konnte. Lina musste Todesängste ausstehen. Kurz riskierte er einen Blick auf sie. Er hatte mit allem gerechnet, aber nicht mit dieser Reaktion. Lina lag unter ihm, den Kopf weit in den Nacken gelehnt und starrte mit weit aufgerissenen Augen auf den Boden der Schlucht, auf die sie zurasten. Von Todesangst keine Spur. Sie musste sich in einem Rauschzustand befinden. Unfassbar! Der Drache brüllte, Darian brüllte und Lina stimmte mit ein. Die anderen Drachen antworteten, so als ob sie Set-Dragon anfeuern wollten. Und dann war die Brücke da. Darian verstärkte den Druck auf Lina noch einmal und konnte spüren, dass auch sie sich noch fester an ihn presste. Aber sie würden es schaffen. Sie war in Sicherheit. Das war alles, was für ihn zählte.

Lina hatte geglaubt, sie würde sterben. Sie hatte Blarns wutentbranntes Gesicht vor sich gesehen, sein hoch erhobenes Schwert, nur noch wenige Herzschläge entfernt. Plötzlich war alles rasend schnell gegangen. Und ehe sie es sich versah, lag sie auf dem Hals eines Drachen, fest an Darians Körper gepresst, und stürzte in eine Schlucht. In ihren Adern floss nur noch

Adrenalin. Sie hatte jegliche Kontrolle über ihren Verstand verloren, nur noch ihr Körper reagierte auf seinen. Sie klammerte sich so fest an ihn, dass es ihn schmerzen musste. Aber sie ließ nicht los, auch nicht, als sie die Schlucht schon längst verlassen hatten. Sie erlangte ihre Kontrolle auch nicht wieder, als der Drache in der Nähe der Osthöhlen auf der Lichtung landete. Und als Darian sich aufrichtete und sie freigab, zog sie ihn erneut zu sich und küsste ihn, leidenschaftlich und voller Begierde. Es war nur ein kurzer Moment der Verwunderung, dann reagierte er. Sein Kuss war nicht weniger stürmisch und jagte einen Wonneschauer durch Linas Körper.

Oh Gott, was tat sie da? Sie trat den Elfencodex mit Füßen! Mit einem entsetzten Aufkeuchen fuhr sie zurück und blickte ihn mit weit aufgerissenen Augen an. »Entschuldige das … wollte ich nicht.«

»Ja aber …?« Darian sah sie vollkommen verstört an, die Hand zu einer hilflosen Geste erhoben.

Lina hatte sich bereits vollkommen von ihm gelöst und war den langen Drachenflügel hinuntergerutscht, um in heilloser Flucht davonzustürzen.

Auf dem Weg in ihre Kammer konnte sie nur noch einen Gedanken fassen. ›Jetzt hast du es endgültig versaut! Du hast den Elfencodex gebrochen.‹

Hätte sie ihm ein Schwert in die Brust gerammt, es hätte nicht schmerzhafter sein können. Was im Namen der Titanen hatte er denn jetzt wieder falsch gemacht? Darian stieg ab, bedankte sich bei Set-Dragon und marschierte in den Wald davon. Außer Sichtweite, vergrub er das Gesicht in den Händen und seufzte verzweifelt. Diese Frau brachte ihn um den Verstand.

Galan hielt den Blick starr in den aufsteigenden Nebel des Gezeitenbrunnens gerichtet und versuchte, hinter das Geheimnis der Veränderung zu kommen. Seit Stunden stand sie schon so da. Mitten in der Nacht war sie aus wirren Träumen hochgeschreckt und hatte instinktiv gewusst, dass irgendetwas nicht stimmte. Jemand oder etwas hatte eingegriffen, hatte die Zukunft verändert. Sie war aufgestanden und hatte versucht, einen Beweis für dieses nagende Gefühl im Gezeitenbrunnen zu sehen. So angestrengt war ihr Blick, so verknüpft war ihr Geist mit den Strängen der Gezeiten, dass sie nicht bemerkte, wie ein dünner Blutfaden aus ihrer Nase lief. Sie wollte erzwingen, was sich nicht erzwingen ließ. Das Gezeitenbild, in dem das Mädchen von Blarn an Xedoc ausgehändigt wurde, ließ sich nicht festhalten. Es zerrann ihr zwischen den Fingern und löste sich schließlich ganz auf. Dabei hatte doch alles so gut ausgesehen, als sie das letzte Mal in den Gezeitenbrunnen geblickt hatte. Seit die kleine Schöpferin wieder in Menduria war, zeigten ihr die meisten Gezeitenströme, dass Xedoc sie schlussendlich in die Finger bekommen würde. Sein Handel, den er mit Blarn geschlossen hatte, schien aufzugehen. Der Nachtmahr würde ihm die kleine Schöpferin bringen und Galan würde die Unsterblichkeit erlangen, die ihr das Blut des ungeborenen Drachen verleihen würde. Sie wäre nicht auf die Hilfe der Haegoth angewiesen, würde nicht den schrecklich hohen Preis bezahlen müssen, den ihr die kleine Schöpferin gezeigt hatte, als sie bei der Ernennung der Hüter hereingeplatzt war. Sie hatte Galan damit einen riesigen Gefallen getan. Die Seherin kannte durch das Mädchen die Bilder der Zukunft und würde sie verändern. Sie würde es sein, die Xedoc von nun an lenken würde. Bis jetzt hatte das wunderbar geklappt. Xedoc ließ es zu. Er hatte Blarn und den Nachtmahren eine neue Heimat in der Calahadin versprochen, wenn er ihm das Mädchen und das Dracheni verschaffen würde. Der Gezeitenbrunnen hatte seinen Erfolg gezeigt. Doch nun tauchte vor ihrem inneren Auge dieses neue Bild auf. Das Mädchen rannte durch den Wald, geschützt von einer Kraft, die sich jeglicher Kontrolle entzog. Die Vorangegangenen verhalfen der kleinen Schöpferin zur Flucht. »Wie könnt ihr nur?«, zischte Galan empört.

Es musste einen guten Grund geben, wenn die Vorangegangenen sich in die Angelegenheiten der Sterblichen einmischten. Galan versuchte, ihn zu erkennen. Lange fischte sie so im Trüben, bis es ihr schließlich gelang, einen kurzen Blick zu erhaschen. Nicht lange genug, um es klar zu sehen, aber doch lange genug, um zu erkennen, dass es ein weltenverändernder Beweggrund war, der die Vorangegangenen zu ihrem Handel veranlasst hatte. Mit einem Aufschrei prallte die Seherin zurück, als sie spürte, wie eine eiskalte Faust sich um ihre Seele schloss und versuchte, sie tief hinunter in die Wirren des Gezeitenstroms zu ziehen, dorthin, wo es kein Entrinnen mehr gab, dorthin, wo sich schon so manche Seherin ihres Volkes verirrt und nicht wieder zurückgefunden hatte.

Mit einer fahrigen Handbewegung wischte sie sich das Blut aus dem Gesicht und rappelte sich hoch. Die kleine Schöpferin musste so schnell wie möglich aus den Dunkelwäldern verschwinden. Die nächsten Tage würden über das Schicksal Mendurias entscheiden. Xedoc musste unverzüglich handeln.

Lina stand neben ihrem Bett und packte die wenigen Habseligkeiten in einen kleinen Beutel. Sie wollte dem Rausschmiss, der jetzt unweigerlich kommen würde, zuvorkommen. Sie hatte den Elfencodex gebrochen, nicht bei irgendeinem Elfenmann. Nein, sie hatte es beim Clanführer getan. Es würde bestimmt nicht lange dauern und Darian würde sie auffordern zu gehen. Sie hatte seinen verstörten Blick gesehen.

Da erschien Solvay in ihrer Kammer. Sie hatte ihn noch nie zuvor so wütend gesehen. ›Toll‹, dachte Lina. ›Er findet es nicht einmal der Mühe wert, es mir selbst zu sagen.‹ Sie wappnete sich für das, was kommen würde, und blickte Solvay fest in die Augen. Bei ihm konnte sie das wenigstens.

»Würdest du mir bitte erklären, was das eben hätte werden sollen?« Sie konnte die unterdrückte Wut in seiner Stimme deutlich hören.

»Ich … äh …«

Solvay ließ sie erst gar nicht aussprechen. »Was du tust, ist verletzend und demütigend. Und ich möchte, dass du aufhörst, mit ihm dieses Spiel zu treiben. Du machst aus unserem Clanführer eine Witzfigur. Wieso tust du das?«

Lina zuckte unter seinen Worten zusammen, so als würde er sie tatsächlich schlagen. »Es tut mir so leid, es war ein Versehen. Ich wollte das nicht«, presste sie mühsam hervor.

Solvay schnappte nach Luft. »Das ist doch …« Für einen Moment fehlten ihm die Worte. »Wie kannst du einen solchen Kuss ein Versehen nennen!?« Solvay rang um Fassung.

Lina dagegen hatte ihre bereits verloren. Dieser ganze verrückte Tag, die Angst und der Schrecken der durchwachten Nacht davor waren schlimm genug gewesen. Aber Solvays Vorhaltungen gaben ihr den Rest. Nun waren die Tränen nicht mehr zurückzuhalten. Ihre Lippen bebten, als sie kaum hörbar sagte: »Ich wollte ihn niemals verletzen. Verdammt, ich liebe ihn doch! Und das habe ich schon getan, bevor ich hierher kam. Aber ihr mit eurem dämlichen Elfencodex. Ich versteh das nicht! Ihr seid so ein emanzipiertes Volk und dann habt ihr so etwas Rückständiges wie diesen Codex. Aber ich hab trotzdem versucht, mich daran zu halten. Ich hab darauf gewartet, dass er den ersten Schritt tut, nur das hat er nicht. Er hat kein Interesse am mir gezeigt und heute auf dem Drachen, da war er mir so nahe und da … da ist es eben passiert. Er hat gesagt, dass er mich fortschickt, wenn ich gegen eure Regeln verstoße, und das habe ich. Aber ich werde ihm die Mühe ersparen. Ich gehe freiwillig.«

Solvay hatte vieles von dem, was sie gesagt hatte, nicht verstanden.

Sie liebte Darian. Das hatte er verstanden. Den Elfencodex als rückständig zu bezeichnen war wohl die größte Frechheit, die er je gehört hatte. Aber er hatte den Verdacht, dass hier ein großer Irrtum vorlag. Ihr Verhalten, so verzweifelt und in Tränen aufgelöst, das war nicht das Verhalten einer Frau, die grausame Spielchen trieb.

Daher fragte er sehr viel ruhiger und versöhnlicher: »Lina, was verstehst du unter dem Elfencodex?«

Lina schniefte. »Aswan, hat gesagt, dass …«

»Aswan«? Plötzlich fiel es Solvay wie Schuppen von den Augen. »Wiederholst du mir bitte, was sie dir gesagt hat?«

Das tat sie.

Solvay spürte Zorn in sich hochsteigen. Dieses elende Miststück! Das hatte Aswan wirklich gut eingefädelt. Er konnte es einfach nicht glauben. Nun war es an ihm, Lina darüber aufzuklären, wie das tatsächlich funktionierte. Also jetzt schuldete Darian ihm aber wirklich etwas.

»Aswan hat es dir falsch erklärt«, begann Solvay. »Weißt du, der Elfencodex ist alles andere als rückständig. Er schützt unsere Frauen vor ungewollten Übergriffen. Kein Elfenmann darf sich einer Frau nähern, ehe sie ihm nicht eindeutig gezeigt hat, dass sie Interesse an ihm hat. Was du da heute getan hast …« Solvay konnte sich ein Schmunzeln nicht verkneifen. »… kann man getrost als offensichtliches Interesse bezeichnen und das hat er bestimmt auch so verstanden. Darauf hat er gewartet. Das kannst du mir glauben! Aber dann hast du ihn zurückgewiesen, und das ist wirklich verletzend gewesen. Es wäre der einzige Verstoß gewesen, den man dir anlasten kann. Glaub mir, er würde dich nicht fortschicken, Lina. Ich glaube nicht, dass er das überhaupt noch könnte. Er ist fast verrückt geworden vor Sorge um dich in der letzten Nacht. Ich kenne Darian schon lange, aber so habe ich ihn noch nie erlebt. Also wenn ich dir einen Rat geben darf, dann geh zu ihm und sag ihm, was du fühlst. Kehre den Dunkelelfen nicht den Rücken nur aufgrund eines Missverständnisses.«

Solvay hatte gesagt, was er zu sagen hatte, also verließ er Linas Kammer wieder, froh, die Sache hinter sich gebracht zu haben. Nun musste er noch jemanden zur Rede stellen. Aber die Erste Jägerin der Attanar war nirgends zu finden.

Unter den bangen Blicken seiner Gefährtin legte Tek-Dragon das Drachenei ganz vorsichtig wieder ins Nest zurück. Sie war auf das Schlimmste gefasst, als sie das Ei mit den vordersten Spitzen ihrer Krallenflügel berührte. Zu lange war es der Kälte der Nacht ausgesetzt gewesen. Das stumme Flehen um ein Wunder war in ihren meerblauen Drachenaugen zu sehen. »Es lebt«, hauchte sie erstaunt und vollkommen ergriffen. »Wie ist das möglich?«

Auch Anta-Dragona legte prüfend eine Kralle auf das Ei und nickte.

»Andavyanmagie?«, sagte sie und blickte Drogonn dabei fragend an.

»Andavyanmagie«, bestätigte Drogonn. Er hatte es die ganze Nacht über gespürt, war sich aber nicht sicher gewesen, was es zu bedeuten hatte. Doch als er Lina mit dem Ei in den Armen gesehen hatte, war es ihm plötzlich klar geworden. Sie hatte das Ei in dieser Nacht gewärmt und am Leben erhalten. Und genau das erklärte er den Drachen.

»Wie lange noch?«, erkundigte sich Tek-Dragon und versuchte, seiner Stimme die Autorität zu verleihen, die man vom Fürsten der Drachen erwartete.

Die Drachenmagierin prüfte das Ei erneut. »Morgen wird das Junge hoffentlich schlüpfen. Und dann werden wir sehen, wie viel Schaden die Zeit außerhalb des Nestes angerichtet hat.«

Esra-Dragona würde mit den Folgen leben können, egal wie schlimm sie sein würden, solange das Junge nur überlebte.

Lina sank erschöpft auf ihr Bett und versuchte zu begreifen, was Solvay ihr eben erklärt hatte. Sie hatte nicht gegen den Elfencodex verstoßen, würde nicht fortgeschickt werden. Sie hatte den Elfencodex sogar bereits damals befolgt, bei ihrem ersten Kuss in der Oase Sindwa! Das rückte die vergangenen Ereignisse in ein völlig anderes Licht. Solvays Worte klangen ihr noch in den Ohren: »Darauf hat er gewartet. Er ist fast verrückt geworden vor Sorge um dich.« Beinahe war es ihr, als könnte sie seine Lippen noch auf ihren spüren. Sie würde zu ihm gehen, mit ihm sprechen. Sie würde ihr Verhalten erklären, wenn sie das denn schaffte. Nur für einen Moment wollte sie davor die Augen schließen, sich sammeln. Doch die Anstrengungen der letzten Nacht forderten ihren Tribut. Lina schlief wie tot.

Es war bereits dunkel, als sie erwachte. Die Bernsteine in ihrer Kammer hatten zu leuchten begonnen. Sie musste ewig geschlafen haben und fühlte sich trotzdem wie zerschlagen. Um einen klaren Kopf zu bekommen, ging sie in die Dampfgrotte und trat dort schnurstracks unter den eiskalten Wasserfall. Augenblicklich kehrten ihre Lebensgeister zurück. Dann ließ sie sich ins heiße Wasser eines Beckens sinken, zum Aufwärmen. ›Du drückst dich‹, sagte ihre innere Stimme.

Ja, sie drückte sich. Sie hatte sich vorgenommen, zu Darian zu gehen, um mit ihm zu sprechen. Aber genau das fiel ihr plötzlich so schwer. Wieso nur? Ärgerlich stemmte sie sich aus dem Wasser, griff entschlossen nach ihrer Tunika und schlüpfte hinein. Das war lächerlich! Selbst damals mit ihren knapp siebzehn Jahren hatte sie ihm gesagt, dass sie ihn liebte. Es war so einfach gewesen. Und nun, da sie knapp davor stand, ihn zu erobern, zögerte sie. Schnellen Schrittes verließ sie die Dampfgrotte und machte sich auf den Weg zu ihm, ehe sie doch wieder der Mut verließ. Erst einmal vor seiner Kammer angekommen, gab es kein Zurück mehr. Sie holte tief Luft und trat ein.

Die Bernsteine spendeten spärliches, warmes Licht. Darian lag auf dem Bett, weiche Schatten lagen auf seinem Körper. Er lag auf dem Bauch und hatte den Kopf in den Kissen vergraben. Schlief er? Die weiche Felldecke gab seinen nackten Oberkörper frei, und Lina bekam schon wieder weiche Knie. Sie ließ ihren Blick an den Elfenrunen, die sein Rückgrat hinunterliefen, entlangschweifen. Jede einzelne berührte sie mit ihren Blicken. Sie war versucht, es auch mit ihren Fingerspitzen zu tun.

Er drehte sich nicht um, als er ruhig aber bestimmt sagte: »Ich habe kein Interesse. Wie oft soll ich dir das jetzt noch sagen? Verschwinde, Aswan!«

Es war ein Satz, der in Lina ein Feuerwerk der Erkenntnis zur Explosion brachte. Wo auch immer die Elfenjägerin sich in den unzähligen Nächten herumgetrieben hatte, es war nicht hier gewesen. Seine Worte waren Balsam auf Linas von Eifersucht gepeinigter Seele. Schüchtern fragte sie: »Gilt das auch für mich?«

Sie konnte sehen, wie er beim Klang ihrer Stimme zusammenzuckte. In einer geschmeidigen Bewegung wandte er sich zu ihr um und setzte sich langsam auf. Seine Stimme klang samtweich. »Nein, das gilt auf keinen Fall für dich.«

Lina spürte eine Welle der Erleichterung durch ihren Körper fließen. Sie blickte wie gebannt in seine Augen, der Glanz darin war hypnotisierend, und eine stumme Frage lag in ihnen. Sie konnte seinem Blick nicht länger standhalten und senkte den Kopf. Ihre Stimme war nur noch ein Flüstern. »Ich wollte nicht … ich habe …« Gott, sie brachte keinen vernünftigen Satz zustande. Die Worte der Entschuldigung, die sie sich so sorgfältig zurechtgelegt hatte, waren wie weggeblasen. Sie biss sich auf die Unterlippe und zwang sich, ihn wieder anzusehen. »Ich …«

Darian war an die Bettkante gerutscht und ließ sie immer noch nicht aus den Augen. »Möchtest du heute Nacht bei mir bleiben, Lina?«

Lina nickte stumm.

Ohne ein weiteres Wort griff er nach ihrer Hand, zog sie zu sich auf seinen Schoß und umfasste sanft ihre Hüften. Mit den Fingerspitzen der anderen Hand begann er ihre Gesichtskonturen nachzuzeichnen. Eine Berührung, zart wie ein Windhauch, strich er ihr über Augenbrauen, Nasenrücken und Lippen, während seine andere Hand ihren Rücken hochwanderte. Lina hatte ihre Hände in seiner dunklen Mähne vergraben und war kaum noch fähig zu atmen. Und dann küsste er sie. Kein Elfenkuss. Nur die hauchzarte Begegnung ihrer Lippen. Lina fühlte seinen warmen Atem auf ihrer Wange, sog seinen Duft ein, der alte Erinnerungen in ihr hochsteigen ließ.

»Weißt du, wie sehr ich mir das gewünscht habe?« Seine Stimme war ein raues Flüstern.

Bei diesen Worten spürte Lina, wie sich alles in ihr löste, das sich in drei Jahren aufgestaut hatte, und sie von einer Welle der Gefühle mitgerissen wurde.

»Ich liebe dich, Darian.« Die Worte, gesprochen in der alten Elfensprache, kamen ihr klar und deutlich über die Lippen und ließen keinen Zweifel offen.

Wieder küsste er sie. Diesmal war es ein Elfenkuss, den sie bis ins tiefste Zentrum ihres Körpers spürte. Noch während er sie küsste, begann er, die Bänder ihrer Tunika zu lösen und sie ihr über die Schultern zu streifen. Seine Hand ruhte jetzt genau über ihrem Herzen. So, als wolle er erspüren, wie es darum bestellt war. Lina war sich sicher, dass er auch genau das tat. Sie konnte seine Präsenz fühlen. Er löste seine Lippen von ihren und blickte ihr erneut tief in die Augen. Und zum ersten Mal, seit sie ihm in dieser Zeit begegnet war, konnte sie seinem Blick offen begegnen. Es war ihr bewusst, dass er in ihr lesen konnte wie in einem offenen Buch. Sollte er. Sie hatte nichts zu verbergen. Ein unglaubliches Glücksgefühl erwärmte ihren Körper und ließ sie atemlos zittern. Es war ihr, als würde sein Blick ihre Seele streicheln, wie seine Hände es mit ihrem Körper taten.

Wieder spürte sie seine Lippen auf ihren. Lina versank in seinem Kuss, während er sie sanft mit sich in die Kissen zog. Dort begrub er sie halb unter sich und begann, ihren Körper zu erkunden. Seine Hände, stark und zärtlich zugleich, ließen sie spüren, wie sehr er sie begehrte. Trotzdem ließ er sich Zeit. Und er ließ ihr Zeit, ihn zu erforschen. Lina tat es ohne Scheu. Sie hatte so lange auf diesen Augenblick gewartet. Er erfüllte ein Versprechen, von dem er noch gar nicht wusste, dass er es ihr einst geben würde. »Ich werde deine geheimsten Wünsche erfüllen. Alles, was du willst. Ich möchte, dass du es niemals vergisst.«

Das würde sie nicht, niemals.

Darian hatte kaum zu hoffen gewagt, dass dieser Moment doch noch kommen würde, nachdem sie ihn auf der Lichtung hatte stehen lassen. Aber dann hatte sie plötzlich in seiner Kammer gestanden und damit den Elfencodex erfüllt. Er hatte in ihre wunderschönen großen Augen geblickt und darin gelesen. Heiliger Schöpferfluch, all die Sehnsucht, die er schon früher in diesen Augen gesehen hatte, galt ihm! Nicht Solvay oder irgendeinem anderen. Nur ihm. Wie verblendet war er gewesen, dass er das nicht schon viel eher bemerkt hatte? Er hatte sie in seine Arme gezogen und hatte gewusst, dass dies ein ganz besonderer Moment in seinem Leben sein würde. Sie war etwas Besonderes. Lina kämpfte nicht einen Augenblick um die Kontrolle in diesem Liebesspiel, so wie es eine Elfenfrau getan hätte. Sie ergab sich vertrauensvoll, war weich und anschmiegsam und so unglaublich zärtlich. Jede ihrer sanften Berührungen ging ihm unter die Haut. Ihre Liebeserklärung an ihn sprach sie in der alten Elfensprache, nicht ahnend, wie tief sich die Worte in sein Herz eingraben würden. Darian konnte überhaupt nicht aufhören, sie zu streicheln, ihren Duft zu inhalieren, der so fremdartig war und zugleich so betörend. Nun war er der Wasserfall. Dieser Gedanke zauberte ein Lächeln auf sein Gesicht. Und dann erlebte er zum ersten Mal in seinem Leben, wie es sich anfühlte, wenn sich Lust und Liebe zu einem großen Ganzen zusammenfügten. Lina zeigte ihm, was sie empfand, ließ ihn teilhaben, riss ihn mit. Ihre Lust mitzuerleben war süßes Höllenfeuer, das ihn zu verbrennen drohte, bis sie ihm Erlösung schenkte. In dieser Nacht wob die kleine Magierin einen Zauber, der ihn gefangen nahm und ihn ihr rettungslos auslieferte. Sie schlief in seinen Armen ein und sie wachte in seinen Armen auf. Darian wünschte sich nichts sehnlicher, als dass es von nun an immer so sein möge.

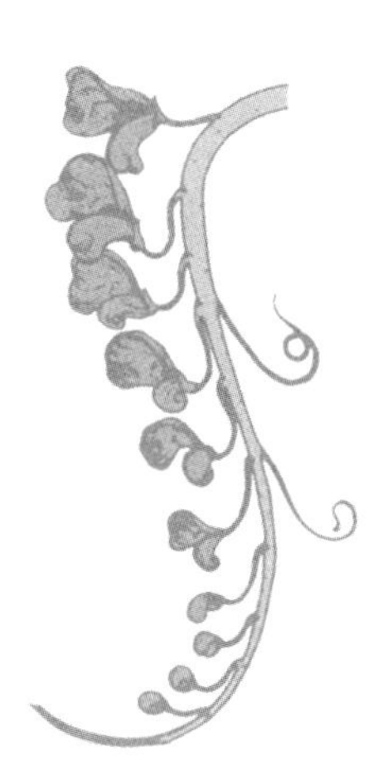

Ark-Dragon

Erste Sonnenstrahlen sickerten durch die Felsspalten an der Decke, als Lina erwachte. Wohlige Wärme umfing sie, seine Wärme. Sie atmete seinen Duft ein und wusste, dass es kein Traum gewesen war, diesmal nicht. Sie war wirklich bei ihm. Lina hob den Kopf und begegnete Darians Blick. Er war wach und beobachtete sie. Wie lange wohl schon?

»Hast du gut geschlafen?«, fragte er. Es war eine so banale Frage, und doch schien es nichts Wichtigeres für ihn zu geben, als die Antwort darauf zu erfahren.

Lina schenkte ihm ein strahlendes Lächeln. »Ja, und ich habe von einem unglaublichen Mann mit spitzen Ohren und unwahrscheinlich zerzaustem Haar geträumt.«

Darian wickelte sich eine ihrer honigblonden Locken um den Finger und zog leicht daran. Der Schalk sprach aus seiner Stimme, als er erwiderte: »Die Haarpracht der Frau, von der ich geträumt habe, sieht heute Morgen tadellos aus.«

Lina wusste, wie zerwühlt ihr Haar aussehen musste, und verstand den Seitenhieb durchaus. Sie hatte es verdient. In einer Verlegenheitsgeste vergrub sie ihr Gesicht kichernd an seiner Schulter. Mit zwei Fingern hob Darian ihr Kinn, sodass er ihr tief in die Augen sehen konnte. Ganz langsam näherten sich seine Lippen den ihren und ließen ihre Magennerven in freudiger Erwartung tanzen. Da erschien Solvay plötzlich in der Kammer. Der magische Moment war verstrichen. Er stutze kurz, als er Lina in Darians Armen liegen sah, warf sich dann auf die Knie und riss die Hände in einer übertriebenen Geste in die Höhe. »Den Schöpfern sei Dank! Ich hab schon befürchtet, ihr beide bekommt das niemals auf die Reihe.«

Darian grinste ihn schief an und zog Lina die Decke über die Schultern.

»Können wir dir irgendwie helfen?« Sein Tonfall bedeutete Solvay unmissverständlich, dass er störte.

»Oh, ja.« Erst jetzt schien sich Solvay wieder zu erinnern, warum er Darian hatte sprechen wollen. »Set-Dragon ist hier. Er soll Lina hinauf zum Drachenhorst bringen. Er sagt, dass Esra-Dragona sie sehen will.«

Darian quittierte diese Nachricht mit einem verwunderten Blick. »Gut, dann verschwinde und sag Set-Dragon, dass er sich etwas gedulden soll. Sobald sie fertig ist, wird sie kommen und ich werde sie begleiten.«

Solvay nickte und ging.

»Wer ist Esra-Dragona?«, erkundigte sich Lina, als sie wieder alleine waren. Sie war aufgestanden und suchte nach ihrer Tunika.

»Sie ist die oberste Drachenamazone und Tek-Dragons Gefährtin. Es war ihr Ei, das du gestern durch die Luft geworfen hast.«

»Oh. Sollte ich mich vor ihr in Acht nehmen?«, erkundigte sich Lina unsicher.

»Nicht vor ihr, aber vor mir, wenn du dir nicht mehr anziehst.« Er lächelte auf seine unwiderstehliche Art, also beschloss Lina, es als Kompliment zu nehmen.

»Dann werde ich mir wohl besser ein bisschen mehr anziehen.« Jetzt war es Lina, die ihn mit gespielter Unschuldsmiene anlächelte. Aber noch ehe er etwas erwidern konnte, hatte sie seine Kammer bereits verlassen.

Als Lina nur wenig später auf der Lichtung vor dem Höhleneingang ankam, war Darian bereits dort. Er hatte die schwarzen Schwerter auf den Rücken geschnallt und blickte ihr erwartungsvoll entgegen.

Lina selbst war vollkommen in Grau gekleidet, so wie er sie am ersten Tag ihrer Ankunft gesehen hatte. Sie schien es aus irgendeinem Grund für passend zu halten, in der Kleidung der Andavyan vor die Drachen zu treten. Aber das Wichtigste hatte sie vergessen. »Wo ist dein Schwert?«, erkundigte sich Darian.

»Das hat Blarn.« Sie blickte beschämt zu Boden.

Darian schluckte schwer. Blarn! Sie war dem Anführer der Nachtmahre begegnet und lebte noch. Die Vorangegangenen mussten tatsächlich in jener Nacht über sie gewacht haben, dass sie all das unbeschadet überstanden hatte. Was zählte da schon ein Schwert? Er würde sich bei Gelegenheit genauer über diese Schreckensnacht erkundigen müssen, die sie alleine in den Dunkelwäldern verbracht hatte. Jetzt war nicht der richtige Zeitpunkt.

Lina war in der Zwischenzeit vor den Drachen getreten und blickte zu ihm hoch. »Ich möchte mich für deine Hilfe bedanken und mich dafür entschuldigen, dass ich es gestern vergessen habe.«

»Oh, keine Ursache«, sagte Set-Dragon. »Dieses Manöver hat mir viel Ruhm eingebracht. Ich kann verstehen, dass es dich erschreckt hat. Mein Flugstil ist etwas ruppig.«

Lina blickte den Drachen lächelnd an. »Ich würde ihn eher verwegen nennen.« Set-Dragon gurgelte wohlwollend.

Darian konnte es nicht fassen. Sie wickelte einen Drachen um den kleinen Finger. Keinen x-beliebigen Drachen, sondern Set-Dragon, den Wegbegleiter des Drachenfürsten. Ruppig an ihm war nicht sein Flugstil, sondern eher seine Umgangsformen. Aber wenn sogar ein Drache ihrem Charme erlag, brauchte er sich nicht zu schämen, dass es ihm ebenso erging.

Set-Dragon stieg über dem Wald auf und Lina dachte, sie hätte ein Déjà-vu-Erlebnis. Ein Ritt wie dieser hatte sie damals zum Steinkreis von Arvakur gebracht. Aber diesmal waren die Umstände bei Weitem besser. Es war und blieb ein erhebendes Gefühl, auf dem Rücken eines Drachen über die Wälder zu fliegen. Man fühlte sich dem Himmel viel näher. Darian hatte seine Arme um ihre Mitte geschlungen, die Augen geschlossen und den Kopf an ihren Nacken geschmiegt. Lina konnte seinen warmen Atem an ihrem Hals spüren. Es war wunderbar, ihm wieder so nahe zu sein. Sie hatte sich entschieden zu bleiben, und es nicht eine Sekunde bereut.

»Wie fühlt sich das an, kopfüber auf einem Drachen zu reiten?«, fragte sie, als sie über einen Bergsee dahinflogen, immer höher ins Gebirge hinauf.

»Möchtest du es ausprobieren?«

Lina war sich nicht ganz sicher. Aber neugierig war sie schon, also nickte sie.

»Set-Dragon, die kleine Magierin möchte wissen, wie sich der Drachenreigen anfühlt. Meinst du, du kriegst das auch mit zwei Reitern hin?«

»Willst du mich beleidigen?« Augenblicklich ging Set-Dragon über dem Bergsee tiefer.

Darian zeigte Lina, wie sie die Beine unterhaken musste. Sie wusste das bereits, ließ es sich aber trotzdem erklären.

»Und jetzt lass los«, sagte er und löste ihre Hände sanft vom Hals des Drachen. »Keine Angst, ich halte dich.« Er fasste Lina ganz fest um die Mitte und zog sie an sich.

»Bereit!«, gab er dem Drachen Bescheid.

»Dann los!« Set-Dragon vollführte eine Hundertachtzig-Grad-Drehung, an deren Ende Lina mit dem Kopf nach unten über dem Wasser hing, den Drachen über ihr. Es war wie ein Ritt auf einer Achterbahn, nur viel realer und ihr Halt waren keine Metallbügel, sondern Darians Arme. Nach einem ersten Moment der Unsicherheit löste sie ihre Hände und streckte sie nach unten durch. Set-Dragon hatte die Flügel waagerecht abgespreizt und glitt auf den Luftströmungen dahin. Dann ging er noch ein kleines Stückchen tiefer und sie konnte für einen Augenblick mit ihren Fingerspitzen die Wasseroberfläche berühren. Lina strahlte.

Den Rest des Fluges verbrachte sie an Darian geschmiegt und beobachtete die unter ihr vorbeiziehende Landschaft, die immer karger wurde, je höher sie ins Gebirge kamen.

Set-Dragon landete schließlich auf dem Geröllfeld vor dem Drachenhorst. Nun wurde Lina doch etwas mulmig zumute. Weshalb wurde sie in den Drachenhorst gerufen? Hatte es etwas mit dem Drachenei zu tun? Hatte sie etwas falsch gemacht? Sie stellte Darian genau diese Fragen.

»Mach dir keine Sorgen. Es ist bestimmt nichts Weltbewegendes.« Darian reichte ihr die Hand und half ihr beim Absteigen. Sie war heilfroh, dass er bei ihr war.

Der Zugang zum Drachenhorst wurde von zwei blaugeschuppten Drachen bewacht. Ihre Körperform war schlank und feingliedrig. »Das müssen die berühmten Drachenamazonen sein«, flüsterte Darian.

Drogonn erschien zwischen den beiden Wächterdrachen und kam mit schnellen Schritten auf sie zu. »Ich freue mich, dass du gekommen bist, Lina. Und ich bin heilfroh, dass es dir gut geht.« Sein vorwurfsvoller Blick war dabei auf Darian gerichtet.

»Drogonn.« Darian nickte zur Begrüßung, hielt dem Blick des Andavyan aber stand.

»Kommt mit«, sagte Drogonn schließlich. »Esra-Dragona wartet.«

Lina und Darian folgten dem Andavyan, vorbei an den beiden Wächterdrachen. Der Zugang selbst war gerade so breit, dass ein ausgewachsener Drache ihn problemlos durchschreiten konnte. Dann allerdings öffnete sich der Gang zu einer Höhle von gigantischen Ausmaßen. Lina hatte gedacht, dass die Hallen der Zwerge groß seien. Doch im Vergleich dazu waren die Zwergenhallen Kaninchenbauten. Sonnenlicht, das in Diamantadern den gesamten Fels wie Venen durchzog, erhellte pulsierend das Innere. Das Licht brach sich und tanzte an den zum Teil grün bewachsenen Wänden in den buntesten Regenbogenfarben.

»Warst du schon einmal hier?« Lina konnte sehen, dass selbst Darian beeindruckt war.

Er schüttelte den Kopf. »Nein.«

Drogonn führte sie über einen schmalen Pfad, in eine weitere Höhle, von wo aus mehrere kleinere Höhlen abzweigten, in denen man immerhin noch ganze Kathedralen untergebracht hätte. Es dauerte eine halbe Ewigkeit, bis Drogonn schließlich vor dem Zugang zu einer Grotte stehen blieb. Tek-Dragon wartete dort. Er nickte den Neuankömmlingen kurz zu, bevor er seine Aufmerksamkeit wieder in die Grotte richtete, wo sich wohl ein halbes Dutzend der blaugeschuppten Drachenamazonen dicht aneinanderdrängten. Alle starrten sie gebannt auf ein Nest aus weichen Moosflechten, in dem das Drachenei lag. Direkt davor saßen zwei weitere Drachen. Während die Schuppen des einen rot waren, leuchteten die der anderen Drachenamazone smaragdgrün.

Darian war hinter sie getreten, legte ihr einen Arm um die Schulter und flüsterte ihr ins Ohr: »Die rotgeschuppte ist Anta-Dragona, die Drachenmagierin. Und neben ihr, das muss wohl Esra-Dragona sein, die Oberste der Drachenamazonen.«

»Sie ist wunderschön.« Auch Lina flüsterte. Alle Drachen, die sie bis jetzt gesehen hatte, waren beeindruckend. Aber Esra-Dragona vereinte Anmut und Schönheit mit der Kraft ihrer uralten Rasse. Lina war sofort in ihren Bann geschlagen. Je länger sie sie betrachtete, umso mehr hatte sie das Gefühl, diesen Drachen nicht zum ersten Mal zu sehen. Aber das konnte auch Einbildung sein.

»Du wirst da drinnen erwartet, Lina.« Drogonn war neben die beiden getreten. »Und du, Darian, hast die Erlaubnis, hier mit uns zu warten.«

Mit einem aufmunternden Nicken entließ Darian Lina aus seiner Umarmung. »Geh, kleine Magierin. Das wird dir bestimmt gefallen.«

Immer noch ein bisschen unsicher betrat Lina die Grotte und sah sich für einen Augenblick den neugierigen Blicken der Drachen ausgesetzt.

»Du weißt, wieso du hier bist?«, erkundigte sich die Drachenmagierin.

»Ehrlich gesagt, nein.« Natürlich wusste Lina, dass das Drachenjunge jeden Augenblick schlüpfen würde. Warum sonst wäre dieses Nest so voll. Aber sie konnte sich nicht erklären, was das mit ihr zu tun hatte.

»Es ist Sitte, dass diejenigen, die das Drachenei in ihrer Brutzeit wärmen, dabei sind, wenn es schlüpft«, erklärte Esra-Dragona. »Du, Lina von den Schöpfern, hast es in seiner schlimmsten Nacht gewärmt, als es ganz alleine und verloren und weit von diesem Nest entfernt war. Du hast dir somit das Recht verdient, dem Schlüpfen beizuwohnen.« Damit deutete sie mit ihrem Krallenflügel auf den freien Platz in der Mitte.

Lina wusste nicht, was sie sagen sollte. Ein Drache würde gleich schlüpfen und sie durfte zusehen. Sie hatte sich in der Nacht, in der sie das Drachenei gewärmt hatte, so oft gefragt, wie das kleine Geschöpf wohl aussehen mochte, dessen Ängste und Bedürfnisse sie gespürt hatte. Nun würde sie es bald sehen. Lina nahm den Platz ein, den ihr Esra-Dragona zugewiesen hatte, und heftete ihren Blick auf die felsgraue Schale, so wie es die umstehenden Drachenamazonen auch taten. Jeder einzelne der anwesenden Drachen musste mitgeholfen haben, das Ei auszubrüten. Man konnte die Verbundenheit spüren, die zwischen den Drachen dadurch herrschte.

Darian war neben Drogonn mit dem Rücken an der Wand hinuntergerutscht und hatte sich auf die Fersen niedergelassen. »Wie lange dauert so etwas für gewöhnlich?«

»Das weiß keiner so genau«, gab Drogonn leise zurück. »Es kommt darauf an, wie stark das Junge ist und ob es die Zeit außerhalb des Nests unbeschadet überstanden hat.« Drogonn klang sorgenvoll.

Darian nickte stumm.

Es sollte eine sehr lange Zeit werden, in der niemand sprach und sich auch niemand rührte. Schon bald musste Darian seinen Drang nach Bewegung niederkämpfen. Er dachte an eine Geschichte, die ihm Solvay erzählt hatte, nachdem er von einer Übungsstunde mit Lina zurückgekommen war. Er hatte von Kindern erzählt, und von Vätern und Müttern. Und dass es bei den Schöpfern auch die Väter waren, die warteten, bis die Frauen die Kinder zur Welt gebracht hatten. So war es auch in Menduria gewesen, vor dem Schöpferfluch. Er konnte ein Schmunzeln nicht ganz unterdrücken, denn nun kam er sich selbst ein klein wenig wie ein Vater vor, der wartete, während der Drache nicht und nicht schlüpfen wollte. Dann endlich, nach einer halben Ewigkeit, rührte sich doch etwas in dem Nest.

»Nun werden wir sehen, wie groß der Schaden tatsächlich ist«, sagte die Drachenmagierin.

»Er muss die Schale selbst aufbrechen«, erklärte Esra-Dragona auf Linas fragenden Blick hin. »Wenn er das nicht schafft, wird er nicht überleben.«

Lina wusste nicht, wie lange es normalerweise dauerte, bis ein junger Drache schlüpfte, aber dieser hier ließ sich besonders viel Zeit. Zuerst war es nur ein ganz kleiner Riss, der sich in der Schale zeigte. Dann geschah wieder Ewigkeiten nichts. In der Höhle herrschte absolute Stille, so als hätten die Dra chen allesamt aufgehört zu atmen. Schließlich zog sich ein weiterer Riss knirschend durch das Ei. Ein Stück Schale brach auf und eine Kralle kam zum Vorschein. Dann noch eine und mit einem letzten Aufbäumen drückte der kleine Drache die Schale auseinander, nur um gleich darauf kraftlos auf den Überresten zusammenzubrechen.

Alle Augen waren auf den kleinen Drachen gerichtet. Lina hob kurz den Blick und sah das beinahe versteinerte Gesicht des Drachenfürsten.

Esra-Dragona senkte ihren schlanken Kopf und stupste das Junge sanft, um es zum Aufstehen zu bewegen. Der kleine Drache keuchte kraftlos.

»Er war zu lange außerhalb des Nests«, sprach Anta-Dragona aus, was wohl alle Drachen dachten. »Er wird nicht überleben. Es gibt nichts, was wir tun können.«

Das wollte Lina so nicht akzeptieren. Sie würde dem Drachenjungen nicht einfach beim Sterben zusehen. »Gestattest du mir einen Versuch?«, bat sie Esra-Dragona daher.

Die Drachenamazone nickte kaum merklich, ihr Blick weiterhin auf ihr Junges gerichtet.

Ein bisschen mulmig war ihr schon zumute, als sie das Junge auf ihre Knie hob. Großer Gott, war dieses kleine Geschöpf hässlich. Sein Körper war knochig, überzogen mit grauer, nackter Haut, in der die Schuppen noch in spitzen Schäften ruhten. Die Flügel waren nur im Ansatz vorhanden und mit einer hauchdünnen ledrigen Schicht überzogen. Sonst bestand das kleine Wesen nur aus einem langen Hals und einem übergroßen kantigen Kopf. Die Augen ruhten unter halb geschlossenen Lidern und hatten die gelbe Farbe seines Drachenvaters.

›Wie heilt man einen Drachen?‹, überlegte Lina und folgte dann einfach ihren Instinkten. Das Junge war dem Tode schon sehr nahe und schnaufte nur noch schwach. Es fühlte sich kalt an. Was auch immer sie tat, verschlimmern konnte sie seinen Zustand nicht mehr. Vorsichtig bettete Lina den kleinen Drachen auf ihre Knie und lehnte seinen Kopf an ihre Schulter. Dann umarmte sie ihn ganz fest und schloss die Augen. Diese Heilung, sollte sie denn gelingen, würde all ihre Kraft kosten. Das wusste sie schon, als sie damit begann. Sie wiegte den kleinen Drachen in ihren Armen und murmelte beruhigende Worte. Sie ließ all ihre Kraft in den matten Körper fließen. Lina stärkte seine Lunge, um ihm das Atmen zu erleichtern, sein Herz, damit es wieder im richtigen Rhythmus schlug, und sein Gehirn, das in der Kälte den meisten Schaden genommen hatte. Dort allerdings stieß sie an ihre Grenzen. Er würde niemals der Hellste aller Drachen sein, aber er würde leben.

Während der ganzen Zeit, in der Lina den kleinen Drachen heilte, konnte Darian seinen Blick nicht von ihr wenden. Es war die Art, wie sie dieses hässliche kleine Geschöpf in ihren Armen hielt, zärtlich über die nackte von Schuppenschäften übersäte Haut strich und ihn sanft wiegte. Wie sie ihre Wange an den riesigen Kopf schmiegte und beruhigende Worte murmelte. In diesem Moment war sie die Mutter dieses Drachen und er liebte sie für die Fähigkeit, sich diesem kleinen Geschöpf so hingebungsvoll zuwenden zu können. Er liebte sie einfach dafür, wer sie war und wie sie war. Auch zu ihm hatte sie in der letzten Nacht von Liebe gesprochen und er hoffte inständig, dass er sich ihrer Liebe würdig erweisen würde. Als Lina den kleinen Drachen freigab, waren weitere Stunden vergangen und als sie kraftlos nach hinten sank, war Darian bei ihr und fing sie auf. Lina ergab sich in seine Umarmung und sank in eine tiefe Ohnmacht.

»War das der Grund, warum sie kommen sollte?« Darian klang vorwurfsvoll. Er hob Lina hoch und blickte sorgenvoll auf sie hinab. Sic sah furchtbar blass aus.

Die Antwort, die er gefordert hatte, bekam er von der Drachenmagierin. »Nein, wir hatten keine Ahnung, dass sie dazu fähig ist.«

»Jetzt wisst ihr es. Und sie wird es nicht wieder tun, verstanden?« So mit der Drachenmagierin zu sprechen, war absolut respektlos. Aber es war ja sowieso nicht das erste Mal, dass er es ihr gegenüber an Respekt mangeln ließ.

»Beruhige dich, es geht ihr gut«, sagte Drogonn, der zu Darian getreten war.

»Sieht das so aus?« Darian konnte sich selbst nicht erklären, warum er so gereizt reagierte. Lina war zu nichts gezwungen worden. Und trotzdem war es ihm unerträglich, sie so kraftlos zu sehen.

»Ich glaube, du unterschätzt das Mädchen in deinen Armen.« Drogonn konnte sich ein Schmunzeln nicht verkneifen. »Sie ist keine gewöhnliche Schöpferin. Sie ist zur Hälfte Andavyan. Du nennst sie ›kleine Magierin‹, aber sie verfügt über die Kräfte der mächtigsten Andavyanheilerin, die es je gegeben hat. Sie ist müde, aber das ist auch schon alles. Eine Heilerin kann nur so weit gehen, wie es ihre eigenen Kräfte zulassen. Und jetzt komm mit, bevor du den Drachenfürsten mit deiner Rüpelei tatsächlich noch verärgerst.«

Darian ließ sich, mit Lina in seinen Armen, aus der Höhle führen. Auf die finstere Miene, die er aufgesetzt hatte, verzichtete er aber trotzdem nicht.

»Ich gratuliere dir zu deinem Jungen, Esra-Dragona«, sagte Drogonn noch im Hinausgehen. »Er ist ein Prachtkerl.«

›Von wegen‹, dachte Darian. Er folgte Drogonn in eines der Gästequartiere, die es auch im Drachenhost gab. Dort bettete er Lina auf ein geräumiges Lager und wachte über ihren Schlaf, während sie wieder zu Kräften kam. Drogonns Worte hallten noch in seinem Kopf. »Sie ist zur Hälfte Andavyan.« Das war es also, was sie ihm vorenthalten hatte. Es erklärte ihre Heilkräfte. Sie war so viel mehr, als der erste Anschein erkennen ließ, und doch würde sie für ihn immer seine kleine Magierin bleiben.

Lina durchbrach die Grenze der Traumwelt wie ein Taucher die Wasseroberfläche, nachdem er zu lange ohne Luft gewesen war. Sie zitterte am ganzen Körper. Dabei war es doch ein so schönes Gefühl gewesen, den kleinen Drachen zu heilen. Sie war vollkommen erschöpft in einen tiefen Schlaf gefallen. Erschöpft, aber glücklich. Er war ein uraltes Wesen, auch wenn er eben erst geboren worden war. Ihn zu heilen war wohl das Größte, was sie je vollbracht hatte. Aber dann irgendwann während der Zeit, in der sie sich dem süßen, erholsamen Schlaf anvertraut hatte, und der Wärme, die sie durch Darians sanfte Berührungen sogar in ihrem Dämmerzustand gespürt hatte, war eine Veränderung passiert. Sie hatte sich aus der Realität gezogen gefühlt. In eine Zeit, die in der Zukunft lag. Schlachtenlärm war zu hören gewesen, der Geruch von Blut und Tod lag in der Luft. Und sie sah Nachtmahre eine Gruppe Dunkelelfen und Zwerge in den Wald verfolgen, rotäugige Kreaturen, siegessicher und dürstend nach Blut. Sie sah einen Drachen vom Himmel stürzen und sie sah Darian eingekreist von Nachtmahren, sah ihn sterben. Erst da war es ihr möglich, aus diesem Albtraum auszubrechen, nach Luft ringend, zitternd und schwitzend. Langsam wurde ihr klar, dass es kein Albtraum gewesen war, sondern eine weitere Vision. Lina hatte die Zukunft gesehen, so wie sie es schon viele Male zuvor gesehen hatte. Tränen liefen ihr übers Gesicht, unkontrollierbar. Mit fahrigen Bewegungen blickte sie sich um. Sie suchte nach Darian. Er stand ihm Höhleneingang und unterhielt sich leise mit Drogonn. Sie sprang auf, lief auf ihn zu und warf sich in seine Arme.

»Was hast du, Kleines?« Er hatte sie gar nicht kommen sehen, hatte nur gespürt, wie sie plötzlich in seine Arme gestürzt war. Über ihren blonden Schopf hinweg sah er Drogonn Hilfe suchend an. Aber alles, was er zurückbekam, war ein ebenso hilfloses Schulterzucken und dann zog sich der Andavyan dezent zurück. Hätte Darian es nicht besser gewusst, er hätte gesagt, Drogonn flüchtete.

Lina klammerte sich immer noch mit unglaublicher Kraft an ihm fest. Sie hatte ihr Gesicht an seiner Brust vergraben und weinte. Sie ließ sich einfach nicht beruhigen.

Darian schloss seine Hände um ihr Gesicht und zwang sie, ihn anzusehen. »Was ist mit dir?«, fragte er erneut. Sanft, aber bestimmt.

»Ich habe Dinge gesehen, so schrecklich, so real …« Sie brach ab. Es war ihr nicht möglich, weiterzusprechen.

»Was auch immer du gesehen hast, wird nicht geschehen. Ich verspreche es.«

»Wie kannst du das?« In dieser Frage schwang die Hoffnung mit, dass er tatsächlich alleine durch seinen Willen dazu fähig war, die Zukunft zu verändern.

Darian verlor keine weiteren Worte mehr. Stattdessen küsste er ihre Tränen weg. Sie schmeckten salzig, aber es waren ihre Tränen. Und dann erstickte er ihr Schluchzen mit einem Kuss. Es half, denn er konnte spüren, wie sie sich entspannte, das Zittern nachließ und das Schluchzen verebbte. Erinnerungen an die letzte Nacht standen ihm plötzlich wieder vor Augen. Sein Kuss wurde leidenschaftlich und fordernd und Lina ließ sich davon mitreißen. Seine Hände strichen über ihren Rücken bis zu ihren Hüften.

Lina schien seine Gedanken erraten zu haben, denn sie löste sich aus seiner Umarmung, sah ihn fest an und sagte immer noch schwer atmend: »Vergiss es. Nicht im Drachenhorst.«

»Schade«, meinte Darian mit einem Lächeln, das Lina beinahe ins Wanken gebracht hätte. Aber zumindest hatte er sie auf andere Gedanken gebracht.

Drogonn war geflüchtet, so schnell er konnte, als Lina weinend in Darians Arme gestürzt war. Sie hatten gerade darüber gesprochen, dass es ihm ein absolutes Rätsel war, wie die Nachtmahre den Drachenhorst hatten unbemerkt betreten und wieder verlassen können. Und Darian hatte ihm erzählt, dass sie in den Dunkelwäldern genau das gleiche Problem hatten. Nachtmahre, die unbemerkt durch die Wälder streiften, ohne von den Attanar entdeckt zu werden. Drogonn würde dieser Sache noch genauer auf den Grund gehen müssen. Er war noch nicht weit gekommen, als er die Stimme der Drachenmagierin in seinem Kopf vernahm. Anta-Dragona bat ihn zu sich, und Drogonn leistete dieser Bitte Folge.

»Sie hat den kleinen Drachen geheilt, obwohl es hoffnungslos war«, sagte Anta-Dragona zur Begrüßung.

Drogonn nickte. Wenn sich Anta-Dragona nicht einmal mit einer Begrüßung aufhielt, dann hatte sie etwas Dringendes auf dem Herzen. »Aber das ist doch wunderbar!«

»Ja, natürlich. Es ist Arianas Kraft, aber da ist noch mehr. Hast du es nicht gespürt?«, erkundigte sie sich.

Drogonn war sich nicht ganz sicher, was sie meinte. Er hatte gespürt, dass die Andavyankräfte stark waren, über die Lina verfügte, und er war sich bewusst, dass sie diese Kräfte gar nicht alle ausgeschöpft hatte, womöglich gar nicht wusste, wie sie sie einsetzen musste. Linas Schwächeanfall nach der Heilung ließ ihn das vermuten. Lupinia würde sie schulen müssen, wenn sie endlich zurückkehrte. Aber er sah an Anta-Dragonas Blick, dass sie auf etwas anderes hinauswollte.

»Sie hat Seherkräfte.«

»Tatsächlich?« Drogonn glaubte seinen Ohren nicht zu trauen. Die Seherkraft war die seltenste der Andavyankräfte. Selbst in der alten Welt war sie überaus selten gewesen. Es hatte beinahe an ein Wunder gegrenzt, dass sich eine Seherin damals dazu entschlossen hatte, bei den letzten Andavyan hier in Menduria zu bleiben. Galan, die sie damals für einen Segen gehalten hatten, hatte sich allerdings als Fluch erwiesen.

Anta-Dragona riss ihn aus seinen Erinnerungen. »Sie hatte eben eine Vision. Ich habe die Bilder mit ihr geteilt, aber heraufbeschworen hat sie Lina.«

»Was hast du gesehen?«, erkundigte sich Drogonn.

»Nichts Gutes.«

Das war keine besonders hilfreiche Antwort, jedoch typisch für Anta-Dragona. Aber war es auch eine unveränderliche Zukunft? Die Visionen aus dem Gezeitenmeer waren oft schwer zu deuten. Er stellte genau diese Frage.

»Ihr Blick ist sehr klar. Diese Zukunft ist sehr wahrscheinlich, wenn auch nicht ganz unabänderlich. Zu vieles ist noch unklar. Aber eines sehe ich ganz genau. Um diese Welt zu schützen, werden wir den beiden sehr wehtun, Drogonn. Du und ich. Und ich fürchte, es wird Lina sein, die wir so verletzen, dass sie uns das nicht verzeiht.«

Drogonn schluckte schwer. Er hatte Lina in sein Herz geschlossen. Und er mochte auch Darian. Egal, wie rüpelhaft der Dunkelelf manchmal war. Aber er würde tun, was nötig war, um Menduria zu schützen. Das hatten die letzten Andavyan damals geschworen, als der Rest ihres Volkes Menduria verlassen hatte. Er hoffte inständig, dass die Drachenmagierin eine Version der Zukunft sah, die sich so nicht erfüllen würde. Vorgekommen war das schon.

Lina hatte ihre Finger mit seinen verflochten. Sie waren im Begriff, den Drachenhorst zu verlassen und hatten den Ausgang der gigantischen Höhle bereits erreicht, als Esra-Dragona plötzlich vor ihnen stand. In der untergehenden Sonne glänzten ihre Schuppen wie das türkisfarbene Meer an einem Sandstrand.

»Du hast mein Junges gerettet, Lina von den Schöpfern.« Die Drachenstimme war betörend und sanft. So etwas wie ein Lächeln erschien in den Zügen der Drachenamazone. »Ich kann dir gar nicht genug dafür danken und möchte dich daher um die Ehre bitten, ihm einen Namen zu geben.«

Aus dem Augenwinkel konnte Lina Darians überraschten Gesichtsausdruck erkennen. Plötzlich fiel ihr etwas ein.

»Ich habe einem Kobold versprochen, dass ich euch von seiner Hilfe erzähle. Ohne ihn wären der kleine Drache und ich selbst nicht entkommen. Sein Name war Arkvir. Vielleicht könnt ihr das bei der Namenswahl berücksichtigen?«

Esra-Dragona nickte zustimmend. »Dann soll sein Name Ark-Dragon sein.«

Lina musste an den Kobold denken, und wie wichtig es ihm

gewesen war, dass sie den Drachen von seiner Mithilfe berichtete. Lina seufzte wehmütig. »Das hätte ihm bestimmt gefallen.«

Esra-Dragona begleitete die beiden nach draußen, wo Set-Dragon bereits wartete, um sie wieder in die Dunkelwälder zu bringen.

»Du kommst doch bald wieder, nicht wahr?«, erkundigte sich Esra-Dragona. »Ark-Dragon hat bereits nach dir gefragt.«

»Er spricht schon?« Lina konnte das kaum glauben.

Esra-Dragona ließ ein Lachen vernehmen, das Ähnlichkeit mit dem Läuten einer Glocke hatte. »Nein, er sendet Bilder und darunter ist immer wieder dein Gesicht. Sprechen wird er noch lernen müssen. Also, komm bald wieder!«

»Das mache ich«, versprach Lina und musste zugeben, dass sie sich darauf freute, das hässliche kleine Drachenjunge wiederzusehen.

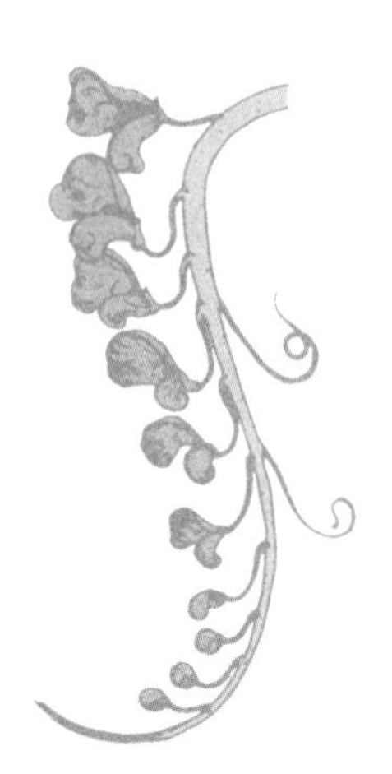

Das Urteil

Es war bereits dunkel, als Set-Dragon auf der Lichtung im Schein des aufgehenden Blutmondes landete. Eigentlich hatte Darian gehofft, den Rest des Abends mit Lina zu verbringen. Aber daraus wurde nichts, denn kaum waren sie gelandet, kam ihnen Solvay entgegen. Sein Gesicht sprach Bände, zumindest für Darian. Es gab Ärger.

»Der Rat der Ältesten will dich sehen.«

»Wieder Nachtmahrangriffe?«, erkundigte sich Darian besorgt.

»Schlimmer.«

Heiliger Schöpferfluch, was konnte denn schlimmer sein als das?

Lina nickte Solvay lächelnd zu und wollte sich verabschieden.

»Wartest du in meiner Kammer auf mich?« Darian machte sich nicht die Mühe, seine hoffnungsvolle Erwartung zu verbergen.

»Wenn du das möchtest.« Sie nickte lächelnd und wollte gehen. Doch Solvay hielt sie zurück.

»Einen Moment noch, Lina. Kannst du mir sagen, wer das

Leichenfeuer in der Höhle entzündet hat, die die Nachtmahre überfallen haben?«

»Aswan. Sie hat mir gesagt, ich soll draußen warten. Es sei eine Sache der Dunkelelfen.«

»Und was geschah dann?«, wollte Solvay weiter wissen.

»Ich hab gewartet, aber sie war verschwunden.«

Solvays Miene war noch eine Spur ernster geworden. Seine Kieferknochen arbeiteten, seine sonst so freundlichen Augen waren verengt. »Danke, Lina.«

Als sie außer Hörweite war, konnte Darian sich nicht mehr zurückhalten. Entsetzen spiegelte sich in seinen Augen wider, als er die Tragweite von Solvays Fragen begriff. »Sag nicht, sie hat das absichtlich getan!«

Solvay nickte langsam. Es war ihm anzusehen, dass auch er fassungslos war. »Doch, Darian. Sie hat den Elfencodex gebrochen, und zwar mit voller Absicht. Und du weißt auch, warum sie es getan hat und was das bedeutet.«

Darian sank auf ein Knie nieder, die Hände zu Fäusten geballt. Dann schlug er mit der linken so kräftig auf den Waldboden, dass seine Knöchel knackten. »Dieses verfluchte Miststück!«, zischte er.

Wie hatte sie das nur tun können? Er hatte sie für nachlässig gehalten, vielleicht sogar für unfähig. So etwas durfte einer Attanarjägerin nicht passieren. Aber dass sie so hinterhältig war und Lina mit voller Absicht in die Hände der Nachtmahre getrieben hatte, auf diese Idee wäre er nicht gekommen. Es war eine Mischung aus Abscheu und Hass, der in seinen Augen aufloderte, als er sich erhob und die Schultern straffte. »Ich nehme an, der Rat will das schlimmste Urteil.«

Solvay nickte.

Gemeinsam machten sie sich auf den Weg, um den Rat der Ältesten zu treffen.

Als Darian zurückkam, war es bereits späte Nacht und der Blutmond hatte den Zenit längst überschritten. Dieser Abend hatte ihm die Laune gründlich verdorben, und morgen würde er seinen schlimmsten Dämonen gegenüberstehen. Wieder einmal verfluchte er den Tag, an dem er diese Bürde von Finrod übernommen hatte.

Als er in seine Kammer kam, schlief Lina bereits. Mit unter den Kopf geschobenen Händen lag sie quer auf dem Bett. Es war kühl geworden und Darian breitete eine warme Felldecke über sie und zog sie ihr bis über die Schultern. Ganz vorsichtig strich er ihr eine Locke aus dem Gesicht. Im Licht der Bernsteine, das zarte Schatten auf ihre entspannten Züge warf, sah sie noch feenhafter, noch unwirklicher und jünger aus als sonst. Darian legte sich neben sie und sah sie nur an. Allein ihr Anblick war Balsam für seine Seele. Wie würde sie von morgen an über ihn denken? So wie er sie kennengelernt hatte, würde sie es verurteilen. Verfluchter Mist! Aber der Elfencodex war bindend. Er hatte keine Wahl.

Als Lina am nächsten Morgen erwachte, war Darian bereits fort. Sie wusste, dass er da gewesen war, denn sie war in weiche Decken gehüllt. Wieso nur hatte er sie nicht geweckt?

Nach der Dampfgrotte, die heute Morgen fast leer war, beschloss Lina in einem der Gemeinschaftsräume vorbeizusehen. Aber auch hier waren nicht viele Elfen und diejenigen, die anwesend waren, hüllten sich in bedeutungsschwangeres Schweigen. Irgendetwas stimmte nicht.

Lina suchte Yatlyn in ihrer Kammer auf, um sich nach dem Grund zu erkundigen. Und so erfuhr sie, was es mit der düsteren Stimmung auf sich hatte, die heute die Dunkelwälder einzuhüllen schien.

»Der Rat hat Aswan verurteilt«, sagte die Elfe gedrückt.

»Verurteilt? Weswegen?«

»Sie hat den Elfencodex gebrochen, als sie dich bei den Höhlen alleine zurückgelassen hat. Sie hat gewusst, dass Nachtmahre in der Umgebung waren, und dass es nur eine Frage der Zeit war, bis sie dich erwischen würden. Genauso gut hätte sie dir selbst ein Messer in die Brust rammen können.«

»Ja, aber es ist doch gut ausgegangen«, widersprach Lina. »Mir ist nichts geschehen.«

»Darum geht es nicht. Und damit hatte sie auch nicht gerechnet.«

Lina wusste, was der Elfencodex zu bedeuten hatte. Einfache Regeln, aber sinnvoll. Die Geschichte mit der Partnerwahl war nur ein Punkt und bei Weitem nicht der wichtigste. Aber jemanden, der unter dem Schutz des Elfencodex stand, absichtlich zu gefährden, war das schlimmste Vergehen. Das war ähnlich dem ›Du sollst nicht töten‹ ihrer Welt.

»Wie lautet das Urteil?« Lina hatte mittlerweile ein wirklich mulmiges Gefühl im Magen.

»Sie haben sie zum Tode durch die Schwerter des Clanführers verurteilt.«

»Nein!« Aus Linas Stimme sprach Entsetzen. Darian sollte das Urteil vollstrecken? Das konnte sie sich einfach nicht vorstellen. Er würde sich bestimmt weigern. Immerhin waren er und Aswan … na gut, daran wollte sie eigentlich gar nicht denken, aber trotzdem. Das konnte er doch nicht tun!

»Wann und wo?«

»Jeden Moment auf dem Versammlungsplatz«, erwiderte Yatlyn leise.

Lina kam vollkommen außer Atem auf dem randvollen Versammlungsplatz an. Die Gesichter der Anwesenden zeigten keine Schadenfreude oder Sensationsgier, eher Bestürzung.

Rücksichtslos drängte sich Lina nach vorne, bis sie den freien Platz erreichte. Aswan stand in der Mitte und wurde von zwei Attanarjägern an den Armen festgehalten. Man hatte ihr die Hände gefesselt. Die Ratselfen, die von Elladon angeführt wurden, standen etwas abseits. Darian kam quer über den Platz und näherte sich der Verurteilten. Er hatte die beiden schwarzen Schwerter bereits gezogen. Seine Schritte wirkten nicht so tänzerisch wie sonst, eher von großer Willensanstrengung getrieben. Und dann entdeckte er Lina und seine Augen weiteten sich unmerklich.

Darian hatte gehofft, dass Lina nicht anwesend sein würde. Aber nun stand sie da und blickte ihn flehend an. Ein kaum wahrnehmbares Kopfschütteln begleitete ihren Blick. Darian fühlte sich hundeelend. Verfluchte Aswan! Sie hatte die Frau, die er liebte, aus dem Weg räumen wollen. Allein dafür sollte er das Urteil vollstrecken. Freude würde es ihm nicht bereiten, aber er würde es tun. Dazu war er verpflichtet. Es war die verhassteste Verpflichtung eines Clanführers. Der Rat fällte das Urteil, aber er musste es vollstrecken. Was hatte Finrod ihm bloß angetan?

»Im Namen des Rates, vollstrecke das Urteil, Clanführer!«, erklang die tragende Stimme Elladons.

Darian trat vor Aswan. Die Elfe war von ihren Bewachern auf die Knie gezwungen worden und hatte ihren Blick nun direkt auf ihn gerichtet. Darian hob die schwarzen Schwerter überkreuzt in Augenhöhe und spannte die Muskeln. Es sollte schnell gehen, wenigstens das. Er holte tief Luft und …

»Warte! Tu es nicht!« Linas Stimme klang beschwörend. Sie war in die Mitte des Platzes getreten. Alle Augen hatten sich auf sie gerichtet.

Darian ließ die Schwerter sinken, und blickte sie an. »Es

steht nicht in meiner Macht.« Dann wandte er sich an Solvay. »Bitte bring sie hier weg.«

Lina sah aus, als würde sie jeden Augenblick eine Szene machen. Das war wirklich das Letzte, was er jetzt gebrauchen konnte.

Doch als Solvay sie mit sanftem Druck am Arm nahm und wegführen wollte, riss sie sich los und wandte sich erneut an Darian. »Mag sein, dass es nicht in deiner Macht steht, aber es steht in meiner!«

Solvay griff nicht wieder nach ihrer Hand und Darian blickte sie abwartend an.

»Wenn ich den Elfencodex richtig verstanden habe, dann steht es dem Opfer zu, für den Täter zu sprechen.«

Darian nickte langsam.

»Gut«, sagte Lina, sank neben Aswan auf die Knie und blickte zu Darian auf. »Dann bitte ich hiermit um Gnade für sie.«

»Du …« Für einen Augenblick war er sprachlos. Sie war einfach unglaublich! Sein fragender Blick wanderte zu Elladon und dem Rat der Ältesten, die daraufhin die Köpfe zusammensteckten. Es waren bange Augenblicke des Wartens, in denen Darian Linas Blick festhielt und zu ergründen versuchte, was in ihr vorging. Es gelang ihm nicht. Dann war plötzlich Elladons Stimme in der Stille zu vernehmen. »Der Rat hat deine Bitte um Gnade anerkannt, Lina von den Schöpfern. Aber die Tat darf nicht ungeahndet bleiben. Daher verwandeln wir das Todesurteil in Verbannung auf Lebenszeit!«

Ein erleichtertes Aufatmen ging durch die Menge. Nur vereinzelt war ein Murren zu vernehmen.

Aswan selbst schien auch nicht begeistert. Sie blickte Lina hasserfüllt an. »Ich bin dir dafür nicht dankbar«, stellte sie unmissverständlich klar.

In einer eleganten Bewegung, die der einer Elfe um nichts nachstand, erhob sich Lina und sah Aswan nun von oben herab an. »Ich habe es auch nicht für dich getan.« Ohne die Elfe eines weiteren Blickes zu würdigen, trat sie neben Darian. »Du schuldest mir was«, flüsterte sie gerade so laut, dass nur er sie verstehen konnte.

Als sie den Platz verließ, konnte sie die Blicke spüren, die auf ihr ruhten, seinen besonders. Ja, er schuldete ihr etwas. Lina hatte ihn gegen seine inneren Dämonen kämpfen sehen. Er hätte das Urteil vollstreckt, so wie es der Elfencodex verlangt hatte. Aber nun, da sie es abgewendet hatte, war er unendlich erleichtert, das hatten seine Augen verraten.

Darian blickte ihr hinterher. Immer noch konnte er nicht fassen, was sie eben getan hatte. Selbstverständlich kannte er das Recht auf Fürsprache des Opfers. Dass Lina es kannte, verwunderte ihn, noch mehr allerdings, dass sie davon Gebrauch gemacht hatte. Aswan hatte sie gequält, erniedrigt und schlussendlich versucht, sie zu töten. Er selbst hätte nicht gekonnt, was Lina eben getan hatte. Aber sie war eine schlechte Lügnerin. Denn sie hatte es nicht alleine für ihn getan. Selbst wenn ein anderer das Urteil hätte vollstrecken müssen, hätte sie genauso gehandelt. Das wiederum hatte er in ihrem Gesicht gelesen. War das die Art der Schöpfer, Großmut zu zeigen? Oder war nur Lina so? Darian konnte es nicht sagen. Aber in diesem Augenblick wurde ihm klar, dass er dieser Frau vollkommen verfallen war. Ohne sie wollte er keinen weiteren Tag mehr leben. Sie sollte seine Gefährtin werden. Sie und sonst keine.

Stellte sich nur noch die Frage, ob sie das auch wollte.

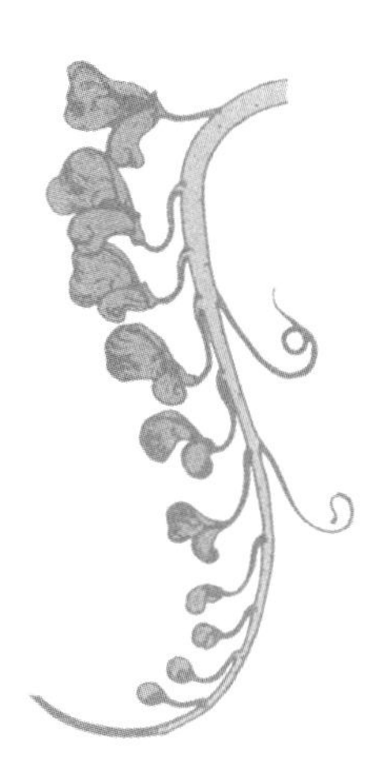

Verlockendes Angebot

Während der nächsten Tage sah Lina Darian nicht sehr oft. Sie verbrachte sehr viel Zeit im Drachenhorst, wo Ark-Dragon sich prächtig entwickelte und Lina beinahe zusehen konnte, wie er wuchs. Darian dagegen war oft mit Set-Dragon auf Erkundungsflug, bei den Zwergen oder einfach nur zwischen den Höhlen unterwegs. Leider hatte es auch immer wieder kleinere Gefechte mit vereinzelt durch den Wald streifenden Nachtmahrtruppen gegeben. Danach waren Linas Heilkräfte immer vonnöten gewesen. Ständig tönte das helle Signalhorn und ließ sie aus dem Schlaf hochschrecken. Lina hatte ein paar Tage nach Aswans Verbannung auf Darians Bitte hin ihre Sachen gepackt und war ganz offiziell bei ihm eingezogen.

Es war schon ziemlich spät, als Darian an diesem Abend zurückkam. Set-Dragon hatte ihn abgesetzt und war dann im Nachthimmel verschwunden.

Auch Lina war gerade mit der Arbeit fertig geworden, die sie zumeist mit Yatlyn gemeinsam verrichtete. Die gesammelten Heilkräuter der Dreinacht waren mittlerweile so weit getrocknet, dass sie weiterverarbeitet werden konnten. Lina lernte täglich mehr über ihre Wirkung und ihren Gebrauch. Mittlerweile war sie imstande, einfache Tinkturen eigenständig herzustellen. Ein erhebendes Gefühl.

Als sie die Kammer betrat, war Darian schon da. Er hatte die Schwertgurte achtlos in eine Ecke geworfen und saß mit auf den Knien abgestützten Ellenbogen auf der Bettkante, das Gesicht in die Hände vergraben.

»Ah, mein dunkler Prinz ist zurückgekehrt«, sagte Lina aufmunternd, während sie zu ihm trat. Sie hatte sich diese Bezeichnung von der Zwergenführerin kurzerhand gestohlen, weil sie fand, dass ihn das am besten beschrieb.

»Kleine Magierin«, sagte er seufzend, verschränkte seine Arme in ihrem Rücken und schmiegte sein Gesicht an ihren Bauch.

Er sah müde aus. Aber das war nicht alles. Eine tiefe Sorgenfalte hatte sich gebildet, als er die Stirn krauszog.

Lina hatte ihre Hände in seinem Haar vergraben und ließ sanft ihre Fingerspitzen kreisen. »Du siehst besorgt aus. Was ist los?«

»Nichts. Es ist alles in Ordnung.«

Sie löste seine Hände hinter ihrem Rücken und ging vor ihm in die Hocke. »Weißt du, ich bin nicht nur ein weiches Kopfkissen«, sagte sie, wobei der leise Vorwurf in ihrer Stimme nicht zu überhören war. »In meiner Welt erzählen sich Paare von ihren Sorgen.«

Darian blickte sie an und schien sie erst jetzt so richtig wahrzunehmen. »Entschuldige. Du hast recht. Aber ich bin das nicht gewöhnt. Ich habe sonst immer alles mit Solvay besprochen.«

»Na ja, vielleicht solltest du dann besser mit Solvay ins Bett gehen«, meinte Lina leichthin.

»Heiliger Schöpferfluch, nein!«, rief Darian in gespieltem Entsetzen. »Der schnarcht fürchterlich.«

Lina lachte. Sie konnte sehen, wie er sich durch ihre Heiterkeit anstecken ließ.

»Sag schon, was beunruhigt dich?«, begann sie erneut.

Darians Blick wurde ernst. »Wir werden diese Schlacht verlieren, die uns da bevorsteht.«

»Das kannst du doch gar nicht wissen«, entgegnete Lina und tat viel ungezwungener, als ihr zumute war. »Du hast doch die Zwerge auf deiner Seite. Ich habe gehört, dass sie sehr gute Kämpfer sind. Und die Drachen werden uns beistehen.«

»Und es wird trotzdem nicht genügen«, gab er matt zurück. »Ich war heute mit Set-Dragon auf der anderen Seite der Meerenge von Lyras, dort wo die Eiswüste beginnt. Sie ziehen dort ein riesiges Heer zusammen. Wenn sie damit übersetzen, überrennen sie uns.«

Lina blickte ihn ernst an. »Können wir irgendetwas dagegen tun?«

»Wir bräuchten mehr Verbündete. Genauer gesagt, wir bräuchten die Lichtelfen auf unserer Seite.« Die letzten Worte hatte er nur noch mit Mühe über die Lippen gebracht. Allein zuzugeben, dass sie die Hilfe der Lichtelfen benötigten, schien eine Qual für ihn zu sein.

»Und warum bitten wir sie dann nicht um Hilfe?«, erkundigte sich Lina, die den Gedanken an eine Allianz mit den Lichtelfen für ziemlich gut hielt.

»Weil mein Verhältnis zum Fürstenpaar nicht unbedingt das beste ist. Die schätzen meine unverblümte Art, die Dinge beim Namen zu nennen, nicht so sehr.«

Lina schmunzelte. Solvay hatte ihr von Darians legendären Auftritten bei den Lichtelfen erzählt.

»Das kann ich mir bei dir gar nicht vorstellen«, sagte sie mit Unschuldsmiene. Doch dann kam ihr ein verwegener Gedanke, den sie im ersten Augenblick verwarf, der ihr bei näherer Betrachtung aber doch nicht so abwegig erschien.

»Würdest du mir gestatten, im Namen der Dunkelelfen mit ihnen zu sprechen?«, erkundigte sie sich vorsichtig. Sie hatte keine Ahnung, wie er darauf reagieren würde.

Darian stutzte. »Wieso denkst du, du hättest mehr Erfolgsaussichten als ich?« Ein kurzes Lächeln huschte über sein Gesicht. »Wobei, ein stummer Kobold hätte bessere Chancen beim Fürstenpaar als ich.«

»Sagen wir, ich habe ein paar gute Argumente«, meinte Lina ausweichend.

»Die du mir nicht verrätst?«

»Richtig«, sagte Lina knapp. »Also, lässt du es mich versuchen?«

»Warum nicht?«, meinte Darian. »Was haben wir schon zu verlieren? Aber ich möchte, dass du Solvay mitnimmst. Sein gutes Verhältnis zu Leasar könnte vielleicht helfen.«

»Gut. Dann komm mit«, sagte Lina und zog ihn mit sich hoch. »Ich weiß, was du jetzt brauchst.«

»Dampfgrotte?«

In den letzten Tagen waren sie oft spätnachts noch dort gewesen.

»Nein. Viel besser«, sagt Lina geheimnisvoll. »Ich zeig dir meinen Lieblingsplatz in den Dunkelwäldern.«

Darian folgte ihr hinaus in den Wald.

»Dieser Ort steht unter dem Schutz der Blutmondgöttin«, sagte Lina, als sie ihn wenig später, die Hände an seinen Hüften, vor sich in den kaskadenartigen Wasserfall schob. »Aber das weißt du ja bestimmt.«

Darian nickte. »Die meisten Dunkelelfen meiden ihn. Auch außerhalb der Dreinacht. Zu viel Magie, sagen sie.«

»Deshalb gefällt er mir so gut«, meinte Lina. »Weil er magisch ist.« Sie stand hinter ihm, hatte ihre Arme um seine Brust geschlungen und sah zu, wie sich sein zerzaustes Haar unter dem Wasserstrahl glättete und nun einen Teil der Dunkelelfenlegende auf seinem Rücken verdeckte. Lina schob die nassen Flechten zur Seite und begann die einzelnen Runen zuerst mit ihren Fingern und dann mit ihren Lippen nachzuzeichnen. »Diese Runen sind wunderschön«, flüsterte sie.

Darian seufzte tief und drehte sich dann zu ihr um. »Das Wichtigste fehlt«, sagte er und blickte ihr dabei fest in die Augen.

»Was denn?«

»Dieser Teil.« Er zeichnete dabei mit dem Daumen auf Linas Rücken die Linie von der Mitte ihres Rückgrates abwärts nach.

Sie wusste, welcher Teil der Elfenlegende sich dort befand. »Und was genau fehlt dir dort?«

»Dein Name.«

Lina stockte der Atem, während er immer noch ihren Blick festhielt.

»Möchtest du das, Lina? Möchtest du meine Gefährtin sein und den Rest deines Lebens mit mir verbringen?«

Lina schlang die Arme um seinen Nacken. Ihre Stimme zitterte, aber sie sagte klar und deutlich: »Ich könnte mir nichts Schöneres vorstellen.«

Darian schloss kurz die Augen, um ihre Worte ganz auf sich wirken zu lassen. Dann nahm er ihr Gesicht zwischen beide Hände und küsste sie, tief und zärtlich. Nur ein leises Seufzen verriet seine sich lösende Anspannung. Vor dieser Frage hatte er sich wirklich gefürchtet. Er hätte nicht gewusst, was er hätte tun sollen, wenn sie es abgelehnt hätte. Aber sie hatte ›Ja‹ gesagt. Diese unglaubliche Frau wollte ihn zum Gefährten. Er war der größte Glückspilz Mendurias!

»Gestattet euer Elfencodex mir auch, eine Legende zu tragen?«, erkundigte sich Lina, als er schließlich seine Lippen wieder von ihren gelöst hatte.

Darian nickte, während er seine Hände über ihren Körper wandern ließ.

»Dann möchte ich auch eine Elfenlegende, die jeden wissen lässt, dass du mein Gefährte bist.« Es war das, was sie sich gewünscht hatte, seit sie hierhergekommen war. Sie wollte bei ihm bleiben, für immer. Sie blickte in seine wunderschönen dunklen Augen und sah dort die Liebe erwidert, die sie für ihn empfand. Lina war so glücklich wie nie zuvor in ihrem Leben.

Mit einem Lächeln schob Darian sie gegen die Felswand und vergrub sein Gesicht an ihrem Hals. Dabei rieb er seine Nase an ihrem Nacken. »Mmmh, süß wie Honig«, raunte er ihr ins Ohr und lächelte sie an.

Lina schob ihn ein Stück von sich, um ihm direkt in die Augen sehen zu können.

»Du erinnerst dich daran?« Dann war er also doch nicht so betrunken gewesen, wie sie gedacht hatte.

»Und ob ich mich erinnere! Weißt du, es gehört schon etwas mehr Zwergenmet dazu, um mich außer Gefecht zu setzen. Und nach dem, was Gwindra über die Nachtmahre erzählt hatte, wäre es im höchsten Maße unverantwortlich von mir gewesen, nicht vollkommen verteidigungsbereit zu sein.«

»Du Schuft!« Sie knuffte ihn unsanft in die Rippen. »Ich hab damals für einen Moment gedacht, du würdest mich küssen.«

»Oh, das wollte ich, glaub mir. Aber ich durfte nicht.«

Lina nickte. »Elfencodex, ich weiß.« Ihr Blick war jetzt zu einer einzigen verführerischen Herausforderung geworden. »Aber mal angenommen, du hättest es trotzdem getan. Was wäre passiert?«

»Möchtest du das wirklich wissen?«

Lina blickte ihn unter halb geschlossenen Lidern an und nickte. Sie wollte nichts mehr als das. Und Darian küsste sie leidenschaftlich, während er sie an der Felswand höher schob. »Ich liebe dich, Kleines«, flüsterte er mit rauer Stimme.

»Bestimmt nicht mehr, als ich dich, mein dunkler Prinz.« Mit geschlossenen Augen ergab sie sich seinen Zärtlichkeiten. Dieser Elfenmann war einfach unwiderstehlich, ein bisschen unwirklich und nicht immer greifbar. Jede seiner Bewegungen war spielerisch und fließend, selbst jetzt. Ein Leben mit ihm würde sein wie dieses Liebesspiel. Darian war wie ein Fluss, in dessen Strömung sie sich treiben lassen konnte, sicher und geborgen. Er war ihr Heute, ihr Gestern und ihr Morgen. Und er würde ihr gehören, so wie sie in diesem Augenblick ihm gehörte. Er würde sie vervollständigen, so wie sein Name ihre Elfenlegende vervollständigen würde.

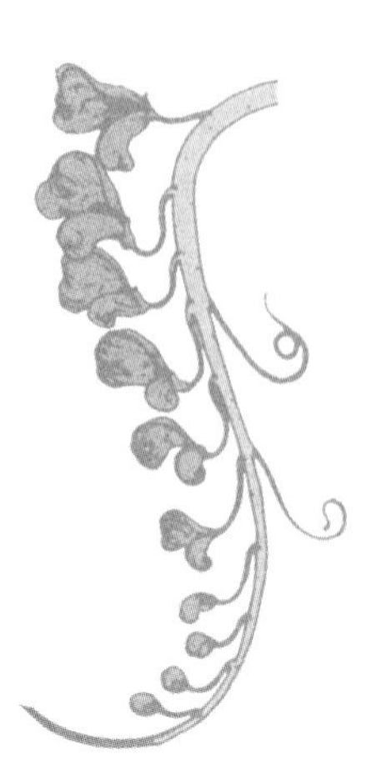

Schöpfung

Galan konnte ihren Wutanfall nicht unter Kontrolle bringen. Xedoc saß in der Halle, tief unter der Krallenfestung, rieb sich die Hände über dem Lavabecken und beobachtete das Toben der Seherin mit übertriebener Gelassenheit.

»Also ich muss mich schon sehr über deine Ausdrucksweise wundern«, meinte er und blickte Galan mit einer Mischung aus Belustigung und Faszination an. Schon vor Tagen hatte sie ihn aufgefordert, das Mädchen unverzüglich aus den Dunkelwäldern zu holen. Hatte von sich verändernden Gezeitensträngen gesprochen und von einer Gefahr, die durch das Eingreifen der Vorangegangenen für sein Fürstentum ausgehen würde. Xedoc hatte daraufhin einen Boten zu Blarn geschickt. Er war davon ausgegangen, dass der Nachtmahr seinen Auftrag mittlerweile erfüllt hatte. Aber so, wie sich Galan gebärdete, schien etwas schiefgelaufen zu sein. Sie fluchte, dass selbst eine Herde Zentauren dabei rot geworden wäre. Langsam hatte Xedoc genug.

»Wenn du dann mit dieser elenden Flucherei aufhören, und mir stattdessen sagen könntest, was geschehen ist, wäre ich dir sehr verbunden, Galan.« Er war zwar kein Lichtelf mehr, aber die kultivierten Umgangsformen seines Volkes schätzte er doch sehr.

Galan atmete tief durch, dann sagte sie: »Dieser verfluchte Fingerfresser hat versagt. Der Drache ist längst geschlüpft und auch die Schöpferin hat er immer noch nicht in seiner Gewalt.«

Xedocs Miene verfinsterte sich. Das war nun tatsächlich ärgerlich. Das Drachenei war ihm persönlich nicht wichtig. Wusste der Kuckuck, was Galan damit vorhatte. Er wollte das Mädchen, wollte Rache an ihm nehmen. Aber er hatte Zeit. Jede Menge davon, dank seiner Verbündeten. Trotzdem würde er Blarn noch einen Boten schicken, ihm noch einmal sehr klar vor Augen führen, welche Zukunft die Nachtmahre in der Calahadin erwartete. Xedoc wusste, wie verzweifelt die Lage der Rotäugigen in der Eiswüste war. Auch das war ein Werk der Geisterdämonen. »Ich kümmere mich darum«, sagte er abwehrend. »Und du suchst mir nach einem Weg, der uns das Gezeitenbuch verschafft.« Er hatte das berühmte Buch zwar niemals zu Gesicht bekommen, aber was er darüber gehört hatte, beflügelte seine Fantasie. Wenn stimmte, was Galan darüber erzählte, war es der Schlüssel zu seinem Sieg über Menduria.

Mit steigender Verzweiflung versuchte Lina, die komplizierte Formel zu entziffern, die ihr das Geheimnis des schmerzstillenden schwarzen Tranks verraten sollte. Aber die Elfenrunen waren nicht so einfach zu lesen und sie noch nicht sehr geübt darin. Lina seufzte verzweifelt. Für Yatlyn war das hier ein Kinderspiel. Eine Elfenhexe wäre sie in der Menschenwelt, und was für eine gute! Linas Heilkräfte erforderten nur Konzentration und den Willen zu heilen. Aber die wahre Meisterin in der Kunst des Heilens war in ihren Augen Yatlyn. Ihre Heilungen basierten auf Wissen und Erfahrung. Lina bemühte sich redlich, von ihr zu lernen und zu verstehen. Der Rest würde mit der Zeit kommen. Sie hatte Yatlyn gebeten, diesen Trunk alleine brauen zu dürfen. Nun bereute sie es, sich selbst so dermaßen überschätzt zu haben.

Erneut tief seufzend schob sie das Buch ein Stück von sich und schloss für einen Moment die bereits brennenden Augen.

»Probleme?«, hörte sie plötzlich Darians Stimme in ihrem Rücken. Er klang amüsiert.

Es war faszinierend, nur ein Wort von ihm reichte aus und Linas Stimmung hellte sich auf. Sie beschloss, es ebenfalls heiter zu nehmen, und als sie sich ihm zuwandte, sagte sie mit einem herausfordernden Lächeln: »Diese Schrift sieht aus, als hätte sie ein mit Zwergenmet abgefüllter Zentaure mit seinen Hufen verfasst. Da kann eine einfache Schöpferin doch nur scheitern.«

Darian fand den Vergleich ziemlich erheiternd. »Hast du denn schon einmal einen betrunkenen Zentauren gesehen?«

»Oh ja«, sagte Lina. »Es war faszinierend mitanzusehen, wie sich vier Hufe ineinander verstricken können, und der Besitzer trotzdem nicht fällt.«

Jetzt lachte Darian herzlich. »Du steckst voller Überraschungen, meine kleine Magierin. Hast du Lust, mich zu begleiten?«

»Und ob.« Sie sah ihn tagsüber so selten, dass sie sich diese Gelegenheit bestimmt nicht entgehen lassen würde.

»Gut, dann lass uns gehen. Ich muss hinauf ins Gebirge zu den Bergtrollen.«

»Bergtrolle?« Das klang gar nicht mehr so verlockend.

»Ich dachte, du solltest einmal welche sehen. Nicht dass du mir vor Schreck tot umfällst, solltest du zufällig einem über den Weg laufen. Bergtrolle hast du doch bestimmt noch nicht gesehen, oder?«

Hatte sie schon. In der Calahadin. Aber das würde sie ihm

bestimmt nicht verraten. »Und was ist mit dem Schmerzmittel?«, erkundigte sie sich daher ausweichend.

»Ach, das kann Yatlyn erledigen«, meinte Darian schulterzuckend. »Weißt du, sie kann die Zentaurenhufschrift nämlich problemlos lesen.«

Lina würde wohl damit leben müssen, ständig von ihm auf den Arm genommen zu werden. Aber er tat es jetzt liebevoll und nicht mehr mit beißendem Spott wie zu Anfang. Nicht zum ersten Mal dachte sie, dass er so anders war, als sie sich einen Elfen vorgestellt hatte. Aber was hatte sie denn schon von Elfen gewusst, ehe sie zum ersten Mal nach Menduria gekommen war?

Sie liefen in südlicher Richtung durch die Wälder. Hatte er im Beisein der anderen Dunkelelfen noch respektvollen Abstand zu ihr gehalten, so war seine Zurückhaltung zu Staub zerbröselt, sobald sie außer Sichtweite der östlichen Höhlenstadt gekommen waren. Kaum waren sie hinter der ersten Hügelkuppe angelangt, hatte er sie in seine Arme gezogen, und so innig geküsst, dass Lina die Sinne schwanden.

»Weißt du, im Grunde genommen spielt es keine Rolle, ob du einen Troll schon einmal gesehen hast oder nicht. Ihr Anblick ist immer ein Schock. Sie sind gutmütig, aber eben furchtbar hässlich. Und sie waren ein grandioser Vorwand, um mit dir alleine zu sein«, flüsterte er vielsagend, nahm ihre Hand und ging weiter.

Lina hatte den betörenden Geschmack seines letzten Kusses noch auf den Lippen, als er erneut stehen blieb und dieses Spiel wiederholte. Und dann noch einmal. Aber jedes Mal, wenn sie kurz davor stand, jegliche Kontrolle aufzugeben, zog er sich zurück. Was er mit ihr trieb, war süße Folter. Beim letzten Mal ließ sie bereits ein äußerst unwilliges Murren vernehmen, das Darian mit einem vielsagenden Grinsen quittierte. Er genoss dieses Spiel, obwohl sie merkte, dass es ihn bereits unglaubliche Selbstbeherrschung kostete. Die konnte er bestimmt nicht mehr lange aufrechterhalten.

Noch einmal würde sie ihn damit nicht davonkommen lassen.

Doch als er das nächste Mal stehen blieb, griff er nur nach ihrer Hand. Nicht spielerisch, sondern aus einer instinktiven Reaktion heraus und brachte sie damit zum Stehen. »Schscht«, zischte er, während seine freie Hand über die Schulter fuhr und den Schwertgriff umschloss. Er hatte das Schwert bereits zur Hälfte gezogen, als Lina sah, wie sich sein Gesichtsausdruck veränderte. Aus der konzentrierten Aufmerksamkeit, in der er seine Augen auf einen bestimmten Punkt im Wald gerichtet hatte, wurde fasziniertes Staunen. Lina folgte seinem Blick und entdeckte, was ihn so magisch anzog.

Auf einem Felsvorsprung kauerte ein feingliedriges Mädchen und starrte zitternd in ihre Richtung. Sie hatte die Beine fest an den Körper gezogen, die Arme um die Knie geschlungen und war vollkommen nackt. Kurzes rotbraunes Haar ließ sie burschenhaft aussehen und brachte die spitzen Ohren noch deutlicher zum Vorschein. Sie hielt den Kopf zwischen den Schultern eingezogen, sodass es aussah, als würde ihr Gesicht nur aus riesigen angsterfüllten Augen bestehen, die über ihre Knie hinweg auf die beiden Fremden gerichtet waren.

Ganz langsam schob Darian das Schwert wieder zurück. »Bei Danaàn, das glaub ich einfach nicht!« Seine Stimme war nicht mehr als ein Flüstern.

»Wer ist sie?« Auch Lina wagte nur zu flüstern.

»Das ist eine neu geschaffene Dunkelelfe. Sie muss eben erst erwacht sein«, sagte Darian und löste seinen Umhang. Aus einem Impuls heraus wollte Lina auf das Mädchen zueilen, doch Darian hielt sie zurück. Seine Geste, abwehrend mit der ausgestreckten Hand und abgespreizten Fingern, ließen Lina in der Bewegung innehalten.

»Nicht, die Schöpfer haben ihr bereits genug angetan«, sagte er scharf, ohne Lina dabei anzusehen.

Lina hatte den Mund bereits zu einer Erwiderung geöffnet, schwieg dann aber. Sie hatte Darians Abneigung gegen die Schöpfer schon einmal zu spüren bekommen. Sie würde sich verteidigen, aber nicht jetzt. Das war nicht der richtige Zeitpunkt für eine Diskussion. Lina senkte den Kopf, um ihm zu bedeuten, dass sie nichts unternehmen würde. Mit dem Umhang in der Hand ging Darian langsam auf das Mädchen zu. Wäre sie ein Mensch gewesen, so hätte Lina sie auf ungefähr zehn Jahre geschätzt. Je näher Darian kam, umso stärker zitterte die kleine Elfe. Sie würde jeden Augenblick die Flucht ergreifen.

»Es ist alles in Ordnung. Du brauchst dich nicht zu fürchten.« Er sprach mit so samtweicher Stimme, so beruhigend, wie Lina ihn noch nie zuvor hatte sprechen hören, nicht einmal mit ihr. Eine besondere Zärtlichkeit lag in seiner Stimme. Die Augen der kleinen Elfe schienen noch größer geworden zu sein. Sie fixierte ihn und Lina sah fasziniert, dass es Darians Blick war, dem sie nicht ausweichen konnte. Es war, als würde er sie hypnotisieren, während er weiter beruhigend zu ihr sprach. Dann hatte er sie erreicht und ließ den Umhang in einer fließenden Bewegung über ihre Schultern gleiten, um ihn ihr vor den Knien zu schließen.

Lina konnte sich diesem Bild nicht entziehen, das sie beinahe zu Tränen rührte. Darian kniete vor diesem jungen Geschöpf und erzählte ihr, dass sie jetzt zu Hause sei, dass sie sich nun nicht mehr zu fürchten brauchte, und dass sie jetzt einfach nur mit ihnen mitkommen musste, und alles gut wäre. Er erklärte ihr, dass es so wie ihr jedem aus seinem Volk am Anfang ergangen war. Sie sei eine Dunkelelfe, deren Leben hier im Wald eben erst begonnen hatte. Und dann streckte er vorsichtig seine Hand aus und bat sie um die Erlaubnis, sie zu ihrem Volk bringen zu dürfen. Die kleine Elfe tat, worum er sie bat. Sie ergriff seine Hand und ließ sich von ihm hochziehen. Fest in den Umhang eingewickelt hob Darian sie auf seine Arme und machte sich auf den Weg zurück zu den Höhlen. Und Lina hatte ihn noch nie so sehr geliebt wie in diesem Augenblick. Er gab diesem hilflosen, verängstigten Mädchen Wärme und Sicherheit, und schenkte ihr vertraute Geborgenheit. Er war der dunkle Prinz.

»Kommst du?«, sagte er im Vorbeigehen, während die kleine Elfe sie aus großen Augen anblickte und zaghaft das offene Lächeln erwiderte, dass Lina ihr schenkte.

Den ganzen Weg zu den Höhlen zurück hatte Darian kein Wort gesprochen und Lina hatte es ihm gleichgetan. Die kleine Elfe war in seinen Armen eingeschlafen, was Lina ihr nicht verdenken konnte. Sie hätte jetzt gerne mit ihr getauscht. Aber irgendwie bekam sie immer mehr das Gefühl, er würde sie gar nicht wahrnehmen, würde sie von diesem Ereignis ausschließen. Das war für Lina schwer zu ertragen.

Als sie bei den Höhlen ankamen, war die Reaktion der anderen Dunkelelfen ähnlich wie die ihres Clanführers. Darian brachte die kleine Elfe zu Yatlyn, die sich sofort liebevoll um sie kümmerte. Kaum hatte Darian sie abgegeben, machte er kehrt, um sich nun doch noch zu den Trollen auf den Weg zu machen. Doch er forderte Lina nicht auf, mitzukommen und sie bat nicht darum. Es war offensichtlich, dass er alleine sein wollte. Sie konnte seine Reaktion zwar nicht verstehen, respektierte sie aber. Was hatte sie bloß falsch gemacht?

Lina saß im Schneidersitz auf dem Bett und hatte ein Buch auf ihren Knien liegen, in dem sie zu lesen versuchte, als er zurückkam. Wortlos hob sie den Kopf und suchte seinen Blick. Er schien sich wieder gefangen zu haben. Immerhin huschte ein kurzes Lächeln über seine Lippen. Lina vertiefte sich wieder in die komplizierte Elfenschrift, oder zumindest tat sie so. Seit er die Kammer betreten hatte, war es ihr unmöglich, den Sinn zu entziffern. Ihre Gedanken waren viel zu durcheinander. Aber sie würde ihn nicht bedrängen.

Darian öffnete die Lederriemen der Schwertgurte und ließ sie zu Boden fallen. Seine Stiefel rauschten gleich hinterher. Dann ließ er sich quer vor ihr auf das Bett fallen, stützte den Kopf auf einen Arm und beobachtete sie eine Zeit lang schweigend.

»Was liest du?«, erkundigte er sich schließlich.

»Schöpfungsgeschichte der Dunkelelfen«, sagte sie ohne aufzublicken.

»Wozu?«

»Weil ich dich verstehen möchte«, erwiderte sie und blickte ihn nun doch an.

»Wenn du das willst, musst du mich doch nur fragen.«

Lina seufzte verzweifelt. »Das geht aber schlecht, wenn du nicht mit mir sprichst!« Und dann brach alles aus ihr heraus, was sie seit dem Nachmittag zurückgehalten hatte. »Weißt du, ich liebe dich wirklich über alle Maßen. Ich bin nur deinetwegen aus der Schöpferwelt hierhergekommen. Ich habe versucht, zu verstehen und zu lernen. Und egal, wie sehr mich Aswan auch gedemütigt hat, ich habe es ertragen. Sogar deinen Spott habe ich ertragen. Aber was ich einfach nicht verkrafte, ist, wenn du mich ignorierst, so wie heute, wenn du mich mit Schweigen strafst und ich nicht einmal weiß, wofür. Du verurteilst mich im Namen aller Schöpfer und das ist nicht fair.«

Darian setzte sich auf, klappte das Buch zu, das immer noch auf ihren Knien lag und warf es unachtsam zur Seite. Vorsichtig ergriff er Linas Hände, drehte sie nach außen und senkte seine Stirn auf ihre Handflächen. Ihm war nicht bewusst gewesen, wie sehr er sie mit seinem Verhalten verletzt hatte. Ihre Worte eben waren wie ein Schlag ins Gesicht für ihn. Er musste endlich damit aufhören, sie mit Elfenmaßstäben zu messen. Sie war keine Elfe und sie reagierte auch nicht so. Eine Elfe hätte ihm gleich gesagt, was ihr nicht passte, anstatt es still hinzunehmen. Dabei war es gerade ihre zurückhaltende Art, die sie für ihn so reizvoll machte, aber es war auch genau diese Art, die sie so verletzlich machte. Er würde sie besser verstehen lernen müssen, um sie wirklich glücklich zu machen. Und das wollte er. Wenn sie glücklich war, dann war er es auch. Nur ein Lächeln von ihr genügte, um die Sonne in seinem Herzen aufgehen zu lassen. Wenn sie ihm mehr schenkte, war er im siebten Himmel. Aber jetzt saß sie ihm gegenüber, ihre Augen getrübt von Traurigkeit und der Bitte um eine Erklärung.

»Ich habe dich gekränkt«, sagte er leise. »Das wollte ich nicht.«

Lina seufzte erleichtert. »Erklärst du mir, was heute im Wald passiert ist?«

Darian zögerte einen Moment, in dem er nach den richtigen Worten suchte. Schließlich sagte er: »Die kleine Elfe hat mir wieder vor Augen geführt, mit welcher Willkür ihr uns erschafft. Weißt du, wie sich das anfühlt, wenn du aufwachst, alleine, nackt und frierend? Wenn du nicht weißt, wer oder was du bist, und nichts als Angst und Zweifel deine Seele peinigen? Wie lange es manchmal dauert, bis ein von euch geschaffener Elf oder Zwerg oder Kobold von seinem Volk gefunden wird? Die Kleine hatte Glück. So wie sie ausgesehen hat, war sie bestimmt noch nicht lange alleine dort. Sie ist seit vielen Mondzyklen die erste Dunkelelfe, die ihr erschaffen habt, während alle anderen Völker von euch nach wie vor mit Schöpfungen bedacht werden. Dein Volk verachtet und straft die Dunkelelfen für etwas, das wir nicht getan haben. Ich finde das erbärmlich. Aber das hätte ich nicht an dir auslassen dürfen.«

Die Leidenschaft, mit der Darian sprach, sagte Lina, dass es ein ganz heikles Thema war, das sie hier besprachen. Sie vermutete, dass er bestimmt lange darauf gewartet haben musste, bis sie ihn gefunden hatten. Anders konnte sie sich seine heftige Reaktion nicht erklären. Vielleicht erklärte es auch den Teil seines wilden ungestümen Wesens, das manchmal bei ihm durchbrach. Aber auch das war nur eine Vermutung.

Lina hatte eine solche Diskussion schon einmal geführt. Mit einem Darian, der älter war und dessen Reaktionen bei Weitem nicht mehr so heftig gewesen waren. Was das betraf, würde sich sein Temperament wohl etwas abkühlen.

»Du sprichst vom Schöpferfluch, nicht wahr?«

Überraschung spiegelte sich in seinem Blick. »Du hast davon gehört?«

»Ja«, sagte Lina ausweichend. »Es ist mir zu Ohren gekommen.« Darian selbst hatte ihr von der Schöpferhexe erzählt, die angeblich einen Fluch über die Bewohner Mendurias verhängt hatte, weil Nachtmahre Kinder aus der Schöpferwelt geraubt hatten. Seither, so hatte er ihr damals erklärt, gab es in Menduria keine Kinder mehr. Die Menschen hatten damals Dunkelelfen dafür verantwortlich gemacht, nicht Nachtmahre.

Darian wollte etwas sagen, aber Lina fiel ihm ins Wort. »Die Sache ist nur die, in meiner Welt wissen wir gar nichts von einem solchen Fluch. Wir wissen nicht einmal von der Existenz dieser Welt, oder dass wir kraft unserer Fantasie Wesen wie euch erschaffen können. Wir sind keine Götter, Darian. Und wir sind bestimmt nicht allwissend. Wir halten euch für Wesen aus Legenden und Märchen.«

Darian blickte sie irritiert an, während er versuchte, ihre Worte zu begreifen. Es hatte doch immer wieder Schöpfer gegeben, die Menduria Besuche abgestattet hatten. Und auch Elfen, Zwerge und Trolle hatten sich in die Schöpferwelt gewagt. Das war allerdings schon lange her. Soviel er wusste, hatte kein Wesen Mendurias die Schöpferwelt mehr betreten, seit die Andavyan die Tore geschlossen hatten. Darian hatte die Schöpfer niemals für Götter gehalten, so wie die Kobolde es taten. Aber mächtig waren sie, daran zweifelte er nicht. Mit einem Mal war er das schlechte Gewissen in Person. Lina war zu ihnen gekommen, hatte gelernt und versucht zu verstehen. Sie hatte Anteil an ihrer Kultur genommen, hatte sich ihren Regeln unterworfen und er hatte nicht einmal den Versuch unternommen, etwas über ihr Volk zu erfahren. Er hatte sich den Schöpfern immer unterlegen gefühlt und ausgeliefert, hatte sie für rachsüchtig gehalten. Erst Lina hatte ihm gezeigt, dass sie wohl nicht die Monster waren, die er in ihnen sah. Darian musste die Mauer aus Vorurteilen einreißen, die er aufgebaut hatte. Er musste mehr über die Schöpfer erfahren, um verstehen zu können, so wie Solvay es tat. Aber zuvor musste er Lina erklären, weshalb er so reagiert hatte. »Weißt du, es war eine schlimme Zeit, als der Schöpferfluch das erste Zeitalter beendete. Das liegt beinahe dreitausend Blutmondjahre zurück und unser Wissen darüber stammt aus Überlieferungen. Davor gab es auch in unserer Welt Kinder. Aber seit dem Schöpferfluch sind die Seelen der Vorangegangenen in den Wäldern gefangen und können nicht wiedergeboren werden. Nur wenn ihr euch dazu entschließt, eine Neuschöpfung zu gewähren, kann eine Seele zurückkehren und das passiert wie gesagt sehr selten in den letzten Jahrhunderten.«

Lina hatte aufmerksam zugehört. Aus seiner Sicht war der Zorn auf die Schöpfer schon irgendwie verständlich. »Können sie sich nach ihrer Schöpfung an frühere Leben erinnern?«

»Nein.« Darian schüttelte den Kopf. »Du hast die kleine

Elfe doch gesehen. Sie hat nicht gewusst, wer sie ist oder wo sie ist. Aber sie ist eine der wenigen vorangegangenen Seelen, die es zurück geschafft hat.« Und dann fügte er etwas leiser hinzu: »Wenn das so weitergeht, werden irgendwann nur noch die Vorangegangenen übrig sein und das Volk der Dunkelelfen wird aussterben.«

»In der Nacht, in der ich vor den Nachtmahren geflüchtet bin, habe ich sie gespürt. Und einen dieser Geisterelfen habe ich sogar gesehen«, sagte Lina unvermittelt.

Darians Augen weiteten sich. »Erzähl mir davon«, bat er.

Lina sprach nun sehr leise. Die Erinnerung an jene Begegnung war ihr immer noch unheimlich. »Er hat sich im Nebel materialisiert. Er hat sogar zu mir gesprochen, er sagte, er sei Finrod.«

Sie konnte hören, wie Darian scharf die Luft einsog. »Du hast Finrod gesehen?«

Seine Gedanken schienen plötzlich in die Vergangenheit zu wandern und für lange Zeit dort zu verweilen. Schließlich sagte er: »Ich habe sie in dieser Nacht auch gespürt. Aber ich hätte nicht gedacht, dass sie sich zeigen würden.«

Lina hob den Kopf und blickte ihm nun direkt in die Augen. »Wieso waren sie in dieser Nacht so präsent?«

»Ich hatte Yatlyn gebeten, sie zu rufen.« Darian hatte seine Handfläche an Linas Wange geschmiegt. »Sie waren zu deinem Schutz dort draußen, kleine Magierin.«

»Oh Darian.« Lina war so gerührt, dass sie kein weiteres Wort mehr herausbrachte. Ohne die Hilfe der Vorangegangenen hätte sie in dieser Nacht keine Chance gehabt zu entkommen, davon war sie überzeugt. Sie löste ihre verschränkten Beine und kletterte auf Darians Schoß, um ihn ganz fest umarmen zu können. Zärtlich strich sie mit ihrer Wange an seiner entlang und flüsterte ihm dann ins Ohr: »Du bist und bleibst mein Held.«

Darian hielt sie fest umschlungen, während er ihr Gesicht mit Küssen bedeckte. Plötzlich hielt er inne und fragte sie: »Erinnerst du dich noch an deine Schöpfung?«

»Nein«, sagte Lina und löste sich aus seiner Umarmung. »Meine frühesten Erinnerungen reichen in eine Zeit zurück, als ich ungefähr so groß war wie ein Kobold. Bis dahin ist ein Schöpferkind auf die Hilfe und die Fürsorge seiner Eltern angewiesen. Wir müssen all das, was ihr bei eurer Schöpfung bereits könnt, erst lernen.«

Darian grinste und Lina wusste genau, dass er sie sich als Kind vorstellte. »Erzähl mir mehr davon«, bat er. »Erzähl mir alles.«

Und Lina erzählte. Jede Kleinigkeit, die ihr einfiel, erzählte sie ihm. Sie sprach von ihren Eltern, von ihrem Bruder, von einem ausgefallenen Zahn, der nachwuchs, von ihrer Rötelerkrankung und davon, wie ihre Mutter sie gepflegt hatte. Sie erzählte von den unzähligen Stunden, in denen ihr Vater ihr das Fahrradfahren beigebracht hatte, und von vielem mehr.

Darian hörte fasziniert zu. Und mit jedem Satz wurde das Bild des kleinen Kindes, das sie einmal gewesen war, vor seinem inneren Auge lebendiger. Er genoss es, ihrer Stimme zu lauschen, dem Lachen, wenn sie über Missgeschicke erzählte. Wenn sie den strengen Tonfall ihres Vaters nachmachte, der sie und ihren Bruder tadelte, weil sie etwas Verbotenes getan hatten. Darian war fasziniert.

Wie es sich wohl anfühlte, ein Kind zu haben? Und als er diesen Gedanken erst einmal zugelassen hatte, wurde er ziemlich nachdenklich. Ihm wurde plötzlich bewusst, dass Linas Leben hier in den Dunkelwäldern ganz anders aussehen würde, als es das in der Schöpferwelt sein würde.

»Möchtest du einmal ein Kind haben, kleine Magierin?«

Sie blickte ihn verdutzt an. »Darüber hab ich noch nicht nachgedacht.«

»Das solltest du aber, bevor wir den Elfenschwur ablegen«, meinte er. »Denn wenn du dich für ein Leben an meiner Seite entscheidest, wirst du niemals ein Kind haben. Du weißt, dass das hier in Menduria nicht möglich ist.«

Lina schenkte ihm ein verträumtes Lächeln, während sie ihn in die Kissen zurückdrückte und seine Arme über seinem Kopf festhielt. »Ich habe mich für dich entschieden, mein dunkler Prinz. Das ist alles, was ich immer wollte. Und wenn das bedeutet, niemals ein Kind zu haben, so ist das für mich auch in Ordnung.« Wieder strich sie mit ihrer Wange an seiner entlang. Ihre Stimme klang neckisch, als sie sagte: »Und wenn ich unbedingt jemanden erziehen möchte, fang ich am besten bei dir an. Ich glaub, da hab ich für drei Schöpferleben genug zu tun.«

Darian tat entrüstet. »Was hast du denn an meinem Benehmen auszusetzen?« Spielerisch löste er sich aus ihrer Umklammerung, schloss sie in die Arme und begrub sie unter sich.

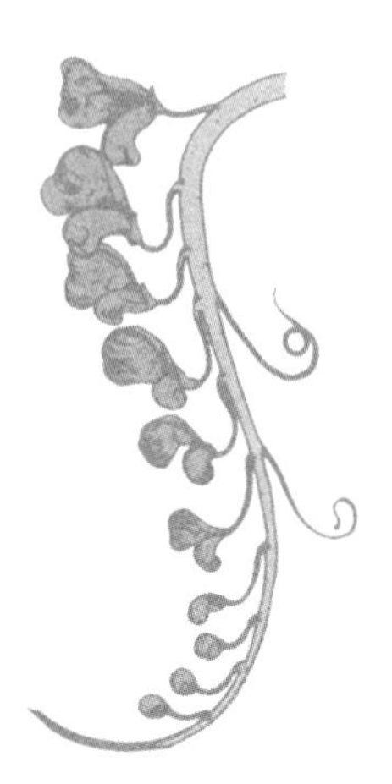

Elfenschwur

Eine Woche später war der Blutmond voll. Und wie es die Tradition der Dunkelelfen verlangte, würden sie den Elfenschwur mit Beginn des aufgehenden Mondes leisten. Seit jener Nacht, in der Lina begonnen hatte, ihm von sich zu erzählen, ließ Darian keine Gelegenheit aus, ihr weitere Geschichten zu entlocken. Lina erzählte ihm, was immer er wissen wollte. Nur von der Zeit, die sie schon einmal in Menduria verbracht hatte, erzählte sie ihm nichts. Auch die Nacht vor dem Elfenschwur verbrachten sie im Gespräch. Lina lag an Darians Brust gekuschelt und versuchte, sich vorzustellen, was sie am nächsten Tag erwartete, als er plötzlich fragte: »Gibt es so etwas wie den Elfenschwur auch in deiner Welt?«

»Ja, allerdings lassen sich die Schöpfer den Namen des Gefährten nicht in die Haut einbrennen.«

»Nein? Was machen sie sonst?«

»Sie tauschen Ringe«, erklärte Lina und musste an die wenigen Hochzeiten denken, auf denen sie selbst gewesen war. Für ihren Geschmack waren dort immer viel zu viele Menschen gewesen. Sie mochte diese pompösen Zeremonien nicht.

»Ein Ring? Das ist alles?«

Lina nickte. »Und das Versprechen ›Bis dass der Tod uns scheidet‹.«

»Möchtest du lieber einen Ring?«, erkundigte sich Darian. »Ich meine, du bist keine Dunkelelfe. Du musst dir keine Efenlegende einbrennen lassen.«

»Nein, ich möchte unbedingt eine! Ich finde die Vorstellung schön, deinen Namen auf der Haut zu tragen.«

Darian lächelte unergründlich. »Unter die Haut. Es geht tiefer als nur in die erste Hautschicht. Es ist schmerzhaft und es bindet wirklich für immer. Den Gefährten zu verstoßen würde den eigenen Tod bedeuten. Ist dir das klar?«

»Umso besser«, sagte Lina ernst. Sie hatte das zwar nicht gewusst. Aber ihm war es bewusst gewesen, als er sie gefragt hatte. Und das machte es für sie umso wichtiger. Für sie würde es in ihrem Leben ohnehin immer nur ihn geben. Und unter die Haut war er ihr schon lange gegangen.

Der Morgen war kaum angebrochen, als Lina und Darian unsanft aus dem Schlaf gerissen wurden. Isnar stürmte in die Kammer, um Lina abzuholen. Energisch, wie Lina die zierliche Elfe gar nicht kannte, warf sie Lina einen Umhang zu und bedachte Darian mit einem vorwurfsvollen Blick. »Also wirklich, Clanführer! Eigentlich hättest du sie heute Nacht gar nicht hierhaben dürfen!«

Darian grinste. »Eigentlich nicht.«

Es kostete Lina ein Schmunzeln, als ihr bewusst wurde, dass es wohl Traditionen gab, die über die Grenzen ihrer beider Welten hinaus Gültigkeit hatten. Sie warf Darian einen letzten sehnsuchtsvollen Blick zu, ehe sie von Isnar aus der Kammer geführt wurde.

»Ich sehe dich heute Abend, wenn der Blutmond aufgeht, kleine Magierin.« Er zwinkerte ihr aufmunternd zu.

»Ganz bestimmt.«

Isnar wich ihr den ganzen Tag über nicht von der Seite. Sie erzählte von ihrem eigenen Elfenschwur und erklärte Lina noch einmal in allen Einzelheiten, was sie erwartete. Lina hörte aufmerksam zu und wunderte sich über sich selbst. Sie würde heute Abend mit dem Mann für immer verbunden werden, den sie abgöttisch liebte, und sie war kein bisschen nervös. Isnar übernahm das Aufgeregtsein gleich für sie beide. Lina war froh, dass sie Isnar gebeten hatte, ihre Schwurzeugin zu sein. Außer mit Yatlyn verband sie mit Isnar die innigste Freundschaft und so war es ihr nur logisch erschienen, Isnar zu bitten, diese Aufgabe zu übernehmen. Sie hatte der Elfe damit eine Riesenfreude bereitet.

Nachdem sie den Nachmittag in der Dampfgrotte verbracht hatten, half Isnar Lina nun in die roten Zeremoniengewänder.

»Rot wie der Blutmond. Das soll Danaàns Segen für eure Verbindung sichern«, erklärte Isnar und schloss die Bänder, die bei dieser Tunika auf dem Rücken geschnürt wurden.

Obwohl Isnar Linas Haar gerne noch kunstvoll hochgesteckt hätte, verwehrte Lina ihr diese Bitte. Sie wollte ihr Haar so offen und natürlich tragen, wie sie das immer tat.

»Schade«, seufzte Isnar. »Ich hätte mir etwas ganz Besonderes einfallen lassen.«

Ein wenig verlegen lächelte Lina. »Das wäre aber dann nicht ich.«

Isnar schenkte ihr ein versöhnliches Lächeln. »Da hast du wohl recht.«

Schließlich sank die Sonne immer tiefer. Es war Zeit zu gehen. Und nun setzte das nervöse Flattern doch noch ein, auf das Lina den ganzen Tag über gewartet hatte. Neben Isnar schritt sie durch den Wald, in dem die Schatten immer länger wurden, während ihre Schritte sich beschleunigten.

Es war ein ganz besonderer Platz, an dem die Dunkelelfen ihren Schwur leisteten, ein heiliger Ort. Genau am Schnittpunkt der Zugänge zu den vier großen Höhlenstädten lag eine Senke, die nicht bewaldet war. Nur in der Mitte erhob sich eine riesige jahrtausendealte Linde. Lina hatte befürchtet, dass es ein ähnlich großes Getümmel geben würde wie bei Aswans Verurteilung. Aber das blieb ihr zum Glück erspart. Außer Darian und ihr selbst waren nur Isnar und Solvay anwesend. Er würde Darians Schwur bezeugen. Und Yatlyn war da. Sie würde die Elfenlegende einbrennen.

Lina hatte nur Augen für Darian. Auch er trug Hosen und Tunika in den roten Farben des Blutmondes. Er stand neben Solvay und blickte ihr entgegen. Sein Haar, die gleiche zerzauste Mähne wie immer, sein Blick intensiv und eindringlich, wie sie ihn schon so oft auf sich hatte ruhen gefühlt. Er war derselbe Darian wie noch am Morgen und doch war er in diesem Augenblick noch ein kleines bisschen mehr. Linas Knie wurden weich, als sie die letzten Schritte auf ihn zumachte, unfähig, den Blick von ihm zu wenden. Darian streckte die Hand nach ihr aus, berührte ihr Haar, das in fließenden Wellen offen über ihre Schulter fiel, und strich ihr zärtlich mit dem Handrücken über die Wange. Ein Lächeln, in dem Lina sich verlieren wollte, umspielte seine Mundwinkel. »Bist du bereit?«

»Ja.«

Lina trat zu ihm, griff unter seinen Armen hindurch, sodass ihre Hände auf seinen Schultern lagen, und schloss die Augen. Er tat genau dasselbe bei ihr. In dieser Umarmung warteten sie, bis der volle Blutmond aufging.

Solvay öffnete die Schnüre an Darians Tunika, um seinen Rücken freizulegen, während Yatlyn den Drachenstein beschwor. Worte, magisch wie dieser Ort, an dem sich schon so viele

Paare ewige Liebe geschworen hatten, gesprochen in der alten Sprache der Dunkelelfen. Vorsichtig legte die Heilerin den blutroten Drachenstein auf Darians Haut und zog ihn dann langsam über sein Rückgrat. Darian konnte fühlen, wie der Stein die Magie der Drachen heraufbeschwor, so als würde das Auge des Drachen, aus dessen Träne der Stein einst entstanden war, in sein Herz blicken. Anta-Dragona, auch wenn sie nicht selbst anwesend war, blickte in sein Herz, prüfte, und brannte dann den Namen, den er im Herzen trug, in seine Haut ein: Lina von den Schöpfern. Darian dachte an die Frau in seinen Armen und wunderte sich, dass er keinen Schmerz empfand. Ein Echo des Schmerzes, den das Einbrennen des ersten Teiles seiner Elfenlegende damals verursacht hatte, war noch in seinen Gedanken. Aber das hier war anders. Und dann spürte er plötzlich den Grund dafür. Sie heilte! Darian konnte ihre Präsenz in seinem Herzen spüren. Es war das wunderschönste Gefühl, das er je verspürt hatte, und für einen Moment glaubte er, sein Herz müsse zerspringen vor Glück. Dann zog Yatlyn den Drachenstein zurück und seine Elfenlegende war vollständig.

Nur Augenblicke später spürte auch Lina, wie die Schnüre an ihrer Tunika vorsichtig gelöst wurden. Leise gemurmelte Worte drangen an ihr Ohr, als Yatlyn die Drachenmagie beschwor. Sie hatte eine ungefähre Vorstellung davon, was sie gleich erwarten würde. Sie hatte Darians Schmerz geteilt. Sie hatte einfach nicht anders gekonnt. Er würde ihren Schmerz nicht teilen können. Und Selbstheilung war ihr nicht möglich. Aber sie würde es ertragen. Der Drachenstein lag zuerst kalt auf ihrem Nacken, dann kam die Hitze. Und mit der Hitze kam der Schmerz, bohrend und nagend wanderte er Rune für eingebrannte Rune ihr Rückgrat hinab, und erreichte schließlich jeden Winkel ihres Körpers. Lina dachte, sie würde in Flammen stehen, während sich ihre Legende in ihre Haut brannte. Ihre Arme verkrampften sich, ihre Finger gruben sich in Darians Schultern. Er hielt sie ganz fest, während der Stein immer tiefer nach unten wanderte. Als sie dachte, es nicht mehr ertragen zu können, blickte sie zu ihm auf, und im Glanz seiner Augen, voll Wärme und Zärtlichkeit verlor sie sich und fand Halt, während er ihr die stillen Tränen des Schmerzes von den Wangen strich. Der letzte Teil war der qualvollste. Aber diesem Schmerz hielt sie am tapfersten stand. Es war sein Name. Und dann war es endlich vorbei. Dort, wo noch Augenblicke zuvor unberührte Haut gewesen war, konnte nun jeder, der fähig war, die Elfenrunen zu lesen, sehen, wer sie war. Lina aus dem Volk der Schöpfer und Andavyan – kleine Magierin – Gefährtin von Darian, Clanführer der Dunkelelfen.

Schweigend verließen die Heilerin und die Zeugen den Zeremonienplatz. Es war ein Moment, der nur ihnen gehörte. Nur die alte Linde würde hören, was sie sich zu sagen hatten.

Als Darian zu sprechen begann, hielt Lina den Atem an. Auch diese Worte sprach er in der alten Sprache der Dunkelelfen, während sein Blick mit dem ihren verbunden war. Und voller Staunen wurde Lina bewusst, dass sie die Worte verstand, auch wenn sie der alten Sprache noch nicht ganz mächtig war. Er hatte sie schon einmal zu ihr gesprochen, damals im Steinkreis von Arvakur. Damals und in einer Zeit, die für ihn noch in weiter Zukunft lag, hatte er ihr schon einmal den heiligsten Schwur der Dunkelelfen geleistet. Lina hatte niemals schönere Worte gehört und sie war nie zuvor in ihrem Leben glücklicher gewesen.

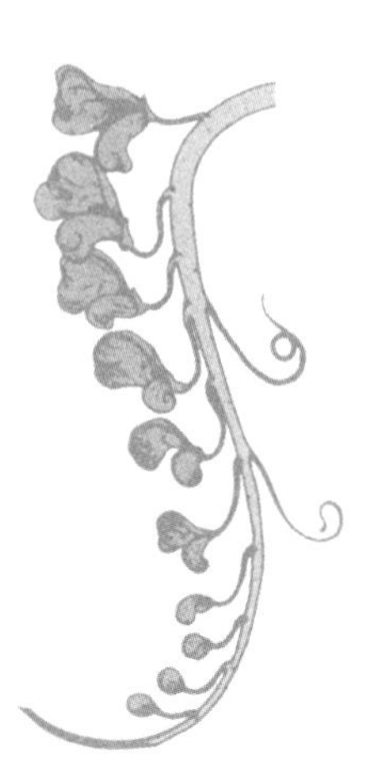

Handel mit dem Schicksal

Als Lina tags darauf den Rücken Set-Dragons bestieg, stand ihr eigener zwar nicht mehr in Flammen, aber er schmerzte immer noch ein wenig. Der Stoff ihrer Tunika rieb an den sich bereits verkrustenden Elfenrunen. Dabei hatte es in der Nacht zuvor kaum noch geschmerzt. Sie hatten die Nacht, wie es nach dem Elfenschwur üblich war, draußen in den Wäldern verbracht. Eine Nacht, die Lina niemals vergessen würde. Weiche feuchte Moosflechten, auf denen sie gelegen hatte. Darian, der ihre Brandwunden mit einer Heilsalbe versorgt hatte. Der den Elfenschwur auf eine Art und Weise in die Tat umgesetzt hatte, die ihr alleine bei dem Gedanken daran immer noch fast den Verstand raubte, während das Licht des vollen Blutmondes sie beide wie in einen schützenden Mantel eingehüllt hatte. Sein Anblick, als sie in der ersten Morgendämmerung erwacht war und er neben ihr noch geschlafen hatte.

Lina ließ ein verträumtes Seufzen vernehmen, als sie sich zwang, ihre Gedanken in die Gegenwart zu lenken.

Solvay hatte sich auf Lan-Dragons Rücken geschwungen und nickte ihr aufmunternd zu. »In ein paar Tagen sind wir wieder da.«

Lina senkte verlegen den Blick. Ob Solvay erraten hatte, woran sie gerade gedacht hatte? ›Seltsame Hochzeitsreise‹, dachte sie und musste über sich selbst und einen solch grotesken Vergleich schmunzeln. Heute würde sie ihre diplomatische Reise zu den Lichtelfen antreten. Eine Reise, die ihre Idee gewesen war. Sie wollte mit dem Fürstenpaar sprechen. Nein, sie musste. Aber nun, da es so weit war, hatte sie ein mulmiges Gefühl im Magen. Die letzte Nacht hatte ihr nicht nur tiefe Gefühle gebracht, sondern auch eine neuerliche Vision. Nicht so beängstigend wie die letzte, eher aufschlussreich und nützlich. Sie würde dieses Wissen für die Zwecke der Dunkelelfen einsetzen können. Aber das würde ihr Geheimnis bleiben. Darian wusste nichts von dieser Vision.

Nun stand er vor dem Drachen und blickte zu ihr hoch.

›Wirst du mich vermissen?‹, fragten seine Augen.

›Ich werde jede Sekunde vor Sehnsucht nach dir vergehen‹, sagten ihm ihre.

Wie hatte sie nur jemals ohne ihn leben können?

Lina straffte die Schultern und gab Set-Dragon ein Zeichen, dass sie bereit war. Der Drache stieß sich vom Boden ab und schoss wie ein Pfeil in die Luft.

Auf dem Rücken der Drachen überquerten Lina und Solvay das Titanengebirge, um zur Festung von Kathmarin zu gelangen. Als sie das große Tor von Arvakur überflogen, kehrten Linas Gedanken zwar wieder zu der Schlacht zurück, die sie dort unten einmal gesehen hatte, aber es tat nicht mehr so weh. Sie hatte ihren dunklen Prinzen gefunden, auch wenn es in der Vergangenheit geschehen war. Lina hatte sich entschieden, hierzubleiben und diese Zeit somit zu ihrer Gegenwart gemacht. Die Zukunft, in der diese Schlacht stattfinden sollte, würde sie nicht mehr erleben. Dazu war ihre menschliche Lebensspanne einfach zu kurz. Die Ereignisse schienen nun wie ein Traum, der langsam verblasste.

Auch Drogonn hielt sich derzeit in Kathmarin auf und so nutzten Lina und Solvay die Gelegenheit, mit ihm zu Abend zu essen und die Nacht in der hohen Festung zu verbringen. Lina hatte wieder Arianas Räume bezogen, und die beiden Koboldfrauen überschlugen sich dieses Mal vor Aufmerksamkeit. Dafür musste Lina ihnen ganz genau erzählen, wie Arkvir sich den Nachtmahren in den Weg gestellt hatte, um das Drachenei zu retten.

»Er hat auch dich gerettet, stimmt's?« Das Leuchten in den gelben Augen Merenwes war pure Heldenverehrung.

Lina nickte. »Ja, das hat er.« Es spielte für sie keine Rolle, dass die Geschichte der Koboldfrau behauptete, Arkvir hätte das Drachenei höchstpersönlich in den Drachenhorst zurückgebracht, ehe er zurückgekehrt war und sich ins Feuer gestürzt hatte. Es war für sie vollkommen in Ordnung, dass sich die Geschichte des kleinen Koboldmannes in so kurzer Zeit zum Heldenmythos seines Volkes aufgeschwungen hatte und sie darin lediglich die Rolle der geretteten kleinen Magierin zugeteilt bekommen hatte. Arkvir war ein Held und so würde er seinem Volk auch in Erinnerung bleiben. Ohne es zu wissen würde der Kobold zur Leitfigur des Arkviranerordens werden, dessen Hilfsbereitschaft Lina bereits in der Oase Sindwa hatte genießen dürfen.

Als Lina die Neugierde der beiden Koboldfrauen endlich befriedigt hatte, und die beiden sich zurückzogen, stieg sie in die Steinbadewanne und wäre dort am liebsten geblieben. Sie war unendlich müde und hatte keine Lust auf ein Abendessen mit Drogonn und Solvay. Aber dort nicht zu erscheinen wäre unhöflich gewesen, und so plünderte sie Arianas Kleiderschrank und machte sich auf den Weg in die Halle.

Zu ihrem Erstaunen waren auch zwei Zentauren anwesend. Predock hieß der eine, ein Anführer der Zentauren aus der Steppe von Zardun, wie Lina erfuhr.

»Ihm hat Darian den wüsten Zustand zu verdanken, in dem du ihn damals kennengelernt hast«, flüsterte Solvay Lina unauffällig zu. »Predock war es, der ihn damals mit seinen Hufen k. o. geschlagen hat.«

»Oh.« Lina grinste. Es schien Ewigkeiten her. Dabei war seither nicht einmal ein halbes Blutmondjahr vergangen. Keine fünf Mal hatte der Blutmond seitdem voll am Himmel gestanden. Unglaublich.

Predock erzählte gerade, dass sie auf dem letzten Streifzug im Grenzgebiet zur Calahadin seltsame Lichtphänomene am Himmel gesehen hatten.

»Und du bist sicher, dass die nicht von Zwergenmet herrühren?« Solvay blickte den Pferdemann ernst an, nur seine Augen verrieten den Schalk hinter der Frage.

Der Zentaur schien es nicht krummzunehmen. Er lachte schallend. »Nein, ganz sicher nicht.«

Lina wechselte einen besorgten Blick mit Drogonn. Es tat sich etwas in der Calahadin, und sie wussten beide, wer dafür verantwortlich war. Xedoc. Lina würde dem Andavyankriegsherren bei Gelegenheit von ihrer Vision erzählen müssen. Aber jetzt hatte sie keine Lust dazu. Allein der Gedanke an Xedoc hatte ihr den Appetit verdorben.

Predock und sein Begleiter dagegen schienen sich prächtig zu amüsieren. Und dabei hatte Lina gedacht, nur die Zwerge hätten einen derben Humor. Aber Predock schlug sie noch um Längen. Das ging so lange gut, bis er einen seiner anzüglichen Scherze auf Linas Kosten machte. Da allerdings schritt Solvay ein. »Würdest du dich gefälligst etwas zurückhalten, Pferdearsch! Du sprichst hier von der Gefährtin unseres Clanführers. Ich glaube nicht, dass Darian erfreut wäre, wenn ihm zu Ohren käme, was du eben gesagt hast.«

Predocks Unterkiefer klappte herab, was ihm ein dümmliches Aussehen verlieh. »Entschuldige, das wusste ich nicht.«

»Ist schon in Ordnung«, sagte Lina abwehrend. »Ich werde es ihm nicht verraten, wenn du es nicht tust.«

»Die ist goldrichtig!«, rief er und hob das Trinkhorn wieder an die Lippen.

Das war das Zeichen für Lina, sich jetzt doch unauffällig zurückzuziehen. Sie hatte keinen Blutmondwurzsaft dabei und keine Lust, sich am nächsten Tag mit den Auswirkungen des Zwergenmets herumzuschlagen. Also stand sie auf und verabschiedete sich.

Als sie an Drogonn vorbeikam, hielt er sie kurz am Arm zurück. »Dann war also Darian selbst der Grund, warum du zu den Dunkelelfen wolltest?«, flüsterte er.

Lina nickte. Warum sollte sie es jetzt auch noch leugnen.

Drogonn sagte nichts, aber seine Miene spiegelte etwas wider, das Lina nicht ergründen konnte. War es Besorgnis?

Als der nächste Tag anbrach, war Lina bereits wach und reisefertig. Sie wollte keine Zeit verlieren. Wirre Träume hatten sie an ruhigem Schlaf gehindert. Zeit war immer knapp gewesen in diesen Träumen. Auch Solvay war reisefertig und kümmerte sich schon um die Pferde, die Drogonn ihnen zur Verfügung gestellt hatte. Für Lina stand wieder die kastanienbraune Stute bereit. Nicht ohne Stolz stellte sie fest, dass es ihr nicht schwerfiel, sich ohne Hilfe in den Sattel des riesigen Pferdes zu schwingen.

»Ich hoffe, du kennst den Weg«, sagte Lina, als sie Kathmarin durch das Trolltor verließen und sich auf den Weg über die brachliegende Ebene machten.

»Keine Angst, wir stranden bestimmt nicht in der Calahadin«, sagte Solvay und lenkte sein Pferd neben ihres.

Es war als Scherz gedacht gewesen. Ein Scherz allerdings, der Lina einen eiskalten Schauer über den Rücken jagte. Sie wollte auf andere Gedanken kommen. Daher bat sie: »Bitte, Solvay, erzähl mir von Terzina.« Sie wollte wenigstens eine ungefähre Ahnung haben, was sie erwartete.

Obwohl Solvay ihr ein farbenfrohes Bild der Lichtelfenstadt im Norden der Eldorin zeichnete, konnte seine Beschreibung der Realität nicht einmal annähernd gerecht werden. Als sie die Elfenstadt zwei Tage später erreichten, war Lina nicht wirklich überwältigt, eher eingeschüchtert. Die ganze Stadt schien aus weißem Marmor erbaut zu sein. Hohe Gebäude, die mit der Grazie und Anmut ihrer Erbauer um die Wette zu eifern schienen, reckten ihre Dächer stolz in den Himmel. Gärten, so sauber und gepflegt, als wären sie gemalt, umrundeten die Häuser. Blumengirlanden wanden sich um Fensterläden. Und Teiche, die mit so klarem Wasser gefüllt waren, dass man bis zum kieseligen Grund sehen konnte, rundeten das Bild einer perfekten Stadt mit perfekten Bewohnern ab. Lina fühlte sich als Fremdkörper, der diese perfekte Welt störte. Dabei begegneten ihr die Bewohner der Stadt nicht unfreundlich oder feindselig, nur höflich distanziert. Lina und Solvay waren abgestiegen und führten ihre Pferde am Zügel über die gepflasterte Straße, die zum Palast des Fürstenpaares führte und die so sauber war, als hätte man sie eben erst poliert.

»Hoffentlich hinterlassen unsere Pferde hier nicht ein paar Pferdeäpfel. Sonst bekommen wir bestimmt Schwierigkeiten«, flüsterte Lina und schenkte Solvay ein Verschwörerlächeln.

Solvay schmunzelte ebenfalls. »Was denkst du, warum sie die Zentauren so ungern hierher einladen?«

»Oh.« Lina musste an Predock und sein rüpelhaftes Verhalten denken. Bei ihm konnte sie sich das lebhaft vorstellen.

Schließlich erreichten sie den Fürstenpalast. Auch hier war weißer Marmor das vorherrschende Element. Filigrane Säulen in grünem Marmor trugen den Palast, Intarsien in rosanem, türkisem und blauem Stein, die in den weißen Marmor auf dem Boden eingelassen waren, erzählten die Geschichte der Lichtelfen und dieser Stadt. Irgendwie erinnerte der Palast Lina an Cinderellas Märchenschloss. Genauso unwirklich, genauso kitschig in ihren Augen.

Am Eingang des Fürstenpalastes erwartete sie ein vertrautes Gesicht. Leasar. Der Botschafter der Lichtelfen begrüßte sie mit einem huldvollen Lächeln. Lina konnte sehen, dass es eine Maske war, hinter der er ein sehr viel herzlicheres versteckte. Und kaum waren sie in einem der Gänge des weitläufigen Elfenpalastes alleine, zeigte er das auch.

»Ich freue mich, dass ihr gekommen seid«, sagte er und verbeugte sich formvollendet vor Lina, während er Solvay die Hand reichte. »Es ist nur schade, dass Darian nicht mitgekommen ist«, fügte er mit Unschuldsmiene hinzu.

Solvay konnte sich ein Grinsen nicht verkneifen. »Du verbringst zu viel Zeit bei den anderen Völkern, mein Freund. Dein Humor ist nicht mehr der eines Lichtelfen. Das wird dich noch in Schwierigkeiten bringen.«

»Tja, die Bürde eines Diplomaten«, gab der Lichtelf schulterzuckend zurück.

»Er hat würdigen Ersatz geschickt«, sagte Solvay und deutete dabei auf Lina. »Seine Gefährtin wird für die Dunkelelfen sprechen.«

Leasar zog eine Augenbraue hoch und bedachte Lina mit einem wohlwollenden Blick. »Nun, ich hoffe, du bist in der Lage, diesen Hitzkopf ein wenig zu bändigen. Das würde das Verhältnis zwischen unseren Völkern bestimmt erleichtern.«

Lina schenkte ihm ein unverbindliches Lächeln. »Ich will ihn gar nicht bändigen. Ich finde ihn richtig, genau so, wie er ist. Er führt den Clan, wie er es für richtig hält und das ist gut so.«

»Bei den Schöpfern, was habe ich nur verbrochen«, stöhnte Leasar gekünstelt. »Warum bin ich kein Gärtner geworden?«

»Weil man da nicht zu den Zwergen eingeladen wird«, meinte Solvay mit einem Augenzwinkern, das Lina galt. Ihre Antwort war goldrichtig gewesen. Sie hatte Leasar nicht beleidigt, ihm aber deutlich zu verstehen gegeben, dass sie in Darians Namen sprach, und vollkommen hinter ihm stand. Er war schon gespannt, wie viel sie beim Fürstenpaar erreichen würde. Einfach würde es nicht werden. Das wusste Solvay. Leasar hatte ihm schon öfter zu verstehen gegeben, dass mit der Hilfe der Lichtelfen nicht wirklich zu rechnen sei. Sie wollten nicht in die Konflikte der Dunkelelfen hineingezogen werden. Allerdings hatte es da auch noch keine Angriffe der Nachtmahre auf Außensiedlungen der Lichtelfen gegeben. Solvay wusste, wie viel von dieser Mission abhing, und auch Darian wusste das. Ob es auch Lina bewusst war, darüber war sich Solvay allerdings nicht ganz im Klaren.

»Können wir?«, erkundigte sich Leasar schließlich. »Das Fürstenpaar erwartet euch bereits.«

Lina nickte und folgte dem Lichtelf. Solvay hielt sich zwei Schritte hinter ihr. Obwohl er der Stellvertreter des Clanführers war, wollte er mit dieser Geste zeigen, dass es Lina war, die bei diesem Besuch die Wortführerin war. Er konnte sehen, wie sich ihre Schultern strafften, und sie um eine selbstsichere Haltung bemüht war. Solvay hatte bereits bei ihrem Aufbruch registriert, dass sie die Kleidung der Dunkelelfen trug. Damit setzte sie ein Zeichen. Als sich die großen Tore zum Thronsaal öffneten, wusste Solvay, was sie nun erwarten würde. Ein Zeremoniell, bei dem sie durch eine Gasse von Lichtelfen schreiten würden, unzählige Augenpaare auf sich gerichtet. Auch abschätzige Blicke waren keine Seltenheit, gut versteckt hinter einer Maske, die oft hochmütig wirkte. Sie waren Dunkelelfen, die bemitleidenswerten Geschöpfe, die es nicht zur selben kulturellen Blüte und Ausgeglichenheit geschafft hatten, Primitive, die in Höhlen wohnten. Solvay kannte die vorherrschende

Meinung über sein Volk. Und nun kamen sie auch noch als Bittsteller. Er konnte es Darian nicht verdenken, dass er es vorgezogen hatte, in den Dunkelwäldern zu bleiben. Sein Freund konnte seinen eigenen Stolz hinunterschlucken wie kein anderer. Aber wenn es um den Stolz seines Volkes ging, war er unerbittlich und unbeugsam. Ob das nun gut war oder nicht, wollte Solvay nicht beurteilen.

Sie hatten noch keine zehn Schritte getan, als ihm bewusst wurde, dass sie diesmal anders empfangen wurden. Lina vor ihm schritt mit einer natürlichen Anmut durch die Reihen der Lichtelfen, die er bei ihr noch nie gesehen hatte. Solvay dachte mit Erstaunen, dass es ein Wesen wie sie niemals zuvor in Menduria gegeben hatte. Schöpferin, halbe Andavyan und durch die Verbindung mit Darian nun auch ein bisschen Dunkelelfe. Vermutlich war es das, was ihren Zauber ausmachte.

Mittlerweile hatten sie das Ende des Thronsaals erreicht. Lina blieb vor dem Fürstenpaar stehen. Sie senkte den Kopf nur ein kleines bisschen, gerade so weit, dass es als Gruß durchging, aber nicht unterwürfig wirkte.

›Großartig, kleine Magierin‹, dachte Solvay.

Leasar trat neben das Fürstenpaar und verkündete volltönend: »Fürst Haldrin und Fürstin Jingre heißen die Abgesandten der Dunkelelfen in Terzina willkommen.« Dann wandte er sich dem Fürstenpaar zu. »Lina von den Schöpfern wünscht das hohe Fürstenpaar im Namen der Dunkelelfen zu sprechen.«

›Wie steif‹, dachte Lina, während sie weiterhin versuchte, eine gemessene Miene zu wahren. ›Können die nicht einfach ‚Hallo‘ sagen?‹ Vom ersten Moment an, als sie den Thronsaal betreten hatte, nein, von dem Zeitpunkt an, als sie Terzina betreten hatten, hatte sie verstanden, was Darian mit dem Unterschied zwischen den Völkern der Elfen gemeint hatte. Die Lichtelfen entsprachen tatsächlich dem Klischee, das in ihrer Welt über dieses Volk vorherrschte, wenn sie es nicht sogar übertrafen. Sie waren groß gewachsen, selbst die kleinsten unter ihnen überragten Solvay um mindestens einen halben Kopf. Ein Volk mit edlen Gesichtszügen, das erhaben wirkte und aussah, als würde es nicht allzu oft lachen. Allesamt schienen sie auf ihr Aussehen und ihre Kleidung größten Wert zu legen, denn selbst die Tuniken der Elfenmänner waren reichlich verziert, während viele der Elfen bodenlange Kleider trugen und nur wenige von ihnen Hosen. Lina vermutete, dass dies eher die Kriegerinnen waren oder Kundschafter wie Lythien.

Fürst Haldrin erhob sich. Er war ein stattlicher Elf mit flachsblondem Haar, das ihm weit über die Brust fiel und sorgfältig geflochten war. Hatte er tatsächlich auch Blumen im Haar? Lina musste an Darians zerzauste Mähne denken. Und jetzt hatte sie tatsächlich Probleme, ihre ernste Miene aufrechtzuerhalten. Die beiden waren so unterschiedlich wie Tag und Nacht. Die Fürstin dagegen erinnerte Lina ein wenig an Serendra, nur hatte die Oberste Hüterin Jandamers viel weichere Gesichtszüge. Fürstin Jingres Gesichtsausdruck wirkte ein wenig verbissen um den Mund. Eine kalte Schönheit mit aschblondem Haar und eisblauen Augen, die in einem Ausdruck abwartender Distanziertheit auf Lina gerichtet waren.

»Du bist keine Dunkelelfe, Lina von den Schöpfern. Wer hat dich ermächtigt, in ihrem Namen zu sprechen?«, erkundigte sich der Fürst. Es klang nicht unfreundlich.

»Mein Gefährte. Darian, Clanführer der Dunkelelfen«, gab Lina selbstsicher zur Antwort.

War Leasars Reaktion noch eher verhalten gewesen, so konnte sie nun ein Raunen in der Menge der Elfen hören, und der Gesichtsausdruck der Elfenfürstin zeigte Unverständnis. Lina konnte auch nicht genau sagen, warum, aber sie genoss es.

Nur Fürst Haldrin ließ sich nichts anmerken. »Und was können wir für dich tun, Lina von den Schöpfern?«

Lina straffte sich noch ein bisschen mehr. »Ich bitte um die Unterstützung der Lichtelfen im Kampf gegen die Nachtmahre.«

Nun war das Raunen unüberhörbar. Es wurde offen getuschelt.

»Wie du vielleicht weißt, ist es nicht unsere Angewohnheit, uns in die Angelegenheiten der anderen Völker zu mischen«, begann der Elfenfürst vorsichtig.

Lina hatte diese Antwort erwartet. »Nun, es handelt sich aber hier auch um eine Angelegenheit der Lichtelfen.«

Aus dem Augenwinkel konnte sie Solvay leicht zusammenzucken sehen. Seine Gedanken waren für Lina fast greifbar. Er konnte Darian aus ihr sprechen hören.

Fürst Haldrin zog eine Augenbraue hoch. »Das müsstest du uns schon näher erläutern.«

Lina nickte langsam. »Das mache ich gerne, aber ich würde es vorziehen, das mit dir und Fürstin Jingre alleine zu besprechen.« Dabei schenkte sie der Elfenfürstin ein offenes Lächeln.

Solvay kam aus dem Staunen nicht mehr heraus. Was tat Lina da bloß? Irgendwie schien die Sache hier total aus dem Ruder zu laufen. Er hatte so etwas wie den Anflug eines Lächelns auf dem Gesicht der Fürstin gesehen. Wusste Lina denn nicht, dass sie hier nur zu Repräsentationszwecken saß. Ihre Meinung zählte nicht viel. Oder hatte sie es gerade deshalb gesagt?

Der Fürst zögerte, daher fügte Lina hinzu: »Was ich euch zu sagen habe, ist nicht für die Ohren aller gedacht.«

Schließlich nickte der Fürst und gab Leasar das Zeichen, den Thronsaal zu räumen. Solvay war nicht ganz sicher, ob das auch für ihn gegolten hatte. Deshalb fragte er leise: »Möchtest du, dass ich auch gehe?«

»Das überlasse ich dir.« Sie blickte ihn ernst an. »Aber wenn du bleibst, will ich dein Wort, dass du über das, was du hier hörst, mit niemandem sprichst. Du darfst es auch Darian gegenüber nicht erwähnen. Bringst du das fertig?«

Solvay wusste, dass es klüger gewesen wäre, jetzt den Raum zu verlassen. So hätte er Darian ehrlich sagen können, dass er nicht wusste, was Lina dem Fürstenpaar zu sagen hatte, aber er war nun einmal nicht perfekt und so siegte seine angeborene Neugierde.

»Ja, das kann ich.«

»Gut, dann bleib.«

Lange Augenblicke verstrichen, bis sich die Tore des Thronsaales endlich hinter den letzten Elfen schlossen, und sie alleine waren, das Fürstenpaar, Lina und Solvay. Es waren Augenblicke, in denen Lina genau abwog, was sie den beiden Lichtelfen verraten würde, und was nicht. Sie hatte gesehen, wie verzweifelt Darian gewesen war, als er von seinem Erkundungsflug zurückgekehrt war. Er hatte ihr gesagt, dass sie ohne die Hilfe der Lichtelfen unterliegen würden und sie vertraute seinem Urteil. Sie würde dafür sorgen, dass er die Hilfe bekam, die er benötigte.

Fürst Haldrin blickte sie nun herausfordernd an. »Wir hören?«

»Ich nehme an, der Name Xedoc sagt dir etwas?«, begann Lina und konnte an der Reaktion des Fürsten deutlich erkennen, dass sie ins Schwarze getroffen hatte. Auch Solvays höchst erstaunten Seitenblick nahm sie wahr.

»Er wurde nicht zum Hüter ernannt, nicht wahr?«, fuhr Lina fort. »Drogonn hat das veranlasst. Weißt du, warum?«

»Es gab Gerüchte, die besagten, eine Schöpferin sei aus der

Zukunft gekommen und hatte die magische Triade davor gewarnt, dass er versuchen würde, das Gezeitenbuch zu stehlen. Aber das wurde ja zum Glück verhindert.« Es war das erste Mal, dass Fürstin Jingre sich zu Wort meldete. Ihre Stimme war dünn und kühl und klang nach Verteidigung.

Lina nickte. »Nun, so wie es aussieht, hat er sein Ziel nicht aufgegeben. Er steckt hinter den Angriffen der Nachtmahre. Sie werden die Dunkelelfen überrennen, und danach werden sie vor euren Toren stehen und wenn sich bewahrheitet, was ich gesehen habe, wird ein noch viel grausamerer Feind über euch herfallen, dem keiner der Völker gewachsen ist. Die Dunkelelfen nicht, die Zwerge nicht und auch die Lichtelfen nicht. Es ist ein Feind, dem nicht einmal die Drachen und die Andavyan gewachsen sind. Er verwandelt seine Opfer in seinesgleichen. Jandamer wird zerstört werden, Kathmarin wird fallen und auch Terzina wird diesen Sturm nicht überleben. Und es wird Xedoc sein, dem dieser Feind gehorchen wird. Er ist einer von euch. Und somit ist es auch eure Angelegenheit«, schloss Lina ihren hitzigen Apell.

Sie konnte im bis jetzt reglosen Gesicht des Fürsten Bewegung erkennen. Zwar hatte er die Kiefer aufeinandergepresst, aber das nervöse Zucken seines linken Auges schien er nicht kontrollieren zu können.

»Woher weißt du das?«, fragte er schließlich.

»Weil ich es war, die Xedocs Ernennung verhindert hat. Weil ich gesehen habe, was passieren wird, weil ich dabei war und weil ich im Gezeitenbuch gelesen habe.«

»Das ist unmöglich!« Fürstin Jingre war aufgesprungen und rang sichtlich um Fassung. »Das Gezeitenbuch ist versiegelt. Niemand kann darin lesen. Das konnte nur Ariana von den Andavyan.«

Nun ließ Lina die Bombe endgültig platzen. »Das stimmt. Noch ist es versiegelt. Aber in der Zeit, aus der ich komme, werden die Siegel gebrochen. Ich werde das tun, denn ich bin Arianas Tochter. Wenn du mir nicht glaubst, kannst du gerne einen der Hüter hierher bitten, die damals bei der Ernennung Xedocs anwesend waren. Er wird mich wiedererkennen.«

Drogonn würde sie dafür lynchen. Aber damit würde sie leben. Das Gezeitenbuch hatte sie durch die Zeit geschickt. Ariana hatte sie von Drogonn holen lassen. Sie musste gewusst haben, was sie, Lina, tun würde. Wer im Gezeitenbuch liest, kann das Schicksal ändern. Lina war überzeugt davon, dass sie genau hier und jetzt ins Schicksal eingriff. Sie würde die Dunkelelfen davor bewahren, in die Calahadin zu ziehen und sie würde Darian ein Schicksal ersparen, das sie niemals für ihn gewollt hatte. Das eines ruhelos Wartenden. Lina war überzeugt davon, das Richtige zu tun.

Fürst Haldrins Gesichtsausdruck war wieder genauso unbewegt wie zuvor. »Wir werden tun, was du vorgeschlagen hast, Lina von den Schöpfern. Wir werden einen der Hüter, die damals anwesend waren, hierher bitten. Und wenn stimmt, was du sagst, werden wir weitersehen. Solange bitten wir dich und Solvay, unsere Gäste zu sein.«

Solvay hatte in den letzten Augenblicken geglaubt, von mindestens zwei Zentauren gleichzeitig getreten worden zu sein. Hatte er tatsächlich gehört, was er gehört hatte? Und konnte er das tatsächlich glauben? Dass in dieser jungen Schöpferin weit mehr steckte, als es im ersten Moment den Anschein hatte, war ihm bald klar gewesen. Aber das? Auch er kämpfte damit, die Beherrschung zu wahren, während Leasar sie zu ihren Quartieren brachte.

»Was hat sie dem Fürsten gesagt?«, erkundigte sich der Botschafter wenig diplomatisch. »Ich hab ihn noch nie so nervös gesehen.«

»Später«, sagte Solvay und schob Leasar beinahe brüsk zur Tür hinaus. Jetzt musste erst einmal er mit Lina sprechen.

Als er sich umdrehte, hatte sie auf dem bequemen Sofa, das mitten im Raum stand, Platz genommen und blickte ihm ruhig entgegen. Sie sah aus, als ob sie einen Schwall von Fragen erwarten würde, und Solvay ließ sich nicht lange bitten. Ihm ging so viel gleichzeitig durch den Kopf, dass er gar nicht wusste, wo er anfangen sollte.

»Stimmt das?«, war alles, was er schließlich hervorbrachte. »Oder bist du einfach nur die begabteste Bardin, die Menduria je gesehen hat?«

»Was denkst du?«, stellte Lina die Gegenfrage.

Solvays Knie sackten weg und er ließ sich ihr gegenüber auf das andere Sofa fallen. Natürlich war sie keine Bardin. Viel zu viel sprach für die Wahrheit ihrer Geschichte.

»Du kommst also aus einer noch fernen Zeit?«

Lina nickte. »Ja.«

»Warum bist du zu uns gekommen, Lina? Ich meine du bist … ich weiß nicht, was du bist. Aber wir sind einfache Dunkelelfen.«

»Bevor ich jetzt auch nur ein weiteres Wort sage, wirst du mir einen Schwur auf den Elfencodex leisten, dass alles, was ich dir erzählen werde, unter uns bleibt.«

›Steh auf und geh‹, sagte eine warnende Stimme in seinem Kopf. Jetzt wäre der letzte Moment gewesen, an dem Solvay noch zurückgekonnt hätte. Er hätte diesen Raum verlassen und alles vergessen können, was er bis jetzt gehört hatte. Sein Leben wäre einfacher verlaufen. Doch er tat es nicht. Jetzt wollte er alles wissen. Wissen ist Macht oder unendliche Qual. Also leistete er den verlangten Schwur.

»Erinnerst du dich daran, was ich gesagt habe, als ich kurz davor war, die Dunkelelfen zu verlassen? Ich sagte dir, dass ich Darian schon geliebt habe, bevor ich hierhergekommen bin. Das war nicht einfach so dahingesagt. Das war tatsächlich so.«

»Du willst sagen, dass du ihm in der Zeit, aus der du kommst, schon einmal begegnet bist?« Schön langsam glaubte Solvay wirklich, den Verstand zu verlieren. Verdammte Neugier! »Wie viel Zeit wird bis dahin vergehen?«

»Das weiß ich nicht genau. Länger jedenfalls als die normale Lebensspanne eines Dunkelelfen.«

»Wie ist das möglich?«

»Er wird einen Schwur im magischen Drachenfeuer leisten, der euch die Unsterblichkeit bringt und unendlich viel Leid dazu. Und genau das möchte ich verhindern.«

Solvay brauchte etwas Zeit, bis sich das Gehörte gesetzt hatte. In seinen grünen Augen spiegelte sich eine Mischung aus Unverständnis und Faszination wider. Schließlich, nach einer halben Ewigkeit des Schweigens, sagte er: »Du bist also tatsächlich seinetwegen hierhergekommen?«

Lina nickte langsam.

»Und er hat dich so behandelt, wie er es eben getan hat? Bei Danaàn, ich hätte ihn erwürgt, wenn ich an deiner Stelle gewesen wäre.«

Lina lächelte nachsichtig. »Weißt du, diese charmante Art wird er über die Jahrhunderte hinweg nicht verlieren. Es spielt aber keine Rolle mehr. Ich werde dafür sorgen, dass er diesen Schwur nicht leisten muss.«

Solvay hoffte inständig, dass sie das schaffen würde.

Vier Tage später stand einer der Hüter vor ihr, der dabei gewesen war, als Xedocs Wahl verhindert worden war. Er bestätigte Linas Geschichte. Und Fürst Haldrin gewährte seine Unterstützung unter der Bedingung der absoluten Verschwiegenheit. Niemand sollte jemals erfahren, was der wahre Grund dafür war, auch nicht der Clanführer der Dunkelelfen, darauf bestand der Fürst.

»Wir werden es als eine großzügige Geste der Lichtelfen an uns betrachten«, versicherte Lina. Auch diese Lüge würde sie auf sich nehmen.

Kaum hatten sie die Zusicherung des Fürsten in der Tasche, brachen sie auf. Lina sehnte sich mit jedem Augenblick mehr nach den gemütlichen Höhlenwohnungen in den Dunkelwäldern. Sie sehnte sich nach den schattigen Wäldern, den kühlen Bergseen und dem Geruch nach frischen Fichtennadeln und Harz. Sie sehnte sich nach ihrem Zuhause an der Seite ihres dunklen Prinzen.

Aber schon bald hatte eine innere Unruhe von ihr Besitz ergriffen, die sie nicht erklären konnte, die aber fürchterlich an ihren Nerven zerrte. Nachts quälten sie unruhige Träume, aus denen sie morgens oft schweißgebadet erwachte. Ihre Magennerven spielten verrückt und ihr war übel. Böse Vorahnungen trieben sie zur Eile. Solvay registrierte das mit Sorge.

Und so ließ er sie auch gewähren, als sie Kathmarin am späten Nachmittag erreichten und Lina trotzdem darauf bestand, noch an diesem Abend in die Dunkelwälder aufzubrechen.

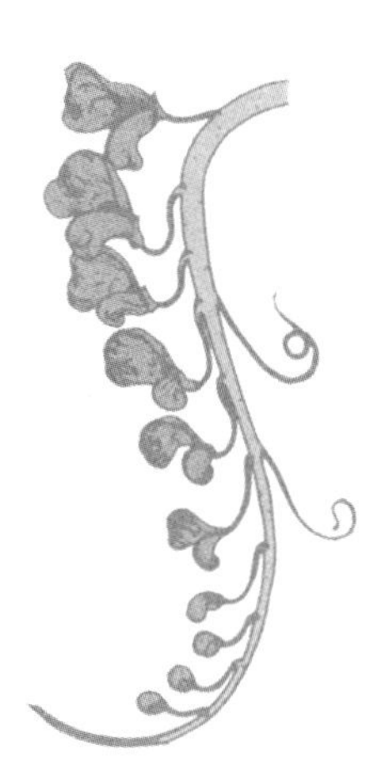

Flammennacht

Darian fragte sich ernsthaft, ob das, was er zeigte, Suchtverhalten war. Er kannte Zwerge, die so sehr von Zwergenmet abhängig waren, dass sie ohne einen Humpen dieses süßen Gesöffs morgens nicht einmal aufstehen konnten. So mancher Kobold war, getrieben von Wahnvorstellungen, zusammengebrochen, wenn er keine Nachtschattenrinde zum Kauen hatte, nachdem er es erst einmal zur Gewohnheit hatte werden lassen. Darians Sucht hieß Lina. Und jetzt, da sie nicht da war, hatte er Entzugserscheinungen. ›Blöder, liebeskranker Dunkelelf‹, schalt er sich selbst. Das war doch lächerlich. Und trotzdem war es so. Er hatte Schwierigkeiten, sich auf das zu konzentrieren, was er eigentlich tun sollte. Er musste die Evakuierung der Westhöhlen vorantreiben. Nachdem sie dort in den letzten Tagen massive Angriffe der Nachtmahre zurückzuschlagen hatten, hatte er beschlossen, diese Höhlen aufzugeben und die dort lebenden Elfen in der südlichen Höhlenstadt unterzubringen. Unter dem Schutz der Hälfte seiner Schwertkämpfer sollten sie sicherer sein. Es war gut, sich durch Arbeit abzulenken. Der Drachenfürst selbst hatte ihn zu zwei weiteren Erkundungsflügen über die Meerenge von Lyras geflogen.

»Was hältst du davon?«, hatte Tek-Dragon danach gefragt und Darian hatte ihm seine Einschätzung mitgeteilt. Sie würden diese Streitmacht, die nach und nach übersetzte, nicht aufhalten können. Und obwohl der Drachenfürst den Dunkelelfen seine Hilfe zugesichert hatte, hatte Darian Zweifel, ob es reichen würde. Die Nachtmahre schienen aus ihrer letzten Niederlage gelernt zu haben. Sie hatten grobmaschige Netze über den marschierenden Truppen gespannt, die das Drachenfeuer absorbierten. Sowohl Tek-Dragon als auch Darian waren entsetzt gewesen, als sie herausgefunden hatten, wie diese Netze funktionierten. Was war das für ein Dämonenwerk? Tek-Dragon hatte extrem verstört darauf reagiert. So hatte Darian den Drachenfürsten noch nie zuvor erlebt. »Ich habe so etwas Ähnliches schon einmal gesehen«, hatte Tek-Dragon gegrollt. »In der Welt, aus der wir kamen. Aber es ist nicht möglich, dass es das Gleiche ist. Der Feind, der dieses Dämonenwerk benutzte, kann uns hierher nicht gefolgt sein.«

Darian hätte gerne mehr erfahren. Aber der Drachenfürst hatte sich geweigert, weiter darüber zu sprechen. Alles, was er gesagt hatte, war: »Ich glaube, es ist Zeit, die Zwerge an ihr Bündnis mit euch zu erinnern.«

Genau das hatte Darian getan. Er war zu Gwindra gegangen und hatte um die Unterstützung gebeten, die die Zwergenführerin ihm zugesagt hatte. Und sie hatte Wort gehalten. Nun patrouillierten an der nordwestlichen Waldseite Zwerge und Dunkelelfen gemeinsam. Und sooft er Zeit fand, sah er bei Yatlyn vorbei und erkundigte sich nach der kleinen Elfe, die sich bei der Heilerin wie zu Hause fühlte.

»Hast du dir schon einen Namen für sie überlegt?«, hatte Yatlyn ihn bereits bei seinem ersten Besuch gefragt.

Hatte er. Er hatte sie im Wald gefunden, daher war es auch an ihm, der Kleinen einen Namen zu geben.

»Ich möchte, dass sie Thirá heißt.«

»Du nennst sie ›kleine Elfe‹ in der alten Elfensprache? Fällt dir da nichts Besseres ein?«

»Das passt doch zu ihr«, hatte er schulterzuckend gemeint.

Die kleine Elfe hatte nichts dagegen einzuwenden gehabt und den Namen angenommen.

So kam Darian untertags ohnehin selten zum Nachdenken. Aber wenn es Nacht wurde, traf ihn Linas Abwesenheit dafür doppelt hart. Seit sie das erste Mal zu ihm gekommen war, hatte er jede Nacht an ihrer Seite verbracht. Sie alleine war es, die es schaffte, seinen unruhigen Geist zu besänftigen. Er vermisste sie so schmerzlich. Er vermisste die nächtlichen Gespräche mit ihr. Er vermisste ihr Lachen, ihre sanften Berührungen, ihre Küsse und ihre Liebe, die sie ihm so freigiebig schenkte. Er vermisste seine Gefährtin und er würde sie nicht wieder gehen lassen, wenn sie erst einmal wieder hier war. Es konnte nicht mehr lange dauern. Sie waren eigentlich schon zu lange fort. Darian hätte sich ernsthafte Sorgen gemacht, wenn er nicht Solvay an ihrer Seite gewusst hätte.

Es war spät, als er in dieser Nacht völlig erschöpft aufs Bett fiel und es gerade noch schaffte, die Stiefel und die Tunika auszuziehen. Mit einem Seufzer der Erleichterung vergrub er den Kopf in einem Kissen, das noch ihren Duft verströmte, und schlief auf der Stelle ein. Vielleicht war sie ja morgen um diese Zeit schon wieder bei ihm.

Es war sein unterbewusster Instinkt, der Gefahr witterte, und ihn mitten in der Nacht hochschrecken ließ. Zu spät. Nur einen Augenblick später fuhr ihm ein stechender Schmerz durch den Kopf und alles wurde schwarz. Als er das nächste Mal mit einem schmerzhaften Stöhnen aufwachte, waren seine Hände gefesselt und er spürte eine Klinge an seiner Kehle. Es dauerte einen Augenblick, bis Darian klare Umrisse erkennen konnte. Er lag immer noch in seiner Kammer und über ihm stand Blarn, der Anführer der Nachtmahre, und hatte sein Langschwert auf ihn gerichtet.

»Schön, du bist wach«, sagte der Nachtmahr mit schnarrender, kalter Stimme.

Darians Schädel hämmerte. Blarn musste ihn mit dem Schwertknauf bewusstlos geschlagen haben. Wieso hatte er ihn nicht gleich getötet? Und wie war der Nachtmahr überhaupt bis hierher gekommen, ohne entdeckt zu werden? Da trat jemand aus Blarns Schatten und Darian war klar, wie er es geschafft hatte.

»Sei gegrüßt, Clanführer«, schnurrte Aswan.

Diese Hexe musste dem Nachtmahr den Weg gezeigt haben.

»Was willst du?« Abgrundtiefe Verachtung klang in Darians Stimme mit.

»Sag mir, wo die kleine Schöpferin ist, und ich verspreche dir, diese Sache hier schnell zu beenden«, sagte Blarn.

›Er ist wegen Lina hier‹, schoss es Darian durch den Kopf. Sosehr er sie auch vermisst hatte, jetzt war er heilfroh, dass sie sich so lange Zeit gelassen hatte.

»Sie ist nicht hier«, gab er mit unüberhörbarer Befriedigung in der Stimme zurück.

»Du lügst.« Blarn zog das Schwert von Darians Kehle, nur um die Spitze von seinem Schlüsselbein bis zur Mitte des Brustbeins zu ziehen. Der Schnitt war nicht tief, brannte aber fürchterlich. Darian biss die Zähne zusammen, gab keinen Ton von sich.

»Also noch einmal, wo ist das kleine Miststück?«

»Sie ist nicht hier«, wiederholte Darian langsam.

Blarn setzte das Schwert erneut an und fügte Darian damit einen weiteren Schnitt exakt neben dem ersten zu. Er war gerade damit fertig, als Aswan sich plötzlich meldete: »Ich will seinen Rücken sehen.« Damit schob sie Blarn zur Seite und griff nach Darians Schulter, um ihn mit einem kräftigen Ruck zur Seite zu drehen.

»Weißt du, Blarn, er kann dir viel erzählen, aber die Elfenlegende lügt nicht.«

Ihre Augen folgten den Runen. Aswan hatte gesehen, was sie wissen musste. »Sie ist wirklich nicht hier.«

»Und das kannst du auf seinem Rücken lesen?« Blarn klang skeptisch.

»Ja«, sagte Aswan. »Ihr Name steht in seiner Elfenlegende. Das bedeutet, sie ist jetzt seine Gefährtin. Und als solche wäre sie hier bei ihm, wenn sie in den Osthöhlen wäre, verstehst du?«

Ein böses Lächeln spielte nun um die wulstigen Lippen des Nachtmahrs. »Deine Gefährtin also. Das gefällt mir ja noch besser! Weißt du, ich habe dieser kleinen Dracheneidiebin ein Versprechen gegeben. Ich habe ihr gesagt, ich werde ihr jeden Finger einzeln abbeißen, bevor ich ihr die Kehle aufschlitze, wenn sie Dummheiten macht. Es war äußerst dumm, was sie gemacht hat, und ich halte meine Versprechen.«

Darian wurde erst jetzt bewusst, wie schlimm diese Nacht im Wald für Lina gewesen sein musste. Er versuchte, seine Ohren zu verschließen und sich nicht provozieren zu lassen. Lina war nicht da. Alles, was dieser Bastard tun konnte, war, ihm zu drohen. Sollte er doch.

Von draußen war plötzlich ein Signalhorn zu hören. Die Nachtmahre waren entdeckt worden. Das schien Blarn aber nicht im Geringsten zu stören. Darian konnte Rauch riechen, der sich durch die Höhlengänge zog, und das Klirren von Schwertern gemischt mit Kampfgeschrei drang an sein Ohr. Er musste da hinaus, irgendwie.

»Weißt du, wie es sich anhört, wenn ein Knochen bricht, der durchgebissen wird?«, erkundigte sich Blarn schwärmerisch. »In meinen Ohren ist das Musik …«

Ein weiterer Nachtmahr tauchte plötzlich hinter Blarn auf und bellte im harten Akzent seines Volkes: »Blarn, die Schöpferin ist eben auf einem Drachen gelandet.«

Blarns schauerliches Lachen hallte von den Höhlenwänden wider. »Wie nett von ihr. Dann werde ich mich doch gleich mal um sie kümmern.« Er wandte sich an Aswan und sagte mit einem Wink auf Darian: »Du erledigst das hier, verstanden?«

Aswan zog das Andavyanschwert, das eigentlich Lina gehörte, und trat an Blarns Stelle. »Es wird mir ein Vergnügen sein.«

Blarn zog die Kapuze tief ins Gesicht, schloss den Umhang vor sich und verschmolz augenblicklich mit der Umgebung, so als hätte er sich in Luft aufgelöst.

Und da wusste Darian plötzlich, wieso sie die Nachtmahre nicht greifen konnten. Es waren diese Umhänge, die sie so gut wie unsichtbar machten. Aber er hatte jetzt keinen Nerv, darüber nachzudenken. Er musste einen Weg hier raus finden. Er musste Lina finden, ehe es dieses Monster tat. Heiliger Schöpferfluch, sie hätte sich keinen schlechteren Zeitpunkt für ihre Rückkehr aussuchen können! Solvay war zwar bei ihr, aber er hatte keine Ahnung, wie viele Nachtmahre noch da draußen waren. Kalte Wut brannte in ihm, die er im Zaum zu halten versuchte. Mit Wut, das wusste er, würde er bei Aswan gar nichts erreichen. Die Elfe schien es zu genießen, ihn gefesselt vor sich zu haben. Nun war es Linas Schwert, das sie an seinem Brustbein angesetzt hatte, während sie sich rittlings auf seine Hüften setzte und schmeichlerisch fragte: »Was hat oder kann sie, was ich dir nicht hätte bieten können, hm?« Dabei zog sie das Schwert langsam tiefer, mit gerade so viel Druck, dass die Spitze einen roten Striemen auf seiner Haut hinterließ.

Darian konnte nicht glauben, was sie tat. Er war nur froh, dass er wenigstens noch seine Hosen anhatte. Ihm drehte sich der Magen um, so sehr ekelte er sich vor dieser Frau. Aber er kannte Aswan gut genug, um zu wissen, wie er sie vielleicht ablenken könnte.

Er setzte ein verführerisches Lächeln auf und sagte: »Vielleicht wusste ich nicht, was ich verpasse?«

Ein gieriges Aufblitzen war in Aswans Augen zu sehen. »Das wird deiner Elfenlegende aber gar nicht gefallen«, stellte sie freudig fest. Sie wussten beide, wie die Elfenlegende auf den Betrug am Gefährten reagierte. Er würde Höllenqualen erleiden, und das machte es für sie noch reizvoller.

Darians Rücken stand bereits in Flammen, dabei wollte er das hier doch gar nicht. Trotzdem griff er nach ihrem Zopf, der ihr seitlich über die Schulter gefallen war, und zog sie daran näher zu sich herunter. Doch dann ließ er für einen Moment locker und sagte gedehnt: »Könntest du das Schwert bitte für einen Moment weglegen. Wie soll ich denn da in Stimmung kommen?« Dabei schenkte er ihr sein verheißungsvollstes Lächeln.

Und tatsächlich – sie zog das Schwert zurück und legte es beiseite. Darauf hatte er gewartet. Seine Handkante fuhr, geleitet von all der aufgestauten Wut, seinem Ekel und Hass hoch und krachte gegen Aswans Kehlkopf. Mit Schwung stieß er die nach Luft schnappende Elfenjägerin von sich, die wie ein nasser Sack vom Bett stürzte und liegen blieb, während er die Schnüre um seine Handgelenke an dem Andavyanschwert durchschnitt und aufsprang.

»Du willst wissen, was der Unterschied zwischen euch ist?«, fragte er kalt, während er seine eigenen Schwerter aus den Schwertgurten riss und sich bereits auf den Weg nach draußen befand. »Sie ist wundervoll, und du bist der letzte Abschaum, Aswan!«

Dann rannte Darian, so schnell ihn seine Füße tragen konnten, nur noch von einem Gedanken getrieben. Er musste Lina finden, bevor Blarn das in die Tat umsetzte, was er angedroht hatte.

Kaum vor dem Höhlenzugang angekommen, geriet er bereits in die ersten Gefechte. Er hielt Ausschau nach Lina, konnte aber nur Solvay entdecken, der sich einen erbitterten Kampf mit einem Nachtmahr lieferte.

»Wo ist sie?« Darians Stimme tönte laut und deutlich über den Lärm von klirrendem Stahl hinweg.

»Sie ist dort hinaus in den Wald gelaufen.«

Darian rannte los. Er trug weder Stiefel noch eine Tunika geschweige denn einen Lederharinsch, so wie sie seine Krieger seit den Angriffen trugen. Er war vollkommen ungeschützt. Nur sein unbändiger Zorn würde ihn schützen und Blarn zum Verhängnis werden. Und dann hörte er ihren Schrei durch die Rauchschwaden, geboren viel mehr aus Schmerz, denn aus Angst. Es war ein furchtbarer Laut, der ihm durch Mark und Bein ging und nicht nur seinen Herzschlag, sondern auch seine Schritte beschleunigte. Panische Angst, zu spät zu kommen, trieb ihn vorwärts und lähmte seinen Verstand, nicht aber seine Instinkte. Der Odem des Drachen floss jetzt in seinen Adern, während er in die Richtung hastete, in der er sie vermutete.

Schon von Weitem hatte Lina gesehen, was unter ihnen nicht stimmte. Die Dunkelwälder brannten und zwar genau dort, wo sich die Osthöhlen befanden, während sich über ihnen ein Gewitter zusammenbraute. Blitze jagten über den Himmel und trieben das Unwetter vom Nordmeer her auf die Dunkelwälder zu. Sie landeten auf dem Versammlungsplatz. Sofort stiegen die Drachen wieder auf, und versuchten das Feuer mit Gegenfeuer unter Kontrolle zu bringen. Die Luft selbst schien zu brennen, während das Donnergrollen immer näher kam.

»Wir müssen die Osthöhlen erreichen. Hier draußen im

Wald ist es zu gefährlich.« Solvay gab ihr Deckung. Sie schafften es bis knapp vor den Höhlenzugang. Doch dort wurde Solvay in ein Gefecht mit zwei Nachtmahren verwickelt. Lina schlug einen Haken und steuerte auf den Höhleneingang zu. Doch schon von Weitem erkannte sie den Nachtmahr, der ihr dort entgegenkam. Blarn. Sie machte sofort kehrt und lief in kopfloser Panik in den Wald hinaus. »Such Schutz in den Baumkronen.« Darians Worte klangen ihr wieder im Ohr. Doch Blarn war viel zu schnell hinter ihr her. So lief sie instinktiv weiter. Keine fünfzig Schritte später hatte er sie eingeholt und krallte seine Finger mit einem harten Griff in ihre Schulter. Lina wehrte sich verbissen, doch der Nachtmahr hielt sie am Handgelenk gepackt und zog nun in aller Ruhe sein Schwert.

»Hör auf hier so herumzuzappeln.«

Lina wehrte sich weiter. Da ließ Blarn sein Schwert niedersausen und nagelte ihr damit den Fuß auf dem Boden fest. Sie schrie schmerzerfüllt auf, während eine Welle aus Hitze und Übelkeit durch ihren Körper rollte und sie für einen Moment vollkommen bewegungsunfähig machte.

»Schon besser«, meinte Blarn und griff nach ihrem Oberarm, wo er den eisernen Griff seiner Finger noch verstärkte. »Du hättest nicht davonlaufen sollen. Jetzt kriegt dich Xedoc in Einzelteilen geliefert.«

Verzweifelt schlug Lina mit der Faust ihrer freien Hand auf ihn ein. Blarn lachte böse, und fing ihre freie Hand ab. Nun hielt er ihre beiden Handgelenke mit nur einer seiner riesigen Pranken fest. Problemlos zwang er ihren Zeigefinger in die gestreckte Position und führte ihre Hand zu seinem Mund. Ein Blitz zuckte über den Himmel und ließ den rotäugigen Hünen wie eine Ausgeburt der Hölle erscheinen. Lina stemmte sich gegen ihn und trat ihm mit dem freien Fuß mit aller Kraft vors Schienbein.

»Das ist alles, mehr hast du nicht zu bieten?«

Mit dem Mut der Verzweiflung und ihrer letzten Kraft trat Lina erneut zu.

»Jetzt reicht's aber!«

Ein Schlag ins Gesicht traf sie so hart, dass sie nach hinten weggekippt wäre, wenn er sie nicht immer noch am Handgelenk festgehalten hätte. Lina sah Sterne vor den Augen aufflackern und spürte einen dumpfen Schmerz, während die Welt rund um sie in Dunkelheit zu versinken drohte. Sie wehrte sich nicht mehr. Als Blarn ihre Hand zwischen seine Lippen zwang und seine Zähne in ihre Fingergelenke bohrte, hing sie nur noch in der eisenharten Umklammerung.

Wie aus weiter Ferne drang ein Wutschrei an ihr Ohr, der Blarn in der Bewegung innehalten ließ. Der Nachtmahr ließ ihre Hand los und zog im selben Augenblick das Schwert aus ihrem Fuß. Wieder wurde ihr übel, während sie zu Boden stürzte.

Es waren Augenblicke lähmender Angst gewesen, in denen Darian in die Richtung gerannt war, aus der ihr Schrei gekommen war. Er hatte das Bild der Nachtmahropfer noch gut vor Augen. Lina so zu sehen, würde er nicht verkraften. Und dann war ein Blitz über den Himmel gezuckt, nur Augenblicke bevor der Himmel seine Schleusen geöffnet hatte. Da waren sie. Blarns Schwert steckte in Linas Fuß. Darian schluckte schwer. Sie wehrte sich, so gut es ging. Da schlug der Bastard ihr ins Gesicht und zwang ihre Finger in seinen Mund. Darians Verstand setzte aus. In rasender Wut stürzte er sich brüllend auf den Hünen, der es gerade noch schaffte, sein Schwert aus Linas Fuß zu ziehen. Die schwarzen Elfenschwerter trafen klirrend auf das Langschwert, das Blarn durch die Wucht des Aufpralls aus der Hand geprellt wurde. Der Nachtmahr stolperte, drehte sich in seinem Umhang und verschmolz mit der Umgebung.

Darians Schwerter fuhren in einer fließenden Bewegung nach unten, dorthin, wo er den Bastard vermutete, trafen aber ins Leere. Er brüllte vor Wut und Enttäuschung, bis er keine Luft mehr in den Lungen hatte.

»Ich komme wieder, Elfchen.« Blarns Stimme war aus einiger Entfernung zu hören und ging in ein Lachen über, das schließlich im nächtlichen Wald verhallte.

»Ich finde dich, Bastard, hörst du?! Und ich schwöre, das Letzte, was du sehen wirst, sind meine Schwerter, du elender Feigling!«, schrie Darian. Er wusste nicht einmal, in welche Richtung er seinen Zorn schicken sollte. Schwer atmend kniete er im Morast, während der Regen auf ihn niederprasselte. Es dauerte ein paar Atemzüge lang, bis er wieder zur Besinnung kam. Doch dann nahm ein viel wichtigerer Gedanke seine Aufmerksamkeit in Anspruch: Lina, er musste sie hier wegbringen. Sie lag gekrümmt auf dem Boden und atmete flach. Darian kniete sich neben sie und zog sie zu sich hoch. Mit einer gehörigen Portion Angst öffnete er ihre zur Faust geballten Hände und strich vorsichtig über ihre Finger. Sie schienen unversehrt. Danaàn sei Dank! Ihr Kopf war gegen seine Brust gesunken. Er warf einen kurzen Blick auf ihren blutigen Stiefel. Der Schnitt war in Längsrichtung zu sehen. Blut sickerte immer noch hervor. Sie würde nicht laufen können.

»Wir müssen hier weg«, sagte er sanft. »Hörst du mich, kleine Magierin?«

Ihre Augenlider flatterten. Darian nahm ihr Kinn sanft zwischen Daumen und Zeigefinger und zwang sie, ihn anzusehen. »Komm schon, Kleines, bleib bei mir. Du darfst jetzt nicht einschlafen.«

Er bekam ein schwaches Nicken zur Antwort und drückte ihr die beiden Schwerter in die Hand. »Halt sie fest. Lass sie nicht fallen, hörst du? Das ist wichtig.« Damit würde sie eine Aufgabe haben, auf die sie ihre Aufmerksamkeit lenken musste.

Er hob sie hoch und lief los. Ihr Kopf lag an seiner Schulter, während er sie festhielt, und langsam Erleichterung seiner inneren Anspannung wich. Sie war am Leben. Den ganzen Weg über sprach er mit ihr, und forderte immer wieder Antworten von ihr, nur um sie bei Bewusstsein zu halten. So erreichten sie den Eingang der Osthöhlen, wo ihnen Solvay entgegenkam.

»Wo ist Yatlyn?«, fragte Darian gehetzt.

»In den Gemeinschaftshöhlen.«

Darian nickte. Im Vorbeigehen sagte er zu Solvay: »Schnapp dir zwei Männer und schau in meiner Kammer vorbei, und wenn du Aswan dort findest, dann sperr sie ein. Ich werde mich später um sie kümmern.«

Solvays Blick zeigte Verwirrung, aber er fragte nicht weiter, sondern eilte davon, um den Befehl auszuführen.

In den Gemeinschaftshöhlen angekommen, flößte er Lina erst einmal langsam einen Becher Drachenblutwein ein. Erst jetzt im Licht der Bernsteine konnte er sehen, wie hart der Nachtmahr zugeschlagen haben musste. Ihre Lippe war aufgeplatzt, und die gesamte rechte Wange bis hinauf zum Auge hatte sich bereits verfärbt. Ganz vorsichtig tastete er ihre Wangen und Kieferknochen ab. Sie waren zum Glück nicht gebrochen. Der Drachenblutwein schien seine Wirkung bereits nach wenigen Augenblicken zu entfalten. Lina war ansprechbar, als er ihr den Stiefel auszog, um sich die Stichwunde an ihrem Fuß anzusehen. Allein der Anblick verursachte ihm selbst körperliche Schmerzen. Das Schwert war genau zwischen den Mittelfußknochen hindurchgefahren und an der Fußsohle wieder ausgetreten. Es war Glück im Unglück. Wäre das Schwert quer in ihren Fuß gestoßen worden hätte es sämtliche Knochen zertrümmert, und sie hätte möglicherweise einen bleibenden Schaden davongetragen. So aber würde die Wunde vermutlich komplikationslos heilen. Darian nahm ein Stück Stoffbinde und drückte es auf die immer noch blutende Wunde. Lina zuckte leicht zusammen.

»Ich fürchte, damit wirst du in nächster Zeit nicht tanzen können«, sagte er, um einen heiteren Tonfall bemüht. »Das muss genäht werden.«

»Schade«, presste Lina zwischen zusammengebissenen Zähnen hervor. »Und ich hatte gehofft, du tanzt mit mir.«

»Bei der nächsten Blutmondwende bestimmt«, sagte er und küsste ihre Stirn. »Das verspreche ich.«

Lina versuchte ein Lächeln, das eher wie eine Grimasse ausfiel und sagte dann plötzlich: »Sie werden kommen.«

Darian verstand nicht, was sie meinte. »Wer wird kommen?«

»Die Lichtelfen. Sie haben uns ihre Unterstützung zugesagt.«

Nun war Darian ehrlich überrascht. »Wie hast du das gemacht?« Und weil Lina nur vielsagend mit den Schultern zuckte, sagte er mit unüberhörbarem Stolz in der Stimme: »Du bist eine Magierin, und zwar eine ganz große.« Wie war ihr das nur gelungen? Unwichtig. Hauptsache, sie war wieder da.

Yatlyn erschien und reichte Darian eine Tunika. Als er sie überziehen wollte, griff Lina nach den Schnittwunden, die seine Brust entlangliefen und immer noch leicht bluteten. Er fing ihre Hand sanft, aber bestimmt, ab. »Nicht, das verheilt auch so.«

»Wie ist das passiert?«, fragte sie besorgt.

Darian schüttelte nur den Kopf. Er wollte nicht darüber sprechen.

»Ist gut, ich lass die Finger davon«, versprach sie. »Aber lass es von Yatlyn behandeln.« Was auch immer passiert war, sie würde es sehen, wenn sie es heilte und das schien er nicht zu wollen. Die Schnitte waren nicht gefährlich, also würde sie es respektieren.

Als Yatlyn sich Linas Fußes annahm, erhob sich Darian und sagte im Hinausgehen: »Ich muss mit Solvay sprechen. Ich komme aber bald wieder.« Und an Yatlyn gewandt fügte er hinzu: »Dass du mir das ja ordentlich machst.«

Die Elfe schenkte ihm ein mitleidiges Lächeln. »Wie du befiehlst, Clanführer.« Es klang nicht sehr respektvoll. Und als er gegangen war, sagte sie augenzwinkernd zu Lina: »Wenn du mich fragst, flüchtet er vor den Nadeln.«

Lina schnaubte gequält. »Ja, das würde ich jetzt auch gerne.«

Yatlyn nähte die Wunde in kleinen, fein säuberlichen Stichen, und Lina stellte überrascht fest, dass sie es ziemlich schmerzfrei hinbekam. Vermutlich lag es an der Salbe, die sie zuvor auf die Wundränder aufgetragen hatte. Wenn sie sich im Raum umsah, musste sie zugeben, dass es sie nicht allzu schlimm erwischt hatte. Immerhin hatte sie noch alle Finger. Der Drachenblutwein und ein Stück Süßkuchen, das die Elfe ihr aufgedrängt hatte, beruhigten ihren Kreislauf zusehends.

Sie begann sich bereits wieder halbwegs gut zu fühlen, als sie der nächste Schlag traf. Yatlyn hatte gerade den letzten Stich gesetzt, als einer der Schwertkämpfer hereingestürzt kam. In seinen Armen eine Gestalt, die so blutüberströmt war, dass Lina sie im ersten Augenblick gar nicht erkannt hatte. Doch sie kannte den Krieger. Es war Andor. Sein suchender Blick war gehetzt, seine Stimme panisch. »Ich brauche die kleine Magierin, schnell!«

»Ich bin hier!«, rief Lina. Yatlyn, die ihr einen Verband angelegt hatte, sprang auf. Auch ihre Augen waren vor Entsetzen geweitet.

Je näher Andor kam, umso heftiger begann Linas Herz zu schlagen und umso mulmiger wurde ihr Gefühl im Magen. Alles, was sie denken konnte, war: »Bitte nicht Isnar.«

Doch ihre Bitte wurde nicht erhört. Andor legte seine Gefährtin vorsichtig auf die Liege neben Lina. Sofort tränkte sich das Laken mit dem Blut der schwer verletzten Elfe.

»Kannst du ihr helfen?« Das Flehen in seinen Augen brach Lina fast das Herz.

Es war immer die gleiche Frage. Und Lina antwortete immer dasselbe: »Ich werde es versuchen.«

Aber in diesem Fall war es etwas anderes. Isnar war ihr in den letzten Wochen zu einer lieben Freundin geworden, sie war ihre Zeugin des Elfenschwures, sie war Lina eine der Wichtigsten des Dunkelelfenvolkes. Isnar war ihr so dankbar gewesen, als sie Andor geheilt hatte, und jetzt benötigte sie selbst Hilfe. Lina hatte nur einmal gesehen, dass jemand so übel zugerichtet war. Das waren die alten Elfen in der Höhle gewesen, in der Aswan sie alleine zurückgelassen hatte. Aber die waren allesamt tot gewesen. Es grenzte an ein Wunder, dass Isnar überhaupt noch atmete. Lina konnte Wunden schließen, sie konnte sogar Seelen heilen, aber sie war nicht in der Lage, entfernte Knochen wieder wachsen zu lassen. Und Isnar hatte das Schicksal ereilt, das Blarn auch ihr angedroht hatte. Nur zwei Finger hatten ihr diese Bestien gelassen. Und das waren noch nicht einmal die schlimmsten Verletzungen. Dagegen war ihr eigener Zustand geradezu lächerlich.

Lina würde ihr Bestes geben. Und während Yatlyn Druckverbände um die Hände der Elfe wickelte, legte Lina ihre Hände auf die Brust und den Bauch der Freundin, schloss die Augen, um sich zu konzentrieren, und begann nach der heilenden Kraft zu greifen. Sie kämpfte wie eine Löwin um jeden Tropfen Blut, der aus dem Körper der Elfe austrat. Es waren so viele Wunden, die zu schließen waren, und die Zeit arbeitete gegen sie, während der rote Lebenssaft in Isnars Körper versiegte. Aber Lina gab nicht auf.

Darian war Andor auf dem Weg zu dem tiefer im Berg gelegenen Teil der Höhlenstadt begegnet. Entsetzt hatte er gesehen, was diese Bestien der Gefährtin seines Schwertkämpfers angetan hatten. Und alles, was er denken konnte, war: ›Zum Glück ist Lina das erspart geblieben.‹ Der Gedanke war eine Mischung aus Erleichterung und Beschämung. Auch Isnar hatte das nicht verdient. Keiner hatte das. Darian wusste, dass Lina ihr Bestes geben würde. Aber er hatte starke Zweifel, ob sie in diesem Fall noch helfen konnte. Er würde zusehen, dass er rasch zurückkehrte. Und als er Solvay endlich gefunden hatte, stand sein Entschluss fest.

»Wir evakuieren die Höhlen.« Seine Augen funkelten vor Zorn und Frustration. Noch nie zuvor hatte ein Clanführer eine derart drastische Maßnahme befohlen.

»Alle?« Solvays Blick aus einem ruß- und blutverschmierten Gesicht zeigte Überraschung.

»Ja, alle.«

Solvay nickte wortlos.

»Bis morgen Abend möchte ich niemanden mehr weder hier noch in den anderen Höhlen sehen, der nicht entweder ein Attanar oder ein Schwertkämpfer ist. Auch die Gefährten und Gefährtinnen nicht. Wir schicken sie alle in den Berg zu den Zwergen. Das habe ich mit Gwindra vereinbart, falls es nötig werden würde.«

Solvay seufzte tief und ging neben Darian in die Hocke, als ihn die Erschöpfung zu übermannen drohte. »Ich werde es veranlassen.« Nach einer Weile des Schweigens blickte er zu Darian hoch, der mit ernster Miene neben ihm stand, seine Gedanken bereits bei der bevorstehenden Evakuierung.

»Wie, Darian? Sag mir, wie sind sie ins Höhlensystem gelangt?«

»Aswan.« Darian spie den Namen der verstoßenen Elfe aus, als würde er daran ersticken.

»Was?« Solvay war entsetzt. »Ich habe immer gewusst, dass sie skrupellos ist. Aber dass sie ihr Volk verrät, das hätte ich nicht gedacht.«

Darian nickte. »Hast du sie in meiner Kammer gefunden?«

Solvay schüttelte bedauernd den Kopf. »Was ist überhaupt geschehen?«

»Sie stand plötzlich gemeinsam mit Blarn in meiner Kammer. Und ich weiß jetzt auch, wie sie unentdeckt an uns vorbeikommen konnten«, sagte Darian und erzählte Solvay, wie Blarn sich in der heutigen Nacht zweimal mithilfe seines speziellen Umhanges vor ihm in Luft aufgelöst hatte.

»Wir werden die Höhlengänge schließen und dann werde ich dieser Sache ein Ende setzen«, sagte er schließlich mit einem wilden Funkeln in den Augen. »Ich werde der Schlange den Kopf abschlagen.«

»Du willst dir Blarn vorknöpfen?«

»Ja. Ich brauche Tek-Dragon und die Drachen dazu. Aber ich glaube, ich habe gute Chancen, den Drachenfürsten für dieses Unternehmen zu gewinnen.«

Bevor Darian ging, bat er Solvay noch, vor seinem Quartier Wachen aufzustellen. Das hatte er noch nie für nötig gehalten, aber er hatte auch noch nie solch ungebetenen Besuch in seiner Kammer gehabt. Er musste Lina vor diesem Ungeheuer schützen, bis er den Nachtmahr unschädlich gemacht hatte. Denn Blarn war niemand, der so einfach aufgab. Er würde es wieder versuchen.

Als er sich dem Gemeinschaftsraum näherte, drängten sich dort im Gang bereits mehrere Elfen, und auch Zwerge und Kobolde hatten sich unter sie gemischt. Die bedrückende Stimmung war greifbar.

»Was ist hier los?«, erkundigte sich Darian.

»Sie schafft es nicht«, sagte einer der Krieger.

Eine böse Vorahnung beschlich ihn, als er sich den Weg in

die große Höhle bahnte. Im hinteren Bereich, dort wo er Lina zurückgelassen hatte, war das Gedränge am größten. Es war nicht Sensationslust, die er in den Gesichtern der Elfen sah, sondern besorgte Anteilnahme, so als könnten sie allein durch ihre Anwesenheit unterstützend wirken. Darian durchbrach den innersten Kreis und fand sich einem grauenvollen Szenario gegenüber. Isnar lag schwer verletzt auf dem Lager. Andor kauerte neben seiner Gefährtin und strich ihr übers Haar, während Yatlyn beschwörend auf Lina einredete. Linas Hände waren verkrampft und sie zitterte am ganzen Körper.

»Du musst sie gehen lassen, Lina!« Die beschwörenden Worte der Heilerin verklangen in der Stille.

Lina musste sie gehört haben, denn sie schüttelte fast unmerklich den Kopf, während Tränen unter ihren geschlossenen Lidern hervorsickerten und ihr über die blassen Wangen liefen.

Voll Entsetzen bemerkte Darian, dass sich Blut in die Tränen gemischt hatte. »Yatlyn, was passiert hier?«

»Isnar stirbt und zieht Lina mit in den Tod. Sie muss loslassen, aber sie weigert sich.«

Darian hatte genug gehört. Er kniete sich hinter Lina und griff nach ihren Handgelenken. Mit sanftem Druck versuchte er ihre Hände vom Körper der Elfe zu heben.

»Nicht«, flehte sie. »Ich kann es schaffen!«

Darian warf einen Blick über Linas Schulter und suchte Andors Blick. »Es tut mir leid«, formten seine Lippen tonlos die Worte. Andor nickte ihm unmerklich zu. Jeder in diesem Raum wusste, dass Isnar nicht mehr zu helfen war. Nur Lina weigerte sich, das einzusehen. So nahm ihr Darian die Entscheidung ab. Er zwang sie, ihre Hände endgültig zu lösen und verschränkte sie ihr vor der Brust. »Du hast getan, was du konntest«, flüsterte er.

Seine Stimme ging in ihrem verzweifelten Schluchzen unter.

Was war das bloß für eine verfluchte Nacht? Wie viel Unglück würde noch geschehen?

Er hob Lina, die nur noch unkontrolliert zitterte und von Weinkrämpfen geschüttelt wurde, in seine Arme und verließ mit ihr den Raum. Dabei achtete er nicht auf die bestürzten Blicke, die auf sie gerichtet waren. Die Gedanken der Anwesenden aber waren beinahe greifbar für ihn: Der Mythos der unbesiegbaren Magierin war gerade zerbrochen. Sie hatte zum ersten Mal ein Opfer nicht retten können.

Lina fühlte sich so ausgelaugt und elend. Sie hatte so sehr versucht, Isnar zu retten und es doch nicht geschafft. Sie hatte gespürt, wie sich die Elfe immer weiter entfernt hatte. Isnars Worte, die Lina in ihrem Geist gehört hatte, klangen dort immer noch nach: »Lass mich gehen.«

Lina hatte es nicht gekonnt. Sie war überzeugt gewesen, ihre Freundin retten zu können, wenn sie sich nur ein kleines bisschen mehr anstrengte. Sie hatte ihre Kräfte doch genau für solche Fälle verliehen bekommen. Lina hatte die Kälte gespürt, in die Isnar davongeglitten war, und den Frieden, hatte das Licht gesehen, das die Dunkelheit verdrängt hatte. Wie aus weiter Ferne hatte sie Yatlyns Stimme vernommen. Weit, viel zu weit weg, um sie tatsächlich zu erreichen. Und dann war sie gewaltsam von dort fortgerissen worden. Wie ein Faustschlag, viel schmerzhafter als Blarns tatsächlicher Hieb, hatte sie die harte Realität getroffen, als Darian ihre Hände von Isnars Körper gelöst hatte. Sie hatte diesen Kampf verloren. Nun lag sie in der abgeschiedenen Stille ihrer Kammer in Darians Armen, immer noch nicht fähig, sich zu beruhigen, während er sie wiegte wie ein kleines Kind und tröstende Worte sprach. Sie weinte, bis sie keine Tränen mehr hatte, und schließlich vor Erschöpfung einschlief. Aber die Bilder der sterbenden Isnar wollten nicht weichen. Sie verfolgten sie auch in ihren Träumen, und so fuhr sie kurze Zeit später wieder hoch, nur um neuerlich gegen den Tränenfluss anzukämpfen.

»Du solltest versuchen, zu schlafen.« Darians beruhigende Stimme klang ganz nah an ihrem Ohr.

»Das kann ich nicht.« Lina brachte nichts weiter als ein klägliches Wispern zustande. »Ich habe Angst vor den Bildern, die ich sehe, wenn ich die Augen schließe.«

Darian wusste genau, wovon sie sprach. Auch ihn verfolgten manchmal die Bilder der Schlachten, die er verloren hatte. Die um Finrods Leben zum Beispiel.

Sie würde schlafen. Dafür würde er sorgen. Aber erst, wenn er ihr das Blut und den Schmutz abgewaschen hatte, das sie unweigerlich daran erinnern musste. Er hätte das gleich tun sollen. Aber als er sie aus der Gemeinschaftshöhle fortgebracht hatte, war sie dazu einfach nicht in der Verfassung gewesen.

»Ich weiß, was du jetzt brauchst«, sagte er und zog sie mit sich hoch, nur um sie wieder auf den Arm zu heben.

Lina blickte unter einem Tränenschleier zu ihm hoch. Ihr Blick war fragend und zauberte ein Lächeln auf seine Lippen. »Du brauchst ein Bad.«

Mit einer energischen Geste wischte sie sich mit dem Handrücken über die Wangen. Sie wollte diese dummen Tränen nicht, die sich einfach selbstständig machten. Ein Bad hörte sich gut an.

So stand sie schließlich auf einem Bein neben einem der kleineren Becken der Dampfgrotte und ließ sich von ihm die blutverschmierte Tunika ausziehen. Sein Blick wanderte über ihren Körper und blieb an den blauen Flecken an ihrer Schulter hängen, dort, wo sich Blarns Finger in ihre Haut gekrallt hatten. Auch ihr Oberarm war von blauen Fingerabdrücken gezeichnet. Am schlimmsten aber war mit Sicherheit ihr Gesicht. Nicht nur dass sie rot verquollene Augen hatte, ihre Lippe war geschwollen und aufgerissen. Lina folgte seinem Blick. »Ich bin kein schöner Anblick, nicht wahr?«

»Der schönste, den ich mir vorstellen kann.« Darian schenkte ihr ein liebevolles Lächeln, während er versuchte den Zorn zu bändigen, den der Anblick ihres zerschundenen Körpers auslöste. Er griff vorsichtig in ihren Nacken und hauchte ihr einen Kuss auf die unverletzte Wange. Ihre Lippen würde er erst wieder küssen, wenn sie verheilt waren. »Du wirst sehen, es heilt schneller, als du denkst.«

Behutsam half er ihr ins Becken und hielt ihren Fuß dabei so hoch, dass er nicht unter Wasser tauchte. In zwei Tagen würde Yatlyn ihr einen festen Druckverband setzen. Danach würde sie wieder laufen können. Er selbst stieg nur bis zu den Knien ins Wasser, und setzte sich dann an den Beckenrand, wo er begann, ihr das verkrustete Blut mit einem Schwamm aus dem Gesicht und vom Körper zu waschen. Er konnte spüren, wie sie sich unter seiner fürsorglichen Behandlung sichtlich entspannte. Und als sie schließlich zu sprechen begann, waren die Tränen versiegt. »Ich hab wirklich gedacht, ich sei unbesiegbar. Weißt du, ich bin nicht gut mit dem Schwert und auch nicht mit dem Bogen. Eine sehr weise Frau hat einmal zu mir gesagt: Nicht alle Kämpfe werden mit dem Schwert ausgefochten. Meine Waffe ist meine Heilkraft. Ich hätte nicht gedacht, dass ich dabei einmal versage. Was ist wenn ich das nächste Mal wieder versage, oder es überhaupt nicht mehr schaffe, zu heilen?«

Darian hatte ihr aufmerksam zugehört. Ihre Waffe war tatsächlich ihre Heilkraft. Eine weitaus mächtigere als jedes

Schwert. Es hätte ihn interessiert, wer ihr das gesagt hatte. Aber er fragte nicht. Stattdessen sagte er: »Du hast mir einmal gesagt, ihr Schöpfer seid keine Götter. Jedes Lebewesen hat seine Grenzen. Du bist heute an deine Grenze gegangen. Du hast deine sogar überschritten, und wärst noch weiter gegangen, wenn ich dich gelassen hätte. Und trotzdem. Manchmal reicht es einfach nicht. Es ist nicht schön, wenn das passiert. Aber es ist notwendig, dass man seine Grenzen kennt. Es gehört zum Leben dazu, dass wir von Zeit zu Zeit versagen. Aber man lernt daraus.«

»Und was lernen wir aus meinem heutigen Versagen?«, erkundigte sich Lina in einem trotzigen Ton.

Darian quittierte das mit dem Anflug eines Lächelns. Diese Frage hätte so gestellt vom ihm kommen können. »Dass das Leben kostbar ist«, sagte er schlicht.

Lina schmiegte ihren Kopf seufzend an sein Knie, während sie seinen Unterschenkel mit ihren Armen umschlang. »Aber warum musste es ausgerechnet Isnar sein? Hätte es nicht stattdessen Aswan treffen können?«

Darian nickte seufzend. »Ja, manchmal ist das Leben ungerecht.«

Lange Augenblicke saßen sie so da, während sie beide ihren eigenen Gedanken nachhingen. Schließlich erhob sich Darian. »Bleib hier, Kleines, ich hol dir frische Kleidung und danach schläfst du. Du wirst sehen, morgen wird es dir schon viel besser gehen.«

Lina nickte dankbar. Er war unbestreitbar das Beste, was ihr in ihrem ganzen Leben je widerfahren war. Sie hatte in dieser Nacht nicht nur Schlimmes erfahren. Sie hatte Seiten an Darian entdeckt, die sie nicht gekannt hatte. Er war dämonenhaft in seinem Zorn gewesen, so wie er auf Blarn losgegangen war. Und er war engelsgleich in seiner Geduld, die er mit ihr bewiesen hatte, und so unglaublich zärtlich. Er war der dunkle Prinz ihrer Träume. Lina begann bereits im warmen Wasser wegzudämmern, als sie plötzlich an den Haaren zurückgerissen wurde, brutal und rachsüchtig.

»So sieht man sich also wieder, kleine Schöpferhexe! Ich werde mit dir nicht so gnädig sein, wie du mit mir.« Aswans kalte Stimme ließ Lina zusammenfahren. Schmerzhaft rissen die Hände der Elfenjägerin an Linas Haar und drückte sie unter Wasser.

Im ersten Moment schlug Lina panisch mit den Händen um sich, während sie Wasser schluckte. In einem Reflex griff sie nach der Hand, die sie unter Wasser drückte, während ihre andere Hand den Zopf der Elfenjägerin zu fassen bekam. Lina versuchte die aufsteigende Panik niederzukämpfen und suchte nach Kraftreserven in sich. Alles, was sie fand, war ein geringes Maß an Heilkraft. Lina griff danach. Aber ihre Gedanken wurden abgelenkt. Von Aswan, die durch ihren Verrat für Isnars Tod verantwortlich war und nun auch sie töten wollte. Und da fühlte Lina Zorn in sich aufsteigen, gewaltig und übermächtig. Und dieser Zorn verwandelte ihre Heilkraft in etwas Zerstörerisches, etwas Böses. Lina schickte diese zerstörerische Kraft durch ihre Hand, in den Körper der Jägerin und ließ sie dort explodieren.

Mit einem keuchenden Aufschrei stürzte Aswan in das Wasserbecken. Ihr Griff lockerte sich und Lina konnte sich befreien. Gierig nach Luft schnappend fuhr sie hoch und kletterte aus dem Becken, während Aswan reglos mit dem Kopf nach unten im Wasser trieb. Zitternd lag sie auf dem Steinboden und konnte den Blick nicht von Aswan wenden. Angst übermannte sie. Angst vor sich selbst. Was hatte sie getan?

Darian fand Lina schwer atmend auf dem Boden neben dem Becken liegen. Im Wasser trieb Aswan, mit dem Kopf nach unten. »Was ist geschehen?«, fragte er entsetzt.

Linas Stimme war ein klägliches Zittern. »Ich glaub, ich habe sie getötet.«

Darian griff nach Aswans Haaren und zog sie daran aus dem Wasser. Unsanft, als ob er ein Stück Abfall wegwerfen würde, ließ er sie am Rand des Beckens auf den Felsboden fallen. Ein Griff an ihre Halsschlagader sagte ihm, was er wissen wollte.

»Hast du nicht. Sie lebt noch.« Er rief einen der Krieger herbei, die er im vorderen Bereich der Dampfgrotte gesehen hatte, und befahl ihm, der Verräterin die Hände zu fesseln und sie hinauszubringen. Dann half er Lina beim Ankleiden und brachte sie in seine Kammer. Dort drückte er ihr einen Becher von Yatlyns bestem Schlaftrunk in die Hand und bat sie zu trinken. Sie tat es, ohne auch nur einmal abzusetzen. Er konnte ihr ansehen, dass sie nur noch schlafen wollte, und vergessen.

Erst als er sicher war, dass Lina schlief, griff er nach den schwarzen Elfenschwertern und verließ die Kammer. Er hatte ein Urteil zu vollstrecken.

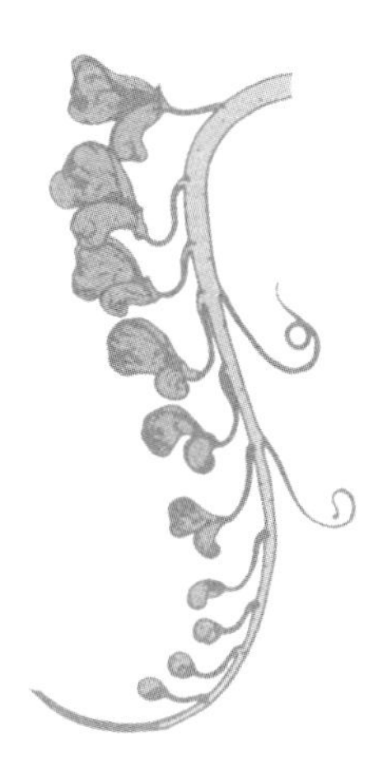

Die dunkle Gabe

Weit weg, auf der anderen Seite des Titanengebirges, in der hohen Festung von Kathmarin, lag Drogonn nun schon einige Zeit wach, nachdem er aus einem unruhigen Schlaf hochgeschreckt war. Andavyanmagie war gewirkt worden. Nur wenn sie intensiv gebraucht wurde, spürte er sie. Und jedes Mal, wenn er sie spürte, keimte die Hoffnung in ihm auf, dass es die weiße Magierin war, die wieder nach Menduria zurückkehrte und in ihren Gedanken nach ihm rief. Doch es war Lina gewesen. Er hatte ihre Magie gespürt, so stark wie niemals zuvor. Verzweifelt um ein Leben ringend, und trotzdem scheiternd. Danach hatte er eine ganze Weile nichts mehr gespürt. Wie auch? Sie hatte so viel Kraft in diese Heilung gesteckt, dass sie bestimmt vollkommen erschöpft war. Doch dann, als er schon fast wieder eingeschlafen war, hatte er plötzlich wieder etwas gespürt. Und dieses Mal war er in blankem Entsetzen hochgefahren. Er hatte die dunkelste aller Andavyankräfte gespürt. Tod und Zerstörung wohnten ihr inne. Es war die dunkle Seite der Heilkraft, ebenfalls Arianas Kraft. Die Mächtigste aller Andavyan hatte also auch diese Kraft an ihre Tochter weitergegeben. Was hatte Lina dazu getrieben, sie zu benutzen? Und wusste sie überhaupt, was sie da heraufbeschworen hatte? Drogonn würde mit ihr sprechen müssen. Diese Kraft durfte sie unter keinen Umständen einsetzen, ohne darin zuvor geschult worden zu sein. Das Problem war nur, dass er sie nicht unterweisen konnte. Dazu würde es schon der weißen Magierin bedürfen. Drogonn spürte deutlicher, als ihm lieb war, dass sie auf eine Katastrophe zusteuerten.

Als Lina erwachte, war Darian bereits fort. Es dauerte eine Weile, bis sie die Ereignisse der letzten Nacht wieder in der richtigen Reihenfolge sortiert hatte. Eine Bewegung ihres linken Fußes und der darauffolgende Schmerz sagten ihr, dass sie nicht geträumt hatte. Leider. Isnar fiel ihr wieder ein und ihre Stimmung trübte sich noch mehr. Ein flaues Gefühl im Magen peinigte sie. Lina musste etwas essen. Mühsam quälte sie sich in ihre Hose, wobei sich jede Bewegung als pochender Schmerz in ihren Fuß fortpflanzte. Nur mit der Ferse auftretend humpelte sie zum Eingang, während sie sich den Ledergürtel um ihre Tunika schlang. Doch kaum hatte sie den schweren Stoff zur Seite geschoben, vertraten ihr zwei von Darians Schwertkämpfern den Weg.

»Es tut mir leid, aber wir haben Befehl vom Clanführer, dich wieder zurückzuschicken«, sagte einer der Elfenkrieger mit entschuldigender Miene.

»Darian sperrt mich ein!?« Lina konnte nicht glauben, was sie hörte.

»Nein. Er will nur, dass du deinen Fuß schonst«, sagte der andere und deutete dabei auf Linas linken nackten Fuß, den sie nicht einmal in einen Stiefel gebracht hatte.

Lina wollte etwas erwidern, als sie Yatlyn auf sich zueilen sah.

»Weißt du, ich gebe Darian ja nur selten recht. Aber diesmal ganz bestimmt. Mach, dass du wieder ins Bett kommst! Oder willst du, dass meine sorgfältig gesetzte Naht wieder aufreißt?«

Lina zog einen Schmollmund. »Ich wollte mir doch nur etwas zu essen holen.«

»Das brauchst du nicht. Ich hab etwas mitgebracht.« Mit einer auffordernden Geste an einen der beiden Wächter sagte sie: »Würdest du sie bitte hineinbringen.«

Und noch ehe Lina etwas erwidern konnte, wurde sie hochgehoben, und zurück auf das Lager getragen, von dem sie sich gerade erst mühsam erhoben hatte.

Yatlyn reichte ihr ein Stück Gewürzkuchen und schenkte ihr Tee in eine Schale, der aus den Heilkräutern der Dreinacht gebraut war.

Kaum hatte Lina ein paar Bissen gegessen, fühlte sie sich besser. Die Übelkeit wich beinahe augenblicklich.

»Erzähl mir, was gestern Nacht tatsächlich mit Aswan vorgefallen ist«, bat die Elfe. »Die Gerüchte, die grassieren, sind nämlich überaus abenteuerlich.«

Obwohl Lina den Vorfall lieber aus ihrem Gedächtnis gestrichen hätte, erzählte sie Yatlyn, was geschehen war. Sie stellte fest, dass es guttat, darüber mit der Elfe zu sprechen. Und Lina erfuhr von Yatlyn, dass Darian alle Dunkelelfen bis auf die Attanar und die Schwertkämpfer ins Reich der Zwerge evakuieren ließ.

»Ich hätte nicht gedacht, dass ich das einmal sagen würde, aber er hat vollkommen richtig gehandelt. Seine Entscheidungen werden immer vernünftiger. Ich glaube, du hast einen guten Einfluss auf ihn«, meinte Yatlyn, während sie Linas Fuß neu verband.

Lina lächelte verlegen.

»Finrods Entscheidung war richtig gewesen. Er ist ein guter Clanführer geworden«, fuhr die Elfe fort und eine tiefe Falte bildete sich dabei auf ihrer Stirn, die Lina zeigte, dass ihr der Gedanke an den ehemaligen Clanführer noch immer zu schaffen machte.

»Er war dein Gefährte, nicht wahr?« Lina hatte den Namen Finrod in Yatlyns Elfenlegende gelesen, als sie zum ersten Mal gemeinsam in den Dampfgrotten gewesen waren, es bis jetzt aber nie für den richtigen Zeitpunkt gehalten, sie danach zu fragen.

Yatlyn nickte nachdenklich. »Weißt du, mir ist es damals ähnlich ergangen, wie dir gestern Nacht. Ich habe ihm damals auch nicht helfen können.«

Lina ergriff Yatlyns Hand. »Das tut mir leid.«

»Ist schon gut«, sagte die Elfe. »Ich habe immer gewusst, dass so etwas einmal geschehen würde. Es war Darian, der ihn damals nach einem Angriff der Nachtmahre zurückgebracht hat. Ich glaube, ihn hat es sogar noch härter getroffen. Er hat sich lange Zeit Vorwürfe gemacht, dass er nicht schneller hier war. Dabei hatte er wirklich sein Bestes gegeben. Und es hätte auch gar nichts geändert. Finrod war dem Tod geweiht, in dem Moment, als ihn das Schwert getroffen hatte. Und dann hat Finrod Darian gezwungen, Clanführer zu werden. Weißt du, er wollte das niemals sein.« Yatlyn huschte ein Lächeln übers Gesicht. »Wäre es nicht Finrod gewesen, der das verlangt hat, er hätte es bestimmt abgelehnt. Aber Finrod war immer ein Vorbild für ihn gewesen. Er war auch der Einzige, der damals Zugang zu ihm gefunden hat. Du kannst dir nicht vorstellen, was für ein ungehobelter Bursche dein Gefährte damals war. Er hat sich ständig nur geprügelt, Streit gesucht und gegen alles und jeden aufbegehrt. Ich glaube, er war der schlimmste junge Dunkelelf, den die Schöpfer jemals erschaffen haben. Und das hatte rein gar nichts mit der Zeit zu tun, die er alleine im Wald und bei den Trollen zugebracht hat.«

Lina versuchte, sich den jungen Darian vorzustellen, der,

wie Yatlyn ihn beschrieb, eine richtige Elfenplage gewesen sein musste. Das kostete sie ein verschmitztes Lächeln. Und die trockene Art, mit der Yatlyn so manche Anekdote zum Besten gab, machte es noch amüsanter.

»… und dann hat er bei seiner Ernennung zum Clanführer sogar der Drachenmagierin widersprochen. Kannst du dir das vorstellen?« Diesmal klang etwas wie Empörung in Yatlyns Stimme mit. »Den Drachen widerspricht man nicht.«

»Was hat er denn gesagt?«, erkundigte sich Lina neugierig.

»Er hat ihnen gesagt, dass er den Namen, den sie für ihn ausgewählt haben, unmöglich findet.«

Zuerst prustete Lina amüsiert. Doch dann stutzte sie.

»Was meinst du mit dem Namen, den die Drachen ihm gegeben haben? Wie hieß er denn davor?«

»Aljandir.«

Lina fand, dass Darian viel besser zu ihm passte. Aber die Geschichte selbst fand sie köstlich. Vielleicht würde er sie ihr ja eines Tages aus seiner Sicht erzählen.

Irgendwann verabschiedete sich Yatlyn und Lina war wieder alleine. Es war furchtbar still geworden in den Osthöhlen. Das Stimmengewirr, das sonst durch die Gänge hallte, und die Alltagsgeräusche, die das Leben hier so mit sich brachten, waren fast vollständig verstummt. Und dabei waren in diesem Teil der Höhlen noch Elfen anwesend, während die anderen Höhlen vollständig geräumt waren. Geisterhöhlen. Das Wort kam Lina in den Sinn. Sie versuchte sich abzulenken, indem sie weiter in dem Buch über die Dunkelelfenschöpfungsgeschichte las, das sie seit dem Gespräch mit Darian damals nicht mehr angesehen hatte. Aber nach ein paar fruchtlosen Versuchen gab sie es schließlich auf. Und so wanderten ihre Gedanken wieder zu der Unterhaltung zurück, die sie mit Yatlyn geführt hatte. Ob es Finrods Tod gewesen war, an den Darian gedacht hatte, als er ihr vom ›an seine Grenzen stoßen‹ erzählt hatte? Und wie waren noch gleich Yatlyns Worte gewesen? ›Ich habe immer gewusst, dass so etwas eines Tages passieren würde.‹

Musste sie auch damit rechnen, dass ihr Darian einmal unter den Händen wegsterben würde, ohne dass sie fähig war, ihn zu heilen? Die gestrige Nacht hatte ihr gezeigt, dass es Grenzen gab, dass sie nicht unbesiegbar war. Ein sehr mulmiges Gefühl machte sich in ihr breit. Und als Darian am späten Nachmittag zurückkam, nahm sie ihm das Versprechen ab, sich nicht in waghalsige Abenteuer zu stürzen.

»Versprich es!«, drängte Lina, nachdem sie nur eine scherzhafte Bemerkung über seine Unbesiegbarkeit zur Antwort bekommen hatte. Sie saß mit aufrechtem Oberkörper an die mit Kissen ausgelegte Höhlenwand gelehnt, hatte ihre Hand in seinem Haar vergraben und zog auffordernd daran. »Versprich es!«, wiederholte sie.

Darian saß neben ihr auf der Kante und ließ sich diese gespielte Grobheit gefallen. »Schon gut. Ich verspreche es.« Er schmiegte sich an sie und ließ den Kopf auf ihre Brust sinken.

Er sah müde aus. Lina bekam ein schlechtes Gewissen, weil sie den ganzen Tag nichts getan hatte, außer hier herumzuliegen, während er wer weiß was getan hatte. Morgen würde diese Faulenzerei ein Ende haben.

Sie strich ihm zärtlich durchs Haar, ließ ihre Fingerspitzen seinen Nacken hinauf und wieder hinunter wandern und versuchte seine verspannten Schultern mit kreisenden Bewegungen zu lockern. Darian quittierte diese Behandlung mit einem wohligen Brummen. So lagen sie eine ganze Weile lang da, bis sie an seinen ruhigen gleichmäßigen Atemzügen bemerkte, dass er eingeschlafen war. Sie ließ ihr Kinn auf seinen Kopf sinken und beschloss, es ihm gleichzutun. Es war keine besonders bequeme Schlafhaltung, aber sie würde ihn jetzt bestimmt nicht wecken.

Der Zufall half Darian am nächsten Morgen, seinen Plan in die Tat umzusetzen. Er hatte vorgehabt, Lina an diesem Tag ebenfalls ins Reich der Zwerge zu schicken. Vermutlich hätte sie sich geweigert. Aber in diesem Punkt hätte er nicht mit sich reden lassen. Er hätte sie dorthin gebracht, notfalls auch gegen ihren Willen. Sie war hier nicht mehr sicher. Sie am allerwenigsten. Aber das war nicht der einzige Grund. Was er vorhatte, würde sie nicht billigen. Yatlyn war gerade bei ihr gewesen und hatte ihr den Druckverband angelegt. Von nun an würde sie nicht mehr unter Bewachung zu halten sein. Darian war auf dem Weg in seine Kammer und rüstete sich für die harte Diskussion, die er mit ihr würde führen müssen, als Solvay plötzlich neben ihm auftauchte.

»Set-Dagon ist hier. Drogonn wünscht Lina zu sprechen und bittet sie in den Drachenhorst.« Darians Gedanken rasten. Das Schicksal schien seinem Vorhaben wohlgesonnen. Der Drachenhorst war für Lina ebenso sicher wie Gwindras unterirdisches Reich. Er hatte vorgehabt, seinen Plan morgen in die Tat umzusetzen. Doch der heutige Tag war genauso gut geeignet. Die angeforderte Zwergeneinheit war bereits hier. Er gab Solvay die Anweisung, alles vorzubereiten, während er selbst Lina zu den Drachen brachte. Er würde ohnehin mit dem Drachenfürsten sprechen müssen, und wenn alles gut ging, war die Sache gelaufen, ehe Lina etwas bemerkte. Dass er Tek-Dragon für sein Vorhaben gewinnen würde, davon war er überzeugt.

»Hast du eine Ahnung, worum es geht?«, erkundigte sich Lina, als Darian ihr von Drogonns Bitte erzählte.

»Nein. Aber das werden wir herausfinden.« Er streckte ihr die Hände entgegen, um ihr hochzuhelfen. Lina erhob sich, machte ein paar taumelnde Schritte und wäre gestürzt, wenn Darian sie nicht aufgefangen hätte. Vorsichtig hob er ihr Kinn an. »Du siehst blass aus, Kleines. Ist alles in Ordnung mit dir?« Die Besorgnis in seiner Stimme war nicht zu überhören.

Lina lächelte. »Es geht mir gut. Ich bin nur zu schnell aufgestanden.«

Ein Blick in ihr Gesicht, das sich mittlerweile lila und gelb verfärbt hatte, bestärkte ihn in seinem Vorhaben. Es war richtig, was er plante.

Als der Drache in den Himmel stieg, konnte Lina einen Ausblick bis hin zur Küste genießen. Der Genuss verging ihr allerdings, als sie das Gewimmel unterhalb der Steilklippen sah, dort, wo sich das Heerlager der Nachtmahre befand. Es war riesig.

»Wann rechnest du mit den Lichtelfen?« Sie sah sich zu Darian um, der hinter ihr saß, und konnte sehen, dass er in dieselbe Richtung blickte.

»In den nächsten zwei oder drei Tagen. Zumindest hat Leasar das versprochen«, gab Darian nachdenklich zurück.

Lina hätte gerne gewusst, was er gerade dachte. Aber sie würde nicht fragen. Hier oben in der Luft schienen die Probleme, die sie unten auf dem Boden hatten, nichtig zu sein. Lina schmiegte sich in seine Umarmung und lehnte sich an seine Brust. Dieses Mal verzichtete sie auf den Drachenreigen. Ihr Magen würde ihr ein solches Flugmanöver zurzeit nicht verzeihen.

Kaum waren sie gelandet, kam ihnen Drogonn entgegen und bat Lina um ein Vieraugengespräch in seinem Quartier. Darian schien das nicht zu stören. Ganz im Gegenteil. Er hatte es plötzlich ziemlich eilig. »Ich habe sowieso noch etwas mit Tek-Dragon zu besprechen«, meinte er, und übergab Lina in die Obhut des Andavyankriegsherren.

»Wir sehen uns später, kleine Magierin«, sagte er und küsste sie, viel stürmischer, als das sonst im Beisein anderer seine Art war.

Möglicherweise hätte Lina sich etwas dabei gedacht, wenn nicht Drogonn ihre ganze Aufmerksamkeit in Anspruch genommen hätte. So aber saß sie im Quartier des Andavyan und lauschte den Worten, die ihr ziemliche Angst machten. Drogonn kam ohne Umschweife zur Sache. Die dunkle Seite ihrer Heilkräfte. Hätte er nicht davon angefangen, Lina hätte ihn von sich aus bei nächster Gelegenheit danach gefragt. Was sie darüber erfuhr, gefiel ihr aber gar nicht.

»Ich will sie nicht haben, diese dunkle Kraft«, sagte Lina schließlich, als Drogonn zu Ende gesprochen hatte. »Du sagst, ich könne alleine durch die Berührung meiner Hände töten. Ich werde nie wieder jemanden berühren können, ohne Angst zu haben, ihn zu töten.« Sie würde Darian nie wieder berühren können, aus Angst, ihn zu töten.

Drogonn hob die Hände in einer beschwichtigenden Geste. »Keine Angst, Lina. So einfach geht das nicht. Du musst die dunkle Kraft heraufbeschwören. Das alleine schon ist nicht leicht für jemanden, der ungeschult ist.« Und dann erkundigte er sich nach dem Grund, warum sie es überhaupt getan hatte.

»Aswan wollte mich ertränken.«

»Gut«, sagte Drogonn und da Lina ihn entsetzt ansah, fügte er mit einem Lächeln hinzu: »Du hast es also aus Gründen der Selbstverteidigung getan. Das erklärt einiges. Und du hast davor geheilt, nicht wahr?«

Lina nickte. »Es ist mir nicht gelungen.« Der Gedanke, Isnar unter den Händen verloren zu haben, tat immer noch höllisch weh.

Drogonns Blick wurde mitfühlend. »Ich verstehe. Auch Ariana hat den Tod nicht immer besiegt. Ich nehme an, es hat dich sehr viel Kraft gekostet?«

Wieder nickte Lina.

»Und Aswan, hast du sie getötet?«

»Nein, nur außer Gefecht gesetzt.« Lina wusste nicht, was danach mit Aswan geschehen war. Sie hatte versucht, etwas darüber in Erfahrung zu bringen. Aber niemand wollte mit ihr darüber sprechen. Ihr war klar, dass Darian dafür verantwortlich war. Und wenn sie ehrlich zu sich selbst war, wollte sie es gar nicht so genau wissen.

»Du warst geschwächt, also war die Kraft nicht so extrem stark. Aber wenn du darin geschult bist, kannst du sie kontrollieren. Ariana hat sie oft in gedämpftem Maß zur Selbstverteidigung eingesetzt. Auch die weiße Magierin setzt eine ähnliche Kraft ein, wenn sie sich verteidigen muss. Ihre Kräfte sind nicht so stark wie Arianas, dafür muss sie niemanden berühren.«

Lina wusste, wovon Drogonn sprach. Sie hatte es bereits selbst miterlebt, damals im Steinkreis von Arvakur, als Lupinia an Drogonns Seite gekämpft hatte.

»Es wird nichts passieren, solange du diese Kraft nicht heraufbeschwörst, ehe du darin geschult bist«, sagte Drogonn abschließend.

Wer sie darin schulen sollte, ließ er offen. Lina spürte, dass er ihr irgendetwas verschwieg. Seine Gedanken schienen längst vergangene Zeiten zu durchwandern. Lina wollte ihm die Gelegenheit geben, darüber zu sprechen. Als er es nicht tat, fragte sie schließlich: »Wieso hat sie mir diese Kraft überhaupt übertragen?«

»Das kann ich nur vermuten. Vielleicht denkt sie, du wirst sie einmal brauchen. Oder sie konnte nur ihre gesamten Kräfte ins Gezeitenbuch bannen.«

So oder so. Dies war eine Gabe, auf die Lina gerne verzichtet hätte. Eine böse Vorahnung sagte ihr, dass sie sich leicht in einen Fluch verwandeln könnte.

Darian hatte gewusst, dass sein Vorhaben ganz nach dem Geschmack des Drachenfürsten war. Es war gefährlich, gewagt und vermutlich auch ein bisschen leichtsinnig. Doch Darian hielt es für notwendig, um den Clan zu schützen. Nur in allerbester Absicht würde er handeln, um die Bedrohung, die Blarn für seine Gefährtin darstellte, abzuwenden. So meldete sich seine innere Stimme nur ganz leise zu Wort: ›Und warum kannst du es ihr dann nicht sagen?‹

Darüber würde er jetzt nicht nachdenken. Sie würde die Einzelheiten niemals erfahren. Ein paar Geheimisse durften ja wohl auch Gefährten noch haben.

Nur zwei Drachen landeten auf dem Versammlungsplatz, während die anderen in der Luft ihre Kreise zogen. Solvay und Gornik warteten am Rande des Platzes. Solvay trug bereits die Lederrüstung der Dunkelelfen, während Gornik in so viel Eisen gekleidet war, dass Darian sich wunderte, wie der Zwerg damit überhaupt laufen konnte. Gornik reichte ihm die Hand zum Gruß.

»Ich freue mich, dass du gekommen bist«, sagte Darian.

Gornik hob die Axt hinter sein massiges Genick. »S'is lange her, dass diese Axt im Blut des Feindes geschärft wurde. Wird wieder Zeit, sonst setzt sie noch Rost an.«

Aus Gornik sprach der Zwergenmet, das konnte Darian riechen. Zwerge zogen niemals nüchtern in eine Schlacht. Aber ob Gornik überhaupt bis zum Lager der Nachtmahre kommen würde, stand auf einem anderen Blatt. Andererseits schluckte dieser Zwerg die doppelte Menge von dem, was er, Darian, selbst vertrug. Gornik würde schon wissen, was er tat.

»Wo sind deine Männer?«, erkundigte sich Darian und nahm das Horn entgegen, das Gornik ihm reichte. Ein paar Schlucke konnten ihm jetzt auch nicht schaden.

»Waaldrand«, sagte Gornik und rülpste genüsslich. Solvay verzog das Gesicht zu einer Grimasse, die Darian sehr erheiternd fand. Wie in alten Zeiten. Sie würden heute ihren Spaß haben.

Als er das Methorn an den Zwerg zurückreichte, war sein Grinsen allerdings verschwunden. »Solvay?«

Sein Freund hatte verstanden und erstattete Bericht. »Die Attanar warten in den Baumwipfeln und die Schwertkämpfer stehen am Boden bereit.«

»Sehr gut.« Darian legte den Lederharnisch an und zog die Schwertgurte zurecht. Solvay reichte ihm den schwarzen Nachtmahrumhang, den sie Aswan abgenommen hatten. Mit der Innenseite nach außen gekehrt warf er ihn sich über die Schultern. Sobald er ihn geschlossen hatte, war von ihm nichts mehr zu sehen.

»Ich glaub, mich beißt ein Grottenfloh! Was beim stinkenden Hintern der Titanen ist das denn?«, stieß Gornik zwischen zusammengebissenen Zähnen hervor.

»Das ist der Schlüssel zu unserem Sieg«, sagte Darian und öffnete den Umhang, wodurch er wieder sichtbar wurde.

Tek-Dragon, der schweigend neben ihm gewartet hatte, meldete sich zu Wort: »Damit sind sie also im Drachenhorst ungesehen eingedrungen.«

Darian nickte. »Ja, und bei uns auch.«

»Das ist wirklich starke Magie. Ich wüsste zu gerne, wo sie das herhaben.« Der Drachenfürst klang besorgt.

»Sie können nicht viele von diesen Umhängen haben«, sagte Darian. »Sonst wären sie in viel größerer Anzahl bei uns eingefallen.« Er wollte sich gar nicht vorstellen, was das für den Clan bedeutet hätte.

»Was is' jetzt? Wollt ihr hier noch länger euer Teekränzchen abhalten oder vermöbeln wir jetz' ein paar Nachtfiffis?« Gornik, dessen Methorn nun endgültig leer war, klang ungehalten.

»Von mir aus kann es losgehen.« Darian trat einen Schritt

zurück, um Gorniks feuchter Aussprache zu entgehen. »Du fliegst mit mir bis zum Waldrand.«

»Bist du irre? Ich steig doch nich auf diesen fliegenden Felsbrocken da!«

Tek-Dragon neigte den kantigen Schädel. »Ganz meiner Meinung. Dieses Metfass steigt nicht auf meinen Rücken.«

Schmunzelnd stieg Darian auf und setzte sich. »Der schafft es niemals rechtzeitig zu Fuß zu seinen Truppen«, raunte er dem Drachenfürsten ins Ohr.

Tek-Dragon nickte grollend. Er erhob sich in die Luft und krallte sich den Zwergenkrieger.

Gorniks entsetztes Geschrei, seine Drohungen und Verwünschungen, die er dem Drachenfürsten zubrüllte, verhallten im Wind, während sich der Zwerg an seine Axt klammerte, als wäre sie ein Anker zum Boden.

Darian wandte sich an Solvay, der mit Set-Dragon neben ihm flog. »Vergesst nicht, ihr sollt sie nur in den Wald locken. Lasst euch auf keine Gefechte im offenen Gelände ein.«

Solvay nickte. Sie hatten das lang und breit besprochen.

»Das gilt auch für euch, Gornik! Ich will nur ein Ablenkungsmanöver«, rief Darian dem Zwerg zu, der verdächtig ruhig, dafür ganz grün um die Nase geworden war.

Auch Tek-Dragon hatte das bemerkt. »Wenn du mir auf die Krallen kotzt, lass ich dich fallen«, drohte er.

Darian warf den Kopf in den Nacken und lachte.

»Und wenn du das komisch findest, werfe ich dich gleich hinterher, Clanführer.«

Darian wollte den Drachenfürsten nicht verärgern, daher verkniff er sich die Bemerkung, die ihm auf der Zunge lag. Die Zeit der lockeren Sprüche war sowieso vorbei. Er versuchte, sich auf die Aufgabe zu konzentrieren, die vor ihm lag. Während er die Schultern kreisen ließ, ging er den Plan noch einmal in Gedanken durch. Sie befanden sich jetzt in Sichtweite des Nachtmahrlagers. Am Waldrand landete der Drachenfürst kurz, um Gornik abzusetzen.

»Darüber reden wir noch, Drachenfürst!«, grollte Gornik. »Ich hab mir so viel Mühe gegeben, mir einen ordentlichen Kampfrausch anzusaufen, und jetzt bin ich wieder stocknüchtern. So kann ein Zwerg doch nicht kämpfen!«

»Ich bin sicher, deine Axt ist so gefährlich wie dein Mundwerk«, meinte Solvay und schlug dem Zwerg freundschaftlich auf die Schulter.

Gornik grummelte irgendetwas in seinen Bart und gesellte sich zu seinen Männern.

Solvay blieb noch einen Augenblick stehen und blickte zu Darian hoch. »Viel Glück, Clanführer.« Sein Gesichtsausdruck war jetzt sehr ernst. »Und Darian, mach keine Dummheiten, hörst du? Ich will es ihr nicht erklären müssen, wenn hier etwas schiefgeht.«

Darian nickte. Er durfte jetzt nicht an Lina denken. Ablenkung konnte er sich nicht leisten.

Tek-Dragon erhob sich wieder in die Luft und zog noch einmal eine Runde über dem Wald. Sie sahen zu, wie die Dunkelelfen an der Seite der Zwerge den vorgetäuschten Angriff begannen. Darian blickte zu den Drachenabwehrnetzen, die über dem Lager der Nachtmahre gespannt waren. Ein entkommener Kobold hatte ihm erklärt, warum sie so hoch gespannt waren. »Damit das Feuer der Drachen nicht bis zum Boden dringt.« Er hatte ihnen auch gesagt, dass die Energienetze die Drachen lähmen würden, wenn sie sie berührten. Selbst die Fangnetze, die von den Katapulten aus hochgeschossen werden konnten, waren mit dieser Energie versehen.

Die Fangnetze kannte Darian bereits von ihrem letzten Angriff, aber die Energieladungen, die sie durchpulsten, waren ihm neu.

Sie hatten das Lager erreicht. Während Tek-Dragon sich

zurückfallen ließ, übernahm Set-Dragon die Führung. Zwei weitere Drachen stürzten gemeinsam mit dem wendigen Himmelspfeil in die Tiefe und leiteten den Angriff ein. Die drei spien Feuer auf die Netze. Feuer und Rauch verdunkelte den Nachtmahren die Sicht auf den Drachen und den Dunkelelf, die in einem halsbrecherischen Manöver unter das Netz flogen.

›Wie war das hässliche Entlein bloß so schnell gewachsen?‹, dachte Lina. Der graue Drache, dessen Flügelspitzen smaragdgrün schimmerten, hatte noch vor wenigen Wochen in einem Ei geschlummert. Jetzt musste sie bereits zu ihm aufschauen. Immer noch waren seine Bewegungen linkisch. Ark-Dragon warf sie beinahe um bei seiner stürmischen Begrüßung. Hinter ihm lag Esra-Dragona und rief ihn tadelnd zurück: »Sei vorsichtig, Ark-Dragon! Du verletzt sie sonst noch.«

Eine Grimasse, die man mit viel Mühe als ein Lächeln bezeichnen konnte, erschien auf dem Gesicht des kleinen Drachen.

»Ich grüße dich, Esra-Dragona.«

»Du hast dich lange nicht blicken lassen.« Der Tadel in der Stimme der Drachenamazone war nur zum Teil gespielt.

»Entschuldige, es ist viel vorgefallen in letzter Zeit.«

»Elfenschwur, ich weiß.«

»Elfenschwur«, erwiderte Lina mit einem strahlenden Lächeln. Dann wanderte ihr Blick zu Ark-Dragon, der sie immer noch auffordernd mit der Nase anstupste. »Wie geht es ihm?«

»Gut, wie du siehst. Er wächst täglich.«

Esra-Dragona wandte ihren Kopf Ark-Dragon zu, als der kleine Drache ihr etwas in Gedanken mitteilen wollte. Sie nickte. »Er will dir zeigen, dass er schon beinahe Feuer spucken kann.«

Lina blickte Ark-Dragon erwartungsvoll an. »Lass sehen.«

Ark-Dragon holte tief Luft, streckte den dünnen Hals und ließ dann einen keuchenden Laut vernehmen. Dabei quoll eine kleine Rauchsäule aus seinem Maul, die kläglich verdampfte, noch ehe sie die Höhlendecke erreicht hatte.

Lina biss sich auf die Lippen, um nicht zu lachen. Mit bemüht ernster Miene sagte sie schließlich: »Das war nicht schlecht! Wenn du noch ein bisschen übst, nehm ich das nächste Mal ein paar Äpfel mit. Die können wir dann in deinem Feuer braten.«

Ein Räuspern in ihrem Rücken sagte ihr, dass Esra-Dragona nicht minder gegen einen Heiterkeitsanfall kämpfte, als sie die Gedanken ihres Jungen an Lina weitergab. »Er sagt, du sollst gleich einen ganzen Korb voll mitnehmen. Das schafft er bis dahin bestimmt.«

Lina kehrte dem jungen Drachen den Rücken zu und wandte sich an Esra-Dragona, wobei sie sich ein Schmunzeln nun nicht mehr verkneifen konnte. »Selbstvertrauen ist wichtig«, sagte sie.

Esra-Dragona lächelte. »Ja, das hat er von seinem Vater.«

Lina wusste nicht, ob es die Erwähnung des Drachenfürsten war, oder ob die Vision sie auch so überfallen hätte. Aber mit einem Mal wurde ihr schwarz vor Augen, ihre Knie gaben unter ihr nach. Schon tauchten die Bilder auf. Bilder, die sie schon einmal gesehen hatte. Aber diesmal waren sie deutlicher, so als würden sie kurz bevorstehen. Sie sah Zwerge und Dunkelelfen dem Wald entgegenlaufen, in wilder Flucht vor einer Horde Nachtmahre. Drachen, überall waren Drachen, die ihr Feuer vom Himmel auf ein Netz spien, das blau fluoreszierte. Der Drachenfürst unterflog dieses Netz im Drachenreigen, Darian hing an seinen Flügeln und ließ sich vom Rücken des Drachen fallen. Linas Blick wurde höher gezogen. Sie sah Tek-Dragon, der wieder in den Himmel stieg. Ein Fangnetz schoss aus einem Katapult und traf ihn. Wie gelähmt stürzte der Drachenfürst vom Himmel. Und dann sah sie Darian, der gegen eine Übermacht von Nachtmahren kämpfte. Ein Schwert wurde ihm aus der Hand geprellt, er stürzte und wurde von einem Schwerthieb getroffen. Sie konnte den Schmerz fühlen, konnte das Leben aus seinem Körper entweichen spüren. Lina schrie.

Ihre eigene Stimme zerriss die Vision und ließ sie in den Drachenhorst zurückkehren. Keuchend und am ganzen Körper zitternd lag sie auf den Knien und hatte die Hände im Boden verkrallt.

»Wo ist Tek-Dragon?« Ihre Stimme wollte ihr nicht so recht gehorchen.

»Unterwegs mit Darian, ich dachte, du wüsstest das.« Die Amazone blickte sie besorgt an.

Plötzlich ragte ein Schatten hoch über Lina auf. Leuchtend rote Schuppen, so als würde die Höhle brennen. Anta-Dragonas gelbe Augen schienen Lina ins Innerste zu blicken, forschend und besorgt. »Was hast du gesehen?«

»Tot«, stammelte Lina. »Darian, Tek-Dragon. Beide tot.«

»Ist es eine unausweichliche Zukunft?« Sorge klang nun auch in der Stimme Esra-Dragonas mit.

»Ich weiß es nicht. Es war nicht meine Vision«, erklärte die Drachenmagierin zögernd.

Lina war den Tränen nahe. Die Bilder jagten immer noch durch ihre Gedanken, fraßen sich in ihre Augen und wollten einfach nicht verschwinden. Lähmende Angst überkam sie und machte jegliches Denken für qualvoll lange Augenblicke unmöglich. Verflucht noch mal! Er hatte ihr doch versprochen, nichts Leichtsinniges zu unternehmen. Dann endlich ging ein Ruck durch ihren Körper. ›Lass niemals zu, dass Gefühle dich in einem Kampf überwältigen‹, hatte Darian zu ihr einmal gesagt. Dieser Kampf war noch nicht vorbei.

Lina richtete sich auf. »Ist Set-Dragon hier?«

Esra-Dragona schüttelte den Kopf. »Sie sind alle weg.«

»Ich muss an die Küste«, sagte Lina flehend. »Ich muss das verhindern!«

Die Drachenamazone nickte. »Gut, du fliegst mit mir.«

Zum ersten Mal, seit vielen Hundert Jahren verließen die Drachenamazonen unter der Führung Esra-Dragonas gemeinsam das Titanengebirge, um zu kämpfen.

Es war ein gewaltiger Unterschied zu einem Ritt auf einem der männlichen Drachen. Tek-Dragon hatte einen eher ruppigen Flugstil, während Set-Dragon die Winde zerschnitt. Esra-Dragona dagegen schien der Wind selbst zu sein. Es war ein kraftvolles Gleiten, jede Bewegung Anmut und Eleganz. Lina hielt sich an ihren weichen Nackenschuppen fest und hatte augenblicklich das Gefühl, mit der Amazone zu verschmelzen. Die Drachenamazonen waren schnell, viel schneller als die männlichen Drachen. Sie waren die wahren Herrscher der Lüfte. So erreichten sie die Dunkelwälder viel früher, als Lina damit gerechnet hatte und Hoffnung keimte in ihr auf. Die schwarzgrünen Wipfel schossen unter ihnen dahin und verschwammen zu einem einzigen wogenden Farbflackern, während vor ihnen die Küste auftauchte. Und dann hatten sie die Waldgrenze erreicht und Lina sah, wie ihre Vision gerade Realität wurde. Dunkelelfen und Zwerge, die in den Wald zurückwichen, während sie von Nachtmahren verfolgt wurden. Und da war das Netz, das hoch über dem Lager der Nachtmahre gespannt war, blau pulsierend. Set-Dragon schien dem Drachenfürsten etwas zuzurufen, woraufhin der graue Drache in ihre Richtung blickte, für Augenblicke von Erstaunen wie gelähmt. Er sah das Netz nicht, das aus dem Katapult hochgeschossen wurde und ihn traf. Wirbelnde Kugeln, die an den Enden befestigt waren, verfingen sich ineinander und lähmten seine Flügel. Set-Dragon brüllte, als wäre er selbst getroffen, konnte den Sturz aber nicht verhindern.

Großer Gott, war es etwa ihr Auftauchen, das die Katastrophe erst auslöste? Lina konnte an nichts anderes denken. Sie hatten den Drachenfürsten abgelenkt. Hätte er das Netz sonst gesehen?

Wie in Zeitlupe fiel Tek-Dragon, die Flügel dem Boden zugewandt, während die Krallen und der Bauch gen Himmel gerichtet waren.

Ein Befehl Esra-Dragonas reichte aus, und vier ihrer Drachenamazonen schossen vorwärts. Ihre Krallen fassten den Fürsten und zogen ihn mit sich in den Himmel, nur Zentimeter bevor er in das für ihn tödliche Drachenabfangnetz stürzte. Ein erstes erleichtertes Seufzen entrang sich Linas Kehle. Sie hatten die Vision verändert. Es war also möglich! Nun galt ihre ganze Sorge Darian. Wo war er bloß?

Esra-Dragona überflog das Netz, sodass sie sich einen Überblick verschaffen konnten. Gruben, die mit Tierhäuten überspannt waren, schienen die Behausungen der Nachtmahre zu sein. Weder Lina noch Esra-Dragona konnte eine Spur von Darian entdecken. Sie hatten das Gitter fast überflogen, als Lina plötzlich einen animalischen Aufschrei vernahm

»Haltet den Elfenbastard. Er hat Blarn getötet!«

Sie versuchte, den Ursprung auszumachen und fand ihn vor einem der großen Grubenzelte. Dort entdeckte sie auch Darian. Er war auf der Flucht. Die schwarzen Elfenschwerter in beiden Händen vollführte er einen wahren Spießrutenlauf zwischen Nachtmahrkriegern, die jetzt von allen Seiten auf ihn einstürmten. Seine Bewegungen wirkten schwerfällig. Dann war seine Flucht zu Ende, als er eingekreist wurde. Linas Hände verkrampften sich so sehr, dass sie Esra-Dragona ein paar Schuppen aus den Kielen zog. Die Drachenamazone überflog das Netz bis zu ihrem Ende und tauchte dann darunter hinweg.

Als Tek-Dragon erst einmal zum Drachenreigen angesetzt hatte, gab es kein Zurück mehr. Drachenodem floss durch Darians Adern und versetzte ihn augenblicklich in einen rauschartigen Zustand. Er löste die Verbindung zu den Drachenflügeln, sprang und rollte sich auf dem Boden ab. Noch bevor die Feuerwand verloschen war, die Tek-Dragon vor sich herzog, hatte er den Umhang geschlossen, die Kapuze tief ins Gesicht gezogen und war mit der Umgebung verschmolzen. Sein Weg führte ihn zu dem Grubenzelt, in dem er Blarn laut Auskunft der Kobolde finden würde. Es war noch einfacher gewesen, als er gedacht hatte. Kaum war er eingetreten, musste er gegen Übelkeit ankämpfen. Der süßliche Gestank von geronnenem Blut und Fäulnis lag in der Luft. Entsetzt stellte er fest, dass der Gestank von Fingerknochen herrührte, die auf einer Schnur aufgehängt waren. Dieser Bastard würde sterben, schnell und unspektakulär. Blarn war gerade dabei, sich den Schwertgurt umzuschnallen und sich seinen Truppen anzuschließen, als Darian sich vor ihm enttarnte. Blarn hatte das Schwert kaum gezogen, da rammte ihm Darian das erste Elfenschwert tief in seine Brust. Die roten Augen des Nachtmahrs weiteten sich.

»Du hättest sie nicht verletzen sollen. Ich hab dir versprochen, dass du dafür stirbst«, presste Darian mühsam beherrscht hervor. In seinen Augen lag abgrundtiefe Verachtung für diesen Schlächter.

»Du kannst mich zwar töten, Elfchen, aber deine Kleine wird das auch nicht retten. Xedoc schickt einfach jemand anderen. Du kannst sie nicht ewig schützen.« Blarn spuckte Blut. Darian wollte nichts mehr hören. Er stieß dem Nachtmahr das zweite Schwert tief in die Brust und zog dann beide Klingen mit einem Ruck aus seinem Körper. Blarn war tot. Ohne den verhassten Feind auch nur eines weiteren Blickes zu würdigen, säuberte er die Klingen und wandte sich zum Gehen. Er hatte getan, wozu er gekommen war. Er hatte der Schlange den Kopf abgetrennt. Mehr wollte er für heute nicht. Nun musste er nur noch zusehen, dass er heil entkommen konnte. Doch noch ehe er den Umhang wieder geschlossen hatte, lief er einem weiteren Nachtmahr direkt in die Arme, der gerade die Grube betrat. Instinktiv riss er seine Schwerter gekreuzt über den Kopf und parierte so den wuchtigen Schlag. Er spürte die Erschütterung bis in die Kniegelenke. Der Nachtmahr hatte über Darians Kopf hinweg einen Blick auf seinen Anführer erhaschen können und musste wohl erkannt haben, dass Blarn tot war. In wilder Raserei stürzte er sich auf Darian. Wenn es nicht die Flüche des Weißhaarigen waren, so würde das metallische Klirren der aufeinandertreffenden Schwerter schon bald andere Nachtmahre auf den Plan rufen. Sich unter dem nächsten Schlag hinwegduckend versuchte Darian den Hünen zu umrunden. In einer Halbkreisbewegung ging er tief in die Hocke, drehte das Schwert in seiner Linken nach hinten und stieß es rückwärts, während er das zweite über den Kopf führte, um das Langschwert des Nachtmahrs zu parieren. Er konnte das Schwert zwar ablenken, aber nicht verhindern, dass es seitlich über seine Klinge schabte und seinen Oberarm traf. Der Schnitt war zum Glück nicht sehr tief und hatte nur den Muskel getroffen, begann aber sofort zu bluten. Der nächste Schlag traf ihn hinten am Oberschenkel, als er aus der Hocke wieder hochkam. Darian konnte spüren, wie das Blut warm seinen Schenkel hinunterlief und in den Stiefel sickerte. Nicht in Strömen, aber doch stetig. Er würde das abbinden müssen, aber dazu hatte er jetzt keine Zeit. Er stürmte aus dem Zelt und suchte sein Heil in der Flucht. Doch der Nachtmahr hatte ihn am Umhang erwischt und versuchte, ihn daran zurückzuhalten. Mit einem Griff löste Darian die Schnalle und ließ den Umhang zurück. Verflucht, nun war er den Blicken der anderen schutzlos ausgeliefert und hinter ihm ertönte der Alarmruf: »Haltet den Elfenbastard, er hat Blarn getötet!«

Nachtmahre stürmten von allen Seiten auf ihn los. Er rannte weiter, schlug einen Haken und dann noch einen. Seine Bewegungen waren nicht mehr so leichtfüßig wie sonst. Die immer stärker blutende Stichwunde am Bein verhinderte das. Dann wurde er eingekreist, während ein leichtes Schwindelgefühl bereits begann, seine Sinne zu trüben. Darian war erfahren genug, um zu wissen, wann ein Kampf sinnlos war. Und trotzdem würde er sich nicht so ohne Weiteres geschlagen geben. Wie lange würde er sich noch wehren können? Ein paar Herzschläge vielleicht. Er musste an Lina denken, und an sein Versprechen, keine Dummheiten zu machen. Da traf ihn ein weiterer wuchtiger Schlag und prellte ihm das Schwert aus der Hand. Er ging in die Knie. In einem letzten Aufbäumen griff er nach dem am Boden liegenden Schwert. Doch als er den Kopf hob, um seinen Feinden ins Angesicht zu blicken, glaubte er seinen Augen nicht zu trauen. Ein smaragdgrüner Drache kam wie ein waagerechter Pfeil unter dem Netz hindurchgeflogen. War das Esra-Dragona? Krallen griffen nach ihm und rissen ihn vom Boden, während der Drachenschwanz einige seiner Angreifer aus dem Weg fegte. Ein Langschwert fuhr auf ihn nieder und wurde von der Kralle abgelenkt, die ihn fest umklammert hielt, schabte daran vorbei und traf dann doch noch seine Schulter. Darian konnte den Knochen seines Schlüsselbeins bersten hören, als das Schwert die Lederrüstung durchschlug. Schmerz explodierte in seiner Schulter. Ihm wurde schwarz vor Augen. Dann verlor er den Kontakt zum Boden und spürte, wie der Drache höher stieg.

»Hast du ihn?« Eine vertraute Stimme, ängstlich und zittrig. Lina! Darian riss die Augen auf, versuchte sie zu erkennen. Langsam wurden die verschwommenen Umrisse deutlicher. Sie hatte sich seitlich auf dem Drachenhals so weit zur Seite gelehnt, dass er sie sehen konnte.

»Ja, ich hab ihn.«

Darian verlor das Bewusstsein.

Lina umklammerte den Hals der Drachenamazone und war über die Maßen erleichtert. Es war nicht geschehen. Darian war nicht umringt von Nachtmahren gestorben. Aber wie schwer war er verletzt? Sie würde es erst feststellen können, wenn sie gelandet waren. Während die anderen Drachen ins Gebirge zurückkehrten, hielt Esra-Dragona auf die östliche Höhlenstadt der Dunkelwälder zu.

Es waren die längsten Augenblicke in Linas Leben, voll von quälender Ungewissheit. Jetzt endlich rutschte sie vom Hals der Drachenamazone und stürzte auf Darian zu. Ein leises Stöhnen sagte ihr, dass er noch lebte. Er schien wieder zu Bewusstsein zu kommen.

»Ich danke dir von ganzem Herzen.« Sie schenkte Esra-Dragona ein mattes Lächeln.

»Nein, ich danke dir. Ich weiß ja nicht, was du jetzt vorhast. Aber ich werde zum Drachenhorst fliegen und ein Wörtchen mit meinem Fürsten plaudern.« Dabei blitzten ihre Augen gefährlich.

»Blarn ist tot«, murmelte Darian, während Esra-Dragona sich hinter Lina in die Lüfte erhob.

»Toll.« Das interessierte sie jetzt überhaupt nicht. Mit aller Kraft versuchte sie, ihn hochzustemmen. Sie war bereits schweißgebadet, als sie es endlich geschafft hatte, ihn auf die Beine zu bekommen. Mit größter Kraftanstrengung schleppte sie ihn durch den Wald, in Richtung der Höhlenstadt. Der Weg schien endlos. Die Narbe an ihrer Fußsohle brannte bereits wie Feuer und fühlte sich feucht an. Bestimmt war sie wieder aufgeplatzt. Lina achtete nicht weiter darauf. Sie musste sich beeilen. Aber alleine würde sie das nicht schaffen.

»Ich brauche Hilfe, kann mich jemand hören?!« Ihre Hilferufe hallten verzweifelt durch den Wald.

Zwei Attanarjäger hatten sie entdeckt und kamen ihr zu Hilfe. Sie nahmen ihr Darian ab und brachten ihn in die Höhle.

»Bringt ihn in seine Kammer, schnell!« Lina lief humpelnd hinter den beiden her. Ihre Hände waren voller Blut. Gott, sie konnte kein Blut mehr sehen! Und seines schon gar nicht. Sie musste ihre Gefühle unter Kontrolle bekommen. In diesem Zustand konnte sie nicht heilen. Konnte sie es überhaupt noch? Oder würde sie wieder versagen, so wie bei Isnar? Diese, ihre größte Angst zerrte am meisten an ihren Nerven.

Kaum hatten die beiden Krieger Darian auf dem Lager abgelegt, stürzte sie hinterher und begann mit zittrigen Händen, die Schnallen des Lederharnisches zu öffnen, um sich die Verletzung genauer ansehen zu können. Der Schwerthieb hatte den Stoff der Tunika zerschnitten und war bis tief zum Knochen gedrungen. Lina schob den blutdurchtränkten Stoff der Tunika beiseite und hatte die Hände an sein Schlüsselbein gelegt und die Augen geschlossen, als Solvay in den Raum stürzte. Vollkommen außer Atem blieb er vor ihr stehen. »Wie schlimm ist es?«

Erst jetzt bemerkte Lina, dass auch die beiden Wächter noch im Raum waren und auf sie herabstarrten.

Und da verlor Lina endgültig die Nerven. »Raus hier, und zwar alle!«, schrie sie. »Das gilt auch für dich, Solvay! Ich will hier drinnen niemanden mehr sehen!«

Solvay nickte stumm und schob die beiden Wächter vor sich hinaus. Dann schloss er den schweren Vorhang.

Lina atmete tief durch, schloss die Augen und begann zu sich selbst zu sprechen. »Komm schon, das ist doch nur eine oberflächliche Wunde. So etwas hast du doch schon unzählige Male zuvor geheilt.« Erneut holte sie tief Luft, konzentrierte sich und suchte nach der Heilkraft. Sie war da und gehorchte ihr. »Na also, es geht doch.« Langsam wurde sie ruhiger, kehrte ihre Selbstsicherheit zurück. Und als sie die Schwertwunde an seiner Schulter geschlossen hatte und auch die Knochen des Schlüsselbeins wieder verbunden hatte, kümmerte sie sich um die Armverletzung. Es war leichter gewesen, als sie gedacht hatte. Aber warum spürte sie trotzdem, dass er immer schwächer wurde und seine Lebenskraft wich. Lina öffnete die Augen und erstarrte. Das halbe Bettlaken war blutgetränkt. Und erst da begriff sie, dass sie etwas übersehen haben musste. Vorsichtig drehte sie ihn auf den Bauch und entdeckte die Stichverletzung am Oberschenkel, durch die immer noch Blut austrat, pulsierend im Takt seines Herzschlags. Mit einem kräftigen Ruck erweiterte sie den Riss im Stoff seiner Hose, die das Schwert hinterlassen hatte und umschloss die Stichwunde mit beiden Händen. Auch das war nicht schwer. Aber nun hatte sie das gleiche Problem, das sie auch bei Isnar gehabt hatte. Der Blutverlust hatte auch bei Darian ein gefährliches Ausmaß angenommen. Sein Herz schlug nur noch schwach. Lina sandte all ihre Energie in seinen Körper und ließ dort allein kraft ihrer Gedanken das fehlende Blut neu entstehen. Und da es bei Darian nicht durch unzählige Wunden wieder versickerte, zeigte ihre Behandlung Wirkung. Es dauerte eine ganze Weile, aber irgendwann wusste sie, dass es genug war. Die Wärme seines Körpers und der ruhiger werdende Atem sagten es ihr. Nur um sicherzugehen, tastete sie im Geist noch einmal seinen ganzen Körper ab. Sie fand nichts, außer den langsam verheilenden Schnittwunden auf seiner Brust, die er sich in der Nacht zugezogen hatte, in der Blarn hier eingedrungen war. Damit war Erniedrigung verbunden, die in seiner Seele brannte. Aber davon würde sie die Finger lassen, auch wenn es ihr ein Leichtes gewesen wäre, das jetzt herauszufinden. Sie wusste, dass er das nicht wollte. Sie würde ihr Versprechen halten und nicht daran rühren. Also zog sie ihren Geist zurück und sank kraftlos neben ihm zusammen. Sie wollte sich ausruhen, nur ein kleines bisschen. Kaum hatte sie die Augen geschlossen, schlief sie ein.

Irgendwann fuhr sie aus einem unruhigen Schlaf hoch, als

sie seine Hand auf ihrem Knie spürte. Augenblicklich waren die Erinnerungen wieder da. Lina hob den Kopf und suchte seinen Blick. Sie glaubte, ihren Augen nicht zu trauen. Er grinste schelmisch. Plötzlich kochte Wut in ihr hoch.

»Was hast du dir dabei gedacht?«, presste sie mühsam beherrscht hervor.

Darian grinste immer noch. Er schien doch tatsächlich stolz auf seine Tat zu sein. »Es war notwendig.«

»Du meinst also, es war notwendig, von einem Drachen zu springen, ja?« Ihre Augen funkelten gefährlich.

»Ich bin gefallen, nicht gesprungen.«

Glaubte er tatsächlich, die Sache mit seinem Verführerlächeln und einem Scherz aus der Welt schaffen zu können? Lina verlor die Beherrschung. »Hältst du mich für blöd?!«, brüllte sie ihn an. »Du fällst nicht von einem Drachen! Du bist gesprungen! Ich habe es gesehen!«

Darian blickte sie irritiert an. »Was heißt, du hast es gesehen?«

Linas Stimme zitterte vor Zorn. »Es war das, was ich in meiner Vision gesehen habe. Ich habe gesehen, wie du gesprungen bist. Und ich habe deinen Tod gesehen, verflucht! Du hast mir versprochen, nichts Waghalsiges zu unternehmen! Gestern erst hast du es mir versprochen. Und dann ziehst du los und springst im Lager der Nachtmahre von einem Drachen! Das ist doch wohl der Gipfel des Leichtsinns! Wieso hast du das getan?!« Lina ließ ihm gar nicht erst Zeit zu antworten. Ihr Zeigefinger war nun anklagend auf ihn gerichtet. »Hast du den Kick gebraucht? War es das? Ich dachte, du bist etwas Besonderes! Aber du bist noch viel schlimmer als diese testosterongesteuerten idiotischen Machos aus meiner Welt!«

Jetzt wurde es Darian doch zu bunt. »Na hör mal, so kannst du doch mit mir nicht sprechen. Ich bin der …«

»Ich weiß schon, wer du bist«, fauchte sie. »Du bist hier der

Oberschlumpf. Aber nur dass du es weißt, das ist mir schnurzegal! Du hättest dabei draufgehen können!«

»Aber es ist doch gut gegangen. Du hast das wieder hinbekommen«, verteidigte sich Darian nicht sehr geschickt. Mittlerweile schien ihm nicht mehr wohl in seiner Haut zu sein.

»Und wenn ich es nicht geschafft hätte? Ich weiß nicht, ob das schon bis zu dir durchgedrungen ist, aber auch meine Heilkraft hat Grenzen. Das haben wir erst vor ein paar Tagen festgestellt. Aber daran denkst du wohl nicht! Hast du eigentlich auch nur eine einzige Sekunde darüber nachgedacht, was es für mich bedeuten würde, wenn du stirbst, wegen so einem Blödsinn? Du …«

Was Lina dann von sich gab, konnte Darian einfach nicht fassen. Sie nahm Worte in den Mund, die er vielleicht bei einem Zwerg oder Zentauren erwartet hätte. Alleine schon, dass Lina solche Worte überhaupt kannte, schockierte ihn. Ihr ganzes Verhalten schockierte ihn. Sie war immer so duldsam gewesen, hatte die Dinge hingenommen, wie sie waren, oder versucht, sie auf ihre ruhige Art zu ändern. Aber dieser temperamentvolle Wutausbruch brachte ihn total aus der Fassung. Sie war ein Vulkan, der Lava auf ihn spuckte, ein Wirbelsturm, der ihn zu verschlingen drohte. Sie war beängstigend in ihrem Zorn.

»… und eines sage ich dir, wenn du so eine Nummer nochmal abziehst, dann trete ich dir so in deinen Elfenarsch, dass du nicht mehr weißt, wie du heißt, verstanden?«

Und mit diesen Worten machte sie kehrt und humpelte wutentbrannt aus der Kammer, nur um draußen weiter auf Solvay einzubrüllen.

Nur Augenblicke später trat Solvay in Darians Kammer, sein Gesicht eine Mischung aus Entsetzen und Belustigung. Darian wusste sofort, dass er die ganze Szene mitbekommen hatte. Lina hatte so laut geschrien, dass es vermutlich die Drachen im Drachenhorst noch gehört hatten. Spätestens morgen würde es der ganze Clan wissen.

»Alles in Ordnung mit dir?«, erkundigte sich Solvay vorsichtig.

»Sieht das so aus?«

»Oberschlumpf, hm? Was auch immer das ist …« Solvays Gesicht entgleiste nun endgültig zu einem schadenfrohen Grinsen.

»Das ist nicht komisch«, gab Darian gequält zurück. Er fühlte sich wie ein geprügelter Hund.

»Ich muss dir aber bestimmt nicht sagen, dass sie recht hat, oder? Und dass ich dich genau davor gewarnt habe.«

»Blarn ist tot. Er ist keine Gefahr mehr für sie. Das war notwendig«, verteidigte sich Darian.

»Ich glaube, darum ging es ihr nicht. Es war wohl eher die Art und Weise, wie du es angestellt hast. Aber das musst du sowieso mit ihr klären. Da halte ich mich ganz bestimmt raus«, sagte Solvay und schien ehrlich froh, genau das tun zu können.

Nach einer Weile des Schweigens erkundigte sich Darian: »Weißt du, was ein testosterongesteuerter Macho ist?« Ein kleines Grinsen spielte bereits wieder um seine Lippen. Einen derart verbalen K.-o.-Schlag hatte ihm noch nicht einmal Gwindra bis jetzt verpassen können.

»Nein«, sagte Solvay. »Aber ich werde mich hüten, sie danach zu fragen.«

Darian war aufgestanden und tauschte seine blutdurchtränkten Kleider gegen neue. »Ich werde mich lieber verziehen, bis die Luft hier nicht mehr so dick ist. Ich muss sowieso mit Gwindra sprechen. Sei so nett und begleite mich. Dann kannst du mir unterwegs erzählen, was in den Wäldern passiert ist.«

Seine Flucht war nicht besonders heldenhaft, das wusste Darian. Aber manchmal war Flucht die beste Strategie. Er hoffte inständig, dass Lina sich wieder beruhigt hatte, bis er zurückkam.

Lina war wie eine humpelnde Furie aus dem Höhleneingang gebrochen, keuchend und gegen Tränen ankämpfend. Sie hatte fliehen müssen, ehe sie völlig die Nerven verlor. Sie hatte sein entsetztes Gesicht immer noch vor Augen, seine Abwehrhaltung, die er nun zum ersten Mal ihr gegenüber gezeigt hatte. Lina konnte es immer noch nicht fassen. Er musste diesen Plan gestern schon im Kopf gehabt haben. Ihr war vollkommen klar, dass sie ihn nicht daran hindern konnte, in Schlachten zu ziehen. Und sie verstand auch, dass es notwendig war, den Nachtmahr unschädlich zu machen. Darian war nun mal der Clanführer. Er hatte an der Spitze zu stehen, aber doch nicht so! In zwei Tagen würden die Lichtelfenkrieger zu ihrer Unterstützung kommen. Gemeinsam mit ihnen und den Zwergen waren sie den Nachtmahren bestimmt gewachsen. Darian musste mit diesen selbstmörderischen Aktionen aufhören und mehr Verantwortungsgefühl beweisen. Sie strich sich über ihren Bauch. Sie würde es ihm noch einmal in Ruhe erklären. Vielleicht würde er ihre Reaktion dann besser verstehen.

Lina humpelte noch ein wenig weiter in den Wald hinein. Die frische Waldluft, die jetzt von Tag zu Tag kühler wurde und die bevorstehende kalte Jahreszeit einläutete, tat ihr gut. Der Wind strich durch die Baumwipfel und ließ die Giganten leicht hin und her wogen. Wie es hier wohl aussah, wenn Schnee lag? Lina sog die Luft ein, die nach Fichtennadeln roch, und nahm die Ruhe in sich auf, die der Wald ausstrahlte. Und mit einem Mal war alle Wut in ihr verraucht. Übrig blieb nur noch unendliche Dankbarkeit, dass sie Darian heute nicht verloren hatte. Mittlerweile tat es ihr leid, dass sie so ausgerastet war. Sie würde sich dafür entschuldigen. Lina humpelte zurück zum Höhleneingang. Schon von Weitem erkannte sie Yatlyn, die dort stand und auf sie gewartet haben musste.

»Ah, unser Temperamentsbündel ist zurückgekehrt.« Sie nahm Lina am Arm und führte sie in ihre Kammer.

»Hier, trink das«, sagte die Heilerin und drückte ihr einen Becher Drachenblut in die Hand. Lina erkannte am Geruch, dass er eine Essenz aus Anis und Melisse enthielt. Yatlyn schien wohl der Ansicht zu sein, dass sie sich beruhigen musste.

Während sie in einem bequemen Stuhl saß und trank, widmete sich Yatlyn ihrem Fuß. Vorsichtig löste sie die Bandagen, um sich den Schaden anzusehen. »Es blutet wieder«, stellte sie wenig überrascht fest.

Lina konnte den Tadel in ihrer Stimme deutlich heraushören. »Ich weiß. Tut mir leid.«

»Das muss es nicht. Es ist dein Fuß«, erwiderte Yatlyn und schenkte ihr ein versöhnliches Lächeln. »Ich hab gehört, was geschehen ist.«

Lina stöhnte gequält. Sie hatte so etwas schon befürchtet, obwohl sie nur Solvay vor der Kammer gesehen hatte. Aber so, wie sie gebrüllt hatte, war er bestimmt nicht der Einzige gewesen, der ihren Ausbruch mitbekommen hatte.

»Du weißt, warum er es getan hat, oder?«

»Wegen dem da«, sagte Lina und deutete auf ihren Fuß, der dick mit Salbe beschmiert wieder unter einem neuen Druckverband verschwand.

»Ja, und wegen dem da«, ergänzte Yatlyn und deutete auf Linas linke Gesichtshälfte, die sich mittlerweile in den schönsten Regenbogenfarben zu verfärben begann. Nur ihre Lippe war fast verheilt.

»Ich weiß ja nicht, wie das in der Schöpferwelt ist, aber kein Dunkelelf würde erlauben, dass jemand seine Gefährtin derart verletzt. Und Darian ist noch viel impulsiver und temperamentvoller als die anderen. Es wundert mich, dass er nicht noch in derselben Nacht ins Nachtmahrlager gestürmt ist, um mit Blarn abzurechnen.«

»Er wird sich aber in Zukunft ein bisschen beherrschen müssen«, sagte Lina. Und dann erzählte sie Yatlyn, was sie seit einiger Zeit beschäftigte.

Die Augen der Elfe weiteten sich. »Und du bist dir ganz sicher?«

Lina nickte.

»Wenn er das gewusst hätte, hätte er Blarn auf der Stelle getötet.«

»Ich weiß, deshalb habe ich nichts gesagt.«

»Warte bis nach der Schlacht, ehe du es ihm sagst«, riet Yatlyn.

Lina nickte zustimmend. »Das hatte ich vor.« Mit viel Glück hätten sie die Bedrohung durch die Nachtmahre in einer Woche aus der Welt geschafft. So lange konnte sie noch warten.

Als sie in ihre Kammer kam, war Darian nicht da. Sie hatte auch nicht damit gerechnet. Yatlyn hatte ihr erzählt, dass er sich mit Gwindra treffen wollte. Sie stellte fest, dass die durchgebluteten Laken gewechselt waren und auch sonst wieder Ordnung herrschte. Kobolde mussten sich darum gekümmert haben. Der Tag wich der Nacht und die Bernsteine begannen ihr warmes Licht zu verströmen. Lina hatte sich bereits unter die Felldecke gekuschelt, lag mit dem Gesicht zum Eingang und konnte die Augen kaum noch offen halten. Endlich vernahm sie Darians Stimme. Er unterhielt sich mit Solvay und musste vor der Kammer stehen geblieben sein. Lina konnte nicht hören, worüber die beiden sprachen, und es war ihr im Moment auch egal.

Sie war nervös, beinahe so wie damals, als sie zum ersten Mal zu ihm in die Kammer gekommen war. Sie hatten noch nie zuvor einen Streit gehabt. Und sie wusste nicht, wie sie sich jetzt verhalten sollte. Abwarten und sehen, was passierte, war alles, was ihr einfiel. Sie schloss die Augen und beschloss, die Schlafende zu mimen. ›Feigling‹, schalt sie sich selbst.

Darian hatte sich von Solvay verabschiedet. Lina konnte hören, wie der schwere Vorhang zur Seite geschoben wurde. Was tat er? Sie konnte seine Schritte nicht hören. Ewig lange Augenblicke verstrichen, bis Darian plötzlich mit samtweicher Stimme feststellte: »Du schläfst nicht.«

Lina lächelte verschmitzt, noch bevor sie die Augen aufschlug. Was war sie bloß für eine schlechte Schauspielerin! Trotzdem ließ sie noch einen Augenblick verstreichen, ehe sie ihn ansah. Er stand immer noch im Eingang. Die Beine überkreuzt, lehnte er mit der Schulter an der Felswand und blickte sie an, ein unsicheres Lächeln angedeutet. Dann biss er sich auf die Unterlippe, wobei sein Lächeln immer breiter wurde.

Verflucht, er spielte schon wieder mit ihr! Lina schmolz dahin wie Eis in der Wüste, während er sich aus dem Türrahmen löste und auf sie zukam. Aber er setzte sich nicht aufs Bett, sondern ließ sich daneben auf ein Knie sinken. Dann ergriff er Linas Hand, drehte ihre Handfläche nach außen und küsste sie. Er küsste ihre Finger, ihren Handballen, ihr Handgelenk und ihren Unterarm. Seine Lippen zogen eine Spur aus zärtlichen Küssen über ihre Haut, die Lina einen Schauer durch den Körper jagten. Sie wollte mehr. Er hätte gar nichts mehr zu sagen brauchen, doch als er das Ganze wieder rückwärts vollführte, flüsterte er zwischen den Küssen: »Es tut mir leid. Du hast recht. Ich hätte das so nicht tun dürfen. Und ich verspreche bei allem, was mir heilig ist, dass ich dir in Zukunft von dem, was ich vorhabe, erzählen werde.«

Lina hörte sehr wohl heraus, dass er nicht versprach, so etwas nicht wieder zu tun. Aber sein Versprechen, sie einzuweihen, würde ihr fürs Erste genügen.

»Und ich verspreche, nicht wieder so auszurasten«, gab sie kleinlaut zurück.

Darian hob den Kopf und blickte sie schmunzelnd an. »Schade. Es war ein Erlebnis. Nicht vielen Elfen ist es vergönnt, eine Schöpferin so wüten zu sehen.«

›Tiefschlag‹, dachte Lina. ›Aber ausgesprochen nett formuliert.‹

»Schließ die Augen, Kleines«, bat Darian plötzlich.

Lina zögerte einen Augenblick. Was hatte er jetzt wieder vor?

»Bitte.« Ein Wort, gesprochen in einer Tonlage, die Steine zum Erweichen gebracht hätte.

Lina schloss die Augen.

»Das hat mit heute nichts zu tun. Ich hatte das schon länger geplant. Aber gute Zwergenarbeit dauert seine Zeit«, erklärte er, während er ihr einen Ring ansteckte. »Ich hoffe, das ist richtig so.«

Es war die linke Hand und er hatte ihr den Ring an den Mittelfinger gesteckt, aber er hätte nichts Schöneres tun können. Lina kämpfte gegen Tränen der Rührung. Sie liebte ihn so sehr, dass ihr die Worte fehlten. Sie hob die Hand und betrachtete den Ring, der Elfenrunen eingraviert hatte. Langsam drehte sie ihn und versuchte, sie zu entziffern.

»Kannst du es lesen?«, fragte er.

Lina nickte. ›Bis ans Ende der Zeit‹ stand da.

»›Bis dass der Tod uns scheidet‹ fand ich nicht lange genug«, sagte er schlicht.

Jetzt waren die Tränen nicht mehr zu bändigen. Sie stürzte sich in seine Arme, so schwungvoll, dass sie ihn von den Füßen riss und mit ihm gemeinsam zu Boden ging. Dort überschüttete sie ihn mit Küssen, Tränen und noch mehr Küssen. Darian stoppte sie, indem er ihr Gesicht zwischen beide Hände nahm. »Ich würde mich jetzt gerne ganz offiziell entschuldigen«, raunte er verheißungsvoll.

Er war sich absolut nicht sicher gewesen, was ihn bei seiner Rückkehr erwarten würde. Zum Glück war sie wieder die kleine Magierin, die er kannte und liebte. Und trotzdem war sie mehr. Sie hatte ihm eine Seite gezeigt, die er nicht an ihr vermutet hatte. Wie viele Seiten an ihr hatte sie ihm wohl noch nicht gezeigt? Es würde ein Leben lang dauern, um alle Facetten ihres Wesens kennenzulernen. Sie würde immer eine Herausforderung für ihn bleiben und genau so wollte er sie. Darian war glücklich, als er seine schlafende Gefährtin in seinen Armen betrachtete, bis ihm irgendwann selbst die Augen zufielen, nicht ahnend, wie nahe Freud und Leid beieinander liegen konnten.

Ein unbestimmtes Gefühl von Gefahr ließ ihn hochschrecken. Irgendetwas stimmte nicht. Waren etwa schon wieder Nachtmahre in die Höhlen eingedrungen? Er setzte sich auf und spähte ins Halbdunkel. Nein, in der Kammer war keine Bewegung auszumachen. Er lauschte nach fremdartigen Geräuschen. Nichts als das Rauschen des Windes in den Bäumen, das durch die Felsspalten drang. Sein Blick fiel auf Lina, die sich zur Seite gerollt hatte. Sie schien zu frösteln, also zog er ihr die Decke bis weit über die Schulter, bevor er aufstand und zumindest eines der Elfenschwerter aus dem Gurt zog. Er trat vor die Kammer. Auch hier spendeten die Bernsteine diffuses Dämmerlicht. Die beiden Schwertkämpfer, die vor seiner Kammer Wache hielten, nickten ihm zu. Sie waren auf ihren Posten und wachsam, so wie er es von ihnen erwartet hatte.

»Clanführer?« Fragende Blicke trafen ihn.

Darian fuhr sich durchs zerzauste Haar. »Ist irgendetwas Ungewöhnliches vorgefallen?«

»Nein.«

Verflucht, seine Sinne ließen ihn doch sonst nicht im Stich! Er machte kehrt und legte sich wieder hin, das Schwert schob er sicherheitshalber unter sein Kopfkissen. Lina lag immer noch mit angezogenen Beinen auf der Seite und hatte ihm den Rücken zugekehrt. Darian schlüpfte unter die Decke, rückte näher an sie heran und erschrak. Sie war eiskalt und zitterte am ganzen Körper, obwohl es unter der Decke eigentlich viel zu warm war.

Er drehte sie auf den Rücken und versuchte, sie zu wecken: »Wach auf, Kleines.«

Sie reagierte nicht. Nur ihre Zähne schlugen aufeinander.

Er unternahm einen erneuten Versuch. Diesmal eindringlicher, aber wieder ohne Erfolg. War es das, wovor ihn seine Sinne gewarnt hatten?

Ein Ruf nach draußen genügte, und einer der Wächter erschien.

»Hol mir Yatlyn her, schnell!«, befahl Darian, während er die Decke noch fester um Lina wickelte.

Es dauerte nicht lange, bis Yatlyn erschien. Trotzdem kam es Darian wie eine Ewigkeit vor.

Die Heilerin griff nach Linas Hand und blickte Darian dann entsetzt an. »Was hast du mit ihr angestellt?«

Darian würdigte dieser Frage keine Antwort. Er würde Lina niemals etwas antun. Yatlyn tastete ihre Haut ab. Auch die Heilerin musste spüren, wie kalt sich Lina anfühlte. Ihre Lippen blau verfärbt, die Haut an manchen Stellen grau und runzelig.

Seine Stimme klang rau und unverkennbar angsterfüllt, als er fragte: »Was ist mit ihr?«

»Sie erfriert«, sagte Yatlyn tonlos.

»Aber wie ist das möglich?« Darian konnte kaum noch atmen.

»Sie ist die Magierin, nicht ich«, sagte Yatlyn. »Aber wenn ich eine Vermutung äußern sollte, würde ich sagen, dass sie sich in einer Vision verirrt hat, in der furchtbare Kälte herrscht.«

»Was können wir tun?«

Sie hob hilflos die Schultern. »Wärme. Sie braucht alle Wärme, die sie bekommen kann.«

Darian hatte verstanden. Er ließ Lina zurück in die Kissen gleiten, und schmiegte sich an sie. Und er gab ihr all die Wärme, zu der er fähig war. Er hüllte sie in einen Kokon aus Wärme. Die seines Körpers und die seines Herzens. Die ganze Nacht über lag Darian so da, seine Lippen ganz nah an Linas Ohr. »Komm zurück zu mir, kleine Magierin. Du bist für mich die Sonne, du bist der Mond. Du bist alles, was ich immer wollte. Du bist mein Leben, du vervollständigst mich …« Seine Stimme ein einziges Raunen, ein Flüstern und Flehen. Gebetsartig sagte er Lina, was sie ihm bedeutete. Und als er keine Worte mehr fand, weil er alles gesagt hatte, was er in seinem Herzen empfand, begann er einfach wieder von vorne.

Getragen auf einer Welle der absoluten Hingabe erreichte seine Stimme sie, an dem Ort, an den sich ihr Geist verirrt hatte, in einem Gefängnis aus Finsternis und Kälte. Es war die Wärme seiner Stimme, die das Eis dieses Kerkers sprengte und ihr den Weg nach Hause ermöglichte, zurück zu ihm. Schließlich wich langsam die Kälte aus ihrem Körper, verschwand das Zittern, wurde die Haut wieder rosig, kehrte ihr Geist zurück und sie fand sich wieder an dem Ort, an den sie gehörte, in seinen Armen.

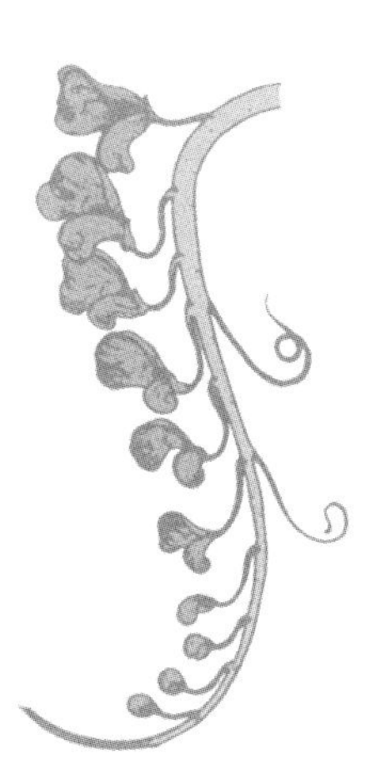

Im Würgegriff der Gezeiten

Der Ruf der Drachenmagierin erreichte ihn in seinen Träumen. Drogonn fluchte. Er hatte von Lupinia geträumt. Was wollte die Rotgeschuppte mitten in der Nacht? Was auch immer es war, konnte doch bis morgen warten. Anta-Dragona schien anderer Meinung zu sein. Sie blieb präsent in seinen Gedanken.

»Von mir aus. Schick mir einen Drachen«, sandte er seine mürrische Antwort zurück. Drogonn stand auf und stellte fest, dass es gar nicht mehr mitten in der Nacht war. Der Morgen warf sein erstes Licht auf die Mauern von Kathmarin. Immer noch ein wenig schlaftrunken, ging Drogonn auf den Balkon und blickte zu den Wäldern jenseits der Ebene. Der Herbst war hier in der Eldorin besonders schön. Die Blätter der Laubwälder zeigten ein Farbspektrum von gelb über orange bis tiefrot und braun. Und als die ersten Sonnenstrahlen darauf fielen, sah es aus, als würde der Wald brennen. Drogonn war immer noch in die Betrachtung dieses Naturschauspiels vertieft, als er durch ein Brausen in der Luft aus seinen Gedanken gerissen wurde.

Set-Dragon landete auf dem Balkongeländer. Er musste

sich bereits auf dem Weg befunden haben, als die Drachenmagierin ihn geweckt hatte.

»Es ist so weit, Drogonn. Wir müssen eingreifen.« Die Drachenmagierin hielt sich nicht mit Höflichkeitsfloskeln auf. Drogonn schluckte schwer. Er hatte so sehr gehofft, dass dieser Tag nicht kommen würde.

»Wieso jetzt?«

»Sie hatte in dieser Nacht eine Vision. Jetzt ist es klar. Es bleiben nur noch zwei Wege in die Zukunft, und beide sind mit Schmerz verbunden.« Und dann erklärte sie Drogonn, was zu tun sei.

»Ich verstehe.« Nur kurze Zeit später stand er wieder vor Set-Dragon. »Könntest du bitte zu den Dunkelelfen fliegen, und mir Darian holen?«

»Wo warst du heute Nacht?« Darian hatte sich aufgesetzt und hielt Lina immer noch fest im Arm.

Es dauerte eine Weile, bis sie antwortete. »An einem sehr finsteren und kalten Ort am Ende Mendurias.« Die Vision, die sie in dieser Nacht gehabt hatte, war beängstigend gewesen. Aber der Schrecken war nicht aus Waffengewalt und Gemetzel geboren. Es war die Dunkelheit des leeren Raumes, in dem selbst das Licht erfror. Es war trostlose Einsamkeit und das Fehlen jeglicher Wärme, die diesen Ort so beängstigend gemacht hatten. Und dann war das Licht gekommen, blaues fluoreszierendes Licht. Eines, das Lebensenergie stahl und Kraft. Riesenquallen waren es gewesen, die aus den Tiefen der unendlichen Finsternis aufgetaucht waren. Geisterdämonen. Und sie war ihnen entgegengesprungen. Ja, dieses Mal war sie gesprungen, nicht gefallen, wie damals auf der Dämonenklippe.

»Was hat dich an einen solchen Ort getrieben?« Darians Frage riss sie aus ihren Gedanken.

»Ich habe dich gesucht.« Linas Stimme war kaum mehr als ein Flüstern.

»Kleines, ich bin hier. Um mich zu finden, brauchst du dich nicht an solchen Orten herumzutreiben.« Es sollte aufmunternd klingen und bewirkte doch das Gegenteil.

»War es die Zukunft, die du gesehen hast?«, erkundigte er sich schließlich, als sie weiter schwieg.

Lina nickte. »Ich glaube, es war eine sehr nahe Zukunft. Aber ich habe so etwas schon einmal gesehen.« Dass es sich dabei um keine Vision gehandelt hatte, sondern die Geisterdämonen Realität gewesen waren, verschwieg sie. Wie eine Ertrinkende hielt sie sich jetzt an ihm fest. Die Erinnerungen an die Vision quälten sie immer noch. »Versprich mir, dass du nicht an den Rand Mendurias gehst!«

Darian strich ihr zärtlich über den Rücken. »Ich verspreche es. Ich wüsste auch gar nicht, was ich dort zu suchen hätte.«

»Schwör es mir auf den Elfencodex«, verlangte sie, unfähig, ihre Angst vor ihm zu verbergen.

»Ich schwöre.«

Lina wusste, dass er sich daran halten würde. Der Elfencodex war Darian heilig. Wenn er nicht dorthin gehen würde, konnte sich die Vision nicht bewahrheiten. Langsam begann sie sich unter seinen zärtlichen Berührungen zu entspannen.

»Versuch, nicht mehr daran zu denken. Wir werden uns gemeinsam damit befassen, wenn es so weit ist«, sagte er und küsste sie zärtlich.

Lina vergrub ihre Hände in seinem dunklen Haar und zerzauste es noch mehr, während sie seinen Kuss erwiderte, mit solcher Leidenschaft, dass ihm die Luft wegblieb. Ganz kurz löste sie ihre Lippen von seinen. »Möchtest du dich nicht noch mal entschuldigen?«

Darian lachte. »Nein, nein, diesmal bist du mit ›entschuldigen‹ dran.«

Lina tat empört. »Wofür soll ich mich denn entschuldigen?«

»Mal überlegen. Du hast mich die halbe Nacht lang wach gehalten, nur weil du irgendwo herumirren musstest, wo es arschkalt war und du vergessen hast, dir etwas anzuziehen. Ich finde, das ist schon eine Entschuldigung wert.«

Lina seufzte genüsslich. »Gut, dann entschuldige ich mich eben.« Sie senkte den Kopf und begann an seinem Ohr zu knabbern, wohlwissend, dass ihn das vollkommen verrückt machte. Darian quittierte es mit einem lustvollen Seufzen. Gleich würde sie ihn dort haben, wo sie ihn haben wollte.

Sie spürte, wie sich seine Hände an ihren Hüften verkrampften und sie näher an ihn zogen.

Und dann räusperte sich jemand übertrieben laut am Eingang zu ihrer Kammer.

Nun ließ Darian ein gequältes Aufstöhnen vernehmen. »Nicht jetzt, Solvay. Verschwinde und komm später wieder.«

»Tut mir leid, das geht nicht.« Solvay klang schuldbewusst. »Set-Dragon ist hier.«

»Verflucht, was will die Eidechse denn?« Jetzt klang Darian verzweifelt. Lina widmete sich seinem anderen Ohr.

»Er soll dich zu Drogonn in den Drachenhorst bringen.«

Darian stoppte Lina. »Hör auf, das ist nicht fair«, raunte er ihr zu.

Lina grinste teuflisch verführerisch. »Das hab ich alles vom Meister der süßen Quälerei gelernt.«

»Du …« Darian stahl ihr einen letzten Kuss, schob sie dann von sich, und gab ihr einen sachten Schubs, sodass sie sanft in den Kissen landete.

»Wehe, das ist nicht wichtig«, brummte er. Ehe er ging, drehte er sich noch einmal zu Lina um. »Ich erwarte immer noch eine Entschuldigung von dir, wenn ich zurückkomme.«

»Aber sicher doch, mein dunkler Prinz.«

›Was wollte der Andavyankriegsherr denn nun schon wieder?‹, überlegte Darian, als er sich auf Set-Dragons Rücken dem Drachenhorst näherte. Was auch immer es war, es konnte ja wohl nicht allzu wichtig sein. Vermutlich wollte er sich nur wieder über irgendwelche Schlachtaufstellungen unterhalten und ihm einen Vortrag darüber halten, wie er sich den Lichtelfen gegenüber verhalten sollte. Aber schon kurz nach der Landung, als er sich Drogonn gegenüber sah, ahnte er, dass die Sache viel ernster war.

»Danke, dass du so schnell gekommen bist«, sagte Drogonn. »Wir müssen leider warten, bis die Drachenmagierin so weit ist.«

Anta-Dragona hatte mit der Sache zu tun? Das gefiel Darian gar nicht. Aber aus Drogonn war nichts weiter herauszubringen. Die Sonne ging bereits unter, als Anta-Dragona sie endlich empfing. Sie musterte Darian eine ganze Weile lang schweigend.

»Was soll ich hier?«, erkundigte sich Darian schließlich, als er die Stille nicht mehr aushielt.

»Liebst du sie?«

»Was?« Deshalb hatte sie ihn hergebeten?

»Liebst du deine Gefährtin?«, wiederholte Anta-Dragona.

»Natürlich.«

»Wie sehr?«

»Was soll denn diese Frage?« Darian fand, dass sie das nun wirklich nichts anging.

»Antworte mir bitte, Darian! Wie sehr liebst du sie? Was bist du bereit, für sie zu tun?«

Der Krampf in seinem Magen verstärkte sich, als er wahrheitsgetreu antwortete: »Einfach alles.«

»Und da bist du dir absolut sicher? ›Alles‹ ist ein sehr weitreichender Begriff.«

Das stimmte. Aber es gab tatsächlich nichts, was er nicht für Lina tun würde. »Ganz sicher.«

»Gut«, sagte Anta-Dragona zufrieden. »Dann werde ich dir jetzt einen Blick in die Zukunft gewähren.«

Darian wehrte ab. »Danke, ich verzichte.« Er war der Meinung, dass es nicht gut war, die Zukunft zu kennen. Was brachte das schon außer Kopfschmerzen?

Aber Anta-Dragona bestand darauf. »Es ist wichtig, dass du es siehst. Ich werde dir zwei mögliche Wege in die Zukunft zeigen. Auf deine Entscheidung wird es ankommen, welcher der tatsächliche sein wird.«

»Hat das etwas damit zu tun, was Lina heute Nacht gesehen hat?« Wenn das nämlich so war, musste er es sich ansehen, ob er nun wollte oder nicht. Er musste wissen, was Lina so verängstigt hatte.

Anta-Dragona nickte. »Ich zeige dir zuerst die Bilder aus ihrer Vision. Versuch dich zu entspannen.«

Darian sah Kälte und Dunkelheit, trostlos und noch viel schwärzer, als er sich das je hätte vorstellen können. Und dann blaues Quallenlicht. Die Bilder waren schon erschreckend. Aber dann kamen die Gefühle. Angst, Hoffnungslosigkeit und unendlich tiefe Seelenqual. Lina sprang, in so tiefer Verzweiflung und nur von dem einen Wunsch getrieben, zu ihm zu gelangen, der er bereits in dieser Dunkelheit gefangen war.

Als die Bilder verebbten, holte Darian keuchend Luft. Das also hatte sie gesehen? Heiliger Schöpferfluch, er hatte ja keine Ahnung gehabt!

»Das wird geschehen, wenn sie bleibt«, sagte die Drachenmagierin.

»Was heißt ›bleibt‹?« Darian verstand nicht.

»Du weißt nicht, wo Lina herkommt, nicht wahr?«, erkundigte sich nun Drogonn.

»Sie kommt aus der Schöpferwelt.«

»Ja, aber aus einer noch sehr weit entfernten Zukunft.«

»Wie soll denn das funktionieren?« Darian hatte das Gefühl, dass dieses Gespräch über seinen Verstand hinausging. Er wusste von Toren in die Schöpferwelt. Aber dass sie durch die Zeit führen sollten, war ihm neu.

»Wir haben sie hierher geholt. Auf Arianas Wunsch.«

»Ariana, die verschwundene Andavyan?«

Drogonn nickte. »Du bist Ariana niemals begegnet, nicht wahr?«

Darian schüttelte den Kopf.

»Wärst du es, hättest du die Ähnlichkeit sofort erkannt. Lina ist Arianas Tochter.«

»Ihre Tochter?« Darian klang mehr als skeptisch. Auch die Andavyan waren vom Schöpferfluch betroffen. Was Drogonn hier erzählte, war nicht möglich.

»Doch, es stimmt«, meldete sich nun die Drachenmagierin zu Wort. »Ariana wird in einer sehr fernen Zukunft in der Schöpferwelt wiedergeboren und erwählt einen Schöpfer zu ihrem Gefährten. Sie werden zwei Kinder haben. Zwillinge. Lina und Benjamin. Und Lina wird diejenige sein, die das Gezeitenbuch liest und die Prophezeiung erfüllt. Sie wird den Lichtelf Xedoc aufhalten, der versuchen wird, diese Welt zugrunde zu richten.«

Xedoc? Blarn hatte von ihm gesprochen. Darian schüttelte nur den Kopf. Er hatte gewusst, dass Lina ihre Geheimnisse hatte. Aber das war nun wirklich zu viel des Guten. Er konnte einfach nicht glauben, was er hörte.

»Hast du dich niemals gefragt, wo sie diese Andavyankräfte herhat? Es sind Arianas Kräfte. Du solltest Gwindra einmal fragen. Sie kannte Ariana. Sie wird dir bestätigen, wie sehr sich die beiden ähneln«, sagte Drogonn.

»Sie sagte, sie sei meinetwegen gekommen«, gab Darian zurück. Es klang trotzig.

»Oh, das ist sie auch. Sie ist dir nämlich bereits in der Zeit begegnet, als sie zum ersten Mal hier in Menduria war. Sie wollte zurück zu dir und sie wollte verhindern, dass du den Weg einschlägst, der als zweite Möglichkeit infrage kommt. Der, der sich eigentlich erfüllen soll.«

»Zeig ihn mir«, forderte Darian die Drachenmagierin nun auf.

Das tat sie.

Darian sah sich durch Jahrhunderte wandern, sah sich die Dunkelelfen in die Calahadin führen, sah sich in Xedocs Namen Dinge tun, die ihm den Magen umdrehten, bis er schließlich ein verzweifeltes junges Mädchen auf einer Klippe stehen und trotzig eine Felswand anschreien sah. Er sah, wie sie sich umdrehte und blickte in Linas Gesicht. Eine noch etwas jüngere Lina, aber die gleichen wunderschönen bernsteinfarbenen Augen, das gleiche honigblonde Haar. Sie blickte auf einen Dunkelelfen, der im Schatten der Klippe saß und sie beobachtete. Sie blickte auf ihn. Dann zerriss die Vision und Darian kehrte in den Drachenhorst zurück, am ganzen Körper zitternd.

»Das ist es, was sie verhindern wollte. Sie ist hierhergekommen, um bei dir zu bleiben. Sie will verhindern, was ich gleich von dir verlangen werde. Sie will nicht mehr zurück in ihre Zeit. Aber sie muss.« Drogonn sprach eindringlich. »Das Schicksal lässt sich nicht betrügen. Wenn sie bleibt, werdet ihr beide innerhalb eines Mondzyklus tot sein. Wenn sie geht, wirst du sie wiedersehen. Aber es wird eine verdammt lange Zeit sein, und du wirst dich nicht mehr an sie erinnern können.«

Darian zögerte, daher setzte die Drachenmagierin nach:

»Vor nicht allzu langer Zeit hast du die Vorangegangenen um Hilfe gebeten, stimmt das?«

Ja, das hatte er.

Ungnädig fuhr die Drachenmagierin fort: »Auch sie kennen die beiden Wege, die euch offenstehen. Sie werden auf keinen Fall dulden, dass Lina hierbleibt und stirbt. Ich soll dich daher an den Preis erinnern, den du zu bezahlen eingewilligt hast für ihre Hilfe.«

Er hatte gewusst, dass er dafür bezahlen würde. Aber doch nicht so!

Darian hätte am liebsten losgebrüllt vor Verzweiflung und Zorn. Er wurde vor eine Wahl gestellt, die im Grunde gar keine war. Er durfte sie nicht sterben lassen. Dazu brauchte er die Aufforderung der Vorangegangen gar nicht. Er musste sich in jedem Fall für den zweiten Weg entscheiden. Aber der machte ihm so viel Angst, dass er fast wahnsinnig wurde, alleine bei dem Gedanken, ohne sie diese Zeit zu verbringen.

Zähneknirschend sagte er schließlich: »Was verlangst du von mir, Drogonn?«

»Du wirst mir im Drachenfeuer schwören, dass du Lina beschützen wirst, wenn sie nach Menduria kommt und in Xedocs Hände gerät. Du wirst sie zu uns zurückbringen. Um das zu tun, führst du die Dunkelelfen an Xedocs Seite in die Caladhin. Du wirst alles tun, um sein Vertrauen zu gewinnen. Du musst dort sein, wenn sie kommt. Dafür verleihen die Drachen dir und deinem Volk die Unsterblichkeit. Wir wissen nicht genau, wie lange es dauern wird, aber wir gehen davon aus, dass es mehrere Lebensspannen eines Dunkelelfen sein könnten, die vergehen. Das könnt ihr nur erreichen, wenn ihr unsterblich seid.« Drogonn hielt kurz inne, ehe er weitersprach. »Weder du noch irgendjemand sonst wird sich an Lina erinnern können. Die Drachenmagierin wird alle Erinnerungen an sie löschen.

Darian prallte entsetzt zurück. »Nein, das kannst du nicht von mir verlangen. Wie soll ich diese lange Zeit überstehen, wenn ich nicht einmal weiß, wofür?«

»Deine Erinnerungen werde ich dir nicht ganz nehmen«, versuchte Anta-Dragona ihn zu beruhigen. »Ich banne sie in dein Herz. Dort werden sie weiterleben. Aber nicht in deinem Gedächtnis. Erinnern wirst du dich nicht an sie. Das würde die Seherin sofort durchschauen. Denn glaub mir, Galan wird dich prüfen, wenn du an Xedocs Seite kämpfst.«

Darian suchte verzweifelt nach einem Ausweg.

Es gab keinen. Schließlich griff er nach einem letzten Strohhalm. »Ich möchte, dass es wenigstens einen gibt, der sich an sie erinnern kann. Der mich aufrecht hält, wenn ich Gefahr laufe, meinen Glauben zu verlieren. Ich möchte, dass du Solvays Gedächtnis belässt, wie es ist. Ihn wird niemand prüfen. Aber ich vertraue ihm. Es funktioniert entweder so oder gar nicht.«

Drogonn schien zu wissen, dass Darian nicht bluffte. Er warf Anta-Dragona einen fragenden Blick zu.

Die Drachenmagierin war einverstanden. »Gut, dann lass uns anfangen.«

Aber Darian wehrte erneut ab. »Nein, nein, nicht so schnell. Ich werde mich vorher von ihr verabschieden. Das könnt ihr mir nicht auch noch nehmen!«

»Schaffst du das, ohne dass sie Verdacht schöpft?«, erkundigte sich Drogonn. »Wenn sie es nämlich herausfindet, wird sie alles in ihrer Macht Stehende tun, um es zu verhindern. Sie würde den ersten Weg wählen. Sie denkt nämlich, dass sie diese Vision verhindern kann. Aber da irrt sie sich.«

»Mach dir keine Sorgen, ich schaffe das.«

Anta-Dragona nickte. »Gut, dann erwarte ich dich morgen bei Tagesanbruch.«

Darian war bereits auf dem Weg aus der Höhle, als er sich noch einmal umdrehte. »Was wird mit Lina geschehen?«

»Ich werde sie wieder in die Zeit zurückbringen, in die sie gehört«, sagte Drogonn.

Darian nickte und verschwand. Ihm war so übel, als er den Rücken Set-Dragons bestieg, dass er sich am liebsten übergeben hätte. Alles, was ihm blieb, war diese eine Nacht mit ihr. Und das sollte für drei Elfenleben reichen?

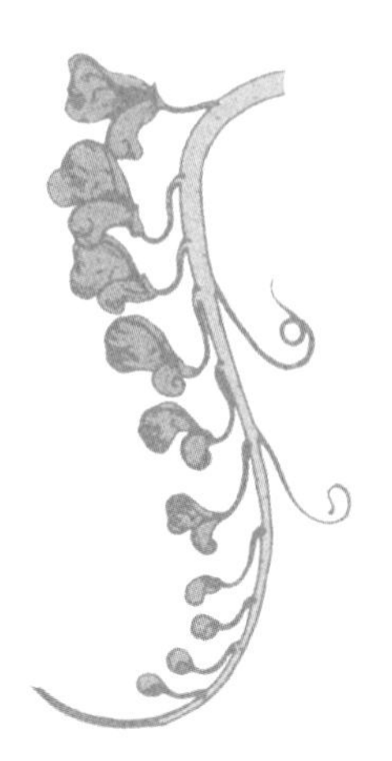

Drachentränen

Lina hatte den ganzen Tag gewartet. Je mehr Zeit vergangen war, umso unruhiger wurde sie. Was hatte Drogonn bloß so lange mit Darian zu besprechen?

Am frühen Nachmittag war Leasar mit einer Vorhut eingetroffen und hatte sie in Beschlag genommen. Der Lichtelfenbotschafter wusste zwar immer noch nicht, was sie dem Elfenfürsten gesagt hatte, aber die Reaktion seines Herrschers auf sein Gespräch mit Lina hatte ihn sichtlich beeindruckt. Leasar hatte Lina sogar vorgeschlagen, von nun an immer die Verhandlungen zwischen ihren beiden Völkern zu führen.

Wenn er die Wahrheit wüsste, würde er nicht so denken, überlegte Lina. Fürst Haldrin würde sie vermutlich aus Terzina hinausprügeln lassen, sollte sie es wagen, dort noch einmal mit einer Bitte der Dunkelelfen aufzutauchen. Erpressung war kein guter Diplomat. Leasar würde weiter mit Solvay vorliebnehmen müssen. Aber auch der war nicht da. Verflucht, wo steckten sie bloß alle? Vermutlich bei den Zwergen. Lina rechnete damit, selbst vor der Schlacht von Darian in Gwindras Reich geschickt zu werden. Sie wusste, dass sie sich dem nicht widersetzen durfte. Aber sie würde erst gehen, wenn er es verlangte.

In der Zwischenzeit übernahm sie es, den Botschafter der Lichtelfen zu unterhalten. Erst als es bereits dunkel wurde, erschien Solvay endlich und Lina konnte sich verabschieden.

»Weißt du, was Darian so lange bei Drogonn macht?«, erkundigte sie sich im Vorbeigehen.

Solvay blickte sie überrascht an. »Ist er denn noch nicht wieder zurück?«

»Nein.«

Das war überaus merkwürdig. Sie beschloss, in ihrer Kammer auf ihn zu warten. Das Gespräch mit Leasar hatte sie ermüdet. Botschafter zu sein, wäre nichts für sie. Es war schwierig zuzuhören, wenn die eigenen Gedanken ständig davonwanderten. Aber Leasar hätte es gemerkt, wenn sie nicht bei der Sache gewesen wäre, und so hatte sie sich gezwungen zuzuhören.

Mit einem erleichterten Seufzen ließ sie sich aufs Bett fallen und zog die Stiefel aus. Sie würde wach bleiben, bis Darian zurückkam. Irgendwie würde sie das schon schaffen. Ein kurzer Blick auf ihren bandagierten Fuß zeigte ihr, dass die Naht diesmal nicht wieder zu bluten begonnen hatte. Sie sollte Leasar wohl dankbar sein. Stillsitzen hatte auch seine Vorteile. Auf dem Rücken liegend robbte sie zum Kopfende des Bettes, bis sie bequem in den Kissen lag. Ihre Augen ausruhen, nur für ein paar Augenblicke, das wollte sie. Die restliche Kleidung konnte sie auch später noch ausziehen. Mit einem Lächeln schloss sie die Augen und merkte gar nicht, wie sie der Schlaf überfiel. Heimtückisch und leise und so schleichend, dass sie chancenlos war.

Darian spürte, wie die Panik ihn nicht mehr aus ihrem Würgegriff lassen wollte. Angst in einem solchen Ausmaß hatte er zwar schon für kurze Augenblicke erlebt, immer dann, wenn ein Kampf aussichtslos schien. Aber noch niemals bei klarem

Verstand und so lange anhaltend. Sie nahm ihm die Luft zum Atmen, diese Angst.

Und dann landete Set-Dragon vor den Osthöhlen. Wie in Trance ging er auf den Eingang zu. Er musste sich zusammenreißen, sonst würde sie merken, dass etwas nicht stimmte. In solchen Dingen war sie gut.

Er hatte kaum den Eingang zum Höhlensystem erreicht, als ihm Solvay entgegenkam.

»Mann, wo warst du so lange? Leasar will mit dir sprechen.«

»Nicht jetzt«, wehrte Darian ab.

Solvay blickte ihn forschend an. »Was wollte Drogonn?«

Wieder wehrte Darian ab. »Morgen. Ich erzähl es dir morgen.« Und dann blickte er Solvay fest in die Augen, wobei er sich an dessen Schultern festhielt. »Ich werde dich morgen brauchen. Bitte halte dich bereit.«

Vorsichtig und leise schob Darian den Vorhang zur Seite. Lina schlief. Diesmal schlief sie tatsächlich. Er blieb vor dem Bett stehen und betrachtete sie. Ihre entspannten Gesichtszüge ließen sie jünger aussehen. Sie glich jetzt viel mehr dem Mädchen, das er in dieser Vision gesehen hatte. Um wie viel jünger sie wohl gewesen sein mochte? Sie hatte stolz gewirkt in ihrer Verzweiflung und trotzdem hilflos und zerbrechlich. Er hatte für einen Augenblick die Gedanken des Dunkelelfen aufgefangen, der er dann sein würde. Der Darian auf der Klippe hatte nichts von der Zeit gewusst, die Lina hier verbracht hatte. Er wusste, dass sie sein Auftrag war. Nur eine Schöpferin, die er zu Drogonn bringen sollte. Sonst nichts. Faszination hatte er gespürt, und Neugier auf dieses Mädchen, aber nicht das, was er für Lina empfand. Würde er sie wieder so lieben lernen, wie er es jetzt tat? Und wenn nicht? Aber sie war Lina. Sie war die Liebe seines Lebens.

Er konnte den Blick nicht von ihr wenden. Und da traf ihn die Verzweiflung wie ein Faustschlag in den Magen und er ging auch genau wie bei einem solchen Treffer in die Knie. Wieso? Verflucht, das war nicht fair! Mühsam zog er sich aufs Bett und kam neben ihr auf dem Bauch zum Liegen. Er hatte sich vorgenommen, diese Nacht so unvergesslich zu machen, dass es nicht einmal die Drachenmagierin schaffen würde, sie aus seinem Gedächtnis zu brennen. Aber jetzt wurde ihm klar, dass er sie nicht aufwecken durfte. Er würde nicht gehen können, wenn sie wach wäre. Darian spürte einen Knoten im Hals, spürte tiefe Verzweiflung in sich hochsteigen. Er griff ganz vorsichtig nach ihrer Hand. Aber diese Berührung, die Wärme ihrer Finger, verstärkten das Gefühl nur noch. Er spürte erste Tränen und wischte sie trotzig fort. Er weinte nicht, niemals! Doch die Tränen ließen sich einfach nicht verhindern. Immer drängender wurde das Gefühl von Verzweiflung in seiner Brust, immer unmöglicher das Atmen. Ein Schluchzen wollte aus seiner Kehle aufsteigen. Aber er erlaubte es immer noch nicht. Und dann irgendwann ergab er sich diesem Ziehen und Reißen in seinen Nervenbahnen doch. Er vergrub das Gesicht tief in den Kissen und ließ den Tränen und dem Schluchzen endlich freien Lauf. Und in all der Qual, die seine heißen Tränen mit sich brachten, lag doch etwas Befreiendes. Erst als dieser Weinkrampf langsam verebbt war, griff er wieder nach ihrer Hand. Während er so still neben ihr lag, versuchte er, sich jede Begegnung mit ihr wieder klar ins Gedächtnis zu rufen. Und mit dem Wissen, das er jetzt über ihre Herkunft hatte, erschien alles plötzlich in einem anderen Licht. Sie hatte ihm gesagt, dass sie ihn schon immer geliebt hatte. Es hatte sich bedeutungsschwanger angehört, wie etwas, das man sagte, um die Worte der Liebe zu verstärken. Sie aber hatte es gesagt, weil es einfach so war. Und dann musste er daran denken, wie er sich ihr gegenüber benommen hatte, am Anfang. Er hatte sie loswerden wollen, hatte sie Aswan, dieser Schlange, unterstellt und ihr damit Höllenqualen bereitet. Beschämt musste er daran denken, dass die Elfe sogar in der Nacht bei ihm gewesen war, als Lina hier auftauchte. Was musste sie sich damals gedacht haben? Wie hatte sie seinen Spott ertragen können? Und nun waren es die Schuldgefühle, die einen neuerlichen Weinkrampf auslösten. Es war nicht der letzte in dieser Nacht. Er heulte sein Kissen nass und ihr Haar, das so wunderbar duftend um sie herum lag. Diese Weinkrämpfe waren trotzdem das Einzige, was ihn davon abhielt, brüllend hinauszulaufen. Zu flüchten, wie er es damals im Wald gemacht hatte, als er sie im Wasserfall beobachtet hatte. Aber die Zeit der Flucht war vorbei. Er musste sich stellen. Als die Bernsteine nur noch schwaches Licht spendeten und somit den nahenden Morgen ankündigten, ließ Darian ihre Hand nicht mehr los. Er hatte keine Tränen mehr, die er vergießen konnte. So schmiegte er seine Wange in ihre offene Handfläche, um ihre Wärme ein letztes Mal in sich aufzunehmen. Dann beugte er sich über sie und hauchte ihr einen letzten Kuss auf die halb geöffneten Lippen.

»Wir werden wieder zusammen sein, Kleines. Ich verspreche es. Nein, ich schwöre es auf den Elfencodex!«, flüsterte er. Noch einmal strich er ihr über den Handrücken und verließ, so schnell er konnte, die Kammer.

Solvay schlief nicht. Er saß vollständig bekleidet im Schneidersitz auf seinem Bett und wartete. Nur ein kurzer Ausdruck des Entsetzens huschte über sein Gesicht, als er Darian sah. Sein Freund hatte rot unterlaufene, verschwollene Augen. Solvay wusste, was das bedeutete. So hatte er selbst ständig ausgesehen, nach Inwés Tod.

»Komm mit, ich erzähl dir alles unterwegs«, sagte Darian.

Und während sie die Höhlen verließen, erfuhr Solvay, dass es schlimmer war, als er sich je hätte ausmalen können. Er konnte und wollte einfach nicht fassen, was er hörte.

»Wieso ich? Wieso willst du, dass sie in meinem Gedächtnis bleibt?«

»Weil du mich auf Kurs halten wirst, wenn ich nicht mehr weiß, wofür ich kämpfen werde, und alles hinschmeißen möchte. Weil ich dir vertraue, wie keinem anderen. Und weil du sie auf deine Art auch liebst.«

Das hörte sich brutal aus Darians Mund an, entsprach aber der Wahrheit. »Ja, ich liebe sie, so wie ich eine Schwester lieben würde, wenn ich eine hätte.«

»Ich weiß«, sagte Darian, sehr zu Solvays Erleichterung. »Wäre es anders, wärst du der Letzte, in dessen Gedächtnis ich sie wissen wollte.«

Sie wechselten einen Blick und mussten beide kurz lächeln.

»Im Ernst, Solvay. Ich erwarte von dir, dass du alles Nötige tust, um mich bis in diese Zeit zu bringen, in der ich sie wiedersehen werde. Wenn es dafür nötig ist, dass du mir den Schädel einschlägst, hast du meine Erlaubnis dazu.«

»Das werde ich«, versprach Solvay und drückte Darian in einer freundschaftlichen Umarmung an sich. »Das werde ich, mein Freund.«

Gemeinsam stiegen sie auf Set-Dragons Rücken und machten sich auf zum Drachenhorst. Darian war in Schweigen versunken und Solvay ließ ihn gewähren. Er wusste, dass Darian Abschied nahm.

Lina fuhr aus dem Schlaf hoch, als würde sie durch eine Eisdecke an die Oberfläche brechen. »Magisches Drachenfeuer«, keuchte sie, die Vision immer noch klar vor Augen. Wieso nur wurden die Visionen jetzt so häufig?

Suchend blickte sie sich um. Darian war nicht da. Sie fuhr mit der Hand über die Laken an ihrer rechten Seite. Sie waren noch warm. Er musste hier gewesen sein. Tastend fuhr ihre Zunge über die Lippen. Sie schmeckten salzig. Verflucht! Es stimmte also. Sie war wieder einmal in einer Vision gefangen gewesen. Sie hatte gesehen und gespürt, wie er sich von ihr verabschiedet hatte und dann hatte sie seinen Schwur im Drachenfeuer gesehen, hatte es gespürt. Höllische Qualen waren das gewesen.

»Nein!«, rief sie. Das durfte er nicht tun. Nicht jetzt. Und sie wusste, wie sie es verhindern konnte.

Lina sprang auf und rannte, vorbei an den Wächtern, hinaus aus den Höhlen und zum Zeremonienplatz. Aber alles, was sie sah, war ein Drache, der bereits zu weit entfernt war, um sie noch zu bemerken.

»Darian, verflucht, nein!« Ihr Schrei zerriss die Stille des heraufdämmernden Morgens.

Lina machte kehrt und lief zu Yatlyn, um die Elfe zu wecken.

»Bitte, Yatlyn, du musst mir einen Drachen rufen, schnell!« Sie überlegte kurz. »Nein, nicht irgendeinen Drachen. Ruf mir Esra-Dragona.«

»Ich soll die Drachenamazone rufen, jetzt?«

»Kannst du das?« Ein solch dringliches Flehen lag in ihrer Stimme, dass die Heilerin sofort die Wichtigkeit erkannte.

»Ja, das kann ich.«

Yatlyn erhob sich und holte den Drachenstein aus einer Schatulle, mit dessen Hilfe sie Kontakt zu den Himmelsgiganten aufnehmen konnte. »Lina, was ist hier los?« Yatlyn blickte sie besorgt an.

Lina hatte keine Zeit für Erklärungen. Alles, was sie sagte, war: »Er geht ins magische Drachenfeuer.«

Sie rannte zurück in ihre Kammer, um sich ihre Stiefel anzuziehen und das Andavyanschwert umzuschnallen, das Darian Aswan abgenommen hatte. Sie war bereit, notfalls Gebrauch davon zu machen. Dann rannte sie hinaus auf die freie Lichtung, ohne auf das erneute Stechen in ihrem Fuß zu achten. Auf der Lichtung angekommen, begann das bange Warten. Würde Esra-Dragona kommen? Sie war die oberste Drachenamazone. Konnte man sie überhaupt rufen oder würde sie das als Beleidigung auffassen? Endlose Augenblicke zogen sich hin, dehnten sich zur Ewigkeit, während Lina immer nervöser wurde. Mittlerweile war sie den Tränen nahe. Immer wieder überschwemmten sie die Bilder ihrer letzten Vision, klangen seine letzten Worte in ihren Ohren. »Wir werden wieder zusammen sein, Kleines. Ich verspreche es.« Öl ins Feuer ihrer Verzweiflung gegossen. Ja, verflucht das würden sie! Aber nicht irgendwann. Heute, morgen und jeden Tag darauf. Sie würde sich dieses Glück nicht nehmen lassen. Nicht dieses Mal! Sie hatten es verdient, glücklich zu sein. Sollte das verfluchte Menduria doch in der Zukunft untergehen! Das war ihr jetzt egal. Ariana hatte sie hierher geschickt und sie würde bleiben. Die Sonne ging bereits am Horizont auf und die Drachenamazone war immer noch nicht da.

›Laufen‹, dachte Lina. ›Dann muss ich eben laufen.‹

Sie war bereits ein paar Schritte zurück in den Wald gelaufen, als sie das erlösende Geräusch schlagender Schwingen vernahm. Augenblicklich machte sie kehrt.

Die Drachenamazone blickte sie fragend an und streckte ihr einen Flügel entgegen. »So, wie du aussiehst, geht es um Leben und Tod.«

Lina nickte und strich sich eine dicke Haarsträhne aus dem Gesicht. Sie konnte es vielleicht noch schaffen.

»Wohin?«, erkundigte sich Esra-Dragona, als Lina sicher saß.

»Drachenhorst.«

»Drachenhorst?« Esra-Dragona klang erstaunt. »Dort geht es ja heute zu wie in einem Taubenschlag.«

Senkrecht schoss die Amazone vom Boden wie ein Pfeil von der Bogensehne in den Himmel und Lina hatte alle Hände voll zu tun, nicht den Halt zu verlieren. Ihr Blick war nicht nach unten gerichtet. Sie sah die Baumwipfel nicht verschwimmen, sie achtete nicht auf den Bergsee mit seinem gespiegelten Gipfelpanorama, nicht auf die Höhlen. Ihr Blick war zielsicher nach vorne gerichtet, in Richtung Drachenhorst.

»Wie geht es Tek-Dragon?«, erkundigte sie sich schließlich, um sich abzulenken.

»Ganz gut«, meinte die Drachenamazone. »Wenn man von seiner angesengten Drachenbrust absieht.«

»Hat ihn das Energienetz dort verbrannt?«

»Nein, ich, als ich ihn angebrüllt habe«, gab Esra-Dragona zurück, so als wäre das die normalste Sache der Welt.

Ein kleines Lächeln huschte über Linas Lippen. Dann hatte nicht nur sie gewütet an diesem Tag. Schön, dass es Dinge gab, die allgemeine Gültigkeit hatten.

Doch dann kehrten ihre Gedanken wieder zu Darian zurück. Je näher sie dem Drachenhorst kamen, umso mehr verkrampfte sich Linas Magen. Ihr war speiübel. Sie hätte etwas essen sollen.

Kurz darauf landeten sie endlich auf dem Geröllfeld. Lina sprang ab, landete hart auf ihrem Fuß und spürte einen stechenden Schmerz, der ihr bis in die Hüfte hochfuhr.

»Hör mir bitte genau zu«, sagte sie und blickte die Drachenamazone fest an. »Wenn es in ferner Zukunft zu einer großen Schlacht kommt, darfst du Ark-Dragon auf keinen Fall daran teilnehmen lassen!« Diese Warnung war Linas Dank an die Drachenamazone.

Esra-Dragona nickte. »Was auch immer das bedeuten mag, ich werde es mir merken.«

Und wieder rannte Lina los, nur um am Eingang des riesigen Höhlenkomplexes auf Solvay zu stoßen.

»Was machst du hier?« Ihre anfängliche Verwirrung verwandelte sich sehr schnell in Zorn, als sie zu verstehen begann. »Sag nicht, du hilfst ihm dabei!«

Solvay blickte sie so entsetzt an, dass er ihr gar nichts weiter erklären musste.

»Verräter!«, zischte Lina.

»Lina, du musst hierbleiben! Ich …« Mit ausgebreiteten Armen kam er langsam auf sie zu. »Bitte, du darfst nicht …«

Ohne ihn auch nur eines weiteren Blickes zu würdigen, schlug sie einen Haken, und rannte an ihm vorbei. Aswan war doch keine so schlechte Lehrerin gewesen. Solvay griff ins Leere.

Doch als er den Versuch unternehmen wollte, ihr zu folgen, hielt ihn die Drachenamazone zurück. »Halt. Einen Schritt weiter und du gehst in Flammen auf.«

Solvay gab sich geschlagen.

Lina hastete durch die Höhlen in der vagen Hoffnung, den Weg wiederzufinden. Ihre Instinkte waren gut. Es war, als wollte das Schicksal, dass sie den richtigen Weg auf Anhieb fand.

Schlitternd kam sie schließlich am Eingang zur Höhle der Drachenmagierin zum Stehen. Drogonn war da. Der Andavyan stand ganz in ihrer Nähe. Und an der hinteren Höhlenwand kauerte die Drachenmagierin, hatte ihre Krallen auf Darian herabgesenkt und spie grünes Drachenfeuer auf ihn nieder.

»Aufhören!«, brüllte Lina entsetzt.

Darian hatte Solvay vor den Höhlen zurückgelassen, wo er von Drogonn bereits erwartet wurde. Schweigend waren sie durch die Höhlen gegangen, bis sie schließlich den Eingang zu Anta-Dragonas Reich erreichten.

»Bereit?« Der Andavyan blickte ihn aus tiefgrauen Augen an.

»Nein.« Darian erwiderte den Blick nicht, ging einfach weiter.

»Vielleicht ist es nicht so schlimm, wie du denkst?«

»Ach, was weißt du schon?«

Drogonn hielt ihn am Arm zurück. »Ich weiß, wie du dich fühlst, glaub mir. Meine Gefährtin ist auch gegangen. Und sie wird erst wiederkommen, wenn Lina zurückkehrt. Da gibt es also nicht viel Unterschied.«

Darian blickte ihn aus zusammengekniffenen Augen an. »Du erinnerst dich. Das ist der Unterschied!«

»Ja, aber das macht es keineswegs leichter.«

»Mag sein.« Er wollte dieses Thema jetzt nicht mit Drogonn diskutieren. Mit gestrafften Schultern trat er vor die Drachenmagierin. »Hier bin ich.«

»Zieh deine Tunika aus«, bat Anta-Dragona.

»Wozu?«

»Die Elfenlegende. Ich muss ihren Namen aus deiner Elfenlegende entfernen. Die würde dich als Erstes verraten.«

Daran hatte er gar nicht gedacht. Er schloss die Augen, atmete einmal tief durch, legte zuerst die Schwertgurte ab und zog sich dann die Tunika über den Kopf. Dann drehte er der Drachenmagierin den Rücken zu, ließ sich auf die Knie sinken und setzte sich auf die Fersen. Mit nach vorne gebeugtem Oberkörper klemmte er sein Gesicht zwischen die Knie und verschränkte die Arme über dem Kopf. Er konnte sich noch genau an die Clanführerernennung im magischen Drachenfeuer erinnern. Es würde verflucht schmerzhaft werden. Aber das war ihm egal. Alles, woran er denken konnte, war Lina.

Die Drachenmagierin hatte ihre Krallen mit leichtem Druck auf seinen Rücken gesenkt, sodass er sich nicht mehr bewegen konnte, und begann mit der Prozedur. Der Schmerz hatte noch nicht einmal richtig begonnen, als etwas viel Schlimmeres passierte. Lina stand plötzlich im Höhleneingang. Ihr entsetzter Schrei zerriss die Stille und hallte als ein vielfaches Echo von den Steinwänden wider. »Aufhören!«

Heiliger Schöpferfluch, wie war sie hierhergekommen?

Lina versuchte, ihn zu erreichen, aber Drogonn griff nach ihrem Arm und fing sie ab. Sie wollte sich loszureißen, schaffte es aber nicht. Der Kraft des Andavyankriegers war sie nicht gewachsen.

»Das darfst du nicht tun, Darian!«, rief sie und kämpfte weiter gegen den Klammergriff.

»Drogonn, schaff sie hier raus!«, flehte Darian. Sein Rücken brannte bereits wie Feuer, während die Drachenmagierin, ohne sich um Lina zu kümmern, fortfuhr, ihr glühend heißes und zugleich eisig kaltes Drachenfeuer auf ihn zu speien. Er wollte nicht, dass Lina zusah, wie er schreiend und wimmernd auf dem Boden lag. Und er wusste, dass er jeden Moment die Beherrschung verlieren würde.

Lina brüllte: »Hör auf, du Drachenbestie! Du tust ihm weh!« Lina drohte. »Hör auf, oder ich schwöre, du wirst dafür bezahlen!«

Sie war nur noch von einem Gedanken erfüllt. Sie musste zu ihm. Sie würde den Schmerz lindern können. Mit all ihrer Kraft kämpfte sie gegen Drogonn, bäumte sich auf, schlug und trat nach ihm und wand sich wie eine Schlange.

»Lina, lass das!« Drogonn redete in beschwörendem Tonfall auf sie ein. »Du musst zurück und er muss das hier tun. Das ist euer Schicksal.«

»Nein!« Ungehindert liefen Lina nun Tränen über die Wangen.

Drogonn wollte an ihre Vernunft appellieren. »Du hast doch gesehen, was passiert, wenn du bleibst!«

»Ich kann es verhindern!«

»Nein, das kannst du nicht!«, sagte Drogonn und zerrte sie zum Ausgang.

Lina stemmte sich mit all ihrem Gewicht gegen ihn, während Drogonn sich an Darian wandte: »Ich möchte deinen Schwur hören, Darian. Wirst du das erfüllen, was wir besprochen haben, wirst du sie heil zurückbringen, wenn die Zeit gekommen ist?«

»Nein, das darfst du nicht!«, schrie Lina. »Darian, ich bin …«

Die Drachenmagierin hatte den Gedanken aufgefangen, noch ehe Lina ihn ausgesprochen hatte. Sie stoppte das Feuer, ihre Augen fixierten Lina. »Bring sie zum Schweigen, schnell!« Anta-Dragonas tiefes grollendes Gebrüll verhinderte, dass Linas Worte ihren Weg an Darians Ohr fanden. Aber Drogonn hatte sie gehört. Er blickte sie ungläubig an, während sich seine Hand wie eine Eisenklammer auf Linas Mund legte und sie so zum Schweigen brachte.

»Schöpferfluch«, murmelte Drogonn. Das war es also gewesen, was sie hierhergeführt hatte. ›Verflucht, Ariana, was treibst du für ein Spiel? Und warum muss ich hier den Vollstrecker spielen?‹, dachte Drogonn verzweifelt. Das hier war ein Albtraum, aber es gab nun kein Zurück mehr.

Er holte Luft, während er sich verbissen gegen Linas jetzt frei gewordene Hand wehrte, mit der sie versuchte, seine Hand von ihrem Mund zu ziehen. Darian musste den Schwur freiwillig leisten. Wenn ihm zu Ohren kam, was Lina zu sagen hatte, würde er es nicht tun. Dann würde er sie nicht gehen lassen. Drogonn standen Schweißperlen auf der Stirn. Er handelte nun gänzlich gegen seine Überzeugung, als er Darian erneut aufforderte: »Ich will deinen Schwur hören, Clanführer!«

Die Drachenmagierin hatte wieder mit der Prozedur begonnen.

Mit größter Mühe, aber deutlich hörbar presste Darian die Worte zwischen zusammengebissenen Zähnen hervor: »Ich schwöre.«

In Lina brach eine Welt zusammen. Sie wusste, was Anta-Dragona jetzt tun würde. Sie hatte es in dem Moment begriffen, als sie sah, wie ihr Name aus seiner Elfenlegende verschwand, einfach verblasste und nichts als rote Brandwunden hinterließ. Die Drachenmagierin würde alle Beweise an sie auslöschen. Das war der Grund, weshalb Galan ihn nicht enttarnt hatte. Lina hatte sich die ganze Zeit über gefragt, weshalb der Darian, den sie bei ihrem ersten Besuch in Menduria kennengelernt hatte, sich nicht an sie erinnern konnte, wenn sie doch Teil seiner Vergangenheit war. Sie hatte immer gerätselt, was es zu bedeuten hatte, als sie diese unendlich tiefe Liebe zu ihr in seinem Herzen gespürt hatte, damals, im Steinkreis von Arvakur. Es war Liebe ohne Grenzen gewesen. Es war das, was er gerade im Begriff war, für sie zu tun. Aber sie wusste, wie hoch der Preis sein würde, wie viel Leid, Schuldgefühle und Erniedrigung das über die Jahre mit sich bringen würde. Damals im Steinkreis hatte sie seine Seele geheilt, aber die Erinnerungen an diese trostlosen Jahre konnte sie nicht tilgen. Selbst wenn sie in ihrer Zeit einen Weg zurück nach Menduria finden würde, Darian würde nicht mehr derselbe sein. Lina musste das verhindern. Das war ihre Bestimmung. Dafür hatte Ariana sie hierhergeschickt. Davon war Lina überzeugt. Und so begann sie in ihrer unendlich tiefen Verzweiflung nach etwas zu suchen, das sie aus dem Klammergriff des verfluchten Verräters befreien könnte. Sie griff nach der dunkeln Kraft der Andavyan.

Drogonn hatte ihre Gedanken gelesen. Lupinia hatte ihn gut darin geschult. Und so offensichtlich wie Linas Gedanken waren, sprangen sie ihn förmlich an. Sie hatte mit allem recht, was sie dachte. Das Chaos in ihr hätte nicht größer sein können. Und dann bemerkte er, wie sie nach der dunkeln Kraft suchte und sie fand. Es würde ihm nur noch der Bruchteil eines Augenblicks zum Handeln bleiben. Sie konnte diese Kraft nicht beherrschen und so durcheinander wie sie war, würde sie nicht nur ihn umbringen, sondern auch sich selbst und alle anderen in dieser Höhle. Alle Hoffnung Mendurias würde mit ihr sterben. Drogonn wollte das nicht tun. Aber er hatte keine andere Wahl und so ließ er Linas zweite Hand los und führte einen gezielten Schlag gegen ihre Schläfe aus.

Das Letzte, was Lina hörte, war Darians entsetzter Aufschrei, als sie Finsternis umfing.

Es war noch viel furchtbarer als der Schmerz des Drachenfeuers, mit ansehen zu müssen, wie Lina verzweifelt darum kämpfte, ihn zu erreichen. Es zerriss Darian das Herz. Sie hatte ihm irgendetwas zugerufen, aber er hatte es nicht verstanden. Die Drachenmagierin hatte gebrüllt, dass ihm fast das Trommelfell geplatzt wäre. Was immer sie sagen wollte, Drogonn schien es verhindern zu wollen. Und dann verlangte der Andavyan den Schwur von ihm. In diesem Schwur sah Darian den einzigen Ausweg, diese Katastrophe hier zu beenden. Aber Lina hatte es auch danach nicht aufgegeben, gegen Drogonn anzukämpfen. So war sie. Sie gab niemals auf. Das hatte er immer so an ihr bewundert. Sie hatte seinen Blick gesucht, während sie sich gegen Drogonn stemmte, ihn trat, ihm das Gesicht zerkratzte, ihn an den Haaren riss. Sie kämpfte, als hätte sie Drachenblut in sich. Und die ganze Zeit über sah er nur ihre Bernsteinaugen. Er hielt ihren Blick fest, mit aller Kraft, als ob er damit alles wieder in Ordnung bringen könnte. Aber dann sah er Drogonns Faust gegen ihre Schläfe schnellen und sie sank bewusstlos zusammen. Schon wieder hatte sie jemand geschlagen und er hatte es nicht verhindern können. Sein Verstand setzte aus und er brüllte all seine Wut, seinen Schmerz und seine Verzweiflung hinaus.

»Bring sie zum Steinkreis von Arvakur, Drogonn. Ich habe ihren Bruder gerufen, er wird sie dort abholen«, konnte Darian die Stimme der Drachenmagierin zwischen zwei Feuerstößen hören.

»Dafür wirst du bezahlen, Drogonn!«, schrie Darian dem Andavyan hinterher.

Drogonn drehte sich noch einmal um und blickte ihn an, sein Gesicht von Schuldgefühlen gezeichnet. »Das werde ich, Darian, glaub mir. Jeden Tag meines Lebens werde ich dafür bezahlen.«

Lina hing bewusstlos in Drogonns Armen, der Kopf weit im Nacken, das lange honigblonde Haar fiel in Wellen hinab, ihre zierliche Gestalt so zerbrechlich. So sah Darian sie zum letzten Mal. Und dann, als er sie aus den Augen verlor, spürte er die Macht des Drachenfeuers mit voller Wucht. Sein ganzer Körper und sein Geist waren verkrampft, während sie ihn mit solchem Druck zu Boden zwang, dass er jeden Moment damit rechnete, dass sein Rückgrat brechen würde. Er spürte wieder heiße Tränen seine Wangen hinabrinnen, schmeckte Blut, weil er sich die Lippe aufgebissen hatte, Atemnot, weil die Panik nach ihm gegriffen hatte und dann kam ein ganz anderer Schmerz, der alles übertraf, das es an körperlichen Schmerzen gab. Verlust. Er spürte, wie ihm jeder Gedanke, jede Erinnerung, die mit Lina zu tun hatte, gewaltsam entrissen wurde. Er versuchte, die Erinnerungen festzuhalten, sie in seinem Geist zu umklammern, aber es gelang ihm nicht. Und je mehr davon verschwanden, umso größer wurde die Leere. Es war wie ein langsames Ausbluten, dem er hilflos ausgeliefert war. Und als nichts mehr da war, wofür er kämpfen konnte, was es wert gewesen wäre, festzuhalten, und er sich schwor, nie wieder jemanden in seinen Geist eindringen zu lassen, erst da kam die erlösende Bewusstlosigkeit.

Als Darians Erinnerungen an Lina sicher in seinem Herzen verschlossen waren, wo sie ihm in seinen dunkelsten Stunden Kraft geben würden, stellte sich die Drachenmagierin der größten Herausforderung ihres bisherigen Drachenlebens. Sie verlieh einem ganzen Volk Unsterblichkeit. Danach verband sie ihren Geist mit allen Wesen Mendurias und löschte dort jeden Gedanken, der jemals an Lina, Kind der Schöpfer und Andavyan, kleine Magierin und Gefährtin von Darian, in dieser Welt gedacht worden war, jede Begegnung, jedes Wort, einfach alles. Sie erreichte die Dunkelelfen, die Lichtelfen, die Zwerge, Zentauren und Kobolde, ja sogar die Nachtmahre wurden von ihrer Gedankenlöschung nicht verschont. Sie drang bis tief in die Calahadin vor, wo auch Galan und Xedoc nicht verschont blieben. Als sie fertig war, erinnerte sich niemand mehr an die junge Frau, die ein halbes Blutmondjahr in Menduria gelebt hatte. Niemand außer Drogonn, Solvay und den Drachen.

Auch der Stellvertreter der Dunkelelfen musste schwören, ihren Namen nicht mehr zu erwähnen, bis sie zurückkehrte. Nicht im Drachenfeuer, aber auf den Elfencodex, musste er schwören. Als sie damit fertig war, sank die Drachenmagierin in sich zusammen und vergoss die letzten Tränen, die sie hatte. Nur zweimal weinte ein Drache in seinem Leben. Das erste Mal war es gewesen, als sie ihre alte Heimat verlassen hatten. Damals war es der Abschiedsschmerz gewesen, der sie hatte weinen lassen. Heute war es das beschämende Schuldgefühl, das sie zum Weinen brachte. Sie hatte dem Schicksal auf den richtigen Weg geholfen. Den Weg, der für Menduria der bessere gewesen war. Der andere Weg in die Zukunft, der, den Lina gewählt hätte, hätte nicht zwangsläufig in den Untergang geführt, doch dieses Risiko war sie nicht bereit gewesen, einzugehen. Lina wurde in der Zukunft gebraucht. Und nun wusste die Drachenmagierin auch, warum. Sie würde den Schöpferfluch brechen. Das alleine schon war das Opfer wert. Aber sie hatte sich mit ihrer unaufrichtigen Tat eine tiefe Wunde in ihr unsterbliches Drachenherz gerissen, die bis ans Ende ihrer Tage bluten würde. Dieses Ende würde nahen, wenn Lina Menduria zum ersten Mal betrat. Bis dahin würde sie schlafen. Anta-Dragona zog sich in den tiefsten Teil ihres Reiches zurück, um neue Kraft zu schöpfen, für den letzten Kampf ihres Lebens. Die kleine Magierin würde ihre Rache bekommen, so oder so.

~

Im Londoner Vormittagsverkehr steckte ein roter Ford Fiesta scheinbar grundlos vor einer Ampel zur Kreuzung Camden Road fest und verursachte ein kleines Verkehrschaos. Der Fahrer war über dem Lenkrad zusammengesunken und zitterte wie Espenlaub. Benjamin versuchte, der Gefühle Herr zu werden, die ihn überschwemmten. Die SMS, die er von Lina erhalten hatte, war beunruhigend genug gewesen. Was sollte er davon halten? Sie würde zurück nach Menduria gehen. Er hatte seither des Öfteren versucht, sie zu erreichen. Sollte ihm das bis zum Wochenende nicht gelingen, würde er heimfliegen. Er war ziemlich sicher, es spüren zu können, wenn es ihr schlecht ging, so wie das bei ihrem letzten Besuch in Menduria der Fall gewesen war. Aber er hatte nichts gespürt, bis jetzt. Wie eine Urgewalt waren die Gefühle über ihn hereingebrochen, hatten an ihm gezerrt und gezogen und ihn handlungsunfähig gemacht. Angst, die sich zu lähmender Panik gesteigert hatte, Schmerz und tiefe Traurigkeit drückten ihm Tränen in die Augen.

»Lina«, keuchte er. Es musste ihr verdammt dreckig gehen, wenn er es so weit entfernt derart intensiv spürte. Und dann war plötzlich eine Stimme in seinen Gedanken gewesen. Unheimlich verzerrt, so als würde sie durch die Zeit zu ihm getragen werden: »Komm nach Arvakur. Hol sie zurück.«

Benjamin wusste, was Arvakur war. Lina hatte oft genug davon gesprochen. Steinkreis, letzter Kuss, Darian.

Es klopfte an der rechten Fensterscheibe. Benjamin hob den Kopf und sah eine kleine rundliche Frau, die ihn mit besorgter Miene anblickte. »Bist du in Ordnung, Junge?«, fragte sie im breitesten Londoner Dialekt.

Benjamin nickte. Erst jetzt wurde ihm bewusst, dass er hier den ganzen Verkehr aufhielt. Er bedankte sich, legte den Gang ein und trat aufs Gas. Und dann fuhr er hinaus aus der verstopften Stadt, den Außenring, der um London führte, entlang, bis er auf die Autobahn kam, die ihn nach Salisbury führte, nach Stonehenge. Er zweifelte keine Sekunde an dem, was er tat.

Bereits von Weitem konnte Benjamin den Steinkreis sehen, eingepfercht zwischen zwei Straßen war er in natura weit weniger beeindruckend als auf Postkarten. Eine Menschenschlange umrundete das Megalithenbauwerk. Benjamin bog auf den Parkplatz ein und stellte das Auto dort ab. Menschen aller Altersgruppen hatten sich auf dem Parkplatz versammelt, alle in weiße Leinenroben gekleidet. Er erinnerte sich an den Bericht, den er im Fernsehen gesehen hatte. Die neuen Druiden, die sich zur Zeit der Sommersonnenwende hier versammelten. Besondere Naturkräfte sollten an diesem Tag wirken, hatte einer der Teilnehmer vor laufender Kamera erklärt.

Ob das der Grund war, weshalb er Linas Hilferuf gerade jetzt empfing? Benjamin hielt es durchaus für möglich. Er kaufte ein Ticket, verzichtete aber auf das angebotene Audiogerät und hastete weiter. Es war nicht das erste Mal, dass er hier war. Als Kind hatte er dieses Bauwerk mit Lina und seinen Eltern besucht. Damals hatte es ihn noch mehr beeindruckt.

Die Absperrung lief im vorderen Teil ziemlich nahe an den grauen Doloritblöcken entlang. Hier wäre es für ihn ein Leichtes gewesen, die Absperrung zu durchbrechen. Aber Benjamin entschied sich dagegen. Zu viel Wachpersonal, Männer in grau karierten Hemden und grauen Hosen. Er umrundete das Bauwerk, bis er in der Nähe des Wendesteins anhielt. Von hier aus musste er zwar eine kleine Vertiefung im Gras überwinden, war aber vor den Wächtern sicher, die sich am anderen Ende aufhielten. Ohne auf die verblüfften Ausrufe der umstehenden Touristen zu achten, überstieg er die Absperrung und rannte auf den Steinkreis zu. Die Wachleute reagierten viel zu langsam. Aus dem Augenwinkel sah er, wie sich zwei von ihnen in Bewegung setzten. Aber Benjamin hatte das Zentrum bereits erreicht. Instinktiv, legte er die Hand auf einen der Steine. Augenblicklich hatte er das Gefühl, der Boden würde unter seinen Füßen verschwinden. Finsternis umfing ihn. Dann wurde es wieder hell. Benjamin blinzelte. Er stand wieder in einem Steinkreis. Mehr Steine, regelmäßiger angeordnet umgaben ihn. So musste Stonehenge einst ausgesehen haben. Fasziniert blickte sich Benjamin um. Er befand sich auf einer Ebene, die von massivem grauem Fels umgeben war. Er befand sich im Titanengebirge auf der Hochebene von Arvakur.

~

Als Drogonn mit Lina auf dem Arm vor dem Höhleneingang erschien, vertrat ihm Solvay den Weg.

»Was ist mit ihr?« Sorge und Vorwurf waren gleichermaßen im Gesicht des Dunkelelfen zu erkennen.

»Es geht ihr gut. Nur ein Schwächeanfall«, sagte Drogonn abwehrend.

Es war die größte Lüge, die Menduria je gehört hatte, aber was hätte er Solvay sonst erzählen sollen? Und noch bevor der Dunkelelf etwas erwidern konnte, sagte Drogonn: »Du passt mir gut auf Darian auf, hörst du? Lina weiß, was passiert ist. Sie wird eines Tages zurückkehren. Die Götter mögen uns gnädig sein, wenn wir die Sache bis dahin versaut haben.«

Solvay nickte. »Ich werde auf ihn achtgeben.«

»Gut, dann sei so gut und bring Darian zurück in die Dunkelwälder. Er wird deine Hilfe jetzt dringend brauchen.«

Solvay nickte, ergriff kurz Linas Hand und küsste vorsichtig ihren Handrücken. »Wir sehen uns wieder, kleine Magierin.« Dann eilte er davon.

Darian lag zusammengekrümmt auf der Seite und rührte sich nicht. Lebte er überhaupt noch? Die Drachenmagierin schien seine Gedanken gelesen zu haben. Denn ohne gefragt zu werden, sagte sie: »Keine Angst, er wird sich wieder erholen. Aber es wird Zeit brauchen.«

Solvay wagte das zu bezweifeln. Noch nie war ein Dunkelelf zweimal ins Drachenfeuer gegangen. Er schulterte sich Darian und wollte den Drachenhorst so schnell wie möglich verlassen. Doch die Drachenmagierin ließ ihn nicht gehen. Sie hatte auch für ihn eine Aufgabe.

»Du wirst die Dunkelelfen führen, wenn Darian Lina aus Xedocs Fängen befreit. Aber du wirst an der Seite des Fürsten bleiben, bis Darian zurückkehrt. Erst dann darfst du dein Volk wieder zurück in die Dunkelwälder führen.«

»Warum?«, wollte Solvay wissen. Er sah keinen Grund darin, länger als nötig an der Seite eines Tyrannen zu verweilen.

»Du wirst es wissen, wenn es so weit ist. Aber glaub mir. Es ist wichtig.«

Die Drachenmagierin ließ Solvay schwören, diesen Auftrag zu erfüllen. Nicht im Drachenfeuer, sondern auf den Elfencodex.

Und während Drogonn auf dem Rücken Tek-Dragons bereits unterwegs zum Steinkreis von Arvakur war, brachte Solvay Darian nach Hause.

Die Schlacht gegen die Nachtmahre fand ohne den Clanführer der Dunkelelfen statt. Solvay führte den Clan in die Schlacht, in der sie Seite an Seite mit den Lichtelfen und Zwergen diesen verhassten Feind endgültig und vollkommen vernichteten. Trotzdem war es Darian, dem die Dunkelelfen den größten Respekt zollten. Er war erneut ins magische Drachenfeuer gegangen, um für seinen Clan die Unsterblichkeit zu erringen. So hatte es ihnen Solvay erzählt und die Drachen hatten es bestätigt.

Dieses Mal dauerte es weit länger als eine Woche, bis Darian wieder fähig war, auf seinen eigenen Beinen zu stehen. In den ersten Tagen war er dem Tode näher als dem Leben. Aber immer, wenn er sich zum Sterben zurücklegen wollte, war da ein Duft in den Kissen, der ihn umfing und einhüllte wie heilender Balsam. Doch der Duft wurde schwächer und schwächer, und schließlich verging er ganz, wurde zu einem Hauch in der Ewigkeit. Zurück blieb nichts als schmerzhafte Leere, von der er nicht wusste, was sie einmal gefüllt hatte.

Und während Lina durch die Zeit ging, ging Darian durch eine Hölle aus Einsamkeit, die nichts und niemand füllen konnte, bis er einem jungen Mädchen begegnete, das trotzig und verzweifelt eine Felswand anschrie, die ihr nicht antworten wollte, und als sie sich umdrehte und ihn anblickte, war da ein Gefühl, das er nicht erklären konnte. Ein Gefühl, das weit mehr war als Faszination und Neugier und das, obwohl sie nur sein Auftrag war.

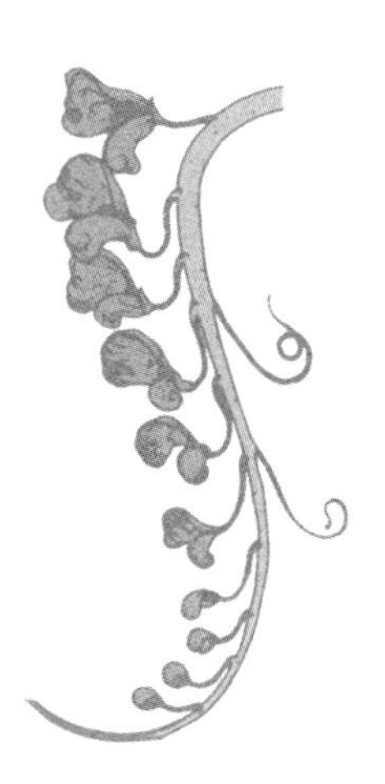

Fremde Heimat

Einen Drachen landen zu sehen, war ein Erlebnis, das es schon wert war, Weltentore zu durchqueren, fand Benjamin. Eine graue Majestät war dieser Drache. Und dann stieg jemand von dem Drachen, der einen aus Drachenhaut gefertigten Harnisch trug, langes Haar und graue Augen hatte. So wie er im Buch seiner Mutter beschrieben war, und wie Lina ihn beschrieben hatte, musste das Drogonn sein. In seinen Händen lag seine Schwester, bewusstlos. Benjamins Magen krampfte sich zusammen. Was war mit ihr geschehen? Er sah in ihr Gesicht, das immer noch letzte Verfärbungen einer fürchterlichen Tracht Prügel aufwies, und Wut brodelte in ihm hoch.

»War das Darian?«, war alles, was ihm dazu einfiel.

»Himmel, nein!«, versicherte Drogonn. »Aber er hat denjenigen, der dafür verantwortlich war, aus dem Leben befördert.«

»O.k.«, erwiderte Benjamin einigermaßen erleichtert. Diese Art Seelenqual hätte seine Schwester nämlich nicht verkraftet. »Was ist dann passiert?«

»Sie wird es dir erklären, später. Aber jetzt müsst ihr gehen. Dieses Tor wird sich bald schließen und es bleibt nicht mehr viel Zeit.«

Drogonn übergab Lina an ihren Bruder. »Bitte sag ihr, dass es mir leidtut. Sie soll versuchen, zu verzeihen.«

Er trat zurück und stieg wieder auf den Rücken Tek-Dragons, der die Szene schweigend beobachtet hatte. Dort blieb er sitzen und wartete, bis der junge Mann mit seiner Schwester durch das Tor verschwunden war.

»Ach Lupinia. Wärst du nur hier gewesen«, murmelte Drogonn. »Dann wäre bestimmt alles anders gekommen.«

~

Der Tumult war groß, als Benjamin mit Lina im Arm wieder im Steinkreis von Stonehenge auftauchte. Die Wächter warfen die beiden hochkant hinaus und drohten ihnen an, die Polizei zu rufen, wenn sie hier noch einmal auftauchen würden.

Nur langsam kam Lina wieder zu sich. Wie in Trance ließ sie sich von Benjamin zum Auto führen. Dort stieg sie nicht ein, sondern fiel ihm um den Hals und weinte, so bitterlich und so lange, bis keine Tränen mehr kommen wollten. Benjamin hielt sie fest und strich ihr über den Rücken. Er sagte kein Wort. Er stellte keine Fragen. Er war einfach nur da. Sie würde darüber sprechen, wenn sie dazu bereit war. Nach einer halben Ewigkeit zog sie schließlich die Nase hoch, straffte ihre Schultern und stieg auf der Beifahrerseite ins Auto.

Benjamin fuhr mit ihr in ein kleines Hotel, in Seaford. Und während Lina schlief, rief er Debby an und bat sie, Linas Pass mit einem Overnightkurier nach England zu schicken. Dann buchte er einen Flug für den nächsten Nachmittag. Mehr konnte er jetzt nicht tun. Als er zurück ins Zimmer kam, war Lina wach und blickte zum Fenster hinaus.

»Lass uns spazieren gehen«, sagte sie.

Benjamin nickte. Sie hatte sich sehr verändert. Wie war das möglich, in nur zwei Wochen?

Und während sie am Ufer des Seaford River entlanggingen, begann Lina zu erzählen. Zwei Wochen waren hier vergangen, in denen Lina eine halbe Ewigkeit fort gewesen war. Trotz ihrer Traurigkeit strahlte sie einen Lebenshunger aus, der unbeschreiblich war. Er hatte seine Schwester immer schon hübsch gefunden. Aber jetzt war sie die schönste junge Frau, die er je gesehen hatte. Und eine Frau war sie im wahrsten Sinne des Wortes geworden. Sie hatte ihren Dunkelelfen wiedergefunden und erobert, hatte sogar so etwas wie eine Elfenhochzeit hinter sich. Benjamin konnte es nicht glauben. Seine kleine Schwester war erwachsen geworden und sie liebte mit einer Intensität, von der er sich wünschte, auch einmal so geliebt zu werden. Aber es war auch viel Tragisches an dem, was sie erzählte. Es war eine unglaubliche Geschichte, aber er glaubte jedes Wort.

»Was wirst du jetzt tun?«, fragte Benjamin schließlich, als er alles wusste, was sie bereit war zu erzählen.

Lina warf gedankenverloren einen Stein ins glasklare Wasser. »Ich muss zurück.«

Das war nichts Neues. »Aber du hast das letzte Mal fast drei Jahre gebraucht, um einen Weg zu finden.«

»Diesmal kann ich keine drei Jahre warten.« Lina blickte ihn ernst an. »Ich bin schwanger.«

»Was?!« Jetzt war Benjamin doch etwas entsetzt. »Soll das heißen, ich krieg einen Neffen, der mit spitzen Ohren durch die Gegend läuft?«

»Nichte«, verbesserte Lina und zeigte zum ersten Mal den Ansatz eines Lächelns. »Es wird ein Mädchen.«

»Woher willst du das denn wissen?«

»Keine Ahnung. Ich weiß es eben.«

Benjamin schwieg einen Augenblick. Dann fragte er: »Was sagt denn der Elfenpapa dazu?«

»Der weiß es nicht.«

Benjamin seufzte. »Toll. Da hast du dich aber schön in die Scheiße geritten.«

Linas Lächeln wurde breiter. »So würde ich das nicht nennen.«

Dieses Baby war das schönste Geschenk, das ihr Darian hatte machen können. Es würde ihr Trost und Hoffnung geben und würde sie darin bestärken, schnellstens einen Weg nach Hause zu ihm zu finden. Denn Lina wusste, dass ihre Tochter unter allen Umständen in Menduria zur Welt kommen musste.

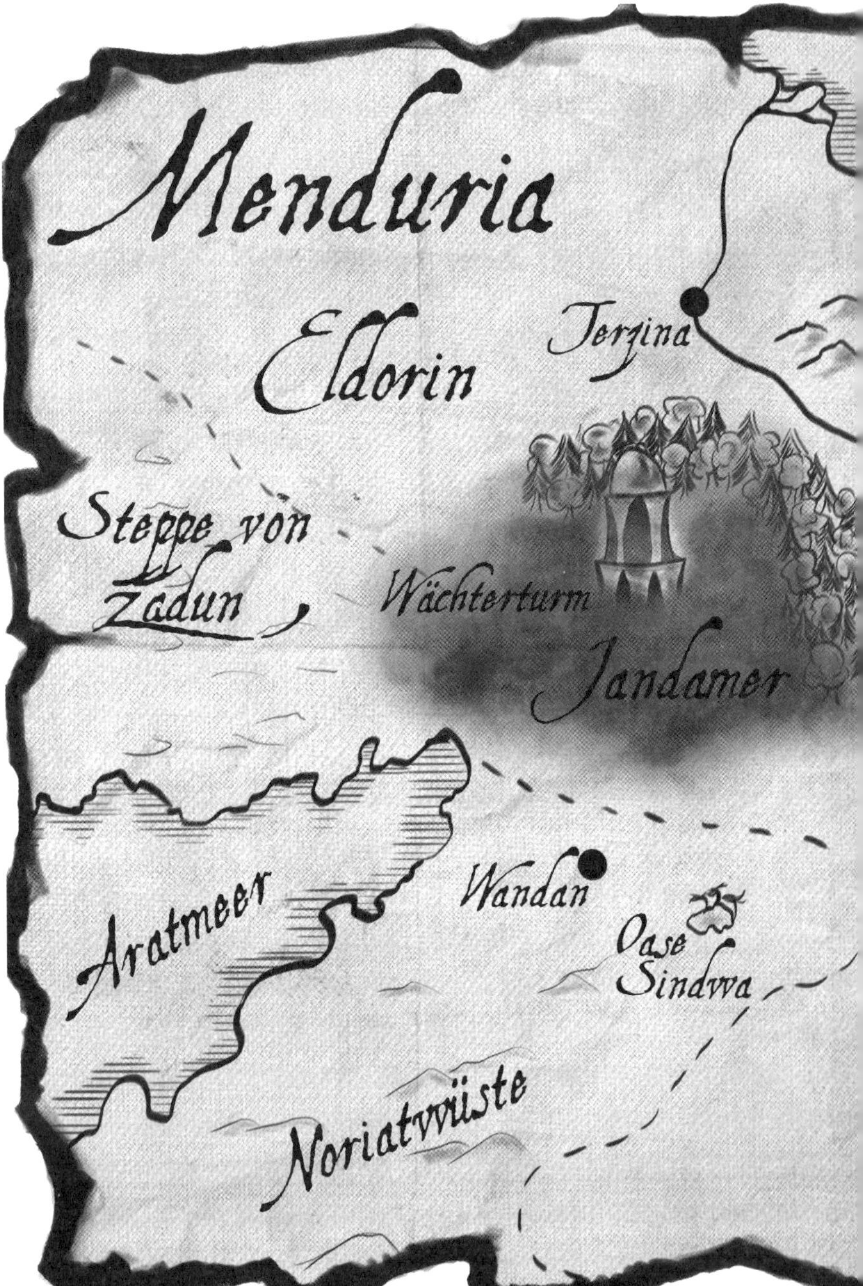

Menduria

Eldorin

Terzina

Steppe von Zadun

Wächterturm

Jandamer

Aratmeer

Wandan

Oase Sindwa

Noriatwüste